SOPHIE KINSELLA

Vom Umtausch ausgeschlossen

Buch

Rebecca Bloomwood ist selig. Sie hat Luke Brandon, den Mann ihrer Träume, geheiratet, sich monatelang auf Hochzeitsreise die Welt angesehen und dabei natürlich zahllose Souvenirs erstanden. Jetzt kehren die beiden nach London zurück, und Becky landet etwas unsanft auf dem Boden der Realität. Ihr Konto ist überzogen, sie hat keinen Job und Luke ist höchst irritiert, als die Schnäppchenkäufe ihrer langen Reise in zwei Lastwagen angeliefert werden: die chinesischen Vasen und die zwanzig Seidenkimonos aus Hongkong, die Teppiche aus der Türkei, die hölzernen Giraffen aus Malawi, die Luke ihr explizit zu kaufen verboten hatte, und vieles mehr. Becky muss aber nicht nur Luke beruhigen, sondern auch selbst einen schweren Schlag verkraften: Ihre beste Freundin Suze hat sich während Beckys langer Abwesenheit eine neue Busenfreundin gesucht. Becky ist am Boden zerstört. Bis ihre Eltern ihr eine unglaubliche Neuigkeit eröffnen: Sie hat eine Schwester, von der bisher niemand etwas wusste, das Ergebnis einer Romanze, die ihr Vater lange vor seiner Ehe hatte. Becky ist begeistert: eine Schwester – eine Seelenverwandte! Bis sie Jessica das erste Mal trifft und erkennen muss, dass Welten zwischen ihnen liegen ...

Autorin

Sophie Kinsella ist Schriftstellerin und ehemalige Wirtschaftsjournalistin. Mit ihren Romanen um die liebenswerte Chaotin Rebecca Bloomwood hat sie ein Millionenpublikum erobert, das auch ihr neues Werk mit Begeisterung verschlang. Mittlerweile arbeitet Sophie Kinsella an weiteren Romanen – unter anderem mit »Schnäppchenjägerin« Rebecca –, die ebenfalls bei Goldmann erscheinen werden. Sophie Kinsella lebt in London. Mehr zum Buch und zur Autorin unter www.readsophiekinsella.com.

Die Romane mit Schnäppchenjägerin Rebecca Bloomwood:

Die Schnäppchenjägerin (45286)
Fast geschenkt (45403)
Hochzeit zu verschenken (45507)

Außerdem: Sag's nicht weiter, Liebling. Roman (45632)

Sophie Kinsella

Vom Umtausch ausgeschlossen

Roman

Aus dem Englischen von
Marieke Heimburger

GOLDMANN

Die Originalausgabe erschien 2004
unter dem Titel »Shopaholic & Sister«
bei Bantam Press, London

FSC

Mix
Produktgruppe aus vorbildlich
bewirtschafteten Wäldern und
anderen kontrollierten Herkünften

Zert.-Nr. SGS-COC-1940
www.fsc.org
© 1996 Forest Stewardship Council

Verlagsgruppe Random House FSC-DEU-0100
Das FSC-zertifizierte Papier *München Super* für Taschenbücher aus dem
Goldmann-Verlag liefert Mochenwangen Papier.

3. Auflage
Deutsche Erstausgabe Juli 2005
Copyright © der Originalausgabe 2004
by Sophie Kinsella
Copyright © der deutschsprachigen Ausgabe 2005
by Wilhelm Goldmann Verlag, München,
in der Verlagsgruppe Random House GmbH
Umschlaggestaltung: Design Team München
Umschlagillustration: Tertia Ebert
Satz: Uhl + Massopust, Aalen
Druck und Bindung: GGP Media GmbH, Pößneck
Redaktion: Martina Klüver
AB · Herstellung: Str.
Made in Germany
ISBN 3 442 45690 8

www.goldmann-verlag.de

Für Gemma und Abigail,
die besten Schwestern der Welt!

Internationales Wörterbuch der Stammesdialekte

NACHTRAG

(Die folgenden Begriffe wurden nicht in den Hauptteil des Wörterbuches aufgenommen.)

Der Stamm der Nami-Nami in Neu-Guinea, S. 67

fraa (»frar«): älteres, männliches Mitglied des Stammes; Patriarch

mopi (»mop-i«): ein kleiner Schöpflöffel zum Servieren von Reis und Schrot.

shup (»shop«): der Austausch von Waren gegen Geld oder Perlen. Dieses Konzept war dem Stamm völlig unbekannt, bis die Britin Rebecca Brandon (geb. Bloomwood) ihn im Jahre 2004 besuchte.

Mrs. Rebecca Brandon
c/o Nile Hilton Hotel
Tahrir Square
Kairo

15. Januar 2004

Sehr geehrte Mrs. Brandon,

es freut mich zu hören, dass Sie Ihre Flitterwochen in Ägypten genießen. Insbesondere freut es mich, dass Sie sich dem ägyptischen Volk auf ganz besondere Weise verbunden fühlen, und ich kann Ihnen nur beipflichten, wenn Sie vermuten, möglicherweise ägyptisches Blut in Ihren Adern zu haben.

Darüber hinaus begrüße ich Ihr Interesse an dem in unserem Museum ausgestellten Schmuck, muss Ihnen aber leider gleichzeitig mitteilen, dass der »niedliche kleine Ring«, nach dem Sie sich erkundigen, nicht zu verkaufen ist. Er gehörte einst Königin Sobeknefru aus der 12. Dynastie, und ich kann Ihnen versichern, dass es entgegen Ihrer Einschätzung durchaus auffallen würde, wenn er fehlte.

Ich wünsche Ihnen weiterhin einen angenehmen Aufenthalt.

Mit freundlichen Grüßen

Khaled Samir
(Leitender Direktor)

REEDEREI BREITLING
TOWER HOUSE
CANARY WHARF
LONDON E14 5HG

Fax an: Mrs. Rebecca Brandon
           c/o Four Seasons Hotel
           Sydney
           Australien

Von: Denise O'Connor
           Abteilungsleiterin Kundenservice

6. Februar 2004

Sehr geehrte Mrs. Brandon,

wir bedauern sehr, Ihnen mitteilen zu müssen, dass Ihre von Bondi
Beach mitgebrachte »Meerjungfrau aus Sand« den Transport nach
England nicht überstanden hat.

Wir möchten Ihnen in Erinnerung rufen, dass wir keinerlei Zusagen
hinsichtlich einer unversehrten Ankunft Ihres Souvenirs gemacht,
sondern Ihnen im Gegenteil sogar dringend vom Versand dieses
Andenkens abgeraten hatten.

Mit freundlichen Grüßen
Reederei Breitling

Denise O'Connor
Abteilungsleiterin Kundendienst

ABENTEUER ALASKA AG

Postfach 80034
Chugiak
Alaska

Fax an: Mrs. Rebecca Brandon
          c/o White Bear Lodge
          Chugiak

Von: Dave Crockerdale
          Abenteuer Alaska AG

6. Februar 2004

Sehr geehrte Mrs. Brandon,

besten Dank für Ihre Anfrage.
Wir möchten Ihnen dringend davon abraten, sechs Huskys und einen
Schlitten nach Großbritannien zu verschiffen.

Ich bin ganz Ihrer Meinung, dass Huskys wunderbare Tiere sind, und
finde Ihren Gedanken, dass diese Tiere die Antwort auf die massive
Luftverschmutzung in den Städten sein könnten, sehr interessant.
Nichtsdestotrotz halte ich es für relativ unwahrscheinlich, dass die
britischen Behörden diese Art von Gespannen auf Londons Straßen
zulassen würden, selbst wenn man den Schlitten, wie Sie vorschlagen,
»den Gegebenheiten vor Ort anpassen und mit Rädern und einem
Nummernschild versehen« würde.

Ich hoffe, diese Nachricht beeinträchtigt nicht den weiteren Verlauf
Ihrer Flitterwochen.

Mit den besten Grüßen,
Abenteuer Alaska AG

Dave Crockerdale
Fährten-Verantwortlicher

1

Okay. Ich schaffe das. Gar kein Problem.

Es geht schließlich bloß darum, mein höheres Selbst übernehmen zu lassen, Erleuchtung zu erlangen und ein strahlendes weißes Lichtwesen zu werden.

Kinderkram.

Ich bewege mich so unauffällig wie möglich auf meiner Yoga-Matte in eine Position, bei der mir die Sonne direkt ins Gesicht scheint, und schiebe mir die Spaghettiträger von den Schultern. Ist doch gar nicht einzusehen, wieso man nicht den ultimativen Glückszustand erreichen und gleichzeitig schön gleichmäßig braun werden sollte.

Ich sitze an einem Berghang mitten in Sri Lanka, das heißt im *Blue Hills Refugium*, einer so genannten *Erholungs- und Besinnungsstätte*, und die Aussicht ist einfach umwerfend. Vor mir erstrecken sich Berge und Teeplantagen und verschmelzen mit einem tiefblauen Himmel. Ich kann die bunte Kleidung der Teepflücker auf den Feldern erkennen, und wenn ich den Kopf ein wenig drehe, sehe ich in der Ferne einen Elefanten gemächlich durchs hohe Gras stapfen.

Und wenn ich den Kopf noch weiter drehe, sehe ich Luke. Meinen Mann. Abgeschnittene Leinenhose, schäbiges altes T-Shirt… So sitzt er da im Schneidersitz und mit geschlossenen Augen. Auf einer blauen Yoga-Matte.

Ich weiß. Es ist unglaublich. Nach zehn Monaten Hochzeitsreise ist Luke ein völlig anderer Mensch. Ganz anders als der, den ich geheiratet habe. Der alte, immer nur an die

Firma denkende Luke ist verschwunden. Die Anzüge sind verschwunden. Er ist braun gebrannt und dünn, und in seinen langen, von der Sonne gebleichten Haaren hängen immer noch ein paar von den bunten Zöpfen, die er sich an Bondi Beach hat einflechten lassen. An seinem Handgelenk trägt er ein Freundschaftsarmband, das er in der Masai Mara gekauft hat, und an seinem Ohr glitzert ein winziger, silberner Ring.

Luke Brandon mit Ohrring! Luke Brandon im Schneidersitz!

Als könne er meinen Blick auf sich spüren, öffnet er die Augen und lächelt mich an. Ich strahle zurück. Zehn Monate verheiratet. Und noch kein einziger Streit.

Na ja. Sie wissen schon. Jedenfalls kein richtiger.

»*Siddhasana*«, sagt unser Yoga-Lehrer Chandra, und sofort lege ich gehorsam den rechten Fuß auf den linken Oberschenkel. »Und jetzt den Kopf frei machen von allen unwesentlichen Gedanken.«

Okay. Kopf frei machen. Konzentrieren.

Ich will ja nicht angeben, aber ich finde es ziemlich einfach, den Kopf frei zu machen. Ich verstehe gar nicht, wie das überhaupt irgendjemand schwierig finden kann! Ich meine, nicht-denken muss doch im Grunde so viel einfacher sein als denken, oder?

Aber gut, ich bin ja auch gewissermaßen ein Naturtalent in Sachen Yoga. Wir sind erst seit fünf Tagen in diesem Refugium, und ich kann schon den Lotus-Sitz und alles! Ich habe mir sogar schon überlegt, eventuell als Yoga-Lehrerin zu arbeiten, wenn wir wieder nach Hause kommen.

Vielleicht könnte ich mich ja mit Trudie Styler zusammentun. Au ja! Dann könnten wir auch eine ganze Kollektion bequemer Yoga-Kleidung entwerfen, alles in Grau und Weiß, mit einem kleinen Logo…

»Auf die Atmung konzentrieren«, sagt Chandra.

Ach, ja, richtig. Atmen.

Einatmen... ausatmen. Einatmen... ausatmen. Einatmen...

Mann, sehen meine Fingernägel toll aus. Ich habe sie mir in dem Spa machen lassen – kleine rosa Schmetterlinge auf weißem Grund. Und die Fühler sind winzige, glitzernde Diamanten. Die sind so süß. Hm, der eine ist anscheinend leider abgefallen. Ob die mir das reparieren...

»Becky.« Chandras Stimme lässt mich zusammenzucken. Er steht direkt vor mir und mustert mich mit diesem ganz speziellen Chandra-Blick: sanft und allwissend, als könne er einem in die Seele gucken.

»Du machst das sehr gut, Becky«, lobt er mich. »Du hast einen wunderschönen Geist.«

Mein ganzer Körper prickelt vor Freude. Ich, Rebecca Brandon, geborene Bloomwood, habe einen wunderschönen Geist! Ich habe es gewusst!

»Deine Seele ist der Welt abgewandt«, fügt er sanft hinzu, und ich starre ihn vollkommen gebannt an.

»Weltliche Güter bedeuten mir gar nichts«, entgegne ich atemlos. »Das Einzige, was mir wirklich wichtig ist, ist Yoga.«

»Du hast deinen Weg gefunden.« Chandra lächelt.

Ich höre ein seltsames Schnauben aus Lukes Richtung, und als ich mich nach ihm umdrehe, sehe ich, dass er uns sichtlich amüsiert beobachtet.

Ich *wusste*, dass Luke das hier nicht wirklich ernst nehmen würde.

»Das hier ist ein Privatgespräch zwischen mir und meinem Guru, also bitte, ja?«, pflaume ich ihn an.

Aber eigentlich sollte mich das ja gar nicht überraschen.

Davor hat man uns nämlich am ersten Tag dieses Yoga-Kurses ausdrücklich gewarnt. Es kommt anscheinend häufig vor, dass der eine Partner größere Erleuchtung erfährt als der andere, und dass der andere darauf mit Skepsis oder gar Neid reagiert.

»Du wirst sicher schon bald über die glühenden Kohlen gehen können.« Chandra nickt lächelnd in Richtung der unweit gelegenen, mit weißglühenden, aschebedeckten Kohlen gefüllten Grube, und der Rest der Gruppe lacht nervös. Heute Abend werden Chandra und einige seiner besten Yoga-Schüler uns den Gang über die Kohlen demonstrieren. Das soll unser aller Ziel sein. Angeblich kann der Glückszustand so profund sein, dass man überhaupt nicht merkt, wie die Kohlen einem die Füße verglühen. Man ist hundertprozentig schmerzfrei!

Meine geheime Hoffnung dabei ist ja, dass das auch mit 15 cm hohen Stilettos funktioniert.

Chandra korrigiert meine Armhaltung und geht dann weiter. Ich schließe die Augen und genieße die wärmende Sonne im Gesicht. Ich fühle mich so rein und ruhig, während ich an diesem Berghang in der absoluten Pampa sitze. Nicht nur Luke hat sich in den vergangenen zehn Monaten verändert. Ich auch. Ich bin erwachsen geworden. Meine Prioritäten haben sich geändert. Genau genommen, bin ich ein ganz anderer Mensch geworden. Ich meine, jetzt sehen Sie mich doch mal an! Ich mache Yoga in einem echten Refugium! Ich besinne mich! Meine alten Freunde würden mich wahrscheinlich gar nicht wiedererkennen, wenn sie mich so sähen.

Auf Chandras Anweisung hin nehmen wir alle die *Vajra-sana*-Haltung ein. Von meinem Platz aus sehe ich, wie sich ein alter Mann mit zwei riesigen Taschen Chandra nähert. Die beiden unterhalten sich kurz, wobei Chandra wiederholt den Kopf schüttelt, bis der Mann schließlich wieder im Gebüsch des Berghangs verschwindet. Als er außer Hörweite ist, wendet Chandra sich an die Gruppe und verdreht die Augen.

»Dieser Mann ist ein fliegender Händler. Er hat gefragt, ob jemand von euch an Edelsteinen interessiert sein könnte. Halsketten, billige Armbänder. Ich habe ihm gesagt, dass ihr euch in ganz anderen geistigen Sphären bewegt.«

Einige der Kursteilnehmer um mich herum schütteln fassungslos den Kopf. Eine Frau mit langen roten Haaren sieht nachgerade beleidigt aus.

»Sieht der denn nicht, dass wir uns mitten in einer Meditation befinden?«, fragt sie.

»Er versteht eure Art der geistigen Hingabe nicht.« Chandra lässt einen ernsten Blick über die Gruppe schweifen. »Und es gibt da draußen in der Welt noch viel mehr seinesgleichen. Es gibt Menschen, die nicht verstehen können, dass Meditation Seelennahrung ist. Ihr braucht keine … Saphirarmbänder!«

Einige der anderen nicken zustimmend.

»Aquamarinanhänger an Platinketten«, fährt Chandra abfällig fort. »Das ist doch alles nichts im Vergleich zu dem Glanz, den die Erleuchtung uns verleiht!«

Aquamarin?

Wow. Wie viel die wohl –

Ich meine, nicht, dass mich das ernsthaft interessieren würde. Natürlich nicht. Die Sache ist nur so, dass ich neulich rein zufällig in einem Schaufenster Aquamarine angeguckt habe. Aus rein akademischem Interesse.

Ich sehe der kleiner werdenden Gestalt des alten Mannes nach.

»Drei-Karat-Fassung, Fünf-Karat-Fassung, hat er ständig gesagt. Alles zum halben Preis.« Chandra schüttelt den

Kopf. »Ich habe ihm gesagt, diese Menschen hier sind nicht an so etwas interessiert.«

Zum halben Preis? Fünfkarätige Aquamarine zum halben Preis?

Schluss jetzt. Aufhören! Chandra hat Recht. Natürlich interessieren mich diese dämlichen Aquamarine nicht. Ich gebe mich ganz der Erleuchtung hin.

Und überhaupt ist der alte Mann jetzt fast ganz weg. Er ist nur noch ein winziger Punkt dort oben am Berg. Gleich ist er völlig verschwunden.

»Und jetzt«, lächelt Chandra, »die *Halasana*-Stellung. Becky, zeigst du sie uns?«

»Gerne.« Ich erwidere Chandras Lächeln und bereite mich darauf vor, die gewünschte Stellung einzunehmen.

Aber irgendetwas stimmt nicht. Das Gefühl der Zufriedenheit ist weg. Das Gefühl der inneren Ruhe ist weg. Stattdessen macht sich ein ganz merkwürdiges Gefühl in mir breit und verdrängt alles andere. Es wird immer mächtiger, immer massiver…

Und dann kann ich mich nicht mehr beherrschen. Bevor ich selbst weiß, was ich tue, renne ich, so schnell ich kann, barfuß los den Berg hinauf auf die kleine Gestalt zu. Meine Lungen stechen, meine Füße brennen, und die Sonne knallt mir auf den ungeschützten Kopf, aber ich renne weiter, bis ich den Bergkamm erreicht habe. Dort bleibe ich keuchend stehen und sehe mich suchend um.

Das glaube ich nicht. Er ist weg. Wie vom Erdboden verschluckt.

Ich verharre ein Weile, während ich versuche, wieder zu Puste zu kommen, und blicke in alle Richtungen. Er ist nirgends zu sehen.

Leicht deprimiert drehe ich mich schließlich wieder um und kehre bergab zurück zu meiner Yoga-Gruppe. Als ich mich ihnen nähere, bemerke ich, dass sie alle rufen und mir wie wild winken. Oh Gott. Ob ich jetzt Ärger kriege?

»Du hast es geschafft!«, kreischt die Rothaarige. »Du hast es geschafft!«

»Was geschafft?«

»Du bist über die glühenden Kohlen gerannt! Du hast es geschafft, Becky!«

Wie bitte?

Ich gucke auf meine Füße... Und ich fasse es nicht! Sie sind über und über mit grauer Asche bedeckt! Benommen blicke ich zu der Kohlengrube – und auf den Kohlen sind ganz klar und deutlich Fußabdrücke zu sehen!

Oh mein Gott. Oh mein *Gott*! Ich bin über die Kohlen gerannt! Ich bin über die glühend heißen Kohlen gerannt! Ich habe es geschafft!

»Aber... aber... Ich habe überhaupt nichts gemerkt!«, stelle ich verwirrt fest. »Und meine Füße sind auch nicht verbrannt!«

»Wie hast du das gemacht?«, will die Rothaarige wissen. »Woran hast du gedacht?«

»Das kann ich beantworten.« Chandra tritt vor und lächelt. »Becky hat die höchste Form karmischer Glückseligkeit erlangt. Sie hat sich auf ein Ziel konzentriert, auf ein ganz klares Bild, und das hat ihren Körper in einen übernatürlichen Zustand versetzt.«

Die anderen glotzen mich alle an, als wenn ich plötzlich der Dalai Lama wäre.

»Ach, alles halb so wild«, winke ich bescheiden ab. »Ich hatte bloß... na, ihr wisst schon. Die Erleuchtung.«

»Kannst du das Bild beschreiben?«, fragt die Rothaarige aufgeregt.

»War es weiß?«, fragt jemand anders.

»Nein, weiß war es eigentlich nicht...«, sage ich.

»War es so eine Art glänzendes Blau-Grün?«, höre ich Lukes Stimme von ganz hinten. Abrupt sehe ich auf. Luke hält meinem Blick völlig cool stand.

»Ich weiß es nicht mehr«, gebe ich kühl zurück. »Die Farbe war auch nicht wirklich wichtig.«

»Hat es sich so angefühlt wie…« Luke tut, als würde er scharf nachdenken. »…als wenn die Glieder einer Kette dich magnetisch anziehen und hinter sich herziehen würden?«

»Das ist ein ausgezeichnetes Bild, Luke«, freut sich Chandra.

»Nein«, antworte ich knapp. »So hat es sich nicht angefühlt. Weißt du was, ich glaube, um das zu begreifen, braucht man doch ein gewisses Minimum an Verständnis für spirituelle Phänomene.«

»Verstehe.« Luke nickt ernst.

»Du kannst ja so stolz sein, Luke.« Chandra strahlt Luke an. »Hast du deine Frau schon jemals etwas so Außergewöhnliches tun sehen?«

Plötzlich herrscht Stille. Luke sieht von mir zu den glühenden Kohlen, zur schweigenden Yoga-Gruppe und schließlich zu Chandra, der immer noch strahlt.

»Chandra«, sagt er. »Glaub mir. Das war gar nichts.«

Als der Unterricht vorbei ist, gehen alle auf die Terrasse, wo gekühlte Getränke bereitstehen. Aber ich bleibe auf meiner Matte und meditiere noch ein bisschen weiter, um deutlich zu machen, wie sehr ich mich den höheren geistigen Sphären hingebe. Die eine Hälfte meines Geistes konzentriert sich gerade auf das weiße Licht meines Wesens, während ich mir mit der anderen Hälfte vorstelle, wie ich vor Trudies und Stings Augen durch die glühenden Kohlen renne und die beiden mir begeistert applaudieren – als ich einen Schatten auf meinem Gesicht wahrnehme.

»Sei gegrüßt, oh du Erleuchtete«, sagt Luke, und als ich die Augen öffne, steht er vor mir und hält mir ein Glas Saft hin.

»Du bist doch bloß neidisch, weil du keinen schönen Geist hast«, kontere ich und streiche mir die Haare aus dem Gesicht, sodass der rote Punkt auf meiner Stirn sichtbar wird.

»Oh ja, und wie«, stimmt Luke zu. »Hier.«

Er reicht mir das Glas und setzt sich neben mich auf den Boden. Ich trinke einen Schluck köstlichen, eisgekühlten Passionsfruchtsaft, und dann sitzen wir einfach da und genießen den fantastischen Blick über die Berge, die in der Ferne im Nebel verschwinden.

»In Sri Lanka könnte ich wirklich ohne Probleme leben«, seufze ich. »Hier ist es doch perfekt. Das Wetter… die Landschaft… die Menschen hier sind so nett…«

»Das hast du in Indien auch gesagt«, stellt Luke fest. »Und in Australien«, fügt er hinzu, als ich den Mund öffne. »Und in Amsterdam.«

Wow, Amsterdam. Das hatte ich ja schon ganz vergessen, dass wir da gewesen sind. Das war nach Paris. Oder war's davor?

Ach, ja, natürlich. Das war doch da, wo ich so viel von diesen abgefahrenen Kuchen gegessen habe und fast in den Kanal gefallen wäre.

Ich trinke noch einen Schluck und lasse die letzten zehn Monate Revue passieren. Wir waren in so vielen Ländern, dass es mir wirklich schwer fällt, mich an alle Einzelheiten zu erinnern. Das Ganze kommt mir vor wie ein unscharfer Film, in dem hier und da klare, scharfe Bilder auftauchen. Wie wir am Great Barrier Reef mit den vielen blauen

19

Fischen schnorcheln… die Pyramiden in Ägypten… die Elefanten-Safari in Tansania… wie ich in Hongkong haufenweise Seide kaufe… der goldene Souk in Marokko… wie ich das Ralph-Lauren-Outlet in Utah finde…

Mann, haben wir viel erlebt. Ich stoße einen glücklichen Seufzer aus und trinke noch einen Schluck Saft.

»Ach, übrigens«, sagt Luke und reicht mir einen Stapel Umschläge, »Post aus England.«

Aufgeregt setze ich mich auf und sehe die Umschläge durch.

»Die *Vogue*!«, quietsche ich, als ich die Sonderausgabe für Abonnenten in ihrem glänzenden Plastikumschlag entdecke. »Och, guck doch mal! Die haben eine Engel-Tasche auf dem Cover!«

Ich warte auf eine Reaktion – aber Lukes Blick ist leer. Das frustriert mich jetzt ja schon ein klein wenig. Wie kann er nur so ungerührt dreinblicken? Ich habe ihm doch letzten Monat den ganzen Artikel über die Engel-Taschen vorgelesen, ihm die Bilder gezeigt und alles!

Ich weiß, dass das hier unsere Flitterwochen sind. Aber manchmal wünschte ich mir echt, Luke wäre eine Frau.

»Du weißt schon!«, versuche ich ihm auf die Sprünge zu helfen. »Engel-Taschen! Die allercoolsten, hippesten Taschen seit… seit…«

Ach, ich verschwende ja doch nur meine Zeit. Da gucke ich mir doch lieber lustvoll das Foto der Tasche an. Sie ist aus weichem, cremefarbenen Kalbsleder und hat einen wunderschönen, handgemalten Engel mit Flügeln auf der Vorderseite. Unter dem Bild ist in Strass der Name »Gabriel« appliziert. Es gibt sechs verschiedene Engel, und die Promis kloppen sich nur so um die Taschen. Bei Harrods sind sie permanent ausverkauft. Die Schlagzeile neben dem Foto lautet: »Himmlische Erscheinung«.

Ich bin so hin und weg, dass Lukes Stimme kaum richtig zu mir durchdringt, als er mir einen Umschlag reicht. Ich höre nur »Uuus«.

»Wie bitte?« Benommen sehe ich auf.

»Ich sagte, hier ist noch ein Brief«, erwidert er mit einer Engelsgeduld. »Von Suze.«

»Suze?« Ich lasse die *Vogue* fallen und schnappe ihm den Brief weg. Suze ist meine allerallerbeste Freundin auf der ganzen Welt. Und ich habe sie *so* vermisst!

Der Umschlag ist aus richtig dickem, cremig-weißem Papier, und auf der Rückseite trägt er ein Wappen mit einem lateinischen Sinnspruch. Ich vergesse immer wieder, wie absolut vornehm Suze eigentlich ist. Zur Veranschaulichung: Auf ihrer Weihnachtskarte an uns war ein Foto vom Schloss ihres Mannes Tarquin in Schottland, und in der Karte stand »Vom Anwesen der Cleath-Stuarts«. (Das konnte man allerdings kaum lesen, weil ihr einjähriger Sohn Ernie alles mit roten und blauen Fingerabdrücken bedeckt hatte.)

Ich reiße den Umschlag auf, und schon fällt mir eine Karte entgegen.

»Eine Einladung!«, rufe ich. »Zur Taufe der Zwillinge!«

Ich betrachte die edle, verschnörkelte Schrift und bin ein kleines bisschen traurig. Wilfrid und Clementine Cleath-Stuart. Suze hat noch zwei Kinder bekommen, und ich habe sie noch nicht mal gesehen. Vier Monate sind sie jetzt schon alt. Wie sie wohl aussehen? Wie es Suze wohl geht? Irgendwie ist so wahnsinnig viel passiert ohne uns.

Ich drehe die Karte um und lese Suzes hingekrakelte Zeilen.

»Ich weiß, dass ihr nicht kommen könnt, aber ich dachte mir, ihr freut euch trotzdem drüber... Ich hoffe, dass alles weiter so super läuft bei euch! Alles Liebe von uns allen, Suze. PS: Ernie ist total vernarrt in sein chinesisches Outfit, tausend Dank!!«

»In zwei Wochen«, sage ich und zeige Luke die Karte. »Echt schade, dass wir nicht hinkönnen.«

»Ja«, stimmt Luke zu. »Wirklich schade.«

Wir schweigen einen Moment. Dann sieht Luke mich an. »Ich meine ... Du willst doch noch nicht zurück, oder?«, fragt er unbefangen.

»Nein!«, entgegne ich prompt. »Natürlich nicht!«

Wir sind erst seit zehn Monaten unterwegs, und wir hatten gesagt, dass wir mindestens ein Jahr weg sein wollen. Und außerdem ist uns die Wanderlust jetzt in Fleisch und Blut übergegangen. Wir sind zu Nomaden geworden, die nicht verweilen und kein Moos ansetzen. Womöglich werden wir nie wieder in der Lage sein, zu einem normalen Leben zurückzukehren, so wie Seeleute nicht an Land leben können.

Ich stecke die Einladung zurück in den Umschlag und trinke noch einen Schluck. Wie es Mum und Dad wohl geht? Von denen habe ich in letzter Zeit auch nicht sehr viel gehört. Wie Dad wohl sein Golfturnier gemeistert hat?

Und der kleine Ernie kann jetzt wahrscheinlich längst schon laufen. Ich bin seine Patentante, und ich habe ihn noch nicht mal laufen sehen!

Na ja. Egal. Dafür sammele ich einmalige Erfahrungen auf unserer Reise um die Welt.

»Wir müssen uns überlegen, wo wir als Nächstes hinwollen«, sagt Luke und lehnt sich zurück auf seine Ellbogen. »Der Yoga-Kurs ist bald zu Ende. Hatten wir nicht über Malaysia geredet? Oder wollen wir zurück nach Indonesien? Oder weiter in den Norden?«

»Hmmm«, mache ich. »Ach, guck mal, ein Affe.«

Das ist ja wohl unglaublich, dass ich so blasiert auf den Anblick eines Affen reagiere! Als ich in Kenia das erste Mal diese Baboon-Affen sah, fand ich das so aufregend, dass ich mindestens sechs Filme verknipst habe. Und jetzt sage ich bloß: »Ach, guck mal, ein Affe.«

»Oder Nepal... oder noch mal nach Thailand...«

»Oder nach Hause«, höre ich mich selbst sagen.

Stille.

Komisch. Ich hatte gar nicht vor, das zu sagen. Ich meine, wir fahren natürlich selbstverständlich jetzt noch nicht nach Hause! Wir sind noch nicht mal ein Jahr unterwegs!

Luke richtet sich auf und sieht mich an.

»Nach Hause? Richtig nach Hause?«

»Nein!«, wehre ich mit einem Lachen ab. »Das war doch nur ein Witz!« Ich zögere. »Obwohl...«

Wir schweigen angespannt.

»Also, vielleicht... Wir *müssen* ja nicht unbedingt ein ganzes Jahr unterwegs sein«, sage ich vorsichtig. »Wenn wir nicht wollen.«

Luke fährt sich mit der Hand durch die Haare, und die kleinen Perlen in seinen Zöpfen klickern leise aneinander.

»Sind wir so weit? Können wir zurückkehren?«

»Ich weiß es nicht.« Ich bin ein klein wenig beklommen. »Was meinst du?«

Ich kann kaum glauben, dass wir tatsächlich darüber reden, nach Hause zu fahren! Ich meine, sehen Sie uns doch mal an! Meine Haare sind total ausgetrocknet und gebleicht, ich habe Henna an den Füßen und seit Monaten keine richtigen Schuhe mehr angehabt!

Vor meinem inneren Auge sehe ich plötzlich mich selbst, wie ich in Mantel und Stiefeln durch London marschiere. Glänzende, hochhackige Stiefel von L K Bennett. Und eine dazu passende Handtasche.

Auf einmal überkommt mich eine so heftige Sehnsucht, dass ich heulen könnte.

»Ich glaube, ich habe genug von der Welt gesehen.« Ich sehe Luke an. »Ich möchte zurück ins echte Leben.«

»Ich auch.« Luke nimmt meine Hand und verflicht unsere Finger miteinander. »Ich möchte das ehrlich gesagt schon seit einer ganzen Weile.«

»Aber warum hast du denn nichts gesagt?« Entsetzt sehe ich ihn an.

»Ich wollte kein Spielverderber sein. Aber ich bin ganz bestimmt so weit. Ich kann nach Hause fahren.«

»Und du wärst trotzdem immer weiter gereist? Nur mir zuliebe?« Ich bin total gerührt.

»Na ja, so entbehrungsreich wäre das ja nun auch wieder nicht gewesen.« Luke wirft mir einen Blick zu, der Ironie andeutet. »Ist ja nicht so, als würden wir wie kernige Pfadfinder reisen.«

Mir steigt eine leichte Röte ins Gesicht. Als wir uns vor zehn Monaten auf die Reise begaben, sagte ich Luke, dass ich fest entschlossen war, so richtig ursprünglich zu reisen, und nur in kleinen Hütten zu übernachten. Genau wie Leonardo di Caprio in *Der Strand*.

Aber das war, bevor ich jemals eine Nacht in einer kleinen Hütte verbracht hatte.

»Und wenn wir von ›nach Hause‹ reden –« Luke macht eine Pause. »Meinen wir dann London?«

Fragend sieht er mich an.

Oh Gott. Die Stunde der Entscheidung.

Die letzten zehn Monate haben wir immer wieder darüber geredet, wo wir nach unserer Hochzeitsreise leben sollen. Vor unserer Hochzeit haben Luke und ich in New York gewohnt, und das fand ich genial. Aber die englische Heimat hat mir doch auch irgendwie gefehlt. Und jetzt expandiert Lukes britisches Unternehmen nach Europa, was ziemlich aufregend ist. Darum würde er gerne nach London zurückkehren – zumindest vorübergehend.

Und das ist ja auch okay… Das einzige Problem ist, dass ich da keinen Job habe. Zuletzt habe ich als persönliche Einkaufsberaterin bei Barneys in New York gearbeitet. Das war mein Traumjob.

Aber egal. Ich werde schon was Neues finden. Und nicht nur was Neues, sondern auch was Besseres!

»Ja, London«, sage ich entschieden und sehe auf. »Meinst du… wir schaffen es rechtzeitig zur Taufe?«

»Wenn du willst.« Luke lächelt, und ich bin auf einmal ganz aufgeregt. Wir werden bei der Taufe dabei sein! Ich werde Suze wiedersehen! Und Mum und Dad! Nach fast einem Jahr! Mann, werden die sich freuen! Und wir haben so viel zu erzählen!

Ich habe eine Vision von mir, wie ich alle meine Freunde bei Kerzenlicht an einem festlich gedeckten Tisch zum Abendessen um mich versammelt habe und wie sie gebannt meinen Erzählungen aus fernen Ländern und von exotischen Abenteuern lauschen. Wie ein zweiter Marco Polo werde ich dort sitzen und dann meinen Überseekoffer öffnen, in dem sich kostbare Schätze befinden… und es wird ein bewunderndes Raunen zu hören sein…

»Dann geben wir mal besser Bescheid«, sagt Luke im Aufstehen.

»Nein, warte!« Ich halte ihn an seiner Hose fest. »Ich habe eine Idee. Wir überraschen sie! Wir überraschen sie alle!«

»Alle *überraschen*?« Luke sieht mich zweifelnd an. »Becky, bist du dir sicher, dass das eine so gute Idee ist?«

»Das ist eine hervorragende Idee! Überraschungen sind toll! Das findet jeder.«

»Aber –«

»Jeder findet Überraschungen toll«, wiederhole ich mit fester Stimme. »Vertrau mir.«

Wir schlendern durch die Parkanlage zurück zum Hauptgebäude des Hotels – und ich bin ein klein wenig wehmütig beim Gedanken daran, dass wir jetzt abreisen werden. Es ist so schön hier. Diese fantastischen Bungalows aus Teakholz und die bezaubernden Vögel überall – und wenn man dem Bach folgt, kommt man zu einem echten Wasserfall! Wir erreichen die Holzschnitzwerkstatt, wo man die Kunsthandwerker bei der Arbeit beobachten kann, und ich bleibe einen Moment stehen und sauge den köstlichen Duft nach Holz ein.

»Mrs. Brandon!« Der Werkstattleiter, Vijay, ist am Eingang aufgetaucht.

Mist. Ich wusste nicht, dass er hier war.

»Tut mir Leid, Vijay«, weiche ich schnell aus, »aber ich habe es gerade ziemlich eilig. Wir reden später... Komm, Luke!«

»Kein Problem!« Vijay strahlt mich an und wischt sich die Hände an seiner Schürze ab. »Ich wollte Ihnen nur sagen, dass der Tisch fertig ist.«

Verdammt.

Luke dreht sich langsam zu mir um und sieht mich an.

»Tisch?«, fragt er.

»Ihr Esstisch«, freut Vijay sich. »Und zehn Stühle. Hier, ich zeige sie Ihnen! Wir stellen sie auf!« Er schnippt mit den Fingern und bellt ein paar Anweisungen, dann traben zu meinem Entsetzen plötzlich acht Mann mit einem riesigen geschnitzten Teaktisch auf den Schultern aus der Werkstatt.

Wow. Ist ein bisschen größer, als ich in Erinnerung hatte.

Luke sieht völlig perplex aus.

»Holt die Stühle!«, kommandiert Vijay herum. »Stellt das ordentlich auf!«

»Sind die nicht toll?«, flöte ich.

»Du hast einen Esstisch und zehn Stühle bestellt... ohne mir etwas davon zu sagen?« Luke kullern fast die Augen aus dem Kopf, als die Stühle einer nach dem anderen auftauchen.

Okay. Jetzt wird's eng.

»Das ist... mein Hochzeitsgeschenk für dich!«, verkünde ich, einer plötzlichen Eingebung folgend. »Sollte eine Überraschung sein. Herzlichen Glückwunsch zur Hochzeit, Darling!« Ich drücke ihm einen Kuss auf die Wange und sehe hoffnungsvoll lächelnd zu ihm auf.

»Becky, du hast mir schon ein Hochzeitsgeschenk gegeben«, sagt Luke und verschränkt die Arme. »Und außerdem ist unsere Hochzeit inzwischen schon eine ganze Weile her.«

»Ich habe... es für später aufgehoben!« Und damit Vijay es nicht hören kann, flüstere ich Luke zu: »Und ehrlich gesagt, sooo teuer sind die Sachen gar nicht –«

»Becky, es geht nicht ums Geld. Es geht um den Platz! Wo soll dieses Monster denn bloß stehen?«

»Also, so groß ist er nun auch wieder nicht. Und überhaupt«, füge ich schnell hinzu, bevor er etwas sagen kann, »wir brauchen schließlich einen guten Tisch!« Ich breite die Arme aus. »Ist es nicht das, worum es in einer guten Ehe geht? Dass man sich abends am Tisch zusammensetzt und über alles redet? Dass man an einem soliden Holztisch beieinander sitzt und... einen Teller deftigen Eintopf isst?«

»Deftigen Eintopf?«, hakt Luke nach. »Und wer macht diesen deftigen Eintopf?«

»Den können wir bei Waitrose kaufen«, erkläre ich.

27

Ich gehe um den Tisch herum und sehe ernst zu Luke auf. »Luke, denk doch mal nach. Wir werden nie wieder in Sri Lanka sein und waschechten Holzschnitzern direkt gegenüberstehen. Das hier ist eine einmalige Gelegenheit. Und ich habe dafür gesorgt, dass es ein ganz persönliches Andenken ist.«

Ich zeige auf die Tischkante. Dort sind inmitten der Blumen die Worte »Luke und Rebecca, Sri Lanka, 2003« in das Holz geschnitzt.

Luke streicht mit der Hand über die Tischplatte. Er hebt einen der Stühle an. Ich sehe ihm förmlich an, wie er nachgibt. Doch dann sieht er mit gerunzelter Stirn auf.

»Du hast nicht zufällig noch andere Sachen gekauft, von denen du mir nichts erzählt hast, Becky?«

Uuuuups. Was sag ich denn jetzt bloß? Ich verschaffe mir einige Sekunden Bedenkzeit, indem ich mich intensivst mit einer der geschnitzten Blumen befasse.

»Natürlich nicht!«, sage ich schließlich. »Das heißt... na ja – vielleicht hier und da mal ein kleines Souvenir, wo es sich gerade anbot...«

»Wie zum Beispiel?«

»Das weiß ich doch nicht mehr!«, rufe ich. »Meine Güte, wir sind schließlich schon zehn Monate unterwegs!« Ich wende mich wieder dem Tisch zu. »Komm schon, Luke, ich wette, du findest den Tisch auch toll. Denk doch nur mal an die einzigartigen Dinnerpartys, die wir jetzt ausrichten können... Und außerdem ist er das perfekte Erbstück! Eines Tages werden wir ihn an unsere Kinder weitergeben...«

An dieser Stelle breche ich meinen Vortrag peinlich berührt ab. Ich kann Luke in diesem Moment gar nicht in die Augen sehen.

Vor ein paar Monaten hatten wir diese Riesendiskussion

von wegen Baby und so. Mit dem Ergebnis, dass wir es versuchen wollen. Aber bis jetzt ... hat sich noch nichts getan.

Ich meine, nicht dass das ein großes Problem wäre. Wird schon noch klappen. Natürlich wird es klappen.

»Na, gut«, lenkt Luke mit etwas sanfterer Stimme ein. »Du hast gewonnen. Er tätschelt den Tisch und sieht dann auf die Uhr. »Ich werde eben eine E-Mail ans Büro schicken und die Leute dort über unsere Rückkehr informieren.« Er sieht mich ein bisschen schräg an. »Es sei denn, du bestehst darauf, dass ich unangemeldet die Tür zum Vorstandszimmer aufreiße und ›Überraschung!!!‹ brülle ...?«

»Natürlich nicht!«, pariere ich sofort.

Obwohl das eigentlich so in etwa das war, was ich mir vorgestellt hatte. In meiner Vorstellung war ich allerdings mit von der Partie, mit einer Flasche Sekt in der Hand und ein paar Luftschlangen.

»So blöd bin ich nun auch wieder nicht«, füge ich etwas kleinlaut hinzu.

»Gut.« Luke grinst mich an. »Dann schlage ich vor, dass du dir noch einen Drink bestellst – ich bin in zwei Minuten wieder da.«

Ein klein wenig beunruhigt setze ich mich auf die Terrasse in den Schatten und versuche, mir all die Sachen in Erinnerung zu rufen, die ich gekauft und nach England habe schicken lassen, ohne Luke davon zu erzählen.

Ich meine, nicht dass ich mir so richtig Sorgen machen würde. *Sooo* viel kann es ja nicht gewesen sein. Oder?

Also, da waren die hölzernen Giraffen in Malawi. Die, von denen Luke meinte, sie seien zu groß. Was absoluter Quatsch ist. Die werden toll aussehen! Alle werden sie bewundern!

Und dann waren da diese tollen Batiksachen in Bali. Von

denen ich Luke wirklich erzählen wollte… Ich kam nur irgendwie nie dazu.

Und dann waren da die zwanzig chinesischen Morgenmäntel aus Seide.

Ja, gut, ich weiß! Zwanzig hört sich jetzt ziemlich viel an. Aber das war ein solches Schnäppchen! Nur leider hat Luke mein Argument nicht ganz verstanden, dass wenn wir jetzt zwanzig Stück kaufen, wir für den Rest unseres Lebens keine mehr kaufen müssen, und dass es sich ergo um eine sinnvolle Investition handelt. Für jemanden, der tagtäglich mit Finanz-PR zu tun hat, ist er manchmal wirklich ein bisschen schwer von Begriff.

Also bin ich später noch mal heimlich zu dem Laden zurückgegangen, habe die Dinger gekauft und direkt nach Hause versenden lassen.

Also, die Möglichkeit, alles rund um die Welt verschicken zu können, macht die Sache ja so viel einfacher! Man muss den ganzen Kram überhaupt nicht mit sich herumschleppen – man zeigt bloß auf das, was man haben will, und lässt es schicken: »Bitte schicken Sie mir das da an meine Heimatadresse. Und das da. Und das.« Dann gibt man den Leuten seine Karte, und schwupps… – und Luke bekommt von all dem überhaupt nichts mit.

Vielleicht hätte ich doch besser aufschreiben sollen, was ich wo gekauft habe.

Ach was, ist halb so schlimm. Ist ganz bestimmt nur halb so schlimm.

Und außerdem wollen wir ja schließlich ein paar Souvenirs haben, oder? Wäre ja wohl ein bisschen blödsinnig, um die ganze Welt zu reisen und mit leeren Händen zurückzukehren, oder? Eben.

Ich sehe Chandra vorübergehen und winke ihm freundlich zu.

»Du warst heute wirklich sehr gut, Becky«, lobt er mich und kommt auf mich zu. »Ich würde dich gerne etwas fragen. In zwei Wochen leite ich einen Meditationskurs für Fortgeschrittene. Die Teilnehmer sind in erster Linie Mönche und Leute mit langjähriger Yoga-Erfahrung, aber… ich habe das Gefühl, du würdest sehr gut in die Gruppe passen. Was meinst du? Bist du interessiert?«

»Ach, wäre das toll!« Ich setze ein enttäuschtes Gesicht auf. »Aber ich kann leider nicht. Luke und ich fahren nach Hause.«

»Nach Hause?« Chandra sieht richtig schockiert aus. »Ja, aber… du bist so gut! Du willst doch nicht etwa den Yoga-Pfad verlassen?«

»Nein, nein«, versichere ich ihm. »Keine Sorge. Ich kaufe mir ein Video.«

Als Chandra weitergeht, sieht er regelrecht erschüttert aus. Ist ja auch kein Wunder. Er wusste wahrscheinlich noch nicht mal, dass es so etwas wie Yoga-Videos überhaupt gibt. Und von Geri Halliwell hat er bestimmt auch noch nie gehört.

Neben mir taucht ein Kellner auf, und ich bestelle einen Mango-Papaya-Cocktail, der auf der Karte »Happy Juice« heißt. Na, das passt doch hervorragend zu meiner momentanen Stimmung! Ich sitze hier auf meiner Hochzeitsreise in der Sonne und werde bald alle meine Lieben mit meiner unangekündigten Rückkehr überraschen! Bingo!

Ich sehe auf, als Luke sich mit seinem Palm Pilot in der Hand dem Tisch nähert. Bilde ich mir das bloß ein, oder geht er tatsächlich irgendwie schneidiger, und sieht er tatsächlich irgendwie lebhafter aus als in den vergangenen Monaten?

»Okay«, verkündet er. »Ich habe mit dem Büro gesprochen.«

31

»Und, ist alles in Ordnung?«

»Alles in Ordnung.« Er wirkt, als könne er die in ihm sprudelnde Energie kaum kontrollieren. »Sogar in allerbester Ordnung. Genau genommen läuft alles so gut, dass ich für Ende dieser Woche gerne ein paar Termine machen würde.«

»Na, das ging ja schnell!« Ich bin erstaunt.

Mannomann. Ich dachte, es würde mindestens eine Woche dauern, bis wir uns ansatzweise irgendwie organisiert hätten.

»Aber da ich weiß, wie viel dir der Aufenthalt in diesem Yoga-Refugium bringt, schlage ich vor, dass ich schon mal vorfahre, und dass du dann später nachkommst... Und dann fliegen wir zusammen nach England.«

»Und wo sind deine Termine?«, erkundige ich mich leicht verwirrt.

»In Italien.«

Der Kellner kommt mit meinem Happy Juice, und Luke bestellt sich ein Bier.

»Ich will mich aber nicht von dir trennen!«, beschwere ich mich, als der Kellner wieder weg ist. »Das hier ist unsere Hochzeitsreise, Luke!«

»Aber wir haben doch schon zehn wunderschöne Monate miteinander verbracht...«, ruft Luke mir in Erinnerung.

»Ich weiß. Aber trotzdem...« Unglücklich nippe ich an meinem Happy Juice. »Und wo in Italien?«

»Ach, in irgendeinem uninteressanten Städtchen«, antwortet Luke nach einer kurzen Pause. »Irgendwo im Norden... Nichts Besonderes. Geradezu langweilig. Ich würde dir wirklich empfehlen, hier zu bleiben und die Sonne zu genießen.«

»Na ja...« Hin- und hergerissen sehe ich mich um. Es ist wirklich schön hier. »Wie heißt die Stadt?«

Luke schweigt.

»Mailand«, antwortet er dann sichtlich widerwillig.

»Mailand?« Ich falle fast vom Stuhl vor Aufregung. »Du fliegst nach Mailand? Ich war noch nie in Mailand! Da wollte ich schon immer mal hin!«

»Ach«, sagt Luke. »Wirklich?«

»Ja! Natürlich! Ich will mit!«

Wie konnte er bloß glauben, dass ich nicht nach Mailand wollte? Davon träume ich schon so lange!

»Okay.« Luke schüttelt den Kopf. »Ich muss verrückt sein, aber okay, du kannst mit.«

Restlos begeistert lehne ich mich auf meinem Stuhl zurück und trinke einen großen Schluck Happy Juice. Diese Hochzeitsreise wird von Tag zu Tag besser!

2

Also, das ist mir ja wohl mal ein totales Rätsel, wie Luke auf die Idee kommen konnte, ohne mich nach Mailand zu fliegen! Ohne mich! Ich bin wie *geschaffen* für Mailand!

Ach nein, nicht Mailand. *Milano.*

Abgesehen von einem Taxi und unserem Hotelzimmer habe ich zwar noch nicht viel von der Stadt gesehen – aber das macht einer Weltenbummlerin wie mir kaum etwas aus. Ich kann die Atmosphäre einer bestimmten Umgebung in null Komma nichts erfassen – genau wie die Buschmänner in der Wildnis. Ich musste nur ganz kurz im Foyer die top-schick in Prada und D & G gekleideten Frauen sehen, die einander Küsschen gaben und gleichzeitig ihre Espressos tranken und ihre glänzenden Haare zurückwarfen, und schon sagte mein mir angeborener, natürlicher Instinkt: Diese Stadt ist eine Stadt für dich.

Ich trinke einen Schluck von dem Cappuccino, den der Zimmerservice mir gebracht hat, und betrachte mich im Spiegel am Kleiderschrank. Ich sehe doch richtig italienisch aus! Jetzt brauche ich nur noch eine Caprihose und dunklen Eyeliner. Und vielleicht eine Vespa.

»Ciao«, sage ich lässig und werfe mein Haare zurück. »Sì. Ciao.«

Ich würde doch ohne Probleme als Italienerin durchgehen! Na ja, ein paar mehr Vokabeln sollte ich vielleicht lernen.

»Sì.« Ich nicke mir im Spiegel zu. »Sì. Milano.«

Vielleicht könnte ich mit der Zeitung üben. Ich schlage

das kostenlose Exemplar des *Corriere della Sera* auf, das wir zusammen mit dem Frühstück gebracht bekamen, und fange an, die ersten Sätze zu lesen. Und ich verstehe schon eine ganze Menge! Im ersten Artikel geht es um den Präsidenten und darum, dass er sein Piano wäscht. Zumindest... bin ich mir ziemlich sicher, dass es das ist, was *presidente* und *lavoro pieno* bedeutet.

»Weißt du was, Luke? Ich könnte ohne Probleme in Italien leben«, verkünde ich, als Luke aus dem Bad kommt. »Ich meine, dieses Land ist doch perfekt. Hier gibt es alles! Cappuccino... leckeres Essen... elegante Kleidung... Gucci ist hier billiger als bei uns...«

»Und die Kunst«, ist Lukes bierernster Kommentar.

Mann, geht der mir manchmal auf den Zeiger.

»Ja, selbstverständlich die Kunst«, sage ich und verdrehe die Augen. »Ich meine, die Kunst brauche ich ja wohl nicht extra zu erwähnen!«

Ich blättere weiter im *Corriere della Sera* und überfliege die Schlagzeilen. Dann macht es in meinem Kopf plötzlich klick.

Ich lasse die Zeitung sinken und starre Luke an.

Was ist denn mit dem passiert?

Vor mir steht der Luke Brandon, den ich seinerzeit als Finanzjournalistin kennen lernte. Er ist glatt rasiert und steckt in einem makellosen Anzug mit einem blassgrünen Hemd und einer Krawatte in einem etwas dunkleren Grün. Er trägt richtige Schuhe und richtige Socken. Sein Ohrring ist weg. Sein Armband ist weg. Das einzige Überbleibsel unserer Reise sind die vielen kleinen Zöpfe auf seinem Kopf.

Ich spüre, wie Enttäuschung in mir aufwallt. Er hat mir so gut gefallen, als er so relaxed und ungepflegt war.

»Du, äh... hast dich ja richtig in Schale geworfen!«, merke ich an. »Wo ist dein Armband?«

»Im Koffer.«

»Aber die Frau in der Masai Mara hat gesagt, dass wir die Armbänder niemals abnehmen dürfen!« Ich bin entsetzt. »Sie hat extra dieses ganz besondere Masai-Gebet gesprochen!«

»Becky ...«, seufzt Luke. »Ich kann wohl kaum mit einem ollen Stück Seil am Handgelenk an einem Geschäftstermin teilnehmen.«

Olles Stück Seil? Das war ein heiliges Armband, und das weiß er ganz genau!

»Und deine Zöpfe?«, halte ich dagegen. »Wenn du Zöpfe haben kannst, kannst du ja wohl auch ein Armband tragen!«

»Die Zöpfe kommen auch ab!« Luke lacht auf. »In zehn Minuten habe ich einen Termin beim Friseur.«

Friseur?

Zöpfe ab?

Das geht mir alles ein bisschen zu schnell. Ich ertrage den Gedanken nicht, dass Lukes sonnengebleichte Haare abgeschnitten werden und achtlos zu Boden fallen. Unsere Hochzeitsreisenhaare. Schnipp-schnapp-ab!?

»Luke, nein!«, protestiere ich, ohne nachzudenken. »Das kannst du nicht machen!«

»Was ist denn los?« Luke dreht sich um und sieht mich eingehend an. »Stimmt was nicht, Becky?«

Nein. Ich meine, ja, allerdings. Aber ich weiß nicht, warum.

»Du darfst dir die Haare nicht abschneiden!«, bettele ich. »Dann ist alles vorbei!«

»Sweetheart ... es *ist* vorbei.« Luke kommt zu mir und setzt sich neben mich. Er nimmt meine Hände und sieht mir in die Augen. »Das weißt du doch, oder? Es ist vorbei. Wir fahren nach Hause. Wir kehren zurück in die Realität.«

»Ich weiß!«, räume ich nach einer Weile ein. »Es ist nur ...
du gefällst mir so gut mit den langen Haaren!«

»So kann ich aber nicht an einem Geschäftstermin teilnehmen.« Luke schüttelt den Kopf, so dass die Perlen in
seinen Haaren aneinanderklicken. »Das weißt du genauso
gut wie ich.«

»Aber du musst sie dir ja nicht gleich abschneiden!«,
plappere ich los, als mir etwas einfällt. »Guck doch mal,
wie viele Italiener lange Haare haben. Wir machen nur alle
Zöpfe auf!«

»Becky ...«

»Ich mach das! Ich löse alle deine Zöpfe auf! Warte.«

Ich fange an, die ersten Perlen herauszupulen und ent-
flechte dann die ersten Zöpfe. Ich bin Luke so nahe, dass
ich sein teures Armani-Aftershave riechen kann, dass er
immer benutzt, wenn er zur Arbeit geht. Das letzte Mal hat
er vor unserer Hochzeit so gerochen.

Ich setze mich um und mache mich vorsichtig daran, auch die Zöpfe auf der anderen Seite aufzulösen. Wir
schweigen – das einzige Geräusch ist das sanfte Aneinanderklicken der Perlen. Als ich die allerletzte entferne,
steckt mir ein Kloß im Hals. Was natürlich albern ist.

Ich meine, unsere Hochzeitsreise konnte ja schließlich
nicht endlos weitergehen, oder? Und ich freue mich darauf, Mum und Dad wiederzusehen, und Suze, und wieder ein normales Leben zu führen ...

Aber trotzdem. Die letzten zehn Monate habe ich quasi
rund um die Uhr mit Luke verbracht. Die Stunden, in
denen wir nicht zusammen waren, kann ich an beiden
Händen abzählen. Und jetzt soll das alles vorbei sein.

Na ja. Wird schon gehen. Ich werde mich in meine neue
Arbeit stürzen ... alle meine Freunde sehen ...

»Fertig!«

Ich hole mein Anti-Locken-Serum, verteile etwas davon in Lukes Haar und bürste es dann so gut es geht glatt. Ein bisschen gewellt ist es immer noch – aber es ist okay. Er sieht europäisch aus.

»Siehst du?«, sage ich schließlich. »Du siehst toll aus!«

Luke betrachtet sich wenig überzeugt im Spiegel, und einen schrecklichen Augenblick lang glaube ich, dass er jetzt sagt, er gehe trotzdem zum Friseur. Dann lächelt er.

»Okay. Für heute überredet. Aber früher oder später müssen die Haare ab.«

»Ich weiß.« Jetzt geht es mir schon gleich wieder viel besser. »Nur nicht heute.«

Ich beobachte Luke dabei, wie er seine Unterlagen zusammensammelt und in seinen Aktenkoffer steckt.

»Und ... worum genau geht es eigentlich? Ich meine, warum musstest du nach Mailand?«

Luke hat mir das zwar bereits im Flugzeug von Colombo hierher erzählt – aber da gab es gratis Sekt an Bord, und ich bin mir nicht ganz sicher, ob ich alles hundertprozentig mitbekommen habe.

»Wir bemühen uns um einen neuen Kunden. Die Arcodas Gruppe.«

»Ach ja, stimmt. Ich erinnere mich.«

Lukes Firma – Brandon Communications – ist eine PR-Agentur, die hauptsächlich für Banken, Wohnungsbaugesellschaften und Vermögensverwaltungen tätig ist. Wir haben uns auf einer seiner Pressekonferenzen kennen gelernt, als ich noch als Journalistin für ein Finanzmagazin gearbeitet habe.

»Wir wollen ein bisschen aus dem Finanzbereich hinaus expandieren.« Luke lässt die Schlösser an seinem Aktenkoffer zuschnappen. »Die Arcodas Gruppe ist ein ziemlich großes und vielseitiges Unternehmen, das sich unter anderem im Immobiliengeschäft engagiert. Dazu gehören aber auch Einkaufs- und Freizeitzentren...«

»Einkaufszentren?« Ich horche auf. »Kriegst du da Rabatt?«

»Wenn wir den Zuschlag bekommen. Vielleicht.«

Mann, ist das cool! Vielleicht expandiert Lukes Firma in den Modebereich und macht dann die PR für Dolce & Gabbana statt für irgendwelche öden Banken!

»Weißt du, ob die in Mailand ein Einkaufszentrum haben?«, frage ich hilfsbereit nach. »Dann könnte ich da ja mal hingehen und es mir angucken. Ein bisschen für dich recherchieren.«

»In Mailand haben sie keins. Sie sind nur hier wegen einer Einzelhandelskonferenz.« Luke stellt den Koffer ab und sieht mich sehr lange und eindringlich an.

»Was?«, frage ich.

»Becky... Ich weiß, wir sind in Mailand. Aber bitte – versprich mir, dass du heute nicht durchdrehst.«

»Durchdrehen?«, frage ich leicht beleidigt zurück. »Was meinst du denn damit?«

»Ich weiß, dass du heute einkaufen gehen wirst...«

Woher will er das denn wissen? Also, echt, Luke hat vielleicht Nerven! Woher will er wissen, dass ich mir nicht irgendwelche berühmten Statuen oder so angucken gehe?

»Ich werde nicht einkaufen gehen!«, gebe ich hochmütig zurück. »Die Sache mit dem Einkaufszentrum habe ich lediglich erwähnt, um dir zu zeigen, dass ich mich für deine Arbeit interessiere!«

»Verstehe.« Luke sieht mich zweifelnd an, und das nervt mich.

»Ich bin hier, um mir etwas von der hiesigen Kultur anzusehen.« Ich hebe das Kinn an. »Und weil ich noch nie in Mailand war.«

»Hm-hm.« Luke nickt. »Du hattest also nicht vor, dir heute den einen oder anderen Designerladen anzugucken?«

»Luke«, hebe ich überfreundlich an. »Ich bin vom Fach. Es ist mein Job, Kundinnen bei ihren Klamotteneinkäufen zu beraten. Persönlich und professionell. Glaubst du allen Ernstes, ich könnte wegen so ein paar Designerläden aus dem Häuschen geraten?«

»Ehrlich gesagt, ja.«

Ich bin entrüstet! Was haben wir uns vor zehn Monaten hoch und heilig versprochen? Hat er mir nicht versprochen, mich zu respektieren und mein Wort niemals in Zweifel zu ziehen?

»Du glaubst, ich wäre nur zum Einkaufen hergekommen? Bitte. Dann nimm das.« Ich schnappe mir meine Tasche, hole mein Portemonnaie heraus und werfe es Luke zu.

»Becky, nun sei doch nicht albern –«

»Nimm es! Ich werde mir einfach nur die Stadt ansehen!«

»Na gut.« Luke zuckt mit den Schultern und steckt mein Portemonnaie ein.

Mist. Ich habe nicht damit gerechnet, dass er es wirklich an sich nehmen würde.

Aber macht nichts, ich habe nämlich noch eine Kreditkarte in meiner Handtasche versteckt, und von der weiß Luke nichts.

»Prima.« Ich verschränke die Arme. »Nimm ruhig all mein Geld. Ist mir piepegal!«

»Ich wette, du wirst auch so überleben«, sagt Luke. »Im Notfall kannst du ja immer noch die Kreditkarte benutzen, die du in deiner Handtasche versteckt hast.«

Was?

Woher weiß er das denn? Hat er mich etwa ausspioniert? Das ist ja wohl ein Scheidungsgrund!

»Die kannst du auch haben!«, fauche ich und grabsche in meine Tasche. »Du kannst alles haben! Mein letztes Hemd! Los, zieh es mir schon aus!« Ich schmeiße die Kreditkarte nach ihm. »Du glaubst vielleicht, mich zu kennen, Luke. Tust du aber nicht. Ich will nichts anderes als ein bisschen Kultur schnuppern und vielleicht das eine oder andere kleine Souvenir oder einen typisch Mailänder Kunstgegenstand kaufen.«

»Einen typisch Mailänder Kunstgegenstand?«, wiederholt Luke. »Damit meinst du doch wohl nicht etwa Schuhe von Versace?«

»Nein!«, halte ich nach einer kurzen Pause dagegen.

Und das stimmt auch.

Fast.

Ich hatte da eher an Miu Miu gedacht. Ich habe gehört, dass das hier richtig billig sein soll!

»Hör zu, Becky, ich möchte ja nur nicht, dass du es übertreibst«, sagt Luke. »Wir haben unser Gepäcklimit so schon erreicht.« Er wirft einen Blick auf unsere offenen Koffer. »Ich meine, mit der südamerikanischen Ritusmaske und dem Voodoo-Stab ... ach, und nicht zu vergessen die Tanzzeremonie-Schwerter ...«

Wie oft will Luke mich eigentlich noch mit den Tanzzeremonie-Schwertern nerven? Nur, weil die ein Loch in sein blödes Hemd gerissen haben.

»Zum hunderttausendsten Mal, das sind Geschenke!«, erkläre ich. »Die konnten wir nicht auf anderem Wege nach Hause schicken, weil wir sie bei unserer Ankunft bei uns haben müssen, sonst sehen wir nicht wie echte Globetrotter aus!«

»Ist ja in Ordnung. Ich sage ja auch nur, dass wir keinen Platz für südamerikanische Masken *und* sechs Paar Stiefel haben.«

Das findet er wohl mal wieder *sehr* komisch.

»Luke, so bin ich nicht mehr, okay?« Ich bemühe mich, vernichtend zu klingen. »Ich bin erwachsen geworden. Ich dachte, das sei dir vielleicht aufgefallen.«

»Wenn du meinst.« Luke hält meine Kreditkarte hoch, betrachtet sie eingehend, und gibt sie mir dann zurück. »Auf der hast du sowieso nur noch ungefähr zweihundert Pfund.«

Was?

»Woher willst du das wissen?«, frage ich empört. »Das ist meine eigene Kreditkarte!«

»Dann würde ich die Auszüge dafür nicht unter der Matratze verstecken. Das Zimmermädchen in Sri Lanka hat den letzten gefunden, als sie unser Bett machte, und hat ihn mir gegeben.« Er gibt mir einen Kuss und nimmt seinen Koffer. »Einen schönen Tag in Mailand.«

Nachdem die Tür ins Schloss gefallen ist, bin ich ein klein wenig verstimmt. Was weiß Luke schon. Nichts weiß er. Er weiß zum Beispiel nicht, dass ich ihm heute nämlich ein *Geschenk* kaufen wollte. Vor einigen Jahren, als ich Luke kennen lernte, hatte er so einen ganz tollen italienischen Ledergürtel, an dem er sehr hing. Trotzdem hat er ihn eines Tages mal im Badezimmer liegen gelassen, und da ist dann eben heißes Haarentfernerwachs draufgekommen.

Und das war nun wirklich nicht allein meine Schuld. Ich habe das Luke erklärt: Wenn man unmenschliche Schmerzen aushalten muss, dann denkt man nicht »Na, was wäre dann jetzt wohl das passendste Gerät, um mir das kochend heiße Wachs von den Schienbeinen zu kratzen?«. Nein, man krallt sich einfach den nächstgelegenen Gegenstand.

Wie dem auch sei. Ich hatte jedenfalls fest vor, ihm heute endlich einen Ersatz zu kaufen. Ein kleines Geschenk zum Ende der Hochzeitsreise. Aber vielleicht hat er das eigentlich gar nicht verdient, wenn er mich ausspioniert und meine Kreditkarten-Kontoauszüge liest. Also, ich meine, was fällt dem denn ein? Lese ich etwa *seine* private Post?

Öh … ja. Und da sind manchmal echt interessante Sachen dabei! Aber der Punkt ist ja …

Oh Gott. Mir kommt da gerade ein ganz schrecklicher Gedanke. Heißt das womöglich, dass er gesehen hat, wie viel ich in Hongkong an dem Tag ausgegeben habe, an dem er sich die Börse angeguckt hat?

Scheiße.

Und er hat kein Wort gesagt. Okay, vielleicht hat er doch ein Geschenk verdient.

Ich trinke noch einen Schluck Cappuccino. Und überhaupt, wer zuletzt lacht, lacht am besten. Und ich lache zuletzt, nicht Luke. Er hält sich für so verdammt clever, aber er weiß natürlich nicht, dass ich noch einen geheimen Masterplan habe.

Eine halbe Stunde später komme ich in einer engen schwarzen Hose (nicht ganz Capri-, aber fast), einem ge-streiften T-Shirt und einem dünnen Schal um den Hals in die Empfangshalle und komme mir total europäisch vor. Zielstrebig steuere ich das Wechselbüro an und strahle die hinter dem Tresen sitzende Dame an.

»Ciao!«, begrüße ich sie fröhlich. »Il …«

Und dann verstumme ich.

Mann, ist das ärgerlich. Ich dachte eigentlich, wenn ich nur selbstsicher genug loslegen und ein bisschen gestiku-lieren würde, dann käme mir Italienisch nur so aus dem Mund gesprudelt. Ganz natürlich.

»Ich möchte bitte in Euros wechseln«, sage ich dann doch auf Englisch.

»Gerne«, lächelt die Dame mich an. »Aus welcher Währung?«

»Währung*en*.« Ich hole ein Bündel zerknitterter Geldscheine aus meiner Handtasche. »Rupien, Dirhams, Ringgits…« Ich lege die Scheine auf den Tresen und hole noch mehr aus der Tasche. »Kenianische Dollars…« Ich betrachte einen seltsamen, rosafarbenen Schein, den ich nicht wiedererkenne. »Was auch immer das hier ist…«

Das ist doch unglaublich, wie viel Geld ich mit mir herumgeschleppt habe, ohne es überhaupt gemerkt zu haben! Ich hatte zum Beispiel massenweise Rupien in meinem Kulturbeutel und einen Haufen äthiopischer Birr in einem Taschenbuch. Außerdem flogen jede Menge Scheine und Münzen ganz unten in meiner Reisetasche herum.

Und das Beste daran ist: Dieses Geld ist gratis! Das ist Geld, das *wir bereits hatten*.

Ich sehe ganz aufgeregt dabei zu, wie die Dame hinter dem Tresen das Geld sortiert. »Sie haben hier siebzehn verschiedene Währungen«, kommentiert sie schließlich leicht benommen.

»Wir sind viel rumgekommen«, erkläre ich. »Und wie viel ist das alles jetzt in Euro?«

Die Dame tippt alles in einen kleinen Computer ein, und ich bin ganz aufgeregt. Vielleicht haben sich die Wechselkurse für manche dieser Währungen ja in der Zwischenzeit zu meinem Vorteil geändert. Vielleicht ist das alles ein kleines Vermögen wert!

Und dann bekomme ich einen Anflug von schlechtem Gewissen. Ich meine, es ist ja schließlich auch Lukes Geld. Und darum beschließe ich umgehend, ihm die Hälfte davon abzugeben, falls es mehr als hundert Euro sein sollten. Das ist ja wohl nur fair. Und mir blieben immerhin noch fünfzig. Nicht schlecht, dafür dass ich keinen Finger krumm gemacht habe.

»Nach Abzug der Gebühren…« Die Dame sieht zu mir auf. »Sieben fünfundvierzig.«

»Siebenhundertfünfundvierzig Euro?« Überglücklich strahle ich sie an. Ich hatte ja keine Ahnung, dass ich so viel Geld bei mir hatte! Mann, da sieht man mal wieder! Wie oft habe ich schon den Spruch gehört »Kleinvieh macht auch Mist«… Wie wahr! Wer hätte das gedacht?

Davon kann ich dann ja ein Geschenk für Luke kaufen *und* ein Paar Schuhe von Miu Miu und –

»Nicht siebenhundertfünfundvierzig.« Die Dame zeigt mir den mit Hand aufgeschriebenen Betrag. »Sieben Euro und fünfundvierzig Cent.«

»Was?« Mir entgleist mein glückseliges Lächeln. Das kann nicht stimmen.

»Sieben Euro und fünfundvierzig Cent«, wiederholt die Dame geduldig. »Wie hätten Sie es gerne?«

Sieben armselige Euro? Ich bin immer noch total vor den Kopf gestoßen, als ich das Hotel verlasse. Wie kann so viel echtes, handfestes Geld nur sieben Euro wert sein? Das kann doch gar nicht sein. Und das habe ich der Dame auch erklärt, dass man in Indien massenweise einkaufen konnte für die paar Rupien. Womöglich ein ganzes Auto… oder sogar einen Palast. Aber sie hat nicht nachgegeben. Im Gegenteil, sie hat sogar behauptet, großzügig gewesen zu sein.

Hmpf. Aber gut, sieben Euro sind immer noch besser als gar nichts. Vielleicht haben die bei Miu Miu ja eine Super-Sonder-Rabattaktion mit 99,9 Prozent Nachlass oder so.

Ich mache mich auf den Weg die Straße hinunter, wobei ich mich ganz genau an den Stadtplan halte, den der Concierge mir gegeben hat. Der war vielleicht hilfsbereit! Ich habe ihm erklärt, dass ich gerne die kulturell wichtigen Sehenswürdigkeiten von Mailand besichtigen würde, und da fing er dann an, von einem Gemälde von Leonardo da Vinci zu reden. Also erklärte ich ihm sehr höflich, dass ich mich mehr für die zeitgenössische italienische Kultur interessiere, was ihn dazu veranlasste, mir von einem Künstler zu erzählen, der Kurzfilme zum Thema Tod macht.

Als ich ihm schließlich weiter erläuterte, dass ich mit »zeitgenössischer italienischer Kultur« eigentlich eher Kultur-Ikonen wie Prada und Gucci meinte, strahlte er förmlich vor Glück, dass er mich endlich verstanden hatte. Er nahm den Stadtplan und markierte darauf eine Straße in einem Viertel, das das »goldene Viereck« genannt wird und ihm zufolge »voller Kultur« ist, die mir »sicher sehr gefallen« würde.

Die Sonne scheint, und es weht eine leichte Brise. Fenster und Autos glitzern in der Sonne und ständig flitzen irgendwelche schneidigen Vespas an mir vorbei. Mann, Mailand ist einfach klasse. Jeder, aber auch jeder, an dem ich vorbeikomme, trägt eine Designersonnenbrille und eine Designerhandtasche – sogar die Männer!

Einen Moment lang denke ich darüber nach, Luke eventuell eine Herrenhandtasche zu kaufen statt eines Gürtels. Ich versuche mir vorzustellen, wie er mit einer schicken kleinen Tasche am Handgelenk ins Büro geht…

Hmmm. Vielleicht doch besser den Gürtel.

Auf einmal fällt mir eine junge Frau vor mir auf, die einen cremefarbenen Hosenanzug trägt, dazu hohe Riemchenschuhe und einen pinkfarbenen Mopedhelm mit Zierleisten in Leopardenmuster.

Sehnsüchtig fixiere ich sie. Ich will auch so einen Helm haben! Ich weiß, ich weiß, ich habe keine Vespa – aber den

Helm könnte ich doch trotzdem tragen, oder? Könnte mein ganz spezielles Markenzeichen werden. Dann würden mich die Leute »Die Frau mit dem Vespa-Helm« nennen. Außerdem könnte mir dann so leicht kein Straßenräuber eins über die Rübe ziehen, also, so gesehen wäre das eine Investition in meine *Sicherheit*…

Ich glaube, ich frage sie, wo sie das Ding her hat.

»Excusez-moi, mademoiselle!«, rufe ich und bin selbst bass erstaunt, dass ich plötzlich so fließend spreche. »J'adore votre chapeau!«

Die Frau sieht mich verständnislos an und verschwindet dann um die nächste Ecke. Was ich offen gestanden ein klein wenig unhöflich finde. Ich meine, da gebe ich mir so eine Mühe, ihre Sprache zu spre –

Oh. Ach so.

Ups. Bisschen peinlich.

Egal, vergessen. Ich bin ja schließlich nicht hier, um Vespa-Helme zu kaufen. Ich bin hier, um ein Geschenk für Luke zu erstehen. Genau darum geht es ja in einer Ehe: Immer zuerst an den Partner zu denken. Die Bedürfnisse des anderen stets als Erstes zu berücksichtigen.

Und außerdem fällt mir gerade ein, dass ich ja wohl jederzeit mal eben für einen Tag nach Mailand rüberjetten kann. Dauert doch bestimmt nicht lange von London aus, oder? Und dann könnte ich auch Suze mitnehmen, fällt mir zu meiner großen Freude ein. Au ja, das wäre ein Spaß. Ich sehe Suze und mich schon vor mir, wie wir Arm in Arm die Straße hinunterschlendern, mit unseren Taschen herumschlenkern und zusammen lachen. Ein Girlie-Ausflug nach Mailand! Das müssen wir unbedingt mal machen!

Ich komme an die nächste Straßenecke und sehe auf dem Stadtplan nach. Kann nicht mehr weit sein. Er hat gesagt, es ist ganz in der Nähe…

In dem Moment geht eine Frau mit einer Tragetasche von Versace an mir vorüber. Ja! Ja! Ist das aufregend! Ich komme ganz offensichtlich immer näher an die Quelle... Genau wie vor ein paar Wochen (oder Monaten?), als wir diesen Vulkan in Peru besichtigten und der Führer uns ständig auf irgendwelche Zeichen hinwies, die uns verrieten, dass wir uns dem Krater näherten. Ich muss nur die Augen aufmachen und nach weiteren Versace-Tüten Ausschau halten...

Ich gehe ein Stückchen weiter – und da ist die nächste! Die Frau da mit der übergroßen Sonnenbrille, die einen Cappuccino trinkt, die hat eine! Und außerdem ungefähr zehntausend Armani-Tüten. Sie fuchtelt ihrer Freundin vor dem Gesicht herum und fasst dann in eine der Tüten – und holt ein Marmeladenglas mit Armani-Etikett heraus.

Ich falle fast vom Glauben ab. Armani-Marmelade? Von Armani gibt es *Marmelade*?

Vielleicht hat in Mailand alles ein Designer-Etikett! Vielleicht gibt es Zahnpasta von Dolce & Gabbana. Und Tomatenketchup von Prada!

Ich *wusste*, dass mir diese Stadt gefallen würde!

Ich gehe weiter und beschleunige den Schritt im Takt mit der in mir aufkommenden Vorfreude. Ich kann die Läden förmlich spüren. Es liegt was in der Luft. Es wimmelt nur so vor Designertragetaschen. Die Luft wird ganz schwer von dem vielen teuren Parfum. Ich kann das Klicken von Kleiderbügeln auf Stangen und das Auf- und Zuziehen von Reißverschlüssen förmlich *hören*...

Und dann, auf einmal, bin ich da.

Ich stehe am Anfang eines langen, eleganten Boulevards, auf dem sich so viele ultraschicke, konsequent in Designerware gekleidete Menschen tummeln wie nirgends sonst auf der Welt. Braun gebrannte Frauen, die ihre Modelfiguren in Pucci-Drucke gehüllt und auf Pucci-Absätzen stolzierend neben einflussreich aussehenden Herren in makellosen Leinenanzügen spazieren führen. Eine junge Mutter in weißer Versace-Jeans und mit rot geschminkten Lippen schiebt einen mit Leder bezogenen Kinderwagen von Louis Vuitton vor sich her. Eine blonde Frau in einem braunen Minirock mit Kaninchenpelzsaum hält sich ein zum Rock passendes Handy ans Ohr und zerrt ihren kleinen, von Kopf bis Fuß in Gucci gekleideten Sohn hinter sich her.

Und... die Läden! Laden an Laden an Laden!

Ferragamo. Valentino. Dior. Versace. Prada.

Regelrecht eingeschüchtert wage ich mich langsam vorwärts. Das hier ist der totale Kulturschock. Wie lange ist es jetzt wohl her, seit ich in einem Laden war, in dem nicht ethnisches Kunsthandwerk und Holzperlen verkauft wurden? Ich komme mir vor, als hätte ich eine monatelang Hungerkur hinter mir und würde mich jetzt direkt mit Tiramisu mit einer doppelten Portion Sahne verwöhnen.

Jetzt sehen Sie sich doch nur mal den irren Mantel da an. Und hier, die *Schuhe*.

Wo fange ich denn jetzt am besten an? Wo soll ich überhaupt –

Ich bin wie gelähmt. Ich stehe mitten auf der Straße, wie ein Esel, der sich nicht entscheiden kann, von welchem Heuballen er nun lieber fressen soll, und kann mich nicht rühren. In einigen Jahren wird man mich hier so finden, wie zur Salzsäule erstarrt, mit der Kreditkarte in der Hand.

Und dann erblicke ich in der Auslage eines Schaufensters ganz in meiner Nähe diverse Ledergürtel und -geldbörsen.

Leder. Lukes Gürtel. Darum bin ich hier. Konzentration, Becky!

Ich taumele halb benommen auf den Laden zu und drücke die Tür auf. Kaum betrete ich den Laden, erschlägt mich auch schon fast der Duft nach teurem Leder. Der Geruch ist so intensiv, dass er auf mich ernüchternd wirkt.

Der Laden ist der Wahnsinn. Auf dem blass taupefarbenen Teppich stehen hier und da dezent beleuchtete Schaukästen. Ich sehe Brieftaschen, Gürtel, Taschen, Jacken... Neben einer Schaufensterpuppe bleibe ich stehen und bewundere ihren exquisiten, ganz aus Leder und Satin gearbeiteten schokoladenbraunen Mantel. Verträumt streiche ich über den Ärmel, drehe dann das Preisschild um – und falle fast in Ohnmacht.

Ach, ich Dummerchen, das sind ja natürlich Lire! Ich lächele über meine eigene Dummheit. Kein Wunder, dass der Preis so –

Ach nein. Hier haben sie jetzt ja den Euro.

Verdammte Hacke.

Ich schlucke und entferne mich unauffällig von der Puppe.

Und da hätten wir dann mal wieder den Beweis dafür, dass die Gemeinschaftswährung ein einziger riesiger Fehler war – das hat Dad ja schon die ganze Zeit gesagt. Als ich dreizehn war, war ich mit meinen Eltern in den Ferien in Rom – und der Witz mit den Lire war, dass die Preise immer horrend hoch aussahen, *ohne es in Wirklichkeit zu sein*. Man hat Sachen für zirka dreihundert Millionen Lire gekauft – und in Wirklichkeit haben sie nur knapp drei Pfund gekostet! Das war doch total irre!

Und wenn man dann mal aus Versehen eine wirklich teure Flasche Parfum kaufte, konnten einem ja niemand (das heißt meine Eltern) einen echten Vorwurf machen, denn wie Mum selbst so messerscharf erkannt hatte: Wer zum Teufel kann denn schon mit so hohen Zahlen kopfrechnen und richtig dividieren?

Unsere Regierungen sind ja wohl mal solche Spielverderber.

Während ich mich für die Gürtelauslage interessiere, kommt ein stämmiger Mann mittleren Alters aus einem der Umkleideräume. Er trägt einen Traum von einem schwarzen Mantel mit Ledersäumen und kaut auf einer Zigarre herum. Ich schätze ihn auf fünfzig. Er ist braun gebrannt, hat graue, sehr kurze, dichte Haare und stahlblaue Augen. Das Einzige an ihm, was nicht besonders gut aussieht, ist seine Nase, die offen gestanden nichts Markantes hat.

»He, Roberto«, krächzt er mit heiserer Stimme, und die zwei Wörter reichen mir, um zu bemerken, dass er englisch spricht. Sein Akzent ist allerdings etwas merkwürdig. Wie eine Mischung aus Amerikanisch und Cockney.

Ein Verkäufer in einem schwarzen Anzug und mit eckiger Brille kommt mit einem Maßband in der Hand aus dem Umkleideraum geeilt.

»Ja, bitte, Signore Temple?«

»Wie viel Prozent Kaschmir sind hier drin?« Der stämmige Mann streicht kritisch über den Ärmel des Mantels und pustet eine Rauchwolke aus. Der Verkäufer zuckt zusammen, als die Wolke sein Gesicht erreicht, erträgt dies jedoch wortlos.

»Signore, das ist hundert Prozent Kaschmir.«

»Der beste Kaschmir?« Der stämmige Mann hebt warnend den Zeigefinger. »Ich habe keine Lust, mir hier irgendetwas andrehen zu lassen. Du kennst mein Motto: Nur vom Feinsten.«

Der Typ mit der eckigen Brille wirkt bestürzt.

»Signore, wir würden Ihnen doch niemals ... äh, irgend-etwas andrehen.«

Der Mann betrachtet sich eine Weile im Spiegel – dann nickt er.

»In Ordnung. Ich nehme drei davon. Einen nach London. Einen in die Schweiz. Einen nach New York.« Er zählt das an seinen Stummelfingern ab. »Alles notiert? Gut. Und jetzt – Aktenkoffer.«

Der Verkäufer mit der eckigen Brille wirft mir einen Blick zu, und mir wird bewusst, wie auffällig ich die ganze Zeit zugehört habe.

»Ach, hallo!«, beeile ich mich, ihn zu grüßen. »Ich hätte gerne diesen hier«, verkünde ich und halte den Gürtel hoch, den ich ausgesucht habe. »Wenn Sie mir ihn wohl als Geschenk einpacken könnten?«

»Silvia wird Ihnen behilflich sein«, verweist er mich ziemlich kühl an die Dame an der Kasse, bevor er sich wieder seinem Kunden zuwendet.

Ich reiche Silvia den Gürtel und sehe ihr interessiert dabei zu, wie sie ihn in schimmerndes, bronzefarbenes Papier einpackt. Ich bewundere ihre geschickten Finger, höre aber gleichzeitig immer noch bei dem zu, was der stämmige Mann zu sagen hat, der sich jetzt Aktenkoffer ansieht.

»Mir gefällt das Material nicht«, stellt er fest. »Fühlt sich so anders an. Irgendwas stimmt damit nicht.«

»Wir haben vor nicht allzu langer Zeit den Lieferanten gewechselt ...« Der Typ mit der eckigen Brille verknotet sich fast die Finger. »Aber es ist ein sehr feines, edles Leder, Signore ...«

Er verstummt, als der stämmige Mann die Zigarre aus dem Mund nimmt und ihn durchdringend ansieht.

»Du willst mir doch was andrehen, Roberto«, sagt er.

»Ich bezahle gutes Geld, aber dafür will ich auch Qualität. Du sorgst dafür, dass mir ein Koffer mit dem Leder von eurem alten Lieferanten angefertigt wird. Verstanden?«

Er sieht zu mir herüber, bemerkt, dass ich das Gespräch verfolge, und zwinkert mir zu.

»Hier bekommt man wirklich das beste Leder der Welt. Aber lassen Sie sich bloß keinen Schrott andrehen!«

»Bestimmt nicht!« Ich strahle ihn an. »Und der Mantel da, der ist übrigens ein Traum!«

»Vielen Dank, sehr nett von Ihnen.« Er nickt zufrieden. »Sind Sie Schauspielerin? Model?«

»Äh … nein. Weder noch.«

»Macht nichts.« Er winkt mit seiner Zigarre.

»Wie möchten Sie bezahlen, Signorina?«, unterbricht Silvia uns.

»Oh! Ach … hier, bitte.«

Als ich ihr meine Visa-Karte reiche, wird mir ganz warm ums Herz vor lauter Güte. Geschenke für andere zu kaufen ist doch eine viel größere Befriedigung als Sachen für sich selbst zu kaufen! Und damit ist das Limit für meine Visa-Karte erreicht, was bedeutet, dass ich für heute mit Einkaufen fertig bin.

Was mache ich dann jetzt? Hm, vielleicht ein bisschen Kultur. Ich könnte mir das berühmte Gemälde ansehen, von dem der Concierge gesprochen hat.

Dann höre ich von hinten aus dem Laden staunendes Gemurmel und drehe mich langsam um, um zu sehen, was da los ist. Eine Spiegeltür steht offen und gibt den Blick auf einen Lagerraum frei. Eine Frau in einem schwarzen Kostüm kommt heraus, umlagert von einem ganzen Haufen aufgeregter Verkäuferinnen. Was zum Teufel hat sie in der Hand? Warum sind die alle so –

Und dann erhasche ich einen kurzen Blick auf das, was

sie in der Hand hat. Mir bleibt das Herz stehen. Meine Haut prickelt am ganzen Körper.

Das kann nicht sein.

Aber es ist so. Was die Frau da in der Hand hat, ist eine Engel-Tasche.

3

Eine Engel-Tasche. Hier, mit mir in einem Raum.

Ich dachte, die wären überall hoffnungslos ausverkauft. Ich dachte, es sei absolut unmöglich, eine zu bekommen.

Die Frau stellt sie feierlich auf einem mit cremefarbenem Wildleder bezogenen Podest ab und tritt einen Schritt zurück, um sie zu bewundern. Im gesamten Laden herrscht absolute Stille. Als wäre ein Mitglied der Königsfamilie aufgetaucht. Oder ein Filmstar.

Ich kann nicht atmen. Ich bin wie gelähmt.

Sie ist schön. Sie ist so wunderschön. Das Kalbsleder sieht aus, als wäre es weich wie Butter. Der handgemalte Engel ist in verschiedenen Aquamarinschattierungen gehalten. Und darunter glitzert in Strass der Schriftzug »Dante«.

Ich schlucke. Ich versuche, mich unter Kontrolle zu bringen, aber meine Beine sind ganz wackelig und meine Hände schweißnass. Das hier ist besser als die weißen Tiger in Bengalen. Ich meine, sehen wir doch mal den Tatsachen ins Auge: Engel-Taschen sind wahrscheinlich noch seltener als weiße Tiger.

Und da steht jetzt eine, direkt vor meiner Nase.

Ich könnte sie einfach kaufen, durchzuckt es mich. *Ich könnte sie kaufen!*

»Miss? Signorina? Hören Sie mich?« Eine Stimme dringt zu mir durch, und erst da fällt mir auf, dass Silvia versucht, meine Aufmerksamkeit zu erlangen.

»Oh«, stammele ich, völlig durcheinander. »Ja.« Ich nehme den Kugelschreiber und kritzele irgendeine alte Unterschrift auf den Zettel. »Ist das … Ist das da eine echte Engel-Tasche?«

»Ja, die ist echt«, informiert sie mich und schlägt dabei den gleichen herablassenden, gelangweilten Ton an wie ein Türsteher, der die Band persönlich kennt und daran gewöhnt ist, durchgeknallte Groupies abzuwimmeln.

»Wie viel …« Ich schlucke. »Wie viel kostet die?«

»Zweitausend Euro.«

»Aha.« Ich nicke.

Zweitausend Euro. Für eine Tasche.

Aber wenn ich eine Engel-Tasche hätte, bräuchte ich mir keine neuen Klamotten mehr zu kaufen. Nie wieder. Wer braucht denn schon einen neuen Rock, wenn man die hippeste Tasche der Welt hat?

Ist mir egal, wie viel die kostet. Ich muss sie haben.

»Ich möchte sie bitte kaufen«, beeile ich mich zu sagen.

Zunächst herrscht erstauntes Schweigen im Laden – und dann fangen alle Verkäuferinnen herzlich an zu lachen.

»Sie können die Tasche nicht kaufen«, klärt Silvia mich mitleidig auf. »Für diese Tasche existiert eine Warteliste.«

Oh. Eine Warteliste. Ja, natürlich gibt es eine Warteliste. Bin ich blöd.

»Möchten Sie sich in die Liste eintragen?« Sie gibt mir meine Karte zurück.

Okay, jetzt will ich mal ganz vernünftig sein. Ich werde mich wohl kaum in eine Warteliste in Mailand eintragen. Ich meine, wie würde ich denn dann an die Tasche herankommen? Der Laden müsste sie per FedEx oder so schicken. Oder ich müsste extra einfliegen, oder –

»Ja«, höre ich mich sagen. »Gerne.«

Das Herz schlägt mir bis zum Hals, als ich meine Adresse und alles aufschreibe. Ich trage mich in die Liste ein. Ich trage mich in die Engel-Tasche-Liste ein!

»Bitte sehr.« Ich schiebe das Formular zurück.

»Sehr schön.« Silvia lässt das Formular in einer Schublade verschwinden. »Wir rufen Sie an, wenn eine zur Verfügung steht.«

»Und… wann wäre das so ungefähr?«, erkundige ich mich und hoffe, dabei nicht zu aufgeregt zu klingen.

»Kann ich nicht sagen.« Sie zuckt mit den Schultern.

»Und wie viele andere sind vor mir auf der Liste?«

»Kann ich nicht sagen.«

»Verstehe.«

Jetzt bin ich ja doch ein bisschen frustriert. Ich meine, *da ist sie*. Da ist die Tasche, nur wenige Meter von mir entfernt… aber ich kann sie nicht haben.

Na, egal. Ich bin ja jetzt auf der Warteliste.

Ich nehme die Tüte mit Lukes Gürtel an mich und schreite im Zeitlupentempo aus dem Laden hinaus. Bei der Engel-Tasche bleibe ich stehen. Sie ist wirklich atemberaubend. Die tollste, schönste Tasche der Welt. Während ich sie bewundere, steigt Groll in mir auf. Ich meine, ist ja schließlich nicht *meine* Schuld, dass ich mich nicht schon eher in die Liste eingetragen habe! Ich war auf Weltreise! Was hätte ich denn tun sollen, meine Hochzeitsreise abblasen, oder was?

Wie dem auch sei. Beruhige dich, Becky. Macht doch alles gar nichts, denn das Wichtigste ist doch: *Ich werde eine bekommen.* Ganz bestimmt. Sobald –

Und da kommt mir schlagartig der erlösende Gedanke!

Ich eile zurück zur Kasse. »Sagen Sie, eine Frage noch! Wissen Sie zufällig, ob denn wirklich alle, die auf der Warteliste sind, die Tasche letztendlich auch *haben* wollen?«

»Sonst würden sie doch wohl nicht auf der Liste stehen.« Silvia scheint mich für eine ziemliche Dumpfbacke zu halten.

»Ja, schon, aber vielleicht haben die anderen es sich ja in der Zwischenzeit alle anders überlegt«, erkläre ich ihr aufgeregt plappernd meine Logik. »Oder haben sich die Tasche schon woanders gekauft! Und dann wäre ich ja schließlich dran! Verstehen Sie? Dann könnte ich diese Tasche hier und jetzt haben!«

Wie kann sie nur so unbeteiligt gucken? Versteht sie denn nicht, wie wichtig diese Angelegenheit für mich ist?

»Wir werden die Tasche den Kundinnen auf der Warteliste der Reihe nach anbieten«, erläutert Silvia. »Und wir werden uns an Sie wenden, falls wir eine Tasche haben, die wir Ihnen anbieten können.«

»Ich könnte das für Sie machen«, biete ich meine Hilfe an. »Ich könnte die anderen alle anrufen, wenn Sie mir ihre Nummern geben.«

Silvia bedenkt mich schweigend mit einem beredten Blick.

»Nein danke. Wir melden uns bei Ihnen.«

»Na gut«, gebe ich mich geschlagen. »Danke.«

Jetzt kann ich wirklich nichts mehr tun. Ich werde jetzt aufhören, an diese Tasche zu denken, und werde den Rest des Tages in Mailand genießen. Genau. Ich werfe einen letzten sehnsüchtigen Blick auf die Engel-Tasche und verlasse dann den Laden.

Kaum stehe ich auf der Straße im Sonnenschein, frage ich mich, ob Silvia wohl schon die ersten Leute von der Liste anruft.

Nein. Hör auf. Geh jetzt weiter. Ich bin doch nicht besessen von dieser Tasche. Ich werde jetzt nicht mal mehr an sie *denken*. Ich werde mich auf andere Dinge konzentrieren … zum Beispiel … Kultur! Ja. Dieses große Gemälde, oder was das war …

Ich bleibe wie angewurzelt stehen. Ich habe ihr die Nummer von Lukes Wohnung in London gegeben. Aber hat Luke nicht neulich was von neuen Telefonleitungen gefaselt?

Was, wenn ich Silvia nun *die falsche Nummer* gegeben habe?

Ruck, zuck gehe ich die paar Schritte zurück und platze wieder in den Laden.

»Hi!«, rufe ich ganz außer Atem. »Mir fiel nur gerade ein, dass ich Ihnen doch besser noch ein paar andere Telefonnummern und Adressen gebe, für den Fall, dass sie nicht durchkommen.« Ich wühle in meiner Tasche und hole eine von Lukes Visitenkarten heraus. »Das hier ist die Anschrift und die Nummer vom Büro meines Mannes.«

»Danke schön«, entgegnet Silvia matt.

»Obwohl… mir fällt gerade ein, wenn Sie mit ihm selbst sprechen, wäre es vielleicht ganz schlau, nicht direkt von der *Tasche* zu sprechen.« Ich dämpfe meine Stimme. »Sagen Sie: ›Der Engel ist gelandet.‹«

»Der Engel ist gelandet«, wiederholt Silvia und notiert sich das, als wenn sie den lieben langen Tag nichts anderes machen würde, als codierte Telefongespräche zu führen.

Obwohl, wenn ich es mir recht überlege – vielleicht tut sie genau das!

»Bitte verlangen Sie nach Luke Brandon«, erkläre ich. »Bei Brandon Communications. Luke Brandon ist mein Mann.«

Ich bemerke, wie der stämmige Mann einige Meter von mir entfernt von einer Kollektion Lederhandschuhe aufblickt.

»Luke Brandon«, wiederholt Silvia. »In Ordnung.« Sie legt die Karte zur Seite und nickt mir abschließend zu.

Ich kann mich nicht beherrschen. »Und, haben Sie schon jemanden von der Liste angerufen?«

»Nein«, sagt Silvia tonlos. »Noch nicht.«

»Und Sie rufen an, *sobald* Sie eine haben? Auch, wenn es mitten in der Nacht ist? Das macht mir überhaupt nichts –«

»Mrs. Brandon!«, fährt sie mich verzweifelt an. »Sie stehen auf der Warteliste! Sie müssen schon warten, bis Sie an der Reihe sind! Mehr kann ich nicht für Sie tun!«

»Sind Sie sich da auch ganz sicher?«, mischt sich da eine heisere Stimme ein, und als wir beide aufsehen, kommt der stämmige Mann auf uns zu.

Ich staune ihn an. Was hat er vor?

»Wie bitte?«, gibt Silvia hochmütig zurück, und er zwinkert mir zu.

»Lassen Sie sich von denen hier bloß nicht unterbuttern, meine Liebe.« Er wendet sich an Silvia. »Wenn Sie wollten, könnten Sie ihr die Tasche doch verkaufen.« Mit seinem kurzen, dicken Daumen zeigt er auf die Engel-Tasche auf dem Podest, während er gleichzeitig an seiner Zigarre zieht.

»Signore –«

»Ich habe Ihr Gespräch gehört. Wenn Sie noch niemanden von der Warteliste angerufen haben, dann weiß ja auch noch niemand, dass diese Tasche gekommen ist. Niemand weiß, dass sie überhaupt existiert.« Er legt eine effektheischende Pause ein. »Und hier steht eine junge Lady vor Ihnen und möchte sie kaufen.«

»Darum geht es aber nicht, Signore.« Silvia lächelt schmallippig. »Ich muss mich strikt an die Vorgaben halten…«

»Sie sind doch diskret. Sagen Sie mir nicht, dass Sie nicht diskret sind. He, Roberto!«, ruft er plötzlich. Der Mann mit der eckigen Brille kommt herbeigeeilt.

»Signor Temple?«, flötet er, während er mich mit seinem Blick fast aufspießt. »Ist alles in Ordnung?«

»Wenn ich diese Tasche da für meine junge Freundin hier kaufen wollte, würden Sie sie mir verkaufen?« Der Mann stößt eine Rauchwolke aus und zieht die Augenbrauen hoch. Sieht ganz so aus, als würde ihm das Theater Spaß machen.

Roberto sieht zu Silvia, die eine ruckartige Kopfbewegung in meine Richtung macht und die Augen verdreht. Ich sehe Roberto an, wie er sich ein Bild von der Situation macht. Sein Gehirn läuft auf Hochtouren.

»Signor Temple.« Er wendet sich mit einem zuckersüßen Lächeln an den Mann. »Sie sind ein hoch geschätzter Kunde. Da ist das natürlich etwas ganz anderes...«

»Ja oder nein?«

»Ja«, sagt Roberto nach einer kurzen Pause.

»Na, dann.« Der Mann sieht Roberto erwartungsvoll an.

Totenstille. Ich kann nicht atmen. Ich kann mich nicht bewegen.

»Silvia«, sagt Roberto schließlich, »bitte packen Sie die Tasche für die Signorina ein.«

Oh mein Gott! Oh mein GOTT!

»Mit Vergnügen«, sagt Silvia und wirft mir einen bösen Blick zu.

Mir ist schwindelig. Ich kann nicht glauben, dass das hier wirklich passiert.

»Ich weiß gar nicht, wie ich Ihnen danken soll!«, stammele ich. »Das ist das Netteste, was je jemand für mich getan hat! In meinem ganzen Leben!«

»War mir ein Vergnügen.« Der Mann neigt den Kopf und reicht mir die Hand. »Nathan Temple.«

Seine Hand ist groß und drall, fühlt sich aber erstaunlich gepflegt an.

»Becky Bloomwood«, stelle ich mich vor. »Ich meine, Brandon.«

»Sie wollten die Tasche wirklich unbedingt haben.« Er zieht anerkennend die Augenbrauen hoch. »So etwas habe ich noch nie gesehen.«

»Ich war vollkommen verzweifelt!«, gestehe ich mit einem Lachen. »Ich bin Ihnen ja so dankbar!«

Nathan Temple winkt ab, holt ein Feuerzeug aus der Tasche und zündet sich seine erloschene Zigarre wieder an. Als er kräftig daran zieht, sieht er mich an.

»Brandon... So wie Luke Brandon?«

»Sie kennen Luke?« Überrascht reiße ich die Augen auf. »Das ist ja ein Zufall!«

»Nur vom Hörensagen.« Wieder bläst er eine Rauchwolke in die Luft. »Ihrem Mann eilt ja ein ziemlicher Ruf voraus.«

»Signor Temple.« Roberto kommt mit diversen Einkaufstaschen in der Hand auf uns zugesaust, die er Nathan Temple reicht. »Der Rest wird Ihren Anweisungen entsprechend geliefert.«

»Sehr gut, Roberto«, sagt Nathan Temple und klopft ihm auf den Rücken. »Bis nächstes Jahr.«

»Darf ich Sie zu einem Drink einladen?«, frage ich schnell. »Oder zum Mittagessen? Oder... zu sonst irgendetwas?«

»Ich muss jetzt leider weiter. Aber danke für das Angebot.«

»Aber ich möchte mich so gerne bei Ihnen revanchieren! Ich bin Ihnen so unendlich dankbar!«

Nathan Temple hebt in einer bescheidenen Geste die Hand.

»Wer weiß. Vielleicht können Sie mir ja eines Tages einen Gefallen tun.«

»Sie brauchen nur Bescheid zu sagen!«, biete ich mich eifrig an. Er lächelt.

»Viel Spaß mit der Tasche. Okay, Harvey.«

Wie aus dem Nichts taucht ein dünner, blonder Kerl in einem Nadelstreifenanzug auf. Er nimmt Nathan Temple die Tüten ab, und dann verlassen die beiden den Laden.

Ich lehne mich vollkommen glückselig gegen den Tresen. Ich habe eine Engel-Tasche. Ich habe eine Engel-Tasche!

»Das wären dann zweitausend Euro«, ertönt hinter mir eine leicht missmutige Stimme.

Ach ja. Die Sache mit den zweitausend Euro hätte ich ja fast vergessen.

Ich will ganz automatisch nach meinem Portemonnaie greifen, als mir unvermittelt einfällt, dass ich es nicht dabeihabe. Ich halte inne. Die Visa-Karte habe ich mit dem Kauf von Lukes Gürtel maximal ausgereizt... und in bar habe ich nur sieben armselige Euro.

Silvia verengt die Augen zu Schlitzen, als sie mein Zögern bemerkt.

»Wenn Sie Zahlungsschwierigkeiten haben...«, hebt sie an.

»Ich habe keine Zahlungsschwierigkeiten!«, halte ich sofort dagegen. »Ich... es dauert nur eine Minute.«

Silvia verschränkt äußerst skeptisch die Arme vor der Brust, während ich eine »Sheer Finish«-Kompaktpuder-Dose von Bobbi Brown aus der Tasche hole.

»Haben Sie einen Hammer?«, erkundige ich mich. »Oder irgendetwas anderes Schweres?«

Silvia sieht mich an, als wäre ich jetzt restlos übergeschnappt.

»Irgendwas...« Da erblicke ich ein ziemlich massiv aussehendes Heftgerät auf dem Tresen. Ich schnappe es mir und prügele damit mit aller Gewalt auf die Puderdose ein.

»*Oddio!*«, schreit Silvia.

»Keine Panik!«, keuche ich. »Ich muss nur … ha!«

Die Dose ist in tausend Stücke zersprungen, und ich pule triumphierend eine Mastercard aus den Trümmern. Meine Alarmstufe-Rot-die-Welt-geht-unter-Kreditkarte. Von der weiß Luke wirklich absolut null Komma nichts. Es sei denn, er hat Röntgenaugen.

Die Idee, eine Kreditkarte in einer Puderdose zu verstecken, habe ich aus einem ausgezeichneten Artikel über richtiges Haushalten. Nicht, dass ich ein Problem mit dem Geldausgeben hätte oder so. Ich hatte allerdings in der Vergangenheit hin und wieder eine kleinere … Krise.

Und darum sprach mich diese Idee wirklich an. Der Trick ist, seine Kreditkarte irgendwo aufzubewahren, wo sie so extrem unzugänglich ist (zum Beispiel eingefroren in einem Eisblock oder in das Futter der Handtasche genäht), dass man automatisch viel Zeit hat, noch mal über den anstehenden Kauf nachzudenken. Mit dieser einfachen Taktik soll man die Ausgaben für unnötige Anschaffungen um bis zu 90 Prozent senken können!

Und ich muss sagen, es funktioniert! Das einzig Dumme ist, dass ich mir ständig neue Kompaktpuder kaufen muss, und das geht ein bisschen ins Geld.

»Bitteschön!«, sage ich und reiche Silvia die Karte. Silvia beäugt mich, als sei ich eine gemeingefährliche Geistesgestörte. Behutsam zieht sie die Karte durch den Automaten, und kaum eine Minute später unterschreibe ich den kleinen Zettel. Ich schiebe ihn zurück zu ihr, und sie lässt ihn in einer Schublade verschwinden.

Kleine Pause. Ich explodiere fast vor Vorfreude.

»Und … kann ich sie jetzt haben?«

»Hier, bitte«, sagt sie und reicht mir schmollend die cremefarbene Tasche.

Meine Finger umschließen die Kordelgriffe und ich empfinde reine, ungetrübte, an Seligkeit grenzende Freude.

Sie ist mein.

Als ich am Abend zum Hotel zurückkehre, schwebe ich wie auf Wolken. Das war einer der schönsten Tage in meinem ganzen Leben. Ich habe den gesamten Nachmittag damit verbracht, mit meiner neue Engel-Tasche gut sichtbar an meiner Schulter platziert auf der Via Montenapoleone auf und ab zu flanieren… und alle haben sie bewundert! Nein, bewundert ist zu wenig gesagt… sie haben sie bestaunt. Ich kam mir plötzlich vor wie ein richtiger Star!

Ungefähr zwanzig Leute kamen auf mich zu und fragten mich, wo ich sie herhätte, und eine Frau mit Sonnenbrille, die ganz bestimmt ein italienischer Filmstar war, hat ihren Chauffeur zu mir geschickt und mir dreitausend Euro dafür geboten. Und das Beste war, ich habe gehört, wie die Leute dauernd sagten: »*La ragazza con la borsa del' Angelo*«! Was, soweit ich das verstehen kann, »Das Mädchen mit der Engel-Tasche« bedeutet. So haben sie mich genannt!

Ich schwebe also auf Wolke sieben durch die Drehtüren des Hotels ins Foyer, wo ich Luke an der Rezeption stehen sehe.

»Da bist du ja!«, ruft er erleichtert. »Ich habe mir schon langsam Sorgen gemacht! Unser Taxi ist hier.« Er drängt mich wieder hinaus aus dem Hotel und hinein in ein wartendes Taxi. Er schlägt die Tür zu, sagt »Linate Airport!« zum Fahrer, und schon schert der Wagen von einem Hupkonzert begleitet aus in den vorbeiströmenden Verkehr.

»Und, wie war dein Tag?«, frage ich und versuche, nicht zu sehr zusammenzuzucken, als wir fast von einem anderen Taxi gerammt werden. »Wie war das Meeting?«

»Sehr gut! Wenn wir die Arcodas-Gruppe als Kunden für

uns gewinnen können, wäre das wirklich eine große Sache. Die Arcodas Gruppe expandiert derzeit in alle möglichen Richtungen. Extrem interessant.«

»Und... glaubst, dass ihr sie bekommt?«

»Wir werden sie ein bisschen umgarnen müssen. Wenn wir zurück sind, mache ich mich gleich daran, einen Schlachtplan zu entwerfen. Aber ich bin zuversichtlich. Sogar sehr zuversichtlich.«

»Prima!«, freue ich mich und strahle ihn an. »Und wie ging es mit deinen Haaren?«

»Meine Haare waren auch vollkommen in Ordnung.« Er lächelt verschmitzt. »Offen gestanden... habe ich nur Komplimente bekommen.«

»Siehst du!?«, triumphiere ich. »Habe ich doch gleich gesagt!«

»Und wie war dein Tag?«, fragt Luke, während wir mit zirka sechzig Sachen um eine Ecke biegen.

»Total genial!«, schwärme ich. »Der Tag war einfach perfekt. Ich *liebe* Mailand!«

»Wirklich?« Luke sieht mich erstaunt an. »Auch ohne das hier?« Er fasst sich in die Tasche und holt mein Portemonnaie heraus.

Ach Gott, das hatte ich ja ganz vergessen.

»Ja, auch ohne mein Portemonnaie!«, lache ich. »Obwohl es mir auch ohne das gelungen ist, dir eine winzige Kleinigkeit zu kaufen.«

Ich reiche Luke das bronzefarbene Päckchen und beobachte ihn gespannt dabei, wie er den Gürtel auspackt.

»Becky, der ist ja der Wahnsinn!«, sagt er. »Absoluter...«
Er verstummt, während er den Gürtel immer wieder von einer Hand in die andere gleiten lässt.

»Als Ersatz für den anderen, den ich ruiniert habe«, erkläre ich. »Weißt du noch? Mit meinem Heißwachs.«

»Ja, ich weiß noch.« Er klingt richtig gerührt. »Und…
das ist wirklich alles, was du in Mailand gekauft hast? Ein
Geschenk für mich?«

»Öh…«

Ich zucke unverbindlich mit den Schultern und räuspere mich, um Zeit zu schinden.

Okay. Was tun?

Die Grundpfeiler einer jeden Ehe sind Ehrlichkeit und
Vertrauen. Wenn ich ihm *nicht* von der Engel-Tasche erzähle, verrate ich die Sache mit dem Vertrauen…

Aber *wenn* ich ihm davon erzähle… muss ich ihm auch
von meiner Alarmstufe-Rot-die-Welt-geht-unter-Kreditkarte erzählen, und das wäre, glaube ich, wirklich keine besonders gute Idee.

Ich möchte diese letzten kostbaren Augenblicke unserer
Hochzeitsreise nicht mit einem albernen Streit verderben.

Aber wir sind doch *verheiratet*, schreit es dann in meinem Kopf. Wir sind Mann und Frau! Wir sollten keine Geheimnisse voreinander haben! Also gut, ich werde es ihm
sagen. Jetzt sofort.

»Luke –«

»Moment«, fällt Luke mir mit schroffer Stimme ins
Wort. »Becky, ich möchte mich bei dir entschuldigen.«

»Wie bitte?« Ich staune.

»Du hast gesagt, du hättest dich verändert. Du hast gesagt, du bist erwachsen geworden. Und… du hast Recht.«
Er betrachtet seine Hände. »Ehrlich gesagt, hatte ich erwartet, dass du mit irgendeiner sündhaft teuren, wahnwit-
zigen Neuerwerbung ins Hotel zurückkommen würdest.«

Oh Gott.

»Äh… Luke…«, wage ich mich voran.

»Ich schäme mich.« Luke runzelt die Stirn. »Da bist du
zum ersten Mal in der Modehauptstadt der Welt – und das

Einzige, was du kaufst, ist ein Geschenk für mich. Becky, ich bin wirklich gerührt.« Er atmet schwer aus. »Chandra hatte Recht. Du hast wirklich einen schönen Geist.«

Schweigen. Das war mein Stichwort. Jetzt muss ich ihm die Wahrheit sagen.

Aber wie nur? Wie?

Wie soll ich ihm sagen, dass ich keinen schönen Geist habe, sondern nur einen ganz stinknormalen?

»Na ja…« Ich schlucke mehrfach. »Äh… weißt du. Es ist ja bloß ein Gürtel!«

»Für mich ist das nicht nur ein Gürtel«, sagt er leise. »Für mich ist er ein Symbol unserer Ehe.« Er ergreift meine Hände, hält sie einige Sekunden ganz fest und lächelt dann. »Tut mir Leid… Was wolltest du sagen?«

Ich könnte es immer noch beichten.

Ich könnte es noch schaffen.

»Ähm… also… ich wollte dir bloß erzählen… dass die Schnalle verstellbar ist.« Ich lächele ihn matt an, wende mich ab und tue, als würde mich die am Fenster vorbeiziehende Landschaft faszinieren.

Okay, ich habe also nicht die Wahrheit gesagt.

Aber zu meiner Verteidigung ist ja wohl zu sagen, dass ihm meine Neuerwerbung durchaus hätte auffallen können, wenn er mir nur ein bisschen besser zugehört hätte, als ich ihm neulich aus der *Vogue* vorlas. Ich meine, ist ja nicht so, als würde ich die Tasche vor ihm verstecken oder so. Ich sitze hier mit einem der am heißesten begehrten Statussymbole der Welt am Arm – und ihm fällt das überhaupt nicht auf!

Und außerdem war das jetzt das absolut allerallerletzte Mal, dass ich Luke anlüge. Von jetzt an gibt es keine Notlügen mehr, keine Halbwahrheiten, keine Schwindeleien! Wir werden eine perfekte Ehe führen, erfüllt von Ehrlichkeit und Vertrauen. Ja. Man wird uns und unseren harmonischen, liebevollen Umgang miteinander bewundern, und wir werden bekannt werden als »Das Paar, das –«

»Linate Airport!« Der Fahrer unterbricht mich in meinen Gedanken. Ich wende mich Luke zu. Ich bin so aufgeregt!

»Da wären wir«, sagt er und sieht mir in die Augen. »Möchtest du immer noch nach Hause?«

»Natürlich!«, antworte ich bestimmt und ignoriere das leichte Flattern in der Magengegend.

Ich steige aus und strecke mich. Es wimmelt von Passagieren mit Gepäckwagen, und direkt über unseren Köpfen hebt mit ohrenbetäubendem Lärm ein Flugzeug ab.

Wir tun es. Wir tun es wirklich. In ein paar Stunden sind wir in London. Nach so vielen Monaten Hochzeitsreise.

»Ach, übrigens«, erzählt Luke. »Deine Mutter hat heute Nachmittag eine Nachricht auf meiner Mailbox hinterlassen. Sie wollte wissen, ob wir noch in Sri Lanka sind oder schon auf dem Weg nach Malaysia?«

Er zieht irgendwie komikermäßig die Augenbrauen hoch, und ich kann mir ein Kichern nicht verkneifen. Die werden vielleicht Augen machen! Mann, werden die sich freuen, uns zu sehen!

So, und jetzt bin ich wirklich restlos aufgeregt. Wie ein kleines Kind. Es geht los. Die letzte Etappe auf unserem Weg nach Hause!

4

Oh mein Gott. Wir haben es getan. Wir sind tatsächlich zurück! Wir haben wieder englischen Boden unter den Füßen.

Oder zumindest englischen Asphalt. Die letzte Nacht haben wir in einem Hotel verbracht, und jetzt sitzen wir in einem Mietwagen und fahren über die Straßen von Surrey schnurstracks zu Mum und Dad, um sie zu überraschen. In ungefähr zwei Minuten sind wir da!

Ich kann kaum stillsitzen vor lauter Aufregung, und haue mir dauernd mit der südamerikanischen Stammesmaske gegen das Knie. Ich sehe ihre Gesichter förmlich vor mir! Mum wird einfach nur strahlen, und Dad wird erst ziemlich erstaunt gucken und dann anfangen zu lächeln... Und dann werden wir durch Rauchwolken hindurch aufeinander zurennen...

Obwohl, eher unwahrscheinlich, dass da Rauchwolken sein werden. Das war in *Die Eisenbahnkinder*. Aber wie dem auch sei, es wird einfach absolut spitze. Das tollste Wiedersehen, das es je gegeben hat!

Offen gestanden glaube ich ja, dass es für Mum und Dad gar nicht so einfach war ohne mich. Ich bin schließlich ihr einziges Kind, und so lange sind wir vorher noch nie getrennt gewesen. Zehn lange Monate, in denen wir kaum Kontakt hatten.

Die machen ein Fass auf, wenn ich nach Hause komme!

Jetzt sind wir in Oxshott, der Stadt, in der ich aufgewachsen bin. Ich sehe aus dem Fenster hinaus auf die vertrauten Straßen, auf all die Häuser und Gärten, die ich kenne, seit ich ein kleines Mädchen war. Wir kommen an der kleinen Ladenzeile vorbei, die genauso aussieht wie immer. Der Typ im Zeitungskiosk sieht auf, als wir an der roten Ampel halten, und er winkt uns zu, als wäre es ein völlig normaler Tag. Es überrascht ihn offenbar gar nicht, mich hier zu sehen.

Ich bin fast ein Jahr lang weg gewesen, würde ich ihm am liebsten zurufen. Ich habe die Welt gesehen!

Wir biegen in die Mayfield Avenue ein, und jetzt mischt sich unter die Aufregung zum ersten Mal auch ein klein wenig Nervosität.

»Luke, hätten wir vielleicht doch besser anrufen sollen?«

»Zu spät«, antwortet Luke gelassen und blinkt nach links.

Jetzt sind wir schon fast in unserer Straße. Oh Gott. Ich werde total rappelig.

»Was, wenn sie wegen uns einen Herzinfarkt erleiden?«, frage ich panisch. »Was, wenn sie vor Schreck einen Schlaganfall bekommen?«

»Ich bin sicher, sie werden es überleben!«, lacht Luke. »Mach dir keine Gedanken.«

Elton Road. Hier wohnen meine Eltern. Wir fahren bis zu ihrem Haus. Wir sind da.

Luke lenkt den Wagen in die Einfahrt und schaltet den Motor aus. Einen Moment lang rührt sich keiner von uns.

»Alles klar?«, fragt Luke in die Stille hinein.

»Glaub schon!«, piepse ich.

Befangen steige ich aus und schlage die Autotür zu. Wir haben uns einen sonnigen Tag ausgesucht. In der Straße ist es ganz ruhig, abgesehen von ein bisschen Vogelgezwitscher und einem in der Ferne brummenden Rasenmäher.

Ich gehe auf die Haustür zu, zögere und sehe zu Luke. Der große Augenblick ist gekommen. Aufgeregt lege ich den Finger auf den Klingelknopf und drücke.

Nichts passiert.

Ich zögere – dann klingele ich noch einmal. Aber drinnen rührt sich nichts.

Sie sind nicht zu Hause.

Wie können meine Eltern nicht zu Hause sein?!?!

Empört betrachte ich die Tür. Wo zum Teufel sind meine Eltern? Ist ihnen denn nicht klar, dass ihre einzige, innig geliebte Tochter von ihrer Weltreise zurück ist?

»Komm, wir gehen einen Kaffee trinken und kommen später wieder«, schlägt Luke vor.

»Hmhm«, mache ich nur, da es mir schwer fällt, meine Enttäuschung zu verbergen.

Ach Mann, mein ganzer schöner Plan ist dahin! Ich war jetzt darauf eingerichtet, das große, gefühlsbeladene Wiedersehen durchzuziehen! Und nicht irgendwo einen blöden, abgestandenen Kaffee zu trinken.

Untröstlich gehe ich die paar Schritte zur Pforte und lehne mich an das schmiedeeiserne Gartentor. Ich fummele an dem kaputten Riegel herum, den Dad schon seit über zwanzig Jahren reparieren will, und sehe mir die Rosen an, die Mum und Dad letztes Jahr zu unserer Hochzeit haben pflanzen lassen. Mann, wir sind schon fast ein Jahr verheiratet. Unglaublich.

Dann höre ich plötzlich entfernte Stimmen. Ich recke den Hals und blicke die Straße hinunter. Dort sind gerade zwei Gestalten um die Ecke gebogen. Ich strenge meine Augen an – und dann erkenne ich sie!

Da sind sie! Mum und Dad! Kommen die Straße entlanggelaufen. Mum in einem bedruckten Kleid und Dad in einem pinkfarbenen, kurzärmeligen Hemd, und sie sehen beide richtig gesund aus und haben Farbe!

»Mum!«, quieke ich, dass es nur so über den Asphalt hallt. »Dad!« Ich breite die Arme aus. *»Wir sind wieder da!«*

Mum und Dad sehen auf und bleiben wie angewurzelt stehen. Erst da fällt mir auf, dass sie noch jemanden bei sich haben. Eine Frau. Oder ein Mädchen. Kann ich nicht genau erkennen, die Sonne blendet so.

»Mum!«, rufe ich noch einmal. »Dad!«

Doch die beiden rühren sich nicht vom Fleck. Komisch. Vielleicht sind sie einfach wie vom Donner gerührt, mich zu sehen. Vielleicht halten sie mich für einen Geist.

»Ich bin wieder da!«, schreie ich. »Ich bin's, Becky! Überraschung!«

Es entsteht eine seltsame Pause.

Und dann drehen sich Mum und Dad zu meinem blanken Entsetzen um.

Was... Was machen sie denn bloß?

Vollkommen verwirrt sehe ich ihnen nach.

Irgendwie ist die Situation schon so, wie ich mir unser Wiedersehen vorgestellt hatte – nur umgekehrt. Meine Eltern sollten eigentlich *auf mich zulaufen.*

Sie verschwinden wieder um die Ecke. Die Straße liegt still und verlassen vor mir. Eine Weile bin ich einfach viel zu verdutzt, als dass ich etwas sagen könnte.

»Luke, waren das Mum und Dad?«, frage ich schließlich.

»Ich glaube schon.« Luke sieht genauso verwirrt aus wie ich.

»Und haben sie sich eben wirklich... umgedreht und sind wieder weggegangen, als sie mich gesehen haben?«

Ich muss gestehen, ich bin verletzt. Meine eigenen Eltern rennen vor mir weg, als hätte ich die Beulenpest!

»Nein!«, sagt Luke schnell. »Natürlich nicht. Sie haben dich bestimmt nicht erkannt. Guck!« Er zeigt in die Richtung, in der wir sie gerade vorher gesehen hatten. »Da sind sie wieder.«

Und wirklich, Mum und Dad sind wieder um die Ecke

gebogen, dieses Mal allerdings ohne die junge Frau. Sie gehen ein paar Schritte, dann packt Dad Mum am Arm und zeigt auf mich.

»Da ist Becky!«, ruft er. »Guck doch!«

»Becky!«, ruft Mum reichlich gestelzt. »Das kann doch nicht wahr sein!«

Sie klingt genauso wie seinerzeit, als die hiesige Laienspielgruppe ein Agatha-Christie-Stück aufführte, und sie die Dame spielte, die die Leiche entdeckte.

»Becky! Luke!«, ruft Dad.

Jetzt rennen sie endlich auf uns zu, und ich atme vor Erleichterung auf.

»Mum!«, rufe ich. »Dad! Wir sind wieder da!«

Mit ausgebreiteten Armen rase ich auf sie zu. Ich falle Dad um den Hals, dann spüre ich Mums Arme um mich. Wir verknoten uns förmlich in einer gemeinsamen, multiplen Umarmung.

»Ihr seid wieder da!«, freut Dad sich. »Herzlich willkommen, mein Schatz!«

»Ist alles in Ordnung?« Mum sieht mich besorgt an. »Geht es euch gut?«

»Uns geht's prima! Wir haben einfach nur beschlossen, wieder nach Hause zu kommen! Wir wollten euch alle wiedersehen!« Ich drücke Mum an mich. »Wir wussten doch, dass ihr uns vermisst.«

Zu dritt gehen wir zurück zum Haus, wo Dad Luke die Hand gibt und Mum ihn herzlich umarmt.

»Ich traue meinen Augen nicht«, sagt sie und lässt den Blick von Luke zu mir wandern. »Das gibt's doch gar nicht! Deine Haare, Luke! Die sind ja so *lang*!«

»Ich weiß.« Luke grinst mich an. »Aber sie kommen ab, bevor ich wieder anfange zu arbeiten.«

Ich bin viel zu aufgedreht, als dass ich das jetzt mit ihm

diskutieren möchte. *So* hatte ich mir das Wiedersehen vorgestellt. Alle sind glücklich und zufrieden.

»Kommt doch rein, dann mache ich uns einen Kaffee!« Mum holt die Haustürschlüssel raus.

»Wir wollen aber keinen Kaffee!«, wehrt Dad sich prompt. »Wir wollen Sekt! Wir haben ja wohl allen Grund zu feiern!«

»Vielleicht möchten die beiden aber gar keinen Sekt!«, hält Mum dagegen. »Vielleicht haben sie ja einen Jetlag. Hast du einen Jetlag, Liebes? Möchtest du dich hinlegen?«

»Mir geht's prima!« Ich drücke Mum noch einmal mit meinem freien Arm an mich. »Ich freue mich so, euch wiederzusehen!«

»Wir freuen uns auch, dich wiederzusehen, Liebes!« Mum erwidert meine Umarmung, und ich sauge den vertrauten Duft von ihrem Tweed-Parfum ein, das sie schon so lange benutzt, wie ich überhaupt denken kann.

»Na, dann bin ich aber erleichtert!«, lache ich. »Eben gerade sah es nämlich eigentlich ganz so aus, als ob …« Ich verstumme, weil ich mir ein bisschen doof vorkomme.

»Was denn, Liebes?«

»Na ja, also, irgendwie sah es so aus, als ob ihr … vor mir weggelaufen wärt!« Ich füge dem ein kurzes Lachen hinzu, so als ob ich die Vorstellung selbst komplett albern fände.

Mum und Dad schweigen und werfen sich Blicke zu.

»Dad hatte seine Brille verloren!«, erklärt Mum übertrieben heiter. »Stimmt's nicht, Darling?«

»Stimmt genau!«, pflichtet Dad ihr eifrig bei. »Mir war meine Brille runtergefallen!«

»Und da mussten wir natürlich umdrehen und sie suchen«, erklärt Mum.

Meine Eltern beobachten mich ungewöhnlich aufmerksam und gespannt.

Was ist hier los? Versuchen sie, irgendetwas vor mir zu *verbergen*?

»Becky, bist du das?«, ertönt da vom Zaun her die schrille Stimme unserer Nachbarin Janice. Sie trägt ein rosa Blümchenkleid und dazu passenden Lidschatten. Ihre Haare hat sie in einem äußerst merkwürdigen Rotbraun gefärbt. »Becky!« Atemlos schlägt sie sich die Hände gegen die Brust. »Du bist es tatsächlich!«

»Hi, Janice!«, strahle ich sie an. »Wir sind wieder da!«

»Du siehst toll aus!«, stellt sie fest. »Ihr seht beide toll aus! So *braun*!«

»Das kommt automatisch beim Reisen«, bemerke ich lässig.

»Und Luke! Du siehst ja fast aus wie Crocodile Dundee!« Janice beäugt uns mit einer solch unverhohlenen Bewunderung, dass ich gar nicht anders kann, als mich geschmeichelt zu fühlen.

»Kommt, lasst uns reingehen«, sagt Mum. »Dann könnt ihr uns drinnen alles erzählen!«

Die jetzt folgende Szene hatte ich mir schon unzählige Male ausgemalt: Wir sitzen mit Freunden zusammen und erzählen von unseren Abenteuern im Ausland. Wir breiten eine zerknitterte Landkarte vor ihnen aus... beschreiben ihnen Sonnenaufgänge in den Bergen... sehen ihre an unseren Lippen hängenden Blicke... hören, wie sie seufzend ihrer Bewunderung Ausdruck verleihen...

Nur mit dem Unterschied, dass die Szene jetzt ganz anders abläuft.

»Und, wo wart ihr?«, fragt Janice, kaum dass wir uns am Küchentisch niedergelassen haben.

»Überall!«, prahle ich stolz. »Du kannst uns auf die Probe stellen: Frag einfach nach einem beliebigen Land auf der Welt!«

»Oooh. Teneriffa?«

»Äh … nein.«

»Mallorca?«

»Äh … nein«, antworte ich eine Spur verärgert. »Wir waren in Afrika, Südamerika, Indien …« Ich breite die Arme aus. »Überall!«

»Gütiger Himmel!«, sagt Janice und reißt die Augen auf. »War es heiß in Afrika?«

»Ja, ziemlich.« Ich lächele.

»Ich hab's ja nicht so mit der Hitze.« Janice schüttelt den Kopf. »Konnte ich noch nie leiden. Selbst in Florida nicht.« Ihre Miene erhellt sich. »Wart ihr in Disneyworld?«

»Äh … nein.«

»Na ja.« Janice bedenkt mich mit einem mitleidigen Blick. »Macht ja nichts. Vielleicht nächstes Mal.«

Nächstes Mal? Nächstes Mal, wenn wir zehn Monate lang auf Weltreise sind, oder was?

»Aber hört sich trotzdem nach einem richtig netten Urlaub an«, schiebt sie tröstend hinterher.

Das war kein *Urlaub!*, würde ich sie am liebsten anpfeifen. Das war ein *Reiseabenteuer!* Also echt. Ich wette, als Christoph Kolumbus aus Amerika wiederkam, haben die Leute ihn am Hafen nicht mit den Worten begrüßt: »Oooh, Christoph, warst du auch in Disneyworld?«

Ich sehe mich nach Mum und Dad um – aber die hören nicht einmal zu. Sie stehen an der Spüle, stecken die Köpfe zusammen, und Mum flüstert Dad etwas zu.

Das gefällt mir nicht. Irgendetwas ist hier doch im Busch. Ich sehe zu Luke, der ebenfalls Mum und Dad im Visier hat.

»Wir haben auch Geschenke mitgebracht!«, verkünde ich laut und greife nach meiner Tasche. »Mum! Dad! Guckt doch mal!«

Ich zerre die südamerikanische Maske aus der Tasche und halte sie Mum vor die Nase. Die Maske hat die Form eines Hundegesichts, riesige Zähne und große, kreisrunde Augen. Ich finde, sie sieht ziemlich beeindruckend aus.

»Die habe ich aus Paraguay mitgebracht!«, merke ich nicht ohne Stolz an.

Ich komme mir wie eine richtige Forschungsreisende vor, die seltenes Kunsthandwerk eingeborener südamerikanischer Kulturen in Oxshott präsentiert! Ich meine, wie viele Menschen in Großbritannien haben eine solche Maske wohl schon mal gesehen? Eine Hand voll vielleicht. Ich bin sicher, dass ein jedes Museum dankbar sein würde, wenn sie sie als Leihgabe für eine Ausstellung oder so haben dürften!

»Du meine Güte!« Mum dreht die Maske leicht nervös um. »Was ist das denn?«

»Das ist eine traditionelle Ritusmaske von den Chiriguano-Indianern, stimmt's?«, meldet Janice sich zu Wort.

»Warst du schon mal in Paraguay, Janice?«, frage ich vollkommen überrumpelt.

»Ach was.« Sie trinkt einen Schluck Kaffee. »Die habe ich bei John Lewis gesehen.«

Mir verschlägt es glattweg die Sprache.

»Du hast sie bei … *John Lewis* gesehen?«, frage ich schließlich.

»Ja, in Kingston. Das Geschenke-Kaufhaus.« Sie strahlt mich an. »Bei John Lewis kann man heutzutage wirklich *alles* kriegen!«

»Günstig – günstiger – John Lewis!«, rezitiert Mum sogleich.

Das glaube ich nicht. Ich habe diese Maske schätzungs-weise zehntausend Kilometer um die Welt geschleppt. Die-se Maske sollte eine seltene, exotische Kostbarkeit sein. Und während ich sie mit mir herumschleppe, kann man sie die ganze verdammte Zeit in aller Gemütsruhe bei dem blöden John Lewis in London kaufen!!

Mum sieht, was ich für ein Gesicht mache.

»Aber diese hier ist natürlich etwas ganz Besonderes, Liebes!«, beeilt sie sich zu sagen. »Wir stellen sie auf den Kaminsims direkt neben Dads Golftrophäe!«

»Okay«, sage ich leicht bedrückt. Ich sehe zu Dad, der immer noch aus dem Fenster starrt und kein Wort mitbe-kommt. Vielleicht sollte ich ihm sein Geschenk lieber später geben.

»Und, was ist hier so alles passiert?«, frage ich und neh-me Mum die Tasse Kaffee ab, die sie mir reicht. »Wie geht es Martin? Wie geht's Tom?«

»Beiden geht es sehr gut, danke!«, antwortet Janice. »Tom wohnt gerade für eine Weile bei uns.«

»Ah.« Ich nicke verständnisvoll.

Tom ist Janices und Martins Sohn, und leider hat er ge-rade ein ziemliches Ehedesaster hinter sich. Seine Frau Lucy hat ihn verlassen, und zwar im Prinzip aus dem Grund, weil er sich kein Tattoo machen lassen wollte, das zu ihrem passte.

»Sie haben das Haus verkauft.« Janice sagt das mit einer gewissen Wehmut. »Aber zu einem ziemlich guten Preis.«

»Und geht's ihm gut?«

Mum und Janice wechseln Blicke.

»Er stürzt sich in seine Hobbys«, erklärt Janice schließ-lich. »Versucht, sich zu beschäftigen. Seine neueste Lei-denschaft gilt der Arbeit mit Holz. Er hat schon alles Mög-liche für uns gemacht!« Sie wirkt leicht gequält. »Drei Gartenbänke, zwei Vogelhäuser... Und jetzt arbeitet er gerade an einer zweigeschossigen Gartenlaube!«

»Wow!«, bemerke ich höflich. »Das ist ja toll!«

In dem Moment fängt Mums Ofenuhr an zu klingeln, und ich sehe überrascht auf. Hat Mum während unserer Abwesenheit etwa angefangen zu backen?

»Hast du was im Ofen?«, frage ich, obwohl dieser so kalt aussieht wie eh und je.

»Nein, nein!« Mum lacht schrill auf. »Die Uhr habe ich bloß gestellt, damit ich eBay nicht vergesse!«

»eBay?« Ich fasse es nicht. »Wie, eBay?«

Wie sollte Mum überhaupt wissen, was eBay ist? Sie weiß ja noch nicht mal, wie man einen Computer einschaltet. Vor zwei Jahren habe ich ihr mal vorgeschlagen, Luke zu Weihnachten ein neues Maus-Pad zu schenken, und da ist sie dann prompt in die Tierhandlung gelaufen.

»Na, eBay, Liebes! Internet-Shopping. Ich biete gerade für einen Ken-Hom-Wok, ein paar Kerzenständer...« Sie zaubert ein geblümtes Notizheft aus der Tasche und sieht darin nach. »Ach ja, und eine Heckenschere für Dad. Nur einmal gebraucht!«

»eBay ist einfach großartig!«, fällt Janice in den Lobgesang ein. »Und macht solchen Spaß! Hast du schon mal was über eBay gekauft, Becky?«

»Ähm... nein.«

»Ach, das wäre wirklich was für dich, Liebes!«, meint Mum. »Obwohl ich ja gestern Abend einfach nicht durchkam, als ich nach meinen Portmeirion-Tellern sehen wollte.« Sie schnalzt mit der Zunge. »Keine Ahnung, was da los war.«

»Wahrscheinlich waren die Domain-Server überlastet«, mutmaßt Janice kenntnisreich. »Ich habe die ganze letzte

Woche Probleme mit meinem Modem gehabt. Kekse, Becky?«

Ich kriege das einfach nicht in meinen Kopf. Mum? eBay? Was erzählt sie mir als Nächstes? Dass sie bei Tomb Raider schon auf Level sechs ist?

»Aber du hast doch noch nicht mal einen Computer«, sage ich. »Du hasst diesen ganzen modernen Technologiekram.«

»Schnee von gestern, Liebes! Janice und ich haben einen Kurs gemacht. Wir haben jetzt Breitband!« Sie sieht mich sehr ernst an. »Und wenn ich dir einen wirklich gut gemeinten Rat geben darf, Becky: Wenn du dir Breitband anschaffst, dann sorge gleichzeitig dafür, dass eine ordentliche Firewall installiert wird!«

Moment mal. Irgendetwas ist hier doch vollkommen verkehrt. Eltern wissen doch nicht mehr über Computer als ihre Kinder! Ich nicke unbeteiligt, trinke einen Schluck Kaffee und versuche, die Tatsache zu vertuschen, dass ich keine blasse Ahnung habe, was eine Firewall ist.

»Jane, es ist zehn vor zwölf«, merkt Janice vorsichtig an. »Kommt ihr mit…«

»Ich glaube nicht«, sagt Mum. »Geht ruhig ohne uns.«

»Was denn?« Ich sehe von Mum zu Janice und zurück. »Stimmt etwas nicht?«

»Nein, nein, alles in Ordnung!« Mum stellt ihre Kaffeetasse ab. »Wir hatten nur eigentlich mit Janice und Martin verabredet, heute gemeinsam auf einen Drink zu den Marshalls zu gehen. Aber das macht nichts. Janice wird uns entschuldigen.«

»Ach, seid doch nicht albern!«, wehre ich ab. »Ihr geht da hin! Wir wollen euch doch nicht den Tag verderben.«

Mum schweigt.

»Bist du sicher?«, fragt sie dann.

Autsch, das tat weh. Das hätte sie eigentlich nicht sagen sollen. Sie hätte sagen sollen: »Unsere geliebte Tochter verdirbt uns niemals den Tag!«

»Na klar!«, erkläre ich übertrieben heiter. »Ihr geht bei Marshalls was trinken, und dann setzen wir uns später zusammen und quatschen.«

»Na gut«, sagt Mum. »Wenn du dir sicher bist, dass es okay ist.«

»Ich geh schnell rüber und mach mich fertig«, sagt Janice. »Schön, dass du wieder da bist, Becky!«

Janice geht zur Küchentür hinaus, und Dad sieht immer noch mit nachdenklicher Miene aus dem Fenster.

»Alles okay, Dad? Du bist so still.«

»Tut mir Leid.« Er dreht sich zu mir um und lächelt kurz. »Ich bin nur gerade etwas abgelenkt. Bin in Gedanken bei … einem Golfmatch nächste Woche. Sehr wichtig.« Mit einem imaginären Schläger locht er einen imaginären Ball ein.

»Na dann.« Ich bemühe mich, entspannt zu klingen.

Aber in meinem Inneren bin ich alles andere als entspannt. Mir kommt das alles zunehmend seltsam vor. Er denkt doch nicht wirklich an ein Golfmatch. Warum tut er so geheimnisvoll?

Was ist hier los?

Da fällt mir auf einmal wieder die junge Frau ein, die ich bei Mum und Dad gesehen hatte, bevor sie wieder um die Ecke verschwanden.

»Sag mal … wer war das denn eigentlich da vorhin?«, frage ich unbekümmert. »Die Frau, mit der ihr unterwegs wart?«

Man könnte meinen, ich hätte eine Bombe gezündet oder so. Mum und Dad sind wie versteinert. Sie werfen sich blitzschnelle Blicke zu und sehen dann wieder weg. Die Panik steht ihnen ins Gesicht geschrieben.

»Frau?«, fragt Mum schließlich. »Was für eine…« Sie sieht zu Dad. »Hast du eine Frau gesehen, Graham?«

»Vielleicht meint Becky die… die Passantin«, spekuliert Dad reichlich gestelzt.

»Ach ja, genau!« Mum klingt wieder ganz nach Laienspiel. »Da war ja eine Frau, die zufällig gerade vorbeikam. Auf der Straße. Eine Fremde. Kennen wir nicht. Die meintest du sicher, nicht wahr, Becky?«

»Ja. Klar. Natürlich.«

Ich bemühe mich zu lächeln, obwohl mir ganz und gar nicht danach zumute ist. Mum und Dad lügen mich an???

»Na dann, auf zu euren Drinks!«, sage ich. »Viel Spaß!«

Als die Haustür ins Schloss fällt, ist mir zum Heulen zumute. Ich hatte mich *so* auf heute gefreut. Und jetzt wünschte ich fast, wir wären gar nicht nach Hause gekommen. Keiner freut sich auch nur annähernd so, mich wiederzusehen, wie ich es mir vorgestellt hatte. Meine seltene, exotische Kostbarkeit ist weder exotisch noch selten. Und was ist mit Mum und Dad los? Warum benehmen die sich so seltsam?

»Möchtest du noch eine Tasse Kaffee?«, fragt Luke.

»Nein danke.« Ich scharre todunglücklich mit dem Fuß auf dem Küchenboden herum.

»Alles okay, Becky?«

Schweigen.

»Nein«, gestehe ich leise ein. »Eigentlich nicht. Ich hatte mir unsere Rückkehr ganz anders vorgestellt.«

»Komm mal her.« Luke breitet die Arme aus, und ich kuschele mich an seine Brust. »Was hattest du denn erwartet? Dass sie alles stehen und liegen lassen und sofort eine irre Party schmeißen würden?«

»Nein! Natürlich nicht!« Schweigen. Ich sehe auf und

begegne Lukes Blick. »Na ja… vielleicht. So ungefähr. Wir waren so lange weg, und ihre Reaktion ist, als hätten wir nur mal eben einen Stadtbummel gemacht!«

»Überraschungen sind immer ein bisschen riskant, Becky«, erklärt Luke. »Sie haben uns frühestens in zwei Monaten zurückerwartet. Kein Wunder, dass sie etwas durch den Wind sind.«

»Ich weiß. Aber das ist ja nicht alles.« Ich atme tief durch. »Luke – hast du nicht auch den Eindruck, dass meine Eltern irgendetwas vor mir verbergen?«

»Ja«, sagt Luke.

»*Ja?*«

Ich bin völlig platt. Ich hatte erwartet, dass er sagen würde: »Becky, das bildest du dir doch alles nur ein«, so wie immer.

»Da ist ganz klar irgendetwas im Busch.« Luke hält inne. »Und ich glaube, ich weiß auch, was es sein könnte.«

»Was denn?« Gespannt sehe ich ihn an.

»Die Frau, die vorhin bei ihnen war. Die, über die sie nicht reden wollten. Ich glaube, sie ist Immobilienmaklerin. Ich glaube, deine Eltern wollen das Haus verkaufen.«

»Das Haus verkaufen?«, wiederhole ich entsetzt. »Aber warum denn? Das ist doch ein richtig schönes Haus! Geradezu perfekt!«

»Es ist ein bisschen zu groß für deine Eltern, seit du ausgezogen bist.«

»Aber warum zum Teufel erzählen sie mir das nicht?« Ich werde laut. »Ich bin doch ihre Tochter! Ich bin ihr einziges Kind! Warum vertrauen sie mir denn nicht?«

»Vielleicht dachten sie, dich würde das nur aufregen«, meint Luke.

»So ein Quatsch, wieso sollte ich mich denn aufregen?!?!«, rufe ich entrüstet.

Da fällt mir plötzlich auf, dass ich ebendies tue.

»Na ja. Gut. Vielleicht würde ich mich aufregen. Aber ich kann trotzdem nicht fassen, dass sie mir das verheimlichen!«

Ich befreie mich aus Lukes Umarmung und gehe zum Fenster hinüber. Ich ertrage den Gedanken nicht, dass Mum und Dad dieses Haus verkaufen. In einem Anfall von Nostalgie lasse ich den Blick über den Garten schweifen. Sie können diesen Garten doch nicht einfach so verkaufen. Das können sie nicht machen. Nicht nach all der Arbeit, die Dad sich mit den Begonien gemacht hat.

Und dann bemerke ich Tom Webster im Nachbargarten. Er trägt Jeans und ein T-Shirt, auf dem steht »Meine Frau hat mich verlassen, und alles, was für mich übrig blieb, war dieses beschissene T-Shirt«. Er schleppt sich gerade halb tot am größten Holzbrett, das ich je gesehen habe.

Mannomann. Er sieht ja richtig wild aus.

»Vielleicht ist es das ja auch gar nicht«, höre ich Luke hinter mir sagen. »Vielleicht täusche ich mich ja.«

»Du täuschst dich bestimmt nicht.« Unglücklich drehe ich mich zu ihm um. »Das muss es sein. Was denn sonst?«

»Hmm... Ach, denk jetzt nicht weiter drüber nach. Komm schon. Morgen ist die Taufe. Da siehst du Suze wieder!«

»Ja.« Mir geht es schon gleich wieder ein bisschen besser. »Stimmt.«

Luke hat Recht. Der heutige Tag mag nicht ganz nach Plan verlaufen sein – aber morgen wird bestimmt alles viel besser. Denn morgen sehe ich Suze wieder, meine beste, liebste, engste Freundin auf der ganzen Welt. Ich kann es kaum erwarten!!

5

Die Zwillingstaufe wird im Haus von Suzes Eltern in Hampshire gefeiert, weil die junge Familie dort wohnt, solange der Ostflügel von Tarquins Schloss in Schottland renoviert wird. Im Prinzip hätten sie auch auf sein Haus in Pembrokeshire ausweichen können, das ging aber nicht, weil dort gerade irgendwelche entfernten Cousins untergebracht sind. Und sein Haus in Sussex dient derzeit als Location für eine Jane-Austen-Verfilmung.

So ist Suzes Familie. Da hat man nicht nur *ein* Haus. Aber da hat man auch keine Power-Shower-Multifunktionsdusche.

Während der Wagen über den Kies der vertrauten Einfahrt knirscht, kann ich schon gar nicht mehr stillsitzen vor lauter Aufregung.

»Beeil dich!«, treibe ich Luke an, als er in eine Parklücke manövriert. Er hat nicht mal den Motor abgeschaltet, da stürze ich auch schon aus dem Auto und auf das Haus zu. Ich bin da, ich bin da!! Ich muss Suze sehen, jetzt, sofort!

Die massive Eingangstür ist angelehnt, und ich drücke sie zaghaft auf. Die riesige, gefliste Eingangshalle ist mit atemberaubenden Lilienarrangements geschmückt. Zwei Kellner durchschreiten den Raum mit Sektgläsern auf einem Tablett. Und auf dem antiken Stuhl neben dem Kamin thront ein ausrangierter Sattel. Na, wenigstens hier hat sich nichts verändert.

Die Kellner entschwinden in einen Flur, und ich bleibe allein in der Eingangshalle zurück. Ich bewege mich langsam über die Steinfliesen und bin auf einmal ein bisschen nervös. Was, wenn Suze genauso vor mir wegläuft wie meine Eltern? Was, wenn sie auch plötzlich ganz komisch zu mir ist?

Dann bleibe ich wie vom Donner gerührt stehen, als ich Suze durch eine offene Tür im Salon stehen sehe. Das blonde Haar hat sie im Nacken zu einem Knoten gebunden, und sie trägt ein umwerfendes, bedrucktes Wickelkleid. Im Arm hält sie ein winziges Baby in einem langen Taufkleid. Wow. Das muss der eine Zwilling sein.

Tarquin steht ganz dicht neben ihr, auch er hat ein Baby im Taufkleid auf dem Arm. Und obwohl er so ziemlich den ältesten Anzug der Welt anhat, sieht er eigentlich richtig gut aus! Nicht ganz so... wieselig wie früher. Vielleicht ist Tarquin einer von den Männern, die mit zunehmendem Alter immer attraktiver werden, geht mir da durch den Kopf. Und wenn er erst mal fünfzig ist, ist er der reine Sexgott!

Ein blondes Kleinkind klammert sich an sein Bein, und Tarquin versucht sanft, diese Umklammerung zu lösen.

»Ernie«, ermahnt Tarquin das Kind geduldig.

Ernie? Schockschwerenot! Mein Patenkind Ernest? Aber als ich ihn das letzte Mal sah, war er doch noch ein kleines Baby!

»Wilfie sieht aus wie ein Mädchen!«, sagt Suze zu Tarquin und runzelt dabei auf die ihr so eigene Weise die Augenbraue. »Und Clementine sieht aus wie ein Junge!«

»Suze, Liebling, sie sehen beide aus wie Babys im Taufkleid«, entgegnet Tarquin.

»Und was, wenn sie beide verkehrt gepolt sind?« Suze sieht Tarquin besorgt an. »Was, wenn ihre Hormone irgendwie durcheinander gewirbelt wurden, als sie noch bei mir im Bauch waren?«

»Es wird schon alles in Ordnung sein!«

Ich empfinde eine absurde Scheu, wie ich da so neben der Tür herumlungere. Ich möchte nicht stören. Sie sehen wie eine richtige Familie aus. Sie *sind* eine richtige Familie.

»Wie spät ist es?« Suze versucht, auf die Uhr zu sehen, aber Ernie hat gerade ihren Arm gekapert und versucht, sich an ihr hochzuziehen. »Ernie, Süßer, ich muss mir noch die Lippen schminken! Lass bitte Mummys Arm los… Kannst du ihn einen Moment nehmen, Tarkie?«

»Ja, Moment, ich muss nur eben Clemmie irgendwo ablegen…« Tarquin sieht sich in dem Zimmer um, als könne jeden Moment wie von Zauberhand ein Stubenwagen auftauchen.

»Ich nehme sie dir ab, wenn du möchtest«, biete ich nervös an.

Schweigen. Dann fährt Suze herum.

»Bex?« Ihr Augen weiten sich bis auf Tellergröße. »*Bex?*«

»Wir sind wieder da!«, lache ich zaghaft. »Überraschnung!«

»Oh mein Gott! Oh mein *Gott*!«

Suze schleudert das Baby in Richtung Tarquin, der tapfer eine Art Jongliernummer mit den beiden Winzlingen vollführt. Suze rennt auf mich zu und fällt mir um den Hals.

»Bex! Mrs. Brandon!«

»Mrs. Cleath-Stuart!«, erwidere ich und spüre, wie mir die Tränen kommen. Ich wusste, dass Suze noch ganz die Alte sein würde. Ich *wusste* es.

»Ich kann's nicht glauben! Du bist wieder da!« Suzes Gesicht glüht. »Na los, erzähl schon! Ich will alles über eure Hochzeitreise hören! Du musst mir jede kleinste Einzel–« Völlig unvermittelt verstummt sie und starrt meine Tasche an. »Oh mein Gott«, haucht sie. »Ist das eine *echte* Engel-Tasche?«

Ha! Sehen Sie? Leute, die Bescheid wissen, wissen eben Bescheid.

»Natürlich.« Ich schlenkere lässig mit meiner Errungenschaft. »Nur ein kleines Souvenir aus Mailand. Äh... Es wäre aber vielleicht ganz geschickt, das Luke gegenüber nicht so deutlich zu erwähnen«, füge ich leise hinzu. »Er weiß nämlich nicht genau, dass...«

»Bex!«, ermahnt Suze mich lachend. »Luke ist dein Mann!«

»Eben.« Ich sehe ihr in die Augen, und wir fangen beide an zu kichern.

Ach, herrlich, ganz wie in den guten alten Zeiten.

»Und, wie ist das Eheleben?«, fragt Suze.

»Total klasse«, seufze ich glücklich. »Einfach genial. Na ja, du weißt schon. Wie das Eheleben auf der Hochzeitsreise eben so ist.«

»Ich war schwanger, als wir auf Hochzeitsreise waren.« Suze sieht aus, als wäre ihr das unangenehm. Sehnsüchtig streichelt sie meine Engel-Tasche. »Ich wusste gar nicht, dass ihr nach Mailand wolltet. Wo wart ihr denn noch überall?«

»Na, überall! Rund um die Welt!«

»Wart ihr bei dem antiken Schrein von Mahakala?«, dröhnt eine Stimme von der Tür her. Als ich mich umdrehe, sehe ich Suzes Mutter Caroline hereinkommen. Sie hat das seltsamste Kleid an, dass ich je gesehen habe. Sieht aus wie aus erbsengrünem Segeltuch.

»Ja!«, bestätige ich stolz. »Waren wir!«

Caroline war diejenige, die mich überhaupt auf die Idee gebracht hatte, richtig auf Reisen zu gehen. Sie erzählte mir seinerzeit, dass ihre beste Freundin eine bolivianische Bäuerin ist.

»Was ist mit der alten Inkastadt Ollantaytambo?«

»Da haben wir übernachtet!«

Caroline bekommt einen verklärten Blick, was ich so interpretiere, dass ich den Test bestanden habe. Ich bin superstolz. Ich bin ein echter Globetrotter! Dass wir in dem Fünf-Sterne-Hotel übernachtet haben, erwähne ich jetzt besser nicht.

»Ich habe gerade mit dem Pfarrer gesprochen«, wendet Caroline sich an Suze. »Hat irgendwas von warmem Wasser für die Taufe gefaselt. Habe ich ihm direkt wieder ausgeredet! So ein Quatsch! Ein bisschen kaltes Wasser kann diesen beiden Kindern nur gut tun!«

»Mummy!«, jault Suze. »Ich hatte ihn extra um warmes Wasser gebeten! Sie sind doch noch so winzig!«

»Blödsinn!«, donnert Caroline. »Als du so alt warst, hast du schon im See gebadet! Als du ein halbes Jahr alt warst, bin ich mit dir in Botswana durch die Hügel von Tsodilo gewandert. Da gab es auch kein warmes Wasser!«

Suze sieht mich verzweifelt an, und ich schenke ihr ein mitfühlendes Lächeln.

»Ich gehe dann jetzt besser«, sagt Suze. »Wir sehen uns ja später noch, Bex, oder? Du bleibst doch ein paar Tage?«

»Aber gerne!«, freue ich mich.

»Ach, und dann musst du auch *unbedingt* Lulu kennen lernen!«, sagt sie noch, als sie schon halb zur Tür raus ist.

»Wer ist Lulu?«, rufe ich ihr hinterher, aber sie hört mich nicht mehr.

Na ja. Werde ich schon noch früh genug erfahren. Wahrscheinlich ihr neues Pferd oder so.

Luke hat draußen auf mich gewartet. Genau wie damals zu Suzes und Tarquins Hochzeit, ist auch dieses Mal der Weg vom Haus zur Kirche mit Zeltplanen überdacht. Während wir über die ausgelegten Matten gehen, ereilt mich ein kleiner Anfall von Nostalgie. Genau hier haben Luke und ich seinerzeit zum ersten Mal davon gesprochen zu heiraten. Also, nicht direkt, eher irgendwie um den heißen Brei herumgeredet. Und dann hat Luke um meine Hand angehalten.

Und jetzt sind wir wieder hier. Und sind schon fast ein Jahr verheiratet!

Ich höre Schritte hinter uns, und als ich mich umdrehe, sehe ich Tarquin mit einem der Babys über die Matten eilen.

»Hi, Tarkie!«, sage ich, als er uns erreicht hat. »Welchen von den Zwillingen hast du denn da?«

»Das ist Clementine«, strahlt Tarquin. »Unsere kleine Clemmie.«

Ich sehe mir das Kind etwas genauer an und bemühe mich, mein Erstaunen zu verbergen. Mannomann. Suze hat Recht. Sie sieht wirklich wie ein Junge aus.

»Was für eine Schönheit!«, beeile ich mich zu sagen. »Das schönste Baby der Welt!«

Ich überlege fieberhaft, was ich sagen könnte, das ihre ausgesprochen *femininen* Qualitäten betonen würde – aber in dem Moment kommt ein ziemlich komisches Geräusch von oben. So eine Art »flop-flop-flop-flop-flop«. Es wird lauter. Ich staune, als ich hochgucke und einen riesigen schwarzen Hubschrauber sich nähern sehe. Das heißt … genau genommen landet er. Auf dem Feld hinter dem Haus.

»Hat von deinen Freunden jemand einen Hubschrauber?«, erkundige ich mich geplättet.

»Ähm … Na ja, nein. Das ist meiner«, erklärt Tarquin verlegen. »Hatte ihn einem Freund geliehen, für eine Spritztour.«

Tarquin besitzt einen *Hubschrauber*?

Also, man sollte doch meinen, dass ein Mann, dem zigtausend Häuser und ein Hubschrauber gehören, sich auch einen ordentlichen Anzug leisten kann.

Wir erreichen die Kirche, in der es nur so wimmelt von Taufgästen. Luke und ich setzen uns ziemlich weit nach hinten, von wo ich einen guten Blick auf Suzes Verwandtschaft habe. Da ist zum Beispiel Tarquins Vater, er trägt eine auberginefarbene Smokingjacke. Und da ist Tarquins Schwester Fenella. Sie ist ganz in Blau und kreischt aufgeregt eine blonde junge Frau an, die ich nicht kenne.

»Wer ist das, Agnes?«, ertönt da eine ziemlich durchdringende Stimme hinter mir. Ich werfe einen Blick über die Schulter, und da sitzt eine grauhaarige Frau mit einer riesigen Rubinbrosche, die durch eine Lorgnette ebenfalls die Blondine beäugt.

»Das ist doch Fenella«, antwortet die Dame in Grün neben ihr.

»Ich meine nicht Fenella! Ich meine das andere Mädchen, das mit ihr spricht.«

»Ach, Lulu? Das ist Lulu Hetherington.«

Die Überraschungen nehmen kein Ende. Lulu ist kein Pferd. Lulu ist eine junge Frau.

Ich sehe sie mir ein bisschen genauer an. Immerhin sieht sie ein bisschen wie ein Pferd aus. Sie ist sehr dünn und langgliedrig, so wie Suze, und sie trägt ein rosa Tweedkostüm. Während ich sie beobachte, lacht sie über etwas, das Fenella gesagt hat – und entblößt dabei sämtliche Zähne plus das Zahnfleisch.

»Sie ist eine der Patinnen«, erläutert Agnes. »*Ganz* tolles Mädchen. Susans beste Freundin.«

Was?

Erstaunt sehe ich auf. Was ist das denn für ein Quatsch? *Ich* bin Suzes beste Freundin. Das weiß doch jeder.

»Lulu ist vor einem halben Jahr hierher gezogen, und

seitdem sind die beiden einfach unzertrennlich!«, fährt Agnes fort. »Jeden Tag reiten sie zusammen aus. Und sie ist Susan ja so ähnlich. Man muss sich die beiden nur mal zusammen ansehen!«

Da erscheint Suze vorne in der Kirche und hält Wilfrid auf dem Arm. Ja, gut, es besteht eine oberflächliche Ähnlichkeit zwischen ihr und Lulu. Sie sind beide groß und blond. Sie tragen beide ihr Haar in einem Nackenknoten. Suze unterhält sich mit Lulu, ihr Gesicht strahlt vor Freude, und da brechen die beiden auch schon in schallendes Gelächter aus.

»Die beiden haben ja so viel gemeinsam!« Agnes plappert immer weiter. »Ich meine, die Pferde, die Kinder... Einfach toll, dass die beiden einander haben und sich gegenseitig unterstützen können!«

»Jede Frau braucht eine beste Freundin«, merkt die andere Dame weise an.

Dann verstummt die Unterhaltung, als die Orgel einsetzt. Die Gemeinde erhebt sich, und genau wie alle anderen auch schlage ich das Gottesdienstprogramm auf. Aber ich kann es nicht lesen. Ich bin vollkommen aufgewühlt.

Diese Frauen da hinten haben irgendetwas völlig falsch verstanden. Diese Lulu ist nicht Suzes beste Freundin. *Ich* bin Suzes beste Freundin.

Nach dem Gottesdienst gehen alle zurück zum Haus, wo in der Eingangshalle ein Streichquartett spielt und Kellner Getränke anbieten. Luke wird sofort von einem von Tarquins Freunden, der ihn geschäftlich kennt, in Beschlag genommen, und ich stehe eine Weile allein herum und grübele über das nach, was ich in der Kirche gehört habe.

»Bex!« Erleichtert fahre ich herum, als ich Suzes Stimme höre.

»Suze!« Ich strahle sie an. »Es war wunderschön!«

Allein Suzes Anblick, dieses gütige Gesicht, reicht, um alle meine Zweifel zu zerstreuen. Natürlich bin ich immer noch ihre beste Freundin! Natürlich!

Ich darf nicht vergessen, dass ich ziemlich lange weg war. Natürlich hat Suze sich während meiner Abwesenheit mit anderen Leuten hier aus der Gegend angefreundet. Aber jetzt bin ich ja wieder da!

»Suze, was hältst du davon, wenn wir morgen shoppen gehen?«, schlage ich impulsiv vor. »Wir könnten nach London fahren… Ich helfe dir mit den Babys…«

»Ich kann nicht, Bex.« Sie runzelt die Augenbraue. »Ich habe Lulu versprochen, morgen früh mit ihr reiten zu gehen.«

Das bringt mich für einen Moment zum Schweigen. Kann sie das nicht absagen?

»Ach so.« Ich versuche zu lächeln. »Na ja… kein Problem. Können wir ja ein anderes Mal machen.«

Das Baby auf Suzes Arm fängt aus vollem Halse an zu schreien. Suzes verzieht das Gesicht.

»Ich muss die beiden jetzt stillen. Aber dann muss ich dir unbedingt Lulu vorstellen. Ihr zwei werdet euch super verstehen!«

»Ja, bestimmt!« Ich bemühe mich, begeistert zu klingen. »Bis später!«

Suze verschwindet in die Bibliothek.

»Champagner, Madam?«, fragt der Kellner hinter mir.

»Oh ja. Danke.«

Ich nehme mir ein Glas vom Tablett. Einer plötzlichen Eingebung folgend, schnappe ich mir schnell noch ein zweites. Ich steuere die Tür zur Bibliothek an und will gerade die Hand nach der Klinke ausstrecken, als Lulu herauskommt und die Tür hinter sich schließt.

»Ach, hallo!«, näselt sie. »Suze ist gerade da drin und stillt.«

»Ich weiß.« Ich lächele. »Ich bin ihre Freundin Becky. Ich wollte ihr ein Glas Champagner bringen.«

Lulu erwidert mein Lächeln – lässt aber die Hand auf der Türklinke liegen.

»Ich glaube, sie möchte jetzt am liebsten in Ruhe gelassen werden«, erklärt sie freundlich.

In Ruhe gelassen werden? Von *mir*?

Ich war dabei, als Suze Ernie zur Welt gebracht hat!, würde ich am liebsten parieren. Ich kenne sie tausendmal besser als du sie *jemals* kennen wirst!

Aber nein. Ich werde mich eine Minute nachdem wir uns kennen gelernt haben nicht auf einen sinnlosen Konkurrenzkampf einlassen. Komm schon, Becky. Bemüh dich ein bisschen.

»Du bist bestimmt Lulu«, stelle ich so freundlich wie möglich fest und reiche ihr die Hand. »Ich bin Becky.«

»Du bist Becky. Ja, ich habe schon von dir gehört.«

Wieso guckt sie denn so amüsiert? Was hat Suze ihr erzählt?

»Und du bist Clementines Patentante!«, stelle ich herzlich fest. »Das ist… schön!«

Ich strenge mich wirklich redlich an, irgendwie mit ihr in Kontakt zu kommen. Aber sie hat irgendetwas an sich, das mir nicht gefällt. Ihre Lippen sind einen Tick zu schmal. Ihr Blick ist einen Tick zu kühl.

»Cosmo!«, bellt sie da auf einmal. Ich folge ihrem Blick und sehe ein Kleinkind, das direkt in das Streichquartett hineintappt. »Komm weg da, mein Schatz!«

»Cosmo! Das ist ja ein toller Name!«, sage ich in einem weiteren Versuch, freundlich zu sein. »Nach der Zeitschrift?«

»Nach der *Zeitschrift*?« Sie glotzt mich an, als wäre ich schwachsinnig. »Nein. Wenn du es genau wissen willst, nach dem altgriechischen Wort Kosmos. Was ›Ordnung‹ oder auch ›Schmuck‹ bedeutet.«

In mir mischen sich Verlegenheit und Ärger. Woher soll ich denn das wissen?

Und überhaupt, die Doofe hier ist doch wohl sie. Denn mal im Ernst: Wie viele Menschen haben schon von der Zeitschrift *Cosmo* gehört? Ungefähr eine Million. Und wie viele haben schon von irgendeinem ollen griechischen Wort gehört? Ungefähr drei. Eben.

»Hast du Kinder?«, fragt sie ausgesucht höflich.

»Äh … nein.«

»Hast du Pferde?«

»Äh … nein.«

Schweigen. Lulu scheinen die Fragen ausgegangen zu sein. Na, dann bin ich wohl wieder dran.

»Und … wie viele Kinder hast du?«

»Vier«, antwortet sie. »Cosmo, Ludo, Ivo und Clarissa. Zwei, drei, fünf und acht.«

»Wow. Die halten dich dann ja sicher ganz schon auf Trab.«

»Ach, wenn man erst mal Kinder hat, lebt man in einer ganz anderen Welt«, erzählt sie mit einer gewissen Selbstgefälligkeit. »Alles verändert sich total. Das kannst du dir gar nicht vorstellen.«

»Ich glaube schon«, lache ich. »Ich habe Suze geholfen, als Ernie gerade geboren war. Ich weiß also, wie das ist –«

»Nein«, schneidet sie mir das Wort ab. Sie bedenkt mich mit einem herablassenden Lächeln. »Solange du nicht selbst Kinder hast, hast du keine Ahnung. Absolut keine.«

»Okay«, sage ich kleinlaut.

Wie kann Suze diese Frau bloß zur Freundin haben? Wie?

Auf einmal öffnet sich die Tür zur Bibliothek, und Suze

kommt heraus. Auf dem einen Arm hat sie ein Baby, in der anderen Hand hält sie ein Handy, und ihr Gesicht ist ein einziger Ausdruck der Sorge.

»Hi, Suze!«, sage ich schnell. »Ich wollte dir ein Glas Champagner bringen!« Ich halte es ihr hin, aber Suze reagiert überhaupt nicht.

»Lulu, Wilfie hat Ausschlag!«, erzählt sie bekümmert. »Haben deine das auch gehabt?«

»Lass mal sehen.« Fachmännisch nimmt Lulu Suze das Baby ab und sieht es sich eine Weile an. »Ich glaube, das sind Hitzepickelchen.«

»Wirklich?«

»Ich finde, das sieht aus wie Nesselausschlag«, versuche ich, mich einzubringen. »Hat er in letzter Zeit Kontakt mit irgendwelchen Nesseln gehabt?«

Aber mein Beitrag scheint hier niemanden zu interessieren.

»Du brauchst Bepanthen«, stellt Lulu fest. »Kann ich dir später besorgen, wenn du möchtest. Muss sowieso nachher noch in die Apotheke.«

»Ach, danke, Lulu! Du bist ein Engel!« Dankbar nimmt Suze Wilfie wieder an sich. In dem Moment klingelt ihr Handy.

»Hi!«, meldet sie sich. »Na, endlich! Wo sind Sie?« Sie hört zu, was der andere zu sagen hat, und sieht zunehmend bestürzt aus. »Sie machen Witze!«

»Was ist denn los?«, fragen Lulu und ich wie aus einem Mund.

»Das war Mr. Happy!«, jammert Suze an Lulu gewandt. »Er hat einen Platten! Sitzt fest bei Tiddlington Marsh.«

»Wer ist Mr. Happy?«, frage ich verwirrt.

»Der Animateur!«, klärt Suze mich am Rande der Verzweiflung auf. »Das ganze Zimmer da drüben ist voller

Kinder, die nur auf ihn warten!« Sie zeigt auf eine doppel-flügelige Tür, hinter der ich haufenweise Kinder in fest-lichen Kleidchen und schicken Hemden erkennen kann. Sie rennen alle durcheinander und beschmeißen sich mit Kissen.

»Ich düse eben los und hole ihn«, sagt Lulu und stellt ihr Glas ab. »Immerhin wissen wir, wo er ist. Dauert höchs-tens zehn Minuten. Sag ihm, er soll bleiben, wo er ist, und nach einem Range Rover Ausschau halten.«

»Du bist ein Goldstück, Lulu!« Suze ist sichtbar erleich-tert. »Was würde ich bloß ohne dich machen?«

Ich verspüre eine gewisse Eifersucht. *Ich* will diejenige sein, die Suze hilft. *Ich* will das Goldstück sein.

»Ich kann ihn auch holen!«, schalte ich mich ein. »Ich fahr schnell los!«

»Du weißt doch gar nicht, wo er ist«, merkt Lulu freund-lich an. »Es ist besser, wenn ich fahre.«

»Und was ist mit den Kindern?« Suze blickt nervös zu dem Zimmer hinüber, in dem die Kinder immer lauter durcheinander schreien.

»Die müssen eben warten. Wenn kein Animateur da ist, ist eben kein Animateur da.«

»Aber –«

»Ich mache so lange den Animateur!«, sprudelt es un-kontrolliert aus mir hervor.

»*Du?*« Die beiden drehen sich zu mir um und staunen.

»Ja, ich«, sage ich selbstbewusst.

Ha. Denen werde ich schon zeigen, welche Freundin Suze am hilfreichsten ist.

»Bex… bist du dir da sicher?« Suze sieht mich zweifelnd an.

»Ja, klar, kein Problem!«

»Aber –«

98

»Suze…« Ich lege eine Hand auf ihren Arm. »Bitte. Ich trau mir schon zu, dass ich ein paar Kinder zehn Minuten lang unterhalten kann.«

Ach du Scheiße.

Das ist ja das totale Chaos.

Hier ist es so laut, dass ich nicht mal hören kann, was ich denke. Ich höre überhaupt nichts außer dem Gekreische von zwanzig aufgeregten Kindern, die kreuz und quer durch das Zimmer rennen und sich gegenseitig eins auf die Mütze hauen.

»Äh… Entschuldigung…«, sage ich.

Das Gekreische wird nur noch lauter. Ich bin mir sicher, dass hier in diesem Moment jemand ermordet wird, ich kann nur leider nicht sehen, wer, weil alles ein einziges Tohuwabohu ist.

»Hinsetzen!«, brülle ich gegen den Lärm an. »Alle Mann hinsetzen!«

Aber die Kinder schenken mir null Beachtung und kreischen weiter. Ich stelle mich auf einen Stuhl und forme mit den Händen einen Trichter um meinen Mund.

»Wer sich hinsetzt…«, brülle ich, »…bekommt was SÜSSES!«

Von einer Sekunde auf die andere verstummt das Gekreische, und es macht einen lauten Rums, als sich alle zwanzig Kinder auf einmal auf den Boden plumpsen lassen.

»Hallo, alle zusammen!«, begrüße ich die Bande fröhlich. »Ich bin… Ich bin Schnecki-Becky!« Ich wackele mit dem Kopf. »Sagt mal alle ›Hallo, Schnecki-Becky!‹«

Totenstille.

»Krieg ich jetzt was Süßes?«, meldet sich ein kleines Mädchen zu Wort.

»Äh…«

Ich wühle in meiner Tasche, aber da ist nichts außer ein paar pflanzlichen Schlaftabletten, die ich mir gekauft hatte, um den Jetlag besser zu überstehen. Mit Orangengeschmack.

Ob ich die…

Nein. Nein.

»Später!«, sage ich. »Ihr müsst alle schön still sitzen… und dann bekommt ihr etwas Süßes!«

»Deine Zaubertricks sind *scheiße*!«, sagt ein Junge in einem Ralph-Lauren-Hemd.

»Ich bin nicht scheiße!«, wehre ich beleidigt ab. »Guckt mal her! Äh…«

In Windeseile halte ich mir die Hände vors Gesicht und ziehe sie dann ebenso schnell wieder weg.

»Buh!«, sage ich dabei.

»Wir sind doch keine Babys!«, funkelt der Junge mich böse an. »Wir wollen echte Tricks sehen!«

»Wie wäre es, wenn ich euch ein nettes Lied vorsinge?«, schlage ich besänftigend vor. »Der Kuckuck und der Esel, die hatten einen Streit… lalalalalala… am längsten sänge…«

»Wir wollen Zaubertricks!«, quengelt das kleine Mädchen.

»Ja, wir wollen Tricks!«, ruft der Junge.

»Wir. Wollen. Tricks! Wir. Wollen. Tricks!«

Oh Gott, jetzt skandieren sie auch noch einen Sprechchor. Und die Jungs hauen mit den Fäusten auf den Boden. Die stehen bestimmt jeden Moment wieder auf und kloppen sich weiter. Tricks. Tricks! Ich zermartere mir das Hirn. Kenne ich überhaupt irgendwelche Tricks?

»Okay!«, rufe ich verzweifelt. »Ich mache einen Trick! Guckt mal hier!«

Auf Zeit spielend, breite ich schwungvoll die Arme aus und führe dann mit kreisenden Bewegungen die Hände hinter den Rücken.

Dann öffne ich durch die Bluse hindurch meinen BH und überlege fieberhaft, welche Farbe er hat.

Ach ja. Hellrosa mit Schleifchen. Perfekt.

Mein Publikum ist gebannt.

»Was machst du da?«, sagt ein kleines Mädchen mit weit aufgerissenen Augen.

»Abwarten!«

Ich versuche, weiter so geheimnisvoll zu tun. Ich ziehe mir den einen BH-Träger über den Arm, dann den anderen. Die Kinder sehen mir fasziniert zu.

Jetzt, wo mein Selbstbewusstsein zurückgekehrt ist, glaube ich, dass ich meine Sache gar nicht schlecht mache. Ich finde sogar, dass ich richtig Talent habe!

»Und jetzt seht ganz genau hin«, ermahne ich die Kinder mit tiefer Zaubererstimme, »denn jetzt werde ich etwas... HERZAUBERN!«

Ein paar Kinder schnappen hörbar nach Luft.

Ein Trommelwirbel wäre jetzt echt nicht schlecht.

»Eins... zwei... drei...« Blitzschnell ziehe ich den BH aus dem Ärmel und halte ihn hoch. »Tadaaaah!«

Die Kinder brechen in begeisterten Jubel aus.

»Sie hat gezaubert!«, ruft ein rothaariger Junge.

»Noch mal!«, quengelt das kleine Mädchen. »Noch mal!«

»Wollt ihr den Trick noch mal sehen?«, frage ich und strahle vor Glück.

»Jaaaaaaaaa!«, schreien sie alle.

»Ich glaube kaum!«, ertönt da eine helle, scharfe Stimme von der Tür her. Ich drehe mich um – und da steht Lulu und glotzt mich mit unverhohlenem Entsetzen an.

Oh nein.

Oh Gott. Mein BH baumelt mir immer noch von der Hand.

»Sie wollten Zaubertricks sehen«, erkläre ich mit einem lässigen Schulterzucken.

»Ich glaube kaum, dass die Kinder diese Art von ›Tricks‹ meinten!« Sie zieht die Augenbrauen hoch. Dann wendet sie sich mit einem strahlenden Mama-Lächeln an die Kinderschar. »Wer will Mr. Happy sehen?«

»Wir wollen Schnecki-Becky!«, kreischt der Junge. »Die hat ihren BH ausgezogen!«

Mist.

»Schnecki-Becky muss jetzt... äh... gehen!«, verkünde ich fröhlich. »Bis zum nächsten Mal, Kinder!«

Lulus Blick ausweichend, knülle ich den BH zu einem winzigen Ball zusammen, stopfe ihn in meine Tasche und verlasse den Raum. Ich gehe schnurstracks zum Buffet, wo Luke sich gerade am Lachs gütlich tut.

»Geht's dir gut?«, fragt er überrascht. »Du bist so rot.«

»Mir... geht's gut.« Ich schnappe mir sein Glas und trinke einen großen Schluck Champagner. »Alles in Ordnung.«

Nichts ist in Ordnung.

Stundenlang warte ich darauf, dass Lulu endlich geht, damit ich mich in Ruhe mit Suze unterhalten kann – vergebens. Lulu bleibt. Lulu hilft dabei, den Kindern ihr Abendessen zu machen. Lulu hilft beim Aufräumen. Jedes Mal, wenn ich helfen will, kommt Lulu mir mit einem feuchten Lappen oder einem Becher oder irgendeinem tollen Rat von Mutter zu Mutter zuvor. Lulu und Suze unterhalten sich konstant und ausschließlich über Kinder, sodass es mir schier unmöglich ist, auch mal was zum Gespräch beizutragen.

Gegen zehn Uhr abends geht sie dann endlich, und auf einmal sitze ich mit Suze allein in der Küche. Sie sitzt neben dem Herd, stillt den einen Zwilling und gähnt ungefähr alle drei Minuten.

»War eure Hochzeitsreise denn gut?«, fragt sie leicht wehmütig.

»Der absolute Knaller. Wirklich perfekt. In Australien waren wir tauchen, da haben wir so atemberaubende Sachen gesehen, und –«

Ich breche ab, als Suze wieder gähnt. Vielleicht sollte ich ihr das morgen erzählen.

»Und du? Wie geht es dir mit drei Kindern?«

»Ach, du weißt schon.« Sie lächelt müde. »Gut. Ist natürlich anstrengend. Alles ist anders.«

»Und… du hast wohl ziemlich viel Zeit mit Lulu verbracht«, merke ich möglichst lässig an.

»Ja, ist sie nicht toll?« Plötzlich sieht Suze gar nicht mehr müde aus.

»Äh… ja, super.« Was sag ich denn jetzt? »Obwohl ich finde, dass sie ein *bisschen* zu sehr herumkommandiert…«

»*Herumkommandiert?*« Suze sieht mich entsetzt an. »Bex, wie kannst du so etwas sagen? Sie war meine Rettung! Sie hat mir so viel geholfen!«

»Ach so.« Ich mache einen Rückzieher. »Ich meinte ja auch nicht –«

»Sie weiß ganz genau, was ich durchmache.« Suze seufzt. »Ich meine, sie hat schließlich vier! Sie *versteht* mich.«

»Klar.«

Und ich verstehe sie nicht. Das ist es doch, was sie meint.

Ich starre in mein Weinglas, und plötzlich wird mein Kopf ganz schwer. Keins meiner Wiedersehen läuft so ab, wie ich es mir vorgestellt hatte.

Ich stehe auf und schlendere hinüber zum Herd, wo immer massenweise Familienfotos an der Korkwand hängen. Da ist ein Foto von Suze und mir auf dem Weg zu einer Party, mit Federboas um die Schultern und Glitzer-Make-up im Gesicht. Und eins von Suze und mir und dem neugeborenen Ernie im Krankenhaus.

Es trifft mich wie ein Schlag in die Magengrube, als ich das nagelneue Foto von Suze und Lulu entdecke, wie sie im Partnerlook und beide mit Haarnetzen auf ihren Pferden sitzen, in die Kamera lachen und fast aussehen wie eineiige Zwillinge.

Während ich das Bild betrachte, reift in mir ein Entschluss. Ich werde meine beste Freundin nicht an irgendeine herrische, pferdegesichtige Reitkönigin verlieren. Was Lulu kann, kann ich schon lange.

»Ich dachte, ich könnte morgen vielleicht mit dir und Lulu reiten gehen«, sage ich locker. »Wenn du ein Pferd für mich übrig hast.«

Ich ziehe mir sogar ein Haarnetz über, wenn's nötig ist.

»Du willst mit?« Erstaunt sieht Suze zu mir auf. »Aber... Bex. Du kannst doch gar nicht reiten.«

»Doch, kann ich«, erwidere ich lässig. »Luke und ich sind auf unserer Hochzeitsreise nämlich etwas geritten.«

Und das stimmt auch irgendwie. Fast. In Dubai wollten wir nämlich auf Kamelen reiten. Letztendlich sind wir dann aber stattdessen schnorcheln gegangen.

Aber was soll's, ist ja egal. Wird schon schief gehen. Ich meine, mal im Ernst. Reiten kann ja wohl so schwer nicht sein. Man sitzt einfach auf dem Pferd und lenkt. Kein Problem.

6

Punkt zehn Uhr am nächsten Morgen bin ich fertig. Ich will ja nicht angeben – aber wenn ich mich selbst so im Spiegel betrachte, muss ich doch sagen, ich sehe schlicht und ergreifend umwerfend aus! Luke hat mich heute in aller Frühe zu dem Reiterladen im nächsten Ort gefahren, und da habe ich mich komplett ausgestattet. Ich trage schneeweiße Reithosen, eine klassische schwarze Reitjacke, glänzende Stiefel und eine wunderschöne neue samtbezogene Reitkappe.

Stolz greife ich nach dem i-Tüpfelchen dieses ohnehin schon perfekten Outfits – einer großen roten Rosette mit glänzenden Bändern. Davon hatten die massenweise in dem Laden, darum habe ich gleich von jeder Farbe eine gekauft! Vorsichtig stecke ich sie mir wie eine Blume an den Kragen, streiche die Jacke glatt und betrachte mich abermals im Spiegel.

Mann, sehe ich cool aus. Ich sehe aus, als wenn ich bei einer großen Zuchtausstellung prämiert würde.

Ich könnte doch anfangen, jeden Tag im Hyde Park zu reiten, fällt mir da ein. Vielleicht würde ich richtig gut werden. Dann könnte ich jedes Wochenende herkommen und mit Suze zusammen ausreiten. Wir könnten gemeinsam an irgendwelchen Reitfesten teilnehmen! Dann würde sie diese doofe Lulu bestimmt ganz schnell vergessen.

»Halali!«, sagt Luke, als er ins Zimmer kommt. »Du siehst ja richtig schneidig aus!«

»Cool, oder?«, strahle ich ihn an.

»Ausgesprochen sexy.« Er zieht die Augenbrauen hoch. »Tolle Stiefel. Wie lange bleibst du weg?«

»Ach, nicht so lange«, lautet meine kenntnisreiche Antwort. »Wir wollen nur ein bisschen über die Felder sprengen.«

Das Wort »sprengen« habe ich im Reiterladen aufgeschnappt.

»Becky...« Luke sieht mich etwas skeptisch an. »Hast du eigentlich schon jemals auf einem Pferd gesessen?«

»Ja!«, antworte ich nach kurzem Schweigen. »Natürlich!«

Einmal. Als ich zehn war. Da bin ich runtergefallen. Aber bestimmt nur, weil ich mich nicht richtig konzentriert habe oder so.

»Sei bitte vorsichtig, ja? Ich habe nämlich keine Lust, jetzt schon Witwer zu werden.«

Also, echt. Was hat er denn für ein Problem?

»Ich geh dann mal!«, sage ich mit einem Blick auf meine neue Reiteruhr mit eingebautem Kompass. »Bin schon spät dran!«

Die Pferde sind alle etwas abseits vom Haus in einem Stallgebäude untergebracht, und als ich mich diesem nähere, höre ich bereits Wiehern und Hufklappern.

»Hi!«, begrüßt mich Lulu, die in einer uralten Reithose und einem Fleecepulli um die Ecke kommt. »Alles klar zum –« Sie verstummt abrupt, als sie mich sieht. »Oh Gott.« Sie schnaubt vor Lachen. »Suze, komm mal! Du musst dir unbedingt Becky angucken!«

»Was denn?« Suze kommt um die Ecke geeilt und bleibt wie angewurzelt stehen.

»Wow, Becky«, sagt sie. »Du bist aber... schick!«

Suze steckt in einer schmutzigen alten Reithose, schlammverschmierten Stiefeln und einer zerbeulten Reitkappe.

»Ich wollte nur eine gute Figur machen!« Ich bemühe mich, heiter und sachlich zu klingen.

»Was ist denn das?« Ungläubig betrachtet Lulu meine Rosette.

»Eine Ansteckblume. Die habe ich in dem Reiterladen entdeckt«, erkläre ich spitz.

»Die sind für Pferde«, sagt Suze sanft. »Bex, das sind Rosetten für Pferde.«

»Oh.«

Einen Moment lang ist mir ein wenig unwohl. Aber dann … Warum dürfen Menschen denn nicht auch Rosetten tragen? Mann, Pferdenarren sind ja wohl total engstirnig!

»So, da wären wir!«, unterbricht Albert uns. Albert ist bei Suzes Eltern für die Pferde zuständig. Er hält ein riesiges braunes Pferd am Zügel. »Sie setzen wir heute mal auf Ginger. Ein ausgesprochen gutmütiges Pferd, nicht wahr, mein Junge?«

Mich packt der blanke Horror. Das da? Erwartet er allen Ernstes von mir, dass ich mich auf dieses Monster setze?

Albert reicht mir die Zügel, und ich nehme sie ihm automatisch ab, während ich gleichzeitig versuche, die in mir aufsteigende Panik zu unterdrücken. Das Pferd hebt seinen enormen Huf und macht einen Schritt vorwärts. Erschrocken springe ich zur Seite. Was, wenn das Vieh mir auf den Fuß tritt?

»Willst du nicht aufsitzen?«, fragt Lulu und schwingt sich auf ein Pferd, das – wenn das überhaupt möglich ist – noch größer ist als meins.

»Natürlich!«, lache ich lässig.

Aber wie? Wie soll ich da bloß hochkommen?

»Einmal Räuberleiter?«, fragt Tarquin, der sich nur wenige Meter von uns entfernt mit Albert unterhalten hat. Ehe ich michs versehe, steht er auch schon hinter mir, und im Handumdrehen hat er mich auf den Sattel befördert.

Ach du Scheiße.

Ist das *hoch* hier. Mir wird ganz schwindlig, wenn ich runtergucke. Auf einmal macht Ginger einen Schritt zur Seite, und ich muss mich beherrschen, damit ich nicht vor Schreck aufschreie.

»Dann mal los!«, ruft Suze, die auf ihrem alten schwarzen Pferd Pepper sitzt. Dann macht es ein paarmal klippklapp, und sie verschwindet durch das Tor aufs Feld. Lulu schnalzt irgendwie mit der Zunge, wendet ihr Pferd und folgt Suze.

Gut. Jetzt bin ich dran. Los.

Los jetzt, Pferd. *Beweg dich.*

Ich habe keine Ahnung, was ich jetzt machen soll. Soll ich es treten? Ich ziehe versuchsweise an einem der Zügel, aber es tut sich nichts.

»Hü!«, brumme ich. »Hü, Ginger!«

Und dann auf einmal, als wenn er bemerkt hätte, dass alle seine Freunde bereits vorausgegangen sind, bewegt Ginger sich vorwärts. Und es ist… okay. Es ist gut. Bloß ein bisschen… *holpriger*, als ich dachte. Ich blicke nach vorn und sehe Lulu, die total entspannt auf ihrem Pferd sitzt und die Zügel in nur einer Hand hält. Die pure Angabe, wenn Sie mich fragen.

»Tor zu!«, ruft sie mir zu.

Tor zu? Spinnt die? Wie soll ich denn bitte das Tor zumachen?

»Ich mach das schon!«, ruft Tarquin. »Viel Spaß!«

»Danke!«, rufe ich fröhlich zurück.

Gut. Solange wir einfach nur gemütlich vor uns hin trotten, geht es mir gut. Ich finde das hier sogar zunehmend angenehm. Die Sonne scheint, eine leichte Brise streicht über das Gras, die Pferde sind schön und glänzen, und wir sehen alle unheimlich pittoresk aus.

Und ohne angeben zu wollen – ich finde, ich sehe am besten aus. Mein Outfit ist ja wohl mal *ganz klar* das beste. Auf dem Fußweg durch das Feld kommen uns ein paar Leute entgegen, und als wir mit ihnen auf gleicher Höhe sind, nicke ich ihnen à la »Mache ich mich nicht toll auf meinem Pferd?« zu und schwinge meine Gerte. Und die Leute sehen echt beeindruckt aus! Die denken bestimmt, ich bin Profi.

Vielleicht bin ich ja einfach ein Naturtalent. Vielleicht sollten Luke und ich ein paar Pferde und ein paar Hektar Land kaufen und anfangen zu züchten oder so. Dann könnten wir Military-Turniere und Schauspringen veranstalten, so wie Suze –

Mist. Was ist denn jetzt los? Ginger hat plötzlich angefangen, auf und ab zu holpern.

Ist das Trab?

Ich sehe zu Suze und Lulu, die beide im Einklang mit ihren Pferden ihre Hinterteile aus dem Sattel heben und wieder auf ihn absenken.

Wie machen die das?

Ich versuche, es ihnen nachzutun – mit dem Ergebnis, dass ich unter Schmerzen auf den Sattel zurückkrache. Autsch. Mann, sind Sättel hart. Warum machen die die nicht gepolstert? Wenn ich Satteldesigner wäre, würde ich die Dinger richtig schön weich und gemütlich machen, mit Fellkissen und Getränkehaltern und –

»Wollen wir kantern?«, ruft Suze über die Schulter. Und noch bevor ich überhaupt antworten kann, hat sie ihr Pferd auch schon in die Seiten getreten und saust davon, dicht gefolgt von Lulu.

»Wir brauchen nicht zu kantern, Ginger«, raune ich dem Pferd hastig zu. »Wir können einfach –«

Oh mein Gooooooooooott! Er rennt den anderen hinterher!

Scheiße! Verdammte Scheiße! Gleich fall ich runter. Ich weiß es. Mein ganzer Körper ist total steif. Ich klammere mich so verkrampft am Sattel fest, dass mir die Hände wehtun.

»Alles okay, Bex?«, ruft Suze.

»Ja, ja!«, antworte ich mit erstickter Stimme.

Ich will, dass das hier aufhört. Der Wind peitscht mir ins Gesicht. Mir ist schlecht vor Angst.

Ich sterbe. Mein Leben ist vorbei. Das einzig Positive, das ich dieser Sache abgewinnen kann, ist, dass die Berichterstattung in den Zeitungen echt cool sein wird.

Die begeisterte Pferdesportlerin Rebecca Brandon (geb. Bloomwood) starb auf einem Ausritt mit ihren Freundinnen.

Oh Gott. Ich glaube, er wird langsamer. Endlich. Wir traben… wir joggen (oder so ähnlich)… und schließlich bleiben wir stehen.

Irgendwie gelingt es mir, meine Hände aus ihrer Umklammerung zu lösen.

»Herrlich, oder?« Suze dreht sich auf Pepper nach mir um. Ihre blonden Haare wehen unter dem Helm hervor, und ihre Wangen sind frisch und rosig. »Und jetzt einen richtig guten Galopp?«

Galopp?

Du machst wohl Witze! Wenn Ginger auch nur einen weiteren Schritt macht, muss ich kotzen.

»Kannst du springen, Bex?«, fragt sie dann noch. »Da sind ein, zwei kleine Hindernisse auf dem Weg. Aber die wirst du schon schaffen«, macht sie mir Mut. »Du reitest wirklich gut!«

Ich bringe vorübergehend kein Wort heraus.

»Ich muss nur eben… äh… meinen Steigbügel neu einstellen«, schaffe ich schließlich zu sagen. »Reitet ihr nur schon voraus.«

Ich warte, bis die beiden außer Sichtweite sind, dann lasse ich mich zu Boden gleiten. Meine Beine sind total wackelig, und mir ist schlecht. Ab jetzt werde ich für immer auf festem Boden bleiben. Für immer und ewig. Wie können Leute so etwas bloß aus Spaß machen?

Mit klopfendem Herzen lasse ich mich ins Gras sinken. Ich nehme meine neue Reitkappe ab – die mir übrigens, seit ich sie aufgesetzt habe, schmerzhaft die Ohren abgeklemmt hat – und werfe sie trübsinnig neben mich.

Suze und Lulu sind jetzt wahrscheinlich schon kilometerweit weg. Galoppieren vor sich hin und reden über Windeln.

Ich bleibe noch ein paar Minuten sitzen, um wieder zu mir zu kommen, und beobachte Ginger beim Grasen. Dann, endlich, stehe ich wieder auf und sehe mich auf dem einsamen Feld um. Was mache ich jetzt?

»Komm, Ginger«, sage ich. »Wir gehen zu Fuß zurück.« Ich greife nach seinen Zügeln und ziehe vorsichtig daran – und zu meinem Erstaunen folgt er mir gehorsam.

Das ist schon viel besser. So muss man es machen.

Bei meinem Marsch über die Wiese entspanne ich mich endlich ein bisschen. Ein Pferd ist doch eigentlich ein ziemlich verschärftes Accessoire. Wer sagt denn, dass man unbedingt draufsitzen muss? Ich könnte immer noch jeden Tag in den Hyde Park gehen. Ich könnte mir ein richtig hübsches Pferd kaufen und es spazieren führen wie andere Leute ihren Hund. Und wenn irgendjemand fragen würde, warum ich es nicht reite, würde ich wissend lächeln und sagen: »Heute ist unser Ruhetag.«

Wir marschieren so eine ganze Weile vor uns hin, bis wir schließlich an eine einsame Straße kommen. Ich bleibe stehen und sehe unentschlossen nach rechts und links. In der einen Richtung verschwindet die Straße in einer Kurve einen Hügel hinauf. In der anderen Richtung meine ich so etwas wie ein nettes kleines Dorf ausmachen zu können. Fachwerkhäuser, Blumenbeete und –

Ooooh! Sind das da… Geschäfte?

Okay. Vielleicht ist der Tag doch noch zu retten.

Eine halbe Stunde später geht es mir schon viel besser.

Ich habe köstlichsten Walnusskäse gekauft, ein Glas eingemachte Stachelbeeren und ein paar riesige Rettiche, über die Luke sich freuen wird. Und das Beste von allem ist: Ich habe da diesen wunderbaren, kleinen Hutladen gefunden, mitten in diesem Dorf! Der Hutmacher ist aus der Gegend hier und praktisch der nächste Philip Treacy. Ich meine, nicht dass ich so wahnsinnig oft Hüte tragen würde… aber die nächste Hochzeit kommt bestimmt! Oder vielleicht gehen wir mal zum Pferderennen nach Ascot. Und Preise waren das! Spottbillig, sage ich Ihnen! Also habe ich direkt einen weißen Hut mit Straußenfedern und einen schwarzen, über und über mit Edelsteinen versehenen Samthut gekauft. Die sind zwar ein klein wenig sperrig in ihren Hutschachteln, aber die waren ihr Geld so was von wert!

Ginger wiehert, als ich zu dem Laternenpfahl zurückkehre, an dem ich ihn festgebunden habe, und scharrt mit den Hufen.

»Keine Sorge!«, beruhige ich ihn. »Ich habe dich nicht vergessen.« Für Ginger habe ich eine Tüte voller Chelsea-Brötchen gekauft und eine Flasche »Extra-Glanz-Shampoo« für seine Mähne. Ich halte ihm auf der flachen Hand eines der Brötchen hin und versuche, mich nicht zu ekeln, als sich sein Speichel auf meiner Haut verteilt.

Das einzige kleine Problem ist jetzt... Wohin mit meinen Einkäufen? Ich kann ja schlecht alle meine Einkaufstüten tragen und gleichzeitig Gingers Zügels halten, während wir nebeneinander her die Straße entlangtrotten. Nachdenklich sehe ich ihn an. Ob ich versuchen soll, mit den Tüten in der Hand aufzusitzen? Wie haben die Leute das denn vor hundert Jahren gemacht?

Und dann fällt mir ein großes, gürtelschnallenähnliches Teil an einem von Gingers Sattelriemen auf. Da könnte ich doch prima eine Tüte dranhängen. Ich nehme eine der Papiertüten, befestige sie an der Schnalle – und voilà! Perfekt! Bei genauerem Hinsehen bemerke ich, dass an Gingers Sattel überall solche praktischen Schnallen sind. Genial! Die sind bestimmt genau zu diesem Zweck da!

Überglücklich befestige ich Einkaufstüten an jeder zur Verfügung stehenden Schnalle, an jedem Riemen und jedem Haken an Gingers Sattel. Wahnsinn. Ich wusste gar nicht, dass ein Pferd so viele Einkäufe transportieren kann! Zum Schluss binde ich meine beiden geliebten rosa-weiß gestreiften Hutschachteln an den Seiten fest.

Gut. Fertig.

Ich binde Ginger los und führe ihn schön langsam aus dem Dorf hinaus, damit die Hutschachteln nicht allzu heftig auf und ab hüpfen. Ein paar Leute gaffen uns nach, als wir vorbeikommen, aber das ist schon in Ordnung. Die sind wahrscheinlich einfach nicht an Ortsfremde gewöhnt.

Wir nähern uns gerade der ersten Kurve, als ich ein klapperndes Geräusch vor uns höre. Ehe ich es mich versehe, tauchen Suze und Lulu auf ihren Pferden auf.

»Da ist sie ja!«, sagt Lulu, die sich zum Schutz gegen die Sonne die Hand über die Augen hält.

113

»Bex!«, ruft Suze. »Wir haben uns solche Sorgen gemacht! Alles in Ordnung?«

»Mir geht's prima!«, rufe ich zurück.

Die beiden kommen näher und wechseln erstaunte Blicke.

»Bex... was hast du denn mit Ginger gemacht?« Suzes ungläubiger Blick schweift über sämtliche Tüten und Schachteln.

»Nichts«, sage ich. »Ginger geht's gut. Ich war bloß mit ihm einkaufen. Ich habe mir zwei umwerfende Hüte gekauft!«

Eigentlich hätte ich erwartet, dass Suze begeistert ruft: »Wow! Zeig her!«, aber stattdessen guckt sie nur vollkommen geplättet drein.

»Sie war mit einem Pferd... einkaufen«, sagt Lulu langsam. Sie sieht mich an, lehnt sich dann zu Suze und flüstert ihr etwas ins Ohr.

Suze kann sich offensichtlich kaum beherrschen, schnaubt vor Lachen und schlägt sich dann die Hand vor den Mund.

Ich spüre, wie ich knallrot anlaufe.

Sie lacht mich aus.

Ich hätte nie gedacht, dass Suze mich einmal auslachen würde.

»Ich kann halt nicht so gut reiten wie ihr.« Es kostet mich Mühe, mit ruhiger Stimme zu sprechen. »Darum wollte ich euch beide einfach ein bisschen galoppieren lassen. Na ja. Kommt schon. Wir müssen nach Hause.«

Die beiden wenden ihre Pferde, und dann kehren wir in gemächlichem Tempo und vor allem schweigend zu den Ställen zurück.

Kaum sind wir angekommen, verschwindet Lulu nach Hause, und Suze eilt ins Haus, um die Zwillinge zu füttern. Ich bleibe bei den Ställen zurück, zusammen mit Albert, der sich als absolutes Goldstück erweist und mir dabei hilft, die vielen Tüten und Pakete von Gingers Sattel zu holen.

Hoffnungslos überladen stapfe ich aus dem Stall und begegne umgehend Luke, der immer noch seine Barbourjacke und die Gummistiefel anhat.

»Und, wie war's?«, fragt er beschwingt.

»Na ja, es ging so«, sage ich und sehe ihn dabei nicht an, sondern zu Boden. Ich warte eigentlich darauf, dass Luke jetzt fragt, was los ist, aber er ist anscheinend nicht ganz bei der Sache.

»Hör mal, Becky, Gary aus dem Büro hat gerade angerufen, und es sieht ganz so aus, als müssten wir die Sache mit der Arcodas Group jetzt sofort anpacken. Es tut mir wirklich Leid, aber ich muss zurück nach London. Du musst ja nicht mitkommen, du kannst ruhig noch ein paar Tage hier bleiben, wenn du willst.« Er lächelt. »Du hast dich doch so darauf gefreut, Suze wiederzusehen.«

Mir wird irgendwie ganz warm ums Herz. Recht hat er. Ich hatte mich so darauf gefreut, Suze wiederzusehen, und genau das werde ich jetzt auch tun! Wen interessiert denn schon die blöde Lulu? Ich werde mich jetzt so richtig schön mit meiner besten Freundin ausquatschen. Jetzt sofort.

Ich eile ins Haus. Suze stillt gerade beide Zwillinge gleichzeitig, während Ernie an ihr zieht und zerrt.

»Hör mal, Suze«, schlage ich eifrig vor. »Du hast doch bald Geburtstag, und da möchte ich dir gerne was ganz Besonderes schenken. Ein paar Tage in Mailand! Nur wir zwei!«

»*Mailand?*« Suze sieht auf und wirkt reichlich angespannt. »Ernie, hör bitte damit auf, mein Schatz. Bex, ich kann nicht nach Mailand! Ich muss bei den Babys bleiben.«

»Die könnten doch mitkommen!«

»Nein, könnten sie *nicht*!«, erwidert Suze nachgerade scharf. »Bex, du verstehst das einfach nicht!«

Ihre Worte tun mir weh. Warum erzählt mir eigentlich ständig jeder, dass ich »das nicht verstehe«? Woher wollen die anderen das wissen?

»Na, gut.« Ich bemühe mich, heiter zu klingen. »Dann lassen wir es uns eben hier so richtig gut gehen mit leckerem Essen und allem! Ich bringe das Essen mit, du musst keinen Finger rühren …«

»Ich kann nicht«, sagt Suze, ohne mich anzusehen. »Ich habe … Ich habe an meinem Geburtstag schon was vor. Lulu und ich gehen in einen Beauty-Wellness-Salon. Wir gönnen uns einen ganz besonderen Mutter-Kind-Tag. Lulu lädt mich ein.«

Fassungslos starre ich sie an. Suze und ich verbringen doch immer unsere Geburtstage miteinander!

»Ach so.« Ich schlucke. Und schlucke. Und schlucke. »Na dann, viel Spaß.«

Schweigen. Ich weiß nicht, was ich sagen soll.

Zum ersten Mal in meinem Leben weiß ich nicht, was ich Suze sagen soll.

»Bex, du warst nun mal nicht hier«, sagt Suze, und ich höre ihr an, wie bekümmert sie ist. »Du warst nicht hier. Was sollte ich denn machen? Keine Freunde haben?«

»Natürlich nicht!«, wehre ich fröhlich ab. »So ein Quatsch!«

»Ohne Lulu hätte ich das alles überhaupt nicht geschafft. Sie war mir eine unendlich große Hilfe.«

»Ja, natürlich.« Mir steigen die Tränen in die Augen, und ich wende mich ab und versuche, sie wegzublinzeln. »Na ja, dann wünsche ich euch beiden viel Spaß. Tut mir Leid, dass ich zurückgekommen bin und gestört habe.«

»Bex, nun sei doch nicht so! Hör zu… Ich rede noch mal mit Lulu über unseren Wellnesstag. Wir können bestimmt noch eine dritte Person mitnehmen.«

Oh, diese Demütigung! Jetzt hat sie auch noch Mitleid mit mir! Das ertrage ich nicht!

»Nein!« Ich reiße mich so unglaublich zusammen, dass ich es sogar schaffe zu lachen. »Ist doch gar kein Problem, wirklich. Ich hätte wahrscheinlich sowieso keine Zeit. Eigentlich… war ich ja auch reingekommen, um dir zu sagen, dass wir nach London zurückmüssen. Luke muss sich um seine Geschäfte kümmern.«

»Jetzt sofort?« Suze sieht mich überrascht an. »Aber ich dachte, ich würdet ein paar Tage bleiben?«

»Ach, wir haben so viel um die Ohren!« Ich hebe das Kinn. »Für mich ist jetzt nämlich auch alles anders, weißt du? Ich bin jetzt eine verheiratete Frau! Ich muss die Wohnung einrichten… mich um Luke kümmern… Dinnerpartys geben…«

»Aha.« Suze zögert. »Na, aber es war wirklich schön, dich mal wieder zu sehen.«

»Gleichfalls! Es war richtig nett! Das müssen wir… unbedingt bald mal wieder machen!«

Mann, klingen wir falsch. Alle beide.

Schweigen. Mir schnürt sich die Kehle zu. Ich muss heulen.

Ich will aber nicht.

»Tja, dann…«, sage ich schließlich.

Ich gehe hinaus, nehme meine Einkäufe an mich und mache mich auf den Weg. Und mein strahlendes Lächeln hält exakt so lange, bis ich auf der ersten Treppenstufe angekommen bin.

Mrs. Rebecca Brandon
37 Maida Vale Mansions
Maida Vale
London NW6 0YF

30. April 2004

Sehr geehrte Mrs. Brandon,

besten Dank für Ihr Schreiben bzgl. des Nether Pleaton
Reiterfestes nächsten Monat. Ich kann Ihnen hiermit
bestätigen, dass ich Ihren Namen von folgenden
Wettbewerbslisten gestrichen habe:

• Grundkenntnisse der Reitlehre und Pferdekunde
• offenes Springen
• S-Dressur

Bitte lassen Sie mich doch wissen, ob Sie nach wie vor in
der Kategorie »Am besten gepflegtes Pony« teilnehmen
möchten.

Mit freundlichen Grüßen,

Marjorie Davies
(Organisatorin)

7

Ist ja auch egal. Ich brauche Suze nicht.

Die Leute heiraten und verändern sich und wechseln die Freunde. Das ist alles. Vollkommen normal. Suze hat ihr Leben… und ich habe meins. Prima. Seit der Taufe ist jetzt eine ganze Woche vergangen, und ich habe so gut wie gar nicht an sie gedacht.

Ich trinke einen Schluck Orangensaft, nehme mir die *Financial Times*, die Luke auf dem Frühstückstisch liegen gelassen hat, und blättere sie flüchtig durch.

Jetzt, wo ich verheiratet bin, werde ich sicher eine Menge neue Freunde finden. Ich bin ja schließlich nicht von Suze abhängig oder so. Ich werde irgendeinen Abendschulkurs anbieten oder einen Lesekreis initiieren oder so, und *meine* neuen Freunde werden so richtig nette Leute sein, die nicht reiten und auch keine Kinder mit so bescheuerten Namen wie Cosmo haben…

Ich blättere so schnell vor Wut, dass ich im Handumdrehen ganz durch bin mit der *Financial Times*. Ich staune. Wow. Das ging aber fix. Vielleicht habe ich mich in der Zwischenzeit zur Turboleserin gemausert, ohne es zu merken.

Ich trinke einen Schluck Kaffee und bestreiche meinen Toast mit Nutella. Ich sitze in Lukes Wohnung in Maida Vale in der Küche und gönne mir ein spätes Frühstück.

Ich meine natürlich… in *unserer* Wohnung in Maida Vale. Ich vergesse das ständig, dass sie jetzt zur Hälfte mir gehört! Luke hat hier schon Ewigkeiten gewohnt, bevor wir geheiratet haben. Als er nach New York zog, wollte er die Wohnung untervermieten, und darum hat er alles komplett renovieren und neu einrichten lassen. Jetzt ist alles mega-trendy und ganz minimalistisch eingerichtet: Edelstahlküche, hellbeige Teppiche und nur hier und da ein modernes Kunstwerk.

Gefällt mir gut. Selbstverständlich.

Obwohl, ich glaube, wenn ich *ganz* ehrlich bin, ist mir diese Einrichtung doch einen winzigen Tick zu kahl. Luke hat in Einrichtungsfragen einen ziemlich anderen Geschmack als ich. Sein innenarchitektonischer Ansatz lautet »spartanisch, praktisch, gut«, meiner dagegen eher »ein bisschen mehr kann nicht schaden«.

Aber das macht gar nichts, denn ich habe gerade neulich diesen Artikel in einer Wohnzeitschrift gelesen, in dem stand, dass die Fusion zweier unterschiedlicher Einrichtungsstile nicht unbedingt zu einem Problem werden muss. Paaren wie uns wird geraten, die individuellen Vorstellungen bei regelmäßigen Brainstormings gemeinsam zu analysieren, zu verbalisieren und zu amalgamieren – wobei beide Partner vollkommen gleichberechtigt sind – und hernach einen unverwechselbaren neuen Stil zu kreieren, der unsere gemeinsame Handschrift trägt.

Und heute ist der perfekte Tag, um genau damit anzufangen, denn jede Minute wird es an der Tür klingeln, und die diversen Mitbringsel, die ich im Verlaufe unserer Hochzeitsreise so erstanden und nach England habe verschiffen lassen, werden endlich angeliefert! Luke geht extra etwas später zur Arbeit heute, damit er mir helfen kann.

Hach, ist das aufregend! Gleich sehen wir alle unsere Souvenirs wieder! Und dann bekommt jedes Erinnerungsstück an unsere Hochzeitsreise einen ehrenvollen Platz in der Wohnung zugewiesen. Das wird den Räumen gleich ein ganz anderes Flair verleihen, wenn hier und da ein paar *persönliche Akzente* verteilt sind.

»Brief für dich«, sagt Luke, als er in die Küche kommt. Er zieht die Augenbrauen hoch. »Sieht ziemlich wichtig aus.«

»Zeig her!« Nervös nehme ich ihm den Umschlag ab.

Seit wir wieder in London sind, habe ich mich an alle größeren Kaufhäuser gewandt und mich um eine Stelle als persönliche Einkaufsberaterin beworben. Ich habe ziemlich gute Referenzen von Barneys in New York, und es sind auch alle wahnsinnig nett zu mir gewesen – aber bis jetzt haben sie mir alle immer nur gesagt, dass sie derzeit keine Vakanzen haben.

Was mich offen gestanden ziemlich umgehauen hat. Ich dachte, ich würde mich vor Angeboten kaum retten können. Ich hatte sogar diese kleine Vision, in der mich sämtliche Personalchefs von Harrods und Harvey Nicks und Selfridges zum Essen einluden, und mir alle haufenweise Klamotten schenkten, um mich zu überzeugen, für sie zu arbeiten.

Klopfenden Herzens ziehe ich den Brief aus dem Umschlag. Er ist von einem neuen Laden namens The Look, der noch nicht einmal eröffnet hat. Da war ich vor zwei Tagen, und ich dachte eigentlich, dass ich da einen ganz guten Eindruck gemacht hätte …

»Oh Gott!« Ich kann es kaum glauben. »Ich hab den Job! Die wollen mich haben!«

»Spitze!« Luke lächelt über das ganze Gesicht. »Herzlichen Glückwunsch!« Er legt mir den Arm um die Schulter und küsst mich.

»Kleiner Haken … ich kann erst in drei Monaten anfangen«, erzähle ich, als ich den Brief weiter durchlese. »Dann eröffnet der Laden überhaupt erst.« Ich lasse den Brief sinken und sehe Luke an. »Drei ganze Monate. Verdammt lang, so ganz ohne Job.«

Und ohne Geld, denke ich bei mir.

»Ach, du wirst schon etwas finden, womit du die Zeit herumkriegst«, heitert Luke mich auf. »Du hast doch immer irgendwelche kleineren oder größeren Projekte. Du wirst dich schon nicht langweilen.«

Da klingelt es an der Tür, und wir sehen einander an.

»Das ist bestimmt die Spedition mit unseren Sachen!«, freue ich mich. »Komm, wir gehen runter!«

Lukes Wohnung ist eine Penthouse-Wohnung, die einen direkten eigenen Einstieg zum Aufzug hat. Cool, oder? Als wir eingezogen sind, bin ich den lieben langen Tag immer nur damit hoch- und runtergefahren, nur so zum Spaß. Bis sich die Nachbarn beschwert haben.

»Und, was sagen wir denen, wo sie die Sachen abstellen sollen?«, fragt Luke, als er auf den Erdgeschossknopf drückt.

»Ich dachte, wir könnten erst mal alles in der einen Ecke im Wohnzimmer stapeln«, schlage ich vor. »Hinter der Tür. Dann kann ich alles auspacken und sortieren, während du arbeiten bist.«

»Gute Idee.« Luke nickt.

Ich schweige einen Moment. Mir sind plötzlich die zwanzig chinesischen Morgenmäntel eingefallen. Vielleicht kann ich die hereinschmuggeln, ohne dass Luke es merkt.

»Und wenn die Sachen nicht alle in die Ecke passen, können wir den Rest ja im Gästezimmer verstauen«, füge ich möglichst gelassen hinzu.

»Wieso sollte nicht alles in die Ecke passen? Was für ein Rest?« Luke runzelt die Stirn. »Sag mal, Becky, wie viel Krempel erwartest du denn?«

»Gar nicht viel!«, beeile ich mich zu sagen. »Fast gar nichts! Ich meinte nur, falls die Speditionsleute die Sachen in irgendwelche riesigen Kisten gepackt haben oder so. Das ist alles.«

Luke sieht mich etwas misstrauisch an, und ich wende den Blick ab und tue so, als würde ich das Armband an meiner Uhr neu einstellen. Jetzt, wo der große Moment gekommen ist, wird mir doch ein klein wenig flau.

Irgendwie wünschte ich, ich hätte ihm doch von den Holzgiraffen erzählt. Soll ich es ganz schnell beichten?

Nein. Macht nichts. Wird schon gehen. Lukes Wohnung ist riesig. Ich meine, im Ernst, die ist gigantisch! Da werden ihm die paar zusätzlichen Stücke gar nicht weiter auffallen.

Wir drücken die Doppeltüren zur Straße hin auf und treffen draußen auf einen Mann in Jeans, der neben einem kleinen Lieferwagen steht und wartet.

»Mr. Brandon?«, fragt er, als er aufsieht.

Mir fällt ein Stein vom Herzen. Ich *wusste*, dass wir nicht zu viel gekauft hatten. Ich wusste es. Jetzt sehen Sie sich doch mal den Lieferwagen an! Der ist ja winzig!

»Ja, das bin ich.« Luke reicht dem Mann freundlich lächelnd die Hand.

»Können Sie uns sagen, wo wir die Lkws parken können?« Der Mann kratzt sich am Kopf. »Hier ist ja Halteverbot.«

»Lkws?«, wiederholt Luke. »Was meinen Sie denn mit Lkws?«

Sein Lächeln erstarrt.

»Wir haben zwei Lkws zu entladen. Können wir die da abstellen?« Der Mann zeigt auf den Vorhof des Gebäudes, vor dem wir stehen.

»Ja, natürlich!«, antworte ich schnell, da Luke kein Wort herausbringt. »Machen Sie nur!«

Der Mann verschwindet und hinterlässt Schweigen.

»So«, sage ich fröhlich und reibe mir die Hände. »Das wird lustig!«

»Zwei Lkws?« Ich höre Luke den Unglauben an.

»Ist bestimmt eine Mehrfachlieferung«, sage ich schnell. »Du weißt schon, mehrere Leute werden mit demselben Wagen beliefert. Ich meine, ist ja wohl klar, dass wir nicht zwei Lkw-Ladungen Zeug gekauft haben!«

Stimmt doch.

Ich meine, das wäre doch wohl lächerlich! In zehn Monaten können wir doch unmöglich –

Oh Gott.

Ich höre ein Rumpeln von der Straßenecke, und da erscheint auch schon ein großer weißer Lkw, dicht gefolgt von einem zweiten. Sie fahren rückwärts in den Vorhof, und mit einem ohrenbetäubenden Knirschen werden die Hinterklappen geöffnet. Luke und ich flitzen hinter die Laster und werfen einen Blick in die voll gestopften Tiefen.

Wow. Was für ein Anblick. Der Laster ist bis zum Zerbersten beladen mit allen möglichen Objekten und Möbelstücken. Manche sind in Plastikfolie eingewickelt, andere in Papier, und manche sind so gut wie gar nicht verpackt. Ich nehme all die Sachen Stück für Stück wahr und werde ganz sentimental. Das ist ja, als würde ich ein komplettes Amateurvideo von unserer ganzen Hochzeitsreise sehen! Die Kelim-Teppiche aus Istanbul. Die Kürbisflaschen aus Peru. Ach, und das Babytragegestell hatte ich ja total vergessen!

Ein paar Männer in Overalls fangen an, die ersten Sachen anzupacken und auszuladen. Wir treten einen Schritt zur Seite, um ihnen Platz zu machen, aber mein Blick klebt weiterhin am Inhalt des Laderaums, und ich bin völlig versunken in all die Erinnerungen. Da mache ich plötzlich eine winzige Bronzestatue aus und drehe mich lächelnd zu Luke um.

»Der Buddha! Weißt du noch, wo wir den gekauft haben? Luke?«

Luke hört mir überhaupt nicht zu. Ich folge seinem starren Blick – und es läuft mir kalt den Rücken herunter. Fassungslos sieht er einem Mann dabei zu, wie er ein großes, in Papier eingewickeltes Paket aus dem anderen Laster trägt. Aus dem Paket guckt ein hölzernes Giraffenbein heraus.

Mist.

Jetzt kommt noch ein Mann im Overall mit der zweiten Giraffe …

»Becky, was machen diese Giraffen hier?«, fragt Luke tonlos. »Ich dachte, wir hatten uns darauf geeinigt, sie *nicht* zu kaufen?«

»Ich weiß«, beeile ich mich zu sagen. »Weiß ich doch. Aber wir hätten es ganz bestimmt bereut. Darum habe ich eine eigenmächtige Entscheidung getroffen. Wirklich, Luke, die werden toll aussehen! Sie werden den Mittelpunkt unserer Wohnung bilden!«

»Und wo kommen *die* her?« Jetzt betrachtet Luke zwei riesige Porzellanurnen, die ich in Hongkong gekauft habe.

»Ach ja«, erkläre ich hastig. Rate mal, was das ist? Das sind echte Ming-Kopien! Der Mann hat gesagt –«

»Ja, aber was zum Teufel haben die hier verloren?«

»Ich … habe sie gekauft. Die werden sich ganz toll im Eingangsbereich machen. Sie werden der Mittelpunkt sein! Und alle werden sie bewundern!«

»Und der Teppich da?« Er zeigt auf eine große, bunte, aufgerollte Wurst.

»Genau genommen ist das kein Teppich, sondern ein

Dhurrie...« Ich wage kaum weiterzusprechen, als ich Lukes Gesicht sehe. »Hab ich aus Indien«, piepse ich noch.

»Ohne es mit mir abzusprechen.«

»Äh...«

Ich bin mir nicht sicher, ob ich die Miene mag, die Luke aufsetzt.

»Hey, guck doch mal!«, versuche ich, ihn abzulenken. »Da ist das Gewürzregal, das du auf dem Markt in Kenia gekauft hast!«

Luke ignoriert mich. Er glotzt ein unförmiges Monster an, das gerade vom ersten Laster geladen wird. Es sieht aus wie eine Kombination aus einem Xylofon und einer Reihe von aufgehängten Kupferkochtöpfen.

»Was zum Henker ist *das*? Irgendeine Art von Musikinstrument, oder was?«

Die Töpfe schlagen gegeneinander und tönen dumpf, als die Männer das Gerät entladen. Ein paar Passanten stupsen sich an und kichern.

»Äh... ja.« Ich räuspere mich. »Um genau zu sein, das ist ein indonesischer Gamelan.«

Stille.

»Ein indonesischer Gamelan?«, wiederholt Luke mit leicht erstickter Stimme.

»Gamelane sind kulturell äußerst wertvolle, traditionsreiche Instrumente!«, verteidige ich meine Anschaffung. »Ich dachte, wir könnten vielleicht lernen, wie man darauf spielt! Und was meinst du, was das für ein umwerfender Mittelpunkt in unserer –«

»Wie viele Mittelpunkte genau wollen wir in unserer Wohnung haben?« Luke scheint völlig neben sich zu stehen. »Becky, gehört *all dieser Krempel* uns?«

»Vorsicht, Esstisch!«, ruft einer der Männer im Overall. »Bitte Platz machen!«

Gott sei Dank. So, und jetzt ganz schnell die Situation retten.

»Guck mal, Luke, Darling!«, beeile ich mich, ihn abzulenken. »Da kommt unser Esstisch aus Sri Lanka. Weißt du noch? Unser ganz persönlicher Tisch! Das Zeichen unserer in einer Ehe verbundenen Liebe.« Ich schenke ihm ein strahlendes Lächeln, doch Luke schüttelt nur den Kopf.

»Becky –«

»Jetzt sei doch kein Spielverderber!« Ich lege den Arm um ihn. »Das ist unser ganz besonderer Hochzeitsreisen-Esstisch! Ein Erbstück für unsere Nachkommen!«

»Na gut«, sagt Luke schließlich.

Die Männer tragen den Tisch die Rampe herunter, und ich muss sagen, ich bin beeindruckt. Wenn man überlegt, wie schwer das Ding ist… scheint ja ein Kinderspiel zu sein für diese Kerle.

»Ist das nicht aufregend?« Ich hake mich fest bei Luke unter. »Überleg doch mal! Wir beide, in Sri Lanka…«

Verdutzt breche ich ab.

Das ist ja gar kein Holztisch. Dieser Tisch hat eine Tischplatte aus Glas und geschwungene Stahlbeine. Dann taucht noch ein Packer auf und hat ein paar moderne, mit rotem Filz bezogene Stühle auf dem Arm.

Entsetzt starre ich die Sachen an. Mir wird ganz anders. Scheiße. *Scheiße.*

Der Tisch, den ich auf der Designmesse in Kopenhagen erstanden habe. Den hatte ich ja *total* vergessen!

Wie konnte ich denn bloß vergessen, dass ich einen Esstisch gekauft hatte? Wie?

»Haaaalt!«, ruft Luke und hebt die Hand. »Hey, Jungs, das ist der falsche Tisch! Unserer ist aus Holz. Ein großer, geschnitzter Holztisch aus Sri Lanka.«

127

»So einen haben wir auch dabei«, sagt der eine Mann. »In dem anderen Wagen.«

»Aber dieser Tisch gehört uns nicht!«, sagt Luke.

Er sieht mich fragend an, und ich sortiere flugs meinen Gesichtsausdruck neu, als wollte ich sagen: »Ich bin genau so platt wie du!«

Hinter meiner Stirn arbeitet mein Gehirn auf Hochtouren. Ich werde leugnen, diesen Tisch jemals gesehen zu haben, wir schicken ihn zurück, es wird alles gut...

»Im Auftrag von Mrs. Rebecca Brandon«, liest der Packer laut vom Etikett vor. »Ein Tisch und zehn Stühle. Aus Dänemark. Hier ist die Unterschrift.«

Mist.

Luke dreht sich im Zeitlupentempo zu mir um.

»Becky, hast du in Dänemark einen Tisch und zehn Stühle gekauft?«, erkundigt er sich ausgesucht freundlich.

»Äh...« Ich lecke mir nervös die Lippen. »Äh... ich... also... könnte sein.«

»Verstehe.« Luke schließt einen Moment die Augen, als würde er über eine knifflige mathematische Aufgabe nachdenken. »Und dann hast du in Sri Lanka noch einen Tisch gekauft – und *noch zehn* Stühle?«

»Aber doch nur, weil ich den ersten vergessen hatte!«, verteidige ich mich mehr schlecht als recht. »Total vergessen! Luke, du weißt doch selbst, dass es eine sehr lange Hochzeitsreise war... da habe ich ein bisschen den Überblick verloren!«

Aus den Augenwinkeln sehe ich, dass einer der Packer das Bündel mit den zwanzig chinesischen Seidenmorgenmänteln an sich nimmt. Mist.

Ich glaube, ich sollte Luke so schnell wie möglich von diesen Lkw wegbekommen.

»Wir werden das schon alles regeln!«, sage ich schnell.

»Versprochen. Ich schlage vor, dass du nach oben gehst und dich bei einem netten Drink entspannst! Und ich bleibe hier unten und mache den Aufpasser!«

Eine Stunde später ist alles überstanden. Die Männer schließen die Hecktüren, und ich spendiere ihnen ein großzügiges Trinkgeld. Als die Laster davondonnern, kommt Luke aus dem Haus.

»Hi!«, sage ich. »Na, das war doch halb so schlimm, oder?«

»Würdest du bitte einen Moment mit mir nach oben kommen?«, fragt Luke in einem schwer definierbaren Ton.

Ich fange ein wenig an zu zittern. Ist er sauer? Vielleicht hat er die chinesischen Morgenmäntel gefunden.

Im Aufzug, auf der Fahrt nach oben, lächele ich Luke mehrfach an, aber er erwidert mein Lächeln nicht.

»Und, wo hast du die Sachen hingetan?«, frage ich, kurz bevor wir oben ankommen. »Ins Wohnzimmer oder ins –«

Die Türen öffnen sich, und es verschlägt mir die Sprache. Oh mein Gott.

Lukes Wohnung ist überhaupt nicht wiederzuerkennen. Der beigefarbene Teppich wird restlos verdeckt von einem Meer aus Paketen, Schrankkoffern und Möbelstücken. Der Eingangsbereich ist bis unter die Decke voll gestopft mit Kisten, die mich an den Outlet-Laden in Utah erinnern, Batikmalereien aus Bali und den beiden chinesischen Urnen. Ich quetsche mich an ihnen vorbei ins Wohnzimmer, werfe einen Blick hinein und schlucke. Überall Päckchen. In der einen Ecke stapeln sich aufgerollte Kelims und Dhurries. In der anderen sind der indonesische Gamelan und ein auf Hochkant gestellter Schiefer-Couchtisch platzsparend ineinander geschoben worden. Direkt daneben thront ein Totempfahl der amerikanischen Ureinwohner.

Ich habe das dumpfe Gefühl, als wäre es jetzt an mir, etwas zu sagen.

»Mannomann!« Ich lache auf. »Ganz schön viele… Teppiche, was?«

»Siebzehn.« Luke hat immer noch diesen komischen Ton in der Stimme. »Ich habe sie gezählt.« Er steigt über einen Bambuscouchtisch, den ich in Thailand gekauft habe, und betrachtet das Schild, das an einer großen Holzkiste hängt. »In dieser Kiste sollen vierzig Becher sein.« Er sieht auf. »Vierzig Becher?«

»Ich weiß, das hört sich viel an«, erkläre ich schnell. »Aber die haben nur 50 Pence das Stück gekostet! Das war ein Megaschnäppchen! Jetzt brauchen wir nie wieder in unserem Leben Becher zu kaufen!«

Luke betrachtet mich eine Weile.

»Becky, ich möchte nie mehr wieder überhaupt *irgendetwas* kaufen.«

»Aber Luke…« Ich will auf ihn zugehen, stoße mir dabei aber das Knie an einer bemalten Holzstatue von Ganesh, dem Gott der Weisheit und des Erfolgs. »Soooo schlimm ist es doch auch wieder nicht! Ich weiß, dass es jetzt im Moment nach sehr viel *aussieht*. Aber im Grunde ist das doch mehr eine Art… optische Täuschung. Wenn erst mal alles ausgepackt und weggepackt ist, sieht alles schon viel besser aus.«

»Wir haben fünf Couchtische«, stellt Luke fest, ohne auf mich einzugehen. »War dir das klar?«

»Öh… na ja.« Ich räuspere mich. »Nicht so ganz. Vielleicht sollten wir ein bisschen… rationalisieren.«

»Rationalisieren?« Luke lässt einen zweifelnden Blick durch den Raum schweifen. »Das alles rationalisieren? Das hier ist das reine Chaos!«

»Na ja, im Moment ist das alles vielleicht ein bisschen

unübersichtlich«, halte ich eifrig dagegen. »Aber ich schaffe das schon! Ich kümmer mich drum! Das wird unser ganz individueller, gemeinsamer Einrichtungsstil. Unverwechselbar! Wir müssen doch nur analysieren und verbalisieren, was –«

»Becky«, unterbricht Luke mich. »Weißt du, was ich jetzt gerade gerne verbalisieren würde?«

»Äh…«

Leicht beunruhigt sehe ich Luke dabei zu, wie er zwei Pakete aus Guatemala zur Seite schiebt und sich aufs Sofa sinken lässt.

»Was ich gerne wüsste, ist… Womit hast du das alles eigentlich bezahlt?« Er runzelt die Augenbrauen. »Ich bin unsere Rechnungen kurz durchgegangen, und da stand nichts von chinesischen Urnen. Oder von Giraffen. Oder von Tischen aus Kopenhagen…« Er sieht mich durchdringend an. »Was ist hier los, Becky?«

Er hat mich in die Ecke gedrängt. Selbst wenn ich versuchen würde zu entkommen, würde ich mich dabei wahrscheinlich auf Ganeshs Stoßzähnen aufspießen.

»Na ja…« Ich weiche Lukes Blick aus. »Ich habe da diese… diese Kreditkarte.«

»Die, die du in deiner Handtasche versteckt hast?«, fragt Luke prompt. »Die habe ich auch überprüft.«

Oh Gott.

Es gibt keinen Ausweg.

»Nein. Nicht die.« Ich schlucke. »Eine andere.«

»*Noch* eine andere?« Luke glotzt mich an. »Du hast noch eine *zweite* geheime Kreditkarte?«

»Nur für Notfälle! Ich meine, Notfälle kommen doch immer mal vor –«

»Zum Beispiel? Der Notfall Esstisch? Der Notfall indonesischer Gamelan?«

Schweigen. Ich bringe kein Wort heraus. Ich bin knall-rot, und meine Finger haben sich hinter meinem Rücken zu einem unauflöslichen Knoten verhakt.

»Das heißt, du hast alle diese Sachen heimlich abbe-zahlt, ja?« Er sieht mein gequältes Gesicht, und der Gro-schen fällt. »Du hast die Sachen *nicht* abbezahlt?«

»Na ja, die Sache ist die ...« Meine Finger verknoten sich noch mehr. »Mir wurde da ein ziemlich großer Kreditrah-men gewährt.«

»Verdammt noch mal, Becky!«

»Kein Problem! Ich bezahle das ja! Du brauchst dir überhaupt keine Sorgen zu machen! Ich kümmer mich drum.«

»Und wovon willst du das bezahlen?«, will Luke wissen, und dann entsteht erst mal eisiges Schweigen. Verletzt sehe ich ihn an.

»Wenn ich mit meinem neuen Job anfange«, erwidere ich mit leicht zitternder Stimme. »Ich werde nämlich mein eigenes Geld verdienen, Luke. Ich bin kein *Schmarotzer.*«

Luke sieht mich eine Weile an und seufzt dann.

»Ich weiß.« Sein Ton ist jetzt viel sanfter. »Tut mir Leid.« Er streckt den Arm aus. »Komm her.«

Ich bahne mir einen Weg zum Sofa und lasse mich auf einem winzigen freien Fleck nieder. Luke legt den Arm um mich. Wir sitzen erst mal einfach nur so da und betrach-ten die Massen von Strandgut. Man könnte meinen, wir wären zwei überlebende Schiffbrüchige auf einer einsa-men Insel.

»So kann das nicht weitergehen, Becky«, sagt Luke schließlich. »Weißt du, wie viel uns unsere Hochzeitsreise gekostet hat?«

»Äh ... nein.«

Da geht mir plötzlich auf, dass ich nicht die blasseste

Ahnung habe, was irgendetwas gekostet hat. Gut, ich hatte die Tickets für die Weltreise gekauft. Aber alles andere hat Luke bezahlt, zehn Monate lang.

Hat unsere Hochzeitsreise uns *ruiniert?*

Ich werfe Luke einen Blick zu – und da fällt mir zum ersten Mal auf, wie gestresst er aussieht.

Oh Gott. Mir wird ganz angst und bange. Wir haben all unser Geld verloren, und Luke hat die ganze Zeit versucht, das vor mir geheim zu halten. Ich weiß es. Das sagt mir meine eheweibliche Intuition.

Mit einem Mal komme ich mir vor wie die Ehefrau in *Ist das Leben nicht schön?*, in der Szene, wo James Stewart hereinkommt und die Kinder anschnauzt. Auch wenn wir uns am Rande des finanziellen Abgrunds bewegen sollten – ich muss Ruhe bewahren und Stärke beweisen.

»Sind wir jetzt *sehr* arm, Luke?«, frage ich, so ruhig ich kann.

Luke wendet sich zu mir um.

»Nein, Becky«, sagt er sehr geduldig. »Wir sind nicht sehr arm. Aber wir werden es früher oder später sein, wenn du weiterhin unkontrolliert Berge von Schrott kaufst.«

Berge von *Schrott?* Ich will mich gerade beleidigt zur Wehr setzen, dann sehe ich seinen Gesichtsausdruck. Also halte ich die Klappe und nicke ergeben.

»Ich schlage daher vor...« Luke hält kurz inne. »Ich schlage vor, dass wir ab sofort budgetieren.«

8

Budgetieren.

Völlig in Ordnung. Damit kann ich umgehen. Ist doch babyleicht. Ich freue mich sogar schon drauf. Wird sicher eine regelrecht befreiende Wirkung auf mich haben, genau zu wissen, wie viel Geld ich ausgeben darf.

Und außerdem weiß doch schließlich jeder, dass der Witz mit Budgets ist, dass man sie zu seinem eigenen *Vorteil* einsetzen kann. Genau.

»Okay... Wie sieht mein Budget für heute aus?«, frage ich, während ich vor der Tür zu Lukes Arbeitszimmer herumlungere. Seit seinem Vorschlag ist etwa eine Stunde vergangen, und jetzt sucht Luke irgendetwas in seinem Schreibtisch. Er sieht gestresst aus.

»Wie bitte?«, fragt er zurück, ohne aufzusehen.

»Ich möchte gerne wissen, wie viel ich heute ausgeben darf. Zwanzig Pfund?«

»Ja, von mir aus«, gibt Luke, der nicht ganz bei der Sache ist, zurück.

»Kann ich sie dann bitte haben?«

»Was?«

»Kann ich bitte meine zwanzig Pfund haben?«

Luke glotzt mich einen Moment lang an, als wenn ich nicht mehr ganz bei Trost wäre, aber dann nimmt er seine Brieftasche heraus und reicht mir einen Zwanzig-Pfund-Schein. »Okay?«

»Prima. Danke.«

Ich betrachte den Schein. Zwanzig Pfund. Eine echte

Herausforderung. Ich komme mir vor wie eine Hausfrau in Kriegszeiten, die gerade ihre Essensmarken bekommen hat.

Ist schon ein komisches Gefühl, nicht sein eigenes Geld zu verdienen. Keine Arbeit zu haben. Drei Monate lang. Wie soll ich denn drei lange Monate überstehen? Ob ich mir noch einen anderen Job suchen soll, um die Zeit zu überbrücken? Vielleicht ist das ja eigentlich eine ganz tolle Chance, fällt mir da auf. Ich könnte etwas vollkommen Neues ausprobieren!

Plötzlich sehe ich mich als Landschaftsgärtnerin vor mir. Ich könnte mir ein Paar richtig gute Wellington-Gummistiefel kaufen und mich auf Sträucher spezialisieren.

Oder... ich hab's! Ich könnte ein völlig neuartiges Serviceunternehmen gründen, das eine noch nie da gewesene Dienstleistung anbietet, und mich damit dumm und dusselig verdienen! Dann würden alle sagen: »Becky ist ein Genie! Wieso sind *wir* da nie draufgekommen?« Und dieser einzigartige Service wäre...

Also, er würde darin bestehen...

Hm, ich glaube, diese Idee muss noch ein bisschen reifen.

Und dann, als ich sehe, wie Luke ein paar Unterlagen in einem Brandon-Communications-Ordner abheftet, habe ich einen brillanten Einfall. Ja, natürlich! Ich kann Luke bei seiner Arbeit helfen!

Ich meine, darum geht es doch schließlich in einer Ehe, oder? Ehe ist Partnerschaft. Und das weiß ja wohl jeder, dass die besten Ehen diejenigen sind, in denen Mann und Frau sich gegenseitig in allem unterstützen.

Außerdem habe ich gestern diesen Film im Fernsehen gesehen, in dem sich das Paar trennt, weil die Frau sich nicht für die Arbeit ihres Mannes interessiert hat – ganz im

Gegensatz zu dessen Sekretärin. Also hat der Mann die Frau verlassen, und dann hat sie ihn umgebracht, ist getürmt und hat sich zum Schluss auch noch selbst erschossen. Da kann man mal sehen, wozu so etwas führt!

Ich bin voller Tatendrang. Das ist mein neues Projekt. Projekt »Treusorgende Ehefrau«. Ich werde mich mit Haut und Haar in die Führung seines Unternehmens einbringen, so wie Hillary Clinton, und jeder wird wissen, dass in Wirklichkeit ich diejenige bin, die die vielen guten Ideen hat. Ich sehe uns schon vor mir: Ich stehe strahlend lächelnd in einem pastellfarbenen Kostüm neben Luke, während das Konfetti auf uns niederregnet.

»Hör mal, Luke«, sage ich. »Ich möchte dir gerne helfen.«

»Helfen?« Luke ist wieder nicht ganz bei der Sache.

»Ich möchte dir bei der Arbeit mit deiner Firma helfen. Mit *unserer* Firma«, füge ich leicht befangen hinzu.

Aber ist doch wahr. Es ist doch auch irgendwie meine Firma. Ich meine, sie heißt Brandon Communications, oder? Und ich heiße Rebecca Brandon, oder?

»Becky, ich bin mir nicht sicher, ob –«

»Ich möchte dich so gerne unterstützen, und ich habe die nächsten drei Monate nichts vor! Das passt doch hervorragend! Ich könnte doch eine Beraterfunktion übernehmen. Und du müsstest mir auch gar nicht viel zahlen.«

Luke sieht reichlich erstaunt aus.

»Und in welchem Bereich genau würdest du beraten?«

»Na ja, weiß ich noch nicht«, räume ich ein. »Aber ich könnte doch ein paar neue Ideen und Gedanken einbringen und Optimismus verbreiten. *Blue-sky thinking* nennt sich das.«

Luke seufzt.

»Liebling, wir sind gerade bis über beide Ohren mit der

Arcodas-Sache beschäftigt. Ich habe keine Zeit, dich einzuarbeiten. Vielleicht, wenn die Sache erst mal unter Dach und Fach ist –«

»Aber ich würde dich doch keine Zeit *kosten*!«, gebe ich erstaunt zurück. »Durch mich würdest Du Zeit *sparen*! Ich wäre dir eine Hilfe! Du hast mir schon mal einen Job angeboten, weißt du noch?«

»Ja, das weiß ich noch. Aber es besteht ein Unterschied, ob man sich ernsthaft auf einen richtigen Vollzeitjob einlässt oder ob man nur drei Monate überbrücken will. Wenn du allerdings beruflich umsatteln willst, ist das etwas anderes.«

Er widmet sich wieder seinen Unterlagen, und ich funkele ihn böse an. Er begeht einen sehr großen Fehler. Das weiß doch jeder, dass es für Unternehmen heutzutage nur befruchtend sein kann, Impulse aus anderen Branchen zu erhalten. Meine Erfahrungen als persönliche Einkaufsberaterin wären möglicherweise von unschätzbarem Wert für Brandon Communications. Ganz zu schweigen von meinem Hintergrund als Finanzjournalistin. Ich würde die Firma wahrscheinlich innerhalb einer Woche komplett revolutionieren. Ich würde wahrscheinlich Millionen in die Kassen spülen!

Luke will einen Ordner ins Regal stellen und haut sich dabei das Kinn an einer Holzkiste voller Saris.

»Verdammt noch mal«, flucht er gereizt. »Wenn du mir wirklich helfen möchtest, Becky …«

»Ja?« Ich bin ganz Ohr.

»Dann räum doch bitte die Wohnung auf.«

Super. Ganz klasse.

Da stehe ich also und bin willens, mich ganz und gar Lukes Firma zu widmen. Da stehe ich und bin bereit, ihn mehr als jede andere Ehefrau auf der Welt zu unterstützen. Und Luke meint, ich solle *aufräumen*.

Ich hebe eine Holzkiste auf den Couchtisch aus Schiefer und öffne den Deckel mit einem Messer, worauf sich eine Fontäne aus weißen Styroporkügelchen wie eine kleine Lawine auf den Tisch ergießt. Ich wühle mich durch die Kugeln und finde ein in Blasenfolie gewickeltes Paket. Hä? Ach so! Das sind die handbemalten Eier aus Japan. Auf jedem Ei ist eine Szene aus der Legende vom Drachenkönig dargestellt. Ich glaube, ich habe fünf Stück gekauft.

Ich sehe mich im voll gestopften Wohnzimmer um. Wo soll ich denn bloß diese zerbrechlichen, handbemalten Deko-Eier hinlegen? Es gibt in diesem Zimmer keinen freien Quadratzentimeter mehr. Selbst auf dem Kaminsims stapeln sich schon andere Sachen.

Ein seltsames Gefühl aus Hilflosigkeit und Frustration macht sich in mir breit. Es ist *kein* Platz mehr. Für *nichts*. Ich habe bereits sämtliche Schränke voll geräumt, inklusive meines Kleiderschranks, und den Stauraum unterm Bett habe ich auch schon ausgenutzt.

Wozu habe ich überhaupt diese blöden bemalten Eier gekauft? Was habe ich mir dabei gedacht? Einen Moment lang überlege ich, die Kiste ganz zufällig aus Versehen auf den Boden fallen zu lassen. Aber das bringe ich nicht über mich. Ich werde sie auf den »Später auspacken«-Stapel packen.

Ich lege das Ei zurück in die Kiste, klettere über einen Haufen Teppiche und platziere die Eierkiste hinter der Tür auf den sechs Ballen thailändischer Seide. Dann lasse ich mich vollkommen erschöpft auf dem Boden nieder. Mann, ist das anstrengend. Und jetzt muss ich auch noch die doofen Styroporkügelchen aufsammeln.

Ich wische mir den Schweiß von der Stirn und sehe auf

die Uhr. Jetzt bin ich schon seit einer Stunde hier zugange, und offen gestanden sieht es in diesem Zimmer keinen Deut besser aus als vorher. Im Gegenteil. Es sieht noch viel schlimmer aus. Ich betrachte das heillose Chaos und werde extrem trübsinnig.

Jetzt brauche ich erst mal eine Tasse Kaffee. Ja.

Mir geht es schon gleich ein bisschen besser, als ich in die Küche gehe und Wasser aufsetze. Vielleicht sollte ich auch einen Keks essen. Ich öffne einen der Edelstahlschränke, hole die Keksdose heraus, entnehme ihr einen Keks und stelle die Dose wieder weg. Jede kleinste Bewegung löst ein klapperndes Geräusch aus, das durch die stille Wohnung hallt.

Mann, ist das ruhig hier. Ich glaube, wir brauchen ein Radio.

Ich streiche mit den Fingern über die Arbeitsfläche aus Granit und stoße einen tiefen Seufzer aus.

Vielleicht sollte ich Mum anrufen und ein bisschen mit ihr quatschen. Das Problem ist nur, dass sie sich immer noch total merkwürdig benimmt. Neulich habe ich zu Hause angerufen, und da ist sie mir regelrecht ausgewichen. Hat behauptet, der Schornsteinfeger sei da. Als wenn in meinem ganzen Leben schon mal der Schornsteinfeger bei uns gewesen wäre. Wahrscheinlich hatte sie gerade Kaufinteressenten da, die sich das Haus anguckten.

Ich könnte Suze anrufen…

Nein. Ich spüre einen Stich. Nicht Suze.

Oder Danny!, fällt mir da plötzlich ein. Danny war mein bester Freund in New York. Damals hat er sich einen abgezappelt, um als Modedesigner den Durchbruch zu schaffen – und jetzt läuft es wohl richtig gut. Neulich habe ich seinen Namen in der *Vogue* gesehen!

Nicht gerade die beste Zeit, um in New York anzurufen – aber das macht nichts. Danny hat ohnehin einen völlig verqueren Tagesablauf. Ich wähle seine Nummer und bin ganz kribbelig, als es bei ihm klingelt.

»Seid gegrüßt!«

»Hi, Danny!«, sage ich. »Ich bin's –«

»Willkommen in Danny Kovitz' unaufhaltsam expandierendem Mode-Imperium!«

Ach so. Anrufbeantworter.

»Wenn Sie Dannys neueste Modetipps hören wollen, drücken Sie bitte die Eins. Wenn Sie einen Katalog bestellen möchten, drücken Sie bitte die Zwei. Wenn Sie Danny ein Geschenk schicken oder ihn zu einer Party einladen wollen, drücken Sie bitte die Drei...«

Ich warte, bis er mit seinen Optionen fertig ist und der Signalton piept.

»Hi, Danny!«, sage ich. »Hier ist Becky! Ich bin wieder da! Ruf mich doch mal an... irgendwann.« Ich hinterlasse meine Nummer und lege auf.

Das Wasser kocht, und ich schaufele schnell ein paar Löffel Kaffeepulver in die Kanne. Gleichzeitig überlege ich, wen ich sonst noch anrufen könnte. Aber... mir fällt niemand ein. Na ja, ich habe zwei Jahre lang nicht in London gelebt. Da habe ich die meisten meiner alten Freunde aus den Augen verloren.

Ich bin einsam, blinkt es wie eine Leuchtreklame in meinem Kopf auf.

Nein, bin ich nicht. Mir geht's prima.

Ich wünschte, wir wären nicht wieder nach Hause gekommen.

Jetzt sei nicht albern, Becky. Ist doch alles super. Wirklich, klasse! Ich bin eine verheiratete Frau, die in ihrer eigenen Wohnung steht und... massenweise zu tun hat.

Es klingelt an der Tür, und ich sehe verwundert auf. Ich erwarte doch niemanden.

Na, ist wahrscheinlich ein Paket. Oder vielleicht hat Luke beschlossen, früher nach Hause zu kommen! Ich eile zur Sprechanlage.

»Hallo?«

»Becky, Liebes!«, knistert eine mir vertraute Stimme. »Ich bin's, Mum!«

Entgeistert starre ich den Hörer an. Mum? Unten? Vor der Tür?

»Dad und ich wollen dich besuchen«, sagt sie weiter. »Können wir hochkommen?«

»Ja, natürlich!«, rufe ich perplex und drücke auf den Türöffner. Was zum Teufel machen Mum und Dad hier?

Ich gehe schnell zurück in die Küche, gieße das Wasser in die Kaffekanne, lege ein paar Kekse auf einem Teller zurecht, und eile dann wieder zurück zum Aufzug.

»Hi!«, begrüße ich sie, als die Aufzugtüren sich öffnen. »Kommt rein! Ich habe Kaffee gemacht.«

Ich nehme Mum und Dad nacheinander in den Arm und bemerke, wie sie sich seltsame Blicke zuwerfen.

Was ist hier los?

»Wir stören doch hoffentlich nicht, oder?«, sagt Mum, als sie mir durch die Wohnung folgen.

»Nein, natürlich nicht!«, antworte ich. »Ich meine, gut, ich habe natürlich so einiges zu erledigen … das nimmt ja nie ein Ende …«

»Ja, ja.« Mum nickt. »Wir wollen dich auch gar nicht lange aufhalten. Es ist nur …« Sie weiß offensichtlich nicht weiter. »Wollen wir uns nicht setzen?«

»Oh. Äh …« Ich werfe einen Blick ins Wohnzimmer. Das Sofa ist umzingelt von offenen Kisten, aus denen exotische Dinge quellen, und verschwindet ansonsten unter Teppichen und Styroporkügelchen. »Das Wohnzimmer ist noch nicht so *ganz* fertig. Kommt, wir gehen in die Küche.«

Also. Wer auch immer unsere supertrendigen Küchen-Barhocker entworfen hat, hat ganz klar noch nie in seinem Leben seine Eltern auf einen Kaffee zu Besuch gehabt. Mum und Dad brauchen ungefähr fünf Minuten, um auf die Dinger zu klettern, und während ich ihnen dabei zusehe, habe ich allergrößte Angst, sie könnten stürzen und sich verletzen.

»Ziemlich dünne Beine, was?«, keucht Dad nach seinem fünften Besteigungsversuch. Mum arbeitet sich Zentimeter für Zentimeter hoch und krallt sich an der Granitplatte auf dem Frühstückstresen fest, als bange sie um ihr Leben.

Als sie endlich stabil und sicher auf den Stahlflächen sitzen, gucken sie so unbeholfen und verklemmt drein, als wären sie in einer Fernsehtalkshow.

»Alles in Ordnung?«, erkundige ich mich vorsichtig. »Ich kann auch andere Stühle holen…«

»Ach was!«, wehrt Dad sofort ab. »Die sind doch bequem!«

Dad ist ein ganz schön schlechter Lügner. Seine Hände umklammern die Kanten der rutschigen Sitzfläche, und er blickt auf den Schieferboden, als befände er sich auf einem Fenstersims im 44. Stock.

»Man sitzt ein bisschen hart auf diesen Stühlen, meinst du nicht, Liebes?«, wagt Mum sich vor. »Bei John Lewis gibt es wirklich hübsche Sitzkissen zum Festbinden.«

»Äh… ja.«

Ich reiche Mum und Dad ihre Tassen, ziehe einen der Barhocker für mich selbst heran und schwinge mich lässig drauf.

Autsch. Das tat weh.

Hm, die sind wirklich ein bisschen unpraktisch. Erst muss man hochkommen, und wenn man oben ist, sitzt man auf harten, kalten Flächen. Aber Hauptsache, sie glänzen schick. Und außerdem sind die irgendwie total seltsam ausbalanciert.

Na gut. Ich bin ja oben.

»Und... wie geht's euch?«, frage ich und greife nach meiner Tasse.

Kurzes Schweigen.

»Ehrlich gesagt, wir sind nicht ohne Grund hier, Becky«, sagt Dad. »Ich muss dir etwas sagen.«

Er macht dabei ein so ernstes Gesicht, dass ich Angst kriege. Vielleicht geht es ja doch nicht um das Haus. Vielleicht ist es etwas viel Schlimmeres.

»Etwas, das mit mir zu tun hat«, fährt Dad fort.

»Du bist krank«, bricht es aus mir hervor. »Oh Gott. Oh Gott. Ich wusste, dass irgendetwas nicht stimmt –«

»Ich bin nicht krank. Das ist es nicht. Es ist... etwas anderes.« Er schweigt einen Moment und massiert sich die Schläfen. Dann sieht er auf. »Also, Becky, vor vielen Jahren –«

»Du musst es ihr schonend beibringen, Graham!«, fällt Mum ihm ins Wort.

»Ich bringe es ihr ja schonend bei!«, blafft Dad zurück, wobei er sich auf seinem Hocker umdreht, der dadurch anfängt, gefährlich zu schwanken. »Das ist genau das, was ich tue!«

»Nein, das tust du nicht! Du fällst mit der Tür ins Haus!«

Jetzt bin ich restlos durcheinander.

»Mir was schonend beibringen?«, frage ich und blicke von einem zum anderen. »Was ist los?«

»Also, Becky, bevor ich deine Mutter kennen lernte...«

Dad weicht meinem Blick aus. »...war da eine andere... Frau in meinem Leben.«

»Aha«, sage ich mit belegter Stimme.

Mum und Dad lassen sich scheiden, und darum verkaufen sie das Haus. Ich werde zum Scheidungskind.

»Wir hatten uns aus den Augen verloren«, spricht Dad weiter. »Aber in letzter Zeit... haben sich gewisse Dinge ereignet.«

»Du verwirrst sie doch nur unnötig, Graham!«, funkt Mum dazwischen.

»Ich verwirre sie überhaupt nicht! Becky, bist du verwirrt?«

»Na ja... schon ein bisschen«, gestehe ich.

Mum nimmt meine Hand.

»Becky, Schatz, um es kurz zu machen... du hast eine Schwester.«

Eine *Schwester*?

Fassungslos sehe ich sie an. Wovon redet sie überhaupt?

»Genauer gesagt, eine Halbschwester«, schaltet Dad sich wieder ein. Er nickt ernst. »Zwei Jahre älter als du.«

Mir ist, als würde in meinem Kopf ein Feuerwerk abbrennen. Das ergibt doch überhaupt keinen Sinn! Wie kann ich denn eine Schwester haben und nichts davon wissen?

»Dad hat eine Tochter, Liebling«, paraphrasiert Mum die Lage noch einmal für mich. »Eine Tochter, von der er bis vor kurzem nichts wusste. Sie hat Kontakt zu uns aufgenommen, als du auf Hochzeitsreise warst. Und seitdem haben wir uns ein paarmal mit ihr getroffen, nicht wahr, Graham?« Sie sieht zu Dad, der ergeben nickt. »Sie ist... sehr nett!«

Es herrscht Totenstille in der Küche. Ich schlucke ein paarmal. Ich kapier das alles nicht so richtig.

Und dann geht mir gleich ein ganzer Lampenladen auf.

»Die Frau! An dem Tag, als wir wiederkamen!« Mein Herz rast. »Die, mit der ihr auf das Haus zukamt. War das...?«

Mum sieht zu Dad, und er nickt.

»Das war sie. Deine Halbschwester. Da hat sie uns besucht.«

»Und als wir dich dann plötzlich sahen, Becky, wussten wir nicht, was wir tun sollten!« Mum lacht unsicher. »Wir wollten dir nicht den Schock deines Lebens versetzen!«

»Und da haben wir beschlossen, dass wir es dir sagen würden, wenn du dich wieder einigermaßen akklimatisiert hast«, führt Dad weiter aus. »Wenn du dich eingelebt hast und zur Ruhe gekommen bist.«

Ich bin regelrecht benommen. Das war sie. Ich habe meine Halbschwester *gesehen*.

»Wie... wie heißt sie denn?«, gelingt es mir zu fragen.

»Jessica«, antwortet Dad. »Jessica Bertram.«

Jessica. Meine Schwester Jessica.

Hi. Darf ich Ihnen meine Schwester Jessica vorstellen?

Ich lasse den Blick von Dads sehr besorgter Miene zu Mums strahlendem, hoffnungsvollem Ausdruck wandern – und auf einmal fühle ich mich ganz seltsam. Als würde eine Luftblase in mir aufsteigen. Als würde sich ein ganzer Haufen ziemlich intensiver Gefühle einen Weg aus meinem Körper herausbahnen.

Ich bin kein Einzelkind.

Ich habe eine Schwester. *Ich habe eine Schwester.*

Ich habe eine SCHWESTER!!!

9

Die ganze letzte Woche konnte ich nicht schlafen. Ich konnte mich auf nichts konzentrieren. Irgendwie ist alles an mir vorbeigerauscht. Ich kann an nichts anderes mehr denken, als daran, dass ich, Rebecca Brandon, geb. Bloomwood, eine Schwester habe. Mein ganzes Leben schon habe ich eine Schwester!

Und heute werde ich sie endlich kennen lernen!

Allein der Gedanke daran zaubert mir Schmetterlinge in den Bauch. Ich bin richtig high! Ob wir uns sehr ähnlich sind? Oder ob wir eher unterschiedlich sind? Wie ihre Stimme wohl klingt! Und wie sie sich wohl *anzieht*?

»Geht das so einigermaßen?«, frage ich Luke zum tausendsten Mal, während ich mich kritisch im Spiegel betrachte. Wir befinden uns in meinem alten Kinderzimmer bei meinen Eltern, und ich lege gerade letzte Hand an mein Ich-begegne-meiner-unbekannten-Schwester-Outfit.

Es hat mich mehrere Tage Überlegung gekostet, aber letztendlich habe ich mich für einen legeren Stil entschieden, dem aber der Hauch des Besonderen anhaftet. Ich trage meine besten Jeans von Seven, Stiefel mit spitzen Absätzen, ein T-Shirt, das Danny vor Ewigkeiten für mich gemacht hat, und einen umwerfenden hellrosa Blazer von Marc Jacobs.

»Du siehst toll aus«, bemerkt Luke geduldig und sieht von seinem Handy auf.

»Ich versuche nämlich... formell mit informell zu kombinieren«, erkläre ich. »Der Blazer signalisiert: ›Dies ist eine besondere Gelegenheit.‹, während die Jeans signalisiert: ›Wir sind Schwestern, wir können locker miteinander umgehen!‹ Und das T-Shirt signalisiert…«

Ich verstumme. Ehrlich gesagt, bin ich mir gar nicht sicher, was das T-Shirt signalisiert, außer vielleicht: »Ich bin mit Danny Kovitz befreundet.«

»Becky«, sagt Luke, »ich glaube, es ist wirklich vollkommen egal, was du anziehst.«

»Was?« Entsetzt sehe ich ihn an. »Das ist überhaupt nicht egal! Das hier ist einer der wichtigsten Momente in meinem Leben! Ich werde mich den Rest meines Lebens daran erinnern, was ich an dem Tag anhatte, an dem ich meine Schwester zum ersten Mal gesehen habe! Ich meine, du weißt doch auch noch, was *du* anhattest, als wir uns zum ersten Mal begegnet sind, oder?«

Schweigen. Luke sieht mich fragend an.

Er kann sich *nicht* daran erinnern? Wie kann er sich denn daran nicht erinnern??

»Also, *ich* weiß es jedenfalls noch«, verkünde ich leicht angesäuert. »Du hattest einen grauen Anzug an, ein weißes Hemd und eine dunkelgrüne Krawatte von Hermès. Und ich hatte meinen kurzen schwarzen Rock an, meine Wildlederstiefel und das schreckliche weiße Top, in dem meine Arme so fett aussahen.«

»Wenn du das sagst.« Luke zieht die Augenbrauen hoch.

»Das weiß doch wohl jeder, dass der erste Eindruck der wichtigste ist.« Ich streiche mein T-Shirt glatt. »Ich will halt einfach nur okay aussehen. Wie eine Schwester.«

»Wie sehen Schwestern denn für gewöhnlich aus?«, erkundigt Luke sich mit einem schelmischen Lächeln.

»Sie sehen… nett aus!« Ich denke kurz nach. »Hilfsbereit. Und so, als könnte man Spaß mit ihnen haben Und so, als würden sie es einem sagen, wenn der BH-Träger herausguckt.«

»Dann siehst du genau aus wie eine Schwester.« Luke gibt mir einen Kuss. »Entspann dich, Becky. Es wird schon schief gehen!«

»Okay. Ich entspanne mich.«

Ich weiß, dass ich etwas überdreht bin. Aber ich kann nichts dafür!! Ich komme nun mal einfach nicht darüber hinweg, dass ich jetzt auf einmal eine Schwester haben soll, nachdem ich so viele Jahre mein Dasein als Einzelkind gefristet habe.

Ich meine, nicht dass es irgendwie *schlimm* gewesen wäre, Einzelkind zu sein. Mum und Dad und ich haben immer viel Spaß miteinander gehabt, es war toll mit ihnen. Aber Sie wissen schon. Manchmal, wenn andere von ihren Geschwistern erzählten, habe ich mich schon gefragt, wie das wohl ist. Und ich hätte natürlich nie gedacht, dass ich es eines Tages am eigenen Leib erfahren würde!

Und wissen Sie, was richtig unheimlich ist? Die ganze letzte Woche habe ich ständig überall Schwestern gesehen. Wirklich, überall! Zum Beispiel lief neulich nachmittags *Betty und ihre Schwestern* im Fernsehen – und direkt danach kam eine Sendung über die Beverly Sisters! Und jedes Mal, wenn ich auf der Straße zwei Frauen zusammen sah, habe ich nicht nur wie üblich beobachtet, was sie anhaben, sondern ich habe noch dazu gedacht: »Ob das wohl Schwestern sind?«

Die ganze Welt da draußen ist voller Schwestern! Und jetzt gehöre ich endlich auch dazu!

Ich spüre ein Prickeln in den Augen, das ich mit ein paarmal blinzeln unterdrücke. Es ist wirklich albern, aber seit ich von Jessica weiß, spielen meine Gefühle einfach total verrückt. Gestern Abend habe ich dieses ausgezeichnete

Buch mit dem Titel *Geliebte Schwester – Wo warst du???* gelesen, und dabei sind mir echt die Tränen gekommen! Die Geschichten waren so unglaublich! Zum Beispiel über die drei russischen Schwestern, die im Krieg im selben Konzentrationslager waren, *ohne es zu wissen*!

Oder die über die Frau, der erzählt wurde, ihre Schwester sei umgebracht worden, die das aber nie geglaubt hat, und dann hat sie Krebs gekriegt, und sie hatte niemanden, der sich um ihre drei Kinder kümmern würde, und dann haben sie die Schwester doch noch gefunden, gerade noch rechtzeitig…

Mein Gott, ich fange schon allein beim Gedanken an diese Geschichten wieder an zu heulen.

Ich atme tief durch und gehe hinüber zu dem Tisch, auf dem ich mein Geschenk für Jessica abgestellt habe: Einen großen Korb voller Origins-Badezusätze, Schokolade und einem kleinen Fotoalbum mit Bildern von mir, als ich klein war.

Außerdem habe ich ihr genau die gleiche silberne Halskette von Tiffany gekauft, die ich auch habe, aber Luke meinte, es sei vielleicht doch ein bisschen zu viel des Guten, ihr gleich bei unserer ersten Begegnung Schmuck zu schenken. Was ich nun wiederum überhaupt nicht verstehen kann. Ich meine, ich fände es total klasse, wenn mir jemand eine Kette von Tiffany schenken würde! Ich wäre davon überhaupt nicht »überrumpelt« oder wie auch immer er sich ausdrückte.

Aber er beharrte darauf, dass es nicht angemessen sei, und darum habe ich ihm versprochen, dass ich sie ihr erst später geben würde.

Befriedigt betrachte ich den Geschenkkorb. Ob ich vielleicht –

»Nein«, sagt Luke in dem Moment, in dem ich den Mund

aufmache. »Das ist völlig ausreichend. Du brauchst nicht noch mehr dazuzupacken.«

Woher wusste er, was ich sagen wollte?

»Na gut«, füge ich mich widerwillig. Ich sehe auf die Uhr und bin schlagartig wieder ganz kribbelig vor Aufregung. »Gleich ist es so weit! Gleich kommt sie!«

Jessica kommt mit dem Zug, und wenn sie in Oxshott ankommt, ruft sie an, und Dad holt sie am Bahnhof ab. Es ist purer Zufall, dass sie dieses Wochenende in London ist. Sie wohnt nämlich eigentlich ziemlich weit weg in Nordengland – in Cumbria –, aber sie muss wohl zu irgendeiner wissenschaftlichen Konferenz, und da ist sie extra einen Tag früher losgefahren, nur um mich kennen zu lernen!

»Komm, wir gehen runter.« Ich sehe noch mal auf die Uhr. »Vielleicht kommt der Zug ja etwas früher an!«

»Warte mal, Becky.« Luke klappt sein Handy zu. »Bevor der Trubel losgeht ... möchte ich noch kurz etwas mit dir besprechen. Bezüglich deiner Einkäufe auf unserer Hochzeitsreise.«

»Oh. Aha.«

Das finde ich jetzt aber reichlich unangebracht. Muss er das ausgerechnet jetzt besprechen? An diesem ganz besonderen Tag? Ich finde, an solchen Tagen sollten prinzipiell die Waffen ruhen, genau wie im Krieg, als am ersten Weihnachtsfeiertag Fußball gespielt wurde.

Nicht, dass wir uns im Kriegszustand befänden. Aber wir sind gestern Abend ein wenig aneinander geraten, nachdem Luke die zwanzig chinesischen Morgenmäntel unter dem Bett gefunden hatte. Außerdem fragt er tausendmal am Tag, wann ich endlich die Wohnung aufräume. Und ich antworte ihm tausendmal, dass ich daran arbeite.

Und das stimmt auch. Ich habe daran gearbeitet. Gewissermaßen.

Aber das ist so *anstrengend*! Und ich weiß überhaupt nicht, wohin mit den ganzen Sachen. Und außerdem musste ich mich ja um meine geliebte, lang entbehrte Schwester kümmern! Ist doch kein Wunder, dass ich ein klein wenig abgelenkt war.

»Ich wollte dir nur sagen, dass ich mit dem Möbelhändler gesprochen habe«, erzählt Luke. »Seine Leute kommen am Montag und holen den dänischen Tisch ab.«

»Ach so«, sage ich verlegen. »Danke. Und bezahlen sie uns den vollen Preis dafür?«

»Fast.«

»Na prima! Dann haben wir ja noch nicht mal großen Verlust gemacht.«

»Stimmt«, pflichtet Luke mir bei. »Es sei denn, man rechnet die Kosten für die Einlagerung mit und für die Lieferung und für die Verpackung –«

»Klar«, beeile ich mich zu sagen. »Natürlich. Aber ansonsten… Ende gut, alles gut!«

Ich bemühe mich, versöhnlich zu lächeln, aber Luke sieht mich nicht einmal an. Er macht seinen Aktenkoffer auf und zieht einen ganzen Stapel Papier heraus – oh, Gott!

Die Kreditkarten-Abrechnungen. Genauer gesagt, die Abrechnungen von meiner geheimen Alarmstufe-Rot-die-Welt-geht-unter-Kreditkarte. Luke hatte mich neulich um sie gebeten, und mir blieb nichts anderes übrig, als sie aus ihrem Versteck zu holen.

Insgeheim hatte ich allerdings gehofft, er würde sie nicht lesen.

»Hey!« Meine Stimme wird ganz schrill. »Und… hast du sie dir angesehen?«

»Ich habe sie alle bezahlt«, ist Lukes knappe Antwort. »Hast du die Karte vernichtet?«

»Äh… ja.«

Luke wendet sich mir zu und sieht mich scharf an. »Wirklich?«

»Ja!«, sage ich verärgert. »Ich habe sie zerschnitten und die Einzelteile in den Müll geworfen!«

»Okay.« Luke wendet sich wieder den Rechnungen zu. »Und da kommt nicht mehr? Du hast die Karte in letzter Zeit nicht mehr benutzt?«

Mein Magen fühlt sich an, als wolle er sich verknoten.

»Äh… nein. Das ist alles.«

Ich kann es ihm nicht sagen. Die Sache mit der Engel-Tasche. Ich kann es ihm einfach nicht sagen. Er glaubt immer noch, dass ich in Mailand außer dem Geschenk für ihn nichts gekauft habe. Das ist zur Zeit das Einzige, das überhaupt noch für mich spricht.

Und außerdem kann ich die Rechnung nämlich selber bezahlen. Überhaupt kein Problem. Ich meine, in drei Monaten habe ich einen Job und verdiene mein eigenes Geld! Gar kein Thema.

Ich bin ganz schön erleichtert, als mein Handy anfängt zu klingeln. Ich wühle in meiner Tasche und hole es heraus – auf dem Display blinkt der Name Suze.

Suze.

Innerhalb von Sekundenbruchteilen bin ich das reinste Nervenbündel. Es versetzt mir einen Stich, ihren Namen zu lesen.

Ich habe nicht mehr mit Suze gesprochen, seit wir nach der Taufe bei ihren Eltern abgereist sind. Sie hat nicht angerufen… und ich auch nicht. Wenn sie so wahnsinnig eingespannt und glücklich ist mit ihrem tollen neuen Leben, dann bin ich das auch. Sie weiß nicht mal, dass ich eine Schwester habe.

Noch nicht.

Ich drücke auf die grüne Taste und atme tief durch.

»Hi, Suze!«, begrüße ich sie jovial. »Wie geht's dir? Wie geht es der Familie?«

»Mir geht's gut«, sagt Suze. »Uns geht's allen gut. Du weißt schon... immer das Gleiche...«

»Und wie geht es Lulu?«, erkundige ich mich betont freundlich. »Ihr beiden habt bestimmt richtig viele lustige Sachen zusammen unternommen!«

»Lulu geht's auch gut.« Suze klingt etwas betreten. »Hör mal, Bex... genau deswegen rufe ich an. Ich wollte näm-lich –«

»Ich habe auch etwas ziemlich Spektakuläres zu erzäh-len«, falle ich ihr ins Wort. »Rate mal! Ich habe erfahren, dass ich eine Schwester habe!«

Schockiertes Schweigen.

»Was?«, fragt Suze schließlich.

»Ja, wirklich! Ich habe eine Halbschwester! Und just heute werde ich sie kennen lernen. Sie heißt Jessica.«

»Das... das ist ja unglaublich!« Ich höre ihr an, dass sie das total vom Hocker haut. »Du hast eine *Schwester*?«

»Ja! Ist das nicht toll! Ich habe mir doch immer so eine Schwester gewünscht!«

»Wie... wie alt ist sie?«

»Nur zwei Jahre älter als ich. Wir sind also praktisch gleichaltrig. Ich gehe davon aus, dass wir richtig gute Freundinnen werden«, füge ich achtlos hinzu. »Obwohl, wahrscheinlich wird das etwas viel Tieferes als eine bloße Freundschaft. Ich meine, wir sind schließlich vom gleichen Fleisch und Blut und so. Das verbindet natürlich.«

»Ja«, sagt Suze nach einer Weile. »Da hast du wahrschein-lich Recht.«

»So, jetzt muss ich aber Schluss machen, Suze. Jessica kommt jeden Moment. Ich kann es kaum erwarten!«

»Na dann… viel Glück. Und viel Spaß.«

»Danke, den werden wir haben!«, gebe ich fröhlich zurück. »Ach, und grüß Lulu ganz lieb von mir, ja? Und lass dich ordentlich von ihr verwöhnen an deinem Geburtstag, okay?«

»Ja, mache ich.« Suze klingt geknickt. »Bye, Bex. Und… Herzlichen Glückwunsch.«

Mein Gesicht brennt, als ich auf den roten Knopf drücke. So haben Suze und ich noch nie miteinander telefoniert.

Aber meine Schuld ist das nicht.

Sie war schließlich diejenige, die sich eine neue beste Freundin gesucht hat. Nicht ich.

Ich stopfe das Handy zurück in meine Handtasche, und als ich aufsehe, bemerke ich, dass Luke mich mit hochgezogener Augenbraue beobachtet.

»Alles in Ordnung mit Suze?«

»Suze geht's prima«, antworte ich eine Spur aufsässig. »Komm jetzt. Wir gehen runter.«

Auf dem Weg die Treppe hinunter wird mir wieder kribbelig vor Aufregung. Ich bin ja fast aufgedrehter als vor unserer Hochzeit. Heute ist einer der wichtigsten Tage überhaupt in meinem Leben!

»Na, bist du bereit?«, fragt Mum, als wir in die Küche kommen. Sie trägt ein schickes blaues Kleid und hat dazu ihr »Make-up für besondere Anlässe« aufgelegt. Das bedeutet, dass sie tonnenweise hell glänzenden Lidschatten unter die Augenbrauen geschmiert hat, weil das angeblich ihre Augen größer wirken lässt. Ich habe diesen Look in dem Schminkbuch gesehen, das Janice ihr zu Weihnachten geschenkt hat.

»Habe ich richtig gehört, ihr wollt einige von euren Möbeln verkaufen?«, erkundigt sie sich, als sie Wasser aufsetzt.

»Wir geben einen Tisch zurück«, erklärt Luke ungezwungen. »Wir haben wohl aus Versehen zwei bestellt. Aber es ist alles unter Kontrolle.«

»Ich wollte auch nur gesagt haben, versucht doch, die Sachen über eBay zu verkaufen!«, schlägt Mum vor. »Da würdet ihr bestimmt einen guten Preis dafür bekommen.«

eBay.

Kein schlechter Gedanke.

»Wie ist das eigentlich… Kann man über eBay quasi alles verkaufen?«, frage ich locker nach.

»Ja, sicher, alles! Wirklich, alles.«

Wie zum Beispiel handbemalte Eier, auf denen die Legende des Drachenkönigs dargestellt ist? Okay. Vielleicht ist das die Lösung.

»Kommt, wir trinken eben einen Kaffee, während wir warten.« Mum holt Becher aus dem Schrank.

Unwillkürlich sehen wir alle auf die Uhr. Jessica müsste in fünf Minuten in Oxshott ankommen. In fünf Minuten!

»Juuuhuuu!« Es klopft an der Hintertür, und als wir uns umdrehen, sehen wir Janice durch die Glasscheibe spähen.

Ach, du liebe Güte! Wo hat sie denn diesen glitzernden blauen Lidschatten her?

Bitte, bitte, mach, dass sie Mum nicht den gleichen schenkt!

»Komm doch rein, Janice!« Mum macht die Tür auf. »Ach, Tom, du bist auch da! Das ist ja eine Überraschung!«

Mannomann, Tom sieht ziemlich mitgenommen aus. Mit ungewaschenen, zerzausten Haaren steht er da, seine Hände sind mit Blasen übersät, und unter seiner Augenbraue zeichnet sich eine tiefe Furche ab.

»Wir sind nur kurz vorbeigekommen, um euch viel Glück zu wünschen!«, erklärt Janice. »Nicht, dass ihr es brauchen würdet!« Sie legt ihren Süßstoffspender auf der Arbeitsfläche ab und wendet sich dann an mich. »Becky! Eine Schwester!«

»Herzlichen Glückwunsch«, sagt Tom. »Oder was auch immer man da sagt.«

»Ich weiß!«, freue ich mich. »Ist das nicht toll?«

Janice schüttelt den Kopf und wirft Mum einen leicht vorwurfsvollen Blick zu.

»Ich kann immer noch nicht glauben, dass ihr uns das verheimlicht habt, Jane!«

»Wir wollten eben, dass Becky die Erste ist, die es erfährt.« Mum tätschelt mir die Schulter. »Haselnusskeks, Janice?«

»Wunderbar, danke!« Janice nimmt sich einen Keks vom Teller und setzt sich. Sie knabbert einen Moment nachdenklich an den Haselnüssen herum und sieht dann auf. »Was ich ja nicht so ganz verstehe, ist… Warum hat das Mädchen jetzt auf einmal Kontakt zu euch aufgenommen? Nach so vielen Jahren?«

Ha! *Endlich* stellt jemand diese Frage!

»Sie hatte einen ausgesprochen guten Grund«, erkläre ich mit leicht düster-dramatischem Unterton. »Es dreht sich um eine Erbkrankheit.«

Janice stößt einen spitzen Schrei aus.

»Eine *Krankheit*! Jane! Das hast du mir ja gar nicht erzählt!«

»Quatsch«, sagt Mum. »Becky, du weißt doch, dass das keine Krankheit ist! Es geht um einen ›Faktor‹.«

»Einen ›Faktor‹?«, wiederholt Janice, die jetzt noch entsetzter aussieht als vorher. »Was denn für einen Faktor?« Sie glotzt ihren Haselnusskeks an, als fürchte sie, sie könne sich damit anstecken.

»Gar nichts Lebensbedrohliches!«, lacht Mum. »Bloß irgendwas, was das Blut verklumpen lässt. So was in der Art.«

»Igitt!« Janice zuckt zusammen. »Bitte nicht von Blut reden, da wird mir schlecht!«

»Die Ärzte haben angeraten, dass auch andere Familienmitglieder ihr Blut untersuchen lassen. Na ja, und das war dann der Auslöser. Sie hat immer gewusst, dass sie irgendwo einen Vater hatte, aber sie wusste nicht einmal, wie er hieß.«

»Und da hat sie dann ihre Mutter gebeten, ihr zu sagen, wer ihr unbekannter Vater ist…«, setzt Janice eifrig die Geschichte fort, als würde sie eine Ruth-Rendell-Miniserie im Fernsehen verfolgen.

»Ihre Mutter ist tot«, erklärt Mum.

»Tot!«, keucht Janice.

»Aber ihre Tante hatte den Namen von Jessicas Vater in einem alten Tagebuch notiert«, erläutert Mum. »Sie hat die alten Sachen durchstöbert und Jessica den Namen gegeben.«

»Und, wie hieß er?« Janice hält den Atem an.

Kurzes Schweigen.

»Graham natürlich, Mum!«, sagt Tom und verdreht die Augen. »Graham Bloomwood. Ist doch logo.«

»Ach, ja.« Janice sieht fast ein bisschen enttäuscht aus. »Natürlich. Und dann… hat sie euch angerufen?«

»Nein, einen Brief geschrieben«, erzählt Mum. »Nachdem sie uns ausfindig gemacht hatte. Wir standen tagelang unter Schock. Und darum sind wir auch nicht zu dem Hawaii-Quiz-Abend in der Kirche gekommen«, fügt sie hinzu. »Graham hatte gar keine Migräne.«

»Ich wusste es!«, triumphiert Janice. »Und ich sage noch zu Martin ›Bei den Bloomwoods stimmt irgendetwas nicht.‹ Aber ich hatte natürlich keine Ahnung, dass es sich um Familienzuwachs der etwas ungewöhnlichen Art handelte!«

»Na ja«, versucht Mum, sie zu beruhigen. »Woher hättest du das auch wissen sollen?«

Janice schweigt erst mal eine Runde, um das alles zu verdauen. Dann wird sie auf einmal ganz starr und legt Mum die Hand auf den Arm.

»Aber seid um Gottes willen vorsichtig, Jane. Hat sie schon irgendwelche Ansprüche auf Grahams Vermögen angemeldet? Hat er sein Testament zu ihren Gunsten verändert?«

Okay. Janice hat ganz eindeutig zu viele Thriller gesehen.

»Janice!«, lacht Mum. »Nein! Nichts dergleichen. Wenn du es genau wissen willst, Jess' Familie ist...« – Mum senkt die Stimme – »...recht *gut situiert.*«

»Ach!«, macht Janice.

Mum spricht noch leiser weiter: »Machen ganz groß in *Tiefkühlkost.*«

»Ach so, *verstehe*«, sagt Janice. »Dann ist sie also nicht ganz allein auf der Welt.«

»Nein, nein«, antwortet Mum jetzt wieder in normaler Lautstärke. »Sie hat einen Stiefvater und zwei Brüder. Oder sogar drei?«

»Aber keine Schwester«, melde ich mich wieder zu Wort. »Wir haben uns also beide all die Jahre mit dieser Lücke in unserem Leben arrangiert. Mit dieser... ungestillten Sehnsucht.«

Alles dreht sich zu mir um und sieht mich an.

»In dir brennt eine ungestillte Sehnsucht, Becky?«, fragt Janice.

»Ja, sicher. Ganz bestimmt.« Nachdenklich nippe ich an meinem Kaffee. »Wenn ich jetzt so zurückblicke, glaube ich, dass ich tief in mir drin immer *wusste*, dass ich eine Schwester hatte.«

»Wirklich?«, fragt Mum überrascht. »Davon hast du ja nie etwas gesagt.«

»Ich habe das nie erwähnt.« Ich schenke Janice ein tapferes Lächeln. »Aber tief in mir drin habe ich es immer gewusst.«

»Meine Güte!«, ruft Janice. »Aber *woher* wusstest du es?«

»Ich habe es gespürt. Hier«, sage ich und lege beide Hände über das Herz. »Es war... als würde ein Teil von mir fehlen.«

Ich mache eine ausladende Handbewegung und begehe den Fehler, Luke in die Augen zu sehen.

»Und welcher Teil genau fehlte da wohl?«, erkundigt er sich gespielt interessiert. »Doch wohl hoffentlich kein lebenswichtiges Organ?«

Gott, ist der herzlos. Hat er denn überhaupt kein Mitgefühl? Gestern Abend hat er immer wieder Passagen aus *Geliebte Schwester – Wo warst du?* vorgelesen, dann zwischendurch aufgesehen und gesagt: »Das ist doch wohl nicht dein Ernst.«

»Der Teil meiner Seele, der für innigste Verbundenheit zuständig ist!«, kontere ich.

»Danke.« Er zieht die Augenbrauen hoch.

»Ich meine doch nicht *die* Art von Verbundenheit! Ich meine *schwesterliche* Verbundenheit!«

»Und was ist mit Suzie?«, fragt Mum erstaunt. »Die war doch immer wie eine Schwester für dich. So ein nettes Mädchen.«

»Freunde kommen und gehen«, sage ich und weiche sämtlichen Blicken aus. »Suze ist nicht mit mir verwandt. Sie versteht mich nicht so wie eine richtige Schwester.«

»Dass muss ja ein Riesenschock gewesen sein!« Janice sieht Mum mitfühlend an. »Vor allem für dich, Jane!«

»War's auch.« Mum setzt sich an den Tisch. »Das kann

ich nicht leugnen. Obwohl die Affäre natürlich *lange* vor meiner Zeit stattgefunden hat.«

»Ja, natürlich!«, beeilt Jane sich zu sagen. »Selbstverständlich! Ich wollte damit auch ganz bestimmt nicht andeuten, dass… dass er… du…«, stammelt sie nervös und trinkt dann schnell einen Schluck Kaffee.

»Und irgendwie…« Mum hält inne und rührt verlegen lächelnd ihren Kaffee um. »Irgendwie war es ja fast zu erwarten gewesen. Graham war ein ziemlicher Don Juan, als er jung war. Kein Wunder, dass sich ihm die Frauen an den Hals geschmissen haben.«

»Aber… natürlich«, meint Janice etwas unsicher.

Wir richten alle den Blick aus dem Fenster und sehen Dad über den Rasen auf die Hintertür zukommen. Sein immer grauer werdendes Haar ist zerzaust, sein Gesicht rot, und obwohl ich ihm schon tausendmal gesagt habe, dass er das nicht tun soll, trägt er Socken in seinen Sandalen.

»Er war unwiderstehlich«, sagt Mum. »Wirklich wahr.« Ihre Miene erhellt sich. »Aber wir haben uns in Therapie begeben, um diese Krise heil zu überstehen.«

»Therapie?« Ich fasse es nicht. »Im Ernst?«

»Ja, natürlich!«, sagt Dad, der gerade zur Hintertür hereinkommt. »Wir haben schon drei Sitzungen hinter uns.«

»Ein ausgesprochen nettes Mädchen, unsere Therapeutin«, sagt Mum. »Allerdings ein bisschen sehr *nervös*. Aber das haben die jungen Leute heute ja so an sich.«

Wow. Das ist ja mal was Neues. Ich hatte keine Ahnung, dass Mum und Dad eine Therapie machen. Aber gut, ist ja nur verständlich. Ich meine, verdammte Hacke! Wie fände ich das wohl, wenn Luke mir plötzlich verkünden würde, dass er irgendwo in der Peripherie schon eine Tochter hat?

»Therapie!«, staunt auch Janice. »Das glaube ich nicht!«

»Wir müssen realistisch bleiben, Janice«, erklärt Mum. »Man kann nicht erwarten, dass eine Nachricht dieses Ausmaßes ohne Folgen bleibt.«

»Eine Offenbarung dieses Kalibers kann eine ganze Familie zerstören«, pflichtet Dad ihr bei und schnappt sich einen Haselnusskeks. »Das kann die beste Ehe in ihren Grundfesten erschüttern.«

»Grundgütiger.« Janice schlägt sich die Hand vor den Mund und sieht mit weit aufgerissenen Augen von Mum zu Dad und wieder zu Mum. »Und... mit was für Folgen rechnet ihr?«

»In erster Linie Wut«, erwidert Mum kenntnisreich. »Und Schuldzuweisungen. Kaffee, Graham?«

»Ja, danke, Liebling.« Er strahlt sie an.

»Therapie ist vollkommener Blödsinn«, meldet sich da unvermittelt Tom zu Wort. »Habe ich mit Lucy auch versucht.«

Wir drehen uns alle zu ihm um. Er hält sich mit beiden Händen an seiner Kaffeetasse fest, über die hinweg er uns finster ansieht.

»Es war eine weibliche Therapeutin«, fügt er hinzu, als erklärte das alles.

»Ich glaube, das sind die meisten, Tom«, merkt Mum vorsichtig an.

»Sie war auf Lucys Seite. Sie hat gesagt, sie könne Lucys Frustrationen gut verstehen.« Toms Finger krallen sich noch fester um die Tasse. »Und was ist mit *meinen* Frustrationen? Lucy war doch meine Frau! Aber sie hat sich nicht die Bohne für *irgendetwas* interessiert, was ich gemacht habe! Weder den Wintergarten noch das neue Badezimmer...«

Okay, ich glaube, das könnte jetzt noch eine Weile dauern.

»Sag mal, Tom, deine Gartenlaube ist ja wohl ein Traum!«, falle ich ihm eilig ins Wort. »Die ist ja so ... groß!«

Und das stimmt.

Genau genommen ist sie riesig. Ich bin fast gestorben, als ich sie heute Morgen aus dem Fenster sah. Drei Stockwerke mit Giebeln und einer Terrasse.

»Wir machen uns bloß ein bisschen Sorgen wegen der Bauvorschriften, stimmt's?« Janice wirft Tom einen nervösen Blick zu. »Wir befürchten, dass sie vielleicht als Wohnhaus eingestuft wird.«

»Na, aber das ist doch wirklich eine tolle Leistung, so etwas zu bauen!«, versuche ich, ihn aufzumuntern.

»Ich arbeite gerne mit Holz«, brummt Tom. »Holz kann einen wenigstens nicht enttäuschen.« Er trinkt seinen Kaffee aus. »Ich geh dann mal wieder rüber. Viel Spaß noch.«

»Danke, Tom!«, sage ich. »Bis später!«

Als sich die Tür hinter Tom schließt, herrscht betretenes Schweigen.

»So ein lieber Junge«, sagt Mum schließlich. »Er wird schon seinen Weg machen.«

»Als Nächstes will er ein Boot bauen«, erzählt Janice und sieht erschöpft aus. »Ein Boot! Auf dem Rasen!«

»Komm, Janice, trink noch eine Tasse Kaffee«, versucht Mum, sie zu trösten. »Möchtest du einen Schuss Sherry?«

Janice sieht hin- und hergerissen aus.

»Lieber nicht«, sagt sie dann. »Nicht vor zwölf.«

Sie wühlt in ihrer Handtasche, bis sie eine kleine Tablette gefunden hat, die sie umgehend schluckt. Dann macht sie die Tasche wieder zu und schenkt uns ein strahlendes Lächeln. »So. Und wie sieht Jessica aus? Habt ihr Fotos von ihr?«

»Wir haben zwar welche gemacht, aber die sind leider

162

nichts geworden«, bedauert Mum. »Aber sie … sie sieht nett aus, nicht wahr, Graham?«

»Sehr nett!«, sagt Dad. »Groß … schlank …«

»Dunkle Haare«, fügt Mum hinzu. »Ein eher *zurückhaltendes* Mädchen, wenn du verstehst, was ich meine.«

Ich spitze fleißig die Ohren, während Mum und Dad sie beschreiben. Ich habe Jessica zwar an dem Tag, an dem wir wiederkamen, das eine Mal auf der Straße gesehen, aber da blendete mich die Sonne, und außerdem war ich so verwirrt wegen Mums und Dads merkwürdigem Verhalten, dass ich sie nicht *wirklich gesehen* habe. Die ganze letzte Woche habe ich versucht, mir vorzustellen, wie sie wohl aussieht.

Mum und Dad erzählen ständig, wie groß und schlank sie ist, darum stelle ich sie mir ein bisschen wie Courteney Cox vor: gertenschlank und elegant, vielleicht in einem weißen Hosenanzug aus Seide.

Unsere erste Begegnung, so wie ich sie mir vorstelle, läuft immer wieder wie ein Film vor meinem inneren Auge ab: Wir fallen einander um den Hals und drücken uns so fest wir können. Dann lächelt sie mich an und wischt sich die Tränen weg, und ich lächele zurück … und wir werden uns sofort verstehen. Als würden wir uns schon ewig kennen. Wir werden einander besser verstehen als irgendjemanden sonst auf der Welt.

Ich meine, wer weiß? Vielleicht stellt sich heraus, dass wir übernatürliche schwesterliche Kräfte haben. Oder vielleicht sind wir ja wie dieses Zwillingspaar aus *Geliebte Schwester – Wo warst du?*. Die beiden wurden bei der Geburt getrennt, haben aber später denselben Beruf ergriffen und Männer mit denselben Vornamen geheiratet.

Das wäre doch total irre!! Vielleicht stellt sich ja heraus, dass Jessica auch als Einkaufsberaterin arbeitet und mit einem Mann namens Luke verheiratet ist! Sie taucht in genau dem gleichen Blazer von Marc Jacobs hier auf, und dann werden wir ins Frühstücksfernsehen eingeladen, und die Leute sagen alle –

Ach nein. Sie ist ja gar keine Einkaufsberaterin, fällt mir da wieder ein. Sie promoviert ja. In Geographie.

Nein. Geologie.

Aber gut… habe *ich* nicht auch schon mal darüber nachgedacht zu promovieren? Ich meine, das kann doch kein Zufall sein!

»Und wo wohnt sie?«, fragt Janice.

»Im Norden«, sagt Mum. »In einem Dorf namens Scully, in Cumbria.«

»Im Norden!« Janice macht ein Gesicht, als hätte Mum »Am Nordpol« gesagt. »Das ist aber weit weg. Wann kommt sie denn?«

»Na ja.« Mum sieht auf die Küchenuhr und runzelt die Stirn. »Gute Frage. Ihr Zug müsste schon längst da sein. Wann genau sollte sie ankommen, Graham?«

»Ich dachte eigentlich jetzt…« Dad runzelt ebenfalls die Stirn. »Vielleicht rufe ich mal eben beim Bahnhof an. Könnte ja sein, dass der Zug Verspätung hat.«

»Ich mache das, wenn du möchtest«, bietet Luke sich an, der bisher wortlos in eine Zeitung vertieft gewesen war.

»Sie hat gesagt, sie würde anrufen…«, sagt Mum.

Da klingelt es plötzlich an der Haustür.

Wir erstarren alle zu Salzsäulen und glotzen einander an. Kurz darauf hören wir Dad aus dem Flur rufen: »Ich glaube, das ist sie!«

Oh mein Gott!

Mein Herz fängt an zu rasen.

Sie ist da. Meine neue Schwester. Meine neue Seelenverwandte!

»Ich verschwinde«, sagt Janice. »Damit ihr ungestört seid.« Sie drückt meine Hand und räumt durch die Hintertür das Feld.

»Ich muss noch schnell meine Haare richten!« Mum eilt zum Spiegel im Flur.

»Schnell!«, sage ich. »Wo ist das Geschenk?«

Jetzt kann ich es wirklich nicht länger erwarten. Ich muss sie sehen. Jetzt! Sofort!

»Hier«, sagt Luke und reicht mir den in Folie verpackten Geschenkkorb. »Und Becky…« Er legt mir eine Hand auf den Arm.

»Was?«, frage ich ungeduldig. »Was ist?«

»Ich weiß, dass du dich darauf freust, Jessica kennen zu lernen. Und ich freue mich auch. Aber vergiss nicht, dass sie im Grunde eine Fremde ist. Also… immer sachte.«

»Sie ist keine Fremde!«, empöre ich mich. »Sie ist meine *Schwester*! Wir sind vom gleichen Fleisch und Blut!«

Also wirklich. Luke hat ja mal so was von keine Ahnung.

Mit dem Korb auf dem Arm laufe ich hinaus in den Flur. Durch die Milchglasscheibe in der Haustür kann ich nur undeutlich eine verschwommene Gestalt sehen. Das ist sie!

»Ach, übrigens«, sagt Mum, als wir auf die Tür zugehen, »sie möchte gerne Jess genannt werden.«

»Fertig?«, zwinkert Dad.

Das ist jetzt der große Moment! Ich zupfe noch schnell meinen Blazer zurecht, streiche meine Haare glatt und setze mein strahlendstes, herzlichstes Willkommenslächeln auf.

Dad legt die Hand auf die Klinke und öffnet mit Schwung die Tür.

Und da steht sie, direkt vor mir in der Tür: meine Schwester.

10

Mein erster Gedanke ist, dass sie doch nicht ganz wie Courteney Cox aussieht. Und dass sie keinen weißen Hosenanzug aus Seide trägt.

Ihre dunklen Haare sind sehr kurz, und zu schlichten
Jeans trägt sie ein ebenso schlichtes braunes Hemd. Diesen Stil nennt man wohl... praktischer Chic.

Und wie hübsch sie ist! Also, je nachdem, wie man...
Obwohl ich ja finde, dass ihr Make-up ein klein wenig *zu*
natürlich geraten ist.

»Hi«, sagt sie in sehr sachlichem, nüchternem Ton.

»Hi!«, erwidere ich mit bebender Stimme. »Ich bin Becky!
Geliebte Schwester – Wo warst du???«

Ich will mich ihr gerade an den Hals werfen, als mir auffällt, dass ich ja den Korb im Arm halte. Also drücke ich
ihr den in die Hand. »Das ist von mir!«

»Das ist ein Geschenk, Liebes!«, erklärt Mum hilfsberei-
terweise.

»Danke«, sagt Jess und wirft einen kurzen Blick darauf.
»Das ist echt nett.«

Dann sagt erst mal niemand etwas, und ich warte darauf, dass Jess ungeduldig die Folie vom Korb reißt oder
fragt, ob sie es jetzt gleich auspacken darf, oder sich auch
nur laut freut, weil Origins ihre Lieblingsbadeserie ist.
Aber nichts dergleichen.

Ach, wahrscheinlich ist sie nur höflich, fällt mir da ein.
Ich meine, sie kennt mich ja gar nicht. Vielleicht denkt sie,
dass ich fürchterlich steif und korrekt bin, und passt sich

einfach an. Also muss ich ihr zeigen, dass sie ganz sie selbst sein kann.

»Ich fasse es nicht, dass du hier bist«, sprudelt es umgehend aus mir hervor. »Die Schwester, von der ich gar nicht wusste, dass ich sie hatte!« Ich lege ihr eine Hand auf den Arm und sehe ihr direkt in ihre nussbraunen Augen mit kleinen Punkten.

Oh mein Gott. Wir verstehen uns auf Anhieb! Es ist genau wie in den Geschichten in meinem Schwestern-Buch!

»Aber du wusstest es bestimmt, oder?« Lächelnd versuche ich, die in mir aufsteigenden Gefühlswallungen zu verbergen. »Hast du es nicht irgendwie immer schon gewusst, dass du eine Schwester hast?«

»Nein«, sagt Jess und sieht mich verständnislos an. »Ich hatte keine Ahnung.«

»Oh. Okay.« Das passt jetzt aber gar nicht ins Konzept.

Das hätte sie nicht sagen sollen. Sie hätte sagen sollen »Ich habe es immer gespürt, dass in meinem Herzen eine Lücke klaffte!«, und dann hätte sie in Tränen ausbrechen sollen.

Jetzt weiß ich gar nicht, was ich als Nächstes sagen soll.

»Wunderbar!«, schaltet Mum sich fröhlich ein. »Nun komm aber rein, Jess! Du kannst bestimmt einen Kaffee vertragen nach der langen Fahrt!«

Mum begleitet Jess ins Haus, und ich betrachte erstaunt Jess' braunen Rucksack. Der ist ja gar nicht groß. Und sie bleibt eine ganze Woche bei dieser Konferenz!

»Ist das dein ganzes Gepäck?«, frage ich.

»Mehr brauche ich nicht.« Sie zuckt mit den Schultern. »Ich habe nie viel mit.«

Sie »hat nie viel mit«! Ha! Wusste ich's doch!

»Hast du den Rest mit FedEx geschickt?«, frage ich verschwörerisch lächelnd und in einem Ton, der »Schon okay, ich bin voll im Bilde« signalisieren soll.

»Nein.« Sie sieht Mum an. »Das ist alles, was ich mithabe.«

»Schon okay.« Ich lächele weiter verschwörerisch. »Ich sage niemandem was.«

Ich wusste, dass wir gleichgesinnt sein würden! Ich *wusste* es!

»Jess, bist du das?«, ertönt Dads Stimme von der Treppe her. »Herzlich willkommen, mein Mädchen!«

Ist schon ein komisches Gefühl, als Dad Jess in den Arm nimmt. Eigentlich wird mir erst in diesem Moment klar, dass Dad jetzt noch eine zweite Tochter hat. Nicht nur mich. Unsere ganze Familie ist plötzlich größer geworden.

Aber gut… Genau darum geht es ja schließlich, oder? Familien werden immer größer. Es kommen immer neue Mitglieder hinzu.

»Das ist mein Mann Luke«, stelle ich ihn flugs vor.

»Hallo, nett, dich kennen zu lernen«, begrüßt er sie ausgesprochen freundlich. Als er ihr die Hand schüttelt, bin ich richtig stolz auf die beiden. Ich sehe zu Mum, die mich aufmunternd anlächelt.

»Kommt doch mit ins Wohnzimmer!«, sagt sie und geht uns voran. Sie hat alles so nett hergerichtet, mit Blumen auf dem Tisch und Kekstellern. Wir setzen uns und schweigen zunächst.

Das hier ist total abgefahren.

Ich sitze meiner Halbschwester gegenüber. Mum schenkt Kaffee ein, und ich betrachte Jess' Gesicht und versuche, Ähnlichkeiten mit mir auszumachen. Und was soll ich sagen? Es gibt sie massenweise! Oder sagen wir… so einige.

Gut, wir sind nicht gerade eineiige Zwillinge – aber wenn man genau hinguckt, kann man schon gewisse Ähnlichkeiten entdecken. Jess hat zum Beispiel fast genau die gleichen Augen wie ich, nur dass ihre eine andere Farbe haben und etwas anders geformt sind. Und ihre Nase wäre auch exakt meine, wenn sie nicht so spitz zulaufen würde. Und ihre Haare wären *original* meine, wenn sie sie wachsen lassen und färben und ihnen mal eine ordentliche Kurpackung angedeihen lassen würde.

Wahrscheinlich beäugt sie mich genauso wie ich sie, wird mir da plötzlich bewusst.

»Ich konnte kaum noch schlafen!« Ich lächele sie leicht verlegen an. »Ich war so aufgeregt wegen heute!«

Jess nickt und schweigt. Mann, die ist ja wirklich *sehr* zurückhaltend. Ich muss sie ein bisschen aus der Reserve locken.

»Bin ich in etwa so, wie du dir mich vorgestellt hast?« Ich lache etwas verunsichert und streiche meine Haare zurück.

Jess betrachtet eine Weile mein Gesicht.

»Ich habe mir eigentlich überhaupt nicht vorgestellt, wie du sein könntest«, antwortet sie schließlich.

»Ach.«

»Ich stelle mir generell selten Dinge vor«, fügt sie hinzu. »Ich nehme die Dinge so, wie sie kommen.«

»Hier, nimm doch einen Keks, Jess«, bietet Mum freundlich an. »Die sind mit Pecannüssen und Ahornsirup.«

»Danke«, sagt Jess und nimmt sich einen. »Ich liebe Pecannüsse.«

»Ich auch!« Erstaunt sehe ich auf. »Ich liebe auch Pecannüsse!«

Da sieht man es mal wieder. Die Gene schlagen voll durch. Da sind wir Hunderte von Kilometern voneinander entfernt in unterschiedlichen Familien aufgewachsen, aber wir haben den gleichen Geschmack!

»Aber Jess, warum hast du denn nicht vom Bahnhof aus angerufen?«, fragt Dad und nimmt Mum eine Tasse Kaffee ab. »Ich hätte dich doch abgeholt! Dann hättest du kein Taxi nehmen müssen.«

»Ich habe mir kein Taxi genommen«, sagt Jess. »Ich bin gelaufen.«

»Du bist gelaufen?«, fragt Dad überrascht. »Vom Oxshotter Bahnhof bis hierher?«

»Von Kingston. Ich bin mit dem Bus gekommen.« Sie trinkt einen Schluck Kaffee. »Das war viel billiger. Habe fünfundzwanzig Pfund gespart.«

»Du bist die ganze Strecke von Kingston bis hierher *gelaufen*?« Mum ist echt entsetzt.

»War gar nicht so weit«, sagt Jess.

»Jess läuft für ihr Leben gern!«, erklärt Mum. Sie lächelt Jess an. »Sagtest du nicht, dass das dein liebstes Hobby sei, Liebes?«

Das ist zu viel! Über uns sollte jemand einen Dokumentarfilm drehen!

»Meins auch!«, rufe ich. »Laufen ist auch mein Hobby! Das gibt es doch gar nicht!«

Um mich herum herrscht Schweigen. Ich sehe mich um, und alles guckt mich vollkommen verdattert an. Also echt. Was ist denn mit denen los?

»Laufen ist dein Hobby, Becky?«, fragt Mum vorsichtig nach.

»Ja, natürlich! Ich laufe doch die ganze Zeit kreuz und quer durch London! Stimmt's nicht, Luke?«

Luke sieht mich etwas merkwürdig an.

»Manche Straßen in London wurden in der Tat bereits von deinen Füßen erschüttert, ja«, stimmt er zu.

»Ach, machst du Power Walking?«, fragt Jess interessiert nach.

»Na ja…« Ich muss nachdenken. »Also, es ist eher so…
dass ich das Laufen mit anderen Aktivitäten verbinde. Damit es nicht so langweilig wird.«

»So eine Art Cross-Training?«

»Äh… ja. So was in der Art.« Ich nicke und beiße von
meinem Keks ab.

Jetzt schweigen schon wieder alle. Als würden sie alle darauf warten, dass irgendjemand anderer etwas sagt. Mein
Gott, warum sind wir denn bloß alle so verkrampft? Wir
können doch völlig locker und natürlich miteinander umgehen. Wir sind doch schließlich eine Familie!

»Magst du Filme?«, frage ich schließlich.

»Manche«, antwortet Jess und runzelt nachdenklich die
Stirn. »Ich mag vor allem Filme, die einem irgendetwas
sagen. Filme mit einer Message.«

»Ich auch!«, freue ich mich. »Ich finde, jeder Film sollte
unbedingt eine richtige Message haben!«

Stimmt doch. Ich meine, nehmen Sie nur mal *Grease*.
Der Film hat massenweise Messages. Wie zum Beispiel
»Hey, wenn du's in der Schule nicht in die coole Clique
schaffst, kannst du dir immer noch eine Dauerwelle machen lassen.«

»Noch jemand Kaffee?« Mum sieht sich fragend um. »In
der Küche steht noch eine Kanne.«

»Ich hol sie«, sage ich und springe vom Sofa auf. »Und
Luke, äh… könntest du bitte mitkommen und… äh… mir
helfen? Falls ich… die Kanne nicht finde?«

Ich weiß, das klingt nicht besonders überzeugend, aber
das ist mir egal. Ich muss jetzt unbedingt mit Luke reden!

Kaum sind wir in der Küche, mache ich die Tür hinter
uns zu und frage aufgeregt: »Und? Wie findest du meine
Schwester?«

»Sie macht einen sehr netten Eindruck.«

»Ist sie nicht total klasse? Und dass wir so viele Gemeinsamkeiten haben! Wahnsinn, oder?«

»Wie bitte?« Luke glotzt mich an.

»Jess und ich! Wir haben so viel gemeinsam!«

»*Gemeinsam?*« Luke wirkt geplättet.

»Ja!«, insistiere ich leicht ungeduldig. »Hast du denn nicht zugehört? Sie mag Pecannüsse, ich mag Pecannüsse... sie läuft gerne, ich laufe gerne... wir mögen beide Filme...« Ich fuchtele mit den Händen in der Luft herum. »Merkst du denn nicht, dass wir uns auf Anhieb total gut verstehen?«

»Wenn du meinst.« Luke zieht die Augenbrauen auf eine Weise hoch, die ich leicht verletzend finde.

»Magst du sie etwa nicht, oder was?«

»Natürlich mag ich sie! Aber ich habe ja bisher kaum zwei Worte mit ihr gewechselt! Und du auch nicht.«

»Na ja, ich weiß«, räume ich ein. »Aber das kommt doch nur daher, dass alle so furchtbar *verkrampft* sind! Da kann man sich ja nicht normal unterhalten. Darum dachte ich, ich schlage vor, dass Jess und ich zusammen irgendwo hingehen. Irgendwo, wo wir wirklich unter uns sind und uns näher kommen können.«

»Und wo zum Beispiel?«

»Weiß nicht. Wir könnten spazieren gehen. Oder... vielleicht könnten wir einen kleinen Einkaufsbummel machen.«

»Aha.« Luke nickt. »Einen kleinen Einkaufsbummel. Gute Idee. Ich nehme an, dein Tagesbudget von zwanzig Pfund ist noch nicht angetastet.«

Was?

Ich *fasse* es nicht, dass er das Thema Budget zu einem Zeitpunkt wie diesem anschneiden muss! Ich meine, wie oft in seinem Leben geht man wohl zum ersten Mal mit seiner fast dreißig Jahre nicht existenten und dann wie aus dem Nichts auftauchenden Schwester shoppen?

»Es handelt sich um eine einmalige Ausnahme aufgrund eines absolut außergewöhnlichen Ereignisses«, erkläre ich. »Und da brauche ich natürlich ein Sonderbudget.«

»Ich dachte, wir hätten uns darauf verständigt, dass es keine Ausnahmen mehr gibt«, sagt Luke. »Keine ›einmaligen Gelegenheiten‹. Schon vergessen?«

Ich merke, wie ich innerlich anfange zu kochen.

»Gut!«, sage ich und verschränke die Arme vor der Brust. »Dann werde ich eben kein gutes Verhältnis zu meiner Schwester aufbauen!«

Schweigen. Ich stoße einen kellertiefen Seufzer aus und sehe immer wieder kurz zu Luke, der völlig ungerührt dasteht.

»Becky!«, unterbricht Mums Stimme das Schweigen. »Wo bleibt der Kaffee? Wir warten schon alle!« Sie kommt in die Küche und sieht entsetzt von Luke zu mir. »Ist doch alles in Ordnung, oder? Ihr habt euch doch nicht etwa gestritten?«

Ich wende mich an Mum.

»Ich möchte mit Jess einkaufen gehen, aber Luke besteht darauf, dass ich mich an mein Budget halte!«

»Luke!«, sagt Mum mit vorwurfsvoller Stimme. »Ich finde das eine ganz tolle Idee, Becky! Ihr beiden Mädchen solltet ein bisschen Zeit miteinander verbringen. Fahrt doch eben schnell nach Kingston! Da könntet ihr auch zu Mittag essen!«

»Eben!« Ich werfe Luke einen vernichtenden Blick zu. »Aber ich habe ja leider nur zwanzig Mäuse.«

»Und wie ich bereits erwähnte, entsprechen diese dem heutigen Budget«, erklärt Luke ungerührt. »Ich bin sicher, du gibst mir Recht, Jane, wenn ich sage, dass erfolgreiches

173

Haushalten der Schlüssel zu einer glücklichen Ehe ist, oder?«

»Ja, ja, sicher…« Mum sieht etwas zerstreut aus. Dann erhellt sich ihre Miene. »Die Greenlows!«

Die wer?

»Deine Vettern in Australien! Die haben einen Scheck als Hochzeitsgeschenk geschickt! Den wollte ich dir die ganze Zeit schon geben. Sind zwar australische Dollars, aber ist trotzdem eine ganze Menge…« Sie wühlt in einer Schublade. »Hier! Fünfhundert australische Dollar!«

»Wow!« Ich nehme ihr den Scheck aus der Hand und sehe ihn mir genau an. »Super!«

»Davon kannst du Jess und dir etwas Hübsches kaufen!« Mum drückt lächelnd meinen Arm.

»Siehst du?« Triumphierend sehe ich Luke an, der lediglich die Augen verdreht.

»Gut. Okay. Du hast gewonnen. Dieses Mal.«

Ich bin plötzlich ganz aufgeregt und sause zurück ins Wohnzimmer.

»Hey, Jess! Wollen wir ein bisschen rausgehen? Kleinen Einkaufsbummel machen?«

»Oh.« Jess ist sichtlich überrumpelt. »Also…«

»Na, los schon, Liebes«, sagt Mum, die jetzt auch ins Wohnzimmer zurückgekehrt ist. »Macht doch einen kleinen Bummel zusammen!«

»Wir könnten irgendwo zusammen Mittag essen… und uns richtig kennen lernen… was meinst du?«

»Na ja… okay«, sagt Jess schließlich.

»Super!«

Ich kriege mich kaum ein vor lauter Vorfreude. Mein allererster Einkaufsbummel mit meiner Schwester! Ist das aufregend!!

»Gut, ich geh mich dann eben schnell fertig machen.«

»Moment«, sagt Jess. »Warte noch mal kurz. Ich habe dir auch etwas mitgebracht. Ist nicht viel, aber ...«

Sie geht an ihren Rucksack, schnürt ihn auf und holt ein Geschenk heraus, das in Papier mit dem Aufdruck »Frohes neues Jahr 1999« eingepackt ist.

Mann, ist das cool!

»Ich *liebe* kitschiges Geschenkpapier!«, sage ich und bewundere es. »Wo hast du das denn her?«

»Von meiner Bank, das gab's da gratis«, antwortet Jess.

»Oh«, sage ich überrascht. »Äh ... klasse!«

Ich reiße das Papier auf und finde eine in drei Fächer unterteilte Plastikdose.

»*Mann!*«, rufe ich sofort. »Das ist ja genial! Vielen, vielen Dank! Genau, was ich mir gewünscht habe!« Ich schlinge den Arm um Jess' Hals und gebe ihr einen Kuss.

»Was ist das, Liebes?«, fragt Mum interessiert.

»Eine Frischhaltedose«, erklärt Jess. »Zum Aufbewahren von Essensresten. Durch die drei Fächer kann alles separat bleiben: Reis ... Braten ... alles. Ich kann ohne meine überhaupt nicht mehr leben.«

»Das ist ja toll! Und so praktisch!« Nachdenklich betrachte ich die drei Fächer. »Ich glaube, die benutze ich, um meine Labellos aufzubewahren.«

»Labellos?«, fragt Jess erstaunt.

»Ja, *ständig* verliere ich die! Du auch?« Ich drücke den Deckel wieder auf die Dose und bewundere sie noch ein bisschen. Dann hebe ich das Geschenkpapier auf und zerknülle es.

Jess zuckt zusammen, als wäre ich ihr gerade auf den Fuß getreten.

»Das hättest du doch auch ordentlich zusammenfalten können«, sagt sie, und jetzt bin ich diejenige, die sie fragend ansieht.

Warum zum Himmel sollte ich *benutztes* Geschenkpapier ordentlich zusammenfalten?

Aber gut, vielleicht ist das einfach eine ihrer Eigenarten, an die ich mich gewöhnen muss. Wir haben ja alle irgendwelche Macken.

»Ach ja!«, sage ich also. »Natürlich! Wie dumm von mir!«

Ich entknülle das Papier wieder, streiche es glatt und falte es ordentlich zusammen.

»So.« Ich strahle Jess an und werfe das gefaltete Geschenkpapier in den Mülleimer. »Dann mal los!«

11

Die nächste Einkaufsgelegenheit von Mum und Dad aus ist Kingston. Mit dem Auto braucht man nur eine Viertelstunde dorthin. Ich finde eine freie Lücke an einer Parkuhr und schaffe es sogar, das Auto einigermaßen gerade einzuparken.

Mann, Parken ist vielleicht ein Stress. Ständig wird man von allen Seiten angehupt. Und je mehr Leute zugucken, desto unsicherer wird man, und desto schwieriger wird das Ganze. Das sollten sich die Leute mal klar machen, statt auch noch ihre Bekannten anzustupsen und mit dem Finger auf die Einparkenden zu zeigen.

Aber gut, egal. Hauptsache, wir sind jetzt hier! Es ist ein wunderschöner Tag – sonnig, aber nicht zu warm. Ein paar kleine Wölkchen schieben sich über den blauen Himmel. Als ich aussteige und mich auf der sonnendurchfluteten Straße umblicke, wird mir ganz kribbelig vor Aufregung. Mein erster Einkaufsbummel mit meiner Schwester!! Womit sollen wir anfangen?

Während ich Münzen in die Parkuhr einwerfe, gehe ich im Geiste alle Möglichkeiten durch. Was wir unbedingt machen müssen, ist eine gratis Vorher-Nachher-Behandlung. Und uns den neuen Unterwäscheladen angucken, von dem Mum gesprochen hat...

»Wie lange wollen wir denn hier bleiben?«, fragt Jess, als ich das sechste Pfundstück einwerfe.

»Äh...« Ich betrachte die Parkuhr. »Das müsste jetzt bis sechs reichen... und danach ist Parken hier kostenlos.«

»Bis sechs Uhr?« Sie sieht leicht schockiert aus.

»Keine Sorge!«, beruhige ich sie. »Die Läden haben bis mindestens acht Uhr auf!«

Und wir müssen in eins der Kaufhäuser gehen und massenweise Abendkleider anprobieren. Einer der schönsten Tage in meinem Leben war nämlich der, an dem ich mit Suze zusammen bei Harrods einen ganzen Nachmittag lang schicke Kleider anprobiert habe. Wir haben einfach ein Millionen-Pfund-Kleid nach dem anderen angezogen und sind damit durch die Gänge gerauscht, während die hochnäsigen Verkäuferinnen immer grantiger wurden und ständig fragten, ob wir uns nun wohl entschieden hätten.

Suze sagte dann irgendwann, sie *glaube* schon ... aber sie würde doch ganz gerne ein Diamant-Diadem von Cartier dazu anprobieren, um ganz sicherzugehen. Ob aus der Schmuckabteilung nicht eben eins hochgeschickt werden könnte?

Ich glaube, das war der Moment, in dem man uns bat, zu gehen.

Ich muss kichern, als ich daran denke, und werde gleichzeitig ein bisschen wehmütig. Mann, Suze und ich haben wirklich Spaß gehabt zusammen! Niemand kann mit größerer Überzeugungskraft sagen: »Na los! Kauf es!« Selbst wenn ich total pleite war, hat sie gesagt: »Kauf es! Ich bezahl's! Das Geld kannst du mir später wiedergeben.« Und dann hat sie sich selbst das Gleiche gekauft, und dann sind wir einen Cappuccino trinken gegangen.

Na ja, was soll's. Jetzt bloß nicht sentimental werden.

»Also!«, wende ich mich an Jess. »Worauf hast du Lust? Was sollen wir als Erstes machen? Hier sind massenweise Geschäfte. Zwei Kaufhäuser ...«

»Ich hasse Kaufhäuser«, stellt Jess fest. »Die machen mich krank.«

»Aha.« Ich halte inne.

Völlig okay. Es gibt viele Leute, die Kaufhäuser nicht mögen.

»Na gut, aber es gibt auch jede Menge Boutiquen«, erläutere ich mit einem aufmunternden Lächeln. »Mir fällt auch gerade genau die richtige ein!«

Ich führe Jess eine Seitenstraße mit Kopfsteinpflaster hinunter und bewundere im Vorbeigehen mein Spiegelbild in den Schaufenstern. Diese Engel-Tasche war jeden Penny wert! Ich sehe aus wie ein Filmstar!

Ich wundere mich offen gestanden ein klein wenig, dass Jess noch gar nichts dazu gesagt hat. Wenn *meine* fast dreißig Jahre nicht existente und dann wie aus dem Nichts aufgetauchte Schwester eine Engel-Tasche hätte, wäre das garantiert das Allererste, was ich kommentieren würde! Aber gut, vielleicht versucht sie ja, cool und desinteressiert zu wirken. Kann ich verstehen.

»Wo kaufst du denn normalerweise so ein?«, bemühe ich mich, Konversation zu machen.

»Da, wo's am billigsten ist«, antwortet Jess.

»Ich auch!«, freue ich mich. »Neulich zum Beispiel habe ich mir bei einem Designer-Outlet in Utah ein megacooles Oberteil von Ralph Lauren gekauft! Neunzig Prozent reduziert!«

»Ich kaufe meist en gros ein«, erzählt Jess und runzelt die Stirn. »Man kann ziemlich viel sparen, wenn man größere Mengen einkauft.«

Mein Gott! Wir haben ja wirklich total die gleiche Wellenlänge! Ich *wusste* es!

»Wie Recht du hast!«, pflichte ich ihr erfreut bei. »Genau das versuche ich auch immer, Luke zu erklären, aber der kapiert das einfach nicht.«

»Hast du einen Metro-Ausweis?« Jess sieht mich echt

interessiert an. »Oder bist du Mitglied bei einer Konsum-genossenschaft?«

Ich sehe sie vollkommen verständnislos an.

»Äh… nein. Aber als wir auf Hochzeitsreise waren, haben wir ganz viel en gros eingekauft! Super Schnäppchen waren das! Zum Beispiel vierzig Becher und zwanzig seidene Morgenmäntel!«

»Seidene Morgenmäntel?«, wiederholt Jess und guckt mich erstaunt an.

»Das war eine einmalige Investition! Ich habe Luke ja *gesagt*, dass das eine vernünftige Geldanlage ist, aber er wollte mir einfach nicht glauben… Okay! Wir sind da!«

Wir stehen vor den Glastüren zu Georgina's, einer großen, hellen Boutique, in der man Kleidung, Schmuck und atemberaubende Taschen kaufen kann. Hier gehe ich einkaufen, seit ich zwölf bin. Einer meiner absoluten Lieblingsläden!

»Du wirst diesen Laden lieben!«, prophezeie ich Jess glücklich und stoße die Türen auf. Sandra, eine der Verkäuferinnen, ist gerade dabei, mit Perlen bestickte Portemonnaies auf einem Sockel zu arrangieren, als sie die Türklingel hört und aufblickt. Sie fängt sofort an zu strahlen.

»Becky! Dich habe ich aber lange nicht gesehen! Wo hast du denn bloß gesteckt?«

»Ich war auf Hochzeitsreise!«

»Ach ja, natürlich! Und, wie fühlt man sich so als verheiratete Frau?« Sandra grinst. »Habt ihr euch schon mal so richtig gefetzt?«

»Haha«, sage ich und grinse zurück. Ich will ihr eigentlich gerade Jess vorstellen, als Sandra laut aufkreischt.

»Oh mein Gott! Ist das eine Engel-Tasche? Ist die *echt*?«

»Ja.« Selig strahle ich sie an. »Gefällt sie dir?«

»Das glaube ich nicht. Hey, Becky hat eine Engel-Ta-

sche!«, ruft sie den anderen Verkäuferinnen zu, die ehr-
fürchtig keuchen. »Wo hast du *die* denn her? Darf ich sie
mal anfassen?«

»Aus Mailand.«

»Becky Bloomwood.« Sie schüttelt den Kopf. »Becky
Bloomwood ist die Einzige, die jemals mit einer Engel-
Tasche hier auftauchen würde. Und, wie viel hat sie ge-
kostet?«

»Äh… genug!«

»Wow.« Sie streichelt zärtlich über das helle Leder. »Die
ist wirklich der absolute Hammer.«

»Was ist denn daran so Besonderes?«, fragt Jess verständnislos. »Ist doch bloß eine Tasche.«

Zunächst herrscht Schweigen, doch dann brechen wir
alle in schallendes Gelächter aus. Mann, Jess ist wirklich
ganz schön originell!

»Sandra – ich möchte dir jemanden vorstellen«, sage ich
und zeige auf Jess. »Das ist meine Schwester!«

»Deine *Schwester*?« Schockiert sieht Sandra Jess an. »Ich
wusste gar nicht, dass du eine Schwester hast!«

»Ich auch nicht! Fast dreißig Jahre lang, stell dir mal vor!
Und jetzt haben wir uns endlich gefunden, stimmt's, Jess?«
Ich lege den Arm um sie.

»Halbschwester«, korrigiert Jess ein bisschen steif.

»Georgina!«, ruft Sandra in den hinteren Teil des Ladens. »Georgina, du musst unbedingt herkommen! Das
glaubst du nicht! Becky Bloomwood ist hier – zusammen
mit ihrer Schwester! Es gibt *zwei* von der Sorte!«

Erst tut sich gar nichts – doch dann wird ein Vorhang zur
Seite gerissen, und Georgina, die Besitzerin des Ladens,
kommt heraus. Sie ist Mitte fünfzig, hat schiefergraues
Haar und umwerfende türkisfarbene Augen. Sie trägt ein
Tunika-Oberteil aus Samt und hat einen Füllfederhalter in

der Hand. Als sie Jess und mich erblickt, fangen ihre Augen an zu glänzen.

»Zwei Bloomwood-Schwestern«, sagt sie leise. »Ist die Welt nicht schön?«

Sie wechselt Blicke mit den Verkäuferinnen.

»Wir machen zwei Umkleidekabinen frei«, verkündet Sandra prompt.

»Zur Not können wir uns auch eine teilen!«, gebe ich großzügig zurück. »Stimmt's nicht, Jess?«

»Wie bitte?« Jess sieht mich verwirrt an.

»Wir sind doch Schwestern!« Ich drücke sie kurz an mich. »Wir haben doch nichts voreinander zu verbergen!«

»Kein Problem«, sagt Sandra zu Jess. »Wir haben ausreichend Umkleidekabinen. Lasst euch Zeit. Guckt euch um, und lasst es euch gut gehen!«

»Ich habe dir doch gesagt, dass das hier ein netter Laden ist!«, strahle ich Jess an. »Also … dann fangen wir mal hier an!«

Ich gehe auf einen Ständer mit richtig coolen Oberteilen zu und gehe sie Bügel für Bügel durch. »Ist das hier nicht klasse?« Ich ziehe ein rosa T-Shirt mit einem kleinen Schmetterlingsmotiv heraus. »Und das mit dem Gänseblümchen drauf würde dir bestimmt ganz toll stehen!«

»Möchtet ihr sie anprobieren?«, fragt Sandra. »Dann hänge ich sie schon in eure Kabinen.«

»Ja, gerne!« Ich reiche Sandra die beiden Teile und strahle Jess an.

Doch Jess erwidert mein Lächeln nicht. Sie hat sich noch nicht einmal von der Stelle bewegt. Sie steht einfach nur da, mit den Händen in den Hosentaschen.

Na gut, ist wahrscheinlich merkwürdig für sie, zum ersten Mal mit jemand ganz Neuem einkaufen zu gehen. Manchmal macht es einfach gleich von Anfang klick, so wie damals, als ich das erste Mal mit Suze shoppen war und wir beide *gleichzeitig* nach derselben Lulu-Guinness-Schminktasche griffen.

Und manchmal ist es anfangs irgendwie verkrampft. Wenn man noch nicht weiß, was der andere für einen Geschmack hat… und man ständig alle möglichen Sachen anprobiert und fragt: »Wie findest du das? Und das?«.

Ich glaube, ich muss Jess ein bisschen gut zureden.

»Guck dir doch mal diese tollen Röcke an!«, sage ich und marschiere auf einen anderen Ständer mit Abendgarderobe zu. »Der schwarze da mit dem Netzeinsatz würde dir bestimmt super stehen!« Ich nehme ihn von der Stange und halte ihn Jess an. Sie greift nach dem Preisschild, wirft einen Blick darauf und wird blass.

»Die Preise sind ja wohl unglaublich«, murmelt sie.

»Finde ich auch – hier bekommt man wenigstens was fürs Geld!«, murmele ich zurück.

»Den Rock auch?«, fragt Sandra, die wieder hinter uns aufgetaucht ist.

»Ja, bitte. Und ich möchte ihn gern in Grau anprobieren… oooh! Und in Rosa!«, füge ich hinzu, als ich den gleichen Rock in Rosa ganz hinten hängen sehe.

Zwanzig Minuten später habe ich jeden Quadratzentimeter des Ladens gesehen, und in den Umkleidekabinen warten zwei große Stapel Klamotten darauf, von uns anprobiert zu werden. Jess war die ganze Zeit etwas wortkarg. Genau genommen hat sie keinen Ton gesagt. Aber das habe ich nach Kräften ausgeglichen – ich habe alles rausgesucht, von dem ich glaube, dass es ihr stehen würde, und es Sandra auf den Haufen legen lassen.

»Okay!«, sage ich und bin jetzt wieder ganz kribbelig vor Aufregung. »Dann wollen wir mal anprobieren! Ich wette, der Rock sieht an dir einsame Spitze aus! Vor allem zusammen mit dem schulterfreien Oberteil und vielleicht –«

»Ich werde überhaupt nichts anprobieren«, sagt Jess. Sie vergräbt die Hände noch tiefer in den Hosentaschen und lehnt sich gegen eine freie Wand.

Ratlos sehe ich sie an.

»Was hast du gesagt?«

»Ich werde überhaupt nichts anprobieren.« Sie nickt in Richtung Umkleidekabinen. »Aber lass dich von mir nicht aufhalten. Ich warte hier auf dich.«

Der ganze Laden schweigt fassungslos.

»Aber ... warum willst du nichts anprobieren?«, frage ich.

»Weil ich keine neuen Klamotten brauche«, antwortet Jess.

Verdutzt sehe ich sie an. Ich bemerke, wie die Verkäuferinnen sich quer durch den Laden fragende Blicke zuwerfen.

»Du musst doch *irgendetwas* brauchen!«, sage ich. »Ein T-Shirt, eine Hose ...«

»Nein. Ich habe alles.«

»Willst du noch nicht mal eins von den tollen Tops anprobieren?« Ich halte eines davon aufmunternd hoch. »Nur, um zu sehen, wie es aussieht?«

»Ich werde keins davon kaufen.« Jess zuckt mit den Schultern. »Wozu also anprobieren?«

»Ich bezahle!«, sage ich, als mir plötzlich ein Licht aufgeht. »Habe ich doch gesagt, dass ich dich einlade!«

»Ich möchte dein Geld nicht verschwenden. Aber lass dich von mir nicht aufhalten«, sagt sie. »Nur zu.«

Ich weiß nicht recht, was ich machen soll. Ich hatte ja keine Ahnung, dass Jess nichts anprobieren würde.

»Die Sachen liegen alle für dich bereit, Becky«, meldet Sandra sich zu Wort.

»Na, los.« Jess nickt.

»Hm ... na gut«, sage ich schließlich. »Dauert nicht lange.«

Ich gehe in die Umkleidekabine und schlüpfe in die meisten Teile hinein – jedoch nur halbherzig. Meine kribbelige Aufregung ist verpufft. Allein macht das keinen Spaß. Ich wollte, dass wir *zusammen* Klamotten anprobieren. Ich wollte mit Jess *Spaß* haben. Ich hatte mir vorgestellt, dass wir in immer neuen Outfits aus den Kabinen heraustänzeln, Sachen austauschen, lachen ...

Ich verstehe das nicht. Wieso probiert sie kein einziges Teil an?

Da fällt mir in einem Anfall von Verzweiflung ein, dass es daran liegen muss, dass sie meinen Geschmack zum Kotzen findet. Und sie hat nur deswegen nichts gesagt, weil sie höflich sein möchte.

»Und, wie sieht's aus?«, fragt Georgina, als ich schließlich wieder aus der Kabine komme.

»Äh ... gut.« Ich bemühe mich, beschwingt zu klingen. »Ich nehme zwei von den Tops und den rosa Rock. Angezogen sieht der wirklich total klasse aus.«

Ich werfe einen Blick hinüber zu Jess, doch die starrt Löcher in die Luft. Als hätte sie mich gerade erst bemerkt, kommt sie dann wieder zu sich.

»Fertig?«, fragt sie.

»Äh ... ja. Ich muss nur noch eben bezahlen.«

Wir gehen zur Kasse, wo Sandra meine Einkäufe einscannt. Georgina beäugt Jess mit kaum verhohlener Neugier.

»Wenn Sie nicht in Stimmung sind für Bekleidung«, sagt sie unvermittelt, »wie wäre es dann vielleicht mit ein wenig Schmuck?« Sie zieht eine Schublade aus dem Kassentresen. »Wir haben gerade ein paar ganz tolle Armbänder hereinbekommen. Nur zehn Pfund. Das hier könnte Ihnen stehen.« Sie hebt ein wunderschönes Armband hoch, das aus schlichten, aneinander gereihten Silverovalen besteht. Ich halte die Luft an.

»Hübsch«, bestätigt Jess und nickt. Mann, bin ich erleichtert!

»Für Beckys Schwester...«, sagt Georgina, und ich sehe ihr förmlich an, wie sie den Preis schnell im Kopf überschlägt, »...für drei Pfund.«

»Wow!« Ich strahle sie an. »Das ist ja toll! Danke, Georgina!«

»Nein, danke«, sagt Jess. »Ich brauche kein Armband.«

Was?

Entsetzt drehe ich mich zu ihr um. Hat sie vielleicht nicht richtig verstanden?

»Aber... es kostet nur drei Pfund«, sage ich. »Das ist das totale Schnäppchen!«

»Ich brauche es nicht.« Jess zuckt mit den Schultern.

»Aber...«

Mir fehlen die Worte. Wie kann man ein Armband für drei Pfund *nicht* kaufen? Wie?

Ich meine, das verstößt doch gegen die Gesetze der Physik oder so.

»Hier, bitte, Becky.« Sandra reicht mir die Kordelgriffe meiner Einkaufstüten. Zwei Stück, beide hellrosa glänzend und einfach zum Anbeißen – aber in dem Moment, in dem sich meine Finger um die Griffe schließen, empfinde ich nicht den üblichen Freudentaumel. Offen gestanden, empfinde ich so gut wie gar nichts. Ich bin viel zu verwirrt.

»Na dann... Wiedersehen!«, sage ich. »Und danke! Bis bald!«

»Wiedersehen, Becky!«, sagt Georgina. »Und Jess«, fügt sie etwas weniger herzlich hinzu. »Bis hoffentlich bald.«

»Becky!«, ruft Sandra. »Warte, ich wollte dir noch den Flyer zu unserem Ausverkauf geben!«

Sie eilt auf mich zu, drückt mir ein glänzendes Papier in die Hand und raunt mir zu: »Ich will ja nicht unverschämt sein oder so… Aber bist du dir wirklich sicher, dass sie deine Schwester ist?«

Als wir wieder auf der Straße stehen, bin ich irgendwie benommen. Das lief ja nicht so ganz, wie ich es mir vorgestellt hatte.

»Na!«, sage ich etwas verunsichert. »Das hat ja Spaß gemacht!« Ich sehe zu Jess, die ein so unbeteiligtes und emotionsloses Gesicht macht, dass ich absolut nicht ablesen kann, was sie denkt. Ach, wenn sie doch nur *einmal* lächeln würde! Oder sagen: »Ja, war klasse!«

»Echt schade, dass du bei Georgina's nichts gefunden hast. Haben dir die Sachen da gefallen?«

Jess zuckt wortlos mit den Schultern, und das lässt mich fast verzweifeln. Ich wusste es. Sie findet meinen Geschmack zum Kotzen. Die ganzen Sprüche von wegen »Ich brauche nichts« waren reine Höflichkeit.

Ich meine, wer braucht denn wohl kein T-Shirt? Genau. Niemand.

Aber egal. Dann müssen wir eben andere Läden finden. Läden, die Jess mag. Ich denke angestrengt nach, während wir im Sonnenschein die Straße hinuntergehen. Keine Röcke… keine Armbänder… Jeans! Jeder mag Jeans! Genial.

»Ich könnte wirklich eine neue Jeans gebrauchen«, merke ich betont lässig an.

»Wieso?« Jess runzelt die Stirn. »Was stimmt denn nicht mit der, die du anhast?«

»Äh… nichts. Aber ich brauche noch eine!«, lache ich.

»Ich möchte eine, die etwas länger ist als die hier und nicht *zu* tief auf den Hüften sitzt, vielleicht in einem richtig dunklen Tintenblau...«

Ich blicke Jess erwartungsvoll an. Jetzt sagt sie bestimmt gleich, was für eine Jeans *sie* haben möchte. Doch sie schweigt.

»Und du... brauchst du eine Jeans?«, frage ich und fühle mich dabei, als würde ich einen riesigen, schweren Mühlstein einen Berg hinaufrollen.

»Nein«, sagt Jess. »Aber lass dich von mir nicht aufhalten.«

Ich kämpfe mit einem Anflug von Enttäuschung.

»Ach, das kann auch warten.« Ich ringe mir ein Lächeln ab. »Muss nicht heute sein.«

Inzwischen sind wir an der nächsten Straßenecke angekommen, und – JA! Ausverkauf bei L K Bennett!

»Guck doch mal!«, rufe ich aufgeregt und eile auf das große, mit bunten Riemchensandalen dekorierte Schaufenster zu. »Sind die nicht klasse? Was für Schuhe magst du am liebsten?«

Jess lässt den Blick über die Auslage wandern.

»Mir sind Schuhe ziemlich egal«, sagt sie. »Achtet eh kein Mensch drauf.«

Meine Knie werden ganz wackelig vor Schreck.

Es achtet eh kein Mensch auf Schuhe?

Aber... ja, klar! Natürlich! Sie macht Witze! Ich muss mich nur noch an ihren etwas trockenen Humor gewöhnen.

»Aaaaach du!«, sage ich und knuffe sie schwesterlich in die Seite. »Also... ich gehe trotzdem eben rein und probiere welche an, wenn du nichts dagegen hast.«

Wenn ich nur ausreichend Schuhe anprobiere, wird Jess auch irgendwann nachgeben, denke ich.

Tut sie aber nicht. Weder hier, noch im nächsten Schuhgeschäft. Und sie rührt auch keines der Parfums und keine Schminksachen bei Space NK an. Ich schleppe mich fast tot an Einkaufstüten – und Jess hat noch keine einzige. Das kann doch nicht sein. Sie muss sich zu Tode langweilen. Sie findet mich bestimmt total doof.

»Brauchst du vielleicht… irgendetwas für die Küche?«, schlage ich verzweifelt vor.

Wir könnten ja ein paar coole Schürzen kaufen, oder irgendwelche schicken Chromsachen… Doch Jess schüttelt den Kopf.

»Das kaufe ich alles beim Discounter. Ist viel billiger als die Geschäfte in der Stadtmitte.«

Da kommt mir eine glänzende Idee: »Und was ist mit Koffern oder Taschen? Man vergisst gerne mal, sich da angemessen auszustatten!«

»Brauche ich nicht«, sagt Jess. »Ich habe meinen Rucksack.«

»Ach ja.«

Jetzt fällt mir bald nichts mehr ein. Was könnte man denn noch kaufen? Lampen vielleicht? Oder… Teppiche?

Da leuchten Jess' Augen plötzlich auf.

»Warte mal«, sagt sie, und klingt dabei deutlich lebendiger als die ganzen letzten Stunden. »Hast du was dagegen, wenn ich eben kurz da reingehe?«

Ich bleibe wie angewurzelt stehen. Wir befinden uns vor einem winzigen, unscheinbaren Schreibwarenladen, in dem ich noch nie drin war.

»Nein, natürlich nicht!« Erleichtert sprudeln die Worte nur so aus mir hervor. »Bitte! Gerne!«

Schreibwaren! Sie mag *Schreibwaren*! Natürlich! Wieso bin ich da nicht früher draufgekommen? Sie studiert ja… sie schreibt die ganze Zeit… Schreibwaren sind ihr Ding!

In dem Laden sieht es so eng aus, dass ich mit meinen Einkaufstüten wohl kaum da reinpassen würde, darum warte ich draußen. Ich bin gespannt wie ein Flitzebogen. Was Jess sich wohl kauft? Richtig schöne Notizbücher? Oder handgemachte Grußkarten? Oder vielleicht einen schicken Füller?

Also, alle Achtung! Ich hatte diesen Laden noch nie vorher bemerkt!

»Und, was hast du gekauft?«, frage ich aufgeregt, kaum dass sie mit zwei voll gestopften Einkaufstüten aus dem Laden kommt. »Zeigen, zeigen!«

Jess sieht mich verständnislos an.

»Ich habe nichts gekauft«, sagt sie.

»Aber … die Tüten! Was ist da drin?«

»Hast du das Schild nicht gesehen?« Sie zeigt auf einen handgeschriebenen Zettel im Schaufenster. »Die verschenken gebrauchte wattierte Umschläge.«

Sie hält die Tüten auf und zeigt mir ein Sammelsurium aus zerknitterten, großen Umschlägen und ein Bündel zusammengeknäuelte Blasenfolie. Meine Aufregung verpufft schlagartig.

»Ich habe mindestens zehn Pfund gespart!«, fügt sie befriedigt hinzu. »Solche Sachen kann man immer mal gebrauchen.«

Ich bin sprachlos.

Wie bringe ich auch nur ansatzweise Begeisterung auf für einen Haufen oller Umschläge und Blasenfolie?

»Äh … super!«, ringe ich mir schließlich ab. »Wirklich toll. Besonders die … äh … Etiketten. Na, dann … waren wir ja beide richtig erfolgreich! Dann könne wir uns ja jetzt mit einem Cappuccino belohnen!«

Gleich um die Ecke liegt ein Café, und als wir uns ihm nähern, geht es mir schon gleich etwas besser. Gut, dann war die Einkauferei eben nicht ganz so, wie ich sie mir vorgestellt hatte. Aber egal. Jetzt setzen wir beiden Schwestern uns erst mal an einem schicken Marmortischchen bei einem Cappuccino zusammen und quatschen uns mal so richtig aus. Erzählen uns alles voneinander...

»Ich habe eine Thermosflasche mit«, höre ich da Jess hinter mir sagen.

Da ich mir auf diese Worte keinen Reim machen kann, drehe ich mich zu ihr um. Jess ist gerade dabei, eine weiße Thermosflasche aus ihrem Rucksack zu ziehen.

»Was?«, frage ich schwach.

»Wir trinken doch nicht deren völlig überteuerten Kaffee!« Mit dem Daumen zeigt sie in Richtung Café. »Die verdienen sich ja dumm und dämlich!«

»Aber...«

»Wir können uns hier auf die Bank setzen. Ich wische sie eben schnell ab.«

Mit wachsender Bestürzung sehe ich sie an. Ich kann doch nicht den ersten Kaffee, den ich mit meiner gerade frisch entdeckten Schwester trinke, auf einer versifften alten Bank aus einer Thermosflasche schlürfen!

»Ich möchte mich aber gerne in ein gemütliches Café setzen!«, sprudelt es aus mir hervor. »Ich will mich mit dir an einen Marmortisch setzen und einen richtigen Cappuccino trinken!«

Schweigen.

»Bitte?«, füge ich nahezu wimmernd hinzu.

»Hm«, macht Jess. »Na gut.« Sie schraubt ihre Thermosflasche wieder zu. »Aber du solltest dir wirklich angewöhnen, deinen eigenen Kaffee mitzunehmen. Damit kannst du mehrere hundert Pfund im Jahr sparen. Brauchst dir bloß eine gebrauchte Thermosflasche zu kaufen. Das Kaffeepulver kannst du mindestens zweimal aufbrühen. Schmeckt immer noch genauso gut.«

»Ich … werd's mir merken.« Ich höre gar nicht richtig zu. »Na, komm!«

Im Café ist es herrlich warm, und es duftet so toll nach Kaffee. Auf den marmornen Tischplatten spiegeln sich die Deckenspots, es läuft Musik im Hintergrund, und es herrscht eine angenehme, fröhliche Geschäftigkeit.

»Siehst du?«, strahle ich Jess an. »Ist das nicht nett hier?«

»Einen Tisch für meine Schwester und mich, bitte«, teile ich dem an der Tür postierten Kellner mit.

Hach, hört sich das toll an! *Meine Schwester.*

Wir setzen uns, ich stelle alle meine Einkaufstüten auf dem Boden ab, und langsam fange ich an, mich zu entspannen. Schon viel besser. Hier können wir uns richtig nett und intim unterhalten und endlich zueinander finden. Ich glaube sogar, wir hätten mit dem Kaffeetrinken anfangen sollen.

Da kommt eine nicht älter als zwölf aussehende Kellnerin mit einem »Heute ist mein erster Tag hier!«-Button am Revers an unseren Tisch.

»Hi!«, strahle ich sie an. »Ich hätte gerne einen Cappuccino … und was meine Schwester will, weiß ich noch gar nicht.«

Meine Schwester. Mir wird jedes Mal ganz warm ums Herz!

»Obwohl, eigentlich sollten wir uns ja eine Flasche Sekt gönnen.« Ich kann es mir nicht verkneifen. »Wir sind nämlich Schwestern, aber wir wussten nichts voneinander, und heute sind wir uns zum ersten Mal begegnet!«

»Wow«, sagt die Kellnerin. »Cool.«

»Ich möchte einfach nur ein Glas Leitungswasser, danke.« Jess klappt die Karte zu.

»Möchtest du denn keinen leckeren Kaffee mit Schaum-krone?«, frage ich erstaunt.

»Ich habe keine Lust, hoffnungslos überteuerte Preise zu bezahlen, von denen niemand anders als eine globale Ausbeuterfirma profitiert.« Sie sieht die Kellnerin streng an. »Oder finden *Sie* etwa, dass eine Gewinnmarge von 400 Prozent moralisch vertretbar ist?«

»Ähm…« Da ist die Kellnerin sichtlich überfragt. »Möch-ten Sie Ihr Wasser mit Eis?«, erkundigt sie sich schließlich.

»Ach, komm, trink doch einen Kaffee«, versuche ich Jess zu überreden. »Ist okay. Sie nimmt auch einen Cappu-ccino.«

Die Kellnerin trippelt davon, und Jess schüttelt missbil-ligend den Kopf.

»Weißt du eigentlich, wie viel es de facto kostet, einen Cappuccino zu machen? Ein paar Pence. Und hier werden uns dafür fast zwei Pfund abgeknöpft!«

»Aber dafür bekommt man ein Stück Schokolade gratis dazu«, erläutere ich.

Mann, Jess hat wohl ein kleines Kaffeeproblem, was? Aber egal. Schon okay. Themawechsel.

»Also!« Ich lehne mich zurück und breite die Arme aus. »Erzähl mir von dir!«

»Was willst du wissen?«

»Alles! Zum Beispiel… Was du für Hobbys hast – also, abgesehen vom Laufen?«

Jess denkt eine Weile nach. »Höhlen«, sagt sie dann in dem Moment, in dem die Kellnerin die beiden Cappucci-nos vor uns abstellt.

»Höhlen!«, wiederhole ich. »Du meinst… in Höhlen reingehen?«

Jess sieht mich über ihre Tasse hinweg etwas merkwür-dig an.

»Genau. In Höhlen reingehen.«

»Wow! Das ist ja ...«

Mir fehlen die Worte. Was gibt es über Höhlen schon groß zu sagen? Dass sie dunkel, kalt und schleimig sind?

»Das ist ja interessant!«, sage ich dann. »Ich würde auch gern mal in eine Höhle gehen!«

»Und Steine natürlich«, fügt Jess hinzu. »Für die interessiere ich mich am meisten.«

»Ich auch! Vor allem für die großen, glänzenden Steine bei Tiffany's!« Ich lache, um zu signalisieren, dass ich Witze mache, aber Jess verzieht keine Miene.

Ich bin nicht ganz sicher, ob sie den Witz verstanden hat.

»Ich promoviere über die Petrogenese und Geochemie von Fluorit-Hematit-Ablagerungen«, erzählt sie mit deutlich mehr Engagement, als sie den ganzen Tag gezeigt hat.

Ich glaube, ich habe gerade kein Wort verstanden.

»Äh ... super!«, antworte ich. »Und ... Wie kam es eigentlich dazu, dass du dich so viel mit Steinen beschäftigst?«

»Daran ist mein Vater schuld«, sagt Jess mit einem leisen Lächeln. »Steine sind auch seine große Leidenschaft.«

»Dad?«, frage ich erstaunt. »Das wusste ich ja gar nicht, dass der sich für Steine interessiert!«

»Nicht dein Vater«, antwortet sie scharf. »*Mein* Vater. Mein Stiefvater. Der Mann, der mich großgezogen hat.«

Ach so.

Natürlich hat sie nicht Dad gemeint. Wie dumm von mir.

Es folgt ein etwas unangenehmes Schweigen, unterbrochen vom Klappern der Tassen. Ich weiß nicht, was ich sagen soll. Ist das nicht lächerlich? Mein Gott, das hier ist meine Schwester! Wir werden doch wohl über irgendetwas reden können!

»Und, fährst du dieses Jahr in Urlaub?«, frage ich schließlich. Mann, wie erbärmlich. Ich höre mich an wie eine Friseurin.

»Weiß ich noch nicht«, sagt Jess. »Kommt drauf an.«

Da habe ich plötzlich eine brillante Idee.

»Wir könnten doch zusammen in Urlaub fahren!«, schlage ich aufgeregt vor. »Das wäre doch toll! Wir könnten eine kleine Villa in Italien mieten oder so ... Da könnten wir uns richtig kennen lernen ...«

»Hör mal zu, Rebecca«, fällt mir Jess ziemlich grob ins Wort. »Ich bin nicht auf der Suche nach einer zweiten Familie.«

Angespanntes Schweigen. Mir wird ganz heiß im Gesicht.

»Ich ... ich weiß«, sage ich unsicher. »Ich meinte ja auch nicht –«

»Ich *brauche* keine zweite Familie«, erklärt sie weiter. »Das habe ich Jane und Graham schon im Sommer gesagt. Das war nicht der Grund, weshalb ich Kontakt aufgenommen habe. Ich habe euch nur ausfindig gemacht, weil ich mich mit dem Wissen um die medizinischen Situation dazu verpflichtet fühlte. Das ist alles.«

»Was meinst du mit ›Das ist alles‹?«, frage ich stockend.

»Ich meine, es ist ja nett, euch alle kennen zu lernen. Deine Eltern sind wirklich toll. Aber du hast dein Leben ...« Sie hält inne. »Und ich hab meins.«

Will sie damit sagen, dass sie mich nicht kennen lernen möchte?

Ihre eigene *Schwester*?

»Aber wir haben uns doch gerade eben erst gefunden! Nach so vielen Jahren! Findest du das denn gar nicht aufregend?« Ich lehne mich über den Tisch und lege meine Hand neben ihre. »Guck doch mal. In unseren Adern fließt das gleiche Blut!«

»Na und?« Jess ist völlig ungerührt. »Das ist nicht mehr und nicht weniger als eine biologische Tatsache.«

»Aber... hast du dir denn nie eine Schwester gewünscht? Hast du nie versucht, dir vorzustellen, wie das wäre, eine Schwester zu haben?«

»Nein, eigentlich nicht.« Sie sieht, was ich für ein Gesicht mache. »Versteh mich nicht falsch. Es war wirklich interessant, dir zu begegnen.«

Interessant? Es war *interessant*?

Ich glotze in meinen Cappuccino und schiebe den Milchschaum darauf mit dem Löffel herum.

Sie möchte mich nicht näher kennen lernen. Meine eigene Schwester möchte mich nicht näher kennen lernen. Was mache ich denn bloß falsch?

Nichts ist, wie ich es mir vorgestellt habe. Ich dachte, heute würde einer der schönsten Tage meines Lebens werden. Ich dachte, es würde *Spaß* machen, mit meiner Schwester shoppen zu gehen. Ich dachte, wir würden uns richtig nahe kommen. Ich dachte, wir würden inmitten unserer Einkäufe zusammen Kaffee trinken, kichern und einander aufziehen... uns überlegen, wo wir als Nächstes hingehen...

»Fahren wir jetzt wieder zu deinen Eltern?«, fragt Jess und trinkt ihren Kaffee aus.

»Wie, jetzt schon?« Entsetzt sehe ich auf. »Aber wir haben doch noch stundenlang Zeit! Du hast dir ja noch nicht mal etwas gekauft!«

Jess sieht mich an und seufzt ungeduldig.

»Hör zu, Becky. Ich wollte nicht unhöflich sein, darum bin ich mitgekommen. Aber ehrlich gesagt – ich hasse Einkaufen.«

Das haut mich um. Ich wusste, dass es ihr keinen Spaß machte. Ich muss die Situation retten.

»Ich weiß, wir haben noch nicht die richtigen Läden für dich gefunden«, stelle ich eifrig fest. »Aber wir sind ja noch nicht durch. Es gibt noch mehr. Wir können –«

»Nein«, unterbricht Jess mich. »Du kapierst es wohl nicht. Ich hasse Einkaufen. Punkt.«

»Kataloge!«, rufe ich inspiriert aus. »Wir können nach Hause fahren, uns Kataloge angucken… das wäre doch cool!«

»Sag mal, kriegst du es nicht in deinen Schädel, oder was?«, ruft Jess verzweifelt. »Jetzt hör mir mal ganz genau zu: Ich. Hasse. Einkaufen.«

Auf der gesamten Fahrt nach Hause stehe ich unter Schock. Mein Kopf fühlt sich an, als hätte in meinem Gehirn ein Kurzschluss stattgefunden. Jedes Mal, wenn ich versuche, darüber nachzudenken, entzündet sich ein Feuerwerk des Unglaubens.

Als wir zu Hause ankommen, stehen Luke und Dad im Vorgarten und unterhalten sich. Luke sieht uns völlig entgeistert an, als wir in der Einfahrt parken.

»Wieso seid ihr denn schon zurück?«, fragt er und eilt auf das Auto zu. »Ist was passiert?«

»Alles in Ordnung!«, antworte ich benommen. »Wir waren nur… schneller, als ich dachte.«

»Vielen Dank fürs Mitnehmen«, sagt Jess beim Aussteigen.

»Gern geschehen.«

Jess geht auf Dad zu, und Luke setzt sich neben mich ins Auto. Er macht die Tür zu und sieht mich prüfend an.

»Ist alles in Ordnung, Becky?«

»Ja, klar… Mir geht's gut. Glaube ich.«

Ich kapier einfach nicht, was heute passiert ist. Immer und immer wieder spulen sich vor meinem inneren Auge die Bilder ab, die ich mir vorgestellt hatte: Wie Jess und ich nebeneinanderher schlendern, mit den Einkaufstüten schlenkern, lachen... wie wir gemeinsam Klamotten anprobieren... einander Freundschaftsarmbänder kaufen... uns Spitznamen geben...

»Und? Wie war's?«

»Es war... klasse!« Ich lächele gezwungen. »Hat echt Spaß gemacht. Wir haben uns prächtig amüsiert.«

»Was hast du gekauft?«

»Zwei Tops... einen Rock... ein Paar Schuhe...«

»Hmhm.« Luke nickt. »Und Jess?«

Ich bin kurzfristig überhaupt nicht in der Lage zu sprechen.

»Nichts«, flüstere ich schließlich.

»Ach, Becky.« Luke seufzt und legt den Arm um mich. »Ihr habt gar nicht so viel Spaß gehabt, stimmt's?«

»Nein«, piepse ich. »Nicht die Bohne!«

»Ich hatte da auch so meine Zweifel.« Er streichelt mir über die Wange. »Hör mal, Becky, ich weiß, du wolltest eine Seelenverwandte finden. Ich weiß, du wolltest, dass Jess deine neue beste Freundin wird. Aber vielleicht solltest du einfach akzeptieren, dass ihr... zu verschieden seid.«

»Wir sind *nicht* zu verschieden«, halte ich stur dagegen. »Wir sind Schwestern!«

»Ist doch okay, Liebling«, sagt Luke. »Du kannst es ruhig zugeben, wenn ihr euch nicht versteht. Niemand wird deswegen behaupten, du wärest gescheitert.«

Gescheitert?

Das Wort trifft meinen wunden Punkt.

»Wir verstehen uns aber!«, sage ich. »Natürlich verstehen wir uns! Wir müssen nur noch ein paar mehr... Gemeinsamkeiten finden. Sie geht eben nicht gern einkaufen.« Ich schlucke mehrfach. »Aber das macht ja nichts! Ich mag ja auch noch andere Sachen außer Einkaufen!«

Luke schüttelt den Kopf.

»Du solltest es akzeptieren. Ihr seid zwei völlig verschiedene Menschen, und es besteht überhaupt kein Grund, weshalb ihr euch verstehen solltet.«

»Aber wir haben das gleiche Blut in unseren Adern! So verschieden können wir doch gar nicht sein! Das *geht* nicht!«

»Becky –«

»Ich gebe nicht so einfach auf! Wir reden hier nicht über einen x-beliebigen Menschen, sondern über meine Schwester, von der ich fast dreißig Jahre nicht wusste, dass es sie gab, Luke! Vielleicht ist das hier meine einzige Chance, sie besser kennen zu lernen!«

»Liebling –«

Kurz entschlossen stoße ich die Autotür auf und steige aus.

»Hey, Jess!«, rufe ich und laufe über den Rasen auf sie zu. »Hättest du nicht Lust, das Wochenende nach deiner Konferenz bei Luke und mir zu verbringen? Ich verspreche dir, dass es gut wird!«

»Das ist ja eine nette Idee von dir, Becky!« Dads Miene erhellt sich.

»Ich weiß nicht«, sagt Jess. »Ich muss dann eigentlich wirklich nach Hause …«

»Bitte. Nur ein Wochenende. Wir gehen auch bestimmt nicht einkaufen!«, sprudelt es aus mir hervor. »Es wird ganz anders als heute. Wir machen nur das, worauf du Lust hast. Wir lassen es ganz ruhig angehen. Was meinst du?«

Sie schweigt. Ich verknote meine Finger. Jess sieht Dads hoffnungsvolles Gesicht.

»Okay«, sagt sie schließlich. »Das wäre nett. Danke.«

PGNI First Bank Visa

7 Camel Square
Liverpool L1 5NP

Mrs. Rebecca Brandon
37 Maida Vale Mansions
Maida Vale
London NW6 0YF

12. Mai 2004

Sehr geehrte Mrs. Brandon,

vielen Dank für die Einsendung Ihres Anmeldeformulars für unsere PrestigeCard Gold. Wir freuen uns, Ihnen mitteilen zu können, dass Sie schon bald Besitzerin dieser angesehenen Kreditkarte sein werden.

Zu Ihren Fragen bzgl. der Zustellung der Karte: Die Karte wird an obige Adresse geschickt, und sie wird als Kreditkarte zu erkennen sein. Wir können die Karte nicht, wie Sie vorschlagen, ›als Kuchen tarnen‹.

Wir können auch für den Augenblick der Zustellung kein Ablenkungsmanöver auf der Straße inszenieren.

Sollten Sie weitere Fragen haben, dürfen Sie sich jederzeit gerne an mich wenden. Wir hoffen, Sie werden die vielen Vorteile Ihrer neuen Kreditkarte schon bald nutzen, und verbleiben

mit freundlichen Grüßen
PGNI First Bank Visa

Peter Johnson
Kundenbetreuer

PGNI First Bank Visa

7 Camel Square
Liverpool L1 5NP

Ms. Jessica Bertram
12 Hill Rise
Scully
Cumbria

12. Mai 2004

Sehr geehrte Ms. Bertram,

vielen Dank für Ihren Brief. Wir entschuldigen uns
hiermit in aller Form für die Zusendung eines Angebots
für die PrestigeCard Gold. Es lag gewiss nicht in
unserer Absicht, Sie damit zu beleidigen.

Mit der Formulierung, Sie seien persönlich für die
Gewährung eines Kreditrahmens von £ 20000,–
ausgewählt worden, wollten wir weder andeuten, dass
sie »eine verantwortungslose Schuldenanhäuferin« seien
noch Ihnen in irgendeiner Weise übel nachreden.

Als Zeichen unseres aufrichtigen Bedauerns übersenden
wir Ihnen hiermit einen Gutschein i. H. v. £ 25,–.

Ich würde mich freuen, Sie beraten zu dürfen, falls
Sie Ihre Meinung über Kreditkarten einmal ändern
sollten.

Mit freundlichen Grüßen
PGNI First Bank Visa

Peter Johnson
Kundenbetreuer

12

Ich gebe nicht auf. Kommt gar nicht in die Tüte.

Dann war meine erste Begegnung mit Jess eben nicht ganz so, wie ich es mir vorgestellt hatte. Dann haben wir uns eben nicht ganz so super verstanden, wie ich erwartet hatte. Aber an diesem Wochenende wird alles besser, das weiß ich! Ich meine, so im Rückblick betrachtet, war es ja eigentlich *klar*, dass unsere erste Begegnung irgendwie schwierig sein würde. Aber beim nächsten Mal haben wir diese erste Hürde ja hinter uns gelassen, und darum werden wir viel lockerer und entspannter miteinander umgehen können. Jawohl!

Und außerdem bin ich dieses Mal viel besser vorbereitet. Nachdem Jess letzten Samstag wieder weg war, konnten Mum und Dad mir ansehen, dass ich etwas niedergeschlagen war, also haben sie eine Kanne Tee gemacht, und wir haben uns zusammengesetzt und miteinander geplaudert wie in alten Zeiten. Und wir waren uns alle einig, dass es vollkommen unmöglich ist, sich stante pede mit jemandem zu verstehen, wenn man überhaupt nichts über diese Person weiß. Also haben Mum und Dad angestrengt nachgedacht und jede Kleinigkeit aufgeschrieben, die sie über Jess wissen. Und diese Liste habe ich seitdem auswendig gelernt.

Zum Beispiel: Sie hat sich nach der zehnten Klasse in neun Fächern prüfen lassen und überall eine glatte Eins abgesahnt. Sie isst keine Avocados. Ihre beiden Leidenschaften Höhlen und Laufen verbindet sie zu einem dritten Hobby, der Höhlenforschung. Sie mag Lyrik. Und ihr Lieblingshund ist...

Mist.

Ich schnappe mir den Spickzettel.

Ach ja. Ein Border Collie.

Es ist Samstagmorgen, ich befinde mich in unserem Gästezimmer und lege Hand an die letzten Vorbereitungen, bevor Jess kommt. Ich habe mir diese Woche ein Buch mit dem Titel *Die perfekte Gastgeberin* gekauft, und da drin steht, dass das Gästezimmer »mit Bedacht und einer ganz persönlichen Note hergerichtet werden sollte, sodass Ihr Gast das Gefühl bekommt, bei Ihnen willkommen zu sein.«

Darum habe ich auf dem Frisiertisch Blumen arrangiert und einen Lyrikband, und auf dem Nachttisch liegt eine Auswahl von Zeitschriften: *Wandern und Bergsteigen, Der Höhlenfreund* und *Die Höhle.* Letztgenannte ist ein monatlich erscheinendes Magazin, das man nur übers Internet bestellen kann. (Ich musste es gleich für ganze zwei Jahre abonnieren, nur um ein Exemplar davon bekommen zu können. Aber das macht nichts. Die nächsten dreiundzwanzig Hefte kann ich ja einfach an Jess weiterschicken.)

Und an der Wand hängt der Clou überhaupt: Ein riesiges Poster von einer Höhle! Ich bin so stolz darauf! Und die Höhle ist voller Stalagdingsbums.

Voller Vorfreude schüttele ich die Kissen auf. Heute Abend wird alles ganz anders sein als letztes Mal. Erstens werden wir uns nicht mal auch nur in die *Nähe* von irgendwelchen Geschäften begeben. Ich habe einen ganz schlichten, entspannten Abend bei uns zu Hause geplant. Wir können uns einen Film angucken, Popcorn essen, uns gegenseitig die Fingernägel lackieren und so richtig abchillen. Und später setze ich mich dann mit auf ihr Bett, wir können identische Schlafanzüge anziehen, Pfefferminz-plätzchen essen und bis in die Puppen quatschen.

»Das sieht ja richtig nett aus.« Luke kommt ins Gäste-zimmer. »Das hast du wirklich toll gemacht.«

»Danke.« Ich zucke verlegen mit den Schultern.

»Und überhaupt, die ganze Wohnung sieht toll aus!« Er geht wieder hinaus, und ich folge ihm in den Flur. Die Wohnung sieht *wirklich* ziemlich gut aus, muss ich sagen. Es stehen zwar immer noch hier und da ein paar Kartons herum, aber insgesamt ist einfach viel mehr Luft!

»Ich bin aber noch nicht ganz fertig«, sage ich und wer-fe einen Blick in unser Schlafzimmer, wo sich immer noch so einiger Kram unter dem Bett drängelt.

»Ja, ja. Aber trotzdem, ich finde, du bist schon eine ganze Ecke weitergekommen!« Luke sieht sich bewundernd um.

»Tja, was so ein bisschen visionäre Kreativität und un-konventionelles Denken alles bewirken können...« Ich lä-chele bescheiden.

Wir gehen ins Wohnzimmer, das sich komplett verwan-delt hat. Sämtliche Kartons, Kisten und Teppiche sind ver-schwunden. Übrig geblieben sind zwei Sofas, zwei Couch-tische und der indonesische Gamelan.

»Hut ab, Becky!« Luke schüttelt den Kopf. »Es sieht toll aus!«

»Ach, na ja, das bisschen...«

»Nein.« Luke legt die Stirn in Falten. »Ich finde, ich muss mich bei dir entschuldigen. Du hast mir gesagt, dass du das alles hinkriegen würdest – und ich habe das be-zweifelt. Aber irgendwie hast du es doch hingekriegt. Ich hätte nie gedacht, dass so viel Kram so gut organisiert wer-den könnte.« Ungläubig sieht er sich in dem Zimmer um. »Hier waren doch vorher so viele Sachen! Wo *sind* die denn alle?« Er lacht, und ich lache mit.

»Ich habe einfach nur... ein neues Zuhause für sie ge-funden!«, erkläre ich heiter.

»Ich muss sagen, ich bin beeindruckt.« Luke streicht über den Kaminsims, auf dem sich außer den fünf handbemal-ten Eiern nichts befindet. »Du hättest Beraterin in Unter-bringungs- und Lagerangelegenheiten werden sollen.«

»Vielleicht werde ich das ja noch!«

Okay, ich glaube, an dieser Stelle möchte ich jetzt lieber das Thema wechseln. Wenn ich nicht aufpasse, sieht Luke sich gleich doch noch etwas genauer um und fängt an, sich nach den chinesischen Urnen oder den Holzgiraffen zu er-kundigen.

»Äh... Ist der Computer an?«, frage ich wie beiläufig.

»Jep.« Luke nimmt eins der Eier in die Hand und be-trachtet es eingehend.

»Super!« Ich strahle ihn an. »Dann gehe ich mal eben meine E-Mails checken und... machst du uns vielleicht einen Kaffee?«

Ich warte, bis Luke in der Küche verschwunden ist, dann sause ich zum Computer und tippe www.eBay.co.uk in die Adresszeile.

eBay hat mir das Leben gerettet. Wirklich.

Offen gestanden frage ich mich, was ich früher ohne eBay gemacht habe. eBay ist ja wohl die genialste Erfin-dung seit... na ja, seit der Erfindung des Einkaufens.

Kaum war ich letzten Samstag von Mum und Dad nach Hause gekommen, habe ich mich angemeldet und die chi-nesischen Urnen, die Holzgiraffen und drei Teppiche zum Verkauf angeboten. Und innerhalb von drei Tagen war alles weg! Einfach so! Also habe ich am nächsten Tag gleich noch fünf Teppiche und zwei Couchtische angebo-ten. Und so geht es seitdem pausenlos weiter.

Ich klicke schnell auf »Artikel verkaufen« und behalte dabei die Tür im Auge. Ich darf mich nicht zu lange aufhalten, sonst kommt Luke, um nach mir zu sehen – aber ich muss jetzt einfach unbedingt nachgucken, ob jemand für den Totempfahl geboten hat!

Einen Augenblick später taucht die gewünschte Seite vor mir auf, und... JA! Bingo! Da hat jemand fünfzig Pfund geboten! Mir schießt das Adrenalin nur so in den Körper, und ich boxe leise jubelnd die Luft (damit Luke mich nicht hört). Sachen verkaufen ist ja wohl mal der ultimative Kick! Ich bin schon vollkommen süchtig!

Und das Beste ist, ich schlage zwei Fliegen mit einer Klappe: Ich löse unser Unterbringungsproblem UND ich verdiene Geld! Und zwar nicht zu knapp! Ich will ja nicht angeben, aber... in dieser Woche habe ich jeden Tag was eingenommen! Genau wie ein Aktienhändler!

Ich habe zum Beispiel zweihundert Pfund für den Couchtisch mit der Schieferplatte bekommen – und wir hatten bestimmt nicht mehr als hundert dafür bezahlt. Für die chinesischen Urnen habe ich hundert Pfund bekommen, und für die fünf Kelims je hundertfünfzig! In der Türkei haben die maximal vierzig Pfund das Stück gekostet. Und das Beste ist, ich habe zweitausend Pfund für zehn Tiffany-Uhren bekommen, von denen ich gar nicht mehr wusste, dass ich sie überhaupt gekauft hatte! Der Typ hat sie höchstpersönlich abgeholt und in bar bezahlt. Ich bin so erfolgreich, dass ich mir vielleicht überlegen sollte, den eBay-Handel zu meinem Broterwerb zu machen!

Aus der Küche höre ich, wie Luke mit den Kaffeetassen herumhantiert. Ich klicke mich schnell aus der Verkaufsseite raus.

Dann logge ich mich noch ganz schnell eben in die Seite »Artikel kaufen« ein.

Selbstverständlich habe ich mich bei eBay in erster Linie zum *Ver*kaufen angemeldet, und nicht zum Kaufen. Aber neulich habe ich zufällig ein bisschen gestöbert, und da habe ich diesen genialen orangefarbenen Vintage-Mantel gesehen, original aus den Fünfzigern, mit großen schwarzen Knöpfen. Der ist der totale Knaller, eine einmalige Gelegenheit! Auf den hatte noch kein Mensch geboten, also habe ich eine kleine Ausnahme gemacht. Nur für den Mantel.

Na ja, und für ein Paar Prada-Schuhe, für die erst ein Gebot vorlag. Da habe ich fünfzig geboten. Ich meine, hören Sie mal, Prada-Schuhe für fünfzig Pfund!

Und dann dieses fantastische Abendkleid von Yves Saint Laurent, das dann letztendlich ein anderer Bieter bekam. Mann, war das ärgerlich! Den Fehler werde ich bestimmt nicht wieder machen.

Ich klicke mich zum Vintage-Mantel durch – und kann es kaum glauben. Ich habe gestern achtzig Pfund geboten, das war das Mindestgebot – und jetzt steht das Gebot schon bei hundert! Also, den lasse ich mir ganz bestimmt nicht entgehen! Vergiss es! Ich tippe blitzschnell »120 £« ein und logge mich aus – in dem Moment kommt Luke mit einem Tablett herein.

»Und, E-Mails?«, fragt er.

»Äh... ein paar!« Ich strahle ihn an und nehme mir eine Tasse Kaffee. »Danke!«

Ich habe Luke noch nichts von meinen eBay-Geschäften erzählt, weil ich finde, dass ich ihn nicht mit jeder winzigen Kleinigkeit belämmern muss, die mit unserer Haushaltsführung zu tun hat. Im Grunde genommen ist es ja sogar meine Aufgabe, solche Lappalien von ihm fern zu halten.

»Die habe ich in der Küche gefunden.« Luke nickt in

Richtung Tablett, auf dem eine Dose mit Luxus-Fortnum-and-Mason-Schokoladenkeksen steht. »Sehr lecker.«

»Man gönnt sich ja sonst nichts.« Ich lächele ihn an. »Und keine Sorge: Es bewegt sich alles im Rahmen des Budgets.«

Und das stimmt! Mein Budget ist jetzt kräftig aufgestockt worden, und darum kann ich es mir leisten, die Spendierhosen anzuhaben!

Luke trinkt einen Schluck Kaffee. Dann entdeckt er einen rosa Ordner auf seinem Schreibtisch.

»Was ist das?«

Ich habe mich schon *die ganze Zeit* gefragt, wann er ihn endlich bemerken würde. Dieser Ordner ist das andere Projekt, mit dem ich mich in dieser Woche beschäftigt habe: Projekt »Treusorgende Ehefrau«.

»Das ist für dich«, erkläre ich lässig. »Nur eine Kleinigkeit, die ich zusammengestellt habe, um dir zu helfen. Meine Ideen für die Zukunft des Unternehmens.«

Neulich im Bad ist es mir nämlich wie Schuppen von den Augen gefallen: Wenn Luke diesen großen Coup landet, wird er expandieren müssen. Und ich weiß ja wohl alles über Expansion.

Als ich als persönliche Einkaufsberaterin bei Barneys arbeitete, hatte ich nämlich diese Kundin, Sheri, die ihr eigenes Unternehmen hatte. Und da habe ich die ganze Geschichte ihrer Expansion gehört – wie sie viel zu schnell expandierte, und was sie alles für Fehler gemacht hat. Zum Beispiel hat sie fast sechshundert Quadratmeter Bürofläche im TriBeCa-Viertel gemietet, die sie nie genutzt hat. Damals fand ich diese Geschichten ja todlangweilig. Ich fand die Termine mit Sheri immer eine ziemliche Qual. Aber jetzt kann Luke von all dem, was sie mir damals erzählte, profitieren!

Also habe ich einfach alles aufgeschrieben, was sie seinerzeit immer wieder gepredigt hat, wie zum Beispiel »Schlüsselmärkte konsolidieren« und »Mitbewerber aufkaufen«. Und genau da kam mir dann die geniale Idee: Luke sollte eine andere PR-Firma aufkaufen!

Und ich weiß sogar, welche. David Neville, der früher mal für Farnham PR gearbeitet hat, hat sich vor drei Jahren, als ich noch als Finanzjournalistin tätig war, selbstständig gemacht. Er hat echt was auf dem Kasten, und ständig hört man, wie gut sein Geschäft läuft. Aber ich weiß, dass er sich ganz schön einen abzappelt. Ich habe nämlich letzte Woche seine Frau Judy beim Friseur getroffen, und die hat es mir erzählt.

»Becky…« Luke runzelt die Stirn. »Ich habe keine Zeit für so was.«

»Aber wenn es dir doch hilft!«, sage ich schnell. »Als ich bei Barneys war, habe ich wirklich viel gelernt über –«

»*Barneys?* Becky, ich habe ein PR-Unternehmen. Kein Klamottengeschäft!«

»Aber ich habe da ein paar Ideen gehabt –«

»Becky«, unterbricht Luke mich ungeduldig. »Im Moment gilt meine Aufmerksamkeit voll und ganz der Aufgabe, einen neuen Großkunden zu akquirieren. Sonst nichts. Ich habe keine Zeit für deine Ideen, okay?« Er stopft den Ordner in seinen Aktenkoffer, ohne ihn überhaupt aufgeschlagen zu haben. »Ich sehe bei Gelegenheit mal rein.«

Niedergeschlagen sacke ich auf meinem Stuhl zusammen. Als es an der Tür klingelt, sehe ich überrascht auf.

»Huch! Vielleicht ist das ja schon Jess? So früh?«

»Nein, das wird Gary sein«, sagt Luke. »Ich mache auf.«

Gary ist Lukes Stellvertreter. Er hat die Geschäfte in London gelenkt, während wir in New York lebten und auf

Hochzeitsreise waren. Luke und er verstehen sich echt gut. Gary war sogar Lukes Trauzeuge.

Sozusagen.

Die Geschichte mit der Hochzeit ist offen gestanden ziemlich lang.

»Was macht Gary denn hier?«, frage ich überrascht.

»Ich habe ihn gebeten vorbeizukommen«, sagt Luke auf dem Weg hinaus in den Flur. Er drückt auf den Türöffner. »Wir müssen noch etwas an der Arcodas-Sache arbeiten. Und dann gehen wir zusammen Mittagessen.«

»Aha.« Ich versuche, nicht zu enttäuscht zu klingen.

Ich hatte mich so darauf gefreut, heute mal etwas Zeit mit Luke zu verbringen, bevor Jess kommt. Er hat so viel um die Ohren in letzter Zeit. Die ganze letzte Woche war er nicht vor acht Uhr abends zu Hause, und gestern kam er sogar erst um elf.

Ich meine, ich weiß ja, dass sich alle gerade bucklig arbeiten. Ich weiß, dass die Arcodas-Sache wichtig ist. Aber trotzdem. Monatelang waren Luke und ich rund um die Uhr zusammen… und jetzt bekomme ich ihn kaum noch zu Gesicht.

»Vielleicht könnte ich euch ja helfen!« Da habe ich einen echten Geistesblitz. »Ich könnte doch Teil des Teams werden!«

»Glaube ich kaum«, sagt Luke, ohne überhaupt aufzublicken.

»Aber es muss doch irgendetwas geben, was ich machen könnte! Luke, ich möchte der Firma so gerne helfen. Was könnte ich tun?«

»Es ist alles unter Kontrolle«, sagt Luke. »Aber danke.«

Ich bin ein klein wenig sauer. Warum will er mich denn nicht dabeihaben? Wenigstens ein klein wenig *Dankbarkeit* könnte er an den Tag legen!

»Möchtest du mit uns Mittag essen gehen?«, erkundigt er sich höflich.

»Nein. Schon gut.« Ich zucke mit den Schultern. »Hi, Gary«, sage ich, als er an der Wohnungstür erscheint.

»Hi, Becky!«, grüßt Gary mich fröhlich.

»Komm rein«, sagt Luke und führt ihn direkt ins Arbeitszimmer. Die Tür schließt sich – und geht fast augenblicklich wieder auf. »Becky, wenn das Telefon klingelt, würdest du bitte drangehen? Ich möchte ein paar Minuten nicht gestört werden.«

»Okay!«

»Danke.« Luke lächelt und streicht mir über die Hand. »Damit hilfst du mir wirklich.«

»Kein Thema!«, versichere ich ihm lächelnd, doch als die Tür wieder zugeht, würde ich ihr am liebsten einen Tritt verpassen.

Telefondienst verrichten war *nicht* meine Vorstellung von »seiner Firma helfen«.

Missmutig schlurfe ich durch den Flur ins Wohnzimmer und knalle die Tür hinter mir zu. Ich bin eine intelligente, kreative Person. Ich könnte ihnen helfen. Ich weiß, dass ich ihnen helfen könnte. Und überhaupt: In einer Partnerschaft macht man Dinge schließlich *gemeinsam*.

Ich zucke zusammen, als das Telefon klingelt. Vielleicht ist das Jess. Vielleicht ist sie schon da! Ich reiße den Hörer an mich, so schnell ich kann.

»Hallo?«

»Mrs. Brandon?«, fragt eine heisere Männerstimme.

»Ja!«

»Hier ist Nathan Temple.«

In meinem Kopf herrscht totale Leere. Nathan? Ich kenne keinen Nathan.

»Wie Sie sich vielleicht erinnern, sind wir uns vor ein paar Wochen in Mailand begegnet.«

Oh Gott! Der Mann aus dem Laden! Ich hätte seine Stimme doch sofort erkennen müssen!

»Hallo!«, sage ich erfreut. »Natürlich erinnere ich mich! Wie geht es Ihnen?«

»Mir geht es gut, danke. Und Ihnen? Gefällt Ihnen Ihre neue Tasche?«

»Ich *liebe* meine neue Tasche! Sie hat mein Leben verändert! Noch einmal tausend Dank für Ihre Hilfe!«

»Gern geschehen.«

Dann herrscht kurzes Schweigen. Ich bin mir nicht ganz sicher, was ich jetzt sagen soll.

»Ich könnte Sie zum Mittagessen einladen«, schlage ich einem Impuls folgend vor. »Um mich endlich ordentlich bei Ihnen zu bedanken. Wo Sie wollen!«

»Das ist nicht nötig, danke.« Nathan Temple klingt amüsiert. »Und außerdem hat mein Arzt mir eine Diät verordnet.«

»Oh. Schade.«

»Aber da Sie es selbst erwähnen... Und wie Sie bereits in Mailand sagten... Eine Hand wäscht die andere.«

»Ja, selbstverständlich! Ich stehe in Ihrer Schuld! Wenn es irgendetwas gibt, das ich für Sie tun kann – *irgendetwas*...«

»Ich dachte da an Ihren Mann Luke. Ich hatte gehofft, dass er mir einen winzigen Gefallen tun könnte.«

»Aber bestimmt!«, rufe ich. »Da bin ich mir ganz sicher!«

»Ist er da? Könnte ich kurz mit ihm sprechen?«

Mein Gehirn arbeitet auf Hochtouren.

Wenn ich Luke jetzt ans Telefon hole, muss ich ihn stören. Und ihm erklären, wer Nathan Temple ist... und woher ich ihn kenne... und von der Engel-Tasche...

»Nein, leider ist er nicht zu Hause«, behaupte ich. »Kann ich ihm etwas ausrichten?«

»Die Sache ist die: Ich eröffne auf Zypern ein Fünf-Sterne-Hotel. Es soll ein absolutes Topurlaubsziel werden, und ich habe vor, eine riesige Einweihungsparty zu schmeißen. Mit massenweise Prominenten und Presseleuten. Und ich würde mich sehr freuen, wenn Ihr Mann die PR übernehmen würde.«

Ungläubig glotze ich den Hörer an. Eine Promi-Party auf Zypern? Ein Fünf-Sterne-Hotel? Sag mal, wie cool ist das denn?!?!

»Ich bin mir ganz sicher, dass er Ihnen dabei sehr gerne unter die Arme greifen wird!«, sage ich, als ich meine Stimme wiederfinde. »Das klingt fantastisch!«

»Ihr Mann hat nicht nur ein unübertroffenes Talent, sondern auch einen tadellosen Ruf. Und das ist genau das, was wir wollen.«

Ich berste fast vor Stolz. »Ja, er ist wirklich ziemlich gut.«

»Aber soweit ich das verstanden habe, konzentriert er sich ausschließlich auf die PR für Finanzunternehmen. Wäre er da überhaupt an einer Kampagne für ein Hotel interessiert?«

Mein Herz fängt an, immer schneller und lauter zu klopfen. Das ist eine einmalige Gelegenheit. Ich darf sie nicht vermasseln. Ich muss den Deal für Brandon Communications sichern!

»Aber natürlich«, beteuere ich aalglatt. »Brandon Communications verfügt über Erfahrungswerte im gesamten Spektrum der Public Relations – von Finanzunternehmen über Großkonzerne bis hin zu Hotels. Vielseitigkeit ist unser Motto.«

Yes! Ich klinge ja wohl mega-professionell!

»Ach, Sie arbeiten auch für die Firma?«

»Ich… übernehme kleinere Beratungsaufgaben«, sage ich und kreuze die Finger. »Mein Schwerpunkt sind Strategien. Und wie es der Zufall so will, ist eine unserer aktuellen Strategien die Expansion in die… äh… Fünf-Sterne-Reisebranche.«

»Dann sieht es ja ganz so aus, als wenn wir einander aushelfen könnten.« Nathan Temple klingt erfreut. »Vielleicht könnten wir uns im Laufe der kommenden Woche zusammensetzen? Wie ich bereits sagte, wir haben großes Interesse daran, Ihren Mann Luke für uns zu gewinnen.«

»Aber ich bitte Sie, Mr. Temple«, flöte ich. »Sie haben mir einen Gefallen getan. Und jetzt kann ich mich dafür revanchieren. Mein Mann wird sich sehr freuen, Ihnen zu helfen. Ich bin sogar sicher, dass er sich der Sache höchstpersönlich und vorrangig annehmen wird!« Ich strahle. »Wenn Sie mir eben Ihre Nummer geben, kann Luke Sie später zurückrufen.«

»Ich freue mich sehr auf den Anruf Ihres Mannes. War sehr nett, wieder mit Ihnen zu plaudern, Mrs. Brandon.«

»Bitte! Nennen Sie mich Becky!«

Als ich auflege, grinse ich von einem Ohr zum anderen.

Ich bin ein Star.

Ich bin der allergrößte Superstar.

Luke und Gary schuften sich krumm und buckelig wegen der Arcodas-Sache – und ich habe Ihnen in der Zwischenzeit ohne irgendwelche Bemühungen einen vielversprechenden neuen Kunden an Land gezogen! Keine olle Bank. Ein Fünf-Sterne-Hotel auf Zypern! Ein riesiger, prestigeträchtiger Auftrag!

In dem Moment geht die Tür zum Arbeitszimmer auf und Luke kommt mit einer Mappe in der Hand heraus. Er hebt seinen Aktenkoffer hoch, sieht kurz zu mir herüber und lächelt mich zerstreut an.

»Alles in Ordnung, Becky? Wir gehen jetzt essen. Wer hat angerufen?«

»Ach, nur ein Freund von mir«, antworte ich achtlos. »Aber weißt du was, Luke?… Ich glaube, ich komme doch mit essen.«

»Gut«, sagt Luke. »Schön!«

Er hat mich so *dermaßen* unterschätzt. Er macht sich überhaupt keine Vorstellung, oder? Wenn er erst hört, wie ich in seinem Namen mit Topmanagern Geschäfte gemacht habe, wird er sprachlos sein. Und *dann* wird er vielleicht einsehen, dass ich ihm sehr wohl helfen kann. *Dann* wird er mich vielleicht endlich ein bisschen mehr wertschätzen.

Warten Sie nur ab, bis ich den beiden von meinem Deal erzähle! Warten Sie nur ab!

Auf dem Weg zum Restaurant behalte ich mein Geheimnis hübsch für mich. Also wirklich, Luke sollte mich einstellen! Eine Stelle als Botschafterin für sein Unternehmen wäre doch genau das Richtige für mich!

Ich meine, ich bin ja wohl offensichtlich ein Naturtalent, was Kontakte angeht. Da treffe ich absolut zufällig jemanden in einem Geschäft in Mailand – und was kommt dabei heraus? Ein nagelneuer Kunde für Lukes Firma! Und das Beste daran ist, dass sich das Ganze ohne jegliche Anstrengung einfach so ergeben hat!

Das ist ganz klar eine Frage von Instinkt. Entweder hat man welchen oder nicht.

»Alles in Ordnung, Becky?«, fragt Luke, als wir das Restaurant betreten.

»Ja, klar!« Ich schenke ihm ein rätselhaftes Lächeln. Er wird so was von beeindruckt sein, wenn ich ihm erst erzähle, was ich geschafft habe. Wahrscheinlich bestellt er dann erst mal sofort eine Flasche Schampus. Oder er schmeißt eine kleine Party für mich. Das machen sie doch immer, wenn sie einen großen Coup landen.

Und dieser Coup wäre gigantisch. Eine phänomenale Chance für Lukes Unternehmen! Er könnte eine ganz neue Abteilung einrichten, die ausschließlich PR für Fünf-Sterne-Hotels macht. Brandon Communications Luxury Travel. Und ich könnte vielleicht Abteilungsleiterin werden.

Oder ich könnte diejenige sein, die die Spas ausprobiert.

»Also ... noch mal zu dem Abendessen, das wir veranstalten wollen«, wendet sich Gary an Luke, als wir uns setzen. »Hast du dich um die Geschenke gekümmert?«

»Jep«, sagt Luke. »Liegen zu Hause. Wie sieht es mit dem Transport aus? Haben wir Wagen für die Gäste?«

»Ich sorge dafür, dass sich jemand drum kümmert.« Gary notiert sich etwas und sieht dann zu mir auf. »Tut mir Leid, Becky. Muss echt langweilig sein für dich. Aber diese Sache ist wirklich tierisch wichtig für uns.«

»Völlig in Ordnung«, sage ich mit einem demütigen Lächeln. »Luke hat mir gerade erst erzählt, dass das Erschließen neuer Geschäftsfelder momentan absoluten Ober-Vorrang vor allem anderen hat. Richtig?«

»Allerdings.« Gary nickt.

Ha!

»Ist wahrscheinlich mit ziemlich viel Arbeit verbunden, neue Kunden an Land zu ziehen«, füge ich unschuldig hinzu.

»Ja, manchmal schon.« Gary lächelt.

Ha-ha!

Während der Kellner Gary und Luke Mineralwasser einschenkt, fallen mir drei junge Frauen an einem der anderen Tische auf, die sich gegenseitig in die Seite knuffen

216

und auf meine Engel-Tasche zeigen. Ich versuche, meine Freude darüber zu verbergen, und rücke die Tasche an meiner Stuhllehne so zurecht, dass der Engel und der Schriftzug »Dante« gut sichtbar sind.

Es ist unglaublich. Egal, wo ich bin, den Leuten fällt meine Tasche auf. Überall! Die Tasche ist wirklich das Beste, was ich je in meinem Leben gekauft habe! Und jetzt hat sie Luke sogar ein neues Geschäft eingebracht! Die Tasche ist ein Glücksbringer!

»Prost!«, sage ich und hebe das Glas, nachdem der Kellner verschwunden ist. »Auf neue Kunden!«

»Auf neue Kunden!«, wiederholen Gary und Luke im Chor. Gary nippt an seinem Wasser und wendet sich dann wieder Luke zu. »Was unser letztes Angebot angeht, Luke: Ich habe neulich mit Sam Kirchner geredet –«

Ich kann mich nicht länger zurückhalten. Ich *muss* es ihnen jetzt erzählen!

»Apropos Kirche!«, unterbreche ich Gary beschwingt.

Die beiden schweigen erstaunt.

»Kein Mensch redet von irgendeiner Kirche, Becky«, sagt Luke.

»Doch, natürlich! Gewissermaßen.«

Luke sieht mich ratlos an. Gut, ich hätte den Übergang etwas eleganter gestalten können. Aber egal.

»Also, apropos *Kirche*…«, mache ich unbeirrt weiter. »Und… äh… religiöse Gebäude im Allgemeinen… Ihr habt doch sicher schon mal von einem Mann namens Nathan Temple gehört, oder?«

Ich lasse den Blick von Luke zu Gary wandern, und es fällt mir schwer, meinen inneren Jubel zu verbergen. Die beiden sehen mich fragend an.

»Natürlich habe ich schon von Nathan Temple gehört«, antwortet Luke.

Ha! Ich wusste es!

»Ganz schön dicker Fisch, was? Ganz schön wichtig.« Ich ziehe die Augenbrauen hoch und hoffe, dass das geheimnisvoll wirkt. »Ist doch bestimmt einer, mit dem ihr irre gerne ins Gespräch kommen würdet. Oder sogar ins Geschäft.«

»Wohl kaum!« Luke prustet los vor Lachen und nippt an seinem Wasser.

Verunsichert halte ich inne. Was meint er denn mit »wohl kaum«?

»Doch, natürlich!«, beharre ich. »Er wäre doch ein toller Kunde!«

»Nein, Becky. Wäre er nicht.« Luke stellt sein Glas ab. »Entschuldigung, Gary, was sagtest du?«

Leicht konsterniert sehe ich ihn an.

Das hier verläuft überhaupt nicht nach Plan. Ich hatte mir das ganze Gespräch schon im Geiste zurechtgebastelt. Luke sollte sagen: »Nathan Temple ist einer der begehrenswertesten Kunden überhaupt – aber wie soll man bloß an ihn rankommen?« Und dann sollte Gary seufzen und sagen: »An Nathan Temple kommt überhaupt niemand ran.« Und dann hätte ich mich mit einem verschwörerischen Lächeln über den Tisch gelehnt und …

»Also, ich habe mit Sam Kirchner gesprochen«, wiederholt Gary und holt einige Unterlagen aus seinem Koffer. »Und er hat mir das hier gegeben. Sieh dir das mal an.«

»Moment mal!«, unterbreche ich in einem verzweifelten Versuch, das Gespräch wieder auf meinen neuen Kunden zu bringen. »Und warum hättest du Nathan Temple nicht gerne als Kunden, Luke? Ich meine, er ist reich … er ist berühmt …«

»Wohl eher berüchtigt«, merkt Gary grinsend an.

»Becky, du weißt doch wohl, wer Nathan Temple ist, oder?«, fragt Luke.

»Ja, natürlich! Er ist Geschäftsmann, einer der größten, und... äh... Hotelier...«

Luke zieht die Augenbrauen hoch.

»Becky, Nathan Temple gehört die zwielichtigste Motel-Kette des ganzen Landes.«

Mein Lächeln erstarrt. Mir verschlägt es vorübergehend die Sprache.

»Was?«, würge ich schließlich hervor.

»Nicht mehr«, wirft Gary ein. »Sei nicht ungerecht.«

»Na, dann eben *gehörte*«, sagt Luke. »So ist er zu Geld gekommen. Anspruchsvolle Motels. Mit Wasserbetten in jedem Zimmer. Und was für Geschäfte hinter den verschlossenen Türen gemacht wurden, hat ihn nicht interessiert.« Luke macht ein angewidertes Gesicht und trinkt einen Schluck Wasser.

»Hast du von dem Gerücht gehört, dass er die *Daily World* aufkaufen will?«, fragt Gary.

»Ja.« Luke verzieht das Gesicht. »Gott bewahre. Wusstest du, dass er schon mal wegen schwerer Körperverletzung verurteilt worden ist? Der Mann ist kriminell.«

Mir schwirrt der Kopf. Nathan Temple? Kriminell? Aber... er war doch so nett! Richtig süß. Er hat mir meine Engel-Tasche besorgt!

»Angeblich hat er sich geändert.« Gary zuckt mit den Schultern. »Ist jetzt ein ganz anderer Mensch. Sagt er.«

»Ein ganz anderer Mensch?«, fragt Luke verächtlich. »Gary, der Kerl ist kaum besser als jeder dahergelaufene Gangster.«

Mir fällt fast das Glas aus der Hand. Ich schulde einem *Gangster* einen Gefallen???

»>Gangster< ist wohl ein bisschen heftig«, widerspricht Gary amüsiert. »Das ist doch schon Jahre her.«

»Solche Leute ändern sich nicht.«

»Du bist ganz schön hart, Luke!«, lacht Gary. Und dann sieht er mein Gesicht. »Alles okay, Becky?«

»Prima!«, behaupte ich mit schriller Stimme und trinke endlich einen ordentlichen Schluck Wein. »Alles paletti!«

Mir ist gleichzeitig heiß und kalt. Das hier läuft überhaupt nicht nach Plan.

Das hier läuft nicht im Entferntesten nach Plan.

Mein erster triumphaler Geschäftskontakt. Der erste große Kunde, den ich für Brandon Communications werbe. Ein schmieriger Motel-König mit Strafregister.

Aber woher hätte ich das denn wissen sollen? Woher? Er war so charmant. Er war so gut gekleidet!

Ich schlucke. Mehrfach.

Und ich habe ihm gesagt, dass Luke für ihn arbeiten wird.

Sozusagen.

Ich meine... Regelrecht *versprochen* habe ich doch nichts, oder?

Oh Gott.

In meinem Kopf hallen die geflöteten Worte wider: »Mein Mann wird sich sehr freuen, Ihnen zu helfen. Ich bin sogar sicher, dass er sich der Sache höchstpersönlich und vorrangig annehmen wird!«

Ich starre auf meine Karte und versuche, Ruhe zu bewahren. Okay, ist ja wohl klar, was zu tun ist. Ich muss es Luke sagen. Ja. Ihm die ganze Sache beichten. Mailand... die Engel-Tasche... den Anruf heute... alles.

Genau das muss ich tun. Wie ein erwachsener Mensch.

Luke wirkt furchtbar angespannt, wie er so seine Unterlagen durchsieht, und in mir zieht sich alles zusammen vor Angst.

Ich kann nicht.

Ich kann das einfach nicht.

»Eigentlich witzig, dass du Nathan Temple erwähnst, Becky«, sagt Gary und nippt an seinem Wasser. »Ich hatte dir noch gar nicht erzählt, Luke, dass er sich mit uns in Verbindung gesetzt hatte wegen der PR für irgendein neues Hotel.«

Wie gebannt sehe ich in Garys breites, freundliches Gesicht und empfinde grenzenlose Erleichterung.

Gott sei Dank. *Gott* sei Dank!

Na, klar! Natürlich hat er sich auch auf offiziellem Wege an Brandon Communications gewandt! Ist doch logisch! Ich habe mir also ganz umsonst Sorgen gemacht! Luke nimmt sich der Sache an, ich bin quitt mit Nathan Temple, und überhaupt kommt alles ins Lot...

»Ich nehme an, wir lehnen ab?«, fügt Gary hinzu.

Ablehnen? Ich reiße den Kopf hoch.

»Kannst du dir vorstellen, was das für unseren Ruf bedeuten würde?« Luke lacht auf. »Natürlich lehnen wir ab. Aber taktvoll«, fügt er noch hinzu. »Wenn er tatsächlich die *Daily World* kauft, wollen wir ihn ja nicht so gerne zum Feind haben.«

»Nicht ablehnen!«, bricht es unkontrolliert aus mir hervor.

Die beiden Männer drehen sich überrascht zu mir um, und ich ringe mir ein möglichst ungezwungenes Lachen ab. »Ich meine... solltet ihr nicht erst die Argumente für und wider gegeneinander abwägen, bevor ihr euch entscheidet?«

»Becky, was mich betrifft, gibt es nur ein einziges Argument«, erwidert Luke knapp. »Nathan Temple ist ein Mensch, den ich nicht mit meinem Unternehmen in Verbindung gebracht wissen will.« Er klappt seine Karte auf. »Ich finde, wir sollten jetzt bestellen.«

»Bist du nicht ziemlich vorurteilsbeladen?«, frage ich verzweifelt. »Denk doch mal an ›Wirf nicht den ersten Schlag‹ und so.«

»Was?« Luke klingt erstaunt.

»Steht in der Bibel!«

Luke bedenkt mich mit einem seltsamen Blick.

»Meinst du vielleicht ›Stein‹?«, fragt er.

»Äh ...«

Oh. Da könnte er Recht haben. Aber mal im Ernst: Stein ... Schlag ... wo ist denn da der Unterschied?

»Der Punkt ist aber –«

»Der Punkt ist«, fällt Luke mir ins Wort, »dass Brandon Communications nicht mit jemandem in Verbindung gebracht werden will, der vorbestraft ist. Von allem anderen ganz zu schweigen.«

»Aber das ist doch total ... engstirnig! Heutzutage sind doch wahrscheinlich die meisten Leute vorbestraft!« Ich gestikuliere wie wild mit den Armen. »Ich meine, wer von uns, die wir hier an diesem Tisch sitzen, ist nicht auf die eine oder andere Weise vorbestraft?«

Kurzes Schweigen.

»Ich bin nicht vorbestraft«, sagt Luke. »Gary auch nicht und du auch nicht.«

Völlig baff sehe ich ihn an. Da hat er wohl sogar Recht. Ich bin nicht vorbestraft.

Ich muss sagen, das überrascht mich. Ich hatte immer den Eindruck, ich würde am Rande der Legalität leben.

»Aber trotzdem –«

»Was ist denn eigentlich los, Becky?« Luke legt die Stirn in Falten. »Du bist ja wie besessen von diesem Nathan Temple.«

»Ich bin überhaupt nicht besessen!«, halte ich dagegen. »Ich ... interessiere mich bloß für deine Kunden. Und potenziellen Kunden.«

»Gut, aber Nathan Temple ist nicht mein Kunde. Und schon gar kein potenzieller.« Luke klingt, als wolle er das Thema beenden. »Und er wird es auch niemals sein.«

»Aha.« Ich schlucke. »Na, dann… wäre das ja klargestellt.«

Wir schweigen alle drei, während wir die Karte studieren. Oder sagen wir, während Luke und Gary die Karte studieren und während ich so tue, als würde ich die Karte studieren. In Wirklichkeit schlagen die Gedanken in meinem Kopf aber Purzelbäume.

Ich kann Luke also nicht überzeugen. Also muss ich die Situation irgendwie anders retten. Das ist ja schließlich genau das, was treusorgende Ehefrauen für gewöhnlich so tun. Sie nehmen sich der Probleme auf sehr diskrete und effiziente Art und Weise an. Ich wette, Hillary Clinton hat so etwas hunderttausendmal gemacht.

Wird schon schief gehen. Ich rufe Nathan Temple ganz einfach an, danke ihm für das nette Angebot und teile ihm mit, dass Luke leider gerade *entsetzlich* viel zu tun hat…

Nein. Ich sage, dass Luke *versucht* hat, ihn anzurufen, dass aber niemand abgenommen habe…

»Becky? Alles in Ordnung?«

Ich sehe auf. Luke und Gary fixieren mich. Da fällt mir auf, dass ich mit einem von Garys Bleistiften ziemlich heftig auf dem Tisch herumklopfe.

»Alles super!«, sage ich und lege den Stift blitzschnell hin.

Okay. Ich habe einen Plan. Ich werde… ihm sagen, dass Luke krank ist.

Ja. Genial. Dagegen kann ja wohl keiner was sagen.

Kaum sind wir wieder zu Hause, verkriechen Luke und Gary sich wieder im Arbeitszimmer, und ich sause zum

Telefon im Schlafzimmer. Mit dem Fuß schließe ich die Schlafzimmertür, während ich gleichzeitig bereits Nathan Temples Nummer wähle. Zu meiner unermesslichen Erleichterung schaltet sich sofort der Anrufbeantworter ein.

Und jetzt, wo ich so richtig hinhöre, klingt er wirklich *haargenau* wie ein Motel-König mit krimineller Vergangenheit. Wieso zum Teufel habe ich das nicht schon vorher gehört? Ich muss taub sein!

Der Signalton piept, und ich zucke erschrocken zusammen.

»Hi!«, sage ich und bemühe mich, ganz locker und entspannt zu klingen. »Ich möchte bitte eine Nachricht für Mr. Temple hinterlassen. Hier spricht Becky Brandon. Äh… Ich habe meinem Mann die Sache mit ihrem Hotel erzählt, und er fand, dass sich das wirklich richtig toll anhörte! Nur leider geht es ihm zur Zeit nicht besonders gut. Er wird Ihnen daher leider doch nicht bei der PR zur Seite stehen können. Wirklich sehr schade! Na, aber ich hoffe, dass Sie jemand anderen finden werden! Bye!«

Ich lege auf und lasse mich aufs Bett plumpsen. Mein Herz rast.

So. Erledigt.

»Becky?« Luke macht die Tür auf, und ich zucke erschrocken zusammen.

»Was? Was ist?«

»Keine Panik«, lacht er. »Alles in Ordnung. Ich wollte dir nur sagen, dass Jess da ist.«

13

»Sie ist im Aufzug auf dem Weg nach oben.« Luke macht die Wohnungstür auf. »Mit wem hast du telefoniert?«

»Mit niemandem«, behaupte ich schnell. »Ich habe nur... äh... bei der Zeitansage angerufen.«

Es ist alles in Ordnung, versichere ich mir selbst. Die Sache ist erledigt. Alles paletti.

Ich höre den Aufzug im Schacht rumpeln. Jess kommt!

Ich hole schnell noch mal meinen Spickzettel hervor und werfe einen letzten Blick darauf. Border Collies... bloß keine Avocados... ihr Mathelehrer hieß Mr. Lewis...

»Ich würde das ja lieber verschwinden lassen, bevor sie kommt«, sagt Luke mit einem amüsierten Lächeln.

»Ach. Ja.«

Ich stopfe das Papier in die Tasche und atme ein paarmal tief durch. Jetzt, wo sie da ist, bin ich doch ein kleines bisschen nervös.

»Hör mal, Becky.« Luke beobachtet mich. »Bevor Jess reinkommt... Ich hoffe wirklich, dass ihr beiden euch dieses Mal besser versteht. Aber ich hoffe auch, dass du auf dem Teppich bleibst. Du setzt doch wohl nicht alle deine Hoffnungen in diesen einen Besuch, oder?«

»Also wirklich, Luke! Für wen hältst du mich eigentlich?«

Natürlich setze ich alle meine Hoffnungen in diesen einen Besuch. Aber das ist auch völlig in Ordnung so, weil ich nämlich weiß, dass dieses Mal alles klappen wird. Dieses Mal wird alles anders. Erstens werden wir nichts tun, was Jess nicht tun möchte. Ich werde mich einfach komplett anpassen.

Und zweitens hat Luke mir einen wirklich guten Tipp gegeben. Er sagte, er fände es ja wirklich toll, wie herzlich ich mich Jess gegenüber gezeigt habe – aber Jess sei doch ziemlich reserviert, und darum seien großartige Umarmungen möglicherweise nicht ganz ihr Stil. Also hat er vorgeschlagen, dass ich mich ein bisschen zurückhalte, bis wir uns etwas besser kennen. Und das finde ich einen absolut legitimen Vorschlag!

Ich höre den Aufzug näher kommen und kann kaum atmen. Warum ist dieser verdammte Aufzug bloß so *langsam*?

Und dann öffnen sich die Aufzugtüren und geben den Blick auf Jess frei, die in Jeans und grauem T-Shirt dasteht und ihren Rucksack festhält.

»Hi!«, rufe ich und renne auf sie zu. »Herzlich willkommen! Dieses Wochenende machen wir nur Sachen, auf die du Lust hast! Ganz egal, was! Du musst es nur sagen! Du bist der Boss!«

Jess rührt sich nicht. Sie wirkt, als sei sie dort im Aufzug festgewachsen.

»Hallo, Jess«, begrüßt Luke sie deutlich beherrschter. »Willkommen in London.«

»Komm doch rein!« Ich breite die Arme aus. »Fühl dich ganz wie zu Hause! Hier gibt es keine Avocados!« Jess glotzt mich irgendwie erstaunt an – und betrachtet dann die Knöpfe im Aufzug, als überlege sie, wieder runterzufahren.

»Komm, ich nehme deine Tasche«, sagt Luke. »Wie war die Konferenz?«

Er führt Jess in die Wohnung, wo sie sich misstrauisch umsieht.

»Gut, danke«, sagt sie. »Hi, Becky.«

»Hi! Ich freu mich ja so, dass du hier bist! Komm, ich zeige dir dein Zimmer!«

Stolz öffne ich die Tür zum Gästezimmer und erwarte ihren Kommentar zum Höhlenposter oder zu *Die Höhle*. Aber sie sagt gar nichts außer »Danke«, als Luke ihre Tasche abstellt.

»Guck mal!« Ich zeige auf das Poster. »Eine Höhle!«

»Äh… ja.« Jess scheint leicht verwirrt.

Dann stellt sich Schweigen ein – und ich bin gleich in Alarmbereitschaft. Bitte! Nicht schon wieder so eine gespannte Atmosphäre wie letztes Mal!!

»Wie wär's mit einem Drink?«, schlage ich vor. »Wir haben eine Flasche Sekt im Kühlschrank.«

»Becky… es ist erst vier Uhr«, merkt Luke an. »Vielleicht wäre eine Tasse Tee jetzt doch passender?«

»Eine Tasse Tee wäre toll«, sagt Jess.

»Gut, dann gibt es Tee!«, sage ich. »Super Idee!«

Ich gehe voran in die Küche. Jess folgt mir und sieht sich in der Wohnung um.

»Nett hier«, sagt sie.

»Becky hat wirklich so einiges vollbracht«, erzählt Luke erfreut. »Du hättest die Wohnung mal letzte Woche um diese Zeit sehen sollen. Da wurden die Sachen geliefert, die wir während unserer Hochzeitsreise eingekauft hatten… man konnte sich nicht mal mehr *umdrehen*!« Er schüttelt den Kopf. »Ich weiß immer noch nicht, wie du das hingekriegt hast, Becky!«

»Ach, weißt du…« Ich lächele bescheiden. »Alles eine Frage der Organisation.«

In dem Moment, in dem ich das Wasser aufsetze, kommt Gary in die Küche.

»Das ist mein Partner Gary«, stellt Luke ihn vor. »Das ist Beckys Halbschwester Jess. Sie kommt aus Cumbria.«

»Ah!«, sagt Gary und schüttelt Jess die Hand. »Cumbria! Da war ich schon! Wunderschön dort. Wo genau?«

»Scully«, erwidert Jess. »Ziemlich ländlich gelegen. Ganz anders als das hier.«

»Ich war in Scully!«, erzählt Gary. »Schon Jahre her. Gibt es da nicht einen berühmten Wanderweg?«

»Den Scully Pike?«

»Ja, genau! Wir wollten eigentlich den Berg hinauf – aber dann schlug das Wetter um, und wir mussten umkehren. Wären fast abgestürzt von dem Teil.«

»Ja, das ist nicht ganz ungefährlich«, bestätigt Jess. »Man muss wirklich wissen, womit man es da zu tun hat. Und ständig kommen irgendwelche Vollidioten aus dem Süden und bringen sich in Lebensgefahr.«

»So wie ich«, räumt Gary fröhlich ein. »Aber die Aussicht von da oben ist es absolut wert. Die Trockenmauern sind einfach spektakulär«, erklärt er Luke. »Richtige Kunstwerke. Kilometerlange Mauern, die die Landschaft durchziehen.«

Fasziniert höre ich dem Gespräch zu. Ich würde die ländlichen Gegenden Englands so gerne mal näher kennen lernen! Ich würde so gerne mal Trockenmauern sehen. Ich meine, was kenne ich denn schon außer London und Surrey? Und Surrey ist praktisch auch London.

»Ich finde, wir sollten uns in Cumbria ein Cottage kaufen!«, schlage ich begeistert vor, als ich die Teetassen verteile. »In Jess' Dorf! Dann könnten wir uns jederzeit sehen!«, füge ich an Jess gewandt hinzu. »Wäre das nicht toll?«

Es folgt ein ziemlich ausgedehntes Schweigen.

»Ja«, sagt Jess schließlich. »Klasse.«

»Ich glaube kaum, dass wir in nächster Zukunft irgendwelche Cottages kaufen werden, Becky«, mischt Luke sich ein und sieht mich mit hochgezogenen Augenbrauen an. »Wir haben uns doch ein Budget verordnet, schon vergessen?«

»Nein, nicht vergessen«, kontere ich und ziehe ebenfalls die Augenbrauen hoch. »Und wenn mich nicht alles täuscht, halte ich mich auch daran, oder?«

»Tja, also ... ja«, sagt Luke. »Erstaunlicherweise tust du das tatsächlich.« Er wirft einen Blick auf die Luxuskekse von Fortnum, die auf der Arbeitsfläche stehen. »Obwohl ich offen gestanden keine Ahnung habe, wie du das schaffst.« Er macht den Kühlschrank auf. »Guck doch mal. Gefüllte Oliven ... Räucherlachs ... und all das, ohne unser Budget zu überschreiten.«

Ich empfinde unwillkürlich Stolz. Das Essen ist sozusagen *sponsored by* eBay – das habe ich von dem Geld gekauft, das mir die Tiffany-Uhren eingebracht haben. Ich hatte mich so über den Gewinn gefreut, dass ich sofort einen ganzen Fresskorb voller Leckereien für Luke gekauft habe.

»Alles eine Frage des guten Haushaltens«, füge ich lässig hinzu und reiche ihm den Teller mit den Keksen. »Noch einen Luxusschokoladenkeks?«

»Hmmm.« Luke sieht mich misstrauisch an und wendet sich dann an Gary. »Wir müssen weitermachen.«

Die beiden verlassen die Küche – und lassen Jess und mich allein. Ich schenke ihr noch eine Tasse Tee ein und pflanze mich auf einen Barhocker ihr gegenüber.

»Also!«, sage ich. »Was möchtest du machen?«

»Irgendwas.« Jess zuckt mit den Schultern.

»Es liegt ganz bei dir! Wirklich!«

»Ist mir egal.« Jess trinkt einen Schluck Tee.

Das Tropfen des Wasserhahns in der Spüle ist das Einzige, was zu hören ist.

Völlig in Ordnung. Man kann auch gemeinsam schweigen. Ganz entspannt. Vor allem mit Familienmitgliedern. Nonverbale Kommunikation, sozusagen. Das zeigt nur, *wie* gut wir uns bereits verstehen. Nicht die Spur verkrampft oder so...

Oh Gott, *sag doch was!* Bitte.

»Ich möchte ein bisschen Hanteltraining machen«, sagt Jess unvermittelt. »Ich trainiere normalerweise jeden Tag, aber diese Woche hat das nicht ganz geklappt.«

»Klar!«, freue ich mich. »Super Idee! Ich mache mit!«

»Echt?« Jess sieht mich erstaunt an.

»Natürlich!« Ich trinke einen letzten Schluck Tee, dann stelle ich meine Tasse ab. »Ich mach mich nur eben fertig.«

Geniale Idee. Zusammen trainieren ist doch wirklich etwas, das verbindet. Wir könnten in den Taylor's Health Club gleich um die Ecke gehen – da habe ich nämlich die goldene Mitgliedskarte –, ein bisschen trainieren und uns dann in die Saftbar setzen. Ich weiß, dass die Saftbar jetzt aufhat, weil ich schon tausendmal um diese Uhrzeit da gewesen bin.

Und der Trainingsbereich ist – glaube ich – auch auf. Der liegt unter der Saftbar.

Oder war's über der Saftbar?

Na, egal.

Ich reiße den Kleiderschrank auf und mache mich über die Schublade mit Sportklamotten her. Ich könnte den Trainingsanzug von Juicy anziehen, aber darin wird mir wahrscheinlich zu warm... oder das verschärfte rosa Top! Da ist das einzige Problem, dass ich in der Saftbar mal eine Frau in genau dem gleichen gesehen habe...

Schließlich und endlich entscheide ich mich für schwarze Leggings mit Retrostreifen an den Seiten, ein weißes

T-Shirt und meine Hi-Tech-Turnschuhe, die ich mir in den Staaten gekauft habe. Die waren ziemlich teuer, aber dafür sind sie auch biomechanisch ausbalanciert und haben eine Mittelsohle in zwei verschiedenen Härtegraden. Außerdem ermöglicht die hochtechnologische Ausstattung die Anwendung dieser Schuhe sowohl beim Marathonlauf als auch beim Walking in unwegsamem Gelände.

Ich schmeiße mich in mein Outfit, binde die Haare zu einem Pferdeschwanz zusammen und lege meine obercoole Adidas-Sportarmbanduhr an. (Und da sieht man mal wieder, wie Unrecht Luke hatte. Ich *wusste*, dass ich eines Tages eine Sportuhr brauchen würde.) Ich eile zum Gästezimmer und klopfe an.

»Hi!«

»Komm rein.« Jess' Stimme klingt irgendwie merkwürdig erstickt. Vorsichtig mache ich die Tür auf. Jess steckt in einer alten grauen Shorts und einem T-Shirt und liegt zu meiner Überraschung auf dem Fußboden.

Und macht Sit-ups, wie mir schlagartig bewusst wird, als sich ihr gesamter Torso vom Boden abhebt. Mannomann. Gar nicht schlecht.

Und jetzt macht sie auch noch diese gedrehte Variante, die ich noch nie hingekriegt habe.

»Äh... gehen wir?«, frage ich.

»Wohin?«, fragt Jess prompt.

»Na, ins Fitnessstudio! Ich dachte, du wolltest...« Ich verstumme, als sie anfängt, auch noch die Beine hochzuheben.

Das ist jetzt ja wohl die reine Angabe!

»Ich muss nirgendwo hingehen. Ich kann hier trainieren.«

Hier? Spinnt die? Hier sind doch gar keine Spiegel. Kein MTV. Keine Saftbar.

Ich entdecke eine schlangenförmige Narbe kurz unter Jess' Knie und will eigentlich gerade fragen, wo sie die her hat. Aber da fällt ihr auf, wo ich hingucke, und sie wird rot. Vielleicht ist sie empfindlich. Ich sage mal besser nichts.

»Brauchst du denn gar keine Gewichte?«

»Habe ich.« Sie greift in ihren Rucksack und holt zwei mit Sand gefüllte alte Wasserflaschen heraus.

Das sind ihre Gewichte?

»Von Fitnessstudios halte ich mich schön fern«, erklärt sie und stemmt die Flaschen über den Kopf. »Totale Geldverschwendung. Die Hälfte der Leute, die Mitglied in so einem Studio sind, geht sowieso nie zum Training. Kaufen sich teure Sportklamotten und ziehen sie nie an. Ist ja wohl der totale Schwachsinn.«

»Ja, klar«, sage ich schnell. »Ganz meine Meinung.«

Jess pausiert, um ihre Gewichte besser zu umfassen. Dann fällt ihr Blick auf etwas hinten an meiner Leggings.

»Was ist denn das?«

»Äh…« Ich fasse nach hinten.

Mist. Das Preisschild hängt raus.

»Äh… nichts!« Blitzschnell stecke ich es in den Hosenbund. »Ich hole nur eben… ein paar Gewichte für mich.«

Als ich mit zwei Flaschen Evian aus der Küche wiederkomme, bin ich doch etwas beunruhigt. Das hatte ich mir anders vorgestellt. Ich dachte, wir würden locker auf zwei nebeneinander stehenden Laufbändern zu eingängiger Musik joggen, während unsere Haare in der Studiobeleuchtung glänzen.

Na gut. Egal.

»Na, dann… mache ich dir einfach alles nach, ja?« Ich lege mich neben Jess auf den Teppich.

»Ich tue jetzt ein bisschen was für den Bizeps«, erklärt Jess. »Ist ganz einfach.« Sie fängt an, die Arme zu heben und wieder zu senken, und ich mache es ihr nach. Mann, Jess hat aber ein ganz schönes Tempo drauf, oder?

»Soll ich Musik anmachen?«, frage ich nach wenigen Sekunden.

»Ich brauche keine Musik.«

»Nein, nein. Ich auch nicht«, beeile ich mich zu sagen.

Jetzt tun mir aber langsam die Arme weh. Das kann doch nicht gesund sein. Ich sehe zu Jess, die fröhlich weiter den Bizeps stählt. Ich lehne mich nach vorne und tue, als würde ich mir die Schuhe binden. Dann fällt mir etwas ein.

»Bin gleich zurück«, sage ich und sause wieder in die Küche. Wenige Augenblicke später komme ich mit zwei schlanken silberfarbenen Flaschen in der Hand zurück.

»Hier, das ist ein Fitnessdrink.« Ich reiche Jess die eine Flasche. »Damit der Mineralienhaushalt wiederhergestellt wird.«

»Damit *was*?« Jess runzelt die Stirn und legt ihre Gewichte neben sich.

»Steht drauf, guck. Enthält eine einzigartige Zusammenstellung von leistungssteigernden Vitaminen und Kräutern.«

Jess liest das Etikett.

»Ist doch das reine Zuckerwasser, wetten? Wasser… Glukosesirup…« Sie stellt die Flasche ab. »Nein danke.«

»Aber es hat ganz besondere Eigenschaften!«, erkläre ich überrascht. »Stellt den Mineralienhaushalt wieder her, revitalisiert und versorgt die Haut von innen mit Feuchtigkeit.«

»Und wie macht es das?«

»Öh… weiß ich nicht.«

»Wie viel kostet so eine Flasche?« Jess nimmt die Flasche wieder zur Hand und sieht aufs Preisschild. »Zwei Pfund fünfundneunzig?« Sie ist offensichtlich entrüstet. »Drei

Pfund für das bisschen Zuckerwasser? Dafür kann man ja zwanzig Kilo Kartoffeln kriegen!«

»Aber... ich will keine zwanzig Kilo Kartoffeln«, gebe ich verwirrt zurück.

»Das solltest du aber! Kartoffeln sind das nahrhafteste und preiswerteste Lebensmittel, das es überhaupt gibt.« Sie sieht mich leicht vorwurfsvoll an. »Kartoffeln werden immer noch vollkommen unterschätzt. Aber wusstest du zum Beispiel, dass die Schale einer Kartoffel mehr Vitamin C enthält als eine Orange?«

»Äh... nein«, räume ich nervös ein. »Nein, dass wusste ich nicht.«

»Man könnte sich ausschließlich von Kartoffeln und Milch ernähren.« Sie fängt wieder an, ihre Gewichte zu stemmen. »Die beiden Sachen reichen vollkommen aus. Enthalten so gut wie alle Nährstoffe, die der Körper braucht.«

»Ja, so was!«, sage ich. »Das ist ja... wirklich toll! Äh... Ich geh dann mal duschen.«

Als ich die Gästezimmertür hinter mir schließe, bin ich völlig durcheinander. Was war das mit den Kartoffeln? Ich weiß nicht einmal mehr, wie wir überhaupt auf das Thema gekommen sind!

Ich gehe den Flur hinunter und sehe Luke im Arbeitszimmer etwas aus dem Regal holen.

»Du siehst aber sportlich aus«, kommentiert er meinen Auftritt. »Gehst du ins Fitnessstudio?«

»Jess und ich haben zusammen trainiert«, antworte ich und werfe die Haare zurück.

»Toll. Ihr versteht euch also gut?«

»Wir verstehen uns super!«, sage ich und gehe weiter den Flur hinunter.

Stimmt doch! Glaube ich…

Obwohl, offen gestanden, ist das bei Jess nicht so leicht zu sagen. Sie geht ja nun nicht gerade besonders aus sich heraus.

Aber egal. So weit, so gut. Jetzt haben wir zusammen trainiert, und darum dürfen wir uns jetzt auch belohnen! Wir brauchen bloß ein paar Drinks, ein bisschen Partystimmung und etwas Musik. Dann werden wir so richtig locker draufkommen.

Schon unter der Dusche wird mir ganz kribbelig vor Aufregung. Es gibt doch nichts Besseres als einen richtigen Girlie-Abend in den eigenen vier Wänden. Suze und ich haben dabei so viel Spaß gehabt, als wir zusammen wohnten. Einmal, als Suze gerade von einem Sackgesicht von Freund sitzen gelassen worden war, verbrachten wir den ganzen Abend damit, in seinem Namen Bestellformulare für Wunderkuren gegen Impotenz auszufüllen. Ein anderes Mal haben wir uns Mint Juleps gemacht und uns dabei um ein Haar eine Alkoholvergiftung zugezogen. Und dann war da der Abend, an dem wir beschlossen, uns die Haare rot zu färben – wonach wir mitten in der Nacht einen Friseur finden mussten, der rund um die Uhr aufhat…

Und dann waren da natürlich massenweise Abende, an denen gar nichts Besonderes passierte… an denen wir einfach nur Filme guckten, Pizza aßen, quatschten, lachten und einfach nur so Spaß hatten.

Ich halte mitten im Trockenrubbeln meiner Haare inne. Ist schon komisch, so gar nicht mehr mit Suze zu reden. Seit ich ihr von meiner Schwester erzählt habe, hat sie nicht mehr angerufen. Ich sie übrigens auch nicht.

Na ja. Ich strecke das Kinn nach vorn. So ist das nun mal im Leben. Man findet neue Freunde und neue Schwestern. Das nennt sich natürliche Auslese.

Und Jess und ich werden einen fantastischen Abend miteinander verbringen. Viel besser als alle Abende mit Suze zusammen.

Voller Vorfreude ziehe ich meine Jeans an und ein T-Shirt, auf dem vorne in silbernen Lettern »Schwestern!« steht. Ich schalte die Beleuchtung an meinem Frisiertisch ein und krame jedes einzelne Schminkutensil hervor, das ich besitze. Aus einer Schachtel unter dem Bett fische ich drei Perücken, vier Haarteile, falsche Wimpern, Glitzerspray und Klebe-Tätowierungen. Dann öffne ich meinen Spezialschrank, in dem ich alle meine Schuhe aufbewahre.

Ich liebe meinen Schuhschrank. Er ist das smarteste Möbelstück auf der ganzen Welt! Meine Schuhe sind darin alle fein säuberlich aneinander gereiht, und wenn man die Schranktür aufmacht, geht im Schrankinneren eine Lampe an, damit man besser sehen kann! Voller Bewunderung betrachte ich eine Weile die Schuhreihen. Dann hole ich alle die mit den höchsten Absätzen, den buntesten Riemchen und dem schrägsten Design heraus und werfe sie aufs Bett.

Alles klar zur großen Look-Veränderungsorgie!

Dann treffe ich Vorbereitungen im Wohnzimmer. Ich hole alle meine Lieblingsvideos aus dem Regal und lege sie fächerförmig auf dem Fußboden aus. Dazu arrangiere ich diverse Zeitschriftenstapel und zünde einige Kerzen an. In der Küche fülle ich mehrere Schalen mit Chips, Popcorn und Süßigkeiten, zünde noch ein paar Kerzen an und hole den Sekt aus dem Kühlschrank. Ich sehe mich in der Küche um, in der die Arbeitsflächen aus Granit glänzen, und wo alles, was Edelstahl ist, sanft vom Kerzenlicht angestrahlt wird. Sieht toll aus!!

Ich werfe einen Blick auf die Uhr, und es ist schon fast sechs. Jess müsste doch mal langsam mit dem Training fertig sein. Ich gehe zum Gästezimmer und klopfe vorsichtig an.

»Jess?«, frage ich sachte.

Keine Antwort. Dann wird sie wohl unter der Dusche stehen. Macht nichts, eilt ja nicht.

Doch auf dem Weg zurück in die Küche höre ich plötzlich ihre Stimme aus dem Arbeitszimmer kommen. Merkwürdig. Ich nähere mich der Tür und drücke sie langsam auf – und da sitzt Jess am Computer, flankiert von Luke und Gary. Alle drei glotzen auf den Bildschirm, auf dem eine Filmaufnahme von Lukes Gesicht vor einem grünen Hintergrund zu sehen ist.

»Man kann die Grafiken einfach so übereinander legen«, erklärt sie und klappert auf der Tastatur herum. »Und dann mit der Tonspur synchronisieren. Das kann ich eben machen, wenn ihr wollt.«

»Was macht ihr denn hier?«, frage ich überrascht.

»Das ist die neue CD-Rom über unsere Firma«, sagt Luke. »Die Typen, die die gemacht haben, hatten keine Ahnung. Das Ganze muss komplett überarbeitet werden.«

»Deine Schwester ist das totale Genie mit dieser Software!«, freut Gary sich.

»Ich kenne das Programm halt in- und auswendig.« Jess klickt in Windeseile weiter. »Die gesamte Universität hat vor einem Jahr darauf umgestellt. Und außerdem bin ich ein kleiner Technikfreak. Mir macht es Spaß, mit so etwas zu arbeiten.«

»Das ist ja klasse!« Ich lungere unentschlossen an der Tür herum, während Jess weiter auf den Tasten herumhaut. »Aber… ich dachte… Wie wäre es mit einem Drink? Ich habe alles vorbereitet für unseren Girlie-Abend zu Hause!«

»Ach, entschuldige«, sagt Luke, dem erst jetzt wieder einfällt, wessen Gast Jess ist. »Ich halte dich nur unnötig auf, Jess. Den Rest schaffen wir jetzt schon alleine. Aber tausend Dank für deine Hilfe!«

»Danke!«, verlautet es auch von Gary.

Die beiden sehen Jess mit einer solchen Bewunderung an, dass ich unwillkürlich einen Anflug von Eifersucht verspüre.

»Na, komm!«, flöte ich. »Ich habe Sekt kalt gestellt.«

»Noch mal vielen Dank, Jess«, sagt Luke. »Du bist ein Ass!«

»Schon okay.« Jess steht auf und folgt mir in die Küche.

»Männer!«, sage ich, sobald wir außer Hörweite sind. »Haben immer nur Computer im Kopf!«

»Ich mag Computer.« Jess zuckt mit den Schultern.

»Äh… ja. Ich ja auch«, lenke ich hastig ein.

Und das stimmt ja auch irgendwie.

Ich meine, ich *liebe* eBay.

Auf dem Weg zur Küche schäume ich fast über vor Aufregung. Es ist so weit! Der große Moment ist da! Der Moment, auf den ich so lange gewartet habe! Ich schnappe mir die Fernbedienung für den CD-Player und drücke Play – und Sekunden später peitscht der Sound von Sister Sledge bei voller Lautstärke durch die Küche. Ich habe die CD extra für heute gekauft!

»*We are family!*«, singe ich mit und strahle Jess an. Ich nehme die Sektflasche aus dem Eiskühler und lasse den Korken knallen. »Sekt?«

»Ich hätte lieber etwas ohne Alkohol, wenn du hast«, sagt sie und vergräbt die Hände in den Taschen. »Von Sekt kriege ich Kopfschmerzen.«

»Oh.« Ausgebremst. »Klar, gerne.«

Ich schenke ihr ein Glas Aqua Libra ein und stelle die

Flasche ganz schnell wieder weg, bevor sie das Preisschild entdeckt und wieder anfängt, über Kartoffeln zu reden.

»Ich dachte, wir könnten heute Abend einfach ein bisschen entspannen«, rede ich gegen die Musik an. »Es uns einfach gemütlich machen... quatschen... lachen...«

»Klingt gut.« Jess nickt.

»Mein Vorschlag ist darum eine Look-Veränderungs-orgie!«

»Was für eine Orgie?« Jess sieht mich verständnislos an.

»Komm mit!« Ich ziehe Jess durch den Flur hinter mir her ins Schlafzimmer. »Wir können uns gegenseitig schminken... verschiedene Klamotten anprobieren... ich könnte dir die Haare machen, wenn du willst...«

»Ich weiß nicht.« Jess hat die Schultern hochgezogen, als wäre ihr nicht ganz wohl.

»Hey, das macht Spaß! Guck mal hier, setz dich vor den Spiegel, und probier eine von meinen Perücken an!« Mir selbst setze ich sofort die blonde Marilyn-Perücke auf. »Ist die nicht klasse?«

Jess zuckt zusammen.

»Ich hasse Spiegel«, sagt sie. »Und ich schminke mich auch nie.«

Verdutzt sehe ich sie an. Wie kann man denn Spiegel hassen?

»Und abgesehen davon, bin ich ganz zufrieden mit meinem Aussehen«, fügt sie hinzu.

»Ja, natürlich kannst du das sein!«, bestätige ich erstaunt. »Darum geht es doch auch gar nicht! Es geht doch nur darum... du weißt schon... Spaß zu haben.«

Schweigen.

»Aber egal!«, jubiliere ich, um meine Enttäuschung zu verbergen. »War nur so eine Idee. Wir können auch etwas anderes machen.«

Ich nehme die Marilyn-Perücke ab und schalte das Licht am Frisiertisch aus. Mit einem Mal versinkt das Zimmer in einem diffusen Halbdunkel – und in mir drin sieht es offen gestanden ähnlich aus. Ich hatte mich so darauf gefreut, Jess zu schminken. Ich hatte so tolle Ideen für ihre Augenpartie.

Na ja, was soll's. Komm schon. Dann machen wir eben etwas anderes Schönes!

»Wie wäre es mit... einen Film gucken?«, schlage ich vor.

»Prima.« Jess nickt.

Filmgucken ist ja irgendwie auch eigentlich viel besser. Filme mag schließlich jeder, und wenn es mal langweilig wird, können wir uns unterhalten. Ich gehe voraus ins Wohnzimmer und deute ausladend auf die auf dem Boden ausgebreiteten Videokassetten. »Such dir was aus. Alles da!«

»Okay.« Jess geht die Videos durch.

»Bist du für *Vier Hochzeiten und ein Todesfall...*«, versuche ich sie aus der Reserve zu locken, »...oder mehr für *Schlaflos in Seattle*? Oder doch eher für *Harry und Sally...*?«

»Mir ist es egal«, sagt Jess schließlich und sieht mich an. »Such du was aus.«

»Aber du musst doch einen Lieblingsfilm haben!«

»Ja, aber das hier ist alles nicht so ganz mein Geschmack.« Jess verzieht das Gesicht. »Ich bin mehr für etwas schwerere Kost.«

»Oh.« Das ist mir jetzt aber unangenehm. »Ach so. Na ja... Ich kann ja noch eben schnell zur Videothek gehen und was anderes holen. Dauert keine fünf Minuten! Sag mir einfach, was du gerne sehen möchtest, und –«

»Ist schon okay, ich will dir keine Umstände machen.« Sie zuckt mit den Schultern. »Wir können uns ruhig einen von denen hier angucken.«

»Ach, das ist doch albern!«, wehre ich lachend ab. »Wir gucken uns doch keinen Film an, den du nicht magst! Dann machen wir eben… etwas anderes! Kein Problem!«

Ich lächele Jess an, bin aber doch etwas beunruhigt. Ich weiß nämlich gar nicht recht, was ich jetzt noch vorschlagen könnte. Plan B wäre ansonsten noch Dancing-Queen-Karaoke gewesen – aber mir ist irgendwie so, als würde sie das auch nicht wollen. Und außerdem haben wir die Perücken nicht auf.

Warum verdammt noch mal kommt denn bloß keine lockere Stimmung auf? Ich dachte, wir würden um diese Uhrzeit bereits hysterisch lachend in der Wohnung herumspringen. Ich dachte, wir würden Spaß haben.

Oh Gott. Wir können doch nicht den ganzen Abend nur hier sitzen und schweigen. Also gut, noch mal ganz von vorne.

»Hör zu, Jess. Ich möchte etwas machen, was *du* gerne machen möchtest. Aber du musst mir schon ein bisschen helfen. Also… mal ganz ehrlich. Wenn ich dich jetzt nicht übers Wochenende hierher eingeladen hätte – was würdest du dann jetzt machen?«

»Also…« Jess denkt einen Moment nach. »Ich sollte heute Abend eigentlich an einem Umweltschützertreffen teilnehmen. Ich engagiere mich da nämlich bei unserer Ortsgruppe. Wir wollen die Leute aufrütteln, organisieren Sitzstreiks und Protestmärsche… solche Sachen eben.«

»Na, dann los!«, freue ich mich. »Dann organisieren wir eben einen Sitzstreik! Das macht doch bestimmt Spaß! Ich mache ein paar Transparente…«

Verdutzt sieht Jess mich an.

»Einen Sitzstreik gegen was?«

»Äh… mir egal! Du bist der Gast – du darfst dir was aussuchen!«

Ungläubig starrt Jess mich an.

»Man organisiert nicht einfach nur so mal eben einen Sitzstreik. Man braucht doch einen konkreten Anlass. Einen Fall von Umweltzerstörung. Und das macht dann ganz bestimmt keinen Spaß!«

»Okay«, nehme ich mich sofort zurück. »Also keinen Sitzstreik. Und was wäre, wenn du heute Abend *nicht* an dem Treffen teilgenommen hättest? Was würdest du dann jetzt tun? Ganz egal, was es ist – das machen wir dann! Zusammen!«

Jess runzelt nachdenklich die Stirn, und ich beobachte hoffnungsvoll ihr Gesicht. Und auf einmal werde ich richtig neugierig. Denn jetzt werde ich zum ersten Mal wirklich etwas über meine Schwester erfahren.

»Ich schätze, ich würde meine Buchführung für den letzten Monat machen«, sagt sie schließlich. »Ich habe sogar die Unterlagen dafür mitgenommen, für den Fall dass ich zwischendurch mal Zeit habe.«

Buchführung machen. An einem Freitagabend. Buchführung.

»Gut!«, zwinge ich mich schließlich zu sagen. »Prima! Na, dann … wollen wir mal unsere Buchführung machen!«

Okay. Das hier ist echt gut. Wirklich prima.

Wir sitzen beide in der Küche und befassen uns mit unserer jeweiligen Buchführung. Oder sagen wir, Jess befasst sich mit *ihrer* Buchführung. Ich bin mir nicht ganz sicher, was ich gerade mache.

Ich habe »Buchführung« ganz oben auf das Blatt Papier geschrieben und das Wort zweimal unterstrichen.

Jedes Mal, wenn Jess aufsieht, kritzele ich schnell irgendetwas aufs Papier, nur damit es so aussieht, als würde ich auch etwas tun. Bis jetzt steht auf dem Blatt:

242

»20 Pfund… Budget…200 Millionen Pfund… Hallo!…
Ich heiße Becky…«

Jess runzelt die Stirn, während sie immer wieder einen Stapel Papiere durchblättert. Sieht aus wie Kontoauszüge.

»Stimmt was nicht?«, erkundige ich mich einfühlsam.

»Ich versuche gerade, einen anscheinend verloren gegangenen kleineren Betrag aufzuspüren«, erklärt sie. »Vielleicht steht das in einem meiner anderen Ausgabenbücher.« Sie steht auf. »Ich komme gleich wieder.«

Sie verschwindet aus der Küche, und ich gönne mir einen Schluck Sekt. Mein Blick fällt auf den Stoß Kontoauszüge.

Ich werde sie mir selbstverständlich nicht genauer ansehen. Schließlich sind die Jess' Privateigentum, und das respektiere ich. Und überhaupt geht mich das gar nichts an. Überhaupt gar nichts.

Das Dumme ist nur, dass mein Bein juckt. Ehrlich! Ich beuge mich nach vorn, um es zu kratzen… dann beuge ich mich noch ein bisschen weiter nach vorn… und noch ein bisschen… bis ich die Ziffer ganz unten auf dem obersten Kontoauszug erkennen kann.

£ 30 002

Mir wird ganz flau im Magen, und ich setzte mich flugs wieder auf, wobei ich fast mein Sektglas umkippe. Mein Herz rast vor Schreck. Dreißigtausend Pfund? *Dreißigtausend Pfund?*

So viel hatte ich mein Konto noch nie überzogen! Noch nie. *Nie!*

Natürlich! Jetzt ist plötzlich alles so logisch! Klar! Kein Wunder, dass sie sich ihre Trainingsgewichte selber bastelt. Kein Wunder, dass sie ihre Thermosflasche überall mit hinschleppt. Das sind wahrscheinlich ihre ganz persönlichen Sparmaßnahmen – kenne ich doch alles! Wahrscheinlich hat sie auch *Mit dem Einkommen ein Auskommen haben* von David E. Barton gelesen!

Mannomann, wer hätte das gedacht?

Als Jess zurück in die Küche kommt, betrachte ich sie mit ganz anderen Augen. Sie nimmt einen der Kontoauszüge in die Hand und seufzt – und in mir wallt grenzenlose schwesterliche Zuneigung für sie auf. Wie oft habe ich wohl schon einen Kontoauszug in die Hand genommen und so geseufzt? Wir sind eben doch Seelenverwandte!

Sie geht die Zahlen durch und sieht immer noch ziemlich gestresst aus. Na ja, kein Wunder, mit so einem fetten Minus auf dem Konto!

»Hi«, sage ich und lächele verständnisvoll. »Versuchst du immer noch, den kleinen Geldbetrag wiederzufinden?«

»Irgendwo muss er ja sein.« Sie runzelt die Stirn und sieht sich einen anderen Kontoauszug an.

Mein Gott, vielleicht ist die Bank kurz davor, bei ihr zu pfänden oder so. Vielleicht sollte ich ihr ein paar Tipps geben.

In vertrauensvoller Manier lehne ich mich zu ihr über den Tisch.

»Banken sind der absolute Albtraum, was?«

»Banken sind zu absolut nichts nütze«, sagt sie.

»Weißt du, manchmal hilft es schon, einfach nur einen netten Brief zu schreiben. Zu erzählen, dass man sich das Bein gebrochen hat oder so. Oder dass der Hund gestorben ist.«

»Wie bitte?« Jess sieht mich an. »Wozu das denn?«

Mann, die Frau hat echt keine Ahnung! Kein Wunder, dass sie im Schlamassel steckt.

»Na, ganz einfach! Um ein bisschen Mitgefühl zu wecken. Dann erlassen sie dir vielleicht die Überziehungsgebühren. Oder sie erweitern deinen Kreditrahmen!«

»Ich habe mein Konto nicht überzogen.« Jess sieht mich verwundert an.

»Aber –«

Ich verstumme, als mir die Bedeutung ihrer Worte klar wird. Sie hat ihr Konto nicht überzogen. Was heißt –

Mir wird ein klein wenig schwindelig.

Die dreißigtausend Pfund sind...

Sie sind tatsächlich richtiges *Geld*?

»Geht's dir gut, Becky?« Jess sieht mich fragend an.

»Ich... mir geht's prima!«, würge ich hervor. Ich stürze ein paar Schlucke Sekt herunter und versuche, die Fassung zu bewahren. »Also... du hast dein Konto nicht überzogen. Na, das ist ja schön! Toll!«

»Ich habe mein Konto in meinem ganzen Leben noch nicht überzogen«, erzählt Jess mit fester Stimme. »Ist doch überhaupt nicht nötig. Ich bin der Meinung, dass jeder seinen Verhältnissen entsprechend leben kann – man muss es nur wirklich wollen. Leute, die sich verschulden, haben nur nicht genügend Selbstdisziplin. Dafür gibt es keine Entschuldigung.« Sie streicht ihre Unterlagen glatt, als ihr etwas einfällt. »Aber du hast doch mal als Finanzjournalistin gearbeitet, oder? Deine Mutter hat mir einige deiner Artikel gezeigt. Dann weißt du das ja alles.«

Ihre nussbraunen Augen fixieren mich erwartungsvoll, und mir wird plötzlich ganz anders vor Angst. Ich bin mir nämlich nicht so ganz sicher, ob ich möchte, dass sie weiß, wie es um meine Finanzen bestellt ist...

»Ich... äh... klar!«, sage ich. »Weiß ich alles. Ist alles nur eine Frage der... der Vorausplanung und des besonnenen Umgangs mit dem Geld.«

»Genau!«, pflichtet Jess mir vorbehaltlos bei. »Sobald bei mir Geld reinkommt, zweige ich sofort die Hälfte davon ab und packe das auf ein Sparkonto.«

Sie tut bitte *was*?

»Großartig!«, gelingt es mir zu sagen. »Absolut vernünftig.«

Ich befinde mich in einem Schockzustand. Als Finanzjournalistin habe ich mich darüber ausgelassen, dass man
monatlich stets eine bestimmte Summe auf die hohe Kante legen sollte. Aber ich hätte nie gedacht, dass das tatsächlich jemand machen würde!

Jess betrachtet mich mit neu gewecktem Interesse.

»Heißt das, du machst das auch, Becky?«

Mir verschlägt es für einige Sekunden die Sprache.

»Äh... na ja.« Ich räuspere mich. »Vielleicht nicht immer *ganz* die Hälfte und vielleicht nicht unbedingt *jeden*
Monat...«

»Mir geht's genauso!« Jess lächelt mich entspannt an.
»Manchmal schaffe ich auch nur ein Fünftel!«

»Ein Fünftel!«, wiederhole ich mit wackeliger Stimme.
»Na ja... macht ja nichts. Kein Grund, ein schlechtes Gewissen zu haben.«

»Habe ich aber!« Jess lehnt sich über den Tisch zu mir.
»Das verstehst du doch bestimmt.«

Ihr Gesichtsausdruck ist jetzt so offen, wie ich ihn noch
nie an ihr gesehen habe.

Oh mein Gott. Sie öffnet sich mir! Wir knüpfen zarte
Bande!

»Ein Fünftel wovon?«, erkundigt sich Luke, der gerade
zusammen mit Gary und sichtbar gut gelaunt die Küche
betritt.

O-oh.

»Äh... nichts«, beeile ich mich zu sagen.

»Wir sprachen bloß gerade über Geld«, erklärt Jess Luke.
»Weil wir unsere jeweilige Buchführung für den letzten
Monat gemacht haben.«

»*Buchführung?*« Luke lacht auf. »Und welche Bücher genau hast du geführt, Becky?«

»Na, du weißt schon«, erwidere ich fröhlich. »Die Bücher, in denen ich meine Einnahmen und Ausgaben notiere.«

»Aha.« Luke nickt und holt eine Flasche Wein aus dem Kühlschrank. »Und... hast du schon das Sondereinsatzkommando angerufen? Und das Rote Kreuz?«

»Was meinst du denn damit?«, fragt Jess verwirrt.

»Die werden doch normalerweise immer als Erste in irgendwelche Katastrophengebiete geholt, oder?« Er grinst mich an.

Ha, ha. *Sehr* witzig.

»Aber... Becky hat doch früher als Finanzjournalistin gearbeitet!« Jess klingt reichlich schockiert.

»Finanzjournalistin?« Luke scheint sich prächtig zu amüsieren. »Möchtest du mal eine Geschichte aus der Zeit deiner Schwester als Finanzjournalistin hören?«

»Nein«, sage ich schnell. »Möchte sie nicht.«

»Die Geschichte mit der Cash-Karte«, schwelgt Gary bereits in Erinnerungen.

»Die Geschichte mit der Cash-Karte!« Luke haut vor Freude mit der flachen Hand auf den Tisch. »Die stammt aus der glorreichen Zeit, in der Becky als Finanzexpertin beim Frühstücksfernsehen die Zuschauer beriet«, erklärt er Jess. »Sie wollte einen Filmbeitrag über die Gefahren von Bargeldautomaten machen und hat zu Demonstrationszwecken ihre eigene Cash-Karte in den Automaten gesteckt...« Luke muss wieder lachen. »Und das Ding wurde bei laufender Kamera vom Automaten geschluckt.«

»Der Ausschnitt wurde neulich in einer dieser Spaß-Shows gezeigt«, erzählt Gary mir. »Vor allem der Teil, wo du anfängst, den Automaten mit dem Schuh zu malträtieren, ist inzwischen Kult!«

Ich werfe ihm einen wütenden Blick zu.

»Aber wieso hat der Automat die Karte denn eingezogen?«, fragt Jess perplex. »Hattest du ... *dein Konto überzogen?*«

»Hatte Becky ihr Konto überzogen?« Luke holt in Hochstimmung einige Gläser aus dem Schrank. »Ist der Papst katholisch?«

Jess sieht ziemlich verwirrt aus.

»Aber Becky, du hast mir doch gerade erzählt, dass du jeden Monat die Hälfte deines Einkommens sparst.«

Mist.

»Wie bitte?« Luke dreht sich ganz langsam zu uns um. »Becky hat *was* gesagt?«

»Das ... das habe ich so nicht gesagt«, verteidige ich mich mit rotem Kopf. »Ich habe gesagt, es wäre eine *gute Idee*, die Hälfte des Einkommens zu sparen. Im Prinzip. Und das ist es auch! Wirklich, das ist eine hervorragende Idee!«

»Und wie wäre es mit: Keine riesigen Kreditkartenrechnungen verursachen, die man seinem Mann verheimlicht?«, fragt Luke mit hochgezogener Augenbraue. »Ist das auch im Prinzip eine gute Idee?«

»Kreditkartenrechnungen?« Jess sieht mich entsetzt an. »Das heißt ... du hast Schulden?«

Mein Gott, muss sie das so dramatisch ausdrücken? *Schulden.* Hört sich ja fast an wie die Pest. Als würde ich morgen ins Armenhaus einziehen. Ich meine, hallo? Wir leben im einundzwanzigsten Jahrhundert. Da hat doch jeder *Schulden.*

»Hast du schon mal die alte Weisheit gehört, dass Ärzte die schlimmsten Patienten sind?«, antworte ich mit einem leichten Lachen. »Na ja, analog dazu sind Finanzjournalisten eben die schlimmsten ... äh ...«

Ich warte eigentlich darauf, dass Jess jetzt auch lacht –

oder zumindest mitfühlend lächelt. Aber sie sieht mich einfach nur vollkommen fassungslos an.

Das wurmt mich jetzt ja doch ein bisschen. Gut, dann habe ich eben hin und wieder ein bisschen Schulden gemacht. Aber deswegen muss sie mich doch nicht gleich so *missbilligend* ansehen.

»Ach, übrigens, Jess«, meldet Gary sich zu Wort. »Wir haben da eine winzige Funktionsstörung bei dem Programm.«

»Ach ja?« Jess sieht auf. »Soll ich mir das gleich mal ansehen?«

»Ich weiß nicht.« Gary wirft mir einen Blick zu. »Wir wollen euren Girlie-Abend ja nicht stören...«

»Schon gut«, winke ich ab. »Macht ihr nur.«

Nachdem sie alle ins Arbeitszimmer verschwunden sind, schlurfe ich den Flur hinunter ins Wohnzimmer. Ich lasse mich aufs Sofa plumpsen und glotze todunglücklich auf den schwarzen Fernsehbildschirm.

Jess und ich sind uns kein bisschen näher gekommen.

Wir verstehen uns nicht. Das ist die bittere Wahrheit.

Ich werde ganz schwermütig vor Enttäuschung. Ich habe mir doch von Anfang an eine solche Mühe gegeben. Ich habe alles getan, was ich konnte. Ich habe das Höhlenposter gekauft... und ich habe die vielen leckeren Snacks vorbereitet... und ich habe versucht, einen richtig schönen gemeinsamen Abend zu planen. Und sie hat noch nicht einmal *versucht*, irgendwie mitzumachen. Gut, dann hat ihr eben keiner von meinen Filmen zugesagt. Aber sie hätte doch wenigstens so tun können, als ob, oder? Also, wenn ich sie gewesen wäre, hätte ich so getan.

Warum ist sie bloß so schrecklich *miesepeterig*? Warum kann sie sich nicht einfach mal *amüsieren*?

Ich stürze den Sekt hinunter. Ärger steigt in mir auf.

Wieso hasst sie Shopping? Wie kann das sein? Herrgott noch mal, die Frau hat dreißig Riesen auf dem Konto! Shopping müsste doch eine ihrer Lieblingsbeschäftigungen sein!

Und noch etwas: Warum ist sie so besessen von Kartoffeln? Was zum Teufel ist denn an beschissenen Kartoffeln so Besonderes?

Ich verstehe sie nicht. Ich verstehe sie einfach nicht. Sie ist zwar meine Schwester, aber ich kapiere sie nicht. Luke hat von Anfang an Recht gehabt. Es ist die Umwelt, die uns prägt. Die Gene haben da überhaupt nichts zu sagen.

Ich mache einen Stoßseufzer und gehe dann trübsinnig die vielen Videos durch. Vielleicht sehe ich mir allein einen Film an. Und esse Popcorn dazu. Und ein paar von den leckeren Thorntons-Pralinen.

Jess isst wahrscheinlich überhaupt keine Schokolade. Es sei denn, sie hat sie selbst gemacht. Aus Kartoffeln.

Bitte, soll sie doch. *Ich* werde mir jetzt aber ein bisschen was gönnen und einen netten Film gucken.

Ich strecke gerade die Hand nach *Pretty Woman* aus, als das Telefon klingelt.

»Hallo?«, melde ich mich.

»Hallo, Bex?«, erklingt da eine vertraute, hohe Stimme. »Ich bin's.«

»Suze!« Ich bin wie überwältigt vor Freude. »Oh Gott! Hi! Wie geht's dir?«

»Ach, mir geht's gut. Und dir? Alles in Ordnung?«

»Mir geht's auch gut! Wirklich!«

Und mit einem Mal wünsche ich mir aus tiefster Seele, Suze wäre hier bei mir. Wie in den guten alten Zeiten in Fulham. Ich vermisse sie so sehr. *So* sehr.

Aber jetzt ist ja alles anders.

»Und, wie war Lulus und dein Tagesausflug ins Wellness-Center?«, frage ich um einen lässigen Ton bemüht.

»Ach, der war... okay«, antwortet sie nach kurzem Zögern. »Du weißt schon. Irgendwie... anders halt... aber hat Spaß gemacht!«

»Prima!«

Es folgt betretenes Schweigen.

»Und... na ja, ich habe mich gefragt, wie es wohl mit deiner neuen Schwester so läuft«, fragt Suze zaghaft nach. »Seid ihr... seid ihr jetzt so richtig dicke Freundinnen?«

Suze trifft meinen wunden Punkt.

Ich kann ihr nicht die Wahrheit sagen. Ich kann nicht eingestehen, dass die ganze tolle Schwestern-Sache ein einziges Desaster ist. Dass Suze es sich mit ihrer neuen Freundin im Wellness-Center gut gehen lässt, während ich es nicht einmal auf die Reihe kriege, einen Abend mit meiner Schwester zu verbringen.

»Läuft alles super!«, lüge ich also. »Könnte nicht besser sein! Wir verstehen uns wirklich klasse.«

»Echt?« Suze klingt ein wenig bedrückt.

»Ja, klar! Weißt du was, wir stecken gerade mitten in einem richtig netten Girlie-Abend! Gucken Video... lachen uns tot... hängen einfach ab. Kennst du ja!«

»Welchen Film seht ihr euch an?«, fragt Suze sofort.

»Äh...« Ich werfe einen Blick auf den schwarzen Bildschirm. »*Pretty Woman.*«

»Ich liebe *Pretty Woman*!« Ich höre, wie Suze schmachtet. »Die Szene in dem Laden!«

»Ja, ich weiß! Das ist die beste Szene überhaupt!«

»Und dann der Schluss, wo Richard Gere die Feuerleiter hochklettert!« Suzes Stimme überschlägt sich fast vor Begeisterung. »Oh, Mann, am liebsten würde ich den Film jetzt sofort sehen!«

»Ich auch!«, sage ich ohne nachzudenken. »Ich meine…
ich möchte so gerne… äh… den Rest sehen.«

»Oh.« Suzes Stimme nimmt einen anderen Klang an.
»Dann störe ich ja wohl mitten im Film. Tut mir Leid.«

»Nein!«, beeile ich mich zu sagen. »Ich meine, macht
doch nichts –«

»Schon gut. Du willst dich ja bestimmt wieder um deine
Schwester kümmern. Klingt, als hättet ihr einen Riesen-
spaß zusammen.« Suze klingt richtig sehnsüchtig. »Ihr beide habt bestimmt massenweise zu bereden.«

»Ja«, sage ich und sehe mich in dem leeren Wohnzimmer
um. »Ja, das haben wir.«

»Na, dann… bis bald mal wieder«, sagt sie. »Bye, Bex.«

»Bye!«, sage ich, und dann schnürt sich mir die Kehle zu.

Halt!, will ich auf einmal rufen. Nicht auflegen!

Aber stattdessen lege ich auf und glotze Löcher in die
Luft. Vom anderen Ende der Wohnung höre ich Luke,
Gary und Jess schallend lachen. Luke und Gary verstehen
sich prächtig mit meiner Schwester. Nur ich habe die Kurve nicht gekriegt.

Innerhalb von Sekundenbruchteilen befinde ich mich in
einer tiefen Depression. Ich hatte mir solche Hoffnungen
gemacht. Ich war so aufgeregt, weil ich eine Schwester
habe. Aber es wird wohl nicht viel nützen, es noch weiter
zu versuchen, oder? Ich habe alles getan, was mir einfiel –
und bin mit allem gescheitert. Jess und ich werden niemals
Freundinnen werden. Nie und nimmer.

Ich pelle mich aus dem Sofa, schiebe lustlos die *Pretty
Woman*-Kassette in den Recorder und schnappe mir die
Fernbedienung. Mir bleibt wohl nichts anderes übrig, als
den Rest des Wochenendes einfach nur höflich zu sein.
Höflich und nett, wie eine perfekte Gastgeberin. Das dürf-
te ich wohl noch schaffen.

WEST CUMBRIA BANK
45 Sterndale Street
Coggenthwaite
Cumbria

Ms. Jessica Bertram
12 Hill Rise
Scully
Cumbria

16. Mai 2004

Sehr geehrte Ms. Bertram,

besten Dank für Ihr Schreiben.
Wir sind Ihre Kontodaten äußerst sorgfältig durchgegangen und
können bestätigen, dass eine Diskrepanz von 73 Pence zu Ihren
Ungunsten aufgetreten ist.

Wir bedauern diesen Buchungsfehler unsererseits zutiefst und
haben Ihrem Sparkonto den o. g. Betrag rückwirkend für die letzten
drei Monate gutgeschrieben. Wir sind auch Ihrer Aufforderung
nachgekommen, die Ihnen durch unseren Fehler entgangenen
Zinsen gutzuschreiben.

Erlauben Sie mir bei dieser Gelegenheit, Ihnen abermals ein
Kompliment auszusprechen für Ihren beispielhaft akkuraten und
gewissenhaften Umgang mit Geld.

Wenn Sie mir außerdem eine persönliche Anmerkung gestatten:
Ich freue mich, Sie bei dem bevorstehenden Käse- und Weinabend
für unsere Sparfuchs-Kunden begrüßen zu dürfen. Aus diesem
Anlass wird der Leiter unserer Privatkundenabteilung eine
Ansprache zum Thema »Den Gürtel wieder enger schnallen« halten.

Mit freundlichen Grüßen
West Cumbria Bank

Howard Shawcross
Kundenbetreuer

14

Als ich am nächsten Morgen aufwache, fühlt sich mein Kopf an, als würde er zerplatzen. Was damit zu tun haben könnte, dass ich mir gestern Abend ganz allein sowohl eine ganze Flasche Sekt als auch eineinhalb Schachteln Pralinen genehmigt habe.

Jess, Luke und Gary verbrachten derweil Stunden vor dem Computer. Selbst, als ich ihnen Pizza brachte, haben sie kaum aufgeblickt. Also habe ich mir *Pretty Woman* komplett und *Vier Hochzeiten und ein Todesfall* zur Hälfte angeguckt und bin dann allein ins Bett gegangen.

Ich ziehe mir reichlich verschlafen einen Morgenmantel über, während Luke bereits geduscht hat und in seinem Gemütliches-Wochenende-Outfit steckt, das er immer dann trägt, wenn er das gesamte Wochenende im Büro verbringt.

»Wie lange habt ihr denn gestern Abend noch gemacht?«, erkundige ich mich mit heiserer und belegter Stimme.

»Ziemlich lange.« Luke schüttelt den Kopf. »Ich wollte einfach unbedingt diese blöde CD-Rom fertig kriegen. Ohne Jess wären wir total aufgeschmissen gewesen.«

»Aha.« Grummel.

»Weißt du, ich nehme alles zurück, was ich über deine Schwester gesagt habe«, fügt er hinzu, während er sich die Schuhe zubindet. »Jess hat wirklich ganz schön was auf dem Kasten. Sie hat uns letzte Nacht wahnsinnig geholfen. Genau genommen war sie sogar unsere Rettung. Hat wirklich richtig Ahnung von Computern.«

»Ach ja?«

»Ja! Jess ist echt klasse!« Luke steht auf und gibt mir einen Kuss. »Du hattest Recht. Ich bin froh, dass du sie übers Wochenende zu uns eingeladen hast!«

»Ich auch!« Ich ringe mir ein Lächeln ab. »Wir haben es ja alle so richtig nett miteinander!«

Ich schlurfe in die Küche, wo Jess in Jeans und T-Shirt und mit einem Glas Wasser in der Hand am Tresen sitzt.

Klugscheißer.

Vermutlich wird sie heute Morgen das Atom spalten. Zwischen zwei Sit-ups.

»Morgen«, sagt sie.

»Morgen!«, erwidere ich in dem gepflegten, zuvorkommenden Ton einer perfekten Gastgeberin.

Ich habe nämlich gestern Abend noch mal ein bisschen in *Die perfekte Gastgeberin* gelesen, und da steht, dass man selbst wenn der Gast einen bis aufs Blut nervt, ihm stets mit Charme und Anstand begegnen muss.

Kein Problem. Ich kann charmant sein. Ich kann anständig sein.

»Hast du gut geschlafen? Was kann ich dir zum Frühstück anbieten?«

Ich öffne den Kühlschrank und hole die frisch gepressten Orangen-, Grapefruit- und Cranberrysäfte heraus. Aus dem Brotkasten hole ich Vollkornbrot vom Bäcker, Croissants und Muffins. Dann suche ich in den Küchenschränken nach Marmelade. Ich finde drei Sorten Luxus-Orangenmarmelade, ein Glas Erdbeermarmelade mit Sekt, Wildblütenhonig... und belgischen Schokoladenbrotaufstrich. Dann reihe ich noch diverse Luxus-Kaffee- und Teesorten auf der Arbeitsplatte auf. So. Damit mir keiner nachsagen kann, ich würde meinen Gästen kein anständiges Frühstück bieten.

Ich merke, wie Jess jede einzelne meiner Bewegungen beobachtet, und als ich mich zu ihr umdrehe, sieht sie mich irgendwie seltsam an.

»Was?«, frage ich. »Stimmt was nicht?«

»Schon gut«, sagt Jess betreten. Sie trinkt einen Schluck Wasser – und sieht mich dann wieder an. »Luke hat es mir gestern Abend erzählt. Das mit deinem… Problem.«

»Meinem was?«

»Deine Einkauferei.«

Entsetzt sehe ich sie an. Das hat er nicht!

»Ich habe kein Problem«, sage ich und lächele sie an. »Luke hat da wohl etwas übertrieben.«

»Er hat erzählt, dass ihr ein Budget aufgestellt habt.« Jess sieht besorgt aus. »Klingt, als wäre das Geld zurzeit ein bisschen knapp.«

»Stimmt«, antworte ich freundlich.

Und das geht dich einen Scheißdreck an, füge ich im Geiste hinzu. Ich fasse es nicht, dass Luke ihr das alles erzählt hat!

»Aber… wie kann es dann sein, dass ihr euch Luxuskaffee und Erdbeermarmelade mit Sekt leisten könnt?« Sie zeigt auf die vielen Leckereien auf der Arbeitsfläche.

»Sparsames Haushalten«, antworte ich geschmeidig. »Prioritäten setzen. Wenn man an der einen Ecke spart, kann man an der anderen Ecke mehr ausgeben. Eine der Grundregeln soliden Finanzmanagements. Habe ich auf der Finanzjournalismusschule gelernt«, füge ich spitz hinzu.

Gut, das war eine kleine Lüge. Ich war nie auf einer Finanzjournalismusschule. Aber mal im Ernst. Was glaubt sie denn, wer sie ist? Wer gibt ihr das Recht, mich so auszufragen?

»Und – an welchen Ecken genau sparst du?« Jess runzelt

die Stirn. »Hier in der Küche sehe ich jedenfalls nichts, was nicht von Fortnum oder Harrods wäre.«

Ich will gerade mit einer unfreundlichen Retourkutsche parieren, als mir auffällt, dass sie in der Tat Recht haben könnte. Als ich anfing, über eBay so viel Geld zu verdienen, habe ich mir irgendwie angewöhnt, in Harrods Delikatessenabteilung einzukaufen. Na und? Ist doch wohl immer noch legitim, bei Harrods Lebensmittel einzukaufen!

»Mein Mann legt Wert auf einen gepflegten Lebensstandard«, entgegne ich steif und mit einem kühlen Lächeln. »Und ich versuche, ihm genau das zu bieten.«

»Aber dafür müsstest du nicht zwingend so viel Geld ausgeben.« Jess lehnt sich mit glänzenden Augen über den Tresen. »Du könntest an fast allem sparen! Ich könnte dir ein paar Tipps geben!«

Tipps? Tipps von Jess?

In dem Moment klingelt die Ofenuhr und lässt mich aufgeregt aufsehen. Es ist so weit!

»Hast du etwas im Ofen?« Jess sieht mich verwundert an.

»Äh… so was Ähnliches. Bedien dich doch… bin gleich wieder da…«

Ich eile ins Arbeitszimmer und schalte den Computer ein. Die Auktion des orangefarbenen Vintage-Mantels endet in fünf Minuten, und ich will mir das Ding verdammt noch mal nicht wegschnappen lassen! Ich trommele ungeduldig mit den Fingern auf dem Schreibtisch, und sobald der Bildschirm so weit ist, gehe ich auf die gespeicherte eBay-Seite.

Ich wusste es. »kittybee111« hat wieder geboten. Zweihundert Pfund.

Die hält sich wohl für sehr clever. Aber jetzt pass mal auf, »kittybee111«!

Ich hole Lukes Stoppuhr aus der Schublade und stelle den Countdown auf drei Minuten. Gegen Ende der Zeit positioniere ich meine Hände über der Tastatur wie einen Athleten auf dem Startblock.

Okay. Noch eine Minute bis Auktionsende. Los.

So schnell ich kann, tippe ich *@00.50.

Mist. Was habe ich denn da getippt? Löschen. Noch mal. £200.50.

Ich klicke auf »Abschicken« und lande auf der nächsten Seite. Benutzername... Passwort... Ich tippe, so schnell ich kann.

»Sie sind zur Zeit der Höchstbietende.«

Zehn Sekunden vergehen. Mein Herz klopft wie wild. Was, wenn jemand anders noch *genau in diesem Moment* bietet?

Wie besessen klicke ich auf »Aktualisieren«.

»Was machst du denn, Becky?«, höre ich Jess' Stimme von der Tür.

Mist.

»Nichts!«, sage ich. »Mach dir doch einfach schon einen leckeren Toast, bis ich...«

Die Seite baut sich wieder auf. Mir stockt der Atem. Habe ich... habe ich...?

»Herzlichen Glückwunsch! Sie haben den Artikel ersteigert!«

»Yeeeeeesssss!«, rufe ich unwillkürlich und boxe in die Luft. »Yes! Ich habe ihn!«

»Du hast was?« Jess hat den Raum betreten und sieht jetzt über meine Schulter hinweg auf den Bildschirm. »Bist *du* das etwa?«, fragt sie bestürzt. »Du musst dich an ein ziemlich strammes Budget halten und kaufst dir einen Mantel für zweihundert Pfund?«

»Du verstehst das nicht!« Ich stehe auf, mache die Tür zu und drehe mich zu Jess um.

»Hör zu«, erkläre ich leise. »Kein Grund, sich aufzuregen. Ich habe ziemlich viel Geld, von dem Luke nichts weiß. Ich habe die ganzen Sachen verkauft, die wir auf unserer Hochzeitsreise erstanden haben – und ich habe massenweise Kohle dafür bekommen! Vorgestern habe ich zehn Tiffany-Uhren verkauft und dafür zweitausend Mäuse bekommen!« Ich hebe stolz das Kinn an. »Und darum kann ich mir diesen Mantel ohne Probleme leisten.«

Jess sieht mich weiter äußerst missbilligend an.

»Du hättest das Geld auf ein hochverzinstes Sparkonto packen können«, sagt sie. »Oder du hättest davon eine noch offene Rechnung begleichen können.«

Ich unterdrücke das plötzliche Verlangen, sie anzuschnauzen.

»Tja, habe ich aber nicht.« Ich ringe mir einen freundlichen Ton ab. »Ich habe mir davon einen Mantel gekauft.«

»Und Luke hat keine Ahnung?« Jess fixiert mich mit einem ziemlich unangenehmen Blick.

»Luke *braucht* davon keine Ahnung zu haben! Jess, Luke ist ein viel beschäftigter Mann«, erkläre ich. »Und mir kommt es zu, den Haushalt zu schmeißen, dass es nur so flutscht. Es gehört nicht zu meinen Aufgaben, ihn mit unwichtigen Alltäglichkeiten zu belämmern.«

»Und darum lügst du ihn an.«

Ihr anklagender Ton geht mir offen gestanden ziemlich auf den Zeiger.

»In jeder Ehe muss Raum sein für Geheimnisse, sonst geht sämtlicher romantischer Zauber flöten. Das ist eine wissenschaftliche Tatsache!«

Jess schüttelt den Kopf.

»Und dadurch kannst du dir also die Marmelade von Fortnum leisten, ja?« Sie zeigt auf den Computer. »Findest du nicht, dass du lieber ehrlich sein solltest?«

Ach, Herrgott noch mal! Versteht die Frau denn überhaupt nichts?

»Jess… ich erklär dir das mal«, sage ich freundlich. »Unsere Ehe ist ein komplizierter, lebendiger Organismus, den nur Luke und ich wirklich verstehen können. Ich weiß selbstverständlich, was ich Luke erzählen soll und was nicht. Das kann man Instinkt nennen… oder Diskretion… oder emotionale Intelligenz…«

Jess sieht mich eine Weile schweigend an.

»Also, ich glaube, du brauchst Hilfe«, sagt sie dann.

»Ich brauche keine Hilfe!«

Ich fahre den Computer herunter, schiebe den Stuhl zurück und stolziere an Jess vorbei in die Küche, wo Luke damit beschäftigt ist, eine Kanne Kaffee zu machen.

»Schmeckt dir dein Frühstück, Darling?«, erkundige ich mich betont deutlich.

»Genial!«, freut Luke sich. »Wo hast du bloß die Wachteleier her?«

»Ach… weißt du…« Ich lächele ihn warmherzig an. »Ich weiß doch, dass du die magst, und da habe ich eben welche besorgt.« Ich werfe Jess einen triumphierenden Blick zu, während diese nur die Augen verdreht.

»Wir haben allerdings keinen Bacon mehr«, sagt Luke. »Und es fehlen noch ein paar andere Sachen. Ich hab's aufgeschrieben.«

»Gut.« Da kommt mir eine Idee. »Ach, weißt du was… Ich gehe gleich los und hole die Sachen. Du hast doch sicher nichts dagegen, wenn ich meinen hausfraulichen Pflichten nachkomme, nicht wahr, Jess? Und ich erwarte selbstverständlich nicht, dass du mitkommst«, füge ich zuckersüß hinzu. »Ich weiß doch, wie sehr du Einkaufen hasst.«

Gott sei Dank. Die bin ich los.

»Schon okay«, sagt Jess und füllt sich ihr Glas mit Leitungswasser. »Ich würde gerne mitkommen.«

Mein Lächeln erstarrt.

»Zu Harr– zum Supermarkt?«, frage ich supercharmant nach. »Aber das ist doch langweilig. Ich möchte auf keinen Fall, dass du dich verpflichtet fühlst.«

»Ich möchte aber gerne mit.« Jess sieht mich an. »Wenn du nichts dagegen hast.«

»Dagegen?« Mein Gesicht ziert immer noch das erstarrte Lächeln. »Was sollte ich denn dagegen haben? Ich mach mich nur eben schnell fertig.«

Ich koche vor Wut, als ich in den Flur gehe. Was fällt der eigentlich ein zu behaupten, ich bräuchte Hilfe?

Wenn hier jemand Hilfe braucht, dann ja wohl *sie*. Vielleicht könnte ihr jemand dabei helfen, den verkniffenen Mund mal zu einem Lächeln zu formen.

Ausgerechnet die will mir Ratschläge für meine Ehe geben! Was weiß die denn schon? Luke und ich führen eine wunderbare Ehe! Wir haben uns fast noch nie gestritten!

Es klingelt an der Haustür, und ich gehe noch ganz in Gedanken an die Gegensprechanlage.

»Hallo?«

»Hallo«, ertönt eine Männerstimme. »Ich habe hier eine Blumenlieferung für Brandon.«

Erfreut drücke ich auf den Türöffnerknopf. Wer schickt mir denn Blumen?

Oh Gott! Ich schlage die Hände vor den Mund. Das muss Luke gewesen sein! Er ist ja so romantisch! Wahrscheinlich haben wir heute irgendein nettes Jubiläum, dass ich komplett verpennt habe – unser erstes gemeinsames Abendessen oder das erste Mal, dass wir zusammen geschlafen haben oder so etwas.

Obwohl… das wäre ja eigentlich ein und dasselbe Jubiläum, wenn ich es mir recht überlege…

Egal. Der Punkt ist doch, dass das der Beweis ist. Das ist der Beweis dafür, dass wir eine wunderbare Ehe führen und dass Jess sich tutti completti irrt. Mit allem.

Ich reiße die Wohnungstür auf und bleibe erwartungsvoll vor dem Aufzug stehen. Jetzt soll Jess aber mal sehen! Ich werde meine Blumen direkt in die Küche tragen, Luke einen leidenschaftlichen Kuss geben, und dann wird sie schon irgendetwas Kleinlautes sagen wie: »Ich hatte ja keine Ahnung, dass ihr beiden eine so perfekte Beziehung habt.« Und ich werde sie milde anlächeln und sagen: »Weißt du, Jess…«

Das Öffnen der Aufzugtüren reißt mich aus meinen Gedanken. Und oh… ach, du meine Güte! Luke muss ja ein *Vermögen* ausgegeben haben!

Vor mir stehen zwei uniformierte Lieferanten mit einem Megarosenstrauß und einem riesigen Obstkorb voller in schicken Bast gebetteter Orangen, Papayas und Ananas.

»Wow!«, freue ich mich. »Klasse!« Ich strahle den Mann an, der mir ein Klemmbrett zur Unterschrift reicht.

»Und sie werden das an Mr. Luke Brandon weitergeben, ja?«, hakt der Mann nach, als die beiden wieder den Aufzug betreten.

»Ja, natürlich!«

Und erst dann wird mir die Bedeutung seiner Frage bewusst.

Moment mal. Die sind für Luke? Wer zum Teufel schickt denn Luke Blumen?

Da erspähe ich eine Karte in den Blumen. Neugierig nehme ich sie an mich und überfliege den Text. Und mir wird ganz flau.

Sehr geehrter Mr. Brandon,
ich bedauere sehr zu hören, dass Sie erkrankt sind. Bitte
lassen Sie es mich wissen, falls ich irgendetwas für Sie tun
kann. Und seien Sie versichert: Wir können die Einwei-
hung unseres Hotels gerne so lange hinauszögern, bis Sie
wieder vollständig genesen sind.
   Mit den besten Grüßen,
   Nathan Temple.

Ich bin wie gelähmt vor Entsetzen. So war das aber nicht gedacht!

Nathan Temple sollte doch keine Blumen schicken! Er sollte doch nicht die Einweihung seines Hotels verschie-ben! Er sollte *verschwinden*!

»Was ist denn das?«, erklingt da Lukes Stimme. Ich fah-re zusammen vor lauter Schreck, wirbele herum und sehe Luke aus der Küche auf mich zukommen.

Mit einer kaum wahrnehmbaren Bewegung zerknülle ich Nathan Temples Karte und lasse sie in der Tasche mei-nes Morgenmantels verschwinden.

»Hi!« Meine Stimme klingt ein bisschen schrill. »Sind die nicht toll?«

»Für mich?«, fragt Luke ungläubig, nachdem er den Lie-feraufkleber entdeckt hat. »Von wem denn?«

Schnell. Nachdenken.

»Die sind ... ähm ... von mir!«, strahle ich.

»Von *dir*?« Luke glotzt mich an.

»Ja! Ich wollte dir gerne mal Blumen schicken. Und ... äh ... Obst. Hier, bitte schön! Alles Gute zum Samstag!«

Ich schaffe es irgendwie, den gigantischen Strauß und den Korb in Lukes Arme zu manövrieren, und hauche ihm dann einen Kuss auf die Wange. Luke sieht ziemlich kon-fus aus.

»Ich bin ja wirklich gerührt, Becky«, sagt er. »Ehrlich. Aber warum hast du mir das alles geschickt? Warum hast du mir einen Obstkorb geschickt?«

Darauf fällt mir so schnell keine Antwort ein.

»Muss ich denn wirklich einen handfesten *Grund* haben, um meinem Mann einen Obstkorb zu schicken?«, frage ich schließlich, wobei es mir sogar gelingt, ein klein wenig verletzt zu klingen. »Darf ich meinem Mann so kurz vor unserem ersten Hochzeitstag denn kein frisches, saftiges, knackiges Obst schenken, gewissermaßen als Metapher für unsere Ehe?«

»Na ja«, meint Luke. »Also, danke. Das ist wirklich lieb.« Er betrachtet den Strauß etwas näher. »Was ist das?«

Ich folge seinem Blick, und mein Magen dreht sich fast um. Zwischen den Rosen steckt ein goldfarbener Plastikschriftzug: »Gute Besserung«.

Mist.

»›Gute Besserung‹?« Überrascht sieht Luke mich an.

Ich suche fieberhaft nach einer Erklärung.

»Das … das … *bedeutet* natürlich nicht ›Gute Besserung‹!«, lache ich. »Das ist nur … ein Code!«

»Ein *Code*?«

»Ja! So ein Geheimcode zwischen Mann und Frau ist total wichtig in einer Ehe! Du weißt schon, damit man unauffällig kleine Liebesbotschaften senden kann. Und darum dachte ich mir, mache ich jetzt mal den Anfang!«

Luke sieht mich ziemlich lange wortlos an.

»Und was bedeutet ›Gute Besserung‹ dann?«, fragt er schließlich. »Übersetzt aus unserem Geheimcode in allgemein verständliche Sprache?«

»Ach, das ist … eigentlich … äh … ganz einfach.« Ich räuspere mich unsicher. »›Gute‹ bedeutet … ›ich‹. Und ›Besse‹ bedeutet … ›liebe‹. Und ›rung‹ bedeutet …«

»Dich‹?«, schlägt Luke vor.

»Ja! Genau! Du hast das Prinzip ja schon verstanden! Ist das nicht klasse?«

Luke schweigt. Ich habe die Hände zu Fäusten verkrampft, und Luke sieht mich forschend an.

»Und es könnte nicht gegebenenfalls sein, dass du aus Versehen den falschen Korb bestellt hast?«, fragt er.

Oh.

Hm, das ist natürlich eine *deutlich* bessere Erklärung. Wieso bin ich da bloß nicht draufgekommen?

»Okay, du hast mich durchschaut!«, gebe ich auf. »So ein Mist aber auch! Wie bist du draufgekommen? Du kennst mich halt einfach zu gut. Und jetzt… äh… kannst du fertig frühstücken, während ich mich anziehe, um in die Stadt zu gehen.«

Mein Herz klopft wie wild, während ich mich schminke.

Was mache ich denn jetzt bloß?

Was mache ich, wenn Nathan Temple anruft, um sich zu erkundigen, wie es Luke geht? Was, wenn er noch mehr Blumen schickt?

Was, wenn er vorbeikommen und Luke einen Krankenbesuch abstatten will? Panik steigt in mir auf, und prompt setze ich mir einen fetten Mascaraklecks aufs Augenlid. In meiner Verzweiflung schmeiße ich die Mascarabürste hin.

Okay… ruhig bleiben. Jetzt werde ich mal ganz langsam alle meine Möglichkeiten durchgehen.

1. Luke die ganze Geschichte erzählen.

Nein. Unmöglich. Allein beim Gedanken daran krampft sich mein Magen zusammen. Luke hat so viel mit der Arcodas-Sache um die Ohren. Da würde ihn das nur unnötig aufregen und ärgern. Und ich als seine treusorgende Ehefrau sollte genau diese Art von Ärger von ihm fern halten.

2. Luke Teile der Geschichte erzählen.

Sozusagen die sorgfältig ausgewählten Highlights. Vielleicht ein klein wenig abgeändert, so dass ich möglichst gut dastehe und der Name Nathan Temple gar nicht erst fällt...

Oh Gott. Unmöglich.

3. Die Situation ganz diskret à la Hillary meistern.

Aber das habe ich ja schon versucht. Und es hat nicht funktioniert.

Und überhaupt, ich wette, Hillary hat immer von irgendwem Hilfe bekommen. Was ich brauche, ist ein Team. Wie in dieser Fernsehserie *The West Wing*. Dann wäre alles so viel einfacher! Dann könnte ich einfach zu Alison Janney gehen und ihr zuflüstern: »Wir haben ein Problem – aber kein Wort zum Präsidenten!« Und sie würde zurückmurmeln: »Keine Sorge, das bleibt unter uns.« Und dann würden wir uns angespannt, aber dennoch liebenswürdig anlächeln und ins Oval Office spazieren, wo Luke gerade einer Gruppe sozial benachteiligter Kinder verspricht, dass ihr Spielplatz gerettet werden wird. Und unsere Blicke würden sich begegnen... und wir würden beide an den Abend zuvor denken, an dem wir in den Gängen des Weißen Hauses Walzer getanzt haben, einzig beobachtet von einem stoischen Sicherheitsbeamten...

Die quietschenden Bremsen eines Müllwagens unten vorm Haus holen mich unsanft in die Realität zurück. Luke ist nicht der Präsident. Ich spiele nicht in *The West Wing* mit. Und ich weiß immer noch nicht, was ich tun soll.

4. Gar nichts tun.

Diese Möglichkeit hat offensichtlich viele Vorteile. Und die Sache ist ja auch... *Muss* ich wirklich etwas tun?

Ich nehme meinen Lipliner und fange nachdenklich an,

mir damit die Lippen zu umranden. Ich meine, betrachten wir die Angelegenheit doch mal mit einem gewissen Abstand. Versuchen wir doch mal, die Dinge wieder ein bisschen in die richtige Perspektive zu rücken. Denn was ist eigentlich passiert? Jemand hat Luke Blumen geschickt. Das ist alles.

Und dieser Jemand möchte, dass Luke für ihn arbeitet. Weil er findet, dass wir ihm einen Gefallen schulden.

Und dieser Jemand ist ein Gangster.

Nein. Halt. Er ist kein Gangster. Er ist ein… ein Geschäftsmann, der früher einmal mit dem Gesetz in Konflikt geraten ist. Das ist etwas ganz anderes.

Und überhaupt. Mal im Ernst. Die Karte war doch wohl nicht mehr als reine Höflichkeit. Ich meine, hallo!? Als würde ein Mann wie Nathan Temple allen Ernstes komplett die Einweihung eines ganzen Hotels verschieben, nur damit Luke die PR machen kann. Das ist doch lächerlich!

Je länger ich in diese Richtung weiterdenke, desto sicherer bin ich mir. Nathan Temple kann nicht ernsthaft erwarten, dass Luke für ihn arbeiten wird. Er hat bestimmt schon eine andere PR-Agentur gefunden. Die Sache läuft sicher schon längst, und irgendwann wird er völlig vergessen haben, dass es Brandon Communications überhaupt gibt! Genau. Also brauche ich gar nichts zu tun. Es ordnet sich alles von selbst.

Trotzdem könnte ich Nathan Temple ja eine kurze Dankeskarte schreiben. Und irgendwie erwähnen, dass Lukes Zustand sich verschlechtert hat.

Noch bevor wir uns auf den Weg zum Supermarkt machen, schreibe ich eine höfliche Karte an Nathan Temple, die ich dann umgehend in den ersten Briefkarten werfe. Je weiter ich mich von dem Briefkasten entferne, desto zufriedener bin ich. Ich habe die Lage voll unter Kontrolle, und Luke hat keine Ahnung. Ich bin das Superweib!

Und meine Laune wird noch besser, als wir den Supermarkt betreten. Mann, Supermärkte sind einfach toll! Da ist es immer so schön hell, und es läuft angenehme Musik, und man bekommt ständig irgendwelchen Käse oder so geschenkt. Außerdem kann man massenweise CDs und Make-up kaufen – und das wird auf der Kreditkartenrechnung alles unter Supermarkt verbucht.

Als Erstes entdecke ich ein Sonderangebot für Teespezialitäten: Wenn man drei kauft, bekommt man ein blumenförmiges Tee-Ei gratis dazu.

»Schnäppchen!«, freue ich mich und nehme mir sofort, ohne hinzusehen, drei Schachteln.

»Das ist kein Schnäppchen«, höre ich Jess' missbilligende Stimme neben mir, und ich merke sofort, wie ich mich wieder verkrampfe.

Warum musste sie denn unbedingt mitkommen?

Aber egal. Ich werde schön höflich bleiben.

»Natürlich ist das ein Schnäppchen«, erkläre ich. »Weil man gratis ein Geschenk dazubekommt.«

»Trinkst du denn überhaupt Jasmintee?«, fragt sie und deutet auf die Schachtel in meiner Hand.

»Äh…«

Jasmintee. Das ist doch der, der nach alten Komposthaufen schmeckt, oder?

Na und? Ich will das Tee-Ei haben!

»Jasmintee kann man immer mal gebrauchen!«, behaupte ich und lege die Schachtel in den Einkaufswagen. »Gut! Und jetzt?«

Ich schiebe den Wagen in Richtung Obst und Gemüse, halte aber auf dem Weg dorthin kurz bei den Zeitschriften an, um mir die neueste Ausgabe der *InStyle* zu nehmen.

Ooooh! Die neue *Elle* ist ja auch schon wieder raus! Und sogar mit einem kostenlosen T-Shirt dabei!

»Was machst du da?«, dringt Jess' Grabesstimme an mein Ohr.

Hat sie etwa vor, mir jedes Mal, wenn ich mir hier etwas angucke, blöde Fragen zu stellen, oder was?

»Ich kaufe ein!«, erwidere ich heiter und werfe ein neues Taschenbuch in den Wagen.

»Das könntest du dir aus der Bücherei ausleihen, da würde es dich gar nichts kosten!«, ist Jess' entsetzter Kommentar.

Aus der Bücherei? Jetzt bin ich aber entsetzt. Ich will doch kein abgegriffenes, in Folie geschweißtes Buch mit Eselsohren, das ich wieder abgeben muss.

»Weißt du, das ist ein moderner Klassiker«, sage ich. »Das Buch sollte jeder selbst im Bücherregal stehen haben.«

»Warum?«, hakt sie nach. »Warum kannst du es dir nicht aus der Bücherei ausleihen?«

Weil ich mein eigenes, neues, unzerknittertes Exemplar haben möchte! Und jetzt verpiss dich, und lass mich in Ruhe!

»Weil... ich mir eventuell einige Notizen am Rand machen möchte«, entgegne ich hochmütig. »Ich lese meine Bücher immer ganz besonders gründlich und möchte später meine Anmerkungen wiederfinden können.«

Ich schiebe den Wagen weiter, doch Jess eilt mir hinterher. »Becky, hör doch mal. Ich möchte dir helfen. Du musst deine Ausgaben unter Kontrolle bringen. Du musst lernen, dich mit etwas weniger zufrieden zu geben. Luke und ich haben gestern Abend darüber gesprochen, und –«

»Ach ja?«, unterbreche ich sie zutiefst verletzt. »Wie schön für euch!«

»Ich könnte dir ein paar Tipps geben... dir zeigen, wo du etwas sparsamer sein –«

»Ich brauche deine Hilfe nicht!«, blaffe ich sie gekränkt an. »Ich *bin* sparsam! Ich bin die Sparsamkeit in Person!«

Jess sieht mich fassungslos an.

»Du findest es sparsam, teure Hochglanzmagazine zu kaufen, die du in der Stadtbücherei gratis lesen könntest?«

Darauf fällt mir nicht sofort was ein. Doch dann sehe ich die *Elle*. Ja!

»Wenn ich sie nicht *kaufen* würde, würde ich wohl auch kaum die Gratisgeschenke bekommen, oder?«, erwidere ich scharf und schwenke den Wagen um die Ecke.

Ha. Der hab ich's aber gegeben, Frau Neunmalklug.

Ich halte auf die Obstabteilung zu und lade tütenweise Äpfel in den Wagen.

Das ist ja wohl obersparsam! Schöne, gesunde, leckere Äpfel. Ich sehe auf – und Jess verzieht das Gesicht.

»Was?«, herrsche ich sie an. »Was ist denn jetzt schon wieder?«

»Die solltest du besser einzeln kaufen.« Jess zeigt auf die andere Seite des Ganges, wo eine Kundin sich quer durch einen großen Apfelhaufen arbeitet und eine Tüte füllt. »Dann ist der Stückpreis viel niedriger. Du würdest ungefähr zwanzig Pence sparen.«

Hey, wow! Das Sparprogramm des Jahres! Ganze zwanzig Pence!!

»Zeit ist Geld«, erwidere ich kühl. »Und meine Zeit ist zu kostbar, um sie damit zu verschwenden, mich durch einen Haufen Äpfel zu wühlen.«

»Wieso das denn?«, fragt sie. »Ich dachte, du wärst arbeitslos?«

Mir bleibt glattweg die Spucke weg. Das ist ja wohl eine bodenlose Frechheit!

Arbeitslos? *Arbeitslos?*

Ich bin nicht arbeitslos! Ich bin eine sehr fähige persönliche Einkaufsberaterin! Und ich habe auch schon den nächsten Job in der Tasche!

Wissen Sie was… so etwas verdient nicht einmal eine Antwort. Ich mache auf dem Absatz kehrt und stolziere hinüber zur Salatbar. Ich fülle zwei große Plastikbehälter mit marinierten Luxusoliven, kehre damit zum Wagen zurück – und bleibe verdutzt stehen.

Wer hat diesen Riesensack Kartoffeln in meinen Einkaufswagen gepackt?

Hatte ich etwa irgendetwas davon gesagt, dass ich einen großen Sack Kartoffeln wollte? Hatte ich etwa irgendetwas davon gesagt, dass ich *überhaupt* Kartoffeln wollte?

Mal angenommen, ich wäre auf der Atkins-Diät!?

Wütend sehe ich mich um, doch Jess ist wie vom Erdboden verschluckt. Und das Scheißteil ist so schwer, dass ich es alleine nicht aus dem Wagen heben kann. Miss Bodybuilder des Jahres könnte das wahrscheinlich. Wo ist sie überhaupt?

Zu meiner Überraschung sehe ich sie mit einem großen Karton auf dem Arm aus einer Seitentür kommen und mit einem der Angestellten reden. Was macht sie denn jetzt?

»Ich habe mit dem Einkaufschef gesprochen«, erklärt sie mir, als sie wiederkommt. »Wir können diesen ganzen Karton voller angedetschter Bananen kostenlos haben.«

Sie hat… *was?*

Ich werfe einen Blick in den Karton und weiche zurück vor den ekelhaftesten, matschig-braunsten Bananen, die ich je gesehen habe.

»Die sind völlig in Ordnung, wenn man die braunen Stellen wegschneidet«, sagt Jess.

»Ich will aber keine braunen Stellen wegschneiden!« Mein Ton ist viel schriller, als ich beabsichtige. »Ich möch-

271

te schöne, gelbe Bananen haben! Und diesen blöden Riesensack Kartoffeln will ich auch nicht haben!«

»Aus diesem einen Sack kannst du Mahlzeiten für drei Wochen machen!« Jess sieht beleidigt aus. »Kartoffeln sind das preiswerteste und nährstoffreichste Lebensmittel, das es gibt! In nur einer Kartoffel –«

Oh Gott, bitte. Nicht noch einen Kartoffelvortrag.

»Und wo, bitte schön, soll ich die aufbewahren?«, unterbreche ich sie. »So einen großen Schrank haben wir nicht.«

»Im Flur steht doch ein großer Schrank«, sagt Jess. »Der wäre doch ideal dafür. Und wenn du dann noch bei Metro oder so en gros Mehl oder Haferflocken kaufst, passen die da auch noch rein.«

Verdutzt sehe ich sie an.

Haferflocken? Was will ich denn mit Haferflocken? Und überhaupt hat sie ganz offensichtlich noch keinen Blick *in* den Schrank geworfen.

»Das ist mein Handtaschenschrank«, kläre ich sie auf. »Und der ist voll.«

Jess zuckt mit den Schultern.

»Du könntest ja ein paar von deinen Handtaschen ausmisten.«

Das verschlägt mir einen Augenblick lang die Sprache. Schlägt sie mir gerade allen Ernstes vor, ein paar von meinen Handtaschen auszumisten… für ein paar *Kartoffeln*?

»Komm, wir gehen weiter«, sage ich schließlich und schiebe den Wagen so ruhig wie möglich vor mir her.

Schön höflich bleiben. Schön liebenswürdig bleiben. In vierundzwanzig Stunden ist sie ja weg.

Doch während wir so durch die Gänge des Supermarktes flanieren, verliere ich wirklich fast die Fassung. Wie das Brummen einer Hummel bohrt sich ihre Stimme konstant in meinen Gehörgang, immer und immer wieder, bis ich mich am liebsten umdrehen und ihr eine runterhauen würde.

Wenn du eure Pizzas selbst machen würdest, würden sie nur die Hälfte kosten … Hast du schon mal überlegt, einen gebrauchten Reiskocher zu kaufen? … Das Waschmittel von der Hausmarke ist 40 Pence billiger … Statt Weichspüler kann man genauso gut Essig benutzen …

»Ich will aber keinen Essig benutzen!«, fahre ich sie an. »Ich will Weichspüler benutzen, okay?« Ich packe eine Flasche in den Wagen und marschiere in Richtung Säfte davon. Jess folgt mir auf dem Fuße.

»Irgendwelche Kommentare?«, frage ich, während ich zwei Kartons in den Wagen lade. »Ist mit leckerem, gesundem Orangensaft irgendetwas nicht in Ordnung?«

»Nein.« Jess zuckt mit den Schultern. »Abgesehen davon, dass die gesundheitsfördernde Wirkung die gleiche wäre, wenn du ein paar billige Vitamin-C-Tabletten in einem Glas Leitungswasser auflöst.«

Okay. Jetzt will ich ihr wirklich eine reinhauen.

Um meine Hände anderweitig zu beschäftigen, greife ich noch zwei Kartons Orangensaft und befördere sie in den Wagen, reiße diesen dann herum und mache mich auf in Richtung Brot. Es duftet herrlich frisch nach Backwaren, und schon bald sehe ich eine Frau hinter einem Tresen stehen, die der vor ihr versammelten Menschentraube irgendetwas demonstriert.

Aaah! So etwas liebe ich!

Vor ihr steht ein glänzendes Chromteil, und als sie es aufklappt, liegen darin köstliche, goldbraune Waffelherzen.

»Das Waffeleisen arbeitet schnell und ist einfach zu bedienen!«, preist die Dame es an. »Wäre das nicht herrlich,

jeden Morgen beim Aufwachen den Duft nach frisch ge-
backenen Waffeln in der Nase zu haben?«

Ja, wäre das nicht herrlich? Ich sehe Luke und mich
schon vor mir, wie wir im Bett sitzen und herzförmige Waffeln mit Ahornsirup frühstücken und dazu Luxuscappu-
ccinos mit ordentlicher Schaumhaube trinken.

»Normalerweise kostet dieses Waffeleisen 49,99«, erklärt
sie. »Aber heute verkaufen wir es für einen Sonderaktions-
preis von nur fünfundzwanzig Pfund. Das heißt, sie sparen
50 Prozent!«

Es durchfährt mich wie ein Stromschlag. Fünfzig Prozent Ersparnis?

Okay, so eins muss ich haben.

»Ja, bitte!«, melde ich mich und schiebe meinen Wagen
auf sie zu.

»Was machst du denn jetzt?«, fragt Jess entsetzt.

»Ich kaufe ein Waffeleisen, das siehst du doch!« Ich verdrehe die Augen. »Würdest du mir bitte aus dem Weg gehen?«

»Nein!« Jess stellt sich meinem Einkaufswagen ziemlich
resolut in den Weg. »Ich werde nicht zulassen, dass du
fünfundzwanzig Pfund verschwendest für ein Gerät, das
du überhaupt nicht brauchst!«

Ich bin außer mir vor Wut. Woher weiß sie denn bitte
schön, was ich brauche und was nicht?

»Ich brauche sehr wohl ein Waffeleisen!«, halte ich dagegen. »Das steht schon seit langem auf der Liste der Dinge,
die ich brauche. Sogar Luke hat neulich erst gesagt: ›Was
in diesem Haushalt wirklich noch fehlt, ist ein anständiges
Waffeleisen.‹«

Gut, das war jetzt gelogen. Aber theoretisch hätte er es
doch sagen können. Woher will sie das schon wissen?

»Und außerdem *spare* ich dabei Geld, falls es dir noch

nicht aufgefallen ist«, füge ich hinzu und schiebe entschlossen den Wagen um sie herum. »Das ist ein Schnäppchen!«

»Es ist kein Schnäppchen, wenn du keins brauchst!« Sie packt den Wagen und versucht, ihn herumzureißen.

»Lass meinen Wagen los!«, herrsche ich sie an. »Ich brauche ein Waffeleisen! Und ich kann es mir auch leisten! Kein Problem! Ich nehme eins«, teile ich der Dame mit, und nehme mir einen Karton vom Tresen.

»Nein, tut sie nicht«, sagt Jess und entreißt mir den Karton.

Was? *Was?*

»Ich tue das hier nur zu deinem Besten, Becky! Du bist kaufsüchtig! Du musst lernen, Nein zu sagen!«

»Ich kann sehr wohl Nein sagen!«, fauche ich sie wütend an. »Ich kann jederzeit Nein sagen! Wann immer ich will! Und hier und jetzt möchte ich *nicht* Nein sagen! Ich nehme eins«, sage ich zu der Dame, die ziemlich verwirrt aussieht. »Oder wissen Sie was, ich nehme gleich zwei. Eins ist für Mum zu Weihnachten.«

Ich schnappe mir die zwei Kartons und lege sie trotzig in den Wagen.

So.

»Du willst jetzt also allen Ernstes einfach so fünfzig Pfund verschwenden, ja?«, schnaubt Jess verächtlich. »Geld zum Fester rauswerfen, das du gar nicht hast?«

»Ich werfe es nicht zum Fenster raus!«

»Natürlich tust du das!«

»Das tue ich nicht!«, wehre ich mich. »Und ich habe das Geld sehr wohl. Ich habe massenweise Geld.«

»Du lebst ja in einer totalen Fantasiewelt!«, schreit Jess mich plötzlich an. »Du hast doch nur so lange Geld, wie du Sachen hast, die du verkaufen kannst. Und was dann? Und was passiert, wenn Luke herausfindet, was du hier die ganze Zeit treibst? Du reitest dich doch bloß immer tiefer in die Scheiße!«

»Ich reite mich in gar keine Scheiße!«, schreie ich wütend zurück.

»Doch, natürlich!«

»Nein!«

»*Werdet ihr zwei Schwestern jetzt wohl endlich aufhören zu streiten?*«, fährt da eine entnervte Frauenstimme dazwischen und bringt uns beide zum Schweigen.

Verwirrt sehe ich mich um. Ist Mum etwa hier?

Doch dann entdecke ich die Frau, die das eben gesagt hat. Sie sieht uns nicht einmal an. Sie meinte zwei Kleinkinder, die in einem Einkaufswagen sitzen.

Oh.

Ich streiche mir ein paar Haare aus dem erhitzten Gesicht und bin ein wenig peinlich berührt. Ich sehe zu Jess hinüber – und sie macht auch den Eindruck, als sei ihr die Sache peinlich.

»Komm, wir gehen zur Kasse«, sage ich gefasst und schiebe den Wagen weiter.

Auf der Fahrt nach Hause schweigen wir uns an. Doch unter meiner ruhigen Oberfläche koche ich vor Wut.

Was bildet die sich eigentlich ein? Woher nimmt sie sich das Recht, mir Vorträge zu halten? Was fällt ihr ein, mir zu erzählen, ich hätte ein Problem?

Zu Hause angekommen, beschränken wir die Kommunikation auf ein absolutes Minimum, während wir die Einkäufe verstauen. Wir sehen uns nicht einmal an dabei.

»Möchtest du eine Tasse Tee?«, frage ich betont förmlich, als ich die letzte Schachtel wegpacke.

»Nein danke«, antwortet sie ebenso förmlich.

»Ich habe hier in der Küche einiges zu tun – ich hoffe, du kannst dich eine Weile selbst beschäftigen.«

»Klar.«

Sie verschwindet in ihr Zimmer und kommt Sekunden später mit einem Buch in der Hand wieder. Titel: *Die Petrographie britischen Eruptivgesteins.*

Mann, die weiß wirklich, wie man sich amüsiert.

Jess setzt sich auf einen der Barhocker, und ich setze Wasser auf und hole zwei Becher aus dem Schrank. Kurz darauf kommt Luke in die Küche. Er sieht gestresst aus.

»Hi, Darling!«, begrüße ich ihn mit einer Extraportion Wärme in der Stimme. »Ich habe uns ein ganz tolles Waffeleisen gekauft! Jetzt können wir jeden Morgen Waffeln essen!«

»Super!«, kommentiert er zerstreut, und ich werfe Jess einen rechthaberischen Blick zu.

»Möchtest du eine Tasse Tee?«

»Äh… ja. Danke.« Er reibt sich die Stirn und sieht hinter die Küchentür. Dann guckt er auf dem Kühlschrank nach.

»Alles in Ordnung?«, frage ich. »Stimmt etwas nicht?«

»Ich suche etwas.« Er runzelt die Stirn. »Komisch. Sachen können doch nicht einfach *verschwinden.*«

»Was suchst du denn?«, erkundige ich mich mitfühlend. »Ich kann dir doch helfen.«

»Nein, nein, lass mal.« Luke schüttelt den Kopf. »Ist was Geschäftliches. Wird schon wieder auftauchen. Kann sich ja schlecht in Luft aufgelöst haben.«

»Ich möchte dir aber gerne helfen!« Zärtlich streiche ich ihm über die Schultern. »Das habe ich doch schon mal gesagt. Sag mir, was du suchst, und dann suchen wir gemeinsam. Wir sind doch ein Team. Ist es ein Ordner… oder ein Buch… irgendwelche Unterlagen…?«

»Das ist lieb von dir.« Er gibt mir einen Kuss. »Nein, es ist gar nichts Büromäßiges. Ich suche nach einer Schachtel mit Uhren. Von Tiffany. Zehn Stück davon.«

Mir bleibt fast das Herz stehen.

Ich bemerke, wie Jess von ihrem Buch aufsieht.

»Sagtest du … Tiffany-Uhren?«, schaffe ich nachzufragen.

»Hmhm.« Luke nickt. »Morgen Abend schmeißen wir ein großes Abendessen mit der Arcodas-Gruppe. Das gehört zu unserem Plan, an den Auftrag ranzukommen. Platt gesagt, versuchen wir den Leuten Honig ums Maul zu schmieren. Darum habe ich einen Haufen Uhren als Werbegeschenke gekauft – und jetzt sind sie weg.« Die Runzeln über seinen Augenbrauen werden noch tiefer. »Ich habe bloß absolut keine Ahnung, wo die abgeblieben sein könnten. Gerade eben waren sie noch da … und im nächsten Moment sind sie verschwunden!«

Ich spüre Jess' Blick auf mir wie Laserstrahlen.

»Komisch, dass so viele Uhren auf einen Schlag verschwinden können«, sagt sie tonlos.

Ach, halt doch die Klappe!

Ich schlucke. Wie konnte ich denn bloß Lukes Werbegeschenke verkaufen? Wie konnte ich nur so dumm sein? Ich meine, ich hatte mich doch sogar noch *gewundert*, weil ich mich nicht erinnern konnte, sie auf der Hochzeitsreise gekauft zu haben …

»Vielleicht habe ich sie in der Garage verstaut.« Luke schnappt sich seine Schlüssel. »Ich gehe eben mal runter und sehe nach.«

Oh Gott. Ich muss es ihm sagen.

»Luke …«, piepse ich. »Luke, bitte nicht sauer werden …«

»Was denn?« Er wirbelt auf dem Absatz herum – und kaum sieht er mein Gesicht, ist er auch schon alarmiert. »Was ist los?«

»Na ja.« Ich lecke mir meine trockenen Lippen. »Es könnte durchaus sein, dass ich –«

»Was?« Seine Augen verengen sich. »Es könnte sein, dass du *was*, Becky?«

»Sie verkauft habe«, flüstere ich.

»Es könnte sein, dass du sie *verkauft* hast?«

»Du wolltest, dass ich aufräume!«, winsele ich. »Und ich wusste doch nicht, wie! Wir hatten viel zu viel Zeugs! Also habe ich alles nach und nach über eBay verkauft. Und die… die Uhren habe ich auch verkauft. Aus Versehen.«

Ich beiße mir auf die Lippe und hoffe ein klein wenig, dass Luke jetzt vielleicht lächelt oder sogar lacht. Aber er sieht mich einfach nur vollkommen entgeistert an.

»Herrgott noch mal, Becky. Wir stecken bis über beide Ohren in Arbeit! Das können wir jetzt gerade noch gebrauchen!« Er nimmt sein Handy, tippt eine Nummer ein und wartet einen Moment. »Marie? Wir haben da ein kleines Problem mit dem Abendessen für die Arcodas-Gruppe morgen Abend. Bitte um Rückruf!« Er klappt das Telefon zu, und dann herrscht Schweigen.

»Ich hatte doch keine Ahnung!«, verteidige ich mich verzweifelt. »Ich wusste doch nicht, dass das Werbegeschenke sind… Wenn du mich dir helfen lassen würdest, dann…«

»*Helfen*?«, fällt Luke mir ins Wort. »Guter Witz, Becky. Wirklich guter Witz!«

Er schüttelt den Kopf und verlässt den Raum.

Ich sehe zu Jess. Über ihrem Kopf sehe ich förmlich eine Gedankenblase mit den Worten »Was habe ich dir gesagt?« schweben. Kurz darauf steht sie auf und folgt Luke ins Arbeitszimmer.

»Wenn ich irgendetwas tun kann«, höre ich sie raunen, »sag mir einfach Bescheid.«

»Ist schon gut«, antwortet Luke. »Danke.«

Jess sagt noch etwas, aber ihre Stimme ist jetzt sehr ge-dämpft – vermutlich hat sie die Tür zugemacht.

Ich *muss* jetzt einfach wissen, was sie sagt! Ich schleiche mich zur Küchentür und von dort durch den Flur. Ich ar-beite mich lautlos bis zur Tür zum Arbeitszimmer vor und lausche.

»Ich verstehe nicht, wie du mit ihr zusammenleben kannst«, höre ich Jess sagen. Ich weiß nicht, was meiner-seits größer ist: der Schock oder die Empörung! Ich bin bis zur letzten Faser angespannt, während ich auf Lukes Ant-wort warte.

Doch im Arbeitszimmer herrscht erst einmal Schwei-gen. Ich wage kaum zu atmen. Ich wage kaum, mich zu bewegen. Ich konzentriere mich hundert Prozent auf das, was von jenseits der Tür zu vernehmen ist.

»Es ist schwierig«, höre ich Luke schließlich sagen.

Mir wird ganz kalt ums Herz.

Luke findet es schwierig, mit mir zusammenzuleben.

Ich höre ein Geräusch, als würde sich jemand von innen auf die Tür zubewegen, sodass ich erschrocken zurück-weiche. Ich sause zurück in die Küche und mache die Tür zu. Mein Herz rast, Tränen steigen mir in die Augen.

Wir sind doch erst seit elf Monaten verheiratet. Wie kann er es da schon schwierig finden, mit mir zusammen-zuleben?

Das Wasser im Kessel kocht inzwischen, aber jetzt will ich keinen Tee mehr. Ich mache den Kühlschrank auf, hole eine offene Flasche Wein heraus und schenke mir ein Glas ein. Ich kippe den Inhalt in Sekundenschnelle hinunter und schenke mir sofort ein zweites Glas ein, als Jess wie-der in die Küche kommt.

»Hi«, sagt sie. »Sieht ganz so aus, als wenn Luke das Problem mit den Geschenken gelöst hätte.«

»Super«, erwidere ich knapp und trinke noch einen Schluck Wein.

Das heißt, Jess und Luke lösen Probleme zusammen, ja? Jess und Luke führen kleine, intime Gespräche, bei denen ich nicht erwünscht bin, ja? Als ich sehe, wie Jess sich seelenruhig wieder hinsetzt und ihr Buch zur Hand nimmt, erfasst mich eine Woge der Wut.

»Ich hätte eigentlich erwartet, dass du meine Partei ergreifst«, sage ich so ruhig, wie es mir möglich ist. »Ich meine, wir sind ja schließlich Schwestern.«

»Wovon redest du?« Jess runzelt die Stirn.

»Du hättest mich in Schutz nehmen können!«

»Dich *in Schutz nehmen*?« Jess sieht auf. »Du glaubst doch wohl nicht im Ernst, dass ich jemanden in Schutz nehme, der sich so verantwortungslos aufführt wie du!«

»Ach so, ich bin verantwortungslos!«, knurre ich angriffslustig. »Und du bist wahrscheinlich perfekt, ja?«

»Ich bin überhaupt nicht perfekt! Aber du bist ohne Zweifel verantwortungslos!« Jess klappt ihr Buch zu. »Mal ganz ehrlich, Becky, ich finde, du solltest dich zusammenreißen! Du hast anscheinend überhaupt kein Pflichtgefühl… du bist davon besessen, Geld auszugeben… du *lügst*…«

»Ja, und du bist die größte Spaßbremse, die mir je begegnet ist!«, brülle ich sie an. »Du bist ein so erbärmlicher Geizkragen, eine so langweilige Kuh – du bist ja vollkommen *unfähig*, dich auch nur ein My zu amüsieren!«

»Was?« Jess sieht mich vollkommen perplex an.

»Ich habe mir solche Mühe gegeben dieses Wochenende!«, rufe ich. »Ich habe alles getan, was ich konnte, damit du dich hier wohl fühlst, und du hast bei nichts mitgemacht! Gut, dann magst du *Harry und Sally* eben nicht – aber du hättest ja wenigstens so tun können, als ob!«

»Es wäre dir also lieber, wenn ich unehrlich wäre?« Jess verschränkt die Arme vor der Brust. »Es wäre dir lieber, wenn ich lüge? Na, das fasst dich ja wohl äußerst treffend zusammen, Becky.«

»Aber wenn man so tut, als ob man etwas mag, *lügt* man doch nicht!«, schreie ich sie frustriert an. »Ich wollte doch nur, dass wir ein schönes Wochenende miteinander verbringen! Ich habe mich über dich erkundigt, ich habe dein Zimmer passend zur dir eingerichtet und alles… und du bist so kalt! Als hättest du überhaupt keine Gefühle!«

An dieser Stelle fange ich um ein Haar an zu heulen. Ich fasse es nicht, dass ich wirklich meine Schwester anschreie. Ich unterbreche mich selbst und atme ein paarmal tief durch. Vielleicht kann ich noch etwas retten. Vielleicht kriegen wir es doch noch auf die Reihe.

»Die Sache ist doch die, Jess… Ich habe das alles nur gemacht, weil ich wollte, dass wir Freundinnen werden.« Meine Stimme bebt. »Ich wollte doch nur, dass wir Freundinnen werden.«

Ich sehe auf in der Erwartung, in ihrem Gesicht Nachsicht und Sympathie zu entdecken. Doch Jess sieht mich nur noch verächtlicher an als zuvor.

»Und du bekommst wohl immer, was du haben willst«, sagt sie. »Stimmt's, Becky?«

Ich spüre, wie mir vor Entsetzen das Blut ins Gesicht schießt.

»W-was meinst du?«, stammele ich.

»Ich meine, dass du hoffnungslos verwöhnt und verzogen bist!«, peitscht sich ihre harte Stimme in meinen Kopf. »Was du willst, bekommst du auch! Dir wird alles auf einem Silbertablett serviert. Wenn du in Schwierigkeiten steckst, holen deine Eltern dich da raus – und wenn nicht sie, dann Luke! Dein ganzes Leben finde ich so was von zum Kotzen!« Mit dem Buch in der Hand zeigt sie in der Küche herum. »Dein Leben ist doch leer! Du bist oberflächlich und materialistisch! Ich bin noch nie in meinem Leben jemandem begegnet, der derartig von seinem eigenen Äußeren und vom Einkaufen besessen ist!«

»Du hast es gerade nötig, von Besessenheit zu reden!«, kreische ich. »Als wärest du überhaupt nicht von irgendetwas besessen! Bist du aber! Du bist vom Sparen besessen! Mir ist nämlich noch nie jemand begegnet, der so verdammt geizig ist wie du! Du hast dreißig Riesen auf der hohen Kante und läufst rum, als hättest du nicht einen Penny! Besorgst dir kostenlose Briefumschläge und ekelhafte, braune Bananen! Ist doch *scheißegal*, ob das Waschpulver vierzig Pence mehr oder weniger kostet!«

»Es wäre dir nicht scheißegal, wenn du dein Waschpulver seit deinem vierzehnten Lebensjahr selbst gekauft hättest«, blafft Jess zurück. »Und wenn dir die vierzig Pence hier und da nicht ganz so scheißegal wären, würdest du auch nicht ständig in solchen Schlamassel geraten. Ich habe gehört, dass du Luke in New York finanziell fast in den Ruin getrieben hättest. Ich verstehe dich einfach nicht!«

»Na prima, und ich verstehe *dich* nicht!«, schreie ich unter Tränen. »Ich hatte mich so gefreut, als ich gehört habe, dass ich eine Schwester habe! Ich dachte, wir würden uns richtig gut verstehen und Freundinnen werden. Ich dachte, wir könnten zusammen Shoppen gehen, Spaß haben... und abends auf unseren Betten sitzen und Pfefferminzplätzchen essen...«

»Pfefferminzplätzchen?« Jess sieht mich an, als hätte ich sie nicht alle. »Warum zum Teufel sollten wir denn Pfefferminzplätzchen essen?«

»Darum!« Frustriert fuchtele ich mit den Armen. »Weil das *Spaß* macht. S. P. A. S. S. Schon mal davon gehört?«

»Ich weiß sehr wohl, was Spaß ist, und ich habe auch meinen Spaß«, pariert Jess.

»Indem du Bücher über *Steine* liest?« Ich schnappe mir die *Petrographie britischen Eruptivgesteins.* »Was ist denn an Steinen so interessant? Das sind doch bloß… Steine! Das ist ja wohl das langweiligste Hobby der Welt! Womit es natürlich hervorragend zu dir passt.«

Jess holt entsetzt Luft.

»Steine sind *nicht* langweilig!«, wehrt sie sich und reißt mir das Buch aus der Hand. »Steine sind tausendmal interessanter als Pfefferminzplätzchen und hirnloses Einkaufen und das Anhäufen von Schulden!«

»Sag mal, haben sie dir irgendwann mal das Spaß-Gen herausoperiert, oder was?«

»Und haben sie dir irgendwann mal das Gen für Verantwortungsbewusstsein herausoperiert?«, kreischt Jess. »Oder bist du gleich als verwöhnte Göre auf die Welt gekommen?«

Wir funkeln einander böse an. In der Küche ist es totenstill, abgesehen vom Summen des Kühlschranks.

Ich bin nicht ganz sicher, was die perfekte Gastgeberin in einer Situation wie dieser zu tun hat.

»Gut.« Jess verzieht das Gesicht. »Na, dann… brauche ich wohl auch nicht länger hier herumzuhängen. Ich kann noch einen Bus nach Cumbria kriegen, wenn ich mich jetzt auf den Weg mache.«

»Schön.«

»Ich hole meine Sachen.«

»Gute Idee.«

Sie wendet sich ab und geht aus der Küche. Ich trinke einen großzügigen Schluck Wein. Mein Kopf schwirrt noch von der vielen Schreierei, und mein Herz rast.

Sie kann nicht meine Schwester sein. Unmöglich. Sie ist eine langweilige, geizige, scheinheilige Kuh, und ich will sie nie wieder sehen.

Nie wieder.

Mrs. Rebecca Brandon
37 Maida Vale Mansions
Maida Vale
London NW6 0YF

22. Mai 2004

Sehr geehrte Mrs. Brandon,

besten Dank für Ihre Nachricht.
Wir finden es ausgesprochen bedauerlich, dass Sie an der
Cindy-Blaine-Show mit dem Thema »Seelenverwandte
Schwestern« nun doch nicht teilnehmen können.

Wir könnten Ihnen aber anbieten, stattdessen in der Sendung
mit dem Thema »Meine Schwester ist ein Miststück!!!« zu
erscheinen. Bitte rufen Sie mich doch einfach an, falls Sie
Interesse haben sollten.

Mit den besten Grüßen,

Kayleigh Stuart
Produktionsassistent
(Handy: 07878-3456789)

Finerman Wallstein

Rechtsanwälte
Finerman House
1398 Avenue of the Americas
New York, NY 10105

Mrs. Rebecca Brandon
37 Maida Vale Mansions
Maida Vale
London NW6 0YF

27. Mai 2004

Sehr geehrte Mrs. Brandon,

vielen Dank für Ihre Nachricht. Ich habe Ihr Testament Ihren
Wünschen entsprechend abgeändert. Klausel 2, Abschnitt (f)
lautet nun:

»Und Jess kriegt überhaupt nichts, weil sie so gemein ist.
Und außerdem hat sie sowieso jede Menge Kohle.«

Mit freundlichen Grüßen,

Jane Cardozo
Rechtsanwältin

15

Ist mir doch egal. Wer braucht denn schon eine Schwester?
Ich jedenfalls nicht.

Ich habe sowieso nie eine Schwester haben wollen. Ich
habe nun wirklich nie um eine gebeten. Mir geht's prima
ohne Schwester.

Ist ja nicht so, als wenn ich mutterseelenallein wäre. Ich
führe eine wunderbare Ehe. Ich brauche keine Scheiß-
schwester!

»Blöde Schwester«, sage ich laut, als ich mit dem Deckel
vom Marmeladenglas kämpfe. Seit Jess abgereist ist, sind
fast zwei Wochen vergangen. Luke muss erst zu einem spä-
ten Termin in die Stadt, und Mum und Dad kommen auf
ihrem Weg zum Flughafen bei uns vorbei, darum mache
ich für die ganze Mannschaft Frühstück.

»Wie bitte?«, fragt Luke, als er in die Küche kommt. Er
sieht blass und überarbeitet aus, schon seit Tagen. Die
Arcodas-Gruppe brütet derzeit über der Entscheidung,
wer die PR für sie übernehmen soll, und Luke kann nichts
tun als abwarten. Und abwarten gehört nicht zu Lukes
Stärken.

»Ich habe bloß gerade an Jess gedacht«, sage ich und
knalle das Marmeladenglas auf den Tisch. »Du hattest ja
so Recht! Nicht in hundert Jahren hätten wir uns gut verstanden! Mann, die ist ja wohl die trübseligste Unke, die
mir je begegnet ist!«

»Hmm«, macht Luke zerstreut und schenkt sich Orangensaft ein.

Er könnte mich schon ein bisschen mehr unterstützen, finde ich.

»Nächstes Mal höre ich auf deinen Rat«, kündige ich an in der Hoffnung, damit seine Aufmerksamkeit zu erregen. »Ich hätte sie niemals hierher einladen dürfen! Ich fasse es nicht, dass wir wirklich miteinander verwandt sein sollen!«

»Ich fand sie am Schluss eigentlich ziemlich in Ordnung«, sagt Luke. »Aber ich kann schon verstehen, wieso ihr beiden euch nicht sonderlich gut versteht.«

Was soll das denn jetzt?

Er sollte nicht sagen, dass er sie in Ordnung fand! Er sollte sagen: »Mann, was für eine blöde Zicke, wie hast du das bloß auch nur eine Minute mit ihr ausgehalten!«

»Becky… was machst du da?« Luke fixiert die Krümel und Plastikverpackungsreste, die über die gesamte Arbeitsfläche verteilt sind.

»Waffeln!«, antworte ich fröhlich.

Womit wieder mal etwas bewiesen wäre. Jess hat sich geirrt. Ich habe das Waffeleisen praktisch jeden Tag benutzt, seit ich es gekauft habe! Jawohl! Ich wünschte fast, Jess wäre hier und könnte es sehen.

Der einzige Haken an der Sache ist, dass mir der Teig nie so recht gelingen will. Also kaufe ich einfach fertige Waffeln, schneide sie herzförmig zurecht und lege sie zum Aufwärmen in das Waffeleisen.

Na, und? Wo liegt das Problem? Ich benutze mein Waffeleisen, oder? Wir essen Waffeln, oder?

»Schon wieder Waffeln?« Luke verzieht ein klein wenig das Gesicht. »Danke, ich verzichte heute mal.«

»Och. – Wie wäre es dann mit etwas Toast? Oder Eiern? Oder… Muffins?«

»Ich bin ganz zufrieden mit meinem Kaffee.«

»Aber du musst doch etwas essen!« Ich sehe Luke plötzlich besorgt an. Er hat abgenommen vor lauter Sorge um die Arcodas-Sache. Ich muss ihn aufpäppeln.

»Ich mache dir ein paar Pfannkuchen!«, schlage ich vor. »Oder ein Omelett!«

»Becky, lass mich bitte!«, pfeift er mich an. »Ich habe keinen Hunger.« Mit großen Schritten verlässt er die Küche und klappt sein Handy auf. »Gibt's was Neues?«, höre ich ihn sagen, bevor er die Arbeitzimmertür hinter sich schließt.

Ich sehe auf die zerbröckelte Waffel in meiner Hand. Und mir wird ganz kalt.

Ich weiß, dass Luke gerade tierisch angespannt ist wegen seiner Geschäfte. Und das ist ganz bestimmt der Grund dafür, dass er mir gegenüber in letzter Zeit so ungeduldig ist. Das hat überhaupt nichts mit mir zu tun und bedeutet auch nicht, dass irgendein größeres Problem bestünde.

Trotzdem muss ich immer wieder an das denken, was er neulich abends zu Jess sagte, als ich an der Tür lauschte. Dass er es schwierig findet, mit mir zusammenzuleben.

Ich verspüre wieder einmal diesen Stich im Herzen und setze mich. Mein Kopf schwirrt. Die ganze Woche habe ich darüber nachgedacht und versucht, es zu verstehen.

Wie kann es denn bloß schwierig sein, mit mir zusammenzuleben? Ich meine … Was mache ich falsch?

Unvermittelt schnappe ich mir einen Bleistift und einen Zettel. Okay. Dann werde ich jetzt mal ganz tief in mich gehen und total ehrlich sein. Was tue ich, das andere im Zusammenleben mit mir schwierig finden könnten? Ich notiere eine Überschrift und unterstreiche sie sehr entschlossen.

Das Zusammenleben mit Becky Bloomwood gestaltet sich
schwierig, weil:
1.

Keine Ahnung. Mir fällt überhaupt nichts ein. Null.

Komm schon. Denk nach. Sei ganz ehrlich. Es muss doch irgendetwas geben. Welche grundlegenden Probleme haben wir? Wo geraten wir immer wieder aneinander?

Auf einmal fällt es mir ein: Ich vergesse immer, den Deckel auf meine Shampooflasche zu schrauben, und Luke beschwert sich ständig, dass er in der Dusche darüber stolpert.

Das Zusammenleben mit Becky Bloomwood gestaltet sich
schwierig, weil:
1. Sie immer vergisst, den Deckel auf die Shampooflasche zu
schrauben.

Ja. Außerdem bin ich schusselig. Ich vergesse ständig die Zahlenfolge für die Alarmanlage. Einmal habe ich sogar bei der Polizei angerufen, um die zu fragen, aber irgendwie haben die mich falsch verstanden und gleich zwei Streifenwagen vorbeigeschickt.

Das Zusammenleben mit Becky Bloomwood gestaltet sich
schwierig, weil:
1. Sie immer vergisst, den Deckel auf die Shampooflasche zu
schrauben.
2. Sie ständig den Code für die Alarmanlage vergisst.

Etwas unsicher betrachte ich die Liste. Das kommt mir ein bisschen wenig vor. Da muss doch noch mehr sein. Etwas viel Wesentlicheres und Grundlegenderes.

Da stockt mir mit einem Mal der Atem, und ich schlage mir die Hand vor den Mund.

Die CDs. Luke beschwert sich immer darüber, dass ich sie, nachdem ich sie gehört habe, nicht wieder in ihre Hüllen zurücktue.

Gut, ich weiß, das klingt nicht so wahnsinnig grundlegend – aber vielleicht war das ja der berühmte Tropfen, der das Fass … und so weiter. Und außerdem hört man doch immer wieder, dass es gerade die vielen nervigen Kleinigkeiten sind, die eine Beziehung auf die Probe stellen.

Okay. Das werde ich jetzt sofort einrenken.

Ich eile ins Wohnzimmer und steuere direkt auf den chaotischen CD-Stapel neben der Stereoanlage zu. Ich mache mich daran, Ordnung in das Durcheinander zu bringen, und fühle mich dabei so unbeschwert und leicht! Geradezu befreit! Diese Aktion wird der Wendepunkt unserer Ehe sein.

Ich stapele die CDs schön ordentlich aufeinander und warte, bis Luke auf dem Weg zum Schlafzimmer an der Wohnzimmertür vorbeikommt.

»Guck mal!«, rufe ich nicht ohne Stolz in meiner Stimme. »Ich habe die CDs aufgeräumt! Jetzt sind alle wieder in den richtigen Hüllen!«

Luke wirft einen Blick ins Wohnzimmer.

»Prima«, sagt er und nickt abwesend, bevor er weiter Richtung Schlafzimmer geht.

Mein vorwurfsvoller Blick begleitet ihn.

Mehr hat der dazu nicht zu sagen?

Ich meine, hier sitze ich und beende unsere Ehekrise, und er nimmt nicht einmal richtig Notiz davon!

Okay. Gut, ich wusste, dass Mum und Dad sich wirklich mit Haut und Haar auf ihre Paartherapie eingelassen haben. Aber offen gestanden hatte ich nicht erwartet, dass sie mit Sweatshirts auftauchen, auf denen ihr jeweiliger Slogan zu lesen ist. Mum: »Ich bin eine Frau, ich bin eine Göttin.« Dad: »Keine Macht den passiv-aggressiven Schweinen.«

»Wow!«, versuche ich, meine Überraschung zu überspielen. »Die sind ja toll!«

»Die haben wir im Zentrum gekauft«, erzählt Mum strahlend. »Sind die nicht witzig?«

»Na, dann scheint euch eure Therapie ja wirklich Spaß zu machen.«

»Spaß ist gar kein Ausdruck!«, freut Mum sich. »Das ist ja so viel interessanter als Bridge! Und so gesellig! Neulich hatten wir eine Gruppensitzung, und jetzt rate mal, wen wir da getroffen haben!?! Marjorie Davis, die früher bei uns gegenüber gewohnt hat!«

»Ach ja?« Das überrascht mich. »Hat die denn in der Zwischenzeit geheiratet?«

»Nein, nein!« Mum senkt taktvoll die Stimme. »Die Arme hat *Abgrenzungsschwierigkeiten*.«

Irgendwie kapiere ich das alles nicht so richtig. Was zum Teufel sind Abgrenzungsschwierigkeiten?

»Und… äh… habt ihr auch irgendwelche Schwierigkeiten?«, frage ich auf dem Weg zur Küche. »War die Therapie hart?«

»Ach, ich sage dir, Becky… Wir waren am Abgrund und haben es zurückgeschafft«, erzählt Mum und nickt. »Stimmt's, Graham?«

»Wir waren nur Millimeter von der Kante entfernt«, pflichtet Dad ihr bei.

»Aber jetzt haben wir die Wut und die Schuldgefühle hinter uns gelassen. Wir gehen gestärkt aus dieser Krise hervor und wollen leben und lieben.« Sie strahlt mich an und wühlt in ihrer Reisetasche herum. »Ich habe eine Biskuitrolle mitgebracht. Setzt du Wasser auf?«

»Deine Mutter hat ihre innere Göttin gefunden«, erzählt Dad stolz. »Sie ist sogar über glühende Kohlen gegangen!«

Sprachlos sehe ich Mum an.

»Du bist über glühende Kohlen gegangen? Oh Gott! Ich auch! In Sri Lanka! Hat es wehgetan?«

»Überhaupt nicht! Absolut schmerzfrei!«, berichtet Mum. »Aber ich habe natürlich meine Gartenschuhe anbehalten«, fügt sie dann nach kurzem Nachdenken hinzu.

»Wow!«, sage ich. »Äh ... toll!«

»Aber wir haben noch eine Menge zu lernen«, sagt Mum, während sie die Biskuitrolle in Scheiben schneidet. »Und darum machen wir ja auch diese Kreuzfahrt mit.«

»Ach ja. Genau. Die ... Therapie-Kreuzfahrt.« Als Mum mir das erste Mal davon erzählte, dachte ich, sie wollte mich auf den Arm nehmen. »Und das läuft so ab, dass ihr durch das Mittelmeer kreuzt und ständig therapeutische Gespräche und so habt?«

»Nein, es geht ja nicht *nur* um Therapie!«, stellt Mum klar. »Wir machen auch Ausflüge zu den jeweiligen Sehenswürdigkeiten.«

»Und Unterhaltung wird da auch geboten«, fügt Dad hinzu. »Soll da ein paar richtig gute Shows geben. Und einen Tanzabend in Gala!«

»Alle unsere Freunde aus dem Zentrum kommen mit«, berichtet Mum. »Wir haben schon eine kleine Cocktailparty für den ersten Abend organisiert! Und außerdem ...«
Sie zögert. »Also, einer der Gastredner hat sich auf Familienzusammenführungen mit unbekannten Familienmitgliedern spezialisiert. Was gerade für uns natürlich ganz besonders interessant ist.«

Mir wird etwas unwohl in meiner Haut. Ich habe keine

Lust, über diese Art der Familienzusammenführung nachzudenken.

Alle schweigen, und ich bemerke, wie Mum und Dad Blicke wechseln.

»Also… du hast dich letztendlich nicht so gut mit Jess verstanden, oder wie?«, wagt Dad sich schließlich vor.

Oh Gott. Ich höre ihm doch sofort an, dass er enttäuscht ist.

»Irgendwie nicht, nein.« Ich weiche seinem Blick aus. »Wir sind… uns einfach nicht sonderlich ähnlich.«

»Wieso solltet ihr auch?« Mum legt die Hand auf meinen Arm, um Unterstützung zu signalisieren. »Ihr seid ja vollkommen getrennt aufgewachsen. Warum solltest du mit Jess mehr gemeinsam haben als mit… sagen wir…« Sie denkt nach. »Kylie Minogue.«

»Becky hat sehr viel mehr mit Jess gemeinsam als mit Kylie Minogue!«, funkt Dad sofort dazwischen. »Kylie Minogue ist Australierin, da fängt's doch schon an.«

»Das hat doch gar nichts zu sagen«, hält Mum dagegen. »Wir sind schließlich alle Mitglieder des Commonwealth, oder? Becky würde sich vermutlich hervorragend mit Kylie Minogue verstehen. Stimmt's nicht, Darling?«

»Äh…«

»Sie hätten einander nicht das Geringste zu sagen.« Dad schüttelt den Kopf. »Glaub mir.«

»Natürlich hätten sie sich etwas zu sagen!«, echauffiert Mum sich. »Sie würden sich äußerst angeregt unterhalten! Ich wette, sie würden sehr enge Freundinnen werden!«

»Nehmen wir mal Cher«, sagt Dad. »*Das* ist eine interessante Frau.«

»Aber Becky will doch nicht Cher zur Freundin haben!«, entrüstet Mum sich. »Madonna vielleicht…«

»Ja, gut, okay, sobald ich Kylie Minogue, Cher *oder* Madonna treffe, sage ich euch Bescheid, alles klar?«, entfährt es mir einen Tick schärfer als beabsichtigt.

Schweigend wenden Mum und Dad sich mir zu und sehen mich eingehend an. Dann blickt Mum zu Dad.

»Graham, sei doch so lieb und bring Luke seinen Kaffee.« Sie drückt Dad einen Becher in die Hand, und kaum ist er verschwunden, sieht sie mich fragend an.

»Becky, Liebes! Ist alles in Ordnung? Du wirkst etwas angespannt.«

Oh Gott. Mum sieht mich mit einer solchen Herzenswärme an, dass es mir schwer fällt, die Fassung zu bewahren. Auf einmal steigen alle meine Sorgen aus verdrängten Tiefen auf an die Oberfläche.

»Mach dir keine Sorgen wegen Jess«, versucht sie, mich aufzumuntern. »Es macht doch überhaupt nichts, dass ihr beiden Mädchen euch nicht versteht. Wen interessiert das schon?«

Ich schlucke mehrmals und kämpfe weiterhin um meine Selbstbeherrschung.

»Es ist nicht wegen Jess«, sage ich. »Oder zumindest nicht nur wegen Jess. Es ist… Luke.«

»Luke?« Mum wirkt erstaunt.

»Es läuft im Moment nicht so klasse. Oder genauer gesagt…« Meine Stimme fängt bedenklich an zu beben. »Offen gestanden… Ich glaube, wir haben eine Ehekrise.«

Oh Gott. Jetzt, wo ich es laut ausgesprochen habe, klingt es so wahr und überzeugend. *Wir haben eine Ehekrise.*

»Bist du dir sicher, Liebes?« Mum sieht mich perplex an. »Ihr macht beide einen äußerst glücklichen Eindruck auf mich!«

»Na, dann täuscht dieser Eindruck eben! Wir haben gerade einen Megastreit gehabt!«

Mum starrt mich einen Moment an und fängt dann schallend an zu lachen.

»Hör auf zu lachen!«, rufe ich empört. »Das war schrecklich!«

»Ja, natürlich war es das, Liebes! Ihr seid bald ein Jahr verheiratet, oder?«

»Äh… ja.«

»Na, also. Höchste Zeit für euren ›ersten richtigen Streit‹! Das wusstest du doch, Becky, oder?«

»Was wusste ich?«, frage ich verständnislos.

»Euer erster richtiger Streit!« Sie schüttelt amüsiert-missbilligend den Kopf. »Meine Güte! Was bringen euch denn die vielen Frauenzeitschriften heutzutage bloß bei?«

»Äh… wie man sich künstliche Fingernägel anklebt?«

»Oje! Die sollten mal darüber schreiben, wie man eine glückliche Ehe führt! Alle Paare haben um den ersten Hochzeitstag herum ihren ersten richtigen Streit. Eine riesige Diskussion – danach ist die Luft wieder rein und alles wieder völlig normal.«

»Davon habe ich überhaupt nichts gewusst«, sage ich langsam. »Das heißt… wir haben gar keine Ehekrise?«

Das klingt einleuchtend. Das klingt sogar sehr einleuchtend. Ein erster richtiger Streit – und dann ist alles wieder ruhig und schön. Wie nach einem Gewitter. Saubere Luft, Neuanfang. Oder wie ein Waldbrand, der so furchtbar erscheint, aber in Wirklichkeit richtig *gut* ist, weil nun die vielen neuen kleinen Pflanzen wachsen können. Genau.

Und was das Wichtigste überhaupt ist – ja! Das heißt, dass das alles gar nicht meine Schuld war! Wir hätten uns sowieso gestritten, ganz egal, was ich getan hätte. Jetzt geht es mir wirklich langsam wieder besser. Jetzt wird alles wieder gut. Ich strahle Mum an und gönne mir ein großes Stück Biskuitrolle.

»Das heißt … von jetzt an werden Luke und ich uns nie wieder streiten?«, frage ich noch nach, nur, um ganz sicherzugehen.

»Ganz genau!«, bestätigt Mum. »Nie wieder, bis zu eurem zweiten richtigen Streit, und der kommt ungefähr –«

In diesem Moment fliegt die Küchentür auf, und Luke kommt herein. Er hat das Telefon in der Hand, ein Leuchten im Gesicht und grinst so breit, wie ich es noch nie an ihm gesehen habe.

»Wir haben sie! Wir haben die Arcodas-Gruppe!«

Ich wusste, dass alles wieder gut werden würde! Ich wusste es! Alles ist einfach nur himmlisch! Eigentlich war der ganze Tag viel besser als Weihnachten und Ostern zusammen!

Luke hat seinen Termin abgesagt und ist direkt ins Büro gefahren, um zu feiern – und nachdem ich Mum und Dad in ein Taxi verfrachtet hatte, bin ich auch ins Büro geeilt. Mann, ich liebe die Räumlichkeiten von Brandon Communications! Die Einrichtung ist so funky, alles in hellem Holz und überall Halogenspots. Das strahlt Lebensfreude aus. Und die Angestellten wuseln den ganzen Tag herum, strahlen übers ganze Gesicht und nippen an ihren Sektgläsern.

Na, zumindest tun sie das, wenn sie gerade einen riesigen Auftrag an Land gezogen haben. Den ganzen Tag hört man fröhliches Lachen und aufgeregtes Plappern, und irgendjemand hat die Computer so programmiert, dass sie alle zehn Minuten »Herzlichen Glückwunsch!« singen.

Luke und seine leitenden Angestellten haben erst mal ein Meeting abgehalten, in dem der Erfolg gefeiert und die weitere Strategie besprochen werden sollte. Ich war auch dabei. Erst haben alle so wichtige Sachen gesagt wie »Jetzt fängt die Arbeit erst richtig an« und »Wir müssen neue

Leute einstellen« und »Das ist eine riesige Herausforderung«. Aber dann ist Luke von seinem Stuhl aufgesprungen und hat gesagt: »Scheißegal. Jetzt wird erst mal gefeiert. Der Herausforderung können wir uns morgen immer noch stellen.«

Er hat seine Assistentin damit beauftragt, eine Catering-Firma anzurufen, und um fünf Uhr tauchten massenweise Kerle in schwarzen Schürzen im Büro auf und brachten noch mehr Sekt sowie auf Acrylglas todschick angerichtete Kanapees. Sämtliche Angestellten strömten in den größten Konferenzraum, über die zentrale Lautsprecheranlage wurde Musik gespielt, und Luke hielt eine kleine Rede, in der er sagte, dies sei ein großer Tag für Brandon Communications, und das sei dem guten Team zu verdanken – woraufhin alle jubelten.

Und jetzt geht eine handverlesene Truppe aus zum Abendessen, um *noch mal* zu feiern! Luke und ich sind in Lukes Büro, wo ich mein Make-up auffrische und Luke sich ein frisches Hemd anzieht.

»Herzlichen Glückwunsch«, sage ich wohl zum tausendsten Mal. »Das ist wirklich so klasse!«

»Heute ist ein Glückstag.« Luke grinst mich an, während er sich die Manschetten zuknöpft. »So einen großen Mainstream-Kunden wollte ich schon seit Jahren haben! Das macht den Weg frei für so viele andere Projekte!«

»Ich bin so stolz auf dich.«

»Dito.« Lukes Gesichtszüge werden plötzlich ganz weich. Er kommt auf mich zu und schlingt die Arme um mich. »Ich weiß, dass ich in letzter Zeit nicht ganz bei mir war. Tut mir Leid.«

»Schon okay.« Ich sehe zu Boden. »Und ich … mir tut es Leid, dass ich die Uhren verkauft habe.«

»Das macht doch nichts!« Luke streicht mir übers Haar.

»Ich weiß doch, dass die letzten Wochen für dich nicht einfach waren. Unsere Rückkehr nach Hause... deine Schwester...«

»Na ja«, falle ich ihm sofort ins Wort. »Vergessen wir das. Jetzt sollten wir an *uns* denken. An die Zukunft.« Ich ziehe seinen Kopf zu mir herunter und küsse ihn.

Wir schweigen beide. Aber es ist ein gutes Schweigen. Wir sind ganz unter uns, wir sind zusammen, liegen uns in den Armen, entspannt und zufrieden, genau wie auf unserer Hochzeitsreise. Meine Erleichterung ist grenzenlos. Mum hatte Recht! Der erste richtige Streit hat die Atmosphäre gereinigt! Wir sind uns näher als je zuvor.

»Ich liebe dich«, murmele ich.

»Ich dich auch.« Luke küsst mich auf die Nase. »Wir müssen los.«

»Gut.« Ich strahle ihn an. »Ich geh schon runter und sehe nach, ob der Wagen da ist.«

Auf Wolke sieben schwebe ich durch den Korridor. Alles ist in Ordnung! Mehr als in Ordnung! Perfekt!! Alles! Als ich an einem der Servierwagen vorbeikomme, schnappe ich mir noch ein Glas Sekt und trinke ein paar Schlucke. Vielleicht gehen wir heute Abend ja tanzen. Nach dem Essen. Wenn alle anderen nach Hause gegangen sind, werden Luke und ich in irgendeinen Club gehen und noch mal richtig feiern. Nur wir zwei.

Noch immer mit dem Glas in der Hand, hüpfe ich fröhlich die Treppe hinunter und öffne die Tür zum Empfang. Dann bleibe ich verdutzt stehen. Nur wenige Meter von mir entfernt steht ein hagerer Typ in einem Nadelstreifenanzug und spricht mit Janet, der Empfangsdame. Er kommt mir irgendwie bekannt vor – aber ich weiß nicht so recht, woher...

Dann zieht sich mir auf ziemlich unangenehme Weise der Magen zusammen.

Jetzt weiß ich es wieder.

Das ist der Typ aus Mailand. Der, der Nathan Temples Einkäufe aus dem Laden getragen hat. Was macht der denn hier?

Ich pirsche mich ein paar Schritte heran, damit ich hören kann, worüber sie reden.

»Mr. Brandon ist also gar nicht krank?«, sagt er.

Mist.

Ich verziehe mich flugs hinter die Tür und knalle sie zu. Mein Herz rast. Was mache ich denn jetzt?

Ich trinke einen großen Schluck Sekt, um mich zu beruhigen. Dann noch einen. Ein paar Typen aus der IT-Abteilung schlendern vorbei und sehen mich irgendwie merkwürdig an. Ich lächele fröhlich zurück.

Okay. Ich kann mich ja nicht ewig hinter dieser Tür verstecken. Millimeter für Millimeter schiebe ich den Kopf vor die Glasscheibe in der Tür, bis ich in den Empfang blicken kann … Gott sei Dank! Der Typ ist weg. Puh! Erleichtert stoße ich die Tür auf und schreite lässig in den Empfangsbereich.

»Hi!«, grüße ich Janet, die damit beschäftigt ist, etwas in ihren Computer einzugeben. »Wer war denn das da eben? Der Mann, mit dem du geredet hast?«

»Ach, der! Der arbeitet für einen gewissen … Nathan Temple?«

»Aha. Und … was wollte er?«

»Das war total seltsam!«, erzählt sie und verzieht dabei das Gesicht. »Er hat ständig gefragt, ob es Luke wieder besser gehe.«

»Und was hast du gesagt?« Ich bemühe mich, nicht *zu* interessiert zu klingen.

»Na, dass es Luke hervorragend geht, natürlich! Besser denn je!« Sie lacht amüsiert – doch als sie mein Gesicht sieht, hört sie plötzlich auf zu tippen. »Oh mein Gott. Es geht ihm nicht gut, stimmt's?«

»Was?«

»Das war ein Arzt, stimmt's?« Sie lehnt sich zutiefst besorgt nach vorn über ihren Tisch. »Mir kannst du es ruhig sagen, Becky. Hat Luke sich auf eurer Hochzeitsreise irgendeine Tropenkrankheit eingefangen?«

»Nein! Natürlich nicht!«

»Ist es das Herz? Oder die Nieren?« Ihre Augen füllen sich mit Tränen. »Weißt du… Meine Tante ist dieses Jahr gestorben. Das war wirklich nicht einfach für mich…«

»Das tut mir Leid«, beeile ich mich, sie zu trösten. »Aber du brauchst dir wirklich keine Sorgen zu machen! Luke geht es prächtig! Alles ist in Ordnung, in allerbester…«

Ich sehe auf – und die Worte bleiben mir im Halse stecken.

Nein. Bitte.

Das kann doch nicht wahr sein.

Nathan Temple höchstpersönlich hat das Gebäude betreten.

Er ist größer und breiter, als ich ihn in Erinnerung hatte, und er trägt genau den Mantel mit Ledersäumen, den er in Mailand anprobiert hat. Er strahlt Macht und Geld und den Geruch nach Zigarren aus. Und der Blick aus seinen durchdringenden blauen Augen heftet sich ziemlich gezielt auf mich.

»Na, sieh mal einer an!«, sagt er mit seiner rauen Cockney-Stimme. »Mrs. Brandon. So sieht man sich wieder!«

»Ha– hallo!«, sage ich. »Wow. Das ist ja eine… Überraschung!«

»Macht Ihnen die Tasche immer noch Freude?« Er schenkt mir den Anflug eines Lächelns.

»Äh… ja! Die ist toll!«

Ich muss ihn irgendwie hier rausschaffen, surrt es mir durch den Kopf. *Ich muss ihn irgendwie hier rausschaffen.*

»Ich bin gekommen, um mit Ihrem Mann über mein Hotel zu sprechen«, erklärt er freundlich. »Ob das wohl möglich wäre?«

»Ach so!« Ich schlucke. »Natürlich! Super! Das Problem ist nur, Luke ist gerade sehr eingespannt, leider. Aber wie wäre es mit einem Drink? Kommen Sie, wir gehen in eine nette Bar… unterhalten uns ein bisschen… dann können Sie mir alles über Ihr Hotel erzählen…«

Ja! Genial! Ich schaffe ihn jetzt ganz schnell hier raus, lade ihn zu ein paar Drinks ein… Luke wird von all dem nichts erfahren…

»Ich warte gerne«, sagt er und macht es sich mit seinem Koloss von einem Körper in einem der Ledersessel bequem. »Wenn Sie ihm bitte sagen würden, dass ich hier bin.« Er sieht mir mit einem winzigen Funkeln im Blick direkt in die Augen. »Ich schätze, er ist inzwischen genesen?«

Mein Herz setzt kurzfristig aus.

»Ja!«, antworte ich dann fröhlich. »Es… geht ihm schon viel besser! Vielen Dank auch für die Blumen!«

Ich werfe einen schnellen Blick in Richtung Janet, die unsere Unterhaltung leicht verwirrt verfolgt hat.

»Soll ich Luke anrufen und ihm Bescheid sagen?«, fragt sie und greift schon nach dem Telefon.

»Nein! Ich meine… Schon okay! Ich gehe eben schnell selbst hoch«, verkünde ich mit leicht schriller Stimme.

Ich gehe auf die Aufzüge zu, wobei mein Herz vor Nervosität rast, als gelte es, ein Formel-1-Rennen zu gewinnen.

Okay. Ich kriege das schon hin. Ich werde Luke mit der Begründung durch den Hinterausgang aus dem Gebäude lotsen, dass jemand im Foyer Wasser verschüttet hat und dass der Fußboden dort mörderisch glatt ist. Ja. Dann steigen wir ins Auto... Ich tue, als hätte ich etwas vergessen, gehe noch mal schnell zurück zu Nathan Temple und sage –

»Becky?«

Ich fahre vor Schreck zusammen. Luke kommt die Treppe herunter, wobei er zwei Stufen auf einmal überspringt. Er ist ganz rot im Gesicht und versucht gleichzeitig, den Mantel anzuziehen.

»Ist der Wagen schon da?« Überrascht sieht er in mein versteinertes Gesicht. »Becky, Liebling... Ist dir nicht gut?«

Oder ich könnte Luke endlich alles erzählen.

Ich sehe ihn ein paar Sekunden stumpf an, während mein Magen sich immer wieder zusammenzieht.

»Äh... Luke?«, bringe ich schließlich hervor.

»Ja?«

»Es... es gibt da etwas, was ich dir erzählen muss.« Ich schlucke. »Ich hätte es dir schon längst erzählen sollen, aber... das habe ich nicht, und ich habe mich allein darum gekümmert, aber...«

Da fällt mir auf, dass Luke mir überhaupt nicht zuhört. Sein Blick verfinstert sich, als er hinter mir etwas entdeckt. Nein, nicht etwas: jemanden. Nathan Temple.

»Ist das –« Luke schüttelt ungläubig den Kopf. »Was macht *der* denn hier? Ich dachte, Gary hätte ihn abgewimmelt.«

»Luke –«

»Kleinen Moment, Becky. Das hier ist ziemlich wichtig.« Er holt sein Handy raus und wählt eine Nummer. »Gary«, sagt er mit gedämpfter Stimme. »Was macht Nathan

Temple in unserem Foyer? Du solltest dich doch um ihn kümmern.«

»Luke –«, versuche ich es noch einmal.

»Sekunde noch, Liebling.« Er spricht wieder ins Telefon.

»Er ist aber hier. Leibhaftig.«

»Luke, bitte, jetzt hör mir doch mal zu.« Ich zupfe heftig an seinem Ärmel.

»Becky, ganz gleich, was es ist, kann das nicht warten?« Luke wird ungeduldig. »Ich habe da ein Problem, das ich irgendwie lösen muss.«

»Aber genau darüber will ich ja mit dir reden!«, rufe ich verzweifelt. »Über dein Problem! Über Nathan Temple!«

Luke glotzt mich an, als hätte ich sie nicht alle.

»Wieso solltest du mit mir über Nathan Temple reden? Becky, du *kennst* Nathan Temple nicht einmal!«

»Äh… na ja… also… doch.« Ich beiße mir auf die Lippe. »Gewissermaßen.«

Luke schweigt. Er klappt sein Telefon zu.

»Du kennst Nathan Temple – *gewissermaßen?*«

»Da ist Mr. Brandon!«, ertönt eine glockenklare Stimme. Janet am Empfangstresen hat uns auf der Treppe entdeckt. »Luke, Sie haben Besuch!«

»Bin schon auf dem Weg, Janet!«, erwidert Luke mit einem professionellen Lächeln. Er wendet sich mir zu und lächelt immer noch. »Becky, was zum Teufel ist hier los?«

»Das ist… eine lange Geschichte«, sage ich errötend.

»Hattest du vor, mir diese Geschichte irgendwann mal zu erzählen?« Lukes lächelt zwar immer noch, doch seine Stimme klingt definitiv leicht angenervt.

»Ja! Natürlich! Ich habe nur… auf den richtigen Moment gewartet.«

»Und findest du ernsthaft, dass *dies* der richtige Moment

dafür ist? Wenn man bedenkt, dass er nur ein paar verdammte Meter von uns entfernt ist?«

»Äh… ja! Total.« Ich schlucke nervös. »Also. Das ganze hat angefangen… äh… in einem Laden, so ein Zufall…«

»Zu spät«, unterbricht Luke mich leise. »Er kommt.«

Ich folge Lukes Blick. Oh, nein. Nathan Temple ist aufgestanden und kommt auf uns zu.

»Na, da ist er ja«, begrüßt er uns mit seiner heiseren Stimme. »Einer der am schwersten erreichbaren Männer Londons, Luke Brandon. Sie haben mir Ihren Mann doch sicher absichtlich vorenthalten, junge Dame!« Er droht mir scherzhaft mit dem Zeigefinger.

»Natürlich nicht!« Ich lache schrill. »Äh… Luke, das ist Nathan Temple. Wir sind uns in Mailand begegnet… äh… weißt du noch, Schatz?« Ich schenke Luke ein strahlendes, aufgesetztes Lächeln, als wäre ich Gastgeberin auf einer Dinnerparty und das hier alles vollkommen normal.

»Guten Abend, Mr. Temple«, begrüßt Luke ihn ruhig. »Wie schön, Sie endlich persönlich kennen zu lernen.«

»Sehr angenehm.« Nathan Temple klopft Luke auf den Rücken. »Ich hoffe, es geht Ihnen wieder besser.«

Luke wirft mir einen Blick zu, und ich mache ein gequältes Gesicht.

»Es geht mir ausgezeichnet, danke«, antwortet er. »Darf ich fragen, was der Grund Ihres… unerwarteten Besuchs ist?«

»Nun«, sagt Nathan Temple und holt eine silberne Zigarrendose mit eingraviertem Monogramm aus der Manteltasche. »Es sieht ganz so aus, als wollten Sie Anrufe aus meinem Büro nicht annehmen.«

»Ich hatte in dieser Woche ungewöhnlich viel zu tun«, erklärt Luke, ohne mit der Wimper zu zucken. »Ich bitte um Entschuldigung, falls meine Sekretärinnen es versäumt haben sollten, Ihre Nachrichten an mich weiterzuleiten. Wollten Sie etwas Bestimmtes mit mir besprechen, Mr. Temple?«

»Mein Hotel-Projekt.« Nathan bietet Luke ein Zigarre an. »Oder besser gesagt: *Unser* Hotel-Projekt.«

Luke setzt an, etwas zu erwidern – doch Nathan Temple hebt abwehrend die Hand. Er zündet sich in aller Seelenruhe seine Zigarre an und macht ein paar Züge. »Verzeihen Sie, dass ich hier einfach so unangemeldet auftauche«, sagt er schließlich. »Aber wenn ich etwas wirklich will, fackele ich nicht lange herum. Ich tue alles, um es zu kriegen. Ganz wie ihre entzückende Frau.« Er zwinkert mir zu. »Ich bin sicher, Sie hat Ihnen die Geschichte erzählt.«

»Ich vermute fast, dass Sie mir den besten Teil bisher verschwiegen hat«, antwortet Luke mit einem etwas gezwungenen Lächeln.

»Ich mag Ihre Frau«, sagt Nathan Temple freundlich. Er pustet eine Rauchwolke in die Luft und mustert mich anerkennend. »Wenn Sie mal für mich arbeiten wollen, Liebchen, rufen Sie mich einfach an!«

»Huch!« Ich bin geplättet. »Äh… danke!«

Gespannt sehe ich zu Luke. Auf seiner Stirn kann ich eine Vene pulsieren sehen.

»Becky«, sagt Luke ausgesucht höflich, »können wir mal kurz unter vier Augen sprechen? Entschuldigen Sie uns einen Moment, bitte«, fügt er an Nathan Temple gerichtet hinzu.

»Aber gerne.« Nathan Temple winkt mit seiner Zigarre. »Ich rauche die hier eben fertig. Dann können wir uns unterhalten.«

Luke führt mich in ein kleines Konferenzzimmer und schließt die Tür. Dann dreht er sich zu mir um. Er ist ganz der kühle und nüchterne Geschäftsmann. So gibt er sich normalerweise, wenn er irgendwelche Angestellten zusammenstaucht.

Oh Gott. Plötzlich kriege ich Angst.

»Okay, Becky, jetzt mal ganz von vorne. Nein –«, unterbricht er sich selbst. »Am besten fangen wir schon gleich in der Mitte an. Woher kennst du Nathan Temple?«

»Ich bin ihm in Mailand begegnet.« Ich zögere. »Ich war da in diesem Laden, und er ... hat mir einen Gefallen getan.«

»Er hat dir *einen Gefallen* getan?« Luke staunt. »Was denn für einen Gefallen? Wurde dir schlecht? Hattest du dich verlaufen?«

Gequältes Schweigen.

»Nein. Es waren wegen ... der Handtasche«, erzähle ich schließlich.

»Eine Handtasche?« Luke ist sichtbar verwirrt. »Er hat dir eine Handtasche gekauft?«

»Nein! Ich habe sie gekauft. Aber er hat dafür gesorgt, dass ich sie kaufen *konnte*. Er war so nett! Und ich war ihm so dankbar ...« Ich verknote die Finger. »Und als wir dann wieder hier waren, rief er an und sagte, er wollte so gerne, dass du die PR für sein Hotel machst ...«

»Und was hast du gesagt?«, fragt Luke mit gefährlich ruhiger Stimme.

»Na ja, es war so ...« Ich schlucke. »Ich dachte, du würdest sehr gerne in die Hotelbranche expandieren.«

Die Tür fliegt auf, und Gary kommt herein.

»Was ist los?«, fragt er mit weit aufgerissenen Augen. »Was macht Nathan Temple hier?«

»Frag Becky.« Luke zeigt auf mich. »Sieht ganz so aus, als würde sie schon länger mit ihm in Verbindung stehen.«

»Ich wusste doch nicht, wer er war!«, verteidige ich mich. »Ich hatte keine Ahnung! Für mich war er doch nur dieser nette Mann mit dem Cockney-Akzent, der mir zu meiner Tasche verholfen hat...«

»Tasche?«, fragt Gary und sieht erregt von mir zu Luke. »Was für eine Tasche?«

»Sieht ganz so aus, als hätte Becky Nathan Temple aus Dankbarkeit für eine Handtasche meine Zusammenarbeit zugesagt«, fasst Luke kurz zusammen.

»Für eine *Handtasche*?«, fragt Gary entgeistert.

»Nicht irgendeine x-beliebige Handtasche!«, funke ich aufgeregt dazwischen. »Es war eine Engel-Tasche! Limited Edition! Von denen gibt es auf der ganzen Welt nur ganz wenige! Die Tasche war schon auf der *Vogue*-Titelseite! Sämtliche Filmstars lecken sich die Finger nach dieser Tasche!«

Die beiden Männer sehen mich wortlos an. Sie wirken nicht sonderlich beeindruckt.

»Und überhaupt«, setze ich mit geröteten Wangen fort. »Ich dachte, die PR für eine Hoteleinweihung wäre eine super Sache! Ein Fünf-Sterne-Hotel! Mit allem möglichen Schnickschnack! Wo man ständig irgendwelchen Prominenten über den Weg läuft!«

»*Prominente?*«, wiederholt Luke und verliert dann die Kontrolle. »Becky, auf diese Sorte Prominente kann ich nur allzu gerne verzichten! Ich kann darauf verzichten, die PR für das Hotel eines schmierigen Kriminellen zu machen! Aber ich kann nicht darauf verzichten, mit meinem Team hier Strategien für unseren neuen Großkunden zu entwerfen!«

»Aber das wusste ich doch nicht!«, jammere ich. »Ich dachte, das wäre ein genialer Coup, den ich da gelandet habe!«

»Jetzt beruhig dich erst mal, Chef«, redet Gary auf Luke ein. »Wir haben ihm ja nichts versprochen –«

»Wir nicht. Aber sie.« Luke zeigt auf mich, und Gary fährt entsetzt herum.

»Ich habe ihm gar nichts... *versprochen*.« Meine Stimme bebt. »Ich habe nur gesagt... dass du dich sehr freuen würdest.«

»Ist dir klar, wie sehr das die Sache für mich kompliziert, Becky?« Luke hält sich mit beiden Händen den Kopf. »Warum hast du mir das denn nicht *erzählt*, Becky? Warum hast du mir das nicht schon in Mailand erzählt?«

Schweigen.

»Weil die Engel-Tasche zweitausend Euro gekostet hat«, piepse ich schließlich. »Und weil ich dachte, du würdest sauer werden.«

»Ach du heilige Scheiße.« Luke klingt, als wäre er mit seinem Latein am Ende.

»Und dann wollte ich dich damit nicht unnötig belämmern! Du hattest so viel um die Ohren mit der Arcodas-Sache... Darum wollte ich die Sache selber regeln.«

»Regeln«, wiederholt Luke ungläubig. »Und wie genau hast du das angestellt?«

»Ich habe Nathan Temple erzählt, du wärst krank«, schlucke ich.

Lukes Gesichtsausdruck verändert sich ganz langsam.

»Die Blumen«, sagt er tonlos. »Waren die von Nathan Temple?«

Oh Gott.

»Ja«, flüstere ich.

»Er hat dir Blumen geschickt?« Gary kann es nicht glauben.

»Und einen Obstkorb«, fügt Luke knapp hinzu.

Gary kann sich ein Lachen nicht verkneifen.

»Das ist überhaupt nicht witzig!«, herrscht Luke ihn an. »Wir haben gerade unseren bisher größten und wichtigsten Kunden an Land gezogen. Wir sollten irgendwo feiern. Und nicht uns mit einem beschissenen Nathan Temple herumschlagen, der in unserem Foyer sitzt.« Er lässt sich auf einen Stuhl sinken.

»Es wäre sehr unklug, ihn zum Feind zu haben, Luke«, sagt Gary und verzieht das Gesicht. »Vergiss nicht, dass er die *Daily World* kaufen will.«

Bis auf das Ticken einer Uhr ist es totenstill im Zimmer. Ich wage nicht, den Mund aufzumachen.

Dann steht Luke unvermittelt auf. »Wir können nicht den ganzen Tag hier herumsitzen. Ich rede mit ihm. Und wenn ich den Job übernehmen muss, muss ich ihn eben übernehmen.« Er sieht mich an. »Ich hoffe nur, dass die Handtasche das wert war, Becky. Ich hoffe wirklich, dass sie das wert war.«

In mir zieht sich alles zusammen vor Schmerz.

»Es tut mir Leid, Luke«, sage ich verzweifelt. »Es tut mir so Leid. Ich wollte doch nicht … Ich wusste doch nicht …«

»Ja, klar, Becky«, unterbricht er mich genervt. »Wie auch immer.«

Er geht hinaus, gefolgt von Gary. Ich bleibe in dem stillen Zimmer alleine zurück. Auf einmal spüre ich, wie mir eine Träne die Wange herunterläuft. Eben war doch alles noch so schön. So perfekt. Und jetzt ist alles kaputt.

16

Sieht alles gar nicht gut aus.

Wir haben die schlimmste Woche unserer Ehe hinter uns.

Ich habe Luke fast nicht zu Gesicht bekommen, weil er vor Arbeit kaum aus den Augen gucken kann. Abgesehen davon, dass er täglich Konferenzen mit der Arcodas-Gruppe hatte, musste Luke eine Megakrise mit einem seiner Bankkunden managen – und dann ist zu allem Überfluss auch noch einer der wichtigsten Kundenbetreuer mit Hirnhautentzündung ins Krankenhaus eingeliefert worden. Es herrscht also das totale Chaos.

Und heute, am ersten Tag, an dem er sich mal hätte entspannen können, muss er nach Zypern fliegen, um sich Nathan Temples Hotel anzusehen und die Einweihungskampagne zu planen. Eine Kampagne, die er überhaupt nicht machen will.

Und ich bin schuld an allem.

»Kann ich irgendetwas tun?«, frage ich nervös, während er den Koffer packt.

»Nein«, antwortet er kurz. »Danke.«

So läuft das jetzt schon die ganze Woche. Er ist wortkarg, schaut finster drein und würdigt mich kaum eines Blickes. Und wenn er mir dann doch mal in die Augen sieht, ist kaum zu verkennen, wie ihn das alles ankotzt, und mir zieht sich der Magen zusammen, und mir wird schlecht.

Ich bemühe mich wirklich sehr, positiv und optimistisch zu bleiben. Ich meine, das ist doch sicher völlig normal, dass Paare hin und wieder solche kleinen Reibereien haben. Genau, wie Mum gesagt hat. Das hier ist der zweite richtige Streit in unserer Ehe, und danach wird die Luft wieder klar sein, alles kommt wieder in Ordnung…

Ich bin mir nur nicht so ganz sicher, ob es normal ist, dass der zweite richtige Streit nur zwei Tage nach dem ersten richtigen Streit losgeht.

Und ich bin mir auch nicht sicher, ob er wirklich eine ganze Woche dauern muss.

Ich habe versucht, Mum eine E-Mail auf ihr Kreuzfahrtschiff zu schicken, um sie um Rat zu fragen. Ich bekam eine automatisch generierte Antwort, in der mir mitgeteilt wurde, dass die Geist-Körper-Seele-Kreuzfahrt als Rückzug von der gesamten äußeren Umwelt zu verstehen sei und dass darum zu keinem der Passagiere Kontakt aufgenommen werden könne.

Luke macht den Reißverschluss an seinem Kleidersack zu und verschwindet ins Badezimmer, ohne mich auch nur anzusehen. Das tut weh. In fünf Minuten ist er weg. Wir können doch nicht so auseinander gehen. Das geht doch nicht!

Er kommt aus dem Bad und schmeißt seinen Kulturbeutel in den Koffer.

»Wir haben bald unseren ersten Hochzeitstag«, sage ich mit kratziger Stimme. »Wollen wir… irgendwas Besonderes planen?«

»Ich bin nicht mal sicher, ob ich bis dahin wieder hier bin«, antwortet Luke.

Er klingt, als sei ihm das auch herzlich egal. Ihn interessiert unser erster Hochzeitstag nicht. Meine Wangen glühen, und auf einmal spüre ich, wie mir die Tränen in die Augen steigen. Die ganze Woche war so schrecklich, und jetzt reist Luke ohne ein Lächeln ab.

»Du brauchst nicht so unfreundlich zu mir zu sein, Luke«, plappere ich los. »Ich weiß, dass ich Scheiße gebaut habe. Das habe ich aber nicht mit Absicht gemacht. Ich habe schon zehntausendmal gesagt, dass es mir Leid tut.«

»Ich weiß«, sagt Luke, und klingt dabei genauso genervt wie bei allem, was er in der letzten Woche zu mir gesagt hat.

»Was erwartest du denn von mir?«

»Was erwartest du denn von *mir*, Becky?«, fährt er mich auf einmal an. »Soll ich so tun, als wäre nichts passiert? Soll ich sagen, dass es mir nichts ausmacht, ausgerechnet in dem Moment, in dem ich alle meine Energie in die Arcodas-Gruppe stecken sollte, zu irgendeiner gottverlassenen Insel zu fliegen?« Ziemlich ruppig lässt er die Kofferschlösser zuschnappen. »Soll ich sagen, dass ich mich darüber freue, in Zukunft mit irgendeiner schmierigen Absteige von Hotel in Verbindung gebracht zu werden?«

»Es wird kein schmieriges Hotel!«, rufe ich bestürzt. »Ganz bestimmt nicht! Nathan Temple hat gesagt, es würde eine der Topadressen in Europa werden. Alles nur vom Feinsten! Du hättest ihn in dem Laden in Mailand sehen sollen, Luke! Er hat nur das Beste vom Besten haben wollen! Das beste Leder... den besten Kaschmir...«

»Ja, und wahrscheinlich wird er auch nur die besten Wasserbetten haben«, merkt Luke sarkastisch an. »Becky, verstehst du das denn nicht? Ich habe meine Prinzipien!«

»Ich auch!«, gebe ich entsetzt zurück. »Ich habe auch gewisse Prinzipien! Aber deswegen bin ich noch lange kein *Snob*!«

»Ich bin kein Snob«, entgegnet Luke verkniffen. »Ich habe einfach nur einen gewissen Anspruch.«

»Natürlich bist du ein Snob!« Meine Stimme überschlägt

sich fast. »Nur, weil er früher mal diese Motels hatte! Ich habe mal im Internet nachgeschaut, was es da so über Nathan Temple gibt. Er tut sehr viel für wohltätige Vereine, er hilft Menschen –«

»Er hat auch schon jemandem den Kiefer ausgerenkt«, fällt Luke mir ins Wort. »Stand das da auch?«

Ich komme ins Stocken.

»Aber das ... ist doch schon Jahre her!«, sage ich schließlich. »Er hat sich verändert ... zu seinem Vorteil ... Er ist ein ganz neuer Mensch ...«

»Wie du meinst, Becky.« Luke seufzt und nimmt seinen Aktenkoffer. »Können wir es jetzt dabei belassen?«

Er verlässt das Zimmer, und kurz darauf gehe ich ihm hinterher.

»Nein. Wir können es nicht dabei belassen. Wir müssen reden, Luke. Du hast mich die ganze letzte Woche kaum eines Blickes gewürdigt.«

»Ich hatte zu tun.« Er greift in seinen Aktenkoffer, holt eine Packung Ibuprofen heraus und drückt zwei Tabletten aus der Folie.

»Nein, hattest du nicht.« Ich beiße mir auf die Lippe. »Du hast mich bestraft.«

»Und, kannst du mir das *verdenken*?« Luke fuchtelt mit den Händen. »Das war eine der schlimmsten Wochen meines Lebens!«

»Dann lass mich dir doch helfen!« Ich laufe ihm hinterher in die Küche, wo er sich ein Glas Leitungswasser einlaufen lässt. »Es muss doch irgendetwas geben, was ich tun könnte. Ich könnte deine Assistentin sein ... oder irgendetwas recherchieren ...«

»Bitte!«, unterbricht Luke mich und wirft dann die Ibuprofen ein. »Hilf mir nicht mehr. Deine so genannte Hilfe hat mich schon einen Haufen Zeit gekostet! Okay?«

Mein Gesicht brennt. Ich starre ihn an. Er muss sich meine Ideen in dem rosa Ordner angesehen haben. Und er muss sie für totalen Schrott halten.

»Gut«, sage ich schließlich. »Na, dann… werde ich dich in Zukunft nicht mehr belästigen.«

»Sehr schön. Danke.« Er verschwindet ins Arbeitszimmer, wo ich ihn diverse Schubladen öffnen höre.

Ich stehe in der Küche, das Blut rauscht mir in den Ohren, als ich den Briefschlitz klappern höre. Ich gehe in den Flur und finde ein kleines Päckchen auf dem Boden. Ein dünner, wattierter Umschlag mit einem völlig verschmierten Stempel drauf, mit schwarzem Marker handschriftlich adressiert an Luke. Ich hebe den Umschlag auf und studiere die Schrift. Irgendwie kommt sie mir bekannt vor – und doch wieder nicht.

»Päckchen für dich!«, rufe ich.

Luke kommt mit einem Stapel Unterlagen aus dem Arbeitszimmer, die er in seinen Aktenkoffer packt. Er nimmt mir den Umschlag ab, reißt ihn auf und zieht eine CD-ROM und einen Brief heraus.

»Ah!«, macht er und klingt dabei mit Abstand besser gelaunt als die ganze letzte Woche. »Super.«

»Von wem ist das?«

»Von deiner Schwester«, sagt Luke.

Mir ist, als hätte mir jemand in den Solarplexus geboxt.

Meine Schwester? *Jess?* Mein ungläubiger Blick fällt auf den Umschlag. Das ist Jess' Schrift?

»Wieso…« Ich versuche, ganz ruhig zu bleiben. »Wieso schreibt Jess an dich?«

»Sie hat die CD-ROM für uns überarbeitet.« Er überfliegt den Brief. »Mann, die hat was auf dem Kasten. Die kann ja mehr als unsere IT-Leute. Ich muss ihr unbedingt Blumen schicken.«

Seine Stimme klingt so warm und herzlich, und seine Augen strahlen. Ich bekomme einen fetten Kloß im Hals, als ich ihn so sehe.

Er findet Jess ganz toll, stimmt's? Jess ist der Star, und ich bin eine Niete.

»Jess hat dir also geholfen, ja?«, frage ich mit bebender Stimme.

»Ja. Offen gestanden, ja.«

»Dann wäre es dir wohl lieber, wenn sie hier wäre und nicht ich. Vielleicht wäre es dir sogar lieber, wenn wir ganz tauschten?«

»Mach dich doch nicht lächerlich.« Luke faltet den Brief zusammen und steckt ihn wieder in den Umschlag.

»Wenn du Jess so toll findest, warum ziehst du dann nicht mit ihr zusammen?« In meinem Kummer stürzen die Worte nur so aus mir hervor. »Warum gehst du nicht zu ihr und... redest mit ihr über Computerdinge?«

»Beruhige dich, Becky«, sagt Luke überrascht.

Ich kann mich aber nicht beruhigen. Ich kann nicht aufhören.

»Ist schon okay! Du kannst mir gegenüber ehrlich sein, Luke! Wenn du einen miesepetrigen Geizknochen mit null Geschmack und null Humor vorziehst... Du brauchst es nur zu sagen! Vielleicht solltest du sie heiraten, wenn du sie doch so toll findest! Wo sie doch so wahnsinnig amüsant ist! Ich bin sicher, du würdest dich *prächtig* mit ihr verstehen –«

»Becky!« Luke schneidet mir das Wort ab und sieht mich mit einem Blick an, der mich durch und durch erschauern lässt. »Hör jetzt sofort auf damit!«

Dann schweigt er einen Moment. Er faltet den Umschlag zusammen, und ich wage mich nicht von der Stelle zu rühren.

»Ich weiß, dass du dich mit Jess nicht sonderlich gut verstanden hast«, sagt er schließlich und sieht mich an. »Aber ich möchte, dass du Folgendes weißt: Deine Schwester ist ein guter Mensch. Sie ist ehrlich, zuverlässig und fleißig. Sie hat Stunden an dem hier gearbeitet.« Er tippt auf die CD-ROM. »Sie hat ihre Hilfe von sich aus angeboten, und sie wollte weder dafür bezahlt werden noch sonst irgendein Dankeschön haben. Ich würde sagen, deine Schwester ist ein zutiefst selbstloser Mensch.« Er geht ein paar Schritte auf mich zu und sieht mich unbarmherzig an. »Du könntest eine Menge von ihr lernen.«

Mein Gesicht fühlt sich vor Schock abwechselnd heiß und kalt an. Ich mache den Mund auf, um etwas zu sagen – aber ich bringe kein Wort heraus.

»Ich muss los.« Luke sieht auf die Uhr. »Ich hole meine Sachen.«

Mit großen Schritten entfernt er sich.

»Also dann.« Luke taucht mit seinem Koffer in der Hand wieder auf. »Ich weiß nicht, wann ich wiederkomme.«

»Luke … Es tut mir Leid.« Endlich habe ich meine Stimme wiedergefunden, wenn sie auch zittrig ist. »Es tut mir Leid, dass ich dich so enttäuscht habe.« Ich sehe zu ihm auf und muss mich wirklich zusammenreißen. »Aber wenn du es genau wissen willst … Du hast mich auch enttäuscht. Du hast dich verändert. Auf unserer Hochzeitsreise warst du ein ganz anderer Mensch, ausgelassen, relaxt und fröhlich. Du warst …«

Vor meinem inneren Auge taucht ein Bild von Luke auf unserer Hochzeitsreise auf. Wie er mit den sonnengebleichten Rastazöpfen und seinem Ohrring auf der Yoga-Matte sitzt. Wie er mich unter der Sonne Sri Lankas anlächelt. Wie er nach meiner Hand greift.

Ich spüre, wie es mich innerlich fast zerreißt vor Sehnsucht. Jener heitere, glückliche Kerl hat überhaupt nichts gemeinsam mit dem angespannten, aggressiven Mann, der hier vor mir steht.

»Du bist so anders.« Die Worte brechen gleichzeitig mit einem Schluchzer aus mir heraus. Ich merke, wie mir eine Träne die Wange herunterkullert. »Du bist wieder so wie früher. So, wie du nie wieder sein wolltest. Das hattest du mir versprochen.« Resolut wische ich mir die Träne weg. »So habe ich mir unsere Ehe jedenfalls nicht vorgestellt, Luke.«

Schweigen. Dann:

»Ich mir auch nicht.« Luke klingt zwar gewohnt ironisch, aber lächeln tut er nicht. »Ich muss jetzt los. Bye, Becky.«

Er wendet sich ab und geht. Wenige Sekunden später fällt die Wohnungstür ins Schloss.

Ich schlucke. Wieder und wieder. Ich versuche, mich zu beherrschen. Aber die Tränen laufen mir bereits herunter, und mir ist ganz wackelig in den Beinen. Ich lasse mich auf den Boden sinken und vergrabe das Gesicht zwischen den Knien. Er ist weg. Und er hat mir nicht einmal einen Abschiedskuss gegeben.

Ich bin eine ganze Weile lang überhaupt nicht imstande, mich zu bewegen. Ich sitze einfach nur da auf dem Boden, habe die Arme um die Beine geschlungen und wische mir hin und wieder mit dem Ärmel über die Augen. Irgendwann versiegen die Tränen, ich atme tief durch und habe mich einigermaßen beruhigt. Doch das flaue, leere Gefühl im Magen ist immer noch da.

Unsere Ehe ist im Eimer. Nach noch nicht einmal einem Jahr.

Dann, endlich, raffe ich mich auf. Meine Gelenke knacken, als ich mich erhebe – ich fühle mich steif und irgendwie taub. Ich stehe völlig neben mir. Langsam schlurfe ich in das stille, leere Esszimmer, in dessen Mitte unser handgeschnitzter Esstisch aus Sri Lanka thront.

Bei seinem Anblick möchte ich am liebsten wieder losheulen. An dem Tisch hängen so viele Träume. Träume, wie unsere Ehe aussehen würde. Auf einmal sind all die Bilder wieder da: warmes Kerzenlicht; ich, wie ich einen herzhaften Eintopf austeile; Luke, der mich liebevoll anlächelt; unsere Freunde, die traut vereint um den Tisch herum sitzen…

Da überkommt mich ein unstillbares, geradezu körperliches Verlangen: Ich muss mit Suze reden. Ich muss ihre liebe Stimme hören. Suze weiß bestimmt Rat. Suze weiß immer Rat.

Ich stolpere fast auf dem Weg zum Telefon, weil ich mich so beeile, und wähle ihre Nummer.

»Ja, bitte?«, antwortet eine schrille Frauenstimme am anderen Ende. Das ist doch nicht Suze!

»Hi!«, sage ich verdutzt. »Hier ist Becky –«

»Und hier ist Lulu! Hi, Becky! Wie geht's?«

Ihre grelle Stimme wirkt wie Schmirgelpapier auf meiner wunden Seele.

»Gut«, sage ich. »Ist Suze zufällig da?«

»Da schon, aber sie packt gerade die Zwillinge in ihre Autositze! Wir sind auf dem Sprung zu einem Picknick bei Marsham House. Kennst du das?«

»Äh…« Ich reibe mir das Gesicht. »Nein. Kenne ich nicht.«

»Ach, da musst du *unbedingt* mal hin! Cosmo, Liebling! Nicht auf die Latzhosen! Ist ein ganz tolles, denkmalgeschütztes Haus vom National Trust. Und so kinderfreundlich! Da gibt es eine Schmetterlingsfarm!«

»Aha«, schaffe ich zu sagen. »Toll.«

»Ich sage ihr, dass sie dich in zwei Minuten anrufen soll, okay?«

»Danke«, sage ich erleichtert. »Das wäre toll. Sag ihr einfach, dass... dass ich wirklich dringend mit ihr sprechen möchte.«

Ich gehe zum Fenster, lehne mich mit der Stirn gegen das kühle Glas und beobachte den Straßenverkehr da unten. Die Ampel wird rot, und alle Autos halten an. Die Ampel wird wieder grün, und alle Autos brausen davon, als hätten sie es furchtbar eilig. Die Ampel wird wieder rot – und eine neue Schar von Autos hält.

Suze hat nicht angerufen. Die zwei Minuten sind bestimmt schon vorbei.

Und sie wird auch nicht mehr anrufen. Sie lebt jetzt in einer anderen Welt. Einer Welt voller Latzhosen und Picknickausflügen und Schmetterlingsfarmen. Einer Welt, in der kein Platz ist für mich und meine dämlichen Probleme.

Die Enttäuschung lässt meinen Kopf schwer werden. Ich weiß, dass Suze und ich uns in letzter Zeit nicht so supergut verstanden haben. Aber ich dachte... Ich hatte wirklich gedacht...

Ich schlucke.

Ich könnte Danny anrufen. Obwohl... Ich habe ihm jetzt schon mindestens sechsmal auf den Anrufbeantworter gesprochen, und er hat sich immer noch nicht gemeldet.

Na ja. Was soll's. Macht nichts. Dann werde ich mich eben aus eigener Kraft wieder zusammenreißen.

Ich versuche, so etwas wie Entschlossenheit in mir zu mobilisieren, und gehe in die Küche. Ich werde jetzt... eine Tasse Tee machen. Ja. Und dann sehe ich weiter. Ich schalte den Wasserkocher ein, hänge einen Teebeutel in einen Becher und mache den Kühlschrank auf.

Keine Milch.

Für den Bruchteil einer Sekunde würde ich mich am liebsten laut schluchzend auf den Boden fallen lassen.

Doch ich atme tief durch und hebe das Kinn. Gut. Dann gehe ich eben schnell Milch kaufen. Und überhaupt ein paar Vorräte besorgen. Ein bisschen frische Luft wird mir gut tun und mich ablenken.

Ich schnappe mir meine Tasche, trage etwas Lipgloss auf und verlasse die Wohnung. Ich marschiere aus dem Gebäude und die Straßen entlang, vorbei an dem merkwürdigen Laden mit den goldenen Möbeln und hinein in den Delikatessenladen an der Ecke.

Kaum betrete ich den Laden, geht es mir schon etwas besser. Es ist so schön warm hier drin, richtig beruhigend wirkt das. Und es duftet so herrlich nach Kaffee und Käse und der ganz speziellen Tagessuppe. Die Angestellten tragen alle lange, gestreifte Schürzen aus Baumwolldrell und sehen aus wie richtige französische Käsemacher.

Ich nehme einen Weidenkorb, gehe zum Milchregal und nehme mir zwei halbe Liter fettarme Biomilch. Dann entdecke ich zufällig einen Topf mit griechischem Luxusjoghurt. Vielleicht sollte ich mir ein paar nette Leckereien kaufen, um mich aufzumuntern. Ich lege den Joghurt in den Korb, und gleich darauf auch noch zwei Mousse-au-chocolat-Dessertbecher. Dann strecke ich die Hand aus nach einem wunderschönen, mundgeblasenen Vorratsglas mit in Brandy eingelegten Gourmetkirschen.

Geldverschwendung, erklingt da eine Stimme in meinem Kopf. *Du magst doch gar keine in Brandy eingelegten Kirschen.*

Die Stimme klingt ein bisschen wie Jess. Merkwürdig. Und überhaupt, ich mag sehr wohl in Brandy eingelegte Kirschen. Glaube ich.

Verwirrt schüttele ich den Kopf und werfe das Glas in den Korb. Ich gehe weiter, und aus dem nächsten Regal nehme ich eine mit Oliven und Anchovis belegte Mini-Focaccia-Pizza.

Völlig überteuerter Müll, höre ich da wieder die Stimme. *So etwas könntest du dir zu Hause für 20 Pence selber machen.*

Halt die Klappe, denke ich mir. Könnte ich nämlich nicht. Und jetzt lass mich in Ruhe.

Ich packe die Pizza in meinen Korb und bewege mich dann etwas schneller durch die Gänge, wobei ich meinen Korb fröhlich weiter befülle mit weißen Pfirsichen, Minibirnen, diversen Stücken Käse, Zartbittertrüffeln, einer französischen Erdbeertorte...

Und Jess' Stimme brummt unaufhörlich weiter.

Du schmeißt das Geld zum Fenster raus. Was ist mit deinem Budget? Glaubst du wirklich, dass du Luke so wiederbekommst? Indem du dich selbst sinnlos verwöhnst?

»Ruhe jetzt!«, setze ich mich laut zur Wehr. Ich bin völlig durcheinander. Vielleicht werde ich ja verrückt! Trotzig lege ich drei Dosen russischen Kaviar in den schon völlig überfüllten Korb und mache mich dann auf den Weg zur Kasse. Ich stelle den Korb dort ab und suche in meiner Tasche nach meiner Kreditkarte.

Die Frau an der Kasse fängt an, die Sachen aus dem Korb zu nehmen, und lächelt mich an.

»Die Torte ist köstlich!«, erzählt sie mir, während sie sie vorsichtig in eine Schachtel packt. »Und die weißen Pfirsiche erst! Oh, und Kaviar!« Sie sieht ziemlich beeindruckt aus. »Geben Sie eine Dinnerparty?«

»Nein«, antworte ich verdutzt. »Ich gebe keine Dinnerparty. Ich wollte nur... Ich dachte...«

Doch da fällt mir nichts mehr ein.

Ich fühle mich auf einmal wie der größte Trottel auf Erden. Ich sehe dabei zu, wie all die überteuerten, sinnlosen Luxuslebensmittel eingescannt werden, und merke, wie ich rot werde vor Scham. Was mache ich denn da? Wozu kaufe ich das denn alles? Ich brauche das doch gar nicht. Jess hat Recht.

Jess hat Recht.

Der Gedanke allein schmerzt mich. Ich wende mich ab. Ich will nicht an Jess denken.

Aber ich kann nichts dagegen machen. Ich kann den Gedanken, die wie riesige schwarze Krähen in meinem Kopf herumschwirren, nicht entkommen. Auf einmal höre ich Lukes Stimme: *Sie ist ein guter Mensch... Sie ist ehrlich, zuverlässig und fleißig... Du könntest eine Menge von ihr lernen...*

Du könntest eine Menge von ihr lernen.

Und da habe ich auf einmal die Erleuchtung. Wie angewurzelt bleibe ich stehen. Mein Kopf schwirrt, mein Herz pocht wie wild.

Oh mein Gott. Das ist es.

Das ist die Lösung.

»Das macht dann hundertdreißig Pfund und dreiundsiebzig Pence«, sagt die Frau an der Kasse mit einem Lächeln. Ich glotze sie vollkommen entrückt an.

»Ich... ich muss jetzt gehen«, sage ich. »Jetzt sofort.«

»Aber Ihre Waren!«, sagt sie.

»Die brauche ich nicht.«

Ich drehe mich um und taumele aus dem Laden, die Kreditkarte noch immer in der Hand. Ich bleibe auf dem Bürgersteig stehen und atme mehrmals tief durch, als hätte ich gerade gejoggt.

Jetzt weiß ich, was ich tun muss. Ich muss von Jess lernen.

Jess wird mein Yoda sein.

Ich werde ihre Schülerin sein, und sie wird mich das einfache, bescheidene Leben lehren. Sie wird mir zeigen, wie ich ein guter Mensch werde – ein Mensch, wie Luke ihn gerne haben möchte. Und ich werde lernen, wie ich meine Ehe retten kann.

Ich gehe die Straße entlang, zunächst langsam, dann immer schneller, bis ich schließlich renne. Die Leute glotzen mich an, aber das ist mir egal. Ich muss nach Cumbria. Jetzt sofort.

Ich sprinte ganz bis nach Hause und renne die ersten drei Stockwerke die Treppe hinauf, bis mir auffällt, dass meine Lungen fast platzen. So schaffe ich es doch nie bis ganz nach oben zum Penthouse. Ich setze mich und schnaufe ein paar Minuten wie eine Dampflok, dann nehme ich den Aufzug für den Rest. Ich stürme in die Wohnung, laufe ins Schlafzimmer, zerre einen knallroten Koffer unter dem Bett hervor und schmeiße völlig willkürlich alle möglichen Sachen hinein, ganz wie im Fernsehen. Ein T-Shirt ... etwas Unterwäsche ... ein Paar türkisfarbene Kitten-Heels mit strassbesetzten Riemchen ... Ich meine, ist doch völlig egal, was ich mitnehme, oder? Ich muss einfach nur nach Cumbria fahren und mit Jess Brücken bauen.

Ich lasse die Schlösser zuschnappen und wuchte den Koffer vom Bett. Rasch greife ich mir eine Jacke, rolle den Koffer durch den Flur und schließe die Wohnungstür ab. Ein letzter Blick zurück – und schon steige ich in den Aufzug. Meine neue Entschlossenheit macht mich stark. Von jetzt an wird alles anders. Hier und jetzt beginnt mein neues Leben. Ich mache mich auf den Weg, um zu lernen, was im Leben wirklich wichtig –

Ups. Ich habe mein Glätteisen vergessen.

Wie der geölte Blitz drücke ich auf den Nothalteknopf.

Der Aufzug, der sich gerade schon nach unten bewegen wollte, rumpelt zwar ein bisschen beleidigt, bleibt aber, wo er ist.

Ich kann auf gar keinen Fall ohne mein Glätteisen fahren. Und etwas Haarspray.

Und mein Lippenbalsam von Kiehl's. Ohne das kann ich gar nicht *leben*.

Okay, vielleicht sollte ich über die Ist-doch-völlig-egal-was-ich-mitnehme-Strategie doch noch mal nachdenken.

Ich eile aus dem Aufzug, schließe die Wohnungstür auf und gehe zurück ins Schlafzimmer. Ich zerre noch einen Koffer unter dem Bett hervor – diesmal in Limonengrün – und werfe noch mehr Sachen hinein.

Wenn ich jetzt so darüber nachdenke, sollte ich vielleicht eine Feuchtigkeitscreme extra mitnehmen. Und vielleicht einen meiner neuen Hüte, nur für den Fall, dass ich dort zu einer Hochzeit muss. Ich schmeiße massenweise Klamotten in den Koffer sowie ein Reise-Backgammon, für den Fall, dass ich mich im Zug langweile (und jemanden kennen lerne, der mir beibringen kann, wie man das spielt).

Und dann habe ich plötzlich meine Engel-Tasche in der Hand. Ich sehe mich selbst im Spiegel, und da höre ich plötzlich ohne jede Vorwarnung wieder Lukes Stimme:

Ich hoffe nur, dass die Handtasche das wert war, Becky.

Ich erstarre. Und einen Moment lang ist mir ein klein wenig übel.

Ich würde die Tasche fast am liebsten hier lassen.

Aber das wäre doch lächerlich. Wieso sollte ich mein allerwertvollstes Stück hier lassen?

Ich hänge mir die Tasche über die Schulter und betrachte mich damit. Ich versuche, das Verlangen und die Aufregung wieder wach werden zu lassen, all jene Gefühle, die ich hatte, als ich sie das erste Mal sah. Es ist eine *Engel-*

Tasche, rufe ich mir trotzig in Erinnerung. Nichts ist heißer begehrt als diese Tasche. Es gibt Menschen, die für diese Tasche über Leichen gehen würden. Auf der ganzen Welt gibt es Wartelisten für diese Tasche.

Ich bewege bedrückt die Schulter. Irgendwie fühlt sich die Tasche schwerer an als vorher. Komisch. Eine Tasche kann doch nicht einfach so schwerer werden, oder?

Ach so. Ich habe das Aufladegerät für mein Handy reingetan. Darum.

Okay. Genug. Ich fahre. Und zwar mit der Tasche.

Ich nehme den Aufzug nach unten und rolle die Koffer hinaus auf die Straße. Da sehe ich auch schon ein freies Taxi und winke es heran. Ich verfrachte die Koffer in den Kofferraum und bin plötzlich ganz aufgewühlt angesichts meines Vorhabens.

»Bahnhof Euston, bitte«, gebe ich dem Fahrer stockend Anweisung. »Ich werde mich mit meiner lange entbehrten, nach vielen Jahren wiedergefundenen und dann mir entfremdeten Schwester versöhnen.«

Der Fahrer sieht mich ungerührt an.

»Hinter- oder Haupteingang?«

Also ehrlich. Haben solche Taxifahrer denn überhaupt kein Gespür für Dramatik? Lernen die so was nicht auf der Taxifahrerschule?

Die Straßen sind ziemlich frei, sodass wir schon nach zehn Minuten am Bahnhof sind. Während ich so mit meinen beiden Koffern im Schlepptau auf den Fahrkartenschalter zuwanke, komme ich mir vor wie in einem alten Schwarzweißfilm. Jetzt fehlen nur noch massenweise Dampfwolken und das schrille Pfeifen und Quietschen von Zügen... Und ich müsste ein maßgeschneidertes Tweedkostüm und eine Pelzstola tragen... Und meine Haare müssten eng am Kopf in Wasserwellen liegen...

»Einmal nach Cumbria, bitte«, sage ich mit einem Kloß der Rührung im Hals und knalle direkt einen Fünfzig-Pfund-Schein auf den Tresen.

Und jetzt müsste der hohlwangige Mann mich bemerken und mir einen Cocktail anbieten oder mir Staub aus den Augen wischen. Stattdessen steht eine Frau in einer orangefarbenen Nylonuniform vor mir und sieht mich an, als wäre ich nicht ganz dicht.

»Cumbria?«, sagt sie. »Und wohin genau in Cumbria?«

Oh. Stimmt eigentlich. Gibt es in Jess' Dorf überhaupt einen Bahnhof?

Doch da blitzt ein Erinnerungsfetzen auf. Als ich Jess das erste Mal sah, erzählte sie doch, von wo sie kam …

»North Coggenthwaite. Hin und zurück, bitte. Ich weiß aber noch nicht, wann ich wiederkomme. Tapfer lächele ich sie an. »Ich werde mich mit meiner lange entbehrten, nach vielen Jahren wiedergefundenen –«

Die Frau unterbricht mich gnadenlos.

»Das macht dann hundertsiebenundsiebzig Pfund, bitte.«

Was? *Wie* viel? Für das Geld könnte ich ja nach Paris fliegen!

»Äh … hier, bitte«, sage ich und reiche ihr einige Scheine aus dem Bündel, das mir der Verkauf der Tiffany-Uhren eingebracht hat.

»Gleis neun. Der Zug fährt in fünf Minuten ab.«

»Okay. Danke.«

Ich drehe mich um und marschiere zielstrebig durch die Bahnhofshalle in Richtung Gleis neun. Doch als der riesige Intercity auftaucht, verlangsamt sich mein zuversichtlicher Schritt. Um mich herum wimmelt es von Menschen, die sich in die Arme fallen, Gepäck schleppen und Waggontüren zuschlagen.

Ich bleibe stehen. Mein Herz klopft, und meine um die

Koffergriffe geschlossenen Hände schwitzen. Bis jetzt war mir das alles irgendwie wie ein Spiel vorgekommen. Es ist aber kein Spiel. Es ist die Realität. Ich kann noch gar nicht richtig glauben, dass ich das wirklich tue.

Setze ich mich jetzt wirklich in einen Zug, der mich Hunderte von Kilometern durchs Land fährt, hin zu einem Ort, an dem ich noch nie gewesen bin – und zu einer Schwester, die mich nicht ausstehen kann?

17

Oh mein Gott. Ich bin da.

Fünf Stunden sind vergangen, und jetzt bin ich wirklich da, in Cumbria, in Jess' Heimatstädtchen. Ich bin in Nordengland!

Ich laufe die Hauptstraße in Scully entlang – und stelle fest, wie pittoresk das hier ist! Genau, wie Gary es beschrieben hat, mit Trockenmauern und allem. Rechts und links von mir stehen alte Steinhäuser mit Schieferdächern. Hinter den Häusern befinden sich steile, kantige Hügel, auf denen Schafe auf verstreuten Grasflecken grasen. Über diese Hügel erhebt sich ein weiterer, noch höherer Hügel, der wohl als Berg durchgehen kann.

Als ich an einem kleinen Steincottage vorbeikomme, bemerke ich, wie ein Vorhang zur Seite gezogen wird und jemand mich beobachtet. Na ja, ich schätze, ich falle ein klein wenig auf mit meinem knallroten und dem limonengrünen Koffer. Die Rollen rumpeln geräuschvoll über die Straße, und meine Hutschachtel hüpft bei jedem Schritt, den ich mache, auf und ab. Als ich an einer Bank vorbeikomme, auf der zwei alte Damen in gemusterten Kleidern und Strickjacken sitzen, beäugen diese mich misstrauisch – die eine zeigt sogar auf meine rosa Wildlederschuhe. Ich lächele die Damen freundlich an und will schon gerade »Die habe ich von Barneys!« sagen, als sie aufstehen und sich verkrümeln, wobei sie mir aber immer noch Blicke zuwerfen. Ich marschiere noch ein Stückchen weiter die Straße entlang, dann bleibe ich keuchend stehen.

Ganz schön hügelig hier, was? Ich meine, nicht, dass ich etwas gegen Hügel hätte. Ich habe überhaupt kein Problem damit.

Aber ich glaube, ich werde jetzt trotzdem mal eben ein bisschen die Landschaft bewundern und eine kleine Pause einlegen. Der Taxifahrer hatte mir angeboten, mich bis vor Jess' Haustür zu fahren, aber ich habe ihm gesagt, ich wollte das letzte Stückchen lieber laufen, um mich zu sammeln. Und um unbeobachtet ein Schlückchen aus der Miniwodkaflasche zu trinken, die ich mir im Zug gekauft habe. Ich werde schon wieder ganz kribbelig, wenn ich an Jess denke, obwohl das doch absolut lächerlich ist, schließlich hatte ich im Zug stundenlang Zeit, mich darauf vorzubereiten!

Und noch dazu haben mich da richtige Experten beraten! Ich war nämlich ins Bordrestaurant gegangen und hatte mir dort an der Bar eine Bloody Mary bestellt, um mir ein klein wenig Mut anzutrinken – und dann saß da eine ganze Truppe von Shakespeare-Schauspielern, die Wein tranken und rauchten und erzählten, dass sie auf *Heinrich-V*-Tournee sind. Wir kamen ins Gespräch, und ich erzählte ihnen die ganze Geschichte und dass ich jetzt auf dem Weg zu Jess sei, um mich mit ihr zu versöhnen. Da sind die alle total durchgedreht! Meinten, das sei original das Gleiche wie in *König Lear*, bestellten sich alle Bloody Marys und bestanden darauf, mit mir an meiner Rede zu feilen.

Ich bin mir nicht ganz sicher, ob ich wirklich alles tun und sagen möchte, was sie mir vorgeschlagen haben. Ich glaube, Haare raufen und mich mit einem falschen Dolch durchbohren muss nicht unbedingt sein. Aber ganz viele von ihren Tipps waren wirklich gut! Wie zum Beispiel der, dass man seine Schauspielerkollegen niemals dazu zwingen darf, dem Publikum den Rücken zuzukehren. Da waren sie sich alle einig – das wäre das Schlimmste, was ich meiner Schwester antun könnte, und wenn ich sie in diese Verlegenheit bringen würde, dann könnte ich mir das mit der Verwöhnung komplett abschminken, und da würden sie dann offen gestanden voll auf Jess' Seite stehen. Ich wies sie darauf hin, dass es gar kein Publikum geben würde, aber dazu sagten sie bloß, das sei Quatsch, selbstverständlich würde sich eine Menschenmenge ansammeln.

Der Wind zerzaust mein Haar auf das Hoffnungsloseste, und außerdem werden meine Lippen von dem starken Wind hier im Norden ganz rau. Ich hole mein Lippenbalsam heraus und trage es auf. Dann hole ich nervös mein Handy hervor, um zum tausendsten Mal nachzusehen, ob Luke vielleicht versucht hat, mich anzurufen. Hätte ja sein können, dass ich es nicht gehört habe ... Aber hier ist überhaupt kein Empfang. Wir müssen meilenweit von jeglichen Sendemasten entfernt sein. Ich glotze eine Weile auf das leere Display und nähre eine törichte Hoffnung ... Wenn hier kein Empfang ist – dann könnte es doch sein, dass er versucht hat anzurufen! Vielleicht versucht er es gerade jetzt, in diesem Moment, schon wieder, und kommt nicht durch ...

Aber tief in mir drin weiß ich, dass ich mir etwas vormache. Wenn er hätte anrufen wollen, hätte er es schon längst getan.

Ich fühle mich so leer, und dann stürzt alles wieder über mich herein. Lukes scharfer Ton. Wie er mich angesehen hat, kurz bevor er ging – so enttäuscht und irgendwie müde. Was er gesagt hat. Unser hässlicher Streit klang mir den ganzen Tag lang in den Ohren, bis ich richtige Kopfschmerzen bekam.

Zu meinem Entsetzen steigen mir jetzt Tränen in die

Augen. Wütend blinzele ich sie weg und schniefe. Ich werde nicht weinen. Es wird alles gut werden. Ich werde mich ändern, ich werde ein neuer Mensch werden, und Luke wird mich nicht wiedererkennen.

Entschlossen setze ich meinen Marsch den Hügel hinauf fort, bis ich Hill Rise erreiche. Ich bleibe stehen und betrachte die lange Reihe grauer Steincottages. Ich bin da. Das hier ist die Straße, in der Jess wohnt. Jess wohnt in einem dieser Häuser!

Ich fasse in die Jackentasche, um den Zettel mit der Hausnummer herauszuholen – im gleichen Moment bemerke ich jedoch, dass sich bei einem der Häuser an einem Fenster im ersten Stock etwas bewegt. Ich sehe genauer hin. Es ist Jess! Sie steht am Fenster und starrt mich vollkommen entgeistert an.

Trotz allem, was zwischen uns passiert ist, löst ihr Anblick eine Welle von Gefühlen in mir aus. Sie ist und bleibt eben doch meine Schwester. Ich renne mit schlenkernden Koffern und hüpfender Hutschachtel die Straße entlang. Atemlos erreiche ich die Haustür, und gerade, als ich anklopfen will, geht sie auf. Jess steht in blassbrauner Cordhose und einem Sweatshirt vor mir und sieht mich fassungslos an.

»Becky… was zum Teufel machst du denn hier?«

»Ich möchte von dir lernen, Jess«, erkläre ich mit wackliger Stimme und hebe flehentlich die Hand, wie es mir die Shakespeare-Truppe empfohlen hat. »Lass mich dein Lehrling sein.«

»Was?« Jess macht entsetzt ein paar Schritte zurück. »Sag mal, Becky, hast du etwa *getrunken*?«

»Nein! Ich meine, ja. Ein paar Bloody Marys vielleicht… Aber ich bin nicht betrunken, ehrlich! Jess, ich möchte ein guter Mensch sein!« Die Worte rauschen nur so aus mir heraus. »Ich möchte von dir lernen. Und dich kennen lernen. Ich weiß, dass ich in meinem Leben Fehler gemacht habe... Aber aus diesen Fehlern möchte ich lernen. Ich möchte wie du sein, Jess!«

Was folgt, ist ein seltsames Schweigen. Jess sieht mich mit festem Blick an.

»Du möchtest wie ich sein?«, fragt sie. »Ich dachte, ich wäre eine Spaßbremse, ein erbärmlicher Geizkragen und eine langweilige Kuh, Becky?«

Mist. Ich hatte gehofft, dass sie das inzwischen vergessen hätte.

»Äh... es tut mir Leid, dass ich das gesagt habe«, murmele ich beschämt. »Ich hab's nicht so gemeint.«

Jess sieht nicht gerade überzeugt aus. Ich rekapituliere blitzschnell einige der Ratschläge aus dem Zug. »Die Zeit hat die Wunden zwischen uns geheilt...«, hebe ich an und will ihre Hand nehmen.

»Nein, hat sie nicht!« Jess entzieht mir ihre Hand. »Und ich muss sagen, du hast echt Nerven, hier einfach so aufzukreuzen!«

»Aber ich bitte dich als meine Schwester um Hilfe!«, erkläre ich verzweifelt. »Ich möchte von dir lernen! Du bist Yoda, und ich bin –«

»*Yoda?*« Jess reißt ungläubig die Augen auf.

»Nicht, dass du *aussehen* würdest wie der alte, weise Yoda«, füge ich hastig hinzu. »Überhaupt nicht! Ich meinte doch bloß –«

»Wie auch immer, Becky, es interessiert mich nicht«, unterbricht Jess mich. »Weder du noch deine bescheuerten Ideen interessieren mich. Verschwinde.«

Sie schlägt die Tür zu, die ich daraufhin fassungslos anstarre. Jess hat mir die Tür vor der Nase zugeknallt? Mir, ihrer Schwester?

»Aber ich bin extra aus London hierher gekommen!«, rufe ich ihr durch die geschlossene Tür zu.

Keine Antwort.

Ich kann nicht aufgeben. Nicht einfach so.

»Jess!« Ich trommele gegen die Tür. »Du musst mich reinlassen! Bitte! Ich weiß, dass wir ein paar Meinungsverschiedenheiten hatten –«

»Lass mich in Ruhe!« Die Tür wird aufgerissen, und Jess steht wieder vor mir. Aber jetzt sieht sie nicht einfach nur feindselig aus. Sie wirkt fuchsteufelswild. »Becky, wir haben nicht einfach nur Meinungsverschiedenheiten gehabt! Wir *sind* grundverschieden! Ich habe keine Zeit für dich. Offen gestanden wünschte ich, ich wäre dir nie begegnet. Und ich habe nicht die blasseste Ahnung, was du hier willst.«

»Dann lass mich dir das doch erklären!«, sage ich schnell, bevor sie die Tür wieder zuknallen kann. »Alles läuft total schief. Luke und ich haben uns gestritten. Ich… ich habe Mist gebaut.«

»Na, so eine Überraschung.« Jess verschränkt die Arme.

»Ich weiß, dass ich selbst dran schuld bin.« Meine Stimme fängt an zu beben. »Ich weiß es wirklich. Aber jetzt ist unsere Ehe in Gefahr, glaube ich. Ehrlich.«

Ich merke, wie mir wieder Tränen in die Augen steigen wollen. Ich blinzele, um sie zu verscheuchen.

»Jess… bitte, hilf mir. Du bist die Einzige, die mir jetzt helfen kann. Wenn ich etwas von dir lernen könnte, überlegt Luke es sich vielleicht wieder anders. Er mag dich.« Es schnürt mir fast die Kehle zu, aber ich zwinge mich, Jess direkt anzusehen. »Er mag dich mehr als mich.«

Jess schüttelt den Kopf, aber ich durchschaue nicht recht, ob das bedeutet, dass sie mir nicht glaubt oder dass ihr das egal ist.

»Wer ist denn da, Jess?«, erklingt eine Stimme aus dem Haus, und dann steht auch schon eine andere junge Frau hinter Jess. Sie hat mausgraue, glatte Haare, trägt eine Brille und hat einen Schreibblock in der Hand. »Schon wieder so ein Zeuge Jehovas?«

»Ich bin kein Zeuge Jehovas!«, sage ich. »Ich bin Jess' Schwester!«

»Jess' *Schwester*?« Die Frau glotzt mich erstaunt an. Sie mustert mein Outfit, meine Schuhe und meine beiden Koffer.

»Jetzt verstehe ich, was du meinst«, sagt sie zu Jess und dämpft die Stimme ein wenig. »Sie sieht wirklich ein bisschen durchgeknallt aus.«

Durchgeknallt?

»Ich bin nicht durchgeknallt!«, setze ich mich zur Wehr. »Und außerdem geht dich das gar nichts an! Jess –«

»Verschwinde, Becky«, teilt Jess mir knapp mit.

»Aber –«

»Sag mal, bist du taub, oder was? Verschwinde!« Sie hebt die Hand, als würde sie einen lästigen Köter verscheuchen.

»Aber... du bist doch meine Schwester!« Meine Stimme ist kurz davor zu brechen. »Und Schwestern sind füreinander da! Schwestern kümmern sich umeinander! Jess! Wir sind *Schwestern*!«

»Kann ich doch nichts dafür«, kanzelt Jess mich ab. »Ich brauche keine Schwester. Bye, Becky!«

Sie knallt die Tür wieder zu, dieses Mal mit einer solchen Wucht, dass ich zusammenzucke. Ich hebe die Hand, um wieder anzuklopfen – und lasse sie dann wieder sinken. Hat doch sowieso keinen Zweck.

Eine Weile stehe ich einfach nur da und starre die braun gestrichene Tür an. Dann drehe ich mich langsam um und mache mich mit meinen beiden Koffern auf den Weg zurück die Straße hinunter.

Ich bin völlig umsonst den weiten Weg hierher gekommen.

Was mache ich denn jetzt?

Allein der Gedanke daran, jetzt direkt wieder nach Hause zu fahren, ist unerträglich. Erst die stundenlange Zugfahrt, und dann? Eine leere Wohnung.

Eine leere Wohnung und kein Mann.

Der Gedanke an Luke öffnet schließlich alle Schleusen. Die Tränen laufen mir in Strömen die Wangen herunter, und ich schluchze in einer Tour. Als ich die Straßenecke erreiche, beäugen mich zwei Frauen mit Kinderwagen neugierig, aber ich nehme sie kaum wahr. Ich heule viel zu sehr. Mein Make-up muss sich schon komplett in Wohlgefallen aufgelöst haben … Ich habe keine Hand frei, um ein Taschentuch herauszuholen, also schniefe ich so vor mich hin … Ich muss anhalten. Ich muss mich beruhigen.

Zu meiner Linken befindet sich eine Art Grünanlage, in deren Mitte eine Holzbank steht. Die steuere ich an. Ich stelle die Koffer ab, lasse mich auf die Bank sinken, vergrabe das Gesicht in den Händen und gebe mich einem weiteren Weinkrampf hin.

Hier sitze ich nun also, Hunderte von Kilometern von zu Hause entfernt, mutterseelenallein. Und ich bin selbst schuld. Ich habe alles kaputtgemacht.

Luke wird mich nie wieder lieben.

Meine Schultern beben, und ich schluchze und keuche, als ich wie durch einen Nebel eine Männerstimme neben mir höre.

»Na, na, na. Was ist denn mit Ihnen los?«

Trüben Blickes sehe ich auf. Vor mir steht ein Mann mittleren Alters in Cordhose und einem grünen Pullover.

Er sieht halb missbilligend und halb besorgt zu mir herunter.

»Geht die Welt unter, oder wie?«, fragt er schroff. »Es gibt hier so einige ältere Menschen, die versuchen, ein Nickerchen zu machen.« Er zeigt auf die Cottages rund um die Grünanlage. »Und Sie machen hier einen Lärm, dass selbst die Schafe es mit der Angst bekommen.«

Er zeigt auf den Hügel, wo in der Tat ein paar Schafe stehen und neugierig zu mir heruntersehen.

»Tut mir Leid, dass ich die Ruhe hier störe«, schlucke ich. »Aber ich habe gerade ziemliche Sorgen.«

»Knatsch mit dem Freund«, sagt er, als gäbe es gar keine andere Erklärung.

»Nein, eigentlich bin ich nämlich verheiratet. Aber um meine Ehe steht es nicht besonders gut. Vielleicht ist sie sogar schon hinüber. Und ich bin den ganzen weiten Weg hierher gekommen, um meine Schwester zu sehen, aber die will überhaupt nicht mit mir reden…« Wieder laufen mir Tränen über die Wangen. »Meine Eltern sind auf einer therapeutischen Kreuzfahrt, mein Mann ist auf Zypern bei Nathan Temple, meine beste Freundin hat eine neue beste Freundin gefunden, und ich habe niemanden, mit dem ich reden kann! Und ich habe keine Ahnung, wo ich jetzt hinsoll. Ich meine, ich weiß wirklich buchstäblich nicht, wohin ich gehen soll, wenn ich von dieser Bank aufstehe…«

Mich schüttelt ein Megaschluckauf, ich nehme mir ein Taschentuch und wische mir die Augen trocken. Dann sehe ich auf.

Der Mann sieht mich verblüfft an.

»Wissen Sie was?«, sagt er deutlich freundlicher. »Wie wäre es mit einer Tasse Tee?«

»Eine Tasse Tee wäre fantastisch«, sage ich stockend. »Vielen Dank.«

Der Mann geht mir voran durch den Park. Er trägt meine beiden Koffer, als wäre nur Luft darin, und ich trotte mit der Hutschachtel hinterher.

»Ich heiße übrigens Jim«, stellt er sich mir über die Schulter hinweg vor.

»Ich heiße Becky.« Ich putze mir die Nase. »Das ist wirklich nett von Ihnen. Eigentlich wollte ich mir in London auch gerade eine Tasse Tee machen, aber dann war die Milch alle. Und so… bin ich im Grunde genommen hier gelandet.«

»Ganz schön weiter Weg für eine Tasse Tee«, stellt Jim trocken fest.

Das war heute Morgen, wird mir auf einmal bewusst. Aber es kommt mir vor, als wäre es schon hundert Jahre her.

»Bei uns ist die Milch jedenfalls nie alle«, fügt er noch hinzu, als er sich einem Hauseingang zuwendet, über dem in schwarzer Schrift »Scully Stores« steht. Als wir hineingehen, bimmelt eine Glocke, und von einem der hinteren Räume höre ich einen Hund bellen.

»Oh.« Mit neu erwachtem Interesse sehe ich mich um. »Das ist ja ein Laden!«

»Das ist der *einzige* Laden«, korrigiert er mich. Er stellt meine Koffer ab und schiebt mich dann vorsichtig von der Matte. Die Glocke hört auf zu bimmeln. »Seit fünfundfünfzig Jahren in Familienbesitz.«

»Wow.« Ich sehe mich in diesem netten kleinen Laden um. An der einen Wand steht ein Regal mit frischem Brot, an der anderen eines, auf dem Konservendosen und Schachteln ordentlich aufgereiht sind… Dort stehen altmodische Gläser mit Süßigkeiten, da ein Postkartenständer, und hier gibt es Geschenkartikel. »Das ist ja richtig nett hier! Heißt das, dass Sie Mr. Scully sind?«

Jim wirft mir einen etwas seltsamen Blick zu.

»Scully heißt der Ort, in dem wir uns befinden, meine Liebe.«

»Ach ja.« Ich erröte. »Das hatte ich ganz vergessen.«

»Ich heißte Smith. Und ich glaube, Sie brauchen jetzt wirklich die versprochene Tasse Tee. Kelly?«, ruft er, und Sekunden später erscheint ein etwa dreizehnjähriges Mädchen in der Tür, die zum Hinterzimmer führt. Kelly ist ziemlich dünn, trägt das feine Haar zu einem Pferdeschwanz gebunden und hat eine Ausgabe der *Heat* in der Hand. Ihre Augen sind dezent geschminkt.

»Ich habe hier die Stellung gehalten, Dad, ehrlich«, platzt sie gleich los. »Ich bin nur kurz hochgegangen, um eine Zeitschrift zu holen.«

»Schon gut, Schatz. Ich möchte, dass du dieser jungen Dame hier eine schöne Tasse Tee machst. Sie hat so einiges … durchgemacht.«

»Okay.« Kelly glotzt mich mit unverhohlener Neugier an, bevor sie durch dieselbe Tür wieder verschwindet. Oh weh, stimmt! Ich muss ja fürchterlich aussehen!

»Möchten Sie sich setzen?« fragt Jim mich und zieht einen Stuhl hervor.

»Danke«, sage ich aus tiefstem Herzen. Ich stelle die Hutschachtel ab und fische mein Schminktäschchen aus der Engel-Tasche. Ich klappe den kleinen Spiegel auf, sehe hinein und – oh mein Gott! So schlimm habe ich ja noch nie ausgesehen! Meine Nase ist rot, meine Augen sind blutunterlaufen, mein Eyeliner hat sich so verteilt, dass meine Augenpartie der eines Pandabären gleicht, und ein türkiser Streifen meines superlanghaftenden, wasserfesten Lidschattens ziert meine Wange.

Ruck, zuck hole ich ein Reinigungstuch aus der Tasche und wische mir sämtliches Make-up aus dem Gesicht, bis es einfach nur noch nackt und rosa ist und mich ziemlich traurig aus dem kleinen Spiegel ansieht. Ein Teil von mir möchte es jetzt einfach dabei belassen. Wozu soll ich mich denn noch schminken? Wozu, wenn meine Ehe doch ohnehin gescheitert ist?

»Hier, bitte schön.« Auf dem Verkaufstresen vor mir steht auf einmal eine herrlich dampfende Tasse Tee, und hinter dem Tresen steht Kelly und beobachtet mich.

»Vielen Dank.« Meine Stimme ist immer noch ein bisschen wackelig. »Das ist wirklich lieb von dir.«

»Schon okay«, winkt Kelly ab, als ich den ersten köstlichen Schluck trinke. Mann, eine Tasse Tee ist doch wirklich immer wieder genau das Richtige.

»Ist das…« Ich bemerke, wie Kelly meine Tasche mit weit aufgerissenen Augen anstarrt. »Ist das… eine echte Engel-Tasche?«

Ihre Worte versetzen mir einen ziemlichen Stich, aber ich überspiele das mit einem schwachen Lächeln.

»Ja. Das ist eine echte Engel-Tasche.«

»Dad, sie hat eine Engel-Tasche!«, erzählt sie aufgeregt Jim, der gerade einen Karton Zucker auspackt. »Die habe ich dir doch gezeigt, in der *Glamour*!« Ihre Augen glänzen vor Aufregung. »Die ganzen Filmstars haben so eine! Die sind bei Harrods ausverkauft! Wo haben Sie die her?«

»Aus… Mailand«, antworte ich nach einer Pause.

»Mailand!«, keucht Kelly. »Ist das cool!« Jetzt ist ihr Blick auf den Inhalt meines Schminktäschchens gefallen. »Ist das da Stila-Lipgloss?«

»Äh… ja.«

»Emily Masters hat auch Stila-Lipgloss«, erzählt sie sehnsuchtsvoll. »Emily ist ziemlich eingebildet.«

Ich betrachte Kellys leuchtende Augen und ihre geröteten Wangen – und wünsche mir auf einmal nichts mehr auf der Welt, als noch einmal dreizehn zu sein. Samstags durch die Geschäfte zu schlendern und mein Taschengeld auszugeben. Keine Sorgen zu haben außer den Biologiehausaufgaben und der Frage, ob James Fullerton wohl auf mich steht.

»Weißt du was... ich schenke ihn dir.« Ich krame den nagelneuen, grapefruitfarbenen Stila-Lipgloss aus dem Schminktäschchen. »Den benutze ich sowieso nie.«

»Wirklich?«, keucht Kelly. »Meinen Sie das ernst?«

»Und was ist mit diesem Cremerouge, kannst du das auch gebrauchen?« Ich reiche ihr die Dose. »Nicht, dass du Rouge nötig hättest...«

»Wow!«

»Kleinen Moment mal eben, Kelly«, ertönt da Jims Stimme aus der anderen Ecke des Ladens. »Du kannst doch der Dame nicht ihre Schminksachen abknöpfen.« Er schüttelt sachte den Kopf. »Gib ihr die Sachen bitte wieder, Liebes.«

»Aber sie hat sie mir selbst angeboten, Dad!« Kellys zarte Porzellanhaut bekommt rote Flecken. »Ich habe sie nicht darum gebeten oder so –«

»Das stimmt, Jim. Kelly kann die Sachen gerne haben. Ich werde sie ohnehin nie benutzen.« Ich lache unsicher. »Ich habe sie mir sowieso nur gekauft, weil man ein Parfum gratis bekommen konnte, wenn man mehr als achtzig Pfund ausgab...«

Sofort schießen mir wieder Tränen in die Augen. Jess hat Recht. Ich spinne total.

»Alles in Ordnung?«, fragt Kelly erschrocken. »Hier, Sie können die Sachen ruhig wiederhaben –«

»Nein, nein, schon gut.« Ich lächele gezwungen. »Ich muss nur... an irgendetwas anderes denken.«

Ich tupfe mir die Augen mit einem Taschentuch ab, stehe auf und gehe hinüber zu den Geschenkartikeln. Wenn ich schon hier bin, kann ich auch genauso gut ein paar Souvenirs kaufen. Ich suche einen Pfeifenständer für Dad aus und ein bemaltes Holztablett für Mum. Während ich ein gläsernes Modell von Lake Windermere betrachte und mir überlege, ob ich es für Janice mitnehmen soll, fallen mir zwei Frauen auf, die draußen vor dem Laden herumstehen. Kurz darauf kommt eine dritte Frau hinzu.

»Worauf warten die denn?«, frage ich verwundert.

»Auf das hier.« Jim sieht auf die Uhr und stellt dann ein Schild ins Schaufenster, auf dem »Brot zum ½ Preis.« steht.

Im gleichen Moment stürmen die Frauen auch schon alle in den Laden.

»Ich nehme zwei Weißbrote«, sagt die Grauhaarige in dem beigefarbenen Regenmantel. »Und haben Sie zufällig auch reduzierte Croissants?«

»Heute nicht«, antwortet Jim. »Die kosten heute den normalen Preis.«

»Oh.« Sie überlegt einen Moment. »Ach nein, dann nicht.«

»Ich nehme drei große Vollkornbrote«, lässt die andere Frau mit dem grünen Kopftuch verlauten. »Wer ist denn das?« Sie zeigt mit dem Daumen auf mich. »Wir haben Sie im Park weinen sehen. Sie sind Touristin, stimmt's?«

»Die Touristen verlaufen sich hier ständig«, kommentiert die erste Frau. »In welchem Hotel wohnen Sie denn, Liebchen? Spricht sie Englisch? *Speke Inglese?*«

»Ich finde, sie sieht wie eine Dänin aus«, mischt sich die dritte Frau kenntnisreich ein. »Spricht hier jemand Dänisch?«

»Ich bin Engländerin«, sage ich. »Und ich habe mich nicht verlaufen. Ich war so durcheinander, weil…« Ich schlucke. »Weil meine Ehe kurz vor dem Ende steht. Und da bin ich hergekommen, um meine Schwester zu bitten, mir zu helfen, aber das will sie nicht.«

»Ihre Schwester?«, fragt die Frau mit dem Kopftuch misstrauisch nach. »Wer ist denn Ihre Schwester?«

»Sie wohnt hier.« Ich trinke einen Schluck Tee. »Sie heißt Jessica Bertram.«

Es herrscht verblüfftes Schweigen. Die Frauen sehen aus, als hätte ich ihnen mit einem Hammer eins übergezogen. Verwirrt sehe ich mich um. Jims Unterkiefer ist etwa einen halben Meter runtergeklappt.

»*Sie* sind Jess' Schwester?«, sagt er.

»Äh ... ja. Also, ihre Halbschwester.«

Ich sehe mich wieder um. Keine der Frauen hat sich auch nur einen Millimeter von der Stelle gerührt. Sie glotzen mich an wie eine Außerirdische.

»Ich weiß, wir sehen uns nicht gerade ähnlich ...«, hebe ich zu einer Erklärung an.

»Jess hat gesagt, Sie wären verrückt«, spuckt Kelly unverblümt aus.

»Kelly!«, sagt Jim.

»Was?« Ich sehe von einem Gesicht ins nächste. »Sie hat *was* gesagt?«

»Nichts!«, sagt Jim und wirft Kelly einen warnenden Blick zu.

»Wir wussten doch alle, dass sie ihre unbekannte Schwester treffen würde.« Kelly ignoriert ihren Vater. »Und als sie zurückkam, sagte sie, Sie seien verrückt. Tut mir Leid, Dad, aber das ist die Wahrheit!«

Ich spüre, wie meine Wangen feuerrot werden.

»Ich bin nicht *verrückt*! Ich bin normal! Ich bin nur ... etwas anders als Jess. Wir haben nicht die gleichen Interessen. Sie mag Steine. Ich mag ... Geschäfte.«

Jetzt sehen mich alle äußerst neugierig an.

»Sie interessieren sich also nicht für Steine?«, fragt die Frau mit dem grünen Kopftuch nach.

»Eigentlich nicht«, räume ich ein. »Genau genommen… war das einer der Streitpunkte zwischen uns.«

»Was ist denn passiert?«, fragt Kelly gespannt.

»Na ja…« Ich scharre etwas verlegen mit dem Fuß über den Boden. »Ich habe Jess gesagt, dass Steine ja wohl das langweiligste Hobby der Welt wären und dass es prima zu ihr passen würde.«

Mein Publikum keucht entsetzt.

»Über Jess' Steine sollte man keine Witze machen.« Die Frau in dem Regenmantel schüttelt den Kopf. »Sie liebt Steine einfach über alles.«

»Jess ist ein gutes Mädchen«, meldet sich die Grauhaarige zu Wort und sieht mich dabei streng an. »Stark. Zuverlässig. Sie wäre bestimmt eine tolle Schwester.«

»Es gibt wohl kaum eine bessere«, stimmt die Frau mit dem Kopftuch nickend zu.

Ich fühle mich unter ihren Blicken in die Enge getrieben.

»Aber es ist doch nicht meine Schuld! Ich möchte mich ja mit ihr versöhnen! Aber sie will nicht meine Schwester sein! Ich weiß auch nicht, wieso das so schief gelaufen ist. Ich wollte sie so gern zur Freundin haben. Ich wollte ein ganzes Wochenende mit ihr verbringen, und sie fand alles, was ich vorschlug, nur doof. Na, und dann haben wir uns ziemlich heftig gestritten… und ich habe ihr alles Mögliche an den Kopf geworfen…«

»Was denn zum Beispiel?«, fragt Kelly gespannt.

»Na ja…« Ich reibe mir die Nase. »Ich habe sie eine Spaßbremse genannt. Und ich habe gesagt, dass sie langweilig ist…«

Wieder schnappen die anderen kollektiv nach Luft. Kelly sieht vollkommen schockiert aus und hebt die Hand, als wolle sie mich zum Schweigen bringen. Aber ich will nicht schweigen. Das hier hat etwas Kathartisches an sich. Jetzt, wo ich angefangen habe, möchte ich alles beichten!

»… und der größte Geizknochen, der mir je untergekommen ist«, erzähle ich weiter, angestachelt von ihren bestürzten Gesichtern. »Mit null Sinn für geschmackvolle Kleidung, und dass sie ihr wohl das Spaß-Gen herausoperiert haben …«

Ich halte inne, doch dieses Mal atmet niemand scharf ein. Mir kommt es eher so vor, als wären alle wie zur Salzsäule erstarrt.

Dann erst bemerke ich das Gebimmel. Ein Gebimmel, das – jetzt, wo ich drüber nachdenke – schon seit einigen Sekunden anhält. Im Zeitlupentempo drehe ich mich um.

Und mir wird eiskalt.

Jess steht in der Ladentür und sieht ziemlich blass aus.

»Jess!«, stottere ich. »Oh Gott, Jess! Ich habe nicht … Das war nicht so *gemeint*! Ich habe ihnen doch bloß erklärt …«

»Ich habe gehört, dass du hier bist«, würgt sie beinahe hervor. »Und ich wollte nach dir sehen. Sehen, ob es dir gut geht. Dir anbieten, bei mir zu übernachten. Aber … Ich glaube, jetzt habe ich es mir anders überlegt.« Sie sieht mir direkt in die Augen. »Mir war ja klar, dass du oberflächlich und verwöhnt bist, Becky. Aber mir war nicht klar, dass du noch dazu eine falsche Schlange bist.«

Sie dreht sich um, verlässt den Laden und knallt die Tür hinter sich zu.

Kelly ist knallrot, und Jim hat fast schon schmerzvoll das Gesicht verzogen. Die Atmosphäre trieft vor Betretenheit.

Dann verschränkt die Frau mit dem grünen Kopftuch die Arme vor der Brust und sagt:

»Tja. Da haben Sie sich ja ganz schön was eingebrockt.«

Ich stehe vollkommen unter Schock.

Ich war hergekommen, um mich mit Jess zu versöhnen – stattdessen habe ich alles nur noch schlimmer gemacht.

»Hier, Becky«, sagt Jim und stellt eine frische Tasse Tee vor mir ab. »Mit drei Löffeln Zucker.«

Die drei Frauen trinken auch alle Tee, und Jim hat sogar einen Kuchen hervorgezaubert. Irgendwie habe ich das Gefühl, dass alle nur darauf warten, dass ich weiter für Unterhaltung sorge.

»Ich bin keine falsche Schlange«, jammere ich und trinke einen Schluck. »Wirklich nicht! Ich bin nett! Ich war hergekommen, um Brücken zu bauen! Ich meine, ich weiß ja, dass Jess und ich uns nicht sonderlich gut verstehen. Aber ich wollte von ihr lernen. Ich dachte, sie könnte mir helfen, meine Ehe zu retten...«

Wieder schnappen alle laut nach Luft.

»Ach, Ihre Ehe ist auch in Gefahr?«, sagt die Frau mit dem Kopftuch zu Jim und schnalzt mit der Zunge. »Oh weh, oh weh.«

»Ein Unglück kommt selten allein«, bemerkt die grauhaarige Frau. »Ist er mit einer anderen durchgebrannt?«

Jim sieht mich an, lehnt sich dann zu den Frauen über den Tresen und senkt die Stimme.

»Er befindet sich mit einem Mann namens Nathan auf Zypern.«

»Oh.« Die Grauhaarige reißt die Augen auf. »Ach! *Verstehe!*«

»Was werden Sie jetzt tun, Becky?«, fragt Kelly und beißt sich auf die Lippe.

Nach Hause fahren, schießt es mir durch den Kopf. *Aufgeben.*

Aber ich sehe ständig Jess' blasses Gesicht vor mir, wie sie da in der Ladentür stand, und das versetzt mir einen Stich. Ich weiß, wie es ist, wenn man von einer falschen Schlange in die Pfanne gehauen wird. Ich habe in meinem Leben leider viel zu viele Schlangen kennen gelernt. Unwillkürlich erscheint das Bild von Alicia Biest-Langbein vor meinem inneren Auge – der fiesesten, hochnäsigsten Person, der ich je begegnet bin.

Ich kann den Gedanken nicht ertragen, dass meine Schwester meint, dass ich wie Alicia bin.

»Ich werde mich bei Jess entschuldigen.« Ich sehe auf. »Ich weiß, dass wir nie richtige Freundinnen sein werden. Aber ich kann nicht zurück nach London fahren in dem Wissen, dass sie mich für einen schlechten Menschen hält.« Ich nippe an dem heißen Tee und blicke dann in die Runde. »Kann ich hier irgendwo übernachten?«

»Edie bietet Bed & Breakfast an«, sagt Jim und zeigt auf die Frau mit dem Kopftuch. »Noch ein Zimmer frei, Edie?«

Edie greift in ihre riesige braune Tasche, holt ein Notizbuch hervor und studiert es.

»Sie haben Glück. Ich habe noch ein Einzelzimmer de luxe frei.«

»Edie wird sich um Sie kümmern«, sagt Jim mit einer solchen Wärme in der Stimme, dass mir fast wieder die Tränen kommen.

»Könnte ich das wohl für heute Nacht haben, bitte?« Ich wische mir die Augen. »Vielen Dank.« Ich trinke noch einen Schluck Tee. Erst da nehme ich von der Tasse Notiz: blaue Keramik mit dem weißen Schriftzug »Scully« darauf. »Die ist ja hübsch«, schlucke ich. »Verkaufen Sie die?«

»Da hinten auf dem Regal.« Jim sieht mich amüsiert an.

»Dann hätte ich gerne zwei. Ach nein, vier.« Ich putze mir die Nase. »Und dann möchte ich gern noch sagen... Danke. Sie sind alle so nett zu mir.«

Die Bed & Breakfast-Pension befindet sich in einem großen weißen Haus auf der anderen Seite des Parks. Jim trägt meine Koffer hinüber, und ich trage meine Hutschachtel und die Tüte voller Souvenirs. Edie folgt dicht hinter mir und erklärt mir die Hausregeln.

»Kein Besuch nach elf Uhr abends... Keine Zusammenkünfte von mehr als drei Personen auf dem Zimmer... Der Gebrauch von Lösungsmitteln oder Spraydosen ist strengstens verboten... Vermietung nur gegen Vorauskasse in bar oder per Scheck, wenn ich bitten darf«, schließt sie ihren Vortrag ab, als wir die Haustür erreichen.

»Von hier schaffen Sie's alleine, ja?«, fragt Jim und stellt meine Koffer ab.

»Ja, natürlich. Vielen Dank!« Ich bin ihm so dankbar, dass ich ihm am liebsten einen Kuss geben würde. Das traue ich mich dann aber doch nicht – also sehe ich ihm einfach nur nach, als er weggeht.

»Wenn ich bitten darf?«, wiederholt Edie bedeutungsschwanger.

»Ach!«, sage ich, als mir klar wird, dass sie jetzt gerne Geld sehen möchte. »Ja, natürlich!«

Ich wühle in meiner Tasche nach dem Portemonnaie und entdecke dabei mein Handy. Der Macht der Gewohnheit folgend, hole ich es heraus und werfe einen Blick auf das Display. Immer noch kein Empfang.

»Im Eingangsbereich gibt es ein Münztelefon, falls Sie jemanden anrufen möchten«, erläutert Edie. »Wir haben sogar eine richtige Zelle, damit Sie ungestört telefonieren können.«

Möchte ich jemanden anrufen?

Unglücklich denke ich an Luke auf Zypern – wahrscheinlich ist er immer noch sauer auf mich. Mum und Dad gehen vollkommen in einem ihrer Therapie-Workshops auf der Kreuzfahrt auf. Suze macht zusammen mit Lulu und allen in Latzhosen steckenden Kindern ein Picknick auf einer pittoresken, sonnigen Wiese.

»Nein. Danke.« Ich bemühe mich zu lächeln. »Es gibt niemanden, den ich anrufen könnte. Offen gestanden... hat wahrscheinlich noch nicht einmal jemand bemerkt, dass ich überhaupt weg bin.«

05.06.04 – 16:54
An: Becky
Von: Suze

Bex. Tut mir Leid, dass ich dich nicht mehr angerufen habe.
Warum gehst du nicht ans Telefon? Das Picknick war der totale
Reinfall, wir sind alle von Wespen gestochen worden.
Komme nach London, um dich zu sehen. Ruf mich an.

Suze

06.06.04 – 11:02
An: Becky
Von: Suze

Bex. Wo bist du?????????????????????????????

Suze

18

Ich schlafe gar nicht gut.

Genau genommen schlafe ich, glaube ich, gar nicht. Mir ist, als hätte ich die ganze Nacht an die Zimmerdecke in Edies Bed-&-Breakfast-Pension gestarrt, während sich meine Gedanken unaufhaltsam im Kreis drehten.

Aber ein bisschen muss ich doch geschlafen haben, weil mir am nächsten Morgen nämlich ein ekelhafter Traum im Kopf herumspukt, in dem ich plötzlich Alicia Biest-Langbein war. Ich hatte ein rosa Kostüm an und lachte so widerlich spöttisch, während Jess ganz blass und fertig daneben stand. Jetzt, wo ich drüber nachdenke, fällt mir auf, dass Jess irgendwie ein bisschen wie ich selbst aussah.

Allein beim Gedanken daran wird mir übel. Ich muss etwas unternehmen.

Ich habe zwar keinen Hunger, aber Edie hat ein komplettes englisches Frühstück vorbereitet und lässt sich gar nicht davon beeindrucken, dass ich sage, ich äße normalerweise nur eine Scheibe Toast. Also esse ich eine Spatzenportion Spiegelei mit gebratenem Speck und gebe vor, ich würde mich an der Blutwurst gütlich tun. Dann trinke ich einen letzten Schluck Kaffee und mache mich auf den Weg zu Jess.

Auf dem Weg den Hügel hinauf blendet mich die Morgensonne, und ein frischer Wind zerzaust mir die Haare. Der Tag ist wie gemacht für eine Versöhnung.

Ich erreiche die Haustür, klingele und warte mit aufgeregt klopfendem Herzen.

Nichts und niemand rührt sich.

Langsam geht es mir echt auf den Senkel, dass die Menschen, mit denen ich hochemotionale Wiedervereinigungen zelebrieren möchte, nie da sind, wenn's losgehen soll. Ich schiele zum Fenster hinauf und überlege, ob Jess sich vielleicht bloß versteckt. Ich könnte ja ein paar Steinchen gegen das Fenster werfen.

Und wenn ich dabei eins kaputtmache? Dann hasst sie mich auf immer und ewig.

Ich klingele noch ein paarmal und gehe dann zurück zum Törchen. Dann warte ich eben. Habe ja ohnehin nichts anderes zu tun. Ich setze mich auf die Mauer vor dem Haus und mache es mir gemütlich. Sehr gut. Ich warte hier, und wenn sie nach Hause kommt, springe ich auf und halte ihr eine Rede darüber, wie Leid mir alles tut.

Die Mauer ist doch nicht ganz so bequem, wie ich erst dachte. Ich verändere mehrfach meine Sitzposition. Ich sehe auf die Uhr, überprüfe, ob sie überhaupt noch tickt, und beobachte dann eine ältere Dame, die mit ihrem kleinen Hund ganz gemächlich auf der gegenüberliegenden Straßenseite Gassi geht.

Dann sehe ich wieder auf die Uhr. Ganze fünf Minuten sind vergangen.

Mann, ist das langweilig.

Wie machen Stalker das bloß? Die müssen sich doch zu Tode langweilen!

Ich stehe auf, um die Beine zu strecken, und schlendere zurück zur Haustür. Ich klinge noch einmal, nur, um ganz sicher zu sein, und schlendere dann wieder zur Mauer. In dem Moment sehe ich einen Polizeibeamten die Straße entlang auf mich zu kommen. Was macht der denn hier draußen auf der Straße? Ich dachte, die Polizeibeamten ertrinken heutzutage alle in Papierarbeit an ihren Schreibtischen oder rasen in Streifenwagen durch die Innenstädte. Mir wird ein bisschen mulmig, als ich bemerke, dass er mich direkt ansieht. Stalking verstößt doch gegen kein Gesetz, oder?

Oh. Na ja, vielleicht verstößt Stalking doch gegen irgendein Gesetz. Aber ich mache das ja erst seit fünf Minuten. Das zählt doch wohl nicht, oder? Und überhaupt, woher will er wissen, dass ich ein Stalker bin? Ich könnte ja auch einfach nur zum Spaß hier sitzen.

»Alles in Ordnung?«, fragt er, als er näher kommt.

»Alles prima, danke!«

Er sieht mich erwartungsvoll an, sagt aber nichts.

»Kann ich Ihnen helfen?«, frage ich höflich.

»Würden Sie bitte aufstehen, Miss? Das hier ist keine öffentliche Parkbank.«

Ich fasse es nicht.

»Wieso sollte ich denn?«, schnauze ich ihn an. »Sehen Sie, da liegt genau das Problem in diesem unserem Land! Sobald man sich nicht hundert Prozent an die Regeln hält, wird man verfolgt! Warum darf man sich denn nicht auf eine Mauer setzen? Warum muss man dafür gleich schikaniert werden?«

»Das ist meine Mauer«, sagt er und zeigt auf die Haustür. »Das ist mein Haus.«

»Oh.« Ich laufe knallrot an und springe von der Mauer. »'tschuldigung … Ich wollte auch … gerade gehen. Danke! Echt nette Mauer!«

Okay. Das mit dem Stalking vergessen wir. Ich komme später wieder.

Ich spaziere den Hügel hinunter zum Park und finde mich unwillkürlich vor Jims Laden wieder. Als ich ihn betrete, sitzt Kelly mit einer *Elle* hinter der Kasse, und Jim arrangiert die Äpfel in der Obstabteilung.

»Ich war eben bei Jess«, erzähle ich trübsinnig. »Aber sie war nicht da. Ich muss warten, bis sie wiederkommt.«

»Soll ich Ihnen Ihr Horoskop vorlesen?«, fragt Kelly. »Vielleicht steht da ja etwas über Schwestern drin.«

»Jetzt hör mal zu, junge Dame«, tadelt Jim sie. »Du solltest doch eigentlich für deine Prüfungen lernen. Wenn du das nicht tust, kannst du auch wieder in der Teestube kellnern.«

»Nein!«, wehrt Kelly hastig ab. »Ich lerne ja!« Sie sieht zu mir und verzieht das Gesicht. Dann legt sie die *Elle* weg und vertieft sich in ein Buch mit dem Titel *Algebra 7./8. Klasse*.

Oh weh. Algebra. Hatte ich ja total vergessen, dass es die gibt. Vielleicht ist es doch ganz gut, nicht mehr dreizehn zu sein.

Ich brauche jetzt Zucker. Ich verschwinde in die Kuchen- und Kekseabteilung und hole mir eine Rolle Schokoladen-Vollkornkekse und eine Rolle Orange Clubs. Dann zieht es mich in die Schreibwarenecke. Ich liebe Schreibwaren – davon kann man nie genug haben! Ich entdecke eine Schachtel Reißzwecken in Schafform – die kann man immer mal gebrauchen. Und dann kaufe ich am besten auch gleich den dazu passenden Locher und ein paar Schaf-Mappen.

»Kommen Sie zurecht?«, erkundigt sich Jim mit einem Blick auf meine voll beladenen Arme.

»Ja, danke!«

Ich trage die Sachen zur Kasse, und Kelly tippt alles ein.

»Möchten Sie eine Tasse Tee?«, fragt sie.

»Ach, nein danke«, lehne ich höflich ab. »Ich möchte nicht stören.«

»Wen sollten Sie denn stören?«, fragt sie. »Hier verirrt sich doch sowieso keiner rein, solange das Brot nicht zum halben Preis zu haben ist. Und außerdem könnten Sie mich Französischvokabeln abhören.«

»Ach so«, freue ich mich. »Klar, wenn ich helfen kann …«

Drei Stunden später bin ich immer noch im Laden. Ich habe drei Tassen Tee getrunken, eine halbe Rolle Schokoladen-Vollkornkekse und einen Apfel gegessen sowie noch ein paar Mitbringsel zusammengetragen, wie zum Beispiel eine Reihe Keramikfigürchen und ein paar Platzdeckchen, die man schließlich auch immer mal gebrauchen kann.

Und ich habe Kelly geholfen. Allerdings sind wir jetzt nach Algebra und Französischvokabeln irgendwie bei dem Thema gelandet, was Kelly zur Schuldisco anziehen soll. Jede einzelne, im Laden vorhandene Zeitschrift liegt offen vor uns, und ich habe Kellys Augen geschminkt – rechts und links unterschiedlich, damit sie sieht, was man so alles machen kann. Die eine Seite ist total dramatisch geworden, mit falschen Wimpern und rauchgrauem Lidschatten. Die andere Seite ist mehr auf Sechziger getrimmt, in Silber und mit weißer Wimperntusche.

»Pass bloß auf, dass deine Mutter dich nicht so sieht«, ist Jims einziger Kommentar dazu.

»Ach, wenn ich doch bloß meine Haarteile mit hätte«, sage ich und betrachte kritisch Kellys Gesicht. »Dann könnte ich dir einen genialen Pferdeschwanz machen.«

»Mann, sehe ich toll aus!« Kelly fallen vor dem Spiegel fast die Augen aus dem Kopf.

»Du hast wunderschöne Wangenknochen«, erkläre ich ihr und verteile auch schon Glanzpuder auf beiden Seiten.

»Mann, macht das Spaß!« Kelly sieht mich mit glänzenden Augen an. »Ach, wäre das schön, wenn Sie hier wohnen würden, Becky! Dann könnten wir das jeden Tag machen!«

Sie sieht so aufgeregt aus, das ist richtig rührend.

»Na ja... wer weiß«, sage ich. »Vielleicht komme ich ja mal wieder. Wenn ich das mit Jess wieder geradebiegen kann.«

Doch allein beim Gedanken an Jess zieht sich mir der Magen zusammen. Je mehr Zeit vergeht, desto nervöser werde ich angesichts eines Wiedersehens.

»So eine Schminkorgie wie diese hier wollte ich auch mit Jess machen«, erzähle ich Kelly etwas wehmütig. »Aber sie hatte keine Lust dazu.«

»Dann ist sie ganz schön blöd«, sagt Kelly.

»Nein, ist sie nicht. Sie ist nur... Sie mag eben andere Sachen.«

»Jess ist ein etwas kratzbürstiger Mensch«, merkt Jim an, als er mit ein paar Flaschen Kirsch-Limo vorbeikommt. »Kaum zu glauben, dass sie Ihre Schwester sein soll.« Er stellt die Flaschen ab und wischt sich über die Augenbrauen. »Muss an der Erziehung liegen. Jess hatte es bestimmt nicht leicht.«

»Kennen Sie denn ihre Familie?«, frage ich interessiert nach.

»Hmhm.« Er nickt. »Nicht besonders gut, aber ich kenne sie. Ich habe früher mal mit Jess' Vater Geschäfte gemacht. Er ist der Chef von Bertram Foods. Lebt drüben in Nailbury. Acht Kilometer von hier.«

Jetzt entbrennt die pure Neugier in mir. Jess hat mir noch kein Wort von ihrer Familie erzählt. Und Mum und Dad wussten anscheinend auch nicht viel.

»Und... wie sind sie?«, frage ich so unbeteiligt wie möglich. »Jess' Familie, meine ich?«

»Wie ich schon sagte, sie hatte es nicht leicht. Ihre Mutter ist gestorben, als Jess fünfzehn war. Ein ziemlich schwieriges Alter für ein Mädchen.«

»Davon wusste ich ja gar nichts!« Kelly reißt die Augen auf.

»Und ihr Vater...« Jim lehnt sich nachdenklich auf den Verkaufstresen. »Er ist ein guter Mann. Gerecht. Sehr erfolgreich. Er hat geschuftet wie sonst was und Bertram Foods aus dem Nichts aufgebaut. Aber er ist nicht gerade... warmherzig. Er hat Jess immer mit der gleichen Härte behandelt wie ihre Brüder. Hat von allen erwartet, dass sie für sich selbst sorgen. Ich weiß noch, wie Jess aufs Gymnasium in Carlisle kam. Die Schule hat einen exzellenten, fast schon akademischen Ruf.«

»Ich wollte da auch hin«, erzählt Kelly und verzieht das Gesicht. »Aber die haben mich nicht genommen.«

»Jess ist ein sehr cleveres Mädchen.« Jim schüttelt anerkennend den Kopf. »Aber um zu der Schule in Carlisle zu kommen, musste sie jeden Morgen mit drei Bussen fahren. Ich bin oft mit dem Auto an ihr vorbeigekommen – den Anblick werde ich nie vergessen, wie sie mutterseelenallein mit der großen Schultasche im Frühnebel an der Bushaltestelle steht. Damals war sie nicht so groß und stark wie jetzt. Damals war sie ein mageres kleines Ding.«

Jim hält inne, doch ich weiß nicht recht, was ich sagen soll. Ich muss daran denken, wie Mum und Dad mich damals jeden Morgen mit dem Auto zur Schule gefahren haben, obwohl die gar nicht so weit weg war.

»Aber die sind doch bestimmt reich«, mutmaßt Kelly, während sie in meinem Schminktäschchen herumwühlt. »Wenn denen Bertram Foods gehört. Da kaufen wir alle unsere Tiefkühlpasteten«, erklärt sie mir. »Und Eis. Die haben einen Riesenkatalog.«

»Ja, es geht ihnen nicht schlecht«, sagt Jim. »Aber freizügig sind sie nie mit ihrem Geld umgegangen.« Er reißt einen Karton Fertigsuppen auf und sortiert sie in ein Regal. »Bill

Bertram hat immer damit angegeben, dass alle seine Kinder sich ihr Taschengeld selbst verdienten.« Jim hält mit einer Tüte Hühnchen-Pilz-Suppe in der Hand inne. »Und wenn sie sich irgendeine Klassenfahrt oder so nicht leisten konnten, dann fuhren sie eben nicht mit. So einfach war das.«

»Wenn sie sich eine *Klassenfahrt* nicht leisten konnten?« Entsetzt sehe ich Jim an. »Aber für Klassenfahrten kommen doch *immer* die Eltern auf!«

»Die Bertrams nicht. Er wollte seinen Kindern ein gesundes Verhältnis zum Geld beibringen. Einmal machte eine Geschichte die Runde, dass einer der Bertram-Jungs als einziges Kind der ganzen Schule nicht zum Weihnachtsspiel gehen konnte. Er hatte nicht genug Geld, und sein Vater wollte ihm nicht aushelfen.« Jim sortiert weiter Suppentüten. »Ich weiß nicht, ob die Geschichte stimmt. Aber wundern würde es mich nicht.« Er sieht Kelly übertrieben streng an. »Dir geht es viel zu gut, kleine Lady. Du weißt gar nicht, wie gut du es hast.«

»Ich tue auch was für mein Taschengeld!«, verteidigt Kelly sich sofort. »Guck doch! Ich helfe dir im Laden, oder etwa nicht?«

Sie schnappt sich etwas Kaugummi aus dem Süßigkeitenregal, packt ihn aus und wendet sich dann an mich: »Und jetzt schminke ich Sie, Becky!« Sie durchsucht mein Schminktäschchen. »Haben Sie Sonnenpuder?«

»Äh… ja«, antworte ich nicht ganz bei der Sache. »Der muss da irgendwo sein.«

Ich denke immer noch an Jess, wie sie blass und mager an der Bushaltestelle steht.

Jim presst den leeren Tütensuppenkarton flach zusammen, dreht sich um und sieht mich prüfend an.

»Keine Sorge, meine Liebe. Sie werden sich schon wieder mit Jess vertragen.«

»Vielleicht.« Ich versuche zu lächeln.

»Sie sind doch Schwestern. Sie sind verwandt. Verwandte stehen doch immer füreinander ein.« Er sieht aus dem Fenster. »Na, so was. Die sind aber früh dran heute.«

Ich folge seinem Blick und sehe zwei ältere Damen vor dem Geschäft auf der Straße stehen. Die eine kneift die Augen zusammen, um durch das Schaufenster hindurch das Brotregal genau zu untersuchen. Dann dreht sie sich zu der anderen um und schüttelt den Kopf.

»Kauft denn *niemand* hier das Brot zum normalen Preis?«, frage ich.

»Jedenfalls niemand von den Einheimischen«, antwortet Jim. »Höchstens die Touristen. Aber von denen haben wir hier nicht so viele. In erster Linie Kletterer, die sich am Scully Pike versuchen wollen. Aber die sind auch weniger an Brot interessiert – die brauchen uns bloß im Notfall.«

»Wie meinen Sie das?«

»Na, wenn die Blödmänner am Berg hängen bleiben.« Jim zuckt mit den Schultern und holt das ½-Preis-Schild. »Aber egal. Ich bin dazu übergegangen, das Brot als eine Art Lockvogelangebot zu betrachten.«

»Aber das Brot ist doch so lecker, wenn es frisch und knusprig ist!« Ich betrachte die vielen große Laibe, und auf einmal tun sie mir regelrecht Leid. Wie jemand, der nicht zum Tanzen aufgefordert wird. »Ich kaufe welches. Und zwar zum vollen Preis«, verkünde ich mit fester Stimme.

»Gleich kostet es doch nur noch die Hälfte«, ruft Jim mir in Erinnerung.

»Das ist mir egal. Ich möchte bitte zwei große Weißbrote und ein dunkles.« Ich marschiere auf das Brotregal zu und nehme mir, was ich haben möchte.

»Was wollen Sie denn mit dem vielen Brot machen?«, fragt Kelly.

»Keine Ahnung. Toasten.« Ich gebe Kelly ein paar Pfundmünzen, und sie packt die drei Brote kichernd in eine Tüte.

»Jess hat doch Recht – Sie sind verrückt«, sagt sie. »Soll ich Ihnen jetzt die Augen schminken? Was für einen Look wollen Sie?«

»Jetzt kommt gleich Kundschaft«, warnt Jim. »In einer Minute stelle ich das Schild auf.«

»Wenigstens ein Auge«, sagt Kelly und nimmt eine Palette mit Lidschatten zur Hand. »Und wenn alle wieder raus sind, mache ich das andere. Augen zu, Becky.«

Ich mache die Augen zu, und Kelly fängt an, mir Lidschatten auf die Lider zu streichen. Ich gebe mich ganz dem wohligen Gefühl hin. Ich habe mich schon immer für mein Leben gern schminken lassen.

»Okay«, sagt sie. »Und jetzt Eyeliner. Still halten…«

»Ich stelle jetzt das Schild auf«, verkündet Jim. Kaum hat er das gesagt, höre ich auch schon das Gebimmel, und im Handumdrehen herrscht im Laden reges Treiben.

»Äh… noch nicht die Augen aufmachen, Becky.« Kelly klingt leicht bestürzt. »Ich bin mir nicht sicher, ob ich das so richtig hingekriegt habe…«

»Zeig mal!«

Ich mache die Augen und schnappe mir meinen Schminkspiegel. Grellrosa Lidschatten und ein ziemlich verwackelter, roter Eyelinerstrich verunstalten mein eines Auge. Ich sehe aus, als hätte ich irgendeine fiese Augenkrankheit.

»Kelly!«

»Das stand aber so in der *Elle*!«, verteidigt Kelly sich und zeigt auf das Bild eines Models auf dem Laufsteg. »Rosa und Rot sind in!«

»Ich sehe aus wie ein Monster!« Unwillkürlich fange ich hysterisch an zu kichern. Mein Gesicht ist total schief. Ich sehe furchtbar aus. Ich blicke auf, weil ich wissen will, ob die Kunden das hier mitbekommen haben, und im gleichen Moment vergeht mir das Kichern restlos.

Jess kommt in den Laden.

Als sie mich ansieht, zieht sich mir wieder der Magen zusammen. Sie sieht so kalt und feindselig aus, überhaupt nicht wie eine magere Zehnjährige. Schweigend sehen wir uns an. Jess lässt abschätzig den Blick über die Zeitschriften, mein Schminktäschchen und die über den Tresen verteilten Schminksachen wandern. Dann wendet sie sich wortlos ab und durchwühlt einen Korb mit heruntergesetzten Konservendosen.

Das rege Treiben ist zum Stillstand gekommen. Ich habe das Gefühl, dass jeder hier im Laden weiß, was zwischen uns passiert ist. Ich muss etwas sagen. Auch wenn mein Herz vor Angst fast zerspringt.

Ich sehe zu Jim, der mir aufmunternd zunickt.

»Ähm… Jess«, wage ich mich vor. »Ich war heute Morgen bei dir. Ich wollte dir erklären –«

»Es gibt nichts zu erklären.« Sie wühlt immer heftiger in den Dosen und würdigt mich keines Blickes. »Ich weiß nicht, was du überhaupt noch hier willst.«

»Sie hat mich geschminkt«, schaltet Kelly sich zu meiner Verteidigung ein. »Stimmt's, Becky?«

Ich lächele ihr dankbar zu. Aber ansonsten konzentriere ich mich immer noch voll auf Jess.

»Ich bin noch hier, weil ich mit dir reden möchte. Um mich bei dir zu entschuldigen. Ich würde dich heute Abend gern zum Essen einladen, was hältst du davon?«

»Ich glaube kaum, dass ich gut genug angezogen bin, um mit dir essen zu gehen, Becky«, gibt Jess tonlos zurück. Sie verzieht keine Miene – und dennoch sehe ich ihr an, dass sie verletzt ist.

»Jess —«

»Abgesehen davon, habe ich heute keine Zeit.« Jess knallt drei zerbeulte Dosen auf den Tresen sowie eine weitere, die keine Papierbanderole mehr trägt, und mit »10 p« ausgezeichnet ist. »Weißt du, was das ist, Jim?«

»Fruchtcocktail, glaube ich.« Er runzelt die Stirn. »Könnten aber auch Möhren sein…«

»Okay. Ich nehme sie.« Sie knallt ein paar Münzen auf den Tresen und fischt eine zerknitterte Plastiktüte aus der Tasche. »Ich brauche keine Tüte. Danke.«

»Dann vielleicht morgen Abend!?«, schlage ich verzweifelt vor. »Oder morgen Mittag?«

»Becky, lass mich in Ruhe.«

Sie marschiert aus dem Laden, und ich bleibe zurück. Mein Gesicht brennt, als hätte mir gerade jemand eine gescheuert. Die Leute im Laden fangen zunächst ganz sachte an zu flüstern, und im Nu sind wieder ganz normale Gespräche in vollstem Gange. Ich bemerke zwar am Rande, dass diejenigen, die an die Kasse kommen und bezahlen, mich neugierig ansehen, aber richtig wahrnehmen tue ich sie nicht.

»Geht's dir gut, Becky?« Kelly legt mir vorsichtig die Hand auf den Arm.

»Ich hab's vergeigt.« Resigniert hebe ich die Arme. »Du hast es ja gesehen.«

»Jess war schon immer ein kleiner Sturkopf.« Jim schüttelt den Kopf. »Schon als Kind. Sie ist sich selbst der schlimmste Feind. Sie ist hart gegen sich selbst und hart gegen andere.« Er hält inne und säubert sein Stanley-Messer. »Sie könnte eine Schwester wie Sie gebrauchen, Becky.«

»Tja, Pech gehabt!«, schaltet Kelly sich ein. »Denn du brauchst sie nicht, Becky! Vergiss doch einfach, dass sie deine Schwester ist! Tu, als gäbe es sie gar nicht!«

»Leichter gesagt als getan, oder?« Jim verzieht das Gesicht. »Schließlich geht es um ein Familienmitglied. Und ohne Familie kommt man nicht so gut aus.«

»Ich weiß nicht.« Ich zucke entmutigt mit den Schultern. »Wir vielleicht schon. Ich meine, schließlich sind wir siebenundzwanzig Jahre ohne einander ausgekommen …«

»Und jetzt wollen Sie noch mal siebenundzwanzig dranhängen?« Jim sieht mich auf einmal sehr ernst an. »Also wirklich. Zwei junge Frauen. Keine von euch beiden hat eine Schwester. Ihr könntet doch so gute Freundinnen sein!«

»Aber es ist doch nicht meine Schuld …«, fange ich an, mich zu verteidigen, doch dann fällt mir meine kleine Rede vom Vorabend ein. »Also, jedenfalls ist es nicht *nur* meine Schuld …«

»Das habe ich auch nicht gesagt.« Jim bedient noch zwei Kunden, dann wendet er sich wieder an mich. »Ich habe eine Idee. Ich weiß, was Jess heute Abend vorhat. Ich gehe da nämlich auch hin.«

»Echt?«

»Jep. Treffen der örtlichen Umweltschutz-Protestgruppe. Da kommt ganz Scully.« Er zwinkert mir zu. »Komm doch mit!«

FAXNACHRICHT

AN: LUKE BRANDON
            APHRODITE TEMPLE HOTEL
            ZYPERN

VON: SUSAN CLEATH-STUART

                                                    06. JUNI 2004

WICHTIG – DRINGEND!!!

Luke!

Becky ist nicht in eurer Wohnung. Keiner hat sie gesehen. Ich kann sie immer noch nicht auf ihrem Handy erreichen.

Ich mache mir wirklich Sorgen!

Suze

19

Okay. Das hier ist *die* Chance, bei Jess Eindruck zu machen. *Die* Chance, ihr zu zeigen, dass ich nicht oberflächlich und verwöhnt bin. Diese Chance darf ich auf keinen Fall vermasseln.

Als Allererstes gilt es daher, das richtige Outfit zu finden. Ich habe alle meine Klamotten auf dem Bett in der Pension ausgebreitet und betrachte sie nachdenklich. Was ist denn bloß das perfekte Outfit für das Treffen der örtlichen Umweltschutz-Protestgruppe? Die Lederhose wohl eher nicht... und auch nicht das Glitzertop... Da entdecke ich meine Combathose und ziehe sie aus dem Stapel.

Hervorragend. Die ist zwar rosa, aber was soll's. Und dazu... genau! Dazu werde ich ein T-Shirt mit einem Slogan drauf anziehen! Genial!

Ich zerre ein T-Shirt mit dem Aufdruck »HOT« vom Bett – das passt richtig gut zu der Hose. Obwohl... so richtig nach Protest und Demo sieht das nicht gerade aus, oder? Ich überlege einen Moment, und dann hole ich einen roten Stift aus der Tasche und schreibe noch »WEG MIT« drüber.

»WEG MIT HOT« ergibt zwar irgendwie nicht so richtig Sinn... aber es ist doch der Gedanke, der zählt, oder?

Ich habe beschlossen, mich zu dieser Gelegenheit nicht zu schminken. Also, abgesehen von ein bisschen Eyeliner, etwas Wimperntusche und transparentem Lipgloss.

Ich ziehe mich an, flechte mir zwei Zöpfe und bewundere mich im Spiegel. Ich sehe ganz schön militant aus!

Um ein Gefühl dafür zu kriegen, wie es ist, gegen etwas zu protestieren, strecke ich die zur Faust geballte Hand in die Luft und schüttele sie heftig.

»Arbeiter aller Länder«, brumme ich mit tiefer Stimme. »Vereinigt euch!«

Wow! Ich glaube, das könnte ich richtig gut. Okay. Los. Das Protesttreffen findet im Dorfgemeinschaftshaus statt, und als ich dort ankomme, sehe ich überall Plakate hängen mit Sprüchen wie »Finger weg von unserer Landschaft«. Es wimmelt von Menschen, und ich marschiere schnurstracks auf einen Tisch mit Tassen und Keksen zu.

»Tasse Kaffee?«, erkundigt sich freundlich ein älterer Mann in einer Barbourjacke.

»Danke, gerne«, sage ich. »Äh, ich meine, danke, Genosse.« Ich strecke meine Faust in die Höhe. »Lasst uns streiken!«

Der Mann sieht mich etwas verwirrt an, und da geht mir plötzlich auf, dass hier ja gar nicht gestreikt werden soll. Ich kriege das irgendwie durcheinander mit diesem Film, den ich mal gesehen habe.

Aber im Grunde ist das doch alles das Gleiche, meinen Sie nicht? Es geht schließlich um Solidarität und darum, gemeinsam für eine gute Sache zu kämpfen. Ich gehe mit meiner Tasse in der Hand in den Saal und begegne dem Blick eines jungen Kerls mit stacheligen roten Haaren und einer mit Buttons übersäten Jeansjacke.

»Herzlich willkommen!«, sagt er und löst sich aus der Gruppe, in der er eben noch stand, um mir die Hand zu reichen. »Ich bin Robin. Dich habe ich hier ja noch nie gesehen.«

»Ich bin Becky. Und eigentlich bin ich auch nur als Gast hier. Aber Jim hat gesagt, es wäre okay, wenn ich mitkomme...«

»Ja, natürlich!« Robin schüttelt mir begeistert die Hand.

»Hier ist jeder herzlich willkommen! Egal, ob einheimisch oder nicht... Die Probleme sind ja immer die gleichen. Und es ist das Bewusstsein, auf das es ankommt.«

»Ganz genau!« Ich trinke einen Schluck Kaffee, als mir der Stapel Flugblätter auffällt, den er in der Hand hat. »Ich könnte davon welche mit nach London nehmen und da verteilen, wenn du willst. Ein bisschen Reklame machen, sozusagen.«

»Super!« Robin lächelt. »Dein Aktivismus gefällt mir! Davon könnten wir gut noch mehr gebrauchen! Um welche Umweltfragen kümmerst du dich denn genau?«

Ups. Mist. Umweltfragen.

»Öm...« Ich trinke einen Schluck Kaffee, um Zeit zu gewinnen. »Ach, alles Mögliche eigentlich! Bäume... und... äh... Igel...«

»Igel?« Robin sieht mich verdutzt an.

Verdammt. Das ist mir nur so rausgerutscht, weil ich gerade dachte, dass seine Frisur irgendwie an einen Igel erinnert.

»Na ja, es werden doch so viele von Autos überfahren«, improvisiere ich. »Das ist in unserer heutigen Gesellschaft eine echte Gefahr.«

»Da hast du bestimmt Recht.« Robin runzelt nachdenklich die Stirn. »Du bist also in einer Aktionsgruppe, die sich um das Elend der Igel kümmert?«

Halt jetzt die Klappe, Becky. Wechsel das Thema.

»Ja«, höre ich mich sagen. »Genau. Die Gruppe heißt... Stachel.«

»Stachel!« Er lächelt. »Toller Name!«

»Ja«, bestätige ich. »Und ›Stachel‹ steht für Schützt... Tiere... Auf... äh...«

Hm. Vielleicht hätte ich mir ein Wort mit einem »I« darin aussuchen sollen.

»Clevere und Hilfreiche…« Ich komme ins Stocken. »Ehrliche… Landstraßen…«

Erleichtert gebe ich auf, als ich Jim zusammen mit einer dünnen, drahtigen Frau in Jeans und kariertem Hemd hereinkommen sehe. Das muss Jims Frau sein!

»Grüß dich, Jim«, begrüßt Robin ihn mit einem freundlichen Lächeln. »Freut mich, dass du kommen konntest.«

»Hi, Jim!«, sage ich und wende mich dann an seine Begleiterin. »Sie müssen Elizabeth sein.«

»Und du bist die berühmte Becky!« Sie gibt mir die Hand. »Kelly redet nur noch von dir.«

»Kelly ist ein Goldstück!« Ich strahle Elizabeth an. »Heute haben wir ein bisschen Schönheitssalon gespielt, das hat solchen Spaß gemacht!« Ich bemerke Jims gerunzelte Stirn. »Und äh… wir haben natürlich auch für ihre Prüfungen gelernt«, füge ich schnell hinzu. »Massenweise Algebra und Französischvokabeln.«

»Ist Jess schon da?«, fragt Jim und sieht sich um.

»Weiß ich nicht«, sage ich mit einem nervösen Kitzeln im Bauch. »Ich habe sie noch nicht gesehen.«

»So eine dumme Geschichte.« Elizabeth schnalzt mit der Zunge. »Jim hat mir alles erzählt. Zwei Schwestern, die nicht miteinander reden. Und dabei seid ihr doch noch so jung! Euer ganzes Leben liegt noch vor euch. Eine Schwester zu haben ist wirklich ein Segen!«

»Sie werden sich schon wieder vertragen«, meint Jim. »Ah. Da ist sie ja!«

Ich wirbele herum, und in der Tat, da ist Jess und kommt auf uns zu, offenbar vollkommen perplex, mich hier anzutreffen.

»Was macht *die* denn hier?«, fragt sie an Jim gewandt.

»Darf ich dir ein neues Mitglied unserer Gruppe vorstellen, Jess?«, schaltet Robin sich ein. »Das ist Becky.«

»Hi, Jess!« Ich lächele sie nervös an. »Ich dachte, ich kümmere mich mal ein bisschen um die Umwelt!«

»Becky interessiert sich insbesondere für Igel«, erklärt Robin.

»*Was?*« Jess glotzt Robin einige Sekunden lang an und schüttelt dann den Kopf. »Nein. Nein. Sie ist kein Mitglied unserer Gruppe. Und sie wird nicht an unserem Treffen teilnehmen. Sie muss gehen. Jetzt sofort.«

»Kennt ihr beiden euch?«, wundert Robin sich, doch Jess sieht weg.

»Wir sind Schwestern«, erkläre ich.

»Aber sie verstehen sich nicht sonderlich gut«, souffliert Jim.

»Hör mal, Jess«, spricht Robin sie ernst an. »Du kennst die Regeln: Persönliche Differenzen werden an der Garderobe abgegeben. Bei uns ist jeder willkommen. Wir betrachten jeden als unseren Freund!« Er lächelt mich an. »Becky hat sich bereits freiwillig bereit erklärt, unsere Sache auch in anderen Landesteilen publik zu machen!«

»Nein!« Jess schlägt die Hände überm Kopf zusammen. »Du verstehst das nicht! Sie ist –«

»Komm, Becky«, sagt Robin und ignoriert Jess. »Wir suchen dir einen Platz.«

Das laute Geplapper ebbt langsam ab, und alle nehmen auf den hufeisenförmig aufgestellten Stühlen Platz. Als ich mir die vielen Gesichter nacheinander ansehe, entdecke ich Edie. Und die Frau mit den metallisch-grauen Haaren, die anscheinend Lorna heißt. Und noch ein paar mehr Leute, die ich bereits in Jims Laden gesehen habe.

»Herzlich willkommen«, eröffnet Robin, der in der Mitte des Hufeisens steht, das Treffen. »Bevor wir richtig anfangen, habe ich ein paar Ankündigungen zu machen. Morgen findet ja, wie ihr alle wisst, die Ausdauerwanderung am Scully Pike statt. Wie viele werden denn in etwa teilnehmen?«

Ungefähr die Hälfte der Anwesenden hebt die Hand, inklusive Jess. Ich bin kurzfristig ebenfalls versucht, mich zu melden, aber ich muss gestehen, dass das Wort »Ausdauer« mich irgendwie abschreckt. Na ja, und das Wort »Wanderung« im Grunde auch.

»Super!« Robin sieht sich erfreut um. »Diejenigen von euch, die es wagen wollen – bitte nehmt eure komplette Ausrüstung mit!! Der Wetterbericht für morgen ist leider nicht der beste. Es soll neblig werden und vielleicht sogar regnen.«

Es folgt ein kollektives Stöhnen, unter das sich jedoch auch Gelächter mischt.

»Aber seid versichert, dass ihr am Ende vom Empfangskomitee am Ziel mit heißen Getränken versorgt werdet!«, fügt er hinzu. »Allen Teilnehmern wünsche ich die nötige Ausdauer und viel Glück! Sooo –« Er lächelt in die Runde. »Und jetzt möchte ich euch gerne ein neues Mitglied vorstellen. Becky bereichert unsere Gruppe mit ihrem Spezialwissen über Igel und…« Er sieht mich fragend an. »Auch andere gefährdete Kleintiere oder nur Igel?«

»Äh…« Ich räuspere mich, wobei mir sehr bewusst ist, dass Jess mich mit ihrem Blick förmlich aufspießt. »Äh… hauptsächlich nur Igel.«

»Wir heißen Becky natürlich alle herzlich willkommen. Gut. Dann wollen wir uns mal den ernsten Themen zuwenden.« Robin nimmt eine Ledermappe zur Hand und holt einen Stapel Unterlagen heraus. »Das geplante Piper's Hill Einkaufszentrum.«

Er macht eine Effekt heischende Pause, in der deutlich ein Erschauern der Anwesenden zu spüren ist.

371

»Der Stadtrat tut weiter so, als wüsste er von nichts. Aber wie dem auch sei –« Er blättert schwungvoll in seinen Papieren. »Es ist mir gelungen, an eine Kopie der Pläne heranzukommen.« Robin reicht die Papiere einem Mann, der am Ende des Hufeisens sitzt, und dieser lässt sie weiter herumgehen. »Wir haben natürlich eine Menge nicht ganz unbedeutender Einwände. Wenn ihr euch alle mal ein paar Minuten die Pläne ansehen würdet …«

Es wird still im Saal. Folgsam sehe ich mir alle Zeichnungen an. Als ich mich umsehe, bemerke ich, dass die anderen alle verärgert und enttäuscht den Kopf schütteln – und offen gestanden überrascht mich das überhaupt nicht.

»Gut.« Robin sieht sich um, bis sein Blick an mir haften bleibt. »Becky, vielleicht könnten wir als Erstes deine Meinung hören. Was ist deine unmittelbare Reaktion als Außenstehende?«

Alle drehen sich zu mir um, und ich merke, wie meine Wangen anfangen zu glühen.

»Äh … na ja, ich sehe natürlich sofort, wo die Probleme liegen«, wage ich mich voran.

»Sehr gut!« Robin sieht äußerst zufrieden aus. »Das stärkt unsere Position. Die Probleme sind sogar für jemanden, der die Gegend nicht kennt, auf den ersten Blick erkennbar! Weiter, Becky?«

»Na ja.« Ich werfe noch einen längeren Blick auf die Pläne und sehe dann auf. »Also, erstens sind die Öffnungszeiten ziemlich eingeschränkt. Ich würde dafür plädieren, dass jeden Abend bis zehn Uhr geöffnet ist. Ich meine, die Leute arbeiten doch tagsüber! Und auf die Weise müssten sie sich nicht so abhetzen, um ihre Einkäufe zu tätigen.«

Die anderen sehen mich sprachlos an. Sie wirken geradezu fassungslos. Tja, das hatten sie wohl nicht erwartet, dass ich den Nagel so präzise auf den Kopf treffen würde. Ich fühle mich bestätigt und zeige nun auf die Liste der Läden. »Und diese Geschäfte hier sind totaler Mist. Da müsste ein Space NK rein... Joseph... und auf alle Fälle ein L K Bennett!«

Im Saal herrscht Totenstille.

Jess hat ihr Gesicht in den Händen vergraben.

Robin ist offenbar vollkommen platt, ringt sich jedoch tapfer ein Lächeln ab.

»Becky... Ich glaube, es gibt da ein kleines Missverständnis. Wir sind gegen den Bau des Einkaufszentrums. Wir protestieren gegen seine Errichtung.«

»Wie bitte?« Verständnislos sehe ich ihn an.

»Wir wollen nicht, dass es gebaut wird«, erklärt Jess betont langsam und mit sarkastischem Unterton. »Mit seinem Bau würde ein landschaftlich außergewöhnlich schönes Gebiet verschandelt werden. Und deswegen protestieren wir dagegen.«

»Oh.« Meine Wangen sind puterrot. »Ach so. Ja, klar. Die schöne Landschaft. Ich... wollte... äh... Das wollte ich auch gerade erwähnen.« Nervös blättere ich zum dritten Mal in den Papieren und überlege, wie ich mich da jetzt wieder rausrede. »Und für die Igel wäre das ganze sicher auch eine ziemlich große Gefahr«, plappere ich schließlich weiter. »Ich habe schon gleich mehrere Gefahrenpunkte für Igel ausgemacht. Oder auch GPIs, wie wir sie nennen.«

Jess verdreht die Augen. Vielleicht sollte ich jetzt einfach besser die Klappe halten.

»Danke für den Hinweis«, sagt Robin und lächelt dabei etwas angestrengt. »Gut – nachdem Becky uns ihre äußerst wertvollen Bedenken zur Sicherheit der Igel mitgeteilt hat... Hat noch irgendjemand etwas beizutragen?«

Ein weißhaariger Mann erhebt sich und fängt an, von der Entweihung der Natur zu sprechen. Ich sinke auf meinem Stuhl in mir zusammen.

Jetzt bin ich ja doch irgendwie froh, dass ich nicht auch noch Punkt drei meiner Bedenken bezüglich des Einkaufszentrums ausgesprochen habe. Ich finde nämlich eigentlich, dass es zu klein ist.

»Ich mache mir Sorgen um das hiesige Gewerbe«, verkündet eine elegant gekleidete Frau. »Einkaufszentren auf der grünen Wiese zerstören alte, gewachsene Dorfstrukturen. Wenn dieses Einkaufszentrum gebaut wird, geht der Laden im Dorf Pleite.«

»Das ist kriminell!«, dröhnt Lorna mit den metallischgrauen Haaren. »Die Dorfläden sind doch der Mittelpunkt dieser kleinen Gemeinden! Die müssen unterstützt werden!«

Jetzt melden sich immer mehr Teilnehmer zu Wort. Jims Kunden nicken sich alle eifrig zu.

»Wie soll Jim denn bitte mit Asda konkurrieren?«

»Wir müssen die kleinen Läden am Leben erhalten!«

»Und wer ist schuld an dem allem? Die Regierung natürlich –«

Ich weiß, dass ich eigentlich vorhatte, nichts mehr zu sagen. Aber ich kann jetzt nicht länger an mich halten.

»Entschuldigt mal bitte?«, mische ich mich ein und hebe die Hand. »Wenn ihr alle so gerne wollt, dass der Dorfladen überlebt, wieso kauft ihr das Brot dann nicht zum vollen Preis?«

Ich sehe mich in der Runde um. Jess funkelt mich böse an.

»Das ist ja wohl mal wieder *typisch*«, faucht sie. »Bei dir dreht sich immer alles nur ums Geldausgeben!«

»Aber wir sprechen hier doch von einem Laden!«, halte

ich verwirrt dagegen. »Und genau das ist Sinn und Zweck eines Ladens: Dass man dort Geld ausgibt! Wenn ihr alle nur ein bisschen mehr Geld ausgeben würdet, würde Jims Laden doch regelrecht florieren!«

»Es ist aber nun mal nicht jeder kaufsüchtig, Becky, okay?«, gibt Jess schnippisch zurück.

»Aber schön wär's«, merkt Jim mit einem trockenen Lächeln an. »Meine Einnahmen haben sich jedenfalls verdreifacht, seit Becky da ist.«

Jess starrt ihn mit zusammengekniffenen Lippen an. Oh Gott. Sie sieht ziemlich sauer aus. Sie ist richtig sauer auf mich.

»War ja nur so 'ne Idee«, sage ich schnell. »Schon gut.« Ich sinke wieder auf meinem Stuhl zusammen und bemühe mich um Unauffälligkeit.

Die anderen diskutieren weiter, aber ich ducke mich lieber und sehe mir noch mal die Pläne an. Und ich muss sagen, ich hatte Recht. Die Geschäfte sind *wirklich* Schrott. Wo soll man denn da Handtaschen kaufen?... Wo kann man sich da die Fingernägel machen lassen?... Ich meine, ich verstehe jetzt wirklich, was die hier meinen. Es ist doch total unsinnig, die schöne Landschaft zu verschandeln für ein bescheuertes Einkaufszentrum mit lauter Läden darin, in denen ohnehin niemand einkaufen will!!

»... und darum hat der Ausschuss beschlossen, zu sofortigen Präventivmaßnahmen zu greifen«, berichtet Robin, als ich wieder den Kopf hebe. »Wir veranstalten einen Protestmarsch, und zwar in einer Woche. Wir brauchen so viel Hilfe wie irgend möglich. Und natürlich so viel Publicity wie möglich.«

»Ach, das ist schwer«, seufzt eine der Frauen. »Das interessiert doch sowieso niemanden.«

»Edgar schreibt einen Artikel für seine Gemeindezeitung«, sagt Robin. »Und ich weiß, dass einige von euch bereits Briefe an die Stadträte entworfen haben ...«

Ich will was sagen!!

Ich mache den Mund auf, sehe Jess' vernichtenden Blick und mache den Mund schleunigst wieder zu.

Aber ... oh Gott. Ich kann mich nicht zurückhalten. Es geht einfach nicht.

»Wir machen ein richtig informatives Flugblatt –«

»Ihr müsst etwas viel Größeres machen!«, falle ich Robin ins Wort, und sofort glotzen mich alle an.

»Halt die Klappe, Becky!«, fährt Jess mich wütend an. »Wir versuchen hier auf konstruktive Weise zu Ergebnissen zu kommen!«

»Ich auch!« Mir ist ganz heiß unter den Blicken der vielen Anwesenden, aber ich mache weiter. »Ich finde, ihr solltet eine riesige Marketingkampagne starten!«

»Aber wäre das nicht zu teuer?«, fragt der weißhaarige Mann und runzelt die Stirn.

»Also, im Geschäftsleben ist es so: Wer Geld verdienen will, muss Geld investieren. Und hier gilt genau das Gleiche. Wenn etwas dabei herauskommen soll, müsst ihr etwas investieren!«

»Jetzt redest du schon wieder von Geld!«, kreischt Jess. »Und davon, es auszugeben! Du bist doch besessen!«

»Ihr könntet doch einen Sponsor finden!«, halte ich dagegen. »Es muss doch Firmen hier in der Gegend geben, die auch gegen das Einkaufszentrum sind. Und dann müsstet ihr Kontakt zum lokalen Radiosender aufnehmen ... eine Pressemappe mit Informationsmaterial zusammenstellen ...«

»Entschuldige bitte«, unterbricht mich ein Typ in Jess' Nähe reichlich sarkastisch. »Du kannst ja echt toll reden. Aber was weißt du denn eigentlich tatsächlich darüber?«

»Nichts«, räume ich ein. »Aber ich habe mal als Journalistin gearbeitet. Darum kenne ich mich mit Pressemitteilungen und Marketingkampagnen aus.« Ich sehe mich um. Alles schweigt. »Und dann habe ich zwei Jahre bei Barneys gearbeitet, einem Kaufhaus in New York. Da haben wir massenweise Veranstaltungen gehabt – Partys zum Beispiel, verkaufsoffene Wochenenden, Werbekampagnen... Hey, das ist überhaupt die Idee!« Begeistert wende ich mich Jim zu. »Wenn du willst, dass dein Dorfladen überlebt, dann mach doch was Besonderes! Irgendetwas Positives! Zum Beispiel eine Party! Das wäre doch lustig! Mit Sonderangeboten und kleinen Geschenken... Du könntest das Ganze irgendwie in den Protest einbinden...«

»Halt jetzt endlich die *Klappe*!«, durchpeitscht da eine schrille Stimme den Raum. Ich verstumme vor lauter Schreck, denn Jess ist aufgesprungen und ganz bleich vor Zorn. »Halt *bitte* endlich die Klappe, Becky! Wieso muss immer alles gleich eine Party sein? Wieso musst du immer alles banalisieren? Ladenbesitzer wie Jim interessieren sich nicht für Partys! Die interessieren sich nur für solide, gut durchdachte Maßnahmen!«

»Och, ich fände eine Party gar nicht so uninteressant«, wirft Jim sanft ein, doch Jess scheint ihn gar nicht zu hören.

»Du hast keine Ahnung vom Umweltschutz! Du hast keine Ahnung von Igeln, verdammt noch mal! Du denkst dir das immer alles nur aus! Und jetzt verzieh dich, und lass uns in Ruhe!«

»Also, das finde ich jetzt ein bisschen sehr aggressiv von dir, Jess«, sagt Robin. »Becky versucht doch nur, uns zu helfen.«

»Wir brauchen ihre Hilfe nicht!«

»Jess«, meldet sich Jim ganz ruhig zu Wort. »Becky ist

deine Schwester. Komm schon, gib dir einen Ruck. Sei ein bisschen nett zu ihr.«

»Die beiden sind Schwestern?«, fragt der weißhaarige Mann überrascht. Sofort erhebt sich ein interessiertes Gemurmel.

»Sie ist nicht meine Schwester.« Jess verschränkt die Arme vor der Brust. Sie weigert sich sogar, mich anzusehen! Ihre abweisende Haltung verletzt und ärgert mich, sodass ich aufstehe, mich vor ihr aufstelle und sie zornig angehe:

»Ich weiß, dass du mich nicht zur Schwester haben willst, Jess. Aber ich bin es nun mal! Und du kannst nichts dagegen tun! In unseren Adern fließt das gleiche Blut! Unsere Gene sind die gleichen! Wir haben –«

»Ach, weißt du, da wäre ich mir gar nicht so sicher.« Wie einen Marschflugkörper feuert sie diesen Satz auf mich ab.

Die ganze Versammlung schweigt schockiert.

»Was?« Verunsichert sehe ich sie an.

»Ich glaube nicht daran, dass in unseren Adern das gleiche Blut fließt«, sagt sie nun etwas ruhiger.

»Aber... Aber das wissen wir doch!« Ich bin verwirrt. »Wovon redest du?«

Jess seufzt und reibt sich das Gesicht. Als sie wieder aufsieht, ist fast alle Animosität aus ihrem Blick verschwunden.

»Sieh uns doch mal an, Becky«, sagt sie fast freundlich. Sie zeigt auf mich und dann auf sich. »Wir haben überhaupt nichts gemeinsam. Nichts. Wir können überhaupt nicht miteinander verwandt sein.«

»Aber... Aber mein Vater ist auch dein Vater!«

»Oh Gott«, brummt Jess schon eher zu sich selbst. »Eigentlich wollte ich das ja erst später zur Sprache bringen.«

»Was zur Sprache bringen?« Mein Herz klopft immer

schneller, während ich sie ansehe. »Was zur Sprache bringen, Jess?«

»Na gut. Die Sache ist die.« Jess atmet kräftig aus und reibt sich wieder das Gesicht. »Ja, man hat mir den Namen deines Vaters genannt, als ich nach meinem richtigen Vater fragte. Aber… das passt doch alles hinten und vorne nicht zusammen. Also habe ich gestern Abend noch einmal sehr lange mit meiner Tante Florence darüber geredet. Und sie hat eingeräumt, dass meine Mutter ein bisschen… wild war. Es könnte sein, dass sie noch andere Männer gehabt hat.« Jess zögert. »Tante Florence glaubt, dass es in der Tat andere Männer gegeben hat. Sie konnte mir allerdings keine Namen nennen.«

»Aber… du hast doch einen Test machen lassen!«, werfe ich verwirrt ein. »Einen DNA-Test! Und der beweist doch…« Ich verstumme, als Jess den Kopf schüttelt.

»Nein. Ein Test wurde nie gemacht. Wir hatten es vor, aber… Ich hatte den Namen deines Vaters, und alles, was ich über ihn wusste, passte zusammen, und… alles andere war reine Spekulation.« Sie sieht zu Boden. »So kann man sich täuschen.«

Mir schwirrt der Kopf. Ein DNA-Test wurde nie gemacht? Das war alles nur *Spekulation*?

Es herrscht Totenstille. Ich glaube, alle haben die Luft angehalten. Ich erhasche einen Blick auf Jims gütiges, gespanntes Gesicht und sehe ganz schnell wieder weg.

»Das heißt… das war alles nichts weiter als ein Irrtum?«, sage ich schließlich – und dann habe ich einen dicken Kloß im Hals.

»Ich glaube, ja.« Jess sieht mich an. Sie sieht, wie niedergeschlagen ich bin. »Komm schon, Becky. Wenn du uns als Außenstehende betrachten würdest, würdest du uns da für Schwestern halten?«

»Ich ... ich glaube nicht«, würge ich hervor.

Ich kämpfe verzweifelt gegen den Schock und die Enttäuschung. Doch gleichzeitig sagt mir eine Stimme tief in mir drin, dass es wahr sein muss. Ich komme mir vor, als hätte ich in den letzten zwei Wochen ständig versucht, meinen Fuß in einen viel zu kleinen Schuh zu zwängen. Ich habe den Fuß gequetscht und gedreht, mir die Haut abgeschürft ... und jetzt sehe ich endlich ein, dass er mir nicht passt.

Sie ist nicht meine Schwester. Sie ist nicht mein Fleisch und Blut. Sie ist einfach nur ... irgendeine junge Frau.

Und jetzt stehe ich da und betrachte diese junge Frau, die ich kaum kenne und die mich nicht einmal mag.

Urplötzlich will ich nicht mehr da sein.

»Gut«, sage ich und habe dabei Mühe, mich zu beherrschen. »Na, dann ... gehe ich jetzt.« Ich sehe mich in dem schweigenden Saal um. »Macht's gut. Viel Glück mit eurem Protest.«

Keiner sagt was. Alle sehen aus, als hätte eine Bombe eingeschlagen. Mit zitternden Händen nehme ich mir meine Tasche und schiebe meinen Stuhl zur Seite. Auf dem Weg zur Tür begegnet mir so mancher mitfühlende Blick. Bei Jim bleibe ich kurz stehen. Er sieht ungefähr so enttäuscht aus, wie ich selber es bin.

»Vielen Dank für alles, Jim«, sage ich und versuche zu lächeln.

»Auf wiedersehen, Becky.« Er ergreift meine Hand. »War schön, dich kennen zu lernen.«

»Danke, gleichfalls. Grüß Kelly von mir.«

Als ich die Tür erreiche, drehe ich mich noch einmal nach Jess um.

»Na dann. Bye.« Ich schlucke. »Ich hoffe, alles läuft gut bei dir.«

»Bye, Becky«, sagt sie, und zum ersten Mal blitzt so etwas wie Mitgefühl in ihrem Blick auf. »Ich hoffe, das mit Luke renkt sich wieder ein.«

»Danke.« Ich nicke, da ich nicht weiß, was ich sonst noch sagen soll. Dann drehe ich mich um und gehe hinaus in die Nacht.

20

Ich bin wie betäubt. Ich habe keine Schwester. Aus der Traum.

Ich sitze jetzt seit etwa einer Stunde auf meinem Bett in der Pension und glotze einfach nur aus dem Fenster auf die in der Ferne liegenden Berge. Aus und vorbei. Mein dämlicher Traum von einer seelenverwandten Schwester, mit der ich reden und lachen und einkaufen und Pfefferminzplätzchen essen kann – für immer ausgeträumt.

Nicht, dass Jess jemals mit mir einkaufen gegangen wäre oder mit mir Pfefferminzplätzchen gegessen hätte. Oder mit mir gelacht hätte.

Aber vielleicht hätte sie mit mir geredet. Wir hätten einander besser kennen lernen können. Wir hätten einander Geheimnisse anvertrauen und um Rat fragen können.

Ich seufze kellertief, ziehe die Knie an die Brust und schlinge die Arme um sie. So etwas ist in den Geschichten in *Geliebte Schwester – Wo warst du?* nie passiert.

Obwohl, doch, einmal. Da waren diese beiden Schwestern, von denen die eine der anderen eine Niere spenden wollte. Darum haben sie einen DNA-Test gemacht und dann dabei herausgefunden, dass sie gar keine Schwestern sind. Aber der Test ergab, dass sie vom Gewebe her trotzdem gut zusammenpassen, also haben sie das mit der Nierentransplantation doch durchgezogen. Und hinterher haben sie gesagt, im Grunde ihres Herzens wären sie für immer Schwestern. (Und aufgrund ihrer Nieren wohl auch, schätze ich.)

Aber hier war der springende Punkt eben, dass die beiden sich *mochten*.

Als ich merke, dass mir eine einsame Träne die Wange herunterläuft, wische ich sie mir unwirsch weg. Kein Grund, traurig zu sein. Schließlich bin ich mein ganzes Leben lang Einzelkind gewesen ... und jetzt bin ich es halt wieder. Eine Schwester hatte ich nur für ein paar Wochen. Ist ja nicht so, als hätte ich mich großartig daran gewöhnt. Ist ja nicht so, als hätten wir eine Zuneigung zueinander entwickelt oder so.

Im Grunde genommen ... ja, im Grunde genommen, bin ich sogar *froh*, dass das heute passiert ist. Wer will denn schon Jess zur Schwester haben? Ich jedenfalls nicht. Ganz bestimmt nicht. Ich meine, sie hat doch Recht: Wir haben überhaupt nichts gemeinsam. Wir verstehen einander einfach nicht. Wir hätten von Anfang an wissen sollen, dass das Ganze ein einziger großer Irrtum war.

Ich springe auf, öffne einen Koffer und fange an zu packen. Heute Nacht bleibe ich noch hier, aber gleich morgen früh mache ich mich auf den Weg zurück nach London. Ich kann hier nicht noch mehr Zeit vertrödeln. Ich habe mein eigenes Leben. Ich habe einen Mann.

Oder zumindest ... glaube ich, dass ich einen Mann habe.

Mir wird ganz flau im Magen, als ich an unseren Abschied denke. Luke ist wahrscheinlich immer noch stinksauer auf mich. Der Aufenthalt auf Zypern ist wahrscheinlich eine einzige Qual, und Luke verflucht mich minütlich. Ich halte mitten im Zusammenlegen eines Pullovers inne. Bei dem Gedanken, nach London zurückzukehren und Luke gegenüberzutreten, verlässt mich der Mut.

Aber dann gewinne ich wieder an Haltung, und ich werfe

den Pullover achtlos in den Koffer. Na und! Dann ist die Beziehung mit Luke zurzeit eben etwas wackelig! Aber ich brauche ganz bestimmt nicht die Hilfe irgendeiner blöden Schwester, um meine Ehe zu retten. Ich kriege das schon alleine hin. Vielleicht kaufe ich mir einen passenden Ratgeber. Es muss doch ein Buch geben, das *Wie rette ich meine einjährige Ehe?* oder so heißt.

Ich stopfe all die Souvenirs, die ich bei Jim gekauft habe, in den limonengrünen Koffer, setze mich darauf und lasse die Schlösser zuschnappen. So. Das war's. Schluss.

Es klopft an der Tür, und ich sehe auf. »Ja, bitte?«

Edie steckt den Kopf zur Tür herein.

»Besuch«, sagt sie. »Wartet unten.«

Hoffnung flackert in mir auf.

»Besuch?« Ich springe auf. »Ich komme!«

»Ich möchte Sie bei dieser Gelegenheit noch einmal an die Hausregeln erinnern«, dröhnt Edies Stimme auf der Treppe hinter mir her. »Kein Besuch nach elf Uhr abends. Wenn es zu laut wird, rufe ich die Polizei.«

Ich überspringe die letzten Stufen und eile in das kleine Wohnzimmer.

»Hi!« Ich bleibe wie angewurzelt stehen. Es ist nicht Jess.

Es ist Robin. Und Jim. Und noch ein paar andere Leute von dem Protesttreffen. Sie alle drehen sich zu mir um und sehen mich an.

»Hi, Becky«, sagt Robin und macht einen Schritt auf mich zu. »Geht's dir gut?«

»Äh … ja. Danke.«

Oh Gott. Ein Mitleidsbesuch. Die haben womöglich Angst, dass ich mir die Pulsadern aufschneide. Robin holt Luft, um etwas zu sagen, doch ich komme ihm flugs zuvor.

»Also wirklich … Ihr braucht euch um mich keine Sorgen zu machen. Das ist wirklich lieb von euch, aber mir geht's echt gut. Ich wollte jetzt ins Bett gehen, morgen früh mit dem ersten Zug nach London fahren und… dann weitersehen.«

Schweigen.

»Äh… wir sind nicht hier, weil wir uns Sorgen machen«, erklärt Robin und fährt sich verlegen durchs Haar. »Wir wollten dich etwas fragen.«

»Ach so«, sage ich verdutzt.

»Wir… wir alle… wollten dich fragen, ob du uns bei unserer Protestaktion helfen könntest.« Er sieht sich Hilfe suchend um, und alle anderen nicken zustimmend.

»Euch *helfen*?« Wie vom Donner gerührt sehe ich ihn an. »Aber… ich habe doch keine Ahnung von der Materie. Jess hatte Recht.« Die Erinnerung an ihren Vorwurf schmerzt. »Ich habe mir das alles nur ausgedacht. Ich weiß auch überhaupt nichts über Igel.«

»Macht nichts«, sagt Robin. »Dafür hast du massenweise Ideen, und das ist genau das, was wir brauchen. Du hast Recht. Wir sollten das wirklich größer aufziehen. Und Jim gefällt die Idee mit der Party. Stimmt's nicht, Jim?«

»Wenn ich die Leute so dazu bringe, den Laden schon vor vier Uhr nachmittags zu betreten, bin ich dafür«, sagt Jim und zwinkert.

»Du hast Erfahrung mit solchen Sachen«, meldet sich der weißhaarige Mann zu Wort. »Du weißt, wie man so was macht. Wir nicht.«

»Nachdem du gegangen warst, haben wir schnell abgestimmt«, erzählt Robin. »Und das Ergebnis war praktisch einstimmig. Wir würden dich gerne in den Aktionsausschuss aufnehmen. Die anderen sitzen alle noch im Gemeinschaftshaus und warten auf deine Antwort.«

Sie sehen mich alle aus so warmen, freundlichen Augen an, dass mir schon wieder die Tränen kommen.

»Ich kann nicht.« Ich wende den Blick ab. »Es tut mir Leid, aber ich kann nicht. In Scully gibt es für mich nichts mehr zu tun. Ich muss zurück nach London.«

»Und wieso?«, fragt Jim.

»Weil ich… zu tun habe«, sage ich. »Ich habe Verpflichtungen. Du weißt schon.«

»Und was sind das für Verpflichtungen?«, fragt Jim sanft. »Du hast keinen Job. Dein Mann ist im Ausland. Eure Wohnung ist leer.«

Okay, das zeigt wieder mal, dass man wildfremden Menschen besser nicht gleich beim ersten Treffen seine komplette Leidensgeschichte erzählen sollte. Ich betrachte eingehend das rosa Spiralmuster auf Edies Teppich und versuche, klar zu denken. Dann sehe ich auf.

»Was sagt Jess denn dazu?«

Ich sehe einen nach dem anderen an – aber keiner antwortet. Robin weicht sogar meinem Blick aus. Der weißhaarige Mann guckt an die Decke. Jim sieht genauso traurig aus wie vorhin, als ich das Treffen verließ.

»Ich wette, sie ist die Einzige, die gegen mich gestimmt hat, oder?« Ich versuche zu lächeln, aber meine Stimme bebt.

»Jess hat… ihre Meinung«, erklärt Robin. »Aber alles andere muss ja mit ihr gar nichts zu tun haben –«

»Aber natürlich hat es das! Wie sollte alles andere mit Jess nichts zu tun haben? Sie ist der Grund, weshalb ich überhaupt hier bin!« Ich versuche, ruhig zu bleiben, und atme tief durch. »Hört zu. Es tut mir furchtbar Leid, aber ich kann nicht mitmachen. Ich hoffe wirklich, dass euer Protest etwas bringt, aber ich kann nicht hier bleiben.«

Robin holt Luft, um noch etwas zu sagen.

»Ich kann nicht.« Ich sehe Jim direkt in die Augen. »Ihr müsst das verstehen. Ich kann nicht.«

Und ich sehe es an Jims Blick. Er versteht es.

»Na gut«, sagt er schließlich. »Aber es war einen Versuch wert.« Er nickt den anderen zu, als wolle er sagen: »Das war's.«

Sie verabschieden sich betreten murmelnd, wünschen mir alles Gute und verlassen einer nach dem anderen das kleine Zimmer. Die Haustür fällt ins Schloss, und ich bleibe vollkommen kraftlos allein zurück.

Als ich am nächsten Morgen aufwache, ist der Himmel dunkel und wolkenverhangen. Edie serviert mir wieder ein komplettes englisches Frühstück mit Blutwurst, aber ich bekomme nur eine Tasse Tee herunter. Ich bezahle mit meinem letzten Bargeld das Zimmer und gehe dann nach oben, um den Rest zu packen. Durch das Fenster kann ich in der Ferne die Berge sehen, die sich im Nebel verlieren.

Ich werde diese Berge wahrscheinlich nie wieder sehen. Ich werde wahrscheinlich nie wieder hierher kommen.

Und das ist auch vollkommen in Ordnung so, denke ich trotzig. Ich hasse das Landleben. Eigentlich hatte ich ja nie hierher kommen wollen.

Ich lege die letzten Sachen in den roten Koffer, dann beschließe ich, die türkisfarbenen Kitten-Heels mit den Glitzerriemen anzuziehen. Doch ich komme nicht ganz hinein, weil irgendetwas knubbeliges vorn im Schuh liegt. Verwundert hole ich ein kleines, verpacktes Ding aus dem Schuh, doch kaum sehe ich es, weiß ich auch schon schlagartig, was das ist.

Es ist die Halskette. Die silberne Halskette von Tiffany, die ich Jess bei unserem ersten Treffen schenken wollte. Sie steckt immer noch in dem türkisfarbenen Beutelchen.

Mir kommt es vor, als wenn das schon ewig her wäre.

Ich betrachte den Beutel eine Weile, stecke ihn mir dann

in die Tasche, nehme die Koffer und die gestreifte Hut-schachtel und gehe nach unten. In der Eingangshalle komme ich am Münztelefon vorbei.

Vielleicht sollte ich Luke anrufen.

Andererseits – wozu denn? Und außerdem weiß ich gar nicht, wo und wie ich ihn erreichen kann.

Edie ist weit und breit nicht zu sehen, darum mache ich einfach nur die Haustür hinter mir zu und stapfe mit meinen Koffern im Schlepptau durch den Park auf Jims Laden zu. Ich möchte mich ordentlich von Jim verabschieden.

Die Ladenglocke klingelt, als ich die Tür aufmache. Jim ist gerade dabei, Bohnendosen mit Preisaufklebern zu versehen, und schaut auf. Beim Anblick meiner Koffer zieht er die Augenbrauen hoch.

»Du reist also ab.«

»Ja. Ich reise ab.«

»Nein! Du darfst nicht abreisen!«, mault Kelly von hinter dem Tresen, wo sie *Julius Cäsar* kunstvoll gegen *100 topaktuelle Frisuren* gelehnt hat.

»Ich muss aber.« Ich stelle meine Koffer ab. »Aber ich habe noch ein paar Stila-Sachen für dich. Als Abschiedsgeschenk.«

Ich reiche ihr eine Hand voll Lipglosse und Lidschatten. Kelly strahlt.

»Ich habe auch ein Geschenk für dich, Becky«, sagt sie dann plötzlich. Sie zieht sich ein Freundschaftsarmband vom Handgelenk und gibt es mir. »Damit du mich nicht vergisst.«

Ich bringe kein Wort heraus, als ich das schlichte, geflochtene Band in meiner Hand betrachte. Es sieht genauso aus wie die Armbänder, die Luke und ich bei der Masai-Mara-Zeremonie bekommen hatten. Luke hat seins abgelegt, als er wieder anfing zu arbeiten.

Ich habe meins noch an.

»Das ist… toll.« Ich lächele. »Ich werde es immer tragen.« Ich ziehe es mir über die Hand, sodass es neben dem anderen Band sitzt, und nehme Kelly fest in den Arm.

»Ich will aber nicht, dass du gehst.« Kelly macht einen Schmollmund. »Kommst du irgendwann mal wieder nach Scully?«

»Ich weiß es nicht«, sage ich nach kurzer Bedenkpause. »Ich glaube nicht. Aber hör mal, wenn du irgendwann mal nach London kommen solltest, rufst du mich an, ja?«

»Okay.« Kelly lächelt. »Gehst du dann mit mir zum Topshop?«

»Ja, natürlich!«

»Soll ich besser schon mal anfangen zu sparen?«, fragt Jim zerknirscht, worauf wir beide kichern.

Das Klingeln der Ladenglocke unterbricht uns, und wir sehen auf. Edie kommt mit ihrem grünen Kopftuch sowie mit Lorna und der gut gekleideten Dame von gestern Abend in den Laden. Sie machen alle drei einen extrem verunsicherten Eindruck.

»Edie!«, ruft Jim und sieht überrascht auf die Uhr. »Was kann ich für dich tun?«

»Guten Morgen, Jim«, sagt Edie und weicht seinem Blick aus. »Ich hätte gerne etwas Brot. Ein Vollkornbrot und ein ungeschnittenes Weißbrot.«

»Brot?« Jim sieht sie entgeistert an. »Aber Edie… es ist doch erst zehn Uhr vormittags.«

»Ich weiß sehr wohl, wie spät es ist, danke«, gibt sie pikiert zurück.

»Aber… es ist noch nicht reduziert.«

»Ich möchte bitte etwas Brot«, antwortet sie schnippisch. »Ist das zu viel verlangt?«

»Aber… natürlich nicht!« Jim sieht immer noch benommen aus. Er holt die Laibe aus dem Regal und wickelt sie in Papier. »Eins sechsundneunzig, bitte.«

Ich höre, wie Edie heftig einatmet. Dann wühlt sie in ihrer Tasche und holt ihr Portemonnaie heraus.

»Zwei Pfund«, sagt sie, als sie ihm die Münzen gibt. »Vielen Dank.«

Ich glaube es nicht. Kelly und ich sitzen einfach nur da und gucken schweigend dabei zu, wie die beiden anderen Frauen zusammen drei Laib Brot und eine Tüte Sandwichbrötchen kaufen. Lorna entschließt sich sogar auch noch dazu, zwei Hefeschnecken mitzunehmen.

Als sich die Tür hinter den Damen wieder schließt, sinkt Jim auf seinen Hocker.

»Mannomann, wer hätte das gedacht?« Er schüttelt langsam den Kopf und sieht dann zu mir auf. »Das habe ich dir zu verdanken, Becky.«

»Ach was!«, wehre ich ab. »Die haben wahrscheinlich einfach nur Brot gebraucht.«

»Nein, *du* hast sie dazu gebracht!«, sagt Kelly. »Mit dem, was du gestern gesagt hast! Mum hat mir alles erzählt«, fügt sie hinzu. »Sie hat gesagt, du bist wirklich ein nettes Mädchen, obwohl du ein bisschen –«

»Kelly«, fällt Jim ihr schnell ins Wort. »Wie wäre es, wenn du Becky eine Tasse Tee machst?«

»Nein, schon okay. Ich wollte ja gehen.« Ich zögere. Dann greife ich in die Tasche und hole den kleinen Tiffany-Beutel heraus. »Ich wollte dich um einen Gefallen bitten, Jim. Würdest du das hier bitte Jess geben? Ich habe es vor einiger Zeit für sie gekauft. Ich weiß, dass jetzt alles anders ist, aber trotzdem.«

»Ich bin gerade auf dem Weg zu ihr, weil ich eine Lieferung habe«, sagt Jim. »Komm doch mit, dann kannst du es selbst abgeben.«

»Ach.« Ich weiche zurück. »Nein. Ich... ich möchte sie lieber nicht sehen.«

»Sie ist gar nicht zu Hause. Die sind alle auf der Ausdauerwanderung. Ich habe einen Schlüssel.«

»Ach so.« Ich zögere.

»Ich würde mich über deine Gesellschaft freuen«, fügt Jim achselzuckend hinzu.

»Na ja...« Ich betrachte den Tiffany-Beutel und stecke ihn dann wieder in die Tasche. »Okay. Ich komme mit.«

Schweigend laufen wir durch die leeren Straßen. Jim trägt einen Sack Kartoffeln auf der Schulter. Die Wolken ziehen sich immer dichter zusammen, und ich spüre die ersten Regentropfen im Gesicht. Jim wirft mir hin und wieder einen besorgten Blick zu.

»Kommst du klar, wenn du wieder in London bist?«, fragt er schließlich.

»Ich schätze schon.«

»Hast du mit deinem Mann gesprochen?«

»Nein.« Ich beiße mir auf die Lippe. »Habe ich nicht.«

Jim bleibt kurz stehen und lädt die Kartoffeln um auf die andere Schulter.

»Und«, sagt er in betont lockerem Tonfall, »wie kommt es, dass ein Mädchen wie du Eheprobleme hat?«

»Ach, ich bin selbst schuld daran. Ich habe... ziemlichen Blödsinn gemacht. Und da ist mein Mann sauer geworden. Er hat gesagt...« Ich schlucke. »Er hat gesagt, er wünschte, ich wäre mehr wie Jess.«

»Im Ernst?« Jim wirkt überrascht. »Ich meine, Jess ist ein feiner Kerl«, fügt er hastig hinzu. »Aber ich hätte nicht... Egal. Geht mich nichts an.« Er hustet betreten und reibt sich die Nase.

»Und darum bin ich hergekommen. Um von ihr zu ler-

nen.« Ich seufze tief. »Aber das war wohl eine Schnapsidee.«

Jim macht eine kleine Pause, bevor wir uns an den letzten steilen Anstieg zu Jess' Haus machen. Die grauen
Steinhäuser glitzern vom Nieselregen und heben sich
scharf von den nebelverhangenen Hügeln in der Ferne ab.
Wie kleine Wattebäusche auf einer grünen Wiese kann ich
gerade noch so eine Herde grasender Schafe ausmachen.

»Das ist wirklich ärgerlich, das mit Jess und dir«, sagt Jim
und klingt wirklich betrübt. »Eine Schande.«

»Ach, so etwas passiert doch ständig.« Ich versuche,
meine Enttäuschung zu verbergen. »Ich hätte es die ganze
Zeit wissen müssen. Wir sind so verschieden.«

»Das seid ihr allerdings.« Jim macht ein amüsiertes Gesicht.

»Ich finde nur, sie wirkt so … *kalt*.« Ich ziehe die Schultern hoch, während gleichzeitig die übliche Verärgerung in
mir aufsteigt. »Weißt du, ich habe mir wirklich Mühe gegeben. Ehrlich. Aber sie hat sich über gar nichts gefreut …
sie hat überhaupt keine Gefühlsregung gezeigt. Als wenn
ihr alles total egal wäre! Als könnte sie sich für überhaupt
nichts begeistern.«

Jim zieht die Augenbrauen hoch.

»Und ob Jess sich für etwas begeistern kann«, sagt er.
»Aber hallo. Ich werde dir mal was zeigen, wenn wir im
Haus sind.«

Er schultert den Kartoffelsack, und wir machen uns
auf den Weg die Steigung hinauf. Je näher wir dem Haus
kommen, desto kribbeliger werde ich vor Neugier. Nicht,
dass sie noch irgendetwas mit mir zu tun hätte. Aber ich
bin trotzdem gespannt darauf zu sehen, wie sie wohnt.

Als wir vor der Haustür stehen bleiben, holt Jim einen
großen Schlüsselbund aus der Tasche, sucht den richtigen

Schlüssel heraus und schließt auf. Ich gehe in den Flur und sehe mich neugierig um. Aber die Räume geben nicht viel preis. Darin ähneln sie wohl Jess. Zwei ordentliche Sofas im Wohnzimmer. Ein schlichte weiße Küche. Ein paar gut gepflegte Topfpflanzen.

Ich gehe nach oben und öffne vorsichtig die Tür zu ihrem Schlafzimmer. Piccobello. Schlichter Bettüberwurf aus Baumwolle, schlichte Vorhänge aus Baumwolle, ein paar langweilige Bilder.

»Guck mal hier.« Jim ist mir gefolgt. »Dafür kann Jess sich begeistern. Das ist ihre Leidenschaft.«

Er öffnet eine auf dem Treppenabsatz in die Wand eingelassene Tür und winkt mich herbei.

»Hier sind die berühmten Steine«, sagt er. »Den Schrank hier hat sie vor drei Jahren extra für die Steine anfertigen lassen. Sie hat ihn selbst entworfen, bis ins letzte Detail, mit Licht und allem. Ganz schön beeindruckend, was?« Er stutzt, als er mein Gesicht sieht. »Becky? Alles in Ordnung?«

Ich bringe kein Wort heraus. Ich bin wie gelähmt.

Das ist mein Schuhschrank.

Das ist haargenau mein Schuhschrank. Die gleichen Türen. Die gleichen Regalbretter. Die gleichen Lampen. Der einzige Unterschied ist, das auf diesen Brettern keine Schuhe ausgestellt sind, sondern Steine. In Reih und Glied sortierte und etikettierte Steine.

Und ... sie sind wunderschön. Manche sind grau, andere sehen aus wie Kristalle, manche sind ganz glatt, andere irisieren und funkeln fast. Da liegen Fossilien ... Amethyste ... Jettbrocken, die im Licht glänzen.

»Ich hatte ja keine Ahnung ...« Ich schlucke. »Die sind ja der Wahnsinn.«

»Wie war das mit der Begeisterung?« Jim lacht. »Was du

hier siehst, ist das, wofür Jess sich leidenschaftlich begeistert. Ich würde sogar sagen, dass sie davon besessen ist.« Er nimmt einen gesprenkelten grauen Stein in die Hand und dreht und wendet ihn. »Weißt du, wie sie sich ihre Beinverletzung zugezogen hat? Indem sie wegen irgendeinem bescheuerten Stein irgendwo einen Berg hochgeklettert ist. Sie war so wild entschlossen, sich diesen Stein zu holen, dass sie sich fast in Lebensgefahr begeben hätte.« Jim grinst, als er mein Gesicht sieht. »Sie ist auch mal vom Zoll festgenommen worden, weil sie irgendein wertvolles Kristall unter ihrem Pulli einschmuggeln wollte.«

Fassungslos sehe ich ihn an.

»Jess? *Festgenommen?*«

»Sie haben sie wieder laufen lassen.« Jim winkt ab. »Aber ich weiß, dass sie es wieder tun würde. Wenn es irgendeinen bestimmten Stein gibt, den dieses Mädchen haben will, dann lässt sie nicht locker, bis sie ihn hat.« Er schüttelt amüsiert den Kopf. »Das muss wie ein innerer Zwang sein. Wie eine Manie! Dann kann sie nichts und niemand aufhalten!«

Mir schwirrt der Kopf. Ich betrachte eine Reihe Steine, alle in Rot, alle in unterschiedlichen Schattierungen. Genau wie meine Reihe roter Schuhe.

»Sie redet nicht viel über das hier.« Jim legt den gesprenkelten Stein wieder hin. »Ich schätze, sie glaubt, dass die Leute das nicht verstehen würden –«

»Ich verstehe es«, unterbreche ich ihn mit zitternder Stimme. »Vollkommen.«

Ich zittere am ganzen Körper. Sie ist meine Schwester.

Jess ist meine Schwester. Da bin ich mir so sicher, wie ich mir noch nie mit irgendetwas war.

Ich muss sie finden. Ich muss es ihr erzählen. Jetzt sofort.

»Jim…« Ich atme tief durch. »Ich muss Jess finden. Jetzt sofort.«

»Sie ist auf der Ausdauerwanderung«, erinnert Jim mich. »Die geht in einer halben Stunde los.«

»Dann muss ich jetzt gleich dort hin«, sage ich aufgeregt. »Ich muss sie sehen. Wie komme ich da hin? Kann ich laufen?«

»Ist ein ziemliches Stück«, sagt Jim und reckt fragend den Kopf. »Soll ich dich fahren?«

21

Ich wusste, dass wir Schwestern sind. Ich *wusste* es.

Und nicht nur einfach Schwestern – wir sind Seelenverwandte! Nach all den Fehlstarts. Nach all den Missverständnissen. Nachdem ich gedacht hatte, dass ich nie im Leben auch nur das winzigste Fitzelchen mit ihr gemeinsam hätte.

Sie ist wie ich. Ich verstehe sie.

Ich verstehe Jess!

Jeder einzelne Satz, den Jim sagte, löste etwas in mir aus. Jeder einzelne! Wie oft habe ich schon Schuhe aus Amerika nach Großbritannien geschmuggelt? Wie oft habe ich mich bei irgendwelchen Ausverkäufen schon in Lebensgefahr begeben? Ich habe mir dabei sogar schon mal eine Beinverletzung zugezogen, genau wie Jess! Das war, als ich bei Selfridges von der Rolltreppe aus sah, wie jemand sich die letzte runtergesetzte Handtasche von Orla Kiely nehmen wollte und ich die letzten acht Stufen heruntersprang.

Mann, wenn ich ihren Schrank doch nur schon früher gesehen hätte! Wenn ich das doch bloß *gewusst* hätte! Dann wäre alles anders gewesen! Warum hat sie mir das denn nicht erzählt? Warum hat sie es mir nicht erklärt?

Da fällt mir plötzlich ein, dass Jess bei unserer ersten Begegnung von Steinen geredet hat... und auch bei uns in London. Ups. Wie peinlich. Sie hat es versucht. Aber ich habe nicht zugehört. Ich wollte ihr nicht glauben, als sie mir erzählte, Steine seien interessant. Ich habe gesagt, Steine wären... blöd.

Und langweilig. Genau wie sie.

Mir zieht sich der Magen zusammen.

»Geht das nicht ein bisschen schneller?«, frage ich Jim. Wir rumpeln in seinem alten Landrover an Grashängen und Trockenmauern vorbei, immer höher hinauf in die Berge.

»Wir fahren schon so schnell es geht«, sagt er. »Aber wir sind locker rechtzeitig da.«

Schafe flüchten vor uns von der Straße, und kleine Steinchen fliegen gegen die Windschutzscheibe. Ich sehe aus dem Seitenfenster – und wende den Blick ganz schnell wieder ab. Nicht, dass ich Höhenangst hätte oder so. Aber nur ungefähr fünf Zentimeter weiter geht es ziemlich steil einen Abhang hinunter.

»So, da wären wir«, sagt Jim, als er über knirschenden Kies auf einen kleinen Parkplatz fährt. »Von hier geht die Wanderung los. Und nach da oben geht's.« Er zeigt auf den steilen Berg vor uns. »Der berühmte Scully Pike.« Sein Handy klingelt. »Entschuldige mich.«

»Schon okay! Danke!«, sage ich und stoße die Autotür auf. Ich steige aus und sehe mich um – und einen kurzen Moment bin ich wie gebannt von der Landschaft.

Die kantigen Felsen, kleinen Grasflächen und steilen Felsspalten um mich herum werden von dem hohen Berg überschattet, der sich schroff und schwarz gegen den grauen Himmel abhebt. Ich werfe einen Blick in Richtung Tal, und sofort wird mir ein wenig flau zumute – fast, als würde ich einen Schwindelanfall bekommen. Mir war wirklich nicht ganz bewusst, *wie* hoch wir hier sind. Ganz weit unten kann ich eine kleine Häuseransammlung ausmachen, die ich für Scully halte. Aber davon abgesehen, kommt mir das hier vor wie die absolute Pampa.

Na ja, wenn ich drüber nachdenke, *sind* wir hier ja in der absoluten Pampa.

Ich eile über den Kies auf eine kleine ebene Fläche zu, auf der ein Tisch aufgestellt worden ist mit einem Schild daneben: »Ausdauerwanderung der Umweltschutzgruppe Scully. Anmeldung.« Hinter dem Tisch markieren zwei gelbe Fähnchen den Beginn des Bergpfades. An dem Tisch sitzt ein mir unbekannter Mann im Anorak und mit einer Kappe. Abgesehen davon ist hier keine Menschenseele.

Wo sind die denn alle? Mann, wirklich kein Wunder, dass die Gruppe kein Geld hat, wenn nicht mal jemand an diesen Aktionsläufen teilnimmt!

»Hi!«, begrüße ich den Mann im Anorak. »Wissen Sie, wo Jess Bertram ist? Sie wollte hier mitlaufen. Ich muss ganz dringend mit ihr sprechen.«

Ich bin ja so aufgeregt!! Ich kann es gar nicht mehr abwarten, ihr von meiner Entdeckung zu berichten! Was sie wohl für ein Gesicht machen wird??

»Tut mir Leid, zu spät«, sagt der Mann und zeigt auf den Berg hinauf. »Die ist schon weg. Sind alle schon weg.«

»Jetzt schon?« Ich starre ihn an. »Aber… es sollte doch erst um elf losgehen. Und jetzt ist es fünf vor!«

»Es ist um halb elf losgegangen«, korrigiert mich der Mann. »Wir haben den Start vorgezogen wegen des schlechten Wetters. Sie müssen schon warten. Aber das dauert ja nur ein paar Stunden.«

»Oh.« Enttäuscht wende ich mich ab. »Okay. Danke.«

Ist schon okay. Ich kann warten. Ich kann Geduld haben.

So lange sind ein paar Stunden ja nun auch wieder nicht.

Doch! Ein paar Stunden sind eine *Ewigkeit*! Ich will es ihr *jetzt* sagen! Frustriert blicke ich zum Berg hinauf. Da sehe ich plötzlich ein paar hundert Meter über mir zwei Leute in roten Anoraks. Über den Anoraks tragen sie

Startnummern. Die gehören zu der Ausdauerwanderung! Und da, kurz hinter ihnen, kommt ein Mann in Blau.

Mein Hirn arbeitet auf Hochtouren. So weit sind die ja noch nicht gekommen. Was bedeutet, dass Jess auch noch nicht viel weiter sein kann. Was bedeutet, dass ich sie noch einholen könnte! Ja!

Eine Nachricht wie diese kann nicht mehrere Stunden warten. Ich meine, wir sind Schwestern! Wir sind echte, richtige Schwestern! Das muss ich ihr sofort erzählen!

Ich ziehe mir den Henkel meiner Engel-Tasche fest über die Schulter, eile zum Anfang des steilen Bergpfades und blicke hinauf. Da komme ich doch hoch. Locker. Sind doch überall Steine, an denen ich mich festhalten kann.

Ich gehe vorsichtig ein paar Schritte... und es geht gut! Ist gar nicht anstrengend!

»Entschuldigung?« Der Mann in dem Anorak ist aufgestanden und sieht mich entsetzt an. »Was machen Sie da?«

»Ich mache bei der Wanderung mit!«

»Sie können bei der Wanderung nicht mitmachen! Nicht mit den Schuhen!« Bestürzt zeigt er auf meine türkisen Kitten-Heels. »Haben Sie keine Windjacke?«

»Eine *Windjacke?*« Ich verziehe das Gesicht. »Sehe ich etwa aus wie jemand, der eine Windjacke hat?«

»Und was ist mit einem Stock?«

»Ich brauche keinen Stock«, erkläre ich. »Ich bin schließlich nicht *alt*.«

Also wirklich. Ich will doch bloß einen Berg raufspazieren. Was soll denn der Aufstand?

Bloß, um ihm zu zeigen, dass ich es auch so kann, fange ich jetzt ernsthaft an, den Pfad hinaufzusteigen. Der Boden ist ein bisschen glitschig vom Nieselregen, aber ich ramme die Absätze meiner Kitten-Heels so fest ich kann in die Erde und halte mich an den Felsen fest, die den Pfad säumen. Und schon zwei Minuten später habe ich die erste Kurve hinter mir.

Ich keuche zwar ein bisschen, und meine Waden tun etwas weh, aber davon abgesehen, geht es mir wunderbar! Tja, da sieht man mal wieder, dass Wandern gar nicht so furchtbar anstrengend ist. Als ich die nächste Kurve erreiche, sehe ich zufrieden zurück. Ich bin praktisch schon halb oben!

Mann, ist das easy. Habe ich mir doch schon immer gedacht, dass die Leute, die wandern und klettern bloß maßlos angeben.

Unter mir höre ich entfernt Jims Stimme. Er ruft immer wieder »Becky! Komm zurück!«. Aber ich stelle mich taub und setze entschlossen weiter einen Fuß vor den anderen. Ich muss mich beeilen, wenn ich Jess einholen will.

Aber Jess hat anscheinend einen ganz schönen Zahn drauf. Nach einer geschlagenen Stunde zügigen Kletterns habe ich sie nämlich immer noch nicht eingeholt.

Und auch sonst niemanden. Die beiden Leute in Rot hatte ich anfangs noch eine ganze Weile im Auge, aber irgendwie sind die jetzt verschwunden. Und der Typ in Blau auch. Und Jess habe ich überhaupt noch nicht gesehen.

Die ist bestimmt die ganze Strecke gerannt, überlege ich mir niedergeschlagen. Und auf dem Gipfel macht sie wahrscheinlich mal eben einundzwanzig Liegestütze, weil die Kletterstrecke für sie nicht anstrengend genug war. Mann, ist das ungerecht. Warum habe ich denn keine von den Super-fit-Genen abbekommen?

Ich mache noch ein paar Schritte und bleibe dann stehen, um zu Puste zu kommen. Beim Anblick meiner schlammbespritzten Beine zucke ich zusammen. Mein Gesicht glüht und ich keuche wie verrückt, darum hole ich mein Gesichtsspray von Evian heraus und sprühe mich damit ein. Je weiter ich nach oben komme, desto steiler wird die Angelegenheit.

Ich meine, nicht, dass der Anstieg mich überfordern würde oder so. Ganz im Gegenteil, mir macht die Sache wirklich Spaß. Mal abgesehen von der Blase an meinem rechten Fuß, die jetzt doch anfängt, richtig wehzutun. Vielleicht hatte der Typ da unten doch nicht ganz unrecht – diese Kitten-Heels sind möglicherweise nicht gerade die besten Kletterschuhe. Obwohl die Absätze auf den glitschigen Strecken wirklich nützlich sind.

Ich sehe mich in der menschenleeren, zerklüfteten Berglandschaft um. Ungefähr einen Meter von mir entfernt ist ein Felsvorsprung, und dahinter fällt der Berg senkrecht ab ins Tal.

Aber da gucke ich überhaupt nicht hin. Nicht einmal daran denken tue ich.

Hör jetzt auf, Becky! Ich werde jetzt nicht dorthin stürzen und mich über den Vorsprung schmeißen, ganz egal, was mein Gehirn versucht, mir einzureden!

Ich packe das Evian-Spray weg und sehe mich unsicher um. Ich habe keine Ahnung, wie weit es noch ist. Ich hatte mich irgendwie darauf verlassen, die anderen einzuholen und sie zu fragen. Angestrengt sehe ich nach oben, um vielleicht wieder einen der roten Anoraks zu entdecken. Aber es wird immer nebeliger.

Oh Gott. Vielleicht fängt es ja an zu regnen. Und ich habe nicht einmal eine Strickjacke mit.

Ich komme mir plötzlich ziemlich blöd vor. Vielleicht hätte ich doch nicht hier heraufeilen sollen. Vielleicht sollte ich umkehren. Versuchsweise mache ich ein paar Schritte bergab, aber der Boden ist viel rutschiger, als ich dachte, und ehe ich es mich versehe, schlittere ich auch schon auf den Felsvorsprung zu.

»Scheiiiiiiißeeeeeee!« Ich schaffe es gerade noch, mich an einem kantigen Felsen festzuhalten. Daran ziehe ich mich wieder hoch, wobei ich mir allerdings einen Armmuskel zerre.

Okay, vergessen wir's. Runter gehe ich jetzt ganz bestimmt nicht. Ich werde weiter den Pfad hinaufsteigen. Wird schon gehen. Ich muss nur noch ein bisschen schneller gehen, dann werde ich Jess schon einholen.

Und der Aufstieg wird jede Mühe wert gewesen sein, wenn ich erst ihr Gesicht sehe!

Sie wird ihren Augen nicht trauen. Und dann erzähle ich ihr, dass wir doch Schwestern sind – und sie wird ihren Ohren nicht trauen! Sie wird absolut und total platt sein! Die Vorstellung erfüllt mich einen Moment lang mit einer solchen Freude, dass ich mich kurz darauf neu beflügelt an den Aufstieg mache.

Ich bin fix und fertig. Ich kann nicht mehr.

Meine Knie tun weh, meine Hände sind aufgescheuert, und ich habe tausend Blasen an den Füßen. Mir kommt es vor, als wäre ich schon seit Stunden unterwegs, aber dieser Scheißberg nimmt einfach kein Ende. Jedes Mal, wenn ich denke, ich habe endlich den Gipfel erreicht, taucht eine neue Felsspitze vor mir auf.

Wo ist Jess denn bloß? Und alle anderen? Die können doch nicht *alle* schneller sein als ich!

Ich bleibe einen Moment stehen und halte mich keuchend an einem großen runden Felsen fest. Die Aussicht über das Tal ist atemberaubend. Lila und graue Wolken schieben sich über den Himmel und hoch über mir schwingt sich ein einzelner Vogel in die Lüfte. Vielleicht ist das ein Adler oder so. Ehrlich gesagt, ist mir das auch piep-egal. Ich will mich nur hinsetzen und eine Tasse Tee trinken. Ich wünsche mir nichts sehnlicher auf der ganzen Welt.

Aber das geht nicht. Ich muss weitergehen. Komm schon. Darum heißt es ja *Ausdauer*wanderung.

Es kostet mich einige Überwindung, den Felsen wieder loszulassen und weiterzuklettern. Links, rechts. Links, rechts. Vielleicht sollte ich es mit Singen versuchen. Genau. Das heitert mich bestimmt auf.

»Im Frühtau zu Berge wir ziehn ... «

Nein. Lieber doch nicht singen.

Oh Gott. Ich kann nicht mehr. Ich kann keinen einzigen Schritt mehr tun.

Jetzt bin ich aber wirklich schon seit Stunden unterwegs. Mir ist übel und schwindelig. Meine Hände sind ganz taub, ich habe mir das Knie an einem Felsen aufgeschlagen, meinen Rock zerrissen, und ich habe keine Ahnung, in welche Richtung ich jetzt weitergehen soll.

Ich stolpere über einen Steinhaufen und kralle mich Halt suchend an einem dornigen Busch fest. Autsch. Meine Hand. Okay. Ich muss eine Pause machen. Ich setze mich auf einen flachen Stein, fummele das Evian-Gesichtsspray heraus und sprühe mir damit in den Mund.

Gott, habe ich einen Durst. Mein Gesicht ist schweiß-nass, und meine Lungen brennen. Meine Beine starren vor Schlamm, und von meinem linken Knie ergießt sich ein Rinnsal aus Blut über das Schienbein. Meine Schuhe sind nicht mehr zu identifizieren.

Ich sprühe mir die letzten Tropfen Evian in den Mund. Ich wische mir das Gesicht mit einem Papiertaschentuch ab und sehe mich in der verlassenen Berglandschaft um. Kein Mensch zu sehen. *Kein Mensch.*

Was mache ich denn jetzt?

Tief in mir drin flackert Panik auf, aber das ignoriere ich. Wird schon schief gehen. Positiv denken! Das ist jetzt das Wichtigste. Ich klettere einfach weiter. Ich schaff das schon!

Nein, ich schaff das nicht, meldet sich leise eine innere Stimme zu Wort.

Klappe! Positiv denken! Ich kann alles schaffen, was ich mir in den Kopf gesetzt habe.

Aber nicht einen Berg erklimmen. Das war eine Schnapsidee.

Ach komm! Natürlich schaffe ich das! Frauen-Power! Ich komm jeden Berg hoch!

Und außerdem kann ich ja nicht für immer auf diesem Stein sitzen bleiben. Ich muss weitergehen, sonst bekomme ich womöglich die Schneekrankheit, schlafe ein und sterbe. Oder heißt das Höhenkrankheit? Egal.

Meine Beine zittern, aber irgendwie schaffe ich es trotzdem, wieder auf die Füße zu kommen. Ich zucke zusammen, als sich meine Schuhe wieder in die Blasen graben. Gut. Weitergehen. Ich werde es schon bis ganz nach oben schaffen – und vielleicht gibt es da dann ja eine kleine Party. Mit den heißen Getränken, von denen die Rede war. Ja. Wird schon alles gut gehen …

Plötzlich höre ich es in der Ferne donnern.

Oh Gott, nein. Bitte nicht.

Ich sehe auf, und der Himmel hat eine ziemlich bedrohliche graue Farbe angenommen. Vögel sind auch keine mehr zu sehen oder zu hören.

Da landet mir der erste Regentropfen im Auge. Und der nächste auf der Wange.

Ich schlucke und habe Schwierigkeiten, ruhig zu bleiben. In mir drin tobt die schiere Panik. Was mache ich denn jetzt? Soll ich weiter nach oben klettern? Oder soll ich lieber absteigen?

»Hallo!«, rufe ich. »Ist da jemand?« Ein Echo wiederholt die Worte für mich, doch eine Antwort bleibt aus.

Da landen noch drei Regentropfen auf meinem Kopf.

Ich habe keine Regensachen mit. Ich sehe mich angst-erfüllt in der kargen Landschaft um. Was, wenn ich es nicht nach unten schaffe? Was, wenn ich hier oben bei Ge-witter festsitze?

Ich wollte Jess so gerne erzählen, dass wir Schwestern sind! Und jetzt komme ich mir vor wie der letzte Idiot. Ich hätte warten sollen. Luke hatte Recht. Warum kann ich nie mal etwas mit Bedacht angehen? Ich bin doch selbst schuld an allem.

Wieder donnert es, und ich zucke ängstlich zusammen. Was, wenn ich vom Blitz getroffen werde? Ich habe keine Ahnung, wie man sich verhalten soll, wenn man bei Ge-witter draußen ist! Da war doch was mit Bäumen und sich darunter stellen... Soll man sich drunterstellen oder soll man sich *nicht* drunterstellen? Wie war das doch gleich? Was, wenn ich das jetzt falsch mache?

Auf einmal nehme ich in all meiner Aufregung ein Ge-räusch wahr. Fast wie ein Zwitschern. Ist das... ein Tier?

Oh mein Gott.

Oh mein Gott. Mein Handy! Hier oben ist Empfang! Hier oben ist verdammt noch mal Empfang!

Mit zitternden Fingern ziehe ich den Reißverschluss an meiner Engel-Tasche auf und schnappe mir mein blinken-des Handy. Grenzenlos erleichtert sehe ich den Namen »Luke« auf dem Display. Hektisch drücke ich auf die grü-ne Taste. Ich bin ganz fertig vor lauter Erleichterung.

»Luke!« sage ich.

»Becky? Hallo?« Es knackt und knistert in der Leitung, und Lukes Stimme klingt undeutlich und sehr weit weg.

»Ja!«, rufe ich, während immer mehr Regentropfen auf

mich niederprasseln. »Luke, Gott sei Dank, dass du anrufst! Ich habe mich verlaufen! Ich brauche Hilfe!«

»Hallo?«, höre ich Lukes verwirrte Stimme. »Hal-lo? Ist da jemand?«

Entsetzt starre ich mein Handy an.

»Ja! Ich bin hier! Ich kann dich hören!« Ohne jede Vorwarnung laufen mir jetzt die Tränen über die Wangen. »Ich stecke auf diesem blöden Berg fest und weiß nicht, was ich machen soll. Luke, es tut mir so Leid –«

»Da stimmt was mit der Leitung nicht«, höre ich Luke zu jemand anderem sagen. »Ich höre überhaupt nichts.«

»Luke!«, kreische ich. »Luke, ich bin doch hier! Hörst du mich nicht! Nicht auflegen!«

Ich haue das Handy ein paarmal unsanft auf die linke Handfläche, doch da blinkt bereits die Batterieanzeige.

»Hallo?«, erklingt Lukes Stimme noch einmal. »Becky?«

»Luke, bitte, bitte, hör mich doch!«, flehe ich verzweifelt. »Bitte, hör mich! *Bitte…*«

Doch das Licht im Display geht schon aus. Und eine Sekunde später ist mein Telefon tot.

Er ist weg.

Ich sehe mich in der trostlosen Stille der Berge um. Und habe mich noch nie in meinem Leben einsamer gefühlt als jetzt.

Es dauert nicht lange, da bläst mir ein Windstoß eine ordentliche Ladung Regen ins Gesicht. Ich zucke zusammen. Hier kann ich nicht stehen bleiben. Ich muss mich irgendwo unterstellen.

Ungefähr zwei Meter über mir ragt ein Felsvorsprung hervor, auf dem mehrere Felsen liegen. Der eine ist so geformt, dass ich mich vielleicht an seinem Fuß einigermaßen geschützt hinkauern kann. Der Boden ist natürlich klitschnass und rutschig, aber ich bohre meine Absätze in die Erde, kralle mich an allem fest, was mir in den Weg kommt, und schaffe es auf die Art und Weise, auf den Vorsprung zu kraxeln. Mein rechtes Knie reiße ich mir bei der Gelegenheit auch noch auf.

Huch, ist das hoch hier. Schluck. Na ja. Wird schon gehen. Ich darf nur nicht runtergucken. Ich halte mich gut am Felsen fest und will mich gerade in seinen Schutz kauern... als ich aus den Augenwinkeln etwas Gelbes sehe.

Etwas Grellgelbes.

Menschliche-Regenklamotten-Gelb.

Oh mein Gott. Es ist doch noch jemand außer mir auf dem Berg! Es ist noch jemand hier! Ich bin gerettet!

»Hallo!«, schreie ich. »Haaaaalloooo! Hier drüben!« Doch meine Stimme wird von Wind und Regen in die entgegengesetzte Richtung getragen.

Ich kann nicht erkennen, wer es ist, weil wieder mal ein Felsen im Weg ist. Ich arbeite mich sehr langsam und vorsichtig auf dem Felsvorsprung nach vorne, um besser sehen zu können.

Und mir bleibt fast das Herz stehen.

Es ist Jess.

Sie steht in einer gelben Windjacke und mit ihrem Rucksack auf dem Abhang unter mir. Sie hat sich mit einem Seil oder so am Berg festgebunden und kratzt vorsichtig mit einem Messer an einem Stein herum.

»Jess!«, rufe ich, doch meine Stimme wird vom Wind übertönt. »Jess! JESS!«

Endlich wendet sie den Kopf – und sofort verzieht sie entsetzt das Gesicht.

»Du liebe Güte! Becky! Was zum Teufel machst du denn hier?«

»Ich wollte dir erzählen, dass wir Schwestern sind!«, rufe

ich zurück, aber ich glaube nicht, dass sie mich durch den strömenden Regen hören kann. »*Schwestern!*«, rufe ich noch einmal. Ich trete einen Schritt nach vorn und lege die Hände um den Mund: »Wir sind SCHWESTERN!«

»Stopp!«, schreit Jess entsetzt. »Der Felsvorsprung ist gefährlich!«

»Mir geht's gut!«

»Geh zurück!«

»Mir geht's gut, wirklich!«, rufe ich. Aber Jess macht ein so alarmiertes Gesicht, dass ich mich gehorsam einen Schritt zurückbegebe, von der Kante weg.

Und bei diesem einen Schritt rutsche ich endlich aus.

Ich verliere das Gleichgewicht.

Panisch versuche ich, mich an den Felsen festzuhalten, oder an sonst irgendetwas, nur um mich zu retten. Aber alles ist so glitschig. Ich schaffe es halbwegs, nach einer Wurzel zu greifen, aber auch die ist nass und schlüpfrig. Ich bekomme sie nicht richtig zu fassen.

»Becky!«, höre ich Jess kreischen, als mir die Wurzel entgleitet. »BECKY!!!«

Alles, was ich wahrnehme, als ich falle, sind panische Angst, verzweifeltes Schreien, der Himmel und dann ein heftiger Schlag auf den Kopf.

Dann wird es schwarz um mich.

JUNGE FRAU VERMISST

Sorge um 27-jährige Bewohnerin von Maida Vale wächst.

Rebecca Brandon (geb. Bloomwood) verschwand am vergangenen Donnerstag spurlos aus der Luxuswohnung, die sie zusammen mit ihrem Mann Luke Brandon bewohnt. Seitdem wurde sie nicht mehr gesehen. Alarm geschlagen hatte Susan Cleath-Stuart, die ihrer Freundin Mrs. Brandon einen Überraschungsbesuch abstatten wollte.

Letzter Einkauf

Wie die Aufnahmen einer Überwachungskamera zeigen, war Mrs. Brandon kurz vor ihrem Verschwinden bei »Anna's Delicatessen«, wo sie einen aufgewühlten Eindruck machte. »Sie hat ihre Waren einfach stehen gelassen und ist rausgegangen«, berichtet die Verkäuferin Marie Fuller. »Sie hat nichts gekauft.«
Laut Ms. Cleath-Stuart ist dies kein gutes Zeichen: »Das ist der Beweis dafür, dass etwas nicht stimmt! Bex würde niemals einen Laden verlassen, ohne dort etwas gekauft zu haben. Nie!«

Chaos

An Bord des Geist-Körper-Seele-Kreuzfahrtschiffs, das derzeit im Mittelmeer unterwegs ist, herrschten zwischenzeitlich chaotische Zustände, weil Mrs. Brandons Eltern, Graham und Jane Bloomwood, darauf bestanden, dass das Schiff umkehrte. »Sie können sich ihre Scheißruhe sonst wohin schieben!«, soll die hysterische Mrs. Bloomwood gerufen haben. »Meine Tochter wird vermisst!«

Unwetter

Mrs. Brandons Mann Luke befindet sich derzeit aus beruflichen Gründen auf Zypern und kann wegen der schlechten Wetterlage die Insel nicht verlassen. Mr. Brandon soll »zutiefst besorgt« sein und sich regelmäßig mit der zuständigen Polizei austauschen. Sein Geschäftspartner Nathan Temple hat eine Belohnung ausgesetzt für Hinweise, die zum Auffinden von Mrs. Brandon führen. Mr. Temple ließ gestern verlauten: »Wenn irgendjemand dieser jungen Frau auch nur ein Haar krümmt, werde ich ihm höchstpersönlich sämtliche Knochen brechen. Und zwar doppelt.« Mr. Temple ist 1984 wegen schwerer Körperverletzung zu einer Haftstrafe verurteilt worden.

22

Au.

Aua!

Mann, tut mein Kopf weh. Autsch. Und in meinem Fußgelenk pocht es. Und außerdem ist mir, als müsste ich mich jeden Moment übergeben. Und mich drückt irgendetwas Spitzes in die Schulter…

Wo bin ich denn überhaupt? Wieso fühle ich mich so komisch?

In einem Akt unendlicher Anstrengung gelingt es mir, die Augen zu öffnen. Ich sehe nichts als Blau, bevor sie mir wieder zufallen.

Hm… Blau… Versteh ich nich'… Vielleicht eine Runde schlafen…

»Becky? Beckyyyyyy!«, höre ich aus weiter Ferne jemanden rufen. »Aufwachen!«

Ich zwinge mich abermals, die Augen zu öffnen, und sehe dieses Mal ein Gesicht. Ein verschwommenes Gesicht vor blauem Hintergrund.

Jess.

Mannomann, das ist Jess. Die ist ja ganz blass. Sieht richtig mitgenommen aus, die Gute. Vielleicht hat sie was verloren. Einen Stein. Ja, das wird's sein.

»Kannst du mich sehen?«, fragt sie ausgesprochen eindringlich. »Wie viele Finger siehst du?«

Sie hält mir ihre Hand vor die Nase, und ich beäuge sie benommen. Mann, die muss dringend mal zur Maniküre.

»Wie viele Finger?«, fragt sie noch einmal. »Kannst du was sehen? Hörst du mich?«

Ach ja, klar.

»Äh… drei?«

Jess glotzt mich einen Moment an, dann lässt sie sich auf die Knie sinken und vergräbt ihr Gesicht in den Händen. »Gott sei Dank. Gott sei Dank.«

Sie zittert ja. Warum um alles in der Welt zittert sie denn?

Und dann kehrt die Erinnerung wie eine Flutwelle zurück.

Oh mein Gott. Die Wanderung. Das Gewitter. Ich bin gestürzt. Oh Gott, ich bin gestürzt. Den Berg hinunter.

Ich versuche, die Erinnerung blitzschnell wieder auszuschalten, doch zu meinem Erstaunen kommen mir bereits die ersten Tränen.

Okay. Aufhören. Jetzt bin ich ja in Sicherheit. Ich habe festen Boden unter den Füßen. Äh… glaube ich. Offen gestanden ist mir noch nicht so ganz klar, wo ich bin. Ich blinzele den strahlend blauen Hintergrund an, und kapiere es immer noch nicht. Vielleicht bin ich ja im Himmel – aber Jess ist doch nicht etwa auch den Berg runtergestürzt?

»Wo bin ich?«, flüstere ich, und Jess sieht auf. Sie wirkt immer noch ziemlich blass und mitgenommen.

»In meinem Zelt«, sagt sie. »Ich habe immer ein Zelt in meinem Rucksack. Ich habe mich nicht getraut, dich zu bewegen, darum habe ich es um dich herum aufgebaut.«

Ein Zelt! Na, wenn das mal nicht clever ist! Wieso bin ich nicht schon selbst auf die Idee gekommen? Ab morgen werde ich auch immer ein Zelt bei mir haben. Ja. Ein winzig kleines Zelt, das in meine Handtasche passt.

Ein bisschen unbequem ist es aber schon hier so auf dem Boden. Ich glaube, ich stehe mal eben auf und vertrete mir die Beine.

Ich versuche, mich zu erheben, und sofort wird mir schwarz vor Augen und schwindelig.

»Oh Gott«, wimmere ich und sinke zurück.

»Versuch bloß nicht aufzustehen!«, sagt Jess erschrocken. »Du bist ganz übel gestürzt. Ich dachte...« Statt den Satz zu Ende zu bringen, atmet sie heftig aus. »Wie dem auch sei. Nicht aufstehen.«

Nach und nach kommt mir der Rest meines Körpers zu Bewusstsein. Meine Hände sind ganz wund und abgeschürft. Es kostet mich einige Anstrengung, den Kopf zu heben, um meine Beine zu inspizieren. Sehen ziemlich zerkratzt und blutig aus. Ich merke, dass ich einen Bluterguss an der Wange habe, und berühre ihn.

»Aua! Blute ich im Gesicht?«

»Du siehst furchtbar aus«, antwortet Jess schonungslos. »Tut dir irgendetwas richtig schlimm weh?«

»Mein Knöchel. Der linke. Kaum auszuhalten.«

Jess fängt an, ihn zu befühlen, und ich beiße mir auf die Lippe, um nicht laut aufzuschreien.

»Ich glaube, der ist verstaucht«, sagt sie schließlich. »Ich mache dir einen Verband drum.« Sie knipst eine Taschenlampe an und befestigt sie an einer der Zeltstangen. Dann fischt sie aus einer kleinen Dose Verbandszeug heraus und fängt ziemlich professionell an, es mir um den Knöchel zu wickeln. »Becky, was zum Teufel hast du denn bloß hier oben verloren?«

»Ich – ich wollte zu dir.« Einzelne Bruchstücke Erinnerung tauchen wieder auf. »Ich habe bei der Ausdauerwanderung mitgemacht.«

Jess glotzt mich an.

»Aber du warst doch gar nicht auf der richtigen Strecke! Ich bin querfeldein gegangen. Die Wanderroute liegt viel niedriger. Hast du denn gar nicht auf die Markierungen geachtet?«

»Markierungen?« Erstaunt sehe ich sie an.

»Mann, du hast wohl überhaupt keine blasse Ahnung vom Wandern!« Jess regt sich richtig auf. »Du hättest nie hier heraufkommen dürfen! Das ist gefährlich!«

»Und warum bist du dann hier?«, frage ich und zucke zusammen, als sie den Verband fester zieht. »Das, was du da gemacht hast, sah auch nicht gerade ungefährlich aus, finde ich.«

Jess' Miene verschließt sich.

»Als ich das letzte Mal hier oben war, habe ich ein paar Ammonite gesehen«, rückt sie schließlich mit der Sprache raus. »Und ich wollte mir einen holen. Ich weiß, das war ziemlich tollkühn, und ich erwarte selbstverständlich nicht, dass du das verstehst –«

»Doch! Ich verstehe das!«, falle ich ihr ins Wort. Ich stütze mich auf die Ellbogen. Oh Gott. Jetzt weiß ich wieder alles. Ich muss es ihr sagen. »Jess, ich verstehe dich. Ich habe deine Steine gesehen. Die sind der Wahnsinn. Sie sind wunderschön.«

»Leg dich hin«, befiehlt Jess mir besorgt. »Entspann dich.«

»Ich will mich aber nicht entspannen! Hör zu, Jess. Wir sind Schwestern. Wir sind wirklich richtige, echte Schwestern. Darum bin ich hier hochgekommen. Um es dir zu erzählen.«

Jess sieht mich an. »Becky, du hast dir den Kopf gestoßen … Du hast wahrscheinlich ein Gehirnerschütterung …«

»Nein, das ist es nicht!« Je lauter ich spreche, desto mehr pocht es in meinem Kopf, aber ich kann mich nicht zurückhalten. »Ich weiß, dass wir doch richtige Schwestern sind! Ich weiß es! Ich war bei dir zu Hause!«

»Du warst *was*?« Schockiert sieht Jess mich an. »Wer hat dich reingelassen?«

»Ich habe deinen Steinschrank gesehen. Und das ist original der gleiche Schrank wie mein Schuhschrank in London. Sie sind *identisch*. Die Beleuchtung… die Regale… alles!«

Jetzt beobachte ich zum allerersten Mal, dass Jess ein klein wenig die Fassung verliert.

»Na, und?«, blafft sie.

»Und! Wir haben was gemeinsam!« Ich setze mich auf und ignoriere das Flimmern vor meinen Augen. »Jess! Das, was du empfindest, wenn du einen richtig tollen Stein findest, ist genau das Gleiche wie das, was ich empfinde, wenn ich ein schickes Paar Schuhe finde! Oder ein Kleid. Ich *muss* es haben. Ohne Rücksicht auf Verluste. Und ich weiß, dass es dir mit deiner Steinesammlung genauso geht.«

»Stimmt doch gar nicht«, behauptet Jess und wendet sich ab.

»Natürlich stimmt das! Ich weiß es!« Ich packe sie am Arm. »Du bist genauso besessen wie ich! Du versteckst es nur besser als ich! Oh Gott, mein Kopf. Aua.«

Ich falle wieder zurück auf den Rücken, mein Kopf fühlt sich an, als wolle er zerplatzen.

»Ich habe eine Schmerztablette für dich«, sagt Jess zerstreut – und rührt sich nicht. Sie sitzt einfach nur da, während ihr der lose Verband von der Hand baumelt.

Ich sehe ihr an, dass ich an sie herangekommen bin.

Bis auf das Prasseln des Regens auf die Zeltplane herrscht absolute Stille. Ich wage nicht, etwas zu sagen. Ich wage nicht, mich zu rühren.

Na ja, im Grunde weiß ich ja nicht mal, ob ich mich überhaupt rühren *kann*.

»Du bist bei Gewitter einen Berg hochgestiegen, nur um mir das zu sagen?«, fragt Jess schließlich.

»Ja! Natürlich!«

Jess wendet sich zu mir um und sieht mir in die Augen. Sie wirkt jetzt noch blasser und irgendwie durcheinander – als fürchte sie, jemand wolle sie austricksen.

»Und warum? Wieso solltest du das tun?«

»Weil... weil es wichtig ist! Weil es *mir* wichtig ist!«

»So etwas hat noch nie irgendjemand für mich getan«, sagt sie und wendet den Blick sofort wieder ab. Sie fummelt am Verbandszeug herum. »Ich glaube, die Schnitte sollten wir besser desinfizieren.«

Sie tupft meine Beine mit einem Wattebausch ab, und ich ertrage tapfer das Brennen des Antiseptikums.

»Und... glaubst du mir?«, frage ich. »Glaubst du jetzt auch, dass wir Schwestern sind?«

Jess betrachtet erst einmal eine Weile ihre in dicken Socken und braunen Wanderstiefeln steckenden Füße. Dann sieht sie sich meine türkisfarbenen Kitten-Heels mit Strassriemchen an, die völlig verdreckt und hinüber sind. Meinen Rock von Marc Jacobs. Mein komplett ruiniertes Glitzer-T-Shirt. Dann betrachtet sie mein mit Blutergüssen und Schrammen übersätes Gesicht. Und dann sehen wir uns einfach nur in die Augen.

»Ja«, sagt sie schließlich. »Ich glaube dir.«

Drei extra starke Schmerztabletten später fühle ich mich bereits bedeutend besser. So gut, dass ich plappere wie ein Wasserfall.

»Ich wusste, dass wir Schwestern sind«, sage ich, als Jess mir ein Pflaster auf das aufgeschürfte Knie klebt. »Ich

wusste es! Weißt du, ich glaube, ich habe gewisse übernatürliche Kräfte. Ich habe es *gefühlt*, dass du hier auf dem
Berg warst.«

»Hmhm«, macht Jess und verdreht die Augen.

»Und außerdem werde ich dir immer ähnlicher. Zum
Beispiel habe ich mir auch überlegt, die Haare kurz zu
schneiden. Würde mir echt gut stehen. Und für Steine
interessiere ich mich jetzt auch –«

»Becky«, unterbricht Jess mich. »Wir müssen nicht gleich
sein.«

»Was?« Verblüfft sehe ich sie an. »Was willst du denn damit sagen?«

»Mag ja sein, dass wir Schwestern sind.« Sie kniet sich
hin. »Aber das heißt doch nicht, dass wir beide kurze
Haare haben müssen. Wir müssen auch nicht beide Steine
mögen.« Sie nimmt noch ein Pflaster zur Hand und reißt
die Verpackung auf.

»Oder Kartoffeln«, rutscht es mir heraus.

»Oder Kartoffeln«, stimmt Jess mir zu. Sie hält inne.
»Oder… völlig überteuerte Designerlippenstifte, die in
drei Wochen out sein werden.«

In ihren Augen funkelt es schelmisch, als sie mich ansieht, und ich bin völlig geplättet. Versucht sie etwa, mich
aufzuziehen?

»Tja, da hast du wohl Recht«, gebe ich lässig zurück. »Nur,
weil wir biologisch verwandt sind, heißt das ja noch lange
nicht, dass wir beide auf langweiliges Muskeltraining mit
Wasserflaschen statt mit hippen Hanteln stehen müssen.«

»Genau. Oder… auf hirnlose Zeitschriften voller dämlicher Reklame.«

»Oder auf Kaffee aus ekligen, alten Thermosflaschen.«

Jess' Mundwinkel zucken.

»Oder auf Halsabschneider-Cappuccino.«

Da kracht erneut ein Donnerschlag, und wir zucken beide verschreckt zusammen. Der Regen trommelt jetzt gnadenlos auf das Zelt. Jess klebt mir ein letztes Pflaster aufs Bein und macht ihre Verbandszeugdose zu.

»Du hast wohl nicht zufällig etwas zu essen dabei?«, fragt sie.

»Öh... nein.«

»Ich habe ein bisschen was dabei, aber nicht viel.« Sie runzelt die Stirn. »Vor allem nicht, wenn wir hier noch mehrere Stunden festsitzen. Wir können hier so schnell nicht weg, selbst wenn das Gewitter sich legt.«

»Kannst du denn keine Wurzeln und Beeren sammeln?«, frage ich hoffnungsvoll.

Jess sieht mich schief an.

»Ich bin doch nicht Tarzan.« Sie zieht die Schultern hoch und legt die Arme um ihre Knie. »Wir müssen einfach abwarten.«

»Und... du nimmst nie ein Handy mit, wenn du Klettern gehst?«, erkundige ich mich vorsichtig.

»Ich habe gar keins. Normalerweise brauche ich auch keins.«

»Tja, normalerweise hast du wohl auch keine blöde verletzte Schwester bei dir.«

»Nein, normalerweise nicht.« Sie rutscht etwas zur Seite und greift hinter sich. »Ich habe übrigens ein paar von deinen Sachen aufgesammelt. Sind ja in alle Richtungen geflogen, als du abgestürzt bist.«

»Danke«, sage ich und nehme ihr eine Hand voll Kram ab. Ein Minihaarspray. Mein Maniküreetui. Eine Puderdose.

»Deine Tasche habe ich leider nicht finden können«, sagt Jess. »Keine Ahnung, wo die gelandet ist.«

Mir stockt das Herz.

Meine Engel-Tasche.

Meine Zweitausend-Euro-Filmstar-Tasche. Die Tasche, um die sich die Welt reißt.

Nach all dem, was wir zusammen durchgemacht haben – weg. Verschwunden auf einem Berg in der nordenglischen Pampa.

»Ach… macht nichts.« Irgendwie ringe ich mir ein Lächeln ab. »So was passiert nun mal.«

Mit steifen, schmerzenden Fingern klappe ich die Puderdose auf – der Spiegel ist erstaunlicherweise noch heil. Ich erlaube mir einen Blick auf mich selbst und erschrecke nicht zu knapp. Ich sehe aus wie eine Vogelscheuche nach einer Schlägerei. Zottelige Haare, aufgeschürfte Wangen und mitten auf der Stirn eine fette Beule.

»Und was machen wir jetzt?« Ich klappe die Puderdose zu und sehe auf.

»Wir müssen warten, bis das Unwetter vorbei ist«, konstatiert Jess.

»Ja, schon klar. Aber ich meinte eher, was machen wir bis dahin? Solange wir hier in diesem Zelt festsitzen.«

Jess sieht mich vollkommen ausdruckslos an.

»Ich dachte, wir könnten vielleicht *Harry und Sally* gucken und Popcorn essen«, sagt sie.

Ich muss unwillkürlich kichern. Jess hat doch Humor! Wer hätte das gedacht!

»Soll ich dir die Nägel machen?«, schlage ich vor. »Ich habe alles dafür hier.«

»*Meine Nägel machen?*«, wiederholt Jess ungläubig. »Becky… wir befinden uns auf einem Berg.«

»Ja, ich weiß! Genau deswegen ja! Das ist nämlich superstrapazierfähiger Lack, der alles aushält. Guck mal!« Ich zeige ihr die Flasche mit dem Nagellack. »Das Model auf dem Etikett *klettert einen Berg hoch*!«

»Unglaublich.« Jess nimmt mir die Flasche ab. »Und darauf fallen die Leute rein?«

»Jetzt komm schon! Was sollen wir denn sonst machen?« Und dann füge ich unschuldig hinzu: »Ich meine, ist ja nun nicht so, als wenn wir irgendetwas zu tun hätten, was *Spaß* macht, wie zum Beispiel unsere Buchführung…«

Jess' Augen blitzen mich an.

»Okay«, sagt sie. »Du hast gewonnen. Mach mir die Nägel.«

Während um uns herum das Gewitter tobt, lackieren wir uns gegenseitig die Nägel glitzerrosa.

»Hey, das sieht toll aus!«, freue ich mich, als Jess mit meiner linken Hand fertig ist. »Das könntest du glatt professionell machen!«

»Danke«, sagt Jess trocken. »Jetzt ist der Tag ja gerettet.«

Ich wedele mit den Fingern im Licht der Taschenlampe herum und hole dann die Puderdose heraus, um Jess etwas vor dem Spiegel zu demonstrieren.

»Du musst dir angewöhnen, die Finger in einer nachdenklichen Geste zum Mund zu führen«, erkläre ich. »Auch, wenn du einen neuen Ring oder ein neues Armband hast. Damit die Leute es sehen können.« Ich reiche ihr den Spiegel, doch sie wendet sich plötzlich verschlossen ab.

»Nein danke.«

Ich packe die Puderdose weg und denke angestrengt nach. Ich möchte sie fragen, wieso sie so eine ausgeprägte Aversion gegen Spiegel hat. Aber ich muss das irgendwie taktvoll anstellen.

»Jess…«, sage ich schließlich.

»Ja?«

»Wieso hast du so eine ausgeprägte Aversion gegen Spiegel?«

Außer dem Pfeifen des Windes ist vorerst nichts zu hören. Dann sieht Jess auf.

»Weiß nicht«, sagt sie. »Vielleicht weil mein Vater mir jedes Mal, wenn ich als Mädchen in einen Spiegel sah, eintrichterte, dass ich nicht so eitel sein soll.«

»*Eitel?*« Ich reiße die Augen auf. »Jedes Mal?«

»Fast jedes Mal.« Sie zuckt mit den Schultern, dann sieht sie mich an. »Wieso? Was haben denn deine Eltern gesagt?«

»Also, meine Eltern haben immer gesagt…« Das ist mir jetzt ein bisschen unangenehm. »Sie haben mir immer gesagt, dass ich der bezauberndste kleine Engel bin, der jemals vom Himmel auf die Erde gefallen ist.«

»Aha.« Jess zieht die Schultern hoch, als wolle sie sagen »Da kann man mal sehen«.

Ich betrachte eine Weile meine Fingernägel.

»Mann, Jess, du hast wirklich Recht«, sage ich dann auf einmal. »Ich bin wirklich verwöhnt. Meine Eltern haben mir immer alles gegeben. Ich musste nie auf eigenen Beinen stehen. Nie. Es war immer irgendjemand für mich da. Mum und Dad… dann Suze… dann Luke.«

»Ich musste von Anfang an auf eigenen Beinen stehen«, erzählt Jess. Ihr Gesicht liegt im Dunkeln, sodass ich ihre Miene nicht ausmachen kann.

»Klingt, als wäre dein Vater ziemlich… hart«, wage ich mich hervor.

Jess wartet eine Weile mit ihrer Antwort.

»Mein Vater hat nie Gefühle gezeigt. Er hat uns nie gesagt, wenn er stolz auf uns war. Obwohl er es war. Aber in unserer Familie redet man eben nicht wie du von früh bis spät über alles Mögliche…«

Ein Windstoß reißt die eine Zeltecke los und peitscht einen Schwung Regen ins Innere. Jess schnappt sich die Ecke und greift nach einem Hering.

»Und ich bin genauso«, erklärt sie, während sie den Hering mit einem Stein wieder in die Erde hämmert. »Nur, weil ich bestimmte Sachen nicht sage, heißt das nicht, dass ich sie nicht fühle.« Sie dreht sich zu mir und sieht mir mit einiger Überwindung in die Augen. »Becky, ich wollte ganz bestimmt nicht unfreundlich sein, als ich zu euch zu Besuch kam. Und schon gar nicht... kalt.«

»Das hätte ich nie sagen dürfen!«, werfe ich zutiefst bedauernd ein. »Es tut mir so Leid –«

»Nein«, fällt Jess mir ins Wort. »*Mir* tut es Leid. Ich hätte mir mehr Mühe geben können. Ich hätte mitmachen können.« Sie legt den Stein wieder hin und sieht ihn ein paar Sekunden an. »Ehrlich gesagt, war ich ziemlich genervt von dir.«

»Luke meinte, du hättest dich von mir überrumpelt gefühlt.«

»Ich dachte, du spinnst«, sagt Jess, und ich muss lächeln.

»Nein«, sagt sie. »Im Ernst. Ich dachte, du wärst verrückt. Ich dachte, deine Eltern hätten dich aus irgendeiner Art Sicherheitsverwahrung rausgeholt.«

»Oh.« Das schmeckt mir ja nicht so richtig. Ich fasse mir an den Kopf, der wieder angefangen hat zu pochen.

»Am besten schläfst du jetzt ein bisschen«, sagt Jess, die mich genau beobachtet hat. »Schlafen ist gesund. Und im Schlaf spürt man keine Schmerzen. Hier ist eine Decke.« Sie reicht mir etwas, das wie ein großes Stück Alufolie aussieht.

»Äh... okay«, antworte ich zweifelnd. »Ich versuch's.«

Ich lege den Kopf auf der am wenigsten unbequemen Stelle ab und mache die Augen zu.

Aber schlafen kann ich nicht. Unser Gespräch spukt mir pausenlos im Kopf herum, und der trommelnde Regen und das flatternde Zelt lassen mich auch nicht zur Ruhe kommen.

Ich bin verwöhnt.

Ich bin ein verwöhntes, verzogenes Gör.

Kein Wunder, dass Luke so ausgeflippt ist. Kein Wunder, dass unsere Ehe kurz vorm Scheitern ist. Ist alles meine Schuld.

Oh Gott. Mir steigen Tränen in die Augen, was meine Kopfschmerzen nur verschlimmert. Mein Nacken ist schon ganz steif... und dazu bohrt sich mir auch noch ein Stein in den Rücken...

»Alles in Ordnung, Becky?«, fragt Jess.

»Nein«, gestehe ich mit belegter Stimme. »Ich kann nicht schlafen.«

Jess antwortet nicht, und ich denke schon, sie hat mich vielleicht nicht gehört oder meint einfach nicht, dass es dazu etwas zu sagen gibt. Aber dann spüre ich etwas neben mir. Ich drehe mich um – und sie hält mir etwas hin, das wie eine kleine Tafel weiße Schokolade aussieht.

»Ist leider kein Pfefferminzplätzchen«, merkt sie trocken an.

»Was denn?«, piepse ich.

»Kendal Mint Cake. Energiefutter für Klettertouren.«

»Danke«, flüstere ich und beiße einmal ab. Das Zeug schmeckt merkwürdig süß – nicht ganz mein Fall, aber ich beiße gleich noch einmal ab, um meinen guten Willen zu bekunden. Dann steigen mir zu meinem Entsetzen schon wieder die Tränen in die Augen.

Jess seufzt und beißt ebenfalls vom Kendal Mint Cake ab.

»Was ist denn los?«

»Luke wird mich nie wieder lieben.« Ich schluchze verhalten.

»Das glaube ich kaum«, sagt Jess.

»Doch, bestimmt!« Mir läuft die Nase, und ich wische

einfach mit der Hand darüber. »Seit wir von unserer Hochzeitsreise zurück sind, läuft einfach alles schief. Und ich bin dran schuld, ich habe alles kaputtgemacht...«

»So ein Quatsch«, fällt Jess mir ins Wort.

»Was?« Ich sehe sie erstaunt an.

»Von wegen du bist schuld!«, erklärt sie ruhig. »Zu so etwas gehören immer zwei.« Sie faltet das Kendal-Mint-Cake-Papier zusammen und steckt es in ihren Rucksack. »Ich meine, wenn wir schon von Besessenheit reden, ja? Luke ist ja wohl mal vollkommen besessen von seiner Arbeit!«

»Ich weiß. Aber ich dachte, er hätte sich verändert. Auf unserer Hochzeitsreise war er total entspannt. Da war alles einfach perfekt. Ich war so glücklich.«

Es versetzt mir einen schmerzhaften Stich, als ich an Luke und mich zurückdenke, wie wir braun gebrannt und sorglos Händchen hielten. Zusammen Yoga machten. Auf der Terrasse in Sri Lanka saßen und unsere Überraschungs-Rückkehr planten.

Ich hatte mir alles so schön ausgemalt. Und nichts ist so geworden, wie ich es mir vorgestellt hatte.

»Ja, aber jede Hochzeitsreise hat doch irgendwann mal ein Ende«, stellt Jess nüchtern fest. »Das war doch zu erwarten, dass die Umstellung hart sein würde.«

»Aber ich hatte mich so darauf gefreut, verheiratet zu sein«, schlucke ich. »Ich hatte mir das so gedacht: dass wir alle bei Kerzenlicht um den großen Holztisch herumsitzen... Ich, Luke, Suze, Tarquin, dass alle lachen und glücklich sind...«

»Und was ist passiert?« Jess sieht mich prüfend an. »Was ist mit Suze? Deine Mutter hat mir erzählt, sie wäre deine beste Freundin.«

»War sie auch. Aber während ich weg war, hat sie... jemand anderen gefunden.« Ich starre die flatternde blaue Zeltplane an und spüre einen Kloß im Hals. »Alle haben neue Freunde und neue Jobs und interessieren sich nicht mehr für mich. Ich… habe keine Freunde.«

Jess zieht den Reißverschluss an ihrem Rucksack zu. Sie schnürt die Kordeln zusammen. Dann sieht sie auf.

»Du hast doch mich.«

»Aber du kannst mich noch nicht mal leiden«, gebe ich trübsinnig zurück.

»Na gut, aber ich bin schließlich deine Schwester«, sagt Jess. »Bleibt mir wohl nichts anderes übrig, als mich mit dir abzugeben, oder?«

Ich sehe zu ihr und entdecke wieder das schelmische Funkeln in ihren Augen. Und eine Wärme. Eine Wärme, die ich vorher noch nie gesehen habe.

»Luke will, dass ich so bin wie du«, erkläre ich nach einer Pause.

»Ja, klar.«

»Doch, wirklich! Er will, dass ich sparsam und bescheiden werde.« Ich lege den Rest meines Kendal Mint Cake hinter einen Stein in der Hoffnung, Jess möge es nicht bemerken. »Bringst du es mir bei?«

»Ich soll *dir* beibringen, sparsam zu sein?«

»Ja! Bitte!«

Jess verdreht die Augen.

»Also, Lektion eins: Man schmeißt nicht einfach ein einwandfreies Stück Kendal Mint Cake weg.«

»Oh. Ach so.« Beschämt hebe ich das Stück wieder auf und beiße einmal ab. »Äh… hmm, lecker!«

Der Wind pfeift immer lauter, und die Zeltplane flattert immer heftiger. Ich ziehe Jess' Foliendecke enger um mich und ärgere mich zum hundertsten Mal, dass ich nicht wenigstens eine Stickjacke bei mir habe. Oder sogar eine

Windjacke. Dann fällt mir plötzlich was ein. Ich fasse in meine Rocktasche – und kann es kaum glauben. Das kleine Päckchen ist immer noch da.

»Jess... ich hab was für dich«, sage ich und ziehe es aus der Tasche. »Ich bin nämlich eigentlich nur deshalb mit Jim zu dir nach Hause gegangen, um dir das hier zu geben.«

Ich reiche Jess das türkisfarbene Beutelchen. Sie zieht langsam die Schleife auf und lässt dann den Inhalt in ihre Hand gleiten.

»Das ist eine Halskette«, erkläre ich. »Ich habe die gleiche, guck.«

»Becky.« Jess sieht geplättet aus. »Die ist... die ist wirklich...«

Einen schrecklichen Moment lang fürchte ich, sie sagt jetzt »total daneben« oder »unmöglich«.

»Große Klasse«, sagt sie schließlich. »Wirklich, toll. Vielen Dank!«

Sie legt sich die Kette um den Hals, wobei ich sie entzückt beobachte. Sie steht ihr! Etwas seltsam finde ich bloß, dass ihr Gesicht jetzt plötzlich ganz anders wirkt. Als hätte es eine andere Form angenommen. Fast so, als ob...

»Oh mein Gott!«, rufe ich hocherfreut aus. »Du *lächelst* ja!«

»Stimmt doch gar nicht«, wehrt Jess sofort ab, und ich sehe ihr an, dass sie versucht, damit aufzuhören. Aber es gelingt ihr nicht. Ihr Lächeln wird stattdessen nur noch breiter, und sie berührt ganz sacht und beglückt die Kette.

»Doch, natürlich!« Ich muss kichern. »Und wie! Ich habe deine schwache Stelle gefunden! Tief in deinem Herzen bist du ein Tiffany-Fan!«

»Bin ich nicht!«

»Bist du wohl! Ich wusste es! Weißt du, Jess –«

Doch was auch immer ich gerade sagen wollte – es wird vollständig übertönt vom Heulen des Windes, der ohne weitere Vorwarnung die eine Seite des Zeltes aufreißt.

»Oh mein Gott!«, kreische ich, als mir der Regen ins Gesicht klatscht. »Oh mein Gott! Das Zelt! Halt es fest!«

»Scheiße!« Jess greift nach der flatternden Plane und versucht verzweifelt, sie wieder am Boden zu verankern – doch die nächste Böe reißt sie ihr gnadenlos wieder aus der Hand. Sie bläht sich auf wie ein Segel und verschwindet dann in der Walachei.

Ratlos sehe ich Jess an, während der Regen auf uns herunterprasselt.

»Und was machen wir jetzt?«, rufe ich gegen das Tosen des Sturms an.

»Ach du Scheiße.« Sie wischt sich den Regen aus dem Gesicht. »Okay. Wir müssen uns eine geschützte Stelle suchen. Kannst du aufstehen?«

Sie hilft mir hoch, wobei ich unwillkürlich aufschreie. Mein Fußgelenk tut höllisch weh.

»Wir müssen da rüber zu den Felsen«, sagt Jess und zeigt durch den Regen. »Stütz dich an mir ab.«

Halb humpelnd, halb schlurfend schleppen wir uns den schlammigen Abhang hinauf. Ich beiße die Zähne zusammen vor Schmerz und will auf keinen Fall als Weichei auffallen.

»Ob wohl jemand kommen wird, um uns zu retten?«, schaffe ich es zwischen zwei Schritten zu fragen.

»Wohl kaum. Dafür sind wir noch nicht lange genug weg.« Jess bleibt stehen. »Okay. Jetzt müssen wir das steile Stück da hoch. Halt dich an mir fest.«

Irgendwie schaffe ich es tatsächlich, den felsigen Abhang hochzuklettern, wobei mir Jess' fester Griff, mit dem sie mich hochzieht, durchaus bewusst ist. Mann, hat die eine Kondition. Sie hätte ohne Probleme trotz Regen den Abstieg geschafft, geht es mir durch den Kopf. Sie hätte schon längst zu Hause sein können.

»Danke, dass du mir hilfst«, brumme ich, als wir wieder anfangen, zu humpeln und zu schlurfen. »Danke, dass du bei mir bleibst.«

»Schon okay«, antwortet sie sofort.

Der Regen peitscht mir so heftig ins Gesicht, dass mir fast die Luft wegbleibt. Mir wird wieder schwindelig, und mein Knöchel bringt mich fast um. Aber ich muss weiter. Ich kann Jess jetzt nicht hängen lassen.

Dann höre ich auf einmal ein merkwürdiges Geräusch. Oder war das nur der Regen? Bilde ich mir das vielleicht ein? Das kann doch nicht sein.

»Moment mal.« Jess richtet sich auf. »Was ist das?«

Wir spitzen beide die Ohren. Und es ist nicht der Regen. Wir haben uns nicht verhört.

Es ist das Flop-flop-flop eines Hubschraubers.

Ich sehe auf – und erkenne durch den strömenden Regen nur verschwommen die Lichter.

»Hilfe!«, schreie ich und winke wie verrückt mit den Armen. »Hier!«

Der Hubschrauber schwebt eine Zeit lang direkt über uns. Dann fliegt er zu meinem Entsetzen wieder weg.

»Haben die uns nicht gesehen?«,

»Weiß nicht.« Jess sieht sehr besorgt und angespannt aus. »Schwer zu sagen. Aber hier landen können die sowieso nicht. Sie müssten weiter oben auf einer ebenen Fläche landen und dann zu Fuß runterkommen.«

Wir bleiben noch eine Weile wie angewurzelt stehen – doch der Hubschrauber kommt nicht zurück.

»Okay«, sagt Jess schließlich. »Weiter. Hinter den Felsen können wir uns wenigstens vor dem Wind schützen.«

Wir setzen uns wieder in Bewegung. Doch dieses Mal ist bei mir restlos die Luft raus. Ich bin fix und fertig. Ich bin klitschnass, ich friere, und ich habe einfach keine Kraft mehr. Unerträglich langsam schieben wir uns zentimeterweise den Abhang hinauf. Wir haben die Arme umeinander geschlungen und die Köpfe zusammengesteckt, wir keuchen und japsen, während uns der Regen ins Gesicht peitscht.

»Warte mal.« Ich bleibe stehen. »Ich habe was gehört.« Ich klammere mich an Jess fest und sehe mich um.

»Was?«

»Ich hab was gehört –«

Da sehe ich einen Lichtkegel durch den Regen huschen. Wie von einer Taschenlampe. Und ich meine zu hören, wie sich jemand oberhalb von uns den Berg hinunterbewegt.

Oh mein Gott! Menschen! Endlich!

»Das ist die Bergwacht!«, rufe ich. »Sie sind hier! Hallo! Hier sind wir! Hilfe!«

»Hier!«, ruft auch Jess und winkt mit ihrer Taschenlampe durch die Luft. »Hier sind wir!«

Der Lichtkegel verschwindet kurz und taucht dann wieder auf.

»Hilfe!«, ruft Jess. »Hier sind wir!«

Keine Antwort. Wo sind sie? Sind sie an uns vorbeigegangen?

»Hiiiiiiilfeeee!«, schreie ich verzweifelt. »Bitte, helfen Sie uns doch! Wir sind hier drüben! Können Sie uns hören?«

»Bex?«

Durch das Brausen des Windes hindurch höre ich eine mir sehr vertraute, hohe Stimme. Ich erstarre.

Was?

Habe ich jetzt... Halluzinationen?

Das klang ja wie –

»Bex?«, ruft mich die Stimme da wieder. »Bex, wo bist du?«

»*Suze????*«

Ich richte den Blick bergauf, und da erscheint eine Gestalt in einer alten Barbourjacke auf dem Felsvorsprung. Die Haare kleben ihr klitschnass vom Regen am Kopf. Sie winkt mit einer Taschenlampe und hält angestrengt Ausschau. Die Sorge steht ihr ins Gesicht geschrieben.

»Bex?«, schreit sie. »Bex! *Wo bist du?*«

Das müssen Halluzinationen sein. Eine Art Fata Morgana. Bestimmt ist das nur ein Baum, der sich im Wind neigt – und ich bilde mir ein, dass es Suze ist.

»Bex?« Sowohl Lichtkegel als auch ihr Blick sind jetzt auf uns gerichtet. »Oh mein Gott, Bex! Ich habe sie gefunden!«, ruft sie über die Schulter nach hinten. »Hier drüben! Bex!« Sie macht sich sofort daran, zu uns herunterzuklettern, wobei so einige Steine talwärts purzeln.

»Kennst du die?«, fragt Jess verwirrt.

»Das ist Suze.« Ich schlucke. »Meine beste Freundin.«

Es schnürt mir die Kehle zu. Suze hat mich gesucht. Bis hier auf diesen Berg ist sie gekommen, um mich zu finden.

»Bex! Gott sei Dank!« Mit ihrem letzten rutschenden Schritt auf uns zu löst Suze noch einmal eine kleine Stein- und Erdlawine aus, bevor sie mit schlammverschmiertem Gesicht und vor Schreck weit aufgerissenen Augen vor uns zum Stehen kommt. »Oh mein Gott. Du bist verletzt. Ich hab's gewusst. Ich hab's *gewusst* –«

»Es geht mir gut«, bemühe ich mich, sie zu beruhigen. »Bis auf den Knöchel.«

»Sie ist hier, aber sie ist verletzt!«, spricht sie in ihr Handy. Dann hört sie kurz zu, was am anderen Ende gesagt wird. »Tarkie kommt gleich mit einer Bahre runter.«

»*Tarquin?*« Ich bin viel zu benommen, als dass ich das alles wirklich kapieren könnte. »Tarquin ist hier?«

»Ja, mit einem Freund von der Luftwaffe. Die Blödmänner von der Bergwacht meinten doch tatsächlich, dass es für einen Einsatz noch zu früh sei! Aber ich wusste, dass du in Schwierigkeiten steckst. Ich wusste, dass wir herkommen mussten. Ich habe mir solche Sorgen gemacht.« Suze verzieht das Gesicht, als werde sie gleich weinen. »Oh Gott. Ich habe mir solche *Sorgen* gemacht! Keiner wusste, wo du bist... du warst einfach verschwunden. Wir dachten alle... Wir wussten nicht, was wir denken sollten... Wir haben versucht, dich über dein Handy ausfindig zu machen, aber tagelang war kein Empfang... und dann auf einmal doch... Und jetzt hängst du hier oben und siehst aus... wie durch den Fleischwolf gedreht.« Sie hat Tränen in den Augen. »Bex, es tut mir so Leid, dass ich nicht zurückgerufen habe. Es tut mir so Leid!«

Sie nimmt mich in den Arm und hält mich fest. So bleiben wir erst mal eine Weile stehen, eng umschlungen, während der Regen uns weiter durchweicht.

»Mir geht's gut«, schlucke ich schließlich. »Wirklich. Ich bin einen Abhang runtergestürzt. Aber meine Schwester war bei mir. Sie hat sich um mich gekümmert.«

»Deine Schwester.« Suze lässt etwas los und dreht sich zu Jess um, die mit den Händen in den Taschen etwas betreten neben uns steht und uns beobachtet.

»Das ist Jess«, stelle ich sie vor. »Jess... das ist Suze.«

Die beiden sehen sich durch den strömenden Regen an. Keine Ahnung, was sie wohl denken.

»Hallo, Beckys Schwester«, sagt Suze dann und reicht Jess die Hand.

»Hallo, Beckys beste Freundin«, entgegnet Jess und nimmt ihre Hand.

Dann hören wir ein Krachen und sehen alle auf. Tarquin ist auf dem Weg zu uns herunter. Er steckt in einer unglaublich cool aussehenden Armee-Ausrüstung inklusive Helm mit Stirnlampe.

»Tarquin«, sage ich. »Hallo!«

»Jeremy kommt gleich mit der zusammenklappbaren Bahre«, verkündet er fröhlich. »Mann, Becky, da hast du uns allen aber einen ganz schönen Schrecken eingejagt! Luke?«, sagt er in sein Handy. »Wir haben sie gefunden.«

Mir stockt das Herz.

Luke?

»Wie kommt es...« Meine Lippen beben plötzlich so heftig, dass ich kaum sprechen kann. »Wieso ist Luke...«

»Er sitzt wegen schlechten Wetters auf Zypern fest«, sagt Suze, »aber er war die ganze Zeit in telefonischem Kontakt mit uns. Mann, der hat vielleicht was durchgemacht.«

»Hier, Becky.« Tarquin reicht mir sein Handy.

Oh Gott, das ist zu viel. Ich zittere ja am ganzen Leib.

»Ist er immer noch... sauer auf mich?«, stammele ich.

Suze bedenkt mich schweigend mit einem Blick, während der Regen ihr über das Gesicht läuft.

»Glaub mir, Bex. Er ist nicht sauer auf dich.«

Ich halte mir das Telefon ans Ohr und zucke leicht zusammen, als es meine geprellte Wange berührt.

»Luke?«

»Oh mein Gott, Becky! Gott sei Dank!«

Er klingt sehr weit weg, und die Verbindung ist so schlecht, dass ich ihn gar nicht richtig hören kann. Aber der Klang seiner Stimme allein reicht, um den Erlebnissen der vergangenen Tage die Krone aufzusetzen. In mir zieht sich alles zusammen. Meine Augen brennen, und mein Atem geht stoßweise.

Ich will zu Luke. Ich will nach Hause. Ich will nach Hause, zusammen mit Luke.

»Gott sei Dank ist dir nichts passiert.« So besorgt und gleichzeitig erleichtert habe ich ihn noch nie erlebt. »Ich bin fast durchgedreht…«

»Ich weiß«, schlucke ich. »Es tut mir Leid.« Mir rollen die Tränen über die Wangen. Ich kann kaum reden. »Luke, das tut mir alles so Leid…«

»Dir hat überhaupt nichts Leid zu tun. *Mir* tut es Leid. Herrje. Ich dachte…« Er unterbricht sich selbst, und ich höre ihn schwer atmen. »Versprichst du mir, dass du nie wieder einfach so verschwindest?«

»Versprochen.« Wütend wische ich mir die Tränen weg. »Oh Gott, wenn du doch bloß hier wärst.«

»Ich komme. Sobald das Wetter etwas besser ist. Nathan hat mir seinen Privatjet angeboten. Er ist wirklich einsame Klasse.« Die Verbindung wird immer schlechter, ich höre nur noch ein Knirschen und Knistern.

»Luke?«

»…Hotel…«

Die Verbindung ist hinüber. Ich kann mir keinen Reim mehr auf das machen, was er sagt.

»Ich liebe dich«, rufe ich noch wenig hoffnungsvoll, als die Verbindung ganz abbricht. Als ich aufsehe, beobachten die anderen mich schweigend und voller Mitgefühl. Tarquin klopft mir mit seiner vor Regen triefenden Hand auf die Schulter.

»Komm, Becky. Wir schaffen dich jetzt mal besser in den Hubschrauber.«

23

Was im Krankenhaus abgeht, kriege ich nur wie durch einen dichten Nebel mit. Es ist ziemlich hell und laut, es werden tausend Fragen gestellt und beantwortet, ich werde auf einer Liege herumgefahren – und zum Schluss stellt sich heraus, dass mein Knöchel zweifach gebrochen ist und dass man mein Bein einrenken muss. Außerdem muss etwas genäht werden, und es muss sichergestellt werden, dass ich weder Tetanus noch Rinderwahnsinn habe.

Während all das passiert, ist auch noch jemand so nett, mir eine Spritze zu geben, von der ich regelrecht high werde. Als sie endlich mit allem fertig sind, sinke ich fix und fertig in mein Kissen. Mann, ist das schön, sich in einer sauberen, warmen, weißen Umgebung zu befinden.

Ziemlich weit weg höre ich, wie jemand Jess versichert, dass sie alles absolut richtig gemacht hat. Suze wird mehrfach darauf hingewiesen, dass eine kompletter Check-up in diesem Fall nicht nötig ist und dass man durchaus nicht der Ansicht sei, meine Gesundheit aufs Spiel zu setzen. Darüber hinaus *habe* sie es mit *der* britischen Kapazität auf diesem Gebiet zu tun.

»Becky?« Immer noch leicht benebelt, sehe ich Tarquin auf mein Bett zukommen und mir sein Handy reichen. »Luke noch mal.«

»Luke?«, spreche ich ins Telefon. »Hi! Rate mal, was passiert ist! Ich habe mir das Bein gebrochen!« Ich bewundere den Gipsverband an meinem hochgelagerten Bein. Ich wollte schon *immer* mal einen Gips haben!

433

»Habe ich schon gehört. Du Arme. Wirst du gut behandelt? Hast du alles, was du brauchst?«

»Äh… ich glaube schon. Weißt du…« Ich muss völlig ohne Vorwarnung ausgiebig gähnen. »Eigentlich bin ich ziemlich müde. Ich glaube, ich schlafe jetzt ein bisschen.«

»Ich wäre jetzt so gerne bei dir.« Luke klingt total sanft und zärtlich. »Aber eine Sache musst du mir eben schnell erklären, Becky: Wieso bist du einfach nach Scully abgehauen, ohne irgendjemandem Bescheid zu sagen?«

Wie bitte? Meint er das ernst?

»Weil ich Hilfe brauchte, natürlich«, antworte ich und verspüre wieder den Schmerz der Enttäuschung. »Unsere Ehe war im Eimer. Und Jess war die Einzige, an die ich mich wenden konnte.«

Am anderen Ende der Leitung ist es still.

»Unsere Ehe war *was*?«, fragt Luke schließlich.

»Im Eimer!« Meine Stimme bebt. »Das weißt du doch! Es war schrecklich! Du hast mir nicht mal einen Abschiedskuss gegeben!«

»Becky, Liebling, ich war stinksauer. Wir hatten uns gestritten! Aber das heißt doch nicht, dass unsere Ehe im Eimer ist!«

»Oh.« Ich schlucke. »Na, das dachte ich aber. Ich dachte, es wäre vorbei. Ich dachte, dir wäre es sowieso egal, wo ich bin.«

»Ach, Becky.« Lukes Stimme klingt ganz ungewohnt. Als würde er sich beherrschen, nicht zu lachen. Oder zu weinen. »Du hast ja keine Ahnung, was ich in den letzten Tagen durchgemacht habe.«

»Nein.« Ich beiße mir verlegen auf die Lippe. »Luke, es tut mir Leid. Ich… Ich wusste nicht… Mir war nicht klar…«

»Egal«, unterbricht er mich. »Jetzt bist du ja in Sicherheit. Das ist das Wichtigste. Dass es dir gut geht.«

Mir wird ganz kribbelig vor schlechtem Gewissen. Er ist so verständnisvoll. Und ich? Ich habe ihm die Hölle auf Erden bereitet. Von Gefühlen überwältigt, presse ich mir das Handy noch fester ans Ohr.

»Luke, bitte komm nach Hause. Ich weiß doch, dass du sowieso nie nach Zypern wolltest. Und ich bin schuld daran, dass du jetzt da bist. Lass Nathan Temple und das blöde Hotel auf Zypern, und komm nach Hause. Dir fällt schon irgendeine Ausrede ein. Du kannst ruhig mich vorschieben. Gib mir die Schuld.«

Luke schweigt.

»Luke?«, frage ich verwirrt nach.

»Jaaaa«, antwortet Luke nur zögerlich. »Also, es gibt da etwas, das ich dir sagen muss. Es könnte nämlich durchaus sein…« Er verstummt.

»Was?«

»Du hattest Recht. Und ich… habe mich geirrt.«

Erstaunt sehe ich das Telefon an. Habe ich mich gerade verhört?

»Ich hatte gewisse Vorurteile«, erklärt Luke. »Aber jetzt habe ich Nathan etwas besser kennen gelernt und muss sagen, er ist ein ziemlich cleverer Kerl. Sehr geschäftstüchtig. Wir verstehen uns gut.«

»Ihr versteht euch gut? Aber… ich dachte, er wäre ein vorbestrafter Krimineller!«

»Na ja…« Luke klingt etwas verlegen. »Nathan hat es mir erklärt. Er hat damals einen seiner Hotelangestellten vor einem betrunkenen Gast in Schutz genommen. Und ist dabei ›ein bisschen zu weit gegangen‹, wie er sich ausdrückt. Er gibt zu, einen Fehler gemacht zu haben. Und ich glaube ihm.«

Pause. Mein Kopf pocht. Das kriege ich jetzt gar nicht alles auf einmal verpackt.

»Er ist in vielerlei Hinsicht genau mein Typ«, erzählt Luke. »Er hat mir neulich abends erzählt, wieso er seinerzeit überhaupt mit der Motel-Kette angefangen hat. Das hatte nämlich damit zu tun, dass ihm eines Tages der Zutritt zu einem schicken Hotel verwehrt worden war, nur weil er keine Krawatte trug. Er ist danach in eine Kneipe gegangen und hat die Idee für die Value Motels ausgearbeitet. Nach einem Jahr hatte er bereits zwanzig Häuser. Ich finde diese Power echt bewundernswert.«

»Das glaube ich nicht«, sage ich und reibe mir benommen die Stirn. »Du *magst* ihn.«

»Ja, ich mag ihn.« Luke hält inne. »Und in den letzten Tagen war er einfach unschlagbar. Er hat mir beigestanden, als ich auf Neuigkeiten von dir wartete.«

Ich bekomme schon wieder ein richtig schlechtes Gewissen bei der Vorstellung, wie sie mit Sorgenfurchen auf der Stirn und in Morgenmäntel gekleidet neben dem Telefon sitzen und warten. Mann, ich werde ganz bestimmt nie wieder verschwinden. Nie wieder!

Also, nicht, dass ich das vorgehabt hätte oder so. Aber Sie wissen schon.

»Und was ist mit dem Hotel?«, frage ich. »Ist es schmierig?«

»Oh, ja, zutiefst schmierig«, antwortet Luke heiter. »Aber du hattest Recht. Erstklassig schmierig.«

Ich muss unwillkürlich kichern und gleich darauf nahtlos gähnen. Mannomann, jetzt kann ich die Wirkung der Medikamente wirklich spüren.

»Also... habe ich die ganze Zeit Recht gehabt«, stelle ich schon leicht schläfrig fest. »Es war ein erstklassiger neuer Geschäftskontakt.«

»Es war ein erstklassiger neuer Geschäftskontakt«, stimmt Luke zu. »Es tut mir Leid, Becky.« Jetzt klingt er wieder viel ernster. »Das hier und – noch so einiges andere.« Er zögert. »Mir ist klar geworden, dass du es in den letzten Wochen nicht besonders leicht gehabt hast. Ich war wie besessen von der Arcodas-Sache. Ich war nicht für dich da. Und ich habe mir überhaupt nicht klar gemacht, was das für eine Riesenumstellung für dich war, nach England zurückzukommen.«

Während seine Worte so durch meine Gehörgänge purzeln, kommen sie mir merkwürdig bekannt vor.

Hat Luke mit Jess gesprochen?

Hat Jess… sich für mich eingesetzt?

Da merke ich auf einmal, dass Luke immer noch redet.

»Und noch etwas«, sagt er. »Ich habe mir im Flugzeug endlich deinen rosa Ordner angesehen. Und deine Idee gefällt mir. Ich finde, wir sollten uns David Neville mal genauer ansehen. Vielleicht will er ja verkaufen.«

»Meine Idee gefällt dir?«, frage ich erstaunt-beglückt. »Wirklich?«

»Ich finde sie super. Obwohl ich keine Ahnung habe, woher du dieses Spezialwissen über Geschäftserweiterungen hast –«

»Von Barneys! Habe ich dir doch gesagt!« Zufrieden sinke ich zurück in mein Kissen. »Und David will verkaufen, das weiß ich. Er bereut wirklich, sich selbstständig gemacht zu haben. Außerdem wollen die beiden noch ein Baby…« Die Müdigkeit lässt mir die Zunge schwer werden. »Und Judy hat gesagt, sie will einfach nur, dass er irgendwo anstellt… angestellt…«

»Becky, Liebling, ich glaube, darüber reden wir besser ein anderes Mal. Du musst dich jetzt ausruhen.«

»Okay.« Meine Augenlider sind schwer wie Blei, und es kostet mich einige Mühe, sie nicht zufallen zu lassen.

»Lass uns noch mal von vorne anfangen«, schlägt Luke

sanft vor. »Wenn ich wieder da bin. Keine Eimer-Ehe mehr. Okay?«

»Was ist denn das?«, unterbricht uns eine entsetzte Stimme, und da stürzt auch schon eine Krankenschwester auf mich zu. »Handys sind hier nicht erlaubt! Und Sie brauchen dringend Schlaf, junge Frau!«

»Okay«, sage ich noch schnell ins Telefon. »Okay.«

Die Krankenschwester nimmt mir das Handy ab, und mir fallen augenblicklich die Augen zu.

Als ich sie wieder aufmache, ist alles anders. Es ist dunkel im Zimmer. Ich höre keine Stimmen. Es muss Nacht sein.

Ich habe schrecklichen Durst, und meine Lippen sind so ausgetrocknet, dass sie richtig wehtun. Da war doch eine Kanne mit Wasser auf meinem Nachtschrank? Ich versuche, mich aufzusetzen, um an die Kanne heranzukommen, doch dabei stoße ich irgendetwas um, das ziemlich geräuschvoll zu Boden fällt.

»Bex? Alles in Ordnung?« Erst jetzt sehe ich Suze auf einem Stuhl neben dem Bett sitzen. Sie reibt sich den Schlaf aus den Augen und springt auf. »Brauchst du irgendwas?«

»Wasser«, krächze ich. »Durst.«

»Hier.« Suze schenkt mir ein Glas ein, und ich trinke es gierig aus. »Wie geht es dir?«

»Ach… gut.« Ich stelle das Glas ab. Es geht mir schon viel besser. Dann sehe ich mich in meinem mit Vorhängen abgeteilten Schlafraum um. »Wo sind denn die anderen? Wo ist Jess?«

»Jess geht's gut. Die Ärzte haben sie durchgecheckt, und dann hat Tarkie sie nach Hause gefahren. Dich wollen sie aber noch ein bisschen hier behalten. Zur Beobachtung.«

»Aha.« Ich reibe mir das Gesicht und wünschte, ich hätte

eine Feuchtigkeitscreme dabei. Dann fällt mein Blick auf Suzes Armbanduhr.

»Zwei Uhr!« Entsetzt sehe ich auf. »Sag mal, Suze, was machst du denn hier? Du gehörst ins Bett!«

»Ich wollte nicht weg.« Sie beißt sich auf die Lippe. »Ich wollte dich hier nicht alleine lassen.«

»Pscht!«, macht da jemand von jenseits des Vorhangs. »Könnten Sie bitte etwas leiser sein?«

Suze und ich sehen uns überrascht an – und auf einmal muss ich grinsen. Suze streckt die Zunge in Richtung Vorhang raus, und ich unterdrücke ein Lachen.

»Hier, trink noch mehr Wasser«, flüstert Suze. »Ist gut für deine Haut.« Sie schenkt mir noch ein Glas ein und setzt sich dann auf die Bettkante. Es vergeht eine Weile, in der keiner etwas sagt. Ich trinke noch ein paar Schlucke. Das Wasser ist lauwarm und schmeckt nach Plastik.

»Das hier erinnert mich an damals, als Ernie geboren wurde«, sagt Suze. »Weißt du noch? Damals bist du die ganze Nacht bei mir geblieben.«

»Oh, ja.« Ich sehe Ernie wieder ganz klar vor mir, wie er so winzig klein und rosa in Decken gehüllt in Suzes Armen lag. »Das war vielleicht eine Nacht.« Ich sehe ihr in die Augen und lächele.

»Weißt du, als die Zwillinge geboren wurden, das war richtig seltsam, weil du nicht da warst.« Suze lacht verunsichert. »Klingt ganz schön blöd, was?«

»Nein. Klingt gar nicht blöd.« Ich senke den Blick auf die weiße Krankenhausbettwäsche, die ich nervös falte. »Ich habe dich so vermisst, Suze.«

»Ich habe dich auch vermisst.« Ihre Stimme ist ein bisschen heiser. »Und ich … ich muss dir noch etwas sagen. Es tut mir Leid, wie ich mich benommen habe, als du wieder da warst.«

»Nein«, wehre ich sofort ab. »So ein Quatsch. Ich habe einfach überreagiert. Ist doch klar, dass du andere Freunde gefunden hast, während ich weg war. Ist doch ganz natürlich. Ich war... echt blöd.«

»Du warst nicht blöd.« Suze schluckt. »Ich war blöd. Und ich war neidisch.«

»*Neidisch?*« Entsetzt blicke ich auf. Suze sieht mich nicht an.

»Ja. Du warst braun gebrannt und hattest so etwas Glamouröses an dir... Und dann auch noch die Engel-Tasche...« Ihre Stimme bebt ein wenig. »Und ich saß irgendwo in der Walachei fest mit drei Kindern. Du kamst hereingerauscht mit den vielen tollen Geschichten von eurer Hochzeitsreise um die Welt. Da kam ich mir total... fade vor.«

Entgeistert sehe ich sie an.

»Aber Suze, wie kannst du denn jemals fade sein?? Das geht doch gar nicht!«

»Und darum dachte ich mir –« Entschlossen sieht sie mich an. »Sobald es dir besser geht, fahren wir zusammen übers Wochenende nach Mailand. Nur du und ich. Was meinst du?«

»Und was ist mit den Babys?«

»Das wird schon gehen. Tarkie kann sich um sie kümmern. Sozusagen als verspätetes Geburtstagsgeschenk.«

»Und was ist mit dem Wellnesstag?«, frage ich vorsichtig. »Ich dachte, das war dein Geburtstagsgeschenk?«

Suze schweigt zunächst.

»Ach, der Wellnesstag war okay«, sagt sie schließlich. »Aber ganz anders als mit dir. Keiner ist wie du, Bex.«

»Heißt das, dass du Lulu jetzt nicht mehr leiden kannst?«, frage ich natürlich naiv-hoffnungsvoll.

»Bex!« Suze muss kichern. »Nein, das heißt nicht, dass

ich sie jetzt nicht mehr leiden kann. Aber…« Sie sieht mir in die Augen. »Dich mag ich lieber.«

Ich weiß nicht recht, was ich darauf erwidern soll, und greife stattdessen wieder nach meinem Wasserglas. Dabei fällt mein Blick auf ein kleines Päckchen auf dem Nachtschrank.

»Das hat Jess für dich dagelassen«, erklärt Suze und sieht etwas verwirrt aus. »Sie meinte, du wolltest vielleicht davon essen.«

Ich muss lächeln. Kendal Mint Cake.

»Das ist so eine Art… Insider-Witz«, sage ich. »Ich glaube nicht, dass sie ernsthaft erwartet, dass ich die aufesse.«

Die nachfolgende Stille wird nur von den Geräuschen vom Gang gestört: Ein Krankenbett wird vorbeigerollt. Die automatischen Doppeltüren öffnen und schließen sich.

»Und du… hast jetzt tatsächlich eine Schwester«, merkt Suze dann irgendwann an, und ich kann eine gewisse Wehmut aus diesen Worten hören. Ich betrachte eine Weile ihr vertrautes, besorgtes, wunderbares Gesicht mit den hohen Augenbrauen.

»Suze… mein Seelenschwester bist nur du«, sage ich dann. Und nehme sie fest in den Arm.

24

Mannomann. Unglaublich. Wirklich erstaunlich! So viele Dinge, von denen ich überzeugt war, dass ich sie nicht mochte, finde ich jetzt auf einmal total klasse!

Zum Beispiel:

1. Jess.
2. Blutwurst. (Wenn man massenweise Ketchup draufmacht, schmeckt die gar nicht so übel!)
3. Ein Sparbrötchen sein.

Im Ernst! Kein Witz! Es ist einfach genial, sparsam zu sein! Es ist so *befriedigend*! Wieso ist mir das bloß früher noch nie aufgefallen?

Gestern zum Beispiel habe ich Janice und Martin eine Postkarte geschickt, um mich für die schönen Blumen zu bedanken... und statt eine Karte zu kaufen, habe ich eine selbst gemacht! Ich habe sie aus einem Cornflakeskarton ausgeschnitten, so dass »Kelloggs'« vorne drauf stand! Ist das nicht cool?

Die Idee hatte ich von Jess. Sie bringt mir so viele praktische Sachen bei! Seit ich aus dem Krankenhaus entlassen wurde, wohne ich bei ihr – und sie ist ein absolutes Goldstück! Sie hat mir ihr Schlafzimmer zur Verfügung gestellt, weil man zum Gästezimmer mehr Stufen steigen muss. Sie hilft mir mit dem Gipsbein in die Badewanne und wieder heraus, und sie kocht jeden Mittag eine Gemüsesuppe. Und sie will mir sogar beibringen, wie man die macht! Denn wenn man der Suppe Linsen und... und irgendetwas anderes beigibt, stellt sie doch tatsächlich eine komplette, vollwertige Mahlzeit dar! Und kostet nur 30 Pence pro Portion!

Und von dem Geld, was man dadurch spart, kann man sich dann etwas richtig Nettes kaufen – wie zum Beispiel einen von diesen leckeren fertigen Obstkuchen! (Das war meine Idee. Wie Sie sehen, bringen wir uns gegenseitig etwas bei!)

Ich humpele zum Waschbecken, schüttele vorsichtig etwa die Hälfte des aufgebrühten Kaffeepulvers aus der Kanne in den Abfalleimer, gebe einen Löffel frisches Kaffeepulver hinein und schalte den Wasserkocher an. Bei Jess wird das Kaffeepulver nämlich grundsätzlich zweimal aufgebrüht – und das mit Fug und Recht. Das Geschmackserlebnis wird nur minimal geschmälert – aber die Ersparnis ist riesengroß!

Ich habe mich ja so verändert! Jetzt bin ich endlich ein sparsamer, vernünftiger Mensch! Luke wird es sicher nicht glauben können, wenn er mich wiedersieht.

Jess schneidet eine Zwiebel. Ich will mich gerne nützlich machen und nehme das leere Zwiebelnetz, um es wegzuwerfen.

»Nicht wegwerfen!« Jess sieht auf. »Das können wir noch gebrauchen!«

»Ein Zwiebelnetz?« Wow. Man lernt nie aus. »Und… wozu kann man ein Zwiebelnetz gebrauchen?«

»Man kann es als Scheuerschwamm benutzen.«

»Aha.« Ich nicke wissend, während ich mich insgeheim frage, was genau wohl ein Scheuerschwamm sein soll.

»Du weißt schon«, Jess sieht mich etwas seltsam an. »Scheuern. So was wie Peeling, nur für die Küche.«

»Ach *so*!« Ich strahle sie an. »Toll!«

Ich schnappe mir das Notizbuch, dem ich den Titel »1000 tolle Spartipps« gegeben habe, und schreibe mir das auf. Wahnsinn, wobei man überall Geld sparen kann! Wussten Sie zum Beispiel, dass man aus einem alten Milchkarton einen Rasensprenger basteln kann?

Nicht, dass ich einen Rasensprenger bräuchte... aber trotzdem!

In der einen Hand die Kaffeekanne, mit der anderen auf die Krücke gestützt, bahne ich mir den Weg ins Wohnzimmer.

»Hi.« Suze sitzt auf dem Boden und sieht zu mir auf. »Na, was sagst du?« Sie hebt das Transparent hoch, das sie gerade gemalt hat. »STOPPT DEN RAUBBAU« steht da in knallroten und blauen Lettern, die wie mit Gras und Blättern umrandet sind.

»Wow!« Ich bin begeistert. »Das sieht klasse aus, Suze! Du bist eine wahre Künstlerin!« Auf dem Sofa liegt ein ganzer Stapel von Transparenten, die Suze innerhalb der letzten Tage gemalt hat. »Was wäre dieser Protest bloß ohne dich?«

Es war so schön, dass Suze die letzten Tage hier war. Es war wie in den guten alten Zeiten. Sie hat sich in Edies Pension eingemietet, und Tarquin kümmert sich zu Hause um die Babys. Suze hatte eigentlich ein richtig schlechtes Gewissen deswegen – aber dann hat ihre Mutter ihr den Kopf gewaschen und ihr erzählt, dass sie sie mal einen ganzen Monat abgegeben hatte, um an einer Expedition in die Gebirgsausläufer in Nepal teilzunehmen, und das hätte Suze schließlich auch nicht geschadet.

Wir haben wirklich Spaß gehabt. Haben viel Zeit miteinander verbracht, relaxt, gegessen und über Gott und die Welt geredet. Manchmal nur Suze und ich – und manchmal auch mit Jess. Gestern Abend zum Beispiel. Da haben wir uns Margaritas gemacht und *Footloose* geguckt. Und... ich *glaube*, Jess hat der Film auch gefallen. Obwohl sie nicht jedes Lied auswendig mitsingen konnte, so wie wir.

Und neulich abends, als Suze irgendwelche Verwandten besuchen war, die nur dreißig Kilometer entfernt wohnen, waren Jess und ich unter uns. Jess hat mir ihre Steine gezeigt und mir alles Mögliche über sie erzählt. Als Gegenleistung habe ich ihr viel über meine Schuhe erzählt und sie zur Veranschaulichung gezeichnet. Ich glaube, dabei haben wir beide eine Menge gelernt.

»Du meinst wohl, was wäre der Protest bloß ohne *dich*«, erwidert Suze und zieht die Augenbrauen hoch. »Seien wir doch mal ehrlich, Bex. Wenn *du* nicht wärst, würde bei dieser Aktion doch maximal eine Hand voll Leute mitmachen.«

»Na ja. Ich weiß nicht.« Ich zucke mit den Schultern und bemühe mich, bescheiden zu wirken. Aber im Grunde meines Herzens freut es mich, dass alles so gut läuft. Seit ich aus dem Krankenhaus heraus bin, war ich für die Publicity der Protestveranstaltung verantwortlich, und das Medieninteresse ist riesig! Die Kundgebung findet heute Nachmittag statt, und heute Morgen haben mindestens vier lokale Radiosender darüber berichtet! Wir sind in sämtlichen Lokalzeitungen, und sogar ein Fernsehteam hat sich angekündigt!

Das alles ist allerdings der glücklichen Verkettung diverser Umstände zu verdanken ... Erstens stellte sich heraus, dass der Nachrichtenchef bei Radio Cumbria Gux Wroxley ist, den ich noch aus meiner Zeit als Finanzjournalistin in London kenne. Gux hat mir nicht nur die Telefonnummern von allen möglichen Menschen hier in der Gegend gegeben, die sich für unseren Protest interessieren könnten, sondern gestern Nachmittag in *Cumbria Heute* auch noch einen richtig langen Beitrag über uns gesendet.

445

Aber das Allerbeste ist ganz klar die menschliche Seite unseres Protests. Meine erste Amtshandlung als PR-Chefin bestand darin, ein Treffen der Umweltschutzgruppe einzuberufen, bei dem mir jeder alles erzählen musste, was er über den potenziellen Bauplatz zu erzählen hatte – ganz gleich, wie unwichtig die Geschichten ihm auch vorkommen mochten. Und dabei stellte sich heraus, dass Jim Elizabeth vor zwanzig Jahren genau an der Stelle, die durch ein Einkaufszentrum verschandelt werden soll, einen Heiratsantrag gemacht hat!

Dann wurde an der Stelle ein Fototermin arrangiert, bei dem Jim genauso niederknien musste wie damals (obwohl er mir verraten hat, dass er damals gar nicht niederkniete – aber ich habe ihm gesagt, er solle das mal lieber für sich behalten) und ein gequältes, trauriges Gesicht machen sollte. Der *Scully and Coggenthwaite Herald* hat das Bild gestern auf der Titelseite abgedruckt und dazu die Schlagzeile: »ABSCHIED VOM ORT DER ERINNERUNG«. Seitdem rufen die Leute unentwegt auf unserer Protest-Hotline (Robins Handy) an und versichern uns ihrer Unterstützung!

»Wie lange noch?«, fragt Suze und setzt sich auf ihre Fersen.

»Drei Stunden. Hier.« Ich reiche ihr eine Tasse Kaffee.

»Ach ja.« Suze verzieht das Gesicht. »Ist das dein toller Sparkaffee?«

»Ja!« Leicht pikiert sehe ich sie an. »Stimmt was nicht damit? Ich finde ihn köstlich!«

Es klingelt an der Tür, und ich höre Jess durch den Flur eilen, um aufzumachen.

»Vielleicht ist das ja noch ein Blumenstrauß«, kichert Suze. »Von deinem Verehrer.«

Seit dem Unfall werde ich förmlich mit Blumensträußen bombardiert. Die Hälfte davon kommt von Nathan

Temple, der Karten mitschicken lässt, in denen Sachen stehen wie »In tiefster Dankbarkeit« und »Eine kleine Aufmerksamkeit als Dank für Ihre Unterstützung«.

Na ja. Er hat wohl auch allen Grund, dankbar zu sein. Luke wollte nämlich sobald es irgend möglich war, wieder nach Hause fliegen – aber *ich* habe ihm gesagt, er soll auf Zypern bleiben und das Projekt abschließen, weil ich solange bei Jess wohnen könnte. Also ist er geblieben – aber heute kommt er wieder! Sein Flugzeug müsste jeden Augenblick landen.

Und ich bin mir ganz sicher, dass zwischen Luke und mir jetzt wieder alles in Butter ist. Wir haben ein paar Höhen und Tiefen durchgemacht… Wir haben stürmische Zeiten hinter uns, aber von jetzt an werden wir uns nur noch durch ruhiges Wasser bewegen. Denn schließlich habe ich mich ja verändert. Ich bin jetzt ein durch und durch erwachsener, umsichtiger Mensch. Und ich werde eine solide Beziehung mit Luke führen. Ich werde alles mit ihm besprechen. Ich werde ihm alles erzählen. Es wird keine unguten Situationen mehr geben, die damit enden, dass wir uns anschreien. Wir sind ein Team!

»Weißt du was? Ich glaube, Luke wird mich gar nicht wiedererkennen«, sage ich und nippe nachdenklich an meinem Kaffee.

»Ach, doch, ich glaube schon.« Suze sieht mich eingehend an. »*So* schlimm siehst du nun auch wieder nicht aus. Ich meine, gut, die Stiche sind ein bisschen krass, aber der riesige Bluterguss da ist doch schon ziemlich verblasst…«

»Ich meine doch nicht vom Aussehen her! Ich meine von meiner Persönlichkeit her. Ich habe mich doch total verändert.«

»Ach ja?« Suze sieht mich verblüfft an.

Mein Gott, kriegen die Leute denn auch *gar nichts* mit?

»Ja! Guck mich doch mal an! Ich mache Sparkaffee, orga-
nisiere eine Protestkundgebung, esse Suppe… und überhaupt!«

Luke habe ich das von der Protestkundgebung noch gar
nicht erzählt. Dem wird ja so dermaßen die Spucke weg-
bleiben, wenn er mitkriegt, dass seine Frau sich zur Um-
weltaktivistin gemausert hat! Das wird ihn bestimmt beeindrucken!

»Becky?« Jess steht mit einem etwas seltsamen Gesichtsausdruck in der Tür. »Ich hab was für dich. Da waren eben
ein paar Spaziergänger an der Tür, die vom Scully Pike zurückgekommen sind. Und… haben das hier für dich abgegeben.«

Ich falle fast vom Glauben ab, als sie eine hellbeige
Kalbsledertasche mit handgemaltem Motiv und einem
Schriftzug in Strasssteinen hochhält.

Meine Engel-Tasche.

Ich dachte, ich würde sie nie wiedersehen.

»Oh mein Gott«, höre ich Suze keuchen.

Sprachlos starre ich auf die Tasche. Sie sieht ein kleines
bisschen mitgenommen aus – gleich neben dem Henkel ist
ein kleiner Kratzer… aber davon abgesehen ist alles wie
vorher. Der Engel ist immer noch der gleiche. Das glitzernde Wort »Dante« ist immer noch das gleiche.

»Sieht doch gar nicht so übel aus«, sagt Jess und dreht
und wendet die Tasche. »Vermutlich ist sie nass geworden
und ein bisschen durch die Gegend gepurzelt, aber sie hat
keinen größeren Schaden davongetragen. Hier.« Sie reicht
sie mir.

Aber ich rühre mich nicht. Ich kann sie ihr nicht abnehmen.

»Becky?« Jess sieht mich erstaunt an. »Hier!« Sie wirft sie
mir zu, doch ich weiche zurück.

»Ich will sie nicht.« Ich wende den Blick ab. »Diese Tasche hätte beinahe meine Ehe ruiniert. Von dem Augenblick an, als ich sie gekauft hatte, nahm das Unglück seinen Lauf. Ich glaube, auf der Tasche liegt ein Fluch.«

»Ein *Fluch*?«, fragt Jess und wechselt vielsagende Blicke mit Suze.

»Bex, auf der Tasche liegt kein Fluch«, erklärt Suze geduldig. »Das ist eine supertolle Tasche. Um die sich alle reißen.«

»Ich nicht. Nicht mehr. Mir hat sie nur Ärger eingebracht.« Ich sehe von Jess zu Suze und zurück und komme mir plötzlich unglaublich weise vor. »Wisst ihr, ich habe ziemlich viel gelernt in den letzten Tagen. Meine Prioritäten haben sich geändert. Und wenn ich mich jetzt entscheiden müsste zwischen meiner Ehe und einer supertollen Tasche...« Ich breite die Arme aus. »Dann würde ich mich für meine Ehe entscheiden.«

»Wow«, sagt Suze. »Du hast dich wirklich verändert. – Ups, 'tschuldigung«, fügt sie beschämt hinzu, als sie meinen Blick sieht.

Also wirklich, was soll das denn? Ich hätte mich doch schon *immer* für meine Ehe entschieden!

Da... bin ich mir ziemlich sicher.

»Und was willst du jetzt damit machen?«, fragt Jess. »Sie verkaufen?«

»Du könntest sie einem Museum stiften!«, schlägt Suze aufgeregt vor. »Unter dem Titel ›Aus der Rebecca-Brandon-Sammlung‹.«

»Ich habe eine bessere Idee«, sage ich. »Ich stifte die Tasche als Hauptgewinn für die Tombola heute Nachmittag. Ich grinse sie an. »Und wir sorgen dafür, dass Kelly sie gewinnt.«

Um ein Uhr haben sich massenweise Leute bei Jess versammelt, um sich auf den letzten Drücker noch gegenseitig ein wenig aufzumuntern. Die Stimmung ist unglaublich. Jess und ich verteilen Teller mit Gemüsesuppe, Suze zeigt Robin sämtliche Transparente, und um uns herum wird fröhlich geplappert und gelacht.

Mann, wieso habe ich mich früher nie an irgendwelchen Protestaktionen beteiligt? Das ist doch total klasse!

»Ich bin so aufgeregt!«, gesteht Kelly, als sie mit ihrem Suppenteller auf mich zukommt. Sie trägt richtige Armee-Combathosen und ein T-Shirt, auf das sie mit Edding »Finger weg von unserem Land« geschrieben hat.

»Ich auch!«, strahle ich sie an. »Und... hast du schon ein Los für die Tombola?«

»Ja, klar! Ich habe mir gleich zehn gekauft!«

»Hier, ich schenk dir noch eins«, sage ich möglichst unbeteiligt und drücke es ihr in die Hand. »501 ist meine Glückszahl.«

»Aha!« Kelly stopft das Los in eine der vielen Hosentaschen. »Danke!«

Unschuldig lächele ich sie an und nippe an meiner Suppe. »Wie sieht der Laden aus?«

»Super!« Ihre Augen glänzen. »Überall hängen Luftballons unter der Decke und bunte Bänder, und wir haben Sekt und massenweise Geschenke für die Kunden...«

»Das wird bestimmt eine tolle Party. Glaubst du nicht auch, Jess?«, frage ich sie, als sie mit einem Topf voller Suppe an mir vorbeikommt. »Die Party in Jims Laden.«

»Oh«, sagt sie. »Ja, wahrscheinlich.« Sie zuckt widerwillig, ja fast missbilligend mit den Schultern und schöpft Kelly noch mehr Suppe auf den Teller.

Als könnte sie mir was vormachen.

Ich meine, hören Sie mal. Sie ist meine *Schwester*.

»Hm… Ist das nicht super, dass jemand die Party sponsort?«, sage ich zu Kelly.

»Ja, total klasse!«, pflichtet Kelly mir bei. »Tausend Pfund einfach so, und wir wissen nicht mal, von wem! Unglaublich!«

»Erstaunlich«, sagt Jess und runzelt die Stirn.

»Komisch, dass der edle Spender anonym bleiben will«, füge ich hinzu und esse noch einen Löffel Suppe. »Robin hat gesagt, dass das eine strikte Anweisung war.«

»Ja.« Jess' Nacken hat ein paar rote Stressflecken bekommen. »Habe ich auch gehört.«

»Man sollte doch meinen, dass solche Leute eine gewisse Dankbarkeit erwarten«, stellt Kelly mit weit aufgerissenen Augen fest. »Also, bei einer so großzügigen Spende!«

»Allerdings. Das sollte man meinen.« Und möglichst lässig füge ich hinzu: »Oder was meinst du, Jess?«

»Kann schon sein«, antwortet sie und stapelt ziemlich unsanft einige der Suppenteller auf einem Tablett. »Keine Ahnung.«

»Natürlich.« Ich verkneife mir ein wissendes Lächeln. »Die Suppe ist lecker!«

»Hört mal alle zu!« Jim klopft auf den Tisch, und die Gespräche verstummen. »Nur noch mal zur Erinnerung: Unsere Dorfladen-Party fängt um fünf Uhr an, also direkt nach der Kundgebung. Ihr seid alle herzlich willkommen und dürft gerne so viel Geld ausgeben wie nur möglich. Auch du, Edie.«

Er zeigt direkt auf Edie, und alles fängt an zu lachen.

»Jeder, der mehr als zwanzig Pfund ausgibt, bekommt ein Geschenk«, erklärt Jim. »Und was zu trinken gibt es für alle.«

»Das hört sich doch gut an!«, ruft der weißhaarige Mann und löst damit erneut Gelächter aus.

»Bex?«, höre ich da Suzes Stimme an meinem Ohr. »Telefon. Luke.«

Mit einem fetten Grinsen auf dem Gesicht eile ich in die Küche und nehme den Hörer.

»Hi, Luke! Wo bist du? Am Flughafen?«

»Nein, ich sitze schon im Auto.«

»Super! Wann bist du hier?«, sprudelt es aus mir hervor. »Hier ist so viel los! Ich beschreibe dir eben, wie du da hinkommst, wo wir —«

»Becky... ich muss dich leider enttäuschen«, unterbricht Luke mich. »Ich weiß nicht, wie ich es sagen soll, aber... es wird doch noch eine ganze Ecke später.«

»Was?« Entsetzt sehe ich den Hörer an. »Aber... wieso das denn? Du warst doch schon die ganze Woche weg? Ich will dich sehen!«

»Ich weiß. Ich bin auch stinksauer. Aber es ist was passiert.« Er atmet heftig aus. »Wir haben eine PR-Krise mit der Arcodas-Gruppe. Unter anderen Umständen würde ich die Angelegenheit ja Gary und dem Team überlassen... aber nicht, wenn es um einen ganz neuen Kunden geht. Es ist das erste Problem mit Arcodas, und darum möchte ich mich gerne selbst kümmern.«

»Aha.« Mir wird ganz flau vor Enttäuschung. »Verstehe.«

»Aber ich hatte da eine Idee.« Er zögert. »Komm du doch hierher zu mir.«

»Was?« Ich glotze das Telefon an.

»Komm her. Ich schicke dir einen Wagen. Ich vermisse dich so.«

»Ich dich auch.« Es wird mir wirklich schmerzhaft bewusst. »Ich vermisse dich total.«

»Aber nicht nur deswegen. Becky, ich habe mit Gary gesprochen, und... wir waren uns einig. Wir würden uns sehr über deinen Input freuen. Wir könnten wirklich ein paar gute Ideen gebrauchen. Was meinst du?«

»Du möchtest, dass ich euch helfe?« Ich schlucke. »Im Ernst?«

»Ich würde mich riesig freuen, wenn du uns hilfst.« Lukes Stimme klingt so warm. »Gesetzt den Fall, dass du das möchtest.«

Sehnsüchtig betrachte ich das Telefon. Das ist genau das, was ich die ganze Zeit wollte. Mann und Frau – ein Team. Gegenseitige Hilfe. Gemeinsames Brainstorming. Eine echte, richtige Partnerschaft.

Oh Mann! Ich will zu Luke!

Aber… Ich kann Jess doch nicht hängen lassen. Nicht jetzt.

»Luke, ich kann nicht.« Ich beiße mir auf die Lippe. »Ich möchte wirklich gern mit dir, für dich arbeiten. Ich möchte gerne ein Teil des Teams werden. Aber heute habe ich schon etwas anderes vor. Ich hab's Jess versprochen. Und… noch ein paar anderen. Ich kann die jetzt nicht einfach so sitzen lassen. Tut mir Leid.«

»Schon okay.« Luke klingt reuevoll. »Bin ja selbst schuld, dass ich dich nicht eingestellt habe, als du frei warst. Na, gut, dann sehen wir uns eben heute Abend.« Er seufzt. »Ich weiß noch nicht, wann ich fertig bin, aber ich rufe dich an, sobald ein Ende in Sicht ist.«

»Du Ärmster«, sage ich mitfühlend. »Ich drücke dir die Daumen. Wird schon schief gehen. Wo musst du denn eigentlich hin?«

»Tja, das ist so ziemlich der einzige positive Aspekt an der ganzen Sache: Ich muss in den Norden. Ganz in deine Nähe.«

»Aha. Und was ist das für eine Krise? Hat da wieder mal ein überbezahlter Topmanager die Bilanzen gefälscht?«

»Schlimmer«, erzählt Luke grimmig. »Wie aus dem Nichts ist irgendeine beschissene Umweltschutzprotestgruppe aufgetaucht und macht Ärger.«

»Eine Umweltschutzgruppe?«, frage ich erstaunt. »Echt? Das ist ja ein Zufall, weil –«

Ich beiße mir förmlich auf die Zunge. Mir wird heiß und kalt.

Das wird doch wohl nicht…

Nein. So ein Quatsch. Es gibt doch bestimmt Tausende von Protestgruppen, die jeden Tag im ganzen Land…

»Wer auch immer da die Koordination übernommen hat, muss sich mit den Medien verdammt gut auskennen«, erzählt Luke weiter. »Heute Nachmittag findet eine Kundgebung statt, die Zeitungen schreiben über den Protest, sogar die Fernsehnachrichten sind interessiert…« Er lacht kurz auf. »Stell dir das mal vor, Becky: Die protestieren gegen ein Einkaufszentrum!«

Um mich herum verschwimmt alles. Ich muss mehrmals schlucken und habe Mühe, ruhig zu bleiben.

Das kann doch nicht sein. Das *kann* nicht sein!

Wir protestieren doch nicht gegen die Arcodas-Gruppe. Das weiß ich. Wir protestieren gegen eine Firma namens Maybell Einkaufszentren.

»Ich muss jetzt leider auflegen, Liebling«, durchkreuzt Luke meine Gedanken. »Gary ist auf der anderen Leitung und will mich schnell briefen. Aber wir sehen uns dann ja später. Ach ja, und viel Spaß! Was auch immer du mit Jess vorhast.«

»Ja… danke«, würge ich hervor.

Als ich ins Wohnzimmer zurückgehe, habe ich ziemliches Herzklopfen. Die anderen sitzen alle in einem Halbkreis und richten ihre ganze Aufmerksamkeit auf Robin, der ein großes Plakat mit zwei Strichmännchen und der Überschrift »Vermeidung von polizeilicher Festnahme« hochhält.

»...der Unterleib ist in dieser Hinsicht ganz besonders nützlich«, referiert er in dem Moment, in dem ich hereinkomme. »Alles in Ordnung, Becky?«

»Ja, klar!« Meine Stimme fällt einige Töne höher aus als normal. »Nur ganz schnell eine kleine Frage: Wir protestieren doch gegen Maybell Einkaufszentren, oder?«

»Ja.«

»Das heißt, der Protest hat nichts mit der Arcodas-Gruppe zu tun.«

»Na ja... doch.« Überrascht sieht er mich an. »Maybell gehört der Arcodas-Gruppe. Wusstest du das nicht?«

Ich mache den Mund auf – aber mir fehlen die Worte.

Ich glaube, ich werde ohnmächtig.

Ich habe soeben eine riesige Medienkampagne gegen Lukes neuesten und wichtigsten Kunden organisiert. Ich. Seine Frau.

»Die Schweine.« Robin sieht sich unter den anderen um. »Jetzt ratet mal, was mir heute zu Ohren gekommen ist. Sie haben ihre PR-Agentur zu Hilfe gerufen – die soll sich jetzt ›der Sache annehmen‹. Irgendeine superwichtige Firma aus London. Sie lassen sogar extra den Oberboss aus seinem Urlaub einfliegen, habe ich gehört.«

Oh Gott. Das verkrafte ich nicht.

Was mache ich denn jetzt? Was?

Ich muss mich aus dem Protest zurückziehen. Ja. Ich muss ihnen allen jetzt sofort sagen, dass ich mich zurückziehe und mit der ganzen Sache absolut nichts mehr zu tun haben werde... möchte... kann... darf...

»Die halten uns wohl für ganz kleine Fische.« Robins Augen funkeln. »Die glauben, wir haben keine Ressourcen.

Aber wir haben Leidenschaft! Wir haben unseren Glauben! Und vor allen Dingen...« Er wendet sich an mich. »Haben wir Becky!«

»Was?« Ich zucke verschreckt zusammen, als mich plötzlich alle ansehen und anfangen zu applaudieren. »Nein! Bitte. Wirklich. Ich... habe damit doch überhaupt nichts zu tun!«

»Keine falsche Bescheidenheit!«, sagt Robin. »Du hast unserem Protest eine völlig neue Qualität gegeben! Wenn du nicht wärst, würde all das hier heute gar nicht passieren!«

»Sag doch nicht so was!«, wehre ich entsetzt ab. »Ich meine... Ich will doch nur ein bisschen in den Hintergrund treten. Und außerdem...« Ich schlucke. »Außerdem muss ich euch etwas sagen...«

Na, los. Sag's ihnen.

Ich begegne Jims sanftem Blick und sehe weg. Mann, ist das hart.

»Warte«, ertönt da eine hörbar erregte Stimme hinter mir. Als ich mich umdrehe, sehe ich Jess auf mich zukommen. »Bevor du weitermachst, möchte ich gerne etwas loswerden.«

Sie stellt sich neben mich, und es wird ganz still im Zimmer. Jess reckt das Kinn vor und sieht die anderen direkt an.

»Viele von euch waren neulich abends dabei, als ich sagte, dass Becky und ich keine Schwestern sind. Viele von euch waren Ohrenzeugen, als ich sie... verleugnet habe. Darum möchte ich heute sagen, dass sich gezeigt hat, dass wir doch Schwestern sind.« Sie hält inne und errötet leicht. »Aber selbst wenn wir keine Schwestern wären... Selbst, wenn...« – sie sieht sich ein klein wenig aggressiv um – »...dann würde ich mich heute trotz allem geehrt fühlen, Becky zu kennen und sie zu meinen Freunden zählen zu dürfen.«

»Hört, hört!«, ruft Jim heiser.

»Und darum ist dieser Protestmarsch heute... zusammen mit euch allen... und zusammen mit meiner Schwester...« – Jess hakt sich bei mir unter – »... einer der stolzesten Momente meines Lebens!«

Es ist mucksmäuschenstill.

»Tut mir Leid, Becky.« Jess wendet sich an mich. »Was wolltest du sagen?«

»Ich... äh... also«, stammele ich. »Ich wollte eigentlich nur sagen... Auf sie mit Gebrüll.«

WEST CUMBRIA BANK
45 Sterndale Street
Coggenthwaite
Cumbria

Ms. Jessica Bertram
12 Hill Rise
Scully
Cumbria

12. Juni 2004

Sehr geehrte Ms. Bertram,

überrascht stellte ich heute fest, dass ein Betrag von eintausend Pfund von Ihrem Konto abgehoben wurde.

Da dies ein für Ihr Konto höchst unüblicher Vorgang ist, erlaube ich mir, hiermit bei Ihnen nachzufragen, ob diese Transaktion ihre Richtigkeit hat.

Mit freundlichen Grüßen
West Cumbria Bank

Howard Shawcross
Kundenbetreuer

25

»Hände weg von unserm Land!«, brüllt Robin aus dem Lautsprecher.

»Weg! Weg! Weg!«, brüllen wir zurück, und ich strahle Jess begeistert an. Sollte ich jemals Zweifel daran gehegt haben, ob ich hier wirklich das Richtige tue, haben sich diese jedenfalls komplett in Luft aufgelöst.

Gucken Sie sich doch nur mal um. Gucken Sie sich mal an, was hier kaputtgemacht würde. Wir stehen auf Piper's Hill – wenn Sie mich fragen, der schönste Ort der Welt! Oben ist ein Wald, überall schmiegen sich zarte Wildblumen ins Gras, und ich habe schon mindestens sechs Schmetterlinge gesehen! Ist mir doch egal, dass die Arcodas-Gruppe Lukes Kunde ist! Wie können die nur allen Ernstes *hier* ein Einkaufszentrum bauen wollen? Und dann auch noch ein drittklassiges ohne Space NK?

»Hände weg von unserm Land!«

»Weg! Weg! Weg!«, schreie ich, so laut ich kann. Protestieren ist ja wohl mal das Allercoolste, was ich je gemacht habe! Zusammen mit Robin, Jim und Jess stehe ich ganz oben auf dem Hügel, und der Blick ist einfach umwerfend! Ungefähr dreihundert Menschen sind gekommen und marschieren mit Transparenten, Trillerpfeifen und Trommeln bewaffnet lautstark durch die Landschaft. Dicht gefolgt von zwei Teams vom Lokalfernsehen und einem Haufen Journalisten.

Ich sehe mich immer wieder um – doch weit und breit ist von der Arcodas-Gruppe niemand zu sehen. Und auch

Luke nicht. Weswegen ich offen gestanden etwas erleichtert bin.

Ich meine, nicht dass ich mich schämen würde, hier zu sein. Ganz im Gegenteil. Ich bin jemand, der für seine Überzeugung eintritt und für die Unterdrückten kämpft, ganz gleich, was die anderen denken mögen.

Trotzdem glaube ich, wäre es eine ganz gute Idee, wenn ich mir eine große Kapuze über den Kopf ziehen und mich hinter irgendjemandem verstecken würde, wenn Luke auftaucht. Unter den vielen Leuten wird er mich ganz bestimmt nicht ausmachen. Wird schon gehen.

»Hände weg von unserem Land!«

»Weg! Weg! Weg!«

Jess schwenkt ausgesprochen energisch ihr »NATUR-MÖRDER«-Transparent und bläst in ihre Pfeife. Edie und Lorna haben fluoriszierende pinke Perücken auf und halten ein riesiges Schild hoch, auf dem steht: »ERST ZERSTÖRT IHR UNSER LAND, DANN UNSERE GEMEINSCHAFT«. Suze trägt ein weißes T-Shirt und richtige Armeehosen, die sie sich von Tarquin geliehen hat, und hält eines ihrer selbst gemalten Plakate hoch. Die Sonne scheint, und alle sind super gelaunt.

»Hände weg von unserm Land!«

»Weg! Weg! Weg!«

Das Gedränge wird immer dichter, und auf ein kurzes Nicken von mir legt Robin sein Plakat ab und klettert auf die Trittleiter, die wir aufgestellt haben. Vor der Leiter ist ein Mikrofon montiert. Der Anblick von Robin, wie er da oben steht, mit dem blauen Himmel und der unberührten Natur im Hintergrund, ist einfach atemberaubend. Der Fotograf, den ich für heute angeheuert habe, kniet nieder und macht Fotos. Es dauert nicht lange, da machen es ihm die Fernsehteams und die Fotografen der Lokalzeitungen nach.

Die Menschenmenge verstummt langsam und sieht erwartungsvoll zu Robin.

»Freunde, Mitstreiter, Naturliebhaber!«, begrüßt er sie. Seine Stimme hallt über die Menge hinweg. »Ich möchte euch bitten, euch mal einen Moment Zeit zu nehmen und euch umzusehen. Seht euch an, was wir hier haben. Wir haben Schönheit. Wir haben Natur. Wir haben alles, was wir brauchen.«

Er legt eine effektvolle Pause ein, wie ich es ihm gesagt habe. Auch er sieht sich um, wobei ihm der Wind die Haare zerzaust. Er hat richtig rote Wangen vor Aufregung.

»Brauchen wir ein Einkaufszentrum?«

»Nein! Nein! Nein!«, schreien wir.

»Brauchen wir Umweltverschmutzung?«

»Nein! Nein! Nein!«

»Brauchen wir noch mehr hirnlosen Konsumrausch? Brauchen wir noch mehr Müll? Braucht hier vielleicht irgendjemand noch ein paar…« Verächtlich sieht er sich um. »*Kissen?*«

»Nein –«, hebe ich gemeinsam mit allen anderen an. Doch dann fällt mir ein, dass ich eigentlich doch ganz gut ein paar schöne Kissen für unser Bett gebrauchen könnte. Erst gestern habe ich in irgendeiner Zeitschrift so richtig schöne Kaschmirkissen gesehen.

Aber… was soll's. Das weiß doch jeder, dass auch Aktivisten mal in gewissen kleineren Nebenpunkten unterschiedlicher Meinung sein können. Und ansonsten stimme ich Robin ja bei allem zu, was er da sagt. Nur nicht, was die Kissen angeht.

»Wollen wir, dass unser Land verschandelt wird?«, ruft Robin und breitet die Arme aus.

»Nein! Nein! Nein!«, schreie ich glücklich und strahle Jess an. Sie bläst in ihre Pfeife, um die ich sie ein klein wenig beneide. Zu meiner nächsten Demonstration nehme ich definitiv auch eine Pfeife mit.

»Jetzt wollen wir hören, was eine unserer Mitstreiterinnen zu sagen hat!«, ruft Robin. »Becky! Komm hoch!«

Ich reiße den Kopf hoch.

Was? Das war aber nicht geplant!

»Die Frau, die diesen Protest zu dem gemacht hat, was er heute ist!«, erklärt er ins Mikrofon. »Die Frau, deren Ideen und deren Geist das hier erst möglich gemacht haben! Lass uns hören, was du zu sagen hast, Becky!«

Alle sehen mich bewundernd und gespannt an. Robin fängt an zu klatschen, und die anderen fallen nach und nach ein.

»Na, los, Becky«, ruft Jess mir zu. »Dein Typ wird verlangt!«

Ich sehe mich blitzschnell um. Von Luke ist nichts zu sehen.

Da kann ich nicht widerstehen.

Ich humpele auf die Leiter zu und klettere mit Robins Hilfe hinauf. Unter mir wogt von der Sonne beschienen ein Meer aus neugierigen Gesichtern.

»Hallo, Piper's Hill!«, rufe ich ins Mikrofon und löse damit einen überwältigenden Jubel aus, begleitet von Tröten und Pfeifen und Trommellärm.

Hey, wow, das ist ja irre! Ich fühle mich schon wie ein Popstar!

»Das hier ist unser Land!«, rufe ich und zeige auf das im Winde wogende grüne Gras um uns herum. »Das hier ist unsere Natur! Die werden wir nicht einfach so aufgeben!«

Erneuter Jubel.

»Und wenn irgendjemand WILL, dass wir sie aufgeben...«, rufe ich und rudere mit den Armen. »Wenn irgendjemand glaubt, er könnte kommen und SIE UNS WEG-

NEHMEN, dann habe ich ihm Folgendes zu sagen! Näm-lich: VERSCHWINDE!«

Meine Worte lösen einen dritten Jubel aus, und ich strahle vor Glück. Mann, ich heize denen wirklich ganz schön ein, was? Vielleicht sollte ich in die Politik gehen!

»Und VERGISS ES!«, rufe ich. »Denn wir werden KÄMP-FEN! Für unsere STRÄNDE! Und für unsere –«

Die Menge wird unruhig, und ich halte inne, um zu sehen, was vor sich geht.

»Sie kommen!«, rufen einige von unten.

»Buuh!«

Jetzt fängt die Menge an zu pfeifen und zu johlen, wäh-rend sich alle nach etwas umdrehen, was ich noch nicht er-kennen kann.

»Sie kommen!«, ruft Robin mir von unten zu. »Die Schweine! Denen geben wir's!«

Ich erstarre. Fünf Herren in dunklen Anzügen mar-schieren zügig auf uns zu.

Einer davon ist Luke.

Okay, ich glaube, ich sollte jetzt von dieser Leiter herun-terklettern. Sofort.

Das ist nur leider alles nicht so einfach, wenn man ein Gipsbein hat. Ich kann mich kaum vom Fleck rühren.

»Äh… Robin! Ich möchte gerne runter!«, rufe ich ihm zu.

»Du bleibst hübsch da oben!«, antwortet er. »Du musst weiterreden! Du bist toll!«

Verzweifelt kralle ich mir meine Krücke und versuche, ohne Hilfe von der Leiter zu kommen, als Luke zu mir auf-sieht und mich erkennt.

Ich habe ihn noch nie so entsetzt gesehen. Er bleibt wie angewurzelt stehen und glotzt mich nur an. Mein Gesicht ist puterrot, und meine Beine werden ganz wackelig.

»Lass dich von denen bloß nicht einschüchtern!«, zischt Robin von unten. »Gar nicht beachten! Red weiter! Los!«

Ich sitze in der Klemme. Mir bleibt nichts anderes übrig. Ich räuspere mich und weiche Lukes Blick mehr oder weniger gekonnt aus.

»Also... Wir werden kämpfen!«, rufe ich etwas unsicher. »Und unsere Botschaft lautet... äh... VERSCHWINDET!«

Die fünf Männer haben sich in einer Reihe mit verschränkten Armen vor mir, unter mir aufgebaut. Drei der Männer kenne ich nicht, die anderen beiden sind Gary und Luke.

Ich darf sie nur nicht angucken. Das ist der Trick.

»Lasst uns unser Land!«, rufe ich jetzt etwas sicherer. »Wir wollen eure BETONWÜSTE nicht!«

Die Menge jubelt, und ich kann mir nicht verkneifen, Luke einen triumphierenden Blick zuzuwerfen. Ich kann seinen Gesichtsausdruck nicht hundertprozentig erkennen. Seine Augenbrauen sind gerunzelt, wodurch er ziemlich wütend aussieht.

Aber sein Mund ist irgendwie so verzogen, als wollte er gleich lachen.

Er sieht mir in die Augen, und mir wird ganz kribbelig. Ich fürchte fast, dass ich gleich hysterisch anfangen werde zu kichern.

»Gebt auf!«, schreie ich. »Denn ihr werdet NICHT GEWINNEN!«

»Ich werde mal da hochgehen und ein Wort mit der Anführerin sprechen«, höre ich Luke sehr ernst zu einem der anderen Männer sagen. »Mal sehen, was ich tun kann.«

Wie die Ruhe selbst marschiert er über die Wiese auf die Trittleiter zu und klettert drei Stufen hinauf, bis er auf einer Höhe mit mir ist. Zunächst sehen wir uns einfach nur an und sagen kein Wort. Mein Herz klopft wie ein Kolbenmotor.

»Hallo«, sagt Luke schließlich.

»Oh! Ach... hallo!«, antworte ich so lässig wie möglich. »Wie geht's?«

»Ganz schöne Party hier, ich muss schon sagen.« Luke lässt den Blick über die Menschenmenge schweifen. »Ist das alles dein Verdienst?«

»Äh... nein, ich hatte Hilfe.« Ich räuspere mich. »Du weißt ja, wie das ist...« Mir bleibt die Luft weg, als mein Blick auf Lukes gestärkter und gebügelter Manschette landet. Unter der Manschette lugt nur sehr zaghaft ein schmuddeliges, geflochtenes Armband hervor.

Schnell wende ich den Blick ab und versuche, cool zu bleiben. Wir sind schließlich Gegner, was diesen Protest angeht.

»Ist dir eigentlich klar, dass du hier *gegen* ein Einkaufszentrum protestierst, Becky?«

»Ein Einkaufszentrum mit Scheißläden«, kontere ich prompt.

»Lass dich auf nichts ein, Becky!«, ruft Robin mir von unten zu.

»Spuck ihm ins Gesicht!«, ruft Edie und schüttelt die Faust.

»Dir ist aber schon klar, dass die Arcodas-Gruppe mein größter Kunde ist, ja?«, fragt Luke.

»Du wolltest, dass ich ein bisschen mehr wie Jess bin«, entgegne ich leicht trotzig. »Das hast du doch gesagt, oder? ›Sei wie deine Schwester.‹ Tja, was soll ich sagen? Bitte schön!« Ich lehne mich zum Mikrofon und rufe: »Verschwindet nach London mit euren überzogenen Ideen! Lasst uns in Ruhe!«

Die Menge jubelt mir bekräftigend zu.

»Ich soll mit meinen überzogenen Ideen nach London verschwinden?«, wiederholt Luke ungläubig. »Und was ist mit *deinen* überzogenen Ideen?«

»Ich habe keine überzogenen Ideen«, gebe ich hochmütig zurück. »Ich habe mich nämlich verändert, falls du es genau wissen willst. Ich bin jetzt total bescheiden und sparsam. Und ich will schöne Landschaften wie diese vor gewissenlosen Geschäftsleuten beschützen, die alles kaputtmachen wollen.«

Luke lehnt sich ganz nahe zu mir und flüstert mir ins Ohr: »Wusstest du eigentlich, dass sie überhaupt nicht vorhaben, an dieser Stelle ein Einkaufszentrum zu bauen?«

»Was?« Fragend sehe ich auf. »Natürlich haben sie das vor!«

»Nein, haben sie nicht. Sie haben ihre Pläne schon vor Wochen geändert. Sie haben sich eine andere Stelle ausgesucht, eine alte Industriebrache.«

Misstrauisch sehe ich ihn an. Er sieht nicht aus, als wenn er lügen würde.

»Aber … die Pläne«, sage ich. »Wir haben doch die Pläne!«

»Alte Pläne.« Er zieht die Augenbrauen hoch. »Da hat irgendjemand nicht ordentlich recherchiert.« Er wirft einen Blick auf Robin. »Vielleicht der da?«

Oh Gott. Das könnte stimmen.

Mein Kopf schwirrt. Das kriege ich jetzt gar nicht alles auf einmal verpackt. Sie haben gar nicht vor, an dieser Stelle ein Einkaufszentrum zu bauen.

Wir haben uns alle hier versammelt, pfeifen und rufen … ohne Grund.

»Das heißt also«, – Luke verschränkt die Arme vor der Brust –, »dass die Arcodas-Gruppe trotz deiner wirklich überzeugenden Publicitykampagne gar keine Bösewicht ist. Sie hat nichts falsch gemacht.«

»Aha.« Ich winde mich und werfe an Luke vorbei einen Blick auf die drei missmutigen Herren von der Arcodas-Gruppe. »Und… deine Kunden sind vermutlich nicht gerade erfreut von unserer Aktion?«

»Sie sind nicht unbedingt entzückt, nein«, pflichtet Luke mir bei.

»Äh… das tut mir Leid.« Ich lasse den Blick über die unruhige Menge schweifen. »Dann möchtest du wohl gerne, dass ich das jetzt verkünde? Oder?«

In Lukes Augen blitzt es für den Bruchteil einer Sekunde genauso auf, wie es immer aufblitzt, wenn er etwas im Schilde führt.

»Na ja«, sagt er. »Eigentlich habe ich eine viel bessere Idee. Da du ja nun schon so freundlich warst, so viele Medienvertreter zusammenzutrommeln…«

Er wendet sich der Menge zu, schnappt sich das Mikrofon und tippt darauf, um sich Gehör zu verschaffen. Die Menge antwortet mit Buhrufen und Pfiffen. Selbst Suze fuchtelt weiter mit ihrem Transparent herum.

»Meine Damen und Herren«, ertönt Lukes dunkle, feste Stimme. »Sehr geehrte Pressevertreter. Die Arcodas-Gruppe hat mich gebeten, eine Stellungnahme abzugeben.«

Er wartet geduldig ab, bis die Unruhe sich gelegt hat, und betrachtet dann zufrieden die Menge.

»Der Mensch und seine Bedürfnisse ist das, was bei der Arcodas-Gruppe stets im Mittelpunkt steht. Und darum pflegt die Arcodas-Gruppe eine Kultur des Zuhörens. Die Arcodas-Gruppe ist ein Unternehmen, das Rücksicht nimmt. Ich hatte soeben hier oben die Gelegenheit, mit Ihrer Repräsentantin zu sprechen…« Er zeigt auf mich. »Und ich habe mir alle ihre Argumente angehört.«

In Erwartung dessen, was nun folgt, herrscht Totenstille. Alle sehen vollkommen fasziniert zu Luke herauf.

467

»Mit dem Ergebnis, dass… ich hiermit bekannt geben kann, dass die Arcodas-Gruppe sich die bauliche Erschließung und Nutzung dieses Gebietes hier noch einmal überlegt hat.« Luke lächelt. »Es wird an dieser Stelle kein Einkaufszentrum geben.«

Die Menge schweigt perplex – doch dann bricht überschwängliche Freude aus. Alle jubeln und fallen einander in die Arme, die Trillerpfeifen kommen wieder zum Einsatz, und die Trommeln werden windelweich geschlagen.

»Wir haben es geschafft!«, höre ich Jess trotz des Lärms rufen.

»Wir haben es ihnen gezeigt!«, kreischt Kelly.

»Ich möchte Sie bei dieser Gelegenheit gerne auch auf die vielen umweltpolitischen Initiativen aufmerksam machen, die die Arcodas-Gruppe finanziell unterstützt«, schnurrt Luke dann förmlich noch ins Mikrofon. »Entsprechende Faltblätter werden in diesen Minuten verteilt. Und natürlich auch Pressemappen. Viel Vergnügen!«

Moment mal. Luke hat das hier ja komplett in ein positives PR-Event für seinen Kunden verwandelt! Er hat unsere Veranstaltung gekapert!

»Du linke Bazille!«, zische ich und lege dabei die Hand auf das Mikrofon. »Du hast sie alle getäuscht!«

»Die schöne Landschaft ist gerettet.« Er zuckt mit den Schultern. »Der Rest ist doch Nebensache, oder?«

»Nein! Darum geht es –«

»Wenn dein Team professionell recherchiert hätte, würden wir wohl kaum hier stehen, und ich müsste nicht irgendwie die Situation retten.« Er lehnt sich hinunter und ruft Gary, der damit beschäftigt war, Informationsmaterial zu verteilen. »Gary, würdest du die Arcodas-Leute bitte zum Wagen bringen? Und sag ihnen, dass ich noch etwas länger bleibe, um weiter zu verhandeln.«

Gary nickt und winkt mir fröhlich zu, doch das ignoriere ich. Ich bin stinksauer auf die beiden.

»Und... Wo soll das Einkaufszentrum jetzt gebaut werden?«, will ich wissen, während ich die sich im Freudentaumel befindliche Menge beobachte. Kelly und Jess umarmen sich, Jim klopft Robin auf den Rücken, und Edie und Lorna wedeln mit ihren pinken Perücken in der Luft herum.

»Wieso?«

»Vielleicht sollte ich mich schnell auf den Weg machen und da auch noch einen Protest organisieren. Vielleicht sollte ich die Arcodas-Gruppe mit meinen Protesten verfolgen und ihr so richtig Ärger machen. Damit du immer schön zu tun hast.«

»Ja, vielleicht wäre das gar keine schlechte Idee«, meint Luke mit einem trockenen Lächeln. »Hör zu, Becky, es tut mir Leid. Aber ich muss schließlich meine Arbeit machen.«

»Ich weiß. Ist wohl so. Aber... Ich dachte, ich würde etwas wirklich Wichtiges machen. Ich dachte, ich hätte etwas erreicht.« Ich gebe einen kellertiefen Seufzer von mir. »Und jetzt war alles umsonst.«

»Alles war *umsonst*?« Ungläubig sieht Luke mich an. »Sieh dich doch mal um, Becky! Guck doch, was du auf die Beine gestellt hast!« Er zeigt auf die vielen Menschen. »Sieh dir doch mal alle diese Menschen an. Ich habe gehört, dass du die gesamte Prostestkampagne total umgekrempelt hast. Von dem Dorf hier ganz zu schweigen... und dann diese Party, die du ins Leben gerufen hast... Du kannst stolz auf dich sein, Becky. Weißt du, wie du genannt wirst? Becky Wirbelwind!«

»Aha. Weil ich eine Schneise der Zerstörung hinterlasse, oder was?«

Luke sieht mich aus seinen dunklen, warmen Augen auf einmal sehr ernst an. »Weil du die Leute einfach umhaust. Und zwar jeden, der dir begegnet.« Er nimmt meine Hand und betrachtet sie eine Weile. »Sei nicht wie Jess. Sei du selbst.«

»Aber du hast gesagt…«, hebe ich an, doch dann verstumme ich.

»Was?«

Oh Gott. Ich wollte doch so erwachsen sein und Würde bewahren und es nicht erwähnen. Aber ich kann mich nicht zurückhalten.

»Ich habe gehört, wie du mit Jess gesprochen hast«, murmele ich. »Als sie bei uns war. Und ich habe gehört, wie du gesagt hast, dass es schwierig ist, mit mir zusammenzuleben.«

»Ja, das ist es ja auch«, entgegnet Luke sachlich.

Entsetzt sehe ich ihn an.

»Aber es ist auch bereichernd. Und aufregend. Es macht Spaß. Es gibt nichts, was ich lieber täte. Wenn es einfach wäre, mit dir zusammenzuleben, wäre es ja langweilig.« Er streicht mir über die Wange. »Mit dir zusammenzuleben ist ein Abenteuer, Becky.«

»Becky!«, ruft Suze mir zu. »Die Party geht los! Hallo, Luke!«

»Komm«, sagt Luke und küsst mich. »Jetzt holen wir dich erst mal von dieser Leiter runter.« Er flicht seine starken Finger zwischen meine, und ich erwidere ihren Druck.

»Und was genau meintest du, als du gesagt hast, du wärst jetzt bescheiden und sparsam?«, fragt er, als er mir die Leiter herunterhilft. »Sollte das ein Witz sein?«

»Nein! Ich bin jetzt wirklich sparsam! Das hat Jess mir beigebracht. So wie Yoda.«

»Und was genau hat sie dir beigebracht?« Luke sieht mich etwas argwöhnisch an.

»Zum Beispiel, wie man aus einem Milchkarton einen Rasensprenger macht«, erzähle ich stolz. »Und wie man alte Plastiktüten als Geschenkpapier benutzen kann. Und dass man Geburtstagskarten immer mit Bleistift schreiben sollte, weil der Empfänger dann deinen Gruß ausradieren und die Karte wiederverwenden kann. Da kann man neunzig Pence sparen!«

Luke sieht mich ziemlich lange an, ohne etwas zu sagen.

»Ich glaube, ich muss dich schnellstmöglich zurück nach London verfrachten«, sagt er dann. Er hilft mir das letzte Stück die Leiter herunter, wobei er sich meine Krücke unter den Arm klemmt. »Ach, übrigens, Danny hat angerufen.«

»Danny hat angerufen??« Die Nachricht überrascht und freut mich so sehr, dass ich glatt die letzte Sprosse verfehle und unsanft auf der Wiese lande. Mir wird schwindlig.

»Ooh!« Ich klammere mich an Luke fest. »Mir ist schwindlig.«

»Alles in Ordnung?«, fragt Luke besorgt. »Ist das noch die Gehirnerschütterung? Warum kletterst du denn auch auf Leitern…«

»Geht schon«, keuche ich. »Ich muss mich nur eben setzen.«

»Ha!«, macht Suze im Vorbeigehen. »Genauso ging's mir auch immer, als ich schwanger war.«

Mein Kopf ist mit einem Mal wie leer gepustet.

Ich werfe Luke einen verdatterten Blick zu. Er sieht nicht weniger verwirrt aus.

Nein. Ich meine… Ich kann doch nicht…

Ich bin doch nicht –

In Windeseile stelle ich diverse Berechnungen an. Daran

471

habe ich ja überhaupt nicht gedacht... Aber das letzte Mal, dass ich... Das muss doch... Das ist doch mindestens...

Oh mein Gott.

Oh... mein Gott.

»Becky?«, meldet Luke sich mit mir sehr fremder Stimme zu Wort.

»Öm... Luke...«

Ich schlucke und versuche, ruhig zu bleiben.

Okay. Keine Panik. Bloß keine Panik...

WEST CUMBRIA BANK

45 Sterndale Street
Coggenthwaite
Cumbria

Ms. Jessica Bertram
12 Hill Rise
Scully
Cumbria

22. Juni 2004

Sehr geehrte Ms. Bertram,

der Ton Ihres letzten Schreibens hat mich gleichermaßen schockiert und verletzt.

Ich habe durchaus auch »ein Leben neben dem Job«, wie Sie sich ausdrücken.

Mit freundlichen Grüßen
West Cumbria Bank

Howard Shawcross
Kundenbetreuer

REBECCA BRANDON
37 Maida Vale Mansions
Maida Vale
London NW6 0YF

An den
Geschäftsführer
Harvey Nichols
109-125 Knightsbridge
London SW1X 7RJ

25. Juni 2004

Sehr geehrte Damen und Herren,

im Rahmen einer hypothetischen Untersuchung möchte
ich Sie fragen, ob es stimmt, dass Harvey Nichols einen
für den Rest seines Lebens gratis mit Kleidung versorgt,
wenn man (rein zufällig natürlich!) in Ihrem Hause ein
Kind zur Welt bringt.

Ich wäre Ihnen sehr verbunden, wenn Sie mir dieses
Gerücht bestätigen oder es dementieren würden.

Wie ich bereits erwähnte, handelt es sich selbstverständlich um eine rein hypothetische Untersuchung.

Mit freundlichen Grüßen

Rebecca Brandon (geb. Bloomwood)

REBECCA BRANDON
37 Maida Vale Mansions
Maida Vale
London NW6 0YF

An den
Geschäftsführer
Harrods Food Hall
Brompton Road
London SW1X 7XL

25. Juni 2004

Sehr geehrte Damen und Herren,

im Rahmen einer hypothetischen Untersuchung möchte
ich Sie fragen, ob es stimmt, dass die Harrods Food Hall
einen für den Rest seines Lebens gratis mit Essen versorgt,
wenn man (rein zufällig natürlich!) in Ihrem Hause ein
Kind zur Welt bringt.

Außerdem würde mich interessieren, ob die lebenslange
Gratisversorgung auch andere Warengruppen – wie z. B.
Kleidung – umfassen würde?

Für eine baldige Antworte wäre ich Ihnen sehr dankbar.

Mit freundlichen Grüßen

Rebecca Brandon (geb. Bloomwood)

REBECCA BRANDON
37 Maida Vale Mansions
Maida Vale
London NW6 0YF

Signors Dolce e Gabbana
Via Spiga
Milano

25. Juni 2004

Chere Signores,

Ciao!

Mi est britisch femma adoro votre Mode.

Yo tengo kleine Frago hypothetico: me versorgen con les
Kleidung gratuite por la viva, si je avais bambino in votre
Laden (puro zufälligo, naturallemento!!)? E la bambino
aussi?

Grazie mille beaucoup por le Antwort.

Con Grüßos freundlichos

Rebecca Brandon (geb. Bloomwood)

Danksagung

Ich danke der mich unermüdlich unterstützenden Linda Evans, Patrick Plonkington-Smythe, Larry Finlay, Laura Sherlock und den wunderbaren Menschen bei Transworld. Ich danke der fabelhaften Araminta Whitley und Nicki Kennedy, Celia Hayley, Lucinda Cook und Sam Edenborough. Ein ganz besonderes Dankeschön gilt Joy Terekiev und Chiara Scaglioni für den herzlichen Empfang in Mailand.

Wie immer danke ich auch den Mitgliedern des »Aufsichtsrates«. Henry – danke für alles. Freddy und Hugo – danke für den Vorschlag, doch lieber über Piraten zu schreiben (vielleicht nächstes Mal).

Und ein großes Dankeschön an meine Eltern dafür, dass sie mir Asyl gewährt haben, damit ich das Buch endlich fertig schreiben konnte ...